复旦中文学术丛刊

東亞古典學論考

邵毅平 ◎ 著

復旦大學出版社

邵毅平,江苏无锡人,1957年生于上海。文学博士,复旦大学中文系教授、博士生导师。专攻中国古典文学、东亚古典学。著有《诗歌:智慧的水珠》《小说:洞达人性的智慧》《论衡研究》《文学与商人》《中国文学中的商人世界》《中国古典文学论集》《中日文学关系论集》《东洋的幻象》《诗骚百句》《胡言词典》《马赛鱼汤》《今月集》《远西草》《西洋的幻象》及"朝鲜半岛三部曲"等十八种。译有《中国文学中所表现的自然与自然观》《宋词研究(南宋篇)》等多种。编有《东亚汉诗文交流唱酬研究》。为复旦版《中国文学史》《中国文学史新著》作者之一。

目　录

"天下观"之争 …………………………………………………… 1
《江南》：四面八方的征服 ……………………………………… 16

关于东亚汉文化圈的综合性考察 ……………………………… 27
汉字在东亚的影响 ……………………………………………… 70
中国岁时文化在东亚 …………………………………………… 90

雪月花时最忆君 ………………………………………………… 128
日本文献里的中国 ……………………………………………… 134

渤海国日本汉诗唱和小考
　　——东亚汉文学史上缺失的章节 ………………………… 193
东亚文化中的《九云梦》
　　——以中国出版的几种《九云梦》为中心 ……………… 222

琉球国"书同文"小考 ………………………………………… 259
明清使臣视野中的琉日关系 …………………………………… 353

关于中国文学影响的表述
　　——韩日汉文学史论著中相关表述之比较与检讨 ……… 377

东亚古典学研究的杰构
　　——读孙猛《日本国见在书目录详考》…………………… 394

后记 …………………………………………………………… 401

附录：邵毅平著译目录 ………………………………………… 404

"天下观"之争

一

世上很多地方的人都自认为居于世界的中心,比如古希腊人认为希腊中部的德尔斐是世界的中心,奥斯曼帝国的苏丹认为其宫廷中那个悬锤所指处是世界的中心,达利顿悟法国佩皮尼昂的小火车站是宇宙的中心①,捷克莫拉维亚小镇捷克特勒博瓦人认为该镇是世界的中心②……但大概只有我们(或者周边地区"效尤"我们时),才把自己的国家叫作"中国"。

"中国"也者,天下之中心国度也——这一国名,显然与中国传统的"天下观"有关。古代中国人的"天下观",并不是像今天这样的"球面散点"式的——世界上有二百来个国家,中国只是它们中的一员;而是"同心圆"式的——中国就是世界的中心,而且是最高的存在;周边散布着众多"蛮夷",落后并附属于中国;再外边则是东南西北"四海",那是世界的极限和尽头③。

---

① 西班牙超现实主义画家萨尔瓦多·达利(Salvador Dali, 1904—1989),1965年游览法国加泰罗尼亚地区首府佩皮尼昂时,顿悟佩皮尼昂的小火车站就是宇宙的中心:"突然,一切在我面前都显得如此清晰,就像闪电的光,我发现自己就处在宇宙的中心。"佩皮尼昂人对他的看法自然深信不疑,他们在火车站前的达利广场上树了一块铭牌,隆重记载了达利的这一惊天顿悟。

② 该镇的火车站前小广场上,设置了一只硕大的石头地球仪,上面唯一标示的地名就是该镇,那地球仪则以该镇为中心旋转。

③ 后人补绘的《山海经》圆形地理图、《华夷图》(1136)、禹贡九州山川之图(1185前)等,表现这种观念最为明确。但其实不仅中国人的观念是如此,古代其他文明的观念也大都如此,像古代和中世纪的圆形(T-O)地图等,绘图者皆以自己为世界的中心,如巴比伦圆形世界地图(前700—前500)以巴比伦为中心,突厥圆形地图(约1072—1083)以双汗廷为中心,耶路撒冷地图(约1100)、拜占庭圆形世界地图(1110)均以耶路撒冷为中心,美因茨的亨利的圆形世界地图(约1110)以希腊的基尼拉泽斯群岛为中心,阿拉伯伊德里西圆形世界地图(1154)、矩形世界地图(1192)均以麦加为中心,等等;此外,许多早期西方地图均以地中海为中心(参见朱鉴秋等编《中外交通古地图集》,上海,中西书局,2017年)。

"中国者,聪明睿知之所居也,万物财用之所聚也,贤圣之所教也,仁义之所施也,诗书礼乐之所用也,异敏技艺之所试也,远方之所观赴也,蛮夷之所义行也。"①"天地四方,皆海水相通,地在其中,盖无几也。七戎六蛮,九夷八狄,形类不同,总而言之,谓之四海,言皆近海。海之言晦冥无所睹也。"②"中国,天地之正气也,天命之所钟也,人心之所会也,衣冠礼乐之所萃也,百代帝王之所以相承也,岂天地之外夷狄邪气之所可奸哉!"③"大抵一元之气充溢乎天地,其所能融结为人为物,惟中国文明则得其正气。环海于外,气偏于物,而寒燠殊候,材质异赋,固其理也。"④"中国之外,四海维之。海外夷国以万计,唯北海以风恶不可入,东西南数千万里,皆得梯航以达其道路,象胥以译其语言。惟有圣人在乎位,则相率而效朝贡互市,虽天际穷发不毛之地,无不可通之理焉。"⑤故此中国式"天下观"又称"华夷观"⑥。

早在中国历史的开端,即已取这种"同心圆"式"天下观"了。如《尚书·禹贡》所载"五服"之制,以京城为圆心画圈:第一圈"甸服",由王直接统治;第二圈"侯服",由诸侯统治;第三圈"绥服",也由诸侯统治;第四圈"要服",为偏远地区;第五圈"荒服",算蛮荒地区。每一圈都向外扩展五百里,根据距离远近、开化程度,来确定各自的权利与义务,由内及外,离京城渐行渐远,文明程度也逐渐衰减(当然,这种理想化的"同心圆"制度,在历

---

① 《战国策·赵策二》"武灵王平昼闲居"条。
② 张华《博物志》卷一"地"。范宁《博物志校证》据各种类书校补,北京,中华书局,1980年,第10页,第17页。
③ 《陈亮集》卷一《上孝宗皇帝第一书》(1178)。
④ 张翥《岛夷志略序》(1350)。
⑤ 吴鉴《岛夷志略序》(1349)。与此形成鲜明对照的是,古代英国人虽也意识到自己周边都是大海,但他们自觉身处被茫茫大海包围的小岛,虽也有可以独善其身的好处,却是那么的孤立无助,从而非常向往大海外面的广阔世界。"我誓不归返我的故国,直到安及尔斯和你在法国所有的权利,连同那惨淡苍白的海岸——它的巨足踢回大洋汹涌的潮汐,把那岛国的居民隔离在世界之外——还有那海洋所围护的英格兰,那未遭外敌侵凌的以水为城的堡垒,那海角ース西的国土,全都敬礼你为国王;直到那时候,可爱的孩子,我要坚持我的武器,决不思念我的家乡。"(莎士比亚《约翰王》第二幕第一场)"这一个小小的世界,这一个镶嵌在银色的海水之中的宝石(那海水就像是一堵围墙,或是一道沿屋的壕沟,杜绝了宵小的觊觎),这一个幸福的国土,这一个英格兰……"(莎士比亚《理查二世》第二幕第一场)其"光荣的孤立"的感觉,与中国人自居于世界的中心,以"四海"为天尽头的"天下观"正好相反。
⑥ 如套用时下流行的所谓"东方主义"的说法,中国传统的"华夷观"甚至可以称为"四方主义"。

史上似乎从未真正实行过)。这就是古代中国人的"天下观"①。

古代中国文化非常强势,所以不仅是中国人自己,即使中国周边国家和地区,也有接受中国式"天下观"的。"天中恋明主,海外忆慈亲",这是晁衡(701—770)《衔命还国作》诗②里的两句,其中称唐朝为"天中",也就是天地的中央,世界的中心,乃唐人习用的说法③。晁衡(阿倍仲麻吕)原是日本人,但长期生活在唐朝,所以接受了中国式"天下观"④。"天下名山曰有五焉。东曰东岳,即泰山;西曰西岳,即华山;南曰南岳,即衡山;北曰北岳,即恒山;中央之山曰中岳,即嵩山。此所谓五岳也。"说这番话的并不是中国人,而是17世纪朝鲜文人金万重(1637—1692),见于他写的汉文小说《九云梦》(约1688)的开头。值得注意的是,"曰有五焉"的并不是"中国名山",而是"天下名山",而其中又并无朝鲜半岛的名山,这说明他也接受了中国式"天下观"⑤。不仅他是这样,古代朝鲜半岛的文人们,大都承认中国的"中",而自居于"东",自称"东"、"东方"、"东国"、"海东";虽把本来称呼中

---

① 其实中国古代也有别样的天下观,如战国时的齐国人邹衍(约前305—前240)即主张一种更为广阔的天下观:"以为儒者所谓中国者,于天下乃八十一分居其一分耳。中国名曰赤县神州,赤县神州内自有九州,禹之序九州是也,不得为州数。中国外如赤县神州者九,乃所谓九州也。于是有裨海环之,人民禽兽莫能相通者,如一区中者,乃为一州。如是者九,乃有大瀛海环其外,天地之际焉。"(《史记·孟子荀卿列传》)也就是说,天下共有九九八十一州,外面有大瀛海包围,那是天地之尽头;里面每九州为一个单位,一共九个单位,互相以裨海(小海)区隔,人民禽兽莫能相通;每个单位里又有九州,中国则仅为其中之一;而中国国内的九州,那是不算数的,完全是另外一个概念。这与后来佛教的天下观有相似之处。

② 《全唐诗》卷七百三十二。

③ 晁衡友人储光羲《洛中贻朝校书衡朝即日本人也》诗云:"万国朝天中,东隅道最长。"(《全唐诗》卷一百三十八)唐玄宗赐遣唐大使藤原清河诗云:"日下非殊俗,天中嘉会朝。"(《全唐诗逸》卷上)晁衡诗的"天中"亦即此义。猪口笃志《日本汉诗》此诗下注云:"天中,天的中央,世界的中央。中国人认为本国位于天的中央,世界的中心,指中国。"(《新释汉文大系》本,东京,明治书院,1972年,上册,第64页)小岛宪之校注《本朝一人一首》卷十此诗下注云:"天中指位于天最中央的唐朝(天朝中夏)。"(《新日本古典文学大系》本,东京,岩波书店,1994年,第300页)理解均无误。而在唐诗里,所谓"天中"之具体含义,则视该诗指涉范围而定;如果不与周边对举的话,"天中"也多指唐都长安。

④ 后来日本有人指摘晁衡此诗以中国为"天中"、以日本为"海外"是本末倒置,猪口笃志为之辩解说,因为此诗是写给中国人看的,所以不得不采用这种立场(《日本汉诗》,上册,第64页)。

⑤ 在东亚世界里,也有模仿中国五岳而自设五岳的,如琉球国即如此。周煌《游辨岳》诗"五岳何年到十洲"句下自注云:"琉球五岳,盖是国人慕中华而仿名之者。"(《海东续集》,王菡选编《国家图书馆藏琉球资料三编》,北京,北京图书馆出版社,2006年,上册,第433页)

国的"震旦"偷梁换柱成自称的"震檀"①，也还是坚持自居于东方；有时也自我膨胀一下，也就不过在"东"前加个"大"字，自称"大东"而已，于中国的"中"并无异议②。即使后来自信满满，觉得自己已与"中华"无异，甚至可以取代清朝成为正统，也只是自称"小华"、"小中华"，不忘在前面加上个"小"字，意识里始终有本尊存在。这都是接受中国式"天下观"的结果。

当然也有不接受乃至"效尤"的。日本现存最早的汉诗之一，大友皇子的《侍宴》（668）云："皇明光日月，帝德载天地。三才并泰昌，万国表臣仪。"（《怀风藻》）诗中的"中华思想"我们耳熟能详，可见当时已为日本人所吸收③。而从奈良、平安时期起，即有自称"中国"、称人"夷狄"者。如562年，钦明天皇下诏，讨伐"新罗西羌小丑"④。740年，藤原广嗣起兵前，上表圣武天皇曰："北狄虾夷，西戎隼俗，狼性易乱，野心难驯，往古以来，中国有圣则后服，朝堂有变则先叛。"⑤811年，嵯峨天皇敕征夷将军曰："其虾夷者，依请须移配中国；唯俘囚者，思量便宜，安置当土，勉加教喻，勿致骚扰。"⑥849年，滋野贞主上表曰："夫太宰府者，西极之大壤，中国之领袖也……因捡旧记，大唐、高丽、新罗、百济、任那等，悉托此境，乃得入朝，或缘贡献之事，或

---

① 如权近（1352—1409）《阳村集》卷三十六《有明谥康献朝鲜国太祖至仁启运圣文神武大王健元陵神道碑铭并序》云："书云观旧藏秘记，有九变震檀之图，建木得子，朝鲜即震檀之说，出自数千载之前，由今乃验，天之眷佑有德，信有徵哉。"（毅平按：权近此文撰于去世前不久，经人更改并于同年刻石，原文无此数句，为刻石时所加。）李圭景（1788—1850后）《五洲衍文长笺散稿》卷三十五《东方旧号故事辨证说》云："震檀，以东方在震，而檀君始为东方之君，故名。"

② 如《大东舆地图》之类。又如朝鲜初期金士衡、李荟、权近等以元代李泽民《圣教广被图》、清濬《混一疆理图》为底图而增绘朝鲜和日本部分的《混一疆理历代国都之图》（1402），中国稳居于中，朝鲜安居于东，日本则僻居东南角，反映了当时朝鲜人的天下观；而且有意思的是，他们把朝鲜画得很大，而把日本画得很小。不过，不久后中国的《大明一统之图》（1461前）也画成这样，且日本与琉球一样大小。可见这是当时中朝共同的天下观。（两幅地图均见朱鉴秋等编《中外交通古地图集》，第64、75页。）

③ "这是一首与天智（天皇）时代相配的诗，其时消灭了苏我氏，完成了古代天皇专制支配体制，天皇成了国土唯一最高的主人，在列岛上建设起了小中华帝国。"（入谷仙介《汉诗入门》，东京，日中出版，1979年，第208页）毅平按：天智天皇661—671年在位，大友皇子648—672年在世。

④ 《日本书纪》卷十九"钦明天皇二十三年（562）夏六月"条。毅平按：钦明天皇此诏，实剿袭《梁书·王僧辩传》载陈霸先讨伐侯景誓师文，可以认为是《日本书纪》（720）编撰者的"作品"，而非当初实有此诏，故可以作为奈良时期的例子。

⑤ 《大日本史》卷一百十七《藤原广嗣传》。

⑥ 《日本后纪》卷二十一"嵯峨天皇弘仁二年（811）十月甲戌（十三日）"条。毅平按："虾夷"即阿伊努人，日本列岛，尤其是今北海道的原住民，后渐被倭人消灭殆尽。

怀归化之心,可谓诸藩之辐凑,中外之关门者也。"①其中所谓"中国",都指日本本土。此外,也有自称"华"、"汉",称人"夷"、"藩"的,则不胜枚举。后来西洋人从南边来了,也被称为"南蛮"、"蛮国"②。到了江户时期,更是自我膨胀得厉害,挑战矛头直指中国。或者反对称中国为"中华"、"中国",只让称"もろこし"(唐土)、"から"(唐)、"汉"、"唐",甚至称"戎"(本居宣长);或者自称"神州",而称中国为"西土"(德川齐昭、藤田东湖);或者不服只有中国能称"中朝"、"中国"、"中华"的"惯例",主张各国皆可自称"中朝"、"中国"、"中华",然后决定称日本为"中朝"、"中国"、"中华",而反称中国为"外朝"、"异朝",只比"四夷"、"诸蕃"高一头(山鹿素行);或者自称"神州",强调"华夷之辨"(玉木文之进);或者假托"日本圣人"之语,以日本为"中国",以中国为"夷狄"(浅见絅斋)③。到了近代,不仅仍自称"神州"、"中国"(见近代各家汉诗文),更是举国蔑称中国为"支那"④,阴魂至今仍残留在"东シナ海"、"南シナ海"里不散⑤。

---

① 《日本文德天皇实录》卷四"仁寿二年(852)二月乙巳(八日)"条滋野贞主(785—852)小传载其嘉祥二年(849)上表。

② 如伊达政宗(1567—1636)的《欲征南蛮有作》:"邪法迷邦唱不终,欲征蛮国未成功。"(猪口笃志编《日本汉诗》,上册,第115页)

③ 参见朱云影《中国文化对日韩越的影响》,台北,黎明文化事业公司,1981年,第251—263页,第286—291页。毅平按:藤田东湖(1806—1855)《和文天祥正气歌并序》:"天地正大气,粹然钟神州……神州孰君临,万古仰天皇。"(《东湖诗集》上篇,收入高须芳次郎编《藤田东湖全集》第三卷《东湖诗歌集》,东京,研文书院,1944年;又见猪口笃志编《日本汉诗》,上册,第297页)猪口笃志注称,"神州"同于"神国",在日本其来有自,始见于《日本书纪》,而中国也或称本国为"神州"(同上)。其说既牵强附会,又本末倒置。又,日人也有如朝鲜半岛人自称"大东"者,如太宰春台(1680—1747)《斥非》云:"毋论中国,虽我大东,自古迨吾国初,实所未有也。"

④ 参见佐藤三郎《对日本人称中国为"支那"的考察》,收入其《近代日中交涉史研究》,徐静波、李建云译,上海,上海人民出版社,2013年,第19—52页。毅平按:其实在源桂阁与清朝使臣的笔谈中,大都称"华"、"中华"等,而基本不称"支那",自称则"扶桑"、"东洋"等(参见刘雨珍校编《清代首届驻日公使馆员笔谈资料汇编》,天津,天津人民出版社,2010年),佐藤三郎文似忽略了这部分重要史料。

⑤ 日本战败投降后,1946年1月7日,外务省以"冈崎胜男"的名义,发出了题为《关于避免"支那"称呼的事宜》的公文,其中除要求停用"支那"而使用"中国"外,还留了这样一条尾巴:"惟历史方面、地理方面及学术性的叙述等,则不必一定要遵循上述范例。例如'东支那海'、'日支事变'等则不得不沿袭旧称。"(参见上注)历史方面也算罢了,地理方面何以"不得不沿袭旧称"?这个完全是没道理的。况且,关于东海和南海的日称,日本战后也改过几次的,有一次已经改成"东中国海"、"南中国海"了,可惜最终还是改成了暧昧的"东シナ海"、"南シナ海"。日本某百科全书关于"东シナ海"的条目云:"东シナ海与日本海邻接,位于九州的西方及琉球列岛的西北方,(转下页)

又如古代的越南,虽与中国打交道时,不得不自居于"南",或者夸张一点,如阮朝的自称"大南"(如《大南实录》),类朝鲜之自称"大东",承认中国的"中",有时还自辱为"夷",表示臣服于"华"(如1431年黎利上谢表于明帝,称扬"万物并育,心天地以为心;四海蒙恩,治夷狄以不治"①,1435年黎麟上表贺明英宗即位,称颂"泰运重开,四海仰中天之日月;春王正始,万邦为一统之山河。宗社奠安,华夷悦服"②);但关起门来,小巫学大巫,依样画葫芦,却也不妨自得其乐,也自称"中国"(或"华"、"汉"、"中夏"、"神州"等),而蔑称周边为"夷"、"狄"、"蛮",甚至称中国为"虐贼"、"夷狄",自认"统御华夷"③、"莅中夏,抚外夷"④——这是用中国之道,还治中国之身了!或至少也来个南北对等,所谓"自天地既定,南北分治,北虽强大,而不能轧南"⑤,称中国为"北朝"、"北国"、"北地",中国人为"北人",中国军为"北师"、"北兵"乃至"北寇"。"时胡篡陈祚,明人南侵,郡县我疆域,臣妾我兆庶,法峻刑苛,赋繁役重,凡中国豪杰之士,多阳假以官,安排于北。"⑥"喻天下曰:贼在中国,民犹未定,于汝安乎?"⑦皆自称"中国",而以明为"北"为"贼"。

至于古代越南人自称疆域之内为"天下",如"王谕天下臣民"、"试天下

(接上页)朝鲜半岛及黄海的南方,中国大陆的东方,台湾岛的北方。在日本有人指责日语的'东シナ海'带有歧视色彩,为此他们提议日语应该以'东中国海'来取代'东シナ海'。日本在第二次世界大战结束之前一直使用'东支那海',战后有一段时间曾经使用过'东中国海',但是目前日本外务省的正式文件上还都在使用'东シナ海'。"有关情况及拙见请参看拙文《该改动了,所谓的"东シナ海"、"南シナ海"!——三说"支那"与"倭"》,收入拙著《胡言词典》(笔名"胡言")合集版,上海,复旦大学出版社,2013年,第186—190页;合集版增订本,上海,中西书局,2019年,第194—197页。有日本学者也承认:"'东シナ海'这个名称,也是近世帝国主义式的命名,在中国是行不通的。对于中国大陆东面的这片广袤海洋,他们主张的名称是'东海'。"但他又说:"(把)'东シナ海'叫作'东海'的主张,对日本来说却是难以接受的。"(上田雄《渤海国——东アジア古代王国の使者たち》,东京,讲谈社,2004年,第18—19页)如果改成"东海"一时做不到,至少可以先把"シナ"改成"中国"吧?

① 李文凤《越峤书》卷十五《书表》。
② 李文凤《越峤书》卷十五《书表》。
③ 《大越史记本纪实录》卷十三《黎纪》"圣宗洪德十年(1479)六月初七日"条"征盆蛮诏"。
④ 《大越史记本纪实录》卷十三《黎纪》"圣宗洪德十年(1479)七月二十二日"条"征哀牢诏"。
⑤ 《大越史记本纪全书》卷十《黎纪》"太祖顺天元年(1428)正月"条"论曰"。
⑥ 《大越史记本纪实录》卷一《黎纪》"太祖高皇帝"篇首。
⑦ 《大越史记本纪实录》卷一《黎纪》"太祖高皇帝丁未(1427)八月"条。

士人"、"试天下有文学者"、"许天下人粟"、"令天下筑千里路"、"禁天下官民赌博"①等,则又是有样学样,习惯成了自然。日本也是这样,每自称"天下"。如战国枭雄织田信长、丰臣秀吉、德川家康被称为"天下人",织田信长使用"天下布武"之印鉴,德川幕府的将军被称为"天下さま",其中"天下"都仅指日本;又如怀良亲王复书明太祖,公然挑战中国式"天下观":"盖天下者,乃天下之天下,非一人之天下也。"②

在实学思潮勃兴的朝鲜后期,许多实学者知道了地球是圆的③,于是对中国的"中"提出了质疑:"今中国者,不过大地中一片土。"④"自天视之,岂有内外之分哉。"⑤不过,他们只是质疑中国的"中",犹不敢自居于"中"而"西"中国;挑战孔子作《春秋》的内中国而外四夷,犹不敢自居于"内"而"外"中国;与日本、越南不同,犹不敢自称"天下"⑥。

西方人当然更不接受中国式"天下观"了。1583年,耶稣会传教士利玛窦(1552—1610)进入中国,翌年,在肇庆首次展示了他带来的世界地图,让中国人领教了一个完全不一样的"天下"。"西洋异人近代入中国(西洋人

---

① 皆《大越史记全书》中套语。又,明太祖赐册封安南使张以宁诗曰:"岭南南又海南边,惟有安南奉我天。"又曰:"何时化作中原地,风俗流行礼乐教。"(严从简《殊域周咨录》卷五《安南》)朱元璋不知道,安南的这个"奉",只是"阳奉",实则阴违,是别有"天下"的;后来的确是"风俗流行礼乐教"了,却是在从"中原地"化回"南蛮"之后。
② 见《明史·外国三·日本传》。
③ 利玛窦的《坤舆万国全图》(1602)刊行后第三年即已传入朝鲜,《两仪玄览图》(1603)也于刊行两年后传入朝鲜,艾儒略的《职方外纪》(1623)收录的《万国全图》于1631年传入朝鲜,汤若望的"舆地球"(地球仪)于1644年传入朝鲜,南怀仁的《坤舆全图》和《坤舆图说》(均1674)于1721年传入朝鲜。它们作为西学传入朝鲜半岛的先声,给朝鲜人带来了全新的西方地理知识,冲击了他们习以为常的中国式"天下观"(参见李元淳《朝中图书交流瞥见》,朴英姬译,载复旦大学韩国研究中心主编《韩国研究论丛》第三辑,上海,上海人民出版社,1997年,第259—260页)。
④ 李瀷《星湖先生僿说》卷二天地门"分野"条。
⑤ 洪大容《湛轩书》内集卷四补遗《巫山问答》。
⑥ 这种因恪守中国式"天下观"而不敢自称"天下"的心态,在其时朝鲜人绘制的"天下图"中也表现了出来。"朝鲜从什么时候开始有'天下图'?从现在掌握的原始资料看,可以说在17世纪后半期已经出现……朝鲜继续承袭中国的天下观,但在其天下图中却企图构建一个既旧又新的、既实又虚的世界。与中国不同的是,天下图中的世界,虽然仍以中国为中心,而同时中国、朝鲜、日本等又是分别自为一体的,所以在他们的'地图帐'中,其编绘体系是:天下图在前,呈现天下的总体格局,然后是中国、日本、琉球、朝鲜和朝鲜的八道。"(黄时鉴《从地图看历史上中韩日"世界"观念的差异——以朝鲜的天下图和日本的南瞻部洲图为主》,载《复旦学报》2008年第3期)也就是说,比起中国的"天下图"来,朝鲜的"天下图"只是多了一点本国意识,而并不挑战中国式"天下观"。

来自利玛窦始),始知五洲万国果若星罗骈(其《万国全图》说云:天下五大洲,一亚细亚洲,百余国,中国居其一……)。"①"历法至今称最密,意大里亚(西洋国名)来神工。其国有人利玛窦,前明万历来朝宗。手画全图称万国,大洲有五分其中。"②但欧洲人的世界地图都以大西洋为中心,而中国人很难接受中国不在世界的中心,所以利玛窦只得以太平洋为中心重新绘制③。

过了四十年,"西海"艾儒略与"东海"杨廷筠一起编纂《职方外纪》(1623),详载世界四大洲(除大洋洲)各国概况,向中国人展示了最新的世界地理知识。"亚细亚者,天下一大洲也……中国则居其东南","地既圆形,则无处非中,所谓东西南北之分,不过就人所居立名,初无定准",其中所述"无处非中"的"天下观",以及"西海"、"东海"的作者署名方式,对中国式"天下观"不啻是个挑战。朝鲜后期的实学者们,正是从传教士这里得到启发,从而质疑中国式"天下观"的④。就是中国的文人学者自己,也不免受到了巨大的冲击,开始反思传统的"天下观":"独笑儒者未出门庭,而一谈绝国,动辄言夷夏夷夏,若谓中土而外,尽为侏离左衽之域,而王化之所弗宾。呜呼,是何言也……尝试按图而论,中国居亚细亚十之一,亚细亚又居

---

① 徐葆光《海门歌》(《海舶三集·舶前集》,《国家图书馆藏琉球资料三编》,上册,第148页)。
② 徐葆光《月蚀诗(七月十五日)》(《海舶三集·舶中集》,《国家图书馆藏琉球资料三编》,上册,第205页)。
③ 利玛窦在广东肇庆绘制的《山海舆地全图》(1584)已佚,但据其转录的章潢(1527—1608)的《舆地山海全图》(约1585)尚存,收录于其所编《图书编》(1613)卷二十九,便是以中国为中心的,西边有小西洋(印度洋)、大西洋(大西洋),东边有小东洋(西太平洋)、大东洋(东太平洋),接近今天中国绘制的世界地图;现存利玛窦编的《坤舆万国全图》(1602)、《两仪玄览图》(1603)也是如此。此后,艾儒略的《万国全图》(1623)、南怀仁的《坤舆全图》(1674)都是如此。又一个世纪后,蒋友仁(1715—1774)绘制的《坤舆全图》(1760),改以大西洋为中心,似已为乾隆皇帝所接受(参见朱鉴秋等编《中外交通古地图集》,第135、160—161、164—165、180、202—203、256—257页)。
④ "促进朝鲜儒教两班社会人所固有的'中华中心'地理知识和'山海经类'自然知识及形而上学的地球科学理解变化的契机,是通过事大使行员从中国大陆导入朝鲜王朝后期儒教传统社会的汉译世界地图和汉译地球仪等异质的文化体制而获得的……伴随着地球仪的介绍,朝鲜王朝后期儒教知识分子对世界地理的认识范围扩大到了'职方外纪',即世界的角度,对欧洲文化的关心也提高了起来。他们进而确信地球说,最终摆脱立足于中国的'华夷论'世界观,而达到了'四海均是'的近代地理认识的境界。"(李元淳《朝中图书交流瞥见》,朴英姬译,载复旦大学韩国研究中心主编《韩国研究论丛》第三辑,第259—260页)

天下五之一,则自赤县神州而外,如赤县神州者且十其九,而戋戋持此一方,胥天下而尽斥为蛮貊,得无纷井蛙之诮乎?"①

也正因此,后来西方人翻译金万重的《九云梦》,遇到"天下名山曰有五焉"之句,都会无视中国式"天下观",绝不肯把"天下"译成"world"(世界)、"monde"(世界)。较早的两个英译本(1922,1974),先后译成了"East Asia"(东亚)、"China"(中国)——弄得中国式"天下"不断"缩水";而较近的一个法译本(2013),甚至译成了"Extrême-Orient"(远东)②!——古代的朝鲜半岛人会自居于"远东"吗?然而这么一来,就使得西方读者失去了了解中国式"天下观",了解东亚曾经存在过一个汉文化圈的机会,故还不如直译成"world"、"monde",然后加注说明为妥。另一个法译本(2014),最近的一个英译本(2019),就都正是这么做的,它们都把"天下"直译为"天底下"(Au-dessous du ciel, beneath Heaven),然后加注说明。此外,韩国人自译的一个英译本(1974),则径直把"天下"译成了"world"③。

二

然而早在西洋人之前,在佛门里,也曾经存在过一种很不一样的"天下观",对传统的中国式"天下观"形成了强有力的挑战,让人感到意味深长,

---

① 瞿式穀《职方外纪小言》。但是,这种影响极为有限,总体情况并无改观,这也表现在地图方面:"在中国,牢固的传统'天下'观使利氏地图熔入明清地图的中华中心主义大统。""利玛窦世界地图在中国的历史命运表现为:利氏地图以及西方系统的世界地图很少传世,地图原本的传存和摹绘奇缺,而后来少量的刻印图版又往往被简略得难以名状;在之后绘制的冠有'天下'或'华夷'名目的地图上几乎没有什么影响,仅有极少的民间绘制的地图上有较为明显的表现。""中国以天下为中心的观念有力地处于主流的地位,从利玛窦起,来华的西方传教士虽然不断绘制出世界地图,并不能动摇明朝和清朝的大一统的权威,相反,西方的世界观念一次又一次地被消融于传统的天下观之中。"(黄时鉴同上文)这种情况至晚清始有所改变,以邝其照《地球五大洲全图》(1875)等为代表,开始与西方的世界地图接轨(参见邹振环《全地新构:邝其照及其地球五大洲全图》,载《复旦学报》2018年第6期)。

② 参见本书所收拙文《东亚文化中的〈九云梦〉——以中国出版的几种〈九云梦〉为中心》。与此同时,他们却把自己的耶稣纪元(ère chrétienne)"普世"化为世界纪元(l'ère),认为这是"所有文明的人"都采用的纪元,参见本书所收拙文《中国岁时文化在东亚》。这两个词的进退之间,正透露了中西文明消长起伏的消息。

③ 参见本书所收拙文《东亚文化中的〈九云梦〉——以中国出版的几种〈九云梦〉为中心》。

又兴味津津。

后秦有个高僧叫法显(334—420),于399年至412年赴天竺取经,回到东晋后,写了一部《法显传》(414),"自记游天竺事",其结语说:"法显发长安,六年到中国。"初看让人疑心有误:长安不就在中国吗?怎么走了六年才到中国?其实,法显这里说的"中国",并非是指自己的祖国,而是指"中天竺"。当时的南亚次大陆上,有东西南北中五天竺,中天竺佛教最为发达,故古印度佛教徒称之为"中国"(Madhya-deśa),而称远方之地为"边地"(Mleccha-deśa)。这是古印度佛教徒的"天下观"了,也可以称作"中边观"(当然这只是他们有关"南赡部洲"的小"天下观",其上还有"小世界"或"四天下"等大"天下观",还有"小千世界"、"中千世界"、"大千世界"等更大的"天下观")。据慧立、彦悰《大慈恩寺三藏法师传》卷三记载,中印度阿逾陀国菩萨作有《中边分别论》,看来就是讨论这种印度式"天下观"的(有人以为佛教"天下观"是不分彼我、普遍平等的,由此看来恐怕也是一种误解)。法显既称中天竺为"中国",则显然是放弃了中国式"天下观",而接受了印度式"天下观"的①。

在《法显传》里,法显从不自称"中国",而是称"秦"、"汉"、"边地"、"秦土"、"汉地"、"晋地"等,自称"边人"、"边地人";其中提到的"中国",指的都是中天竺。在法显们的眼里,"中国"什么都好,"中国寒暑调和,无霜雪,人民殷乐","中国寒暑均调,树木或数千岁,乃至万岁",而"边地"一切落后,故常"自伤生在边地"。法显还经常记载"中国人"对他们这些"边地人"的称赞:"奇哉!边地之人乃能求法至此。""见秦道人往,乃大怜悯,作是言:'如何边地人,能知出家为道,远求佛法?'"对于这些"中国人"的称赞,法显们显然很是受用。那次取经的结果是,同伴滞留"中国"不归,法显抱经独还"边地":"道整既到中国,见沙门法则,众僧威仪,触事可观,乃追叹秦土边地,众僧戒律残缺,誓言:'自今已去至得佛,愿不生边地。'故遂停不归。法显本心欲令戒律流通汉地,于是独还。"

当时,持此"天下观"的僧人甚多。比法显稍前,东晋的道安(312—

---

① "法显发长安,六年到中国"之句,《高丽藏》本"中国"作"中印国"。一字之增,透露了高丽人的心曲,似乎只承认中国是"中国",不承认中印度是"中国",其中消息耐人寻味。

385)也说:"世不值佛,又处边国,音殊俗异,规矩不同。"① 稍后刘宋时,围绕着"中""边"议题,还发生过激烈的儒释之争:"昔宋朝东海何承天(370—447)者,博物著名,群英之最,问沙门惠严(363—443)曰:'佛国用何历术而号中乎?'严云:'天竺之国,夏至之日,方中无影,所谓天地之中平也。此国中原,影圭测之,故有余分,致历有三代、大小二余增损,积算时辄差候,明非中也。'承天无以抗言。文帝闻之,乃敕任豫受焉。"② 可见当时两种"天下观"并存,经常发生激烈的交锋③,释子以天文地理为据,经常对儒生占有上风④。

不过,这只是法显们的"天下观"如此,与爱国不爱国无关。在师子国无畏山僧伽蓝,法显偶然目睹故国旧物,顿时感动得泪流满面:"法显去汉地积年,所与交接,悉异域人,山川草木,举目无旧,又同行分披,或留或亡,顾影唯己,心常怀悲。忽于此玉像边见商人以晋地一白绢扇供养,不觉凄然,泪下满目。"以致佛门流传"法显不怕黑师子,但看不得白绢扇"之语。看来,"中国"毕竟是"异域","汉地"到底是"家乡"⑤。

隋唐以后,佛门中人仍多坚持印度式"天下观"。如初唐时道宣(596—667)就认为:"局据神州一域,以此为中国也;佛则通据阎浮一洲,以此为边地也……天竺地之中心,夏至北行,方中无影,则天地之正国也,故佛生焉。"⑥他作《释迦方志》,远绍《中边分别论》,特设"中边篇",以"名"、"里"、"时"、"水"、"人"等五义,论证天竺(不限于中天竺)为"中"、"中

---

① 僧祐《出三藏记集》卷六《阴持入经序》。
② 道宣《释迦方志》卷上《中边篇》。
③ 黄时鉴同上文云:"佛教世界观的南赡部洲说,显然会与中国原有的'天下'观发生严重的矛盾,但事实上似乎没有产生大的冲突,可能儒家以为这只是佛教的空幻虚诞之说而已,并不构成现实的威胁。"其说不确。
④ 有意思的是,释子以天文地理为据的思路,也被儒生用来证明"华夷之辨"的合理。明嘉靖年间,安南有莫氏之乱,明廷打算出兵,户部侍郎唐胄上疏,力陈安南绝不可伐,理由之一就是"华夷乃天地间大分限",中国拥有天文地理的一切优势:"星辰莫大于三垣列宿,然皆丽于中土,而外则皆次舍之余;山川莫大于五岳四渎,然皆会于中土,而外则皆支委之末。是华夷乃天地间大分限。"(严从简《殊域周咨录》卷六《安南》)
⑤ 由法显们的这种心态,似也可旁通古代中国周边地区文人,比如晁衡、金万重们的心曲,他们一边接受中国式"天下观",一边也热爱着自己的祖国。如新罗文人崔致远在唐事业发达,可仍难耐宽寞与乡愁,其《秋夜雨中》诗吟道:"秋风惟苦吟,世路少知音。窗外三更雨,灯前万里心。"
⑥ 《广弘明集》卷六《叙历代王臣滞惑解》。

国","居中王边,古今不改",中国则为"边"、"东华",并批评"此土诸儒,滞于孔教,以此为中,余为边摄,别指洛阳以为中,乃约轩辕五岳以言,未是通方之巨观也"(请注意他批评了"五岳"的说法,可对照《九云梦》的津津乐道)。又如南宋末志磐作《佛祖统纪》,虽将中国与天竺东西并举,以《东震旦地理图》、《西土五印之图》(依《大唐西域记》所录绘制)分图介绍(中夹《汉西域诸国图》),貌似对等看待中国、天竺,实则仍以天竺为中心,始终坚持印度式"天下观":"须知此方居东,天竺居中,自此方西至天竺,为四万五千里,自天竺西向尽西海,亦四万五千里,如此则此地为阎浮之东方,信矣。世儒谓之中国,且据此地,自论四方之中耳。儒家谈地,止及万里,则不知五竺之殷盛,西海之有截也。"①

但同样是在初唐,玄奘(602—664)、辩机(619—649)作《大唐西域记》,义净(635—713)作《大唐西域求法高僧传》,却并不持印度式"天下观",而是持中国式"天下观",自称"中土"、"中夏"、"中国",而称天竺为"印度"、"天竺"、"五印"、"五天"(偶或在相对四天竺时称中天竺为"中国");甚至还把天竺纳入了"大唐西域"范围("西域"范围与时俱扩,此前一般只到中

---

① 志磐《佛祖统纪》卷三十三《世界名体志》第十五之二。538年佛教自百济传入日本以后,日僧以天竺为南赡部洲中心,以中国、日本为边地("粟散边土"),建立起了天竺、中国、日本"三国观"。这种"三国观"初露端倪于最澄的《内证佛法相承血脉谱》,明确表述于北畠亲王的《神皇正统记》(1339)。但以天竺为中心,不过是虚晃一枪,其真实意图,则在利用印度式"天下观",来抗衡中国式"天下观",以让日本与中国平起平坐。"对日本来说,印度是遥远的国度,既无人际往来,又无政治、经济的交流或纠葛,不妨一厢情愿地尽情想象;中国则不同,是文化、经济、政治各方面的超级大国,要吸收中国先进文化的同时,也须要适当地抵制其影响,否则无法保持本国文化的独立,这就是日本文化生存策略关键所在。天竺、震旦、日本的三国世界观也是此一生存策略的产物。"(金文京《论近代以前韩中日文化交流及其国家观的冲突》,收入《연동하는 동아시아 문화》,东北亚历史财团编,首尔,历史空间,2016年,第295页)也正因为持有这种"三国观",与中国极少绘制与保存南赡部洲图不同,日本大量绘制和保存了南赡部洲图。而且,与中国的南赡部洲图不同,在日本的南赡部洲图上,中国被画得更加偏远。如日本法隆寺所藏《五天竺图》(1364),就是一幅这样的南赡部洲图,既典型地体现了印度式"天下观",与道宣的"中土论"相去不远,又明确地表现了日本的"三国观"。与此相应,曾流行于中国和朝鲜半岛的"天下图",却始终未在日本发现(参见黄时鉴同上文)。此外,金文京同上文云:"中国人对韩日的不同世界观,直至今天,仍是茫然无知;韩国人知道中国的天下观,至于日本的世界观,还是不甚了了;日本则旁观者清,对韩中的天下世界观有深刻的了解,且故意隐藏自己的世界观,这就是日本的优势。"(《연동하는 동아시아 문화》,第301页)其说颇值得倾听。

亚,此时扩展到了印度①);《大唐西域记序论》甚至还说:"越自天府,暨诸天竺,幽荒异俗,绝域殊邦,咸承正朔,俱沾声教。"(于志宁《大唐西域记序》也说:"正朔所暨,声教所覃。")说天竺也"承正朔,沾声教",这话显然说得有点大了②。然而玄奘们说这种大话,未必没有取悦君主之意。果然唐太宗信以为真,让太子作《菩萨藏经后序》,也说什么:"贞观中年,身毒归化,越热坂而颁朔,跨悬度以输赆,文轨既同,道路无壅。"③"归化"、"颁朔"、"输赆"、"同文",子虚乌有,纯属虚构,显然是上了玄奘们的当了④。但玄奘们

① 南宋末志磐虽持有印度式"天下观",但观其以《东震旦地理图》与《西土五印之图》并举,且称"五印"为"西土",则未必不是为了迁就这种中国式"西域观"而违心作出的权宜之举。后来17世纪朝鲜文人金万重的《九云梦》云,"唐时有高僧自西域天竺国入中国",也颇得中国式"西域观"之精神。矗立于这种"西域观"背后的,仍是中国式"天下观",且曾为中国周边地区所接受。又,历史上,中国人以自己为中心,称西方为"西域"(大陆视角)、"西洋"(海洋视角),称东方为"东洋"。中国人的"西域"概念,颇类西洋人的"东方"概念;"西域"概念的与时俱扩,也颇类"东方"概念的不断"东扩"。不过,西洋人说"近东"、"中东"、"远东",中国人却不说"近西"、"中西"、"远西",而是在"西域"概念与时俱扩的同时,以"小西"来表示"中西"(如以"小西洋"指印度洋),以"大西"、"泰西"来表示"远西"(如大西洋、大西国、泰西人)——"大"有"远"意,"小"有"近"意。
② 天竺"承正朔"的唯一"证据",可能是释迦牟尼的生日,即中历四月八日"佛诞"("浴佛"、"灌佛"),但这是中国和尚编造出来的。钱钟书《管锥编》云:"沈约《答陶隐居〈难均圣论〉》:'释迦出世年月,不可得知。佛经既无年历注记,……不过以《春秋》鲁庄七年四月辛卯恒星不见为据。……何以知鲁庄之四月,是外国之四月乎?若外国用周正邪?则四月辛卯,长历推为五日,了非八日。若用殷正邪?周之四月,殷之三月。用夏正邪?周之四月,夏之二月。都不与佛家四月八日同也。……且释迦初诞,唯空中自明,不云星辰不见也。……与《春秋》"恒星不见"意趣永乖。……则释迦之兴,不容在近周世。'(《全梁文》卷二十九)按约《均圣论》言:'世之有佛,莫知其始。……唐虞三代,不容未有,事独西限,道未东流';陶弘景《难镇南沈约〈均圣论〉》驳:'谨案佛经,……释迦之现,近在庄王'(《全梁文》卷四十七)。故约重申周前早已有佛之意,其排释流之附会《春秋》,正所以尊释迦也。姚范《援鹑堂笔记》卷十一:'桓公七年夏四月辛卯夜恒星不见,此著于《〈春秋〉经》,皆以为天之变异。而释文(?氏)乃侈大其事,以为佛生之瑞。且此四月辛卯,杜以长历推之,为四月五日,又周正之二月也,而今以夏正之四月八日当之,其可乎?故陶隐居作《论》,亦以此为难';似误忆沈《论》为陶《论》也。"(北京,中华书局,1979年,第四册,第1405—1406页)毅平按:释流之附会《春秋》以定释迦生日,制造所谓的"佛诞"("浴佛"、"灌佛"),与西僧之附会日神节("外国冬至")以定耶稣生日,制造所谓的"圣诞"("耶诞"),其左支右绌,扞格难通,如出一辙,正可谓异曲同工,各臻其妙。
③ 慧立、彦悰《大慈恩寺三藏法师传》卷七。
④ 明末章潢编《图书编》(1613)卷二十九,收入了一幅《四海华夷总图》(约1585),题下自注云:"此释典所载四大海中南赡部洲之图,姑存之以备考。"该图既然以五天竺为中心,五天竺又以中天竺(中印土)为中心,体现的当然是印度式"天下观"("中边观"),而非中国式"天下观"("华夷观"),则该图与"华夷"其实全无关系。编者却无视该图原来的性质,轻描淡写地以"华夷"偷换概念,把该图解释成中国式"天下观"的体现。这种公然的混杂,说明当时人或已麻木于两种"天下观"的区别,或试图以中国式"天下观"来"收编"印度式"天下观"。不过,大概也幸亏打了"华夷"的幌子,此南赡部洲图得以保存下来,与仁潮《法界安立图》(1607)里的南赡部洲图一起,成为(转下页)

也因此得了君主的宠爱。

三

　　自我感觉良好，自以为居于世界的中心，看别人都是化外之民，用方位称别人之国①，这种"天下观"固然要不得；但现在有些国人"自谦"过了头，盲目接受西方人的"天下观"，口口声声自称"远东"什么的，也大概早已数典忘祖了吧（这与道安、法显、惠严、道宣们的自称"边地"，古代朝鲜半岛人的自称"东国"，倒是有得一拼）——你站在哪里，觉得自己"远"，觉得自己

（接上页）中国古文献中硕果仅存的两幅南赡部洲图。黄时鉴同上文云："不无可能，在中国佛教世代相传的过程中，这个南赡部洲说是有意地被淡化了。玄奘在撰著《大唐西域记》时是绘有五天竺图的，但这幅地图并未传世。在浩如烟海的汉文古文献（包括大藏经）中，南赡部洲图十分罕见，近似的作品仅有志磐《佛祖统纪》中的《西土五印之图》（1269）……仁潮《法界安立图》（1607）中的《南赡部洲图》和章潢《图书编》中的《四海华夷总图》等。"但《西土五印之图》只是五天竺图，而并不是南赡部洲图；由此逆推，《大唐西域记》里的五天竺图，也未必就是南赡部洲图，更何况玄奘并不持印度式"天下观"；又，在《佛祖统纪》中，《西土五印之图》所在之卷，实撰于南宋景定年间，也就是1260—1264年间，故"1269年"之说也不准确。此外，就在《图书编》的同一卷，还收入了一幅《舆地山海全图》（约1585），转录自1584年利玛窦在肇庆绘制的《山海舆地全图》，与今天的世界地图已经很接近了，可见章潢也有关注新的西洋"天下观"的一面。

　　① 1666年，有姜元衡揭告陈济生《天启崇祯两朝遗诗》"逆诗案"，其禀帖历数该书中违碍之语，其一即为"以我朝（清朝）为东国"（见顾炎武《与人书》，收入《顾亭林诗文集·亭林佚文辑补》）。可见在清廷眼中，"东国"为自居于"中国"的前明胜朝对于自己的"方位歧视"称呼，故是大逆不道的。1882年，日人岸田吟香委托俞樾选编日本汉诗集，俞樾初拟名《东国诗选》，岸田吟香没有接受，以为不如《东瀛诗选》，故最终定名《东瀛诗选》。这两个书名中虽说都有"东"字，但"东瀛"比"东国"色彩较淡，可视为一种迁就或折中。其实，说"东瀛"仍有中国中心色彩，日人最理想的书名应是《日本诗选》。我们看现代日本学者选编本国汉诗文集，都称"日本"，而没有自称"东国"或"东瀛"的，就可以明白其中的道理。黄遵宪《日本国志》（1887）"凡例"云："自史臣以内辞尊本国，谓北称索房，南号岛夷，所以崇国体，是狭隘之见也。夫史家记述，务从实录。"所以他以"日本国"名志。但在方位意识上，他仍未能免俗，其《中东年表》即如此，盖当时人习称"中东"也。薛福成《日本国志序》亦如此。然而有意思的是，对日本仍坚持"中东"之别的薛福成，其《日本国志序》开宗明义，即自甘与日本同居于"东方"："东方诸国足以自立、足以有为者，惟中国与日本而已。"此中圆凿方枘新陈代谢之处，恐怕他自己也不知其所以然。盖薛福成使西日久，早已知晓世界有东西方之别；而看待日本，则仍沿袭以中自居之旧习。又，其时日人正相反，绝不肯称中国为"中"，而是顽固坚持称"支那"。"中国、中华的名称，在日本曾被认为是以中国人为本位的词语，日本人若用这些称呼，便被认为是缺乏日本国民的自觉意识，要遭到具有国家主义立场的人的激烈抨击。"（佐藤三郎《对日本人称中国为"支那"的考察》，收入其《近代日中交涉史研究》，徐静波、李建云译，第19页）日人以此为由，就称中国为"支那"了。这一陋习，直到日本战败后才有所改变，但仍不彻底，在所谓的"东シナ海"、"南シナ海"里阴魂不散。

"东"呢①?"地既圆形,则无处非中,所谓东西南北之分,不过就人所居立名,初无定准。"就算换个角度,"西海"艾儒略的这番忠言仍值得倾听吧?

"今仅举'天下'二字来说,中国人最喜言'天下'。'天下'二字,包容广大,其涵义即有,使全世界人类文化融合为一,各民族和平并存,人文自然相互调适之义。其他亦可据此推想。"②时至今日,且让传统的"天下观"与时俱进、焕发新机吧!

2016 年 3 月 5—7 日完稿

(本文原载 2016 年 3 月 20 日《新民晚报》"国学论谭"版。续有增补,本书收入的是增补稿)

---

① 法国作家谢阁兰(Victor Segalen, 1878—1919)的诗集《古今碑录》第二版(1914)序,以"致远西的文人"(«Aux lettrés d'Extrême-Occident»)为题,即假装站在中国中心的立场上,视西方为"远西"(Extrême-Occident)的"蛮夷",以此讽刺西人自居于世界的中心而称东亚为"远东"(Extrême-Orient)这一陋习。有些国人至今仍乐于自称"远东"(甚至还有一家"上海远东出版社"),其自贬自虐且执迷不悟,真是连百年前的谢氏都不如了!进而言之,站在中国人的立场上看出去,所谓"近东"、"中东"也是莫名其妙——明明都在中国的西边,应该说"近西"、"中西"才对呀!况且,中国古代本来是有这类说法的,如"小西洋"(印度洋)、"大西洋"(大西洋)、"小东洋"(西太平洋)、"大东洋"(东太平洋),见《舆地山海全图》(约1585),即以"大"、"小"指"远"、"近",类所谓的"近东"、"中东"、"远东"。可惜这些称呼除"大西洋"外现已全部消失,败给了西方中心的"近东"、"中东"、"远东"。由于现在"话语主权"在西方人手里,我们无奈只得跟着称"近东"、"中东"("远东"就免了吧),尽管它们都在我们的西边;而其实从我们的视角看出去,朝鲜半岛、日本才是"近东",关岛、夏威夷才是"中东",加拿大、美国才是"远东"。

② 钱穆《中国文化对人类未来可有的贡献》,原载1990年9月26日《联合报》,《中国文化》第四期(1991年8月)转载,此据后者。

《江南》：四面八方的征服

一

江南可采莲，莲叶何田田，鱼戏莲叶间。① 鱼戏莲叶东，鱼戏莲叶西，鱼戏莲叶南，鱼戏莲叶北。

这首题为《江南》的汉乐府民歌，是汉代诗歌里的一朵奇葩。汉乐府多为北方民歌，这是仅见的江南民歌。它最初载于《宋书·乐志》，后收入《乐府诗集》，属《相和歌辞·相和曲》。《宋书·乐志一》云："凡乐章古词今之存者，并汉世街陌谣讴，《江南可采莲》……之属是也。"《宋书·乐志三》云："相和，汉旧歌也。丝竹更相和，执节者歌。"可见它是汉代的民歌，本传唱于街陌里巷，后来采入了乐府，渐被之于管弦，魏晋时应还在演奏。后来的各种"采莲曲"，或与"采莲"有关的作品，均发端于此诗②。

关于此诗的诗旨，历来有各种说法。《乐府诗集》卷二十六引《乐府解题》（即唐吴兢《乐府古题要解》）云："《江南》，古辞，盖美芳晨丽景，嬉游得时。"认为这是一首赞美游乐的诗。清代的陈沆，同意游乐之说，却以为诗人

---

① 大多数标点者都会在"莲叶何田田"下句断（句号甚至感叹号），而让"鱼戏莲叶间"单独句断。这样的话，前三句就有了两个主题：前两句写莲叶，第三句写鱼戏。这是在解释《江南》诗旨时，导致众说纷纭的原因之一。拙见以为，前三句是一个整体，一气说下来，落脚点不在莲叶，而在鱼戏。也正因如此，所以接下来才会顺理成章地写鱼戏四方。前三句韵脚一致，也证明了这一点。换句话说，此诗只有一个主题，那就是"鱼戏（莲叶）"，从头贯穿至尾。侧重于"采莲"，那是后来的事。

② 如梁元帝的《采莲赋》、朱湘的《采莲曲》、朱自清的《荷塘月色》等。一直到现在，电视剧《甄嬛传》的插曲《采莲》，故姚贝娜唱得百转千回的，歌词仍化自于此诗。

《江南》：四面八方的征服   17

心存讥刺，而无意赞美："刺游荡无节，《宛丘》、《东门》之旨也。"①此外，更有人说此诗意在"讽淫"。清平世界，朗朗乾坤，看来总有道学家喜欢煞风景。

现代人则大都认为这是一首"采莲诗"、"劳动诗"，反映了采莲时的光景和采莲人欢乐的心情。"这是一首歌唱江南劳动人民采莲时愉快情景的民歌……本诗最主要的内容是歌唱劳动。更有人说此诗寓意在于'讽淫'、'刺游荡'等等，那完全是对健康的民歌的曲解。"②从"游乐"变为"劳动"，从"不健康"变为"健康"，时代真的是变了，我们进入了新社会③。

二

此诗最奇特的是"鱼戏莲叶东"以下四句，采用了"四面八方"的写法，后来的"采莲曲"再也没有这样的（直至朱湘的《采莲曲》仍是这样）。

---

① 陈沆《诗比兴笺》卷一。
② 北京大学中国文学史教研室选注《两汉文学史参考资料》，北京，中华书局，1962年，第508—509页。
③ 朱自清《荷塘月色》中有一段，叙写了江南的采莲旧俗："忽然想起采莲的事情来了。采莲是江南的旧俗，似乎很早就有，而六朝时为盛，从诗歌里可以约略知道。采莲的是少年的女子，她们是荡着小船，唱着艳歌去的。采莲人不用说很多，还有看采莲的人。那是一个热闹的季节，也是一个风流的季节。梁元帝《采莲赋》里说得好：'于是妖童媛女，荡舟心许；鹢首徐回，兼传羽杯。櫂将移而藻挂，船欲动而萍开。尔其纤腰束素，迁延顾步；夏始春余，叶嫩花初。恐沾裳而浅笑，畏倾船而敛裾。'可见当时嬉游的光景了。这真是有趣的事，可惜我们现在早已无福消受了。"所谓"采莲是江南的旧俗，似乎很早就有……从诗歌里可以约略知道"，"诗歌"指的应该就是《江南》吧？而采莲少女所唱的"艳歌"，难道不也正可能是《江南》吗？朱氏所写"当时嬉游的光景"，"一个风流的季节"，"这真是有趣的事"，盖也正是从唐吴兢《乐府古题要解》的"盖美芳晨丽景，嬉游得时"而来。有意思的是，在有些语文课本里，虽然选入了《荷塘月色》，却删去了有关《采莲赋》的那段——这与人们对《江南》的理解，从"游乐"变为"劳动"，从"不健康"变为"健康"，应该也是同步的吧？盖《荷塘月色》原本写于"旧社会"，有关《采莲赋》的那段，作者没把"采莲"理解为"劳动"，而仍旧理解为"嬉游"，甚至还遗憾于"无福消受""妖童媛女""采莲"的"风流"之趣，思想感情很"不健康"，自然就不该在"新社会"的语文课本里继续误人子弟了！朱湘《采莲曲》的主旨也同于《荷塘月色》，而与"劳动"基本无关，恐怕也是因为写于"旧社会"的缘故。不过，从电视剧《甄嬛传》插曲《采莲》的歌词来看，近来的流行歌曲又离开了"劳动"说，再次回归到了"嬉游"的主题；在现在的有些语文课本里，也重新恢复了《荷塘月色》中曾被删去的"不健康"段落。看来时代又变了。然而关于《江南》的主题，则仍保留了"健康"的"劳动"说。

清人里，沈德潜评此诗仅用"奇格"二字①，大概就是由此四句生发的感慨。陈祚明以为旨在把鱼写活："起三句已足。排演四句，文情恣肆，写鱼飘忽，较《诗》'在藻'、'依蒲'（《小雅·鱼藻》'鱼在在藻，依于其蒲'）尤活。"②——国人果然是擅长写鱼画鱼吃鱼的。陈沆则说得比较含糊："言之不足，故长言之。长言之不足，故永叹之。孔子曰：'书之重，辞之复，呜呼，不可不察也，其中必有美者焉。'是之谓也。"③既说"刺游荡无节"，又说"其中必有美者焉"，不知他到底什么意思。

现代人里，余冠英主张是和声："'鱼戏莲叶东'以下可能是和声。'相和歌'本是一人唱，多人和的。"④小尾郊一主张是民谣句式："这是一首非常朴素的民谣，用了同样的句式，而只在语尾上换用'东、西、南、北'四个字。"⑤那么，换用"前、后、左、右"四字又如何呢？或认为写鱼其实是写人："'鱼戏莲叶东'四句……此虽写鱼，却反映出人在劳动中活泼愉快的心情。"⑥原来人一爱劳动，鱼也变得活泼了。

其实，置于汉代的大背景下，这种"四面八方"⑦的写法，我们不会觉得陌生。汉大赋的代表作，司马相如的《子虚赋》，写起云梦泽来，正是这种格局：先以"山"为中心，写其土石，然后分写四面八方，东写"蕙圃"之花草，南写"平原广泽"之燥湿，西写"涌泉清池"之内外，北写"阴林"之树木禽兽，洋洋洒洒，蔚为大观。这种四面八方的铺陈，呼应着江山一统的喜悦，既是汉大赋的典型特征，也是汉人特有的审美趣味，更是中国式"天下观"

---

① 沈德潜《古诗源》卷三。
② 陈祚明《采菽堂古诗选》卷二。
③ 陈沆《诗比兴笺》卷一。孔子语出董仲舒《春秋繁露·祭义》，此处据校。
④ 余冠英《乐府诗选》，北京，中华书局，2012年，第12页。惟据《宋书·乐志三》，"相和歌"是"丝竹更相和，执节者歌"，"但歌"才是"一人倡，三人和"的。王运熙《清乐考略》对此的解释是："我以为相和一名，原当泛指'一人唱余人和'而言，其用以和者可以是人声，可以是丝竹声，也可以是人声与丝竹声兼有；《宋书·乐志》的界说似较狭窄。"（见其《乐府诗论丛》，上海，古典文学出版社，1958年，第18页）
⑤ 小尾郊一《中国文学中所表现的自然与自然观》，邵毅平译，上海，上海古籍出版社，1989年，第23页。
⑥ 北京大学中国文学史教研室选注《两汉文学史参考资料》，第509页。
⑦ 福楼拜《庸见词典》"terre"（地球、大地）条说："地球是圆的，可是偏要说四面八方。"不过，对于相信"方天"说（"天体为方，日星不圆"）的中国古人（比如王充）来说，他们可能也会纳闷：既然大地是四面八方的，为何偏要说地球是圆的？

《江南》：四面八方的征服

的文学呈现①。《江南》的写法不会是偶然。

汉大赋这种四面八方的写法，或许是来源于《山海经》的。在中国"大一统"前夕，文化准备工作早已开始，《山海经》也是其中之一。《山海经》的基本结构是由内及外，"内别五方之山，外分八方之海"②，在"山"、"海外"、"海内"、"大荒"下，分别按"顺时针"方位顺序叙事（除大荒经为东、南、西、北外，其他三经都是南、西、北、东；惟山经多了一个"中山"），介绍各种稀奇古怪的物事，把"天下"按方位纳于一统③。《子虚赋》所采用的，正是大荒经的方位顺序。

此外，《礼记·檀弓上》云："孔子既得合葬于防，曰：'吾闻之，古也，墓而不坟。今丘也，东西南北之人也，不可以弗识也。'于是封之，崇四尺。"自称"东西南北之人"的孔子，也许是中国最早表达"四方"意识的人。他采用的是"十字形"方位顺序，《江南》的方位顺序与之相同。

中国人所喜用的方位顺序，正是以上这两种："顺时针"的东南西北，"十字形"的东西南北（或南北东西）。日出东方，"东"永远是起点；朝南向阳，"南"始终在"北"前面④。

汉大赋这种四面八方的写法，后来也成了辞赋写景的套路，影响所及，连不是辞赋的一般文章，如鲍照（约 414—466）的《登大雷岸与妹书》，写其

---

① 兴膳宏论《文选》"京都"题材辞赋的特点道："'京都'赋的构想，一般来说，位于作品中心的，常是帝王及其所住的宫殿，然后由此放眼四望，凭借经过藻饰的美文的韵律，滔滔不绝地描写东西南北周边所有的山水园林，其中生长的动植物，以及与自然调和的繁荣丰富的人类的经营。名义上是'京都'，实则通过事物的罗列，展开了以天子为中心如同心圆般扩展的帝国的盛观。在作者的意识中，大约地上世界的一切，都已被包摄在'京都'里了。"而卷七以下的郊祀、狩猎等赋，也都是以"京都"为出发点，一种扩展式的排列法（见其《〈文选〉与〈本朝文粹〉——特に赋について》，载《新日本古典文学大系》月报 36，第 27 卷附录，东京，岩波书店，1992 年 5 月）。换句话说，《文选》开头十八卷半辞赋的安排，具体而微地展示了中国式"天下观"。也就是说，中国人的"四方"意识并非仅仅是一种方位意识，更是一种自认为中国处于世界中心的意识——"中国"这一国名就是最好的体现。这就是中国式"天下观"。最早殷商时就已经具备。

② 刘秀《山海经叙录》。

③ 跟中国一样喜欢东西南北中五方位的，还有古印度的东西南北中五天竺，但它只是把"四方"意识用于国内（就像今天我们说的中国北方、南方、东部、西部），而并没有把它扩展到"天下"。

④ 《后汉书·南蛮西南夷列传》载《远夷慕德歌》："蛮夷所处，日入之都；慕义向化，归日出主。"《大智度论》卷九《十方菩萨来释论》："如经中说：日出处是东方，日没处是西方，日行处是南方，日不行处是北方。"

旅途上所看到的风景，也都采用了这种套路式写法①。

同样是从汉代开始，以司马迁的《史记》、班固的《汉书》为嚆矢，以唐修的《晋书》、《隋书》为典范，中国史家依据中国式"天下观"，在正史里建立了东（夷）西（戎）南（蛮）北（狄）"四夷传"②的传统，以此来安排需要防范和征服的周边地区。这一传统一直延续了一千几百年，到了"蛮族"当道的元代，才为《宋史》中的"外国传"所取代。

后来，《木兰辞》的"四市购物"（"东市买骏马，西市买鞍鞯，南市买辔头，北市买长鞭"）③，尚承其遗绪；陆九渊的"四海出圣人"（"东南西北海有圣人出焉"）④，简直是神似；徐渭《青藤书屋图》的落款"几间东倒西歪屋，一个南腔北调人"，一联中镶入了东西南北四个方位⑤，宛然有冥契；冯梦龙《警世通言》卷二十《计押番金鳗产祸》中，镇江府有间酒家，门前招子上写道："酿成春夏秋冬酒，醉倒东西南北人。"以四方对四季，颇见巧思⑥。这些

---

① 但其方位顺序有点特别，是"逆时针"的南、东、北、西，可能是为了方便接着写"西南望庐山"云云。
② 《后汉书》采用了汉大赋式的"顺时针"方位顺序，《晋书》、《隋书》采用了《江南》式的"十字形"方位顺序。又，张瀚《松窗梦语》（1593）卷二有南、北、东、西四游纪，卷三有"北虏"、"南夷"、"东倭"、"西番"四裔纪，前者先南北而后东西，合于中国式"十字形"方位顺序；后者先北南而后东西，则似偶合西洋人画"十字"的顺序。又，唐太宗将伐辽东，对李靖说："公南平吴会，北清沙漠，西定慕容，唯东有高丽未服，公意如何？"（《旧唐书·李靖传》）唐太宗所云，即征"四夷"也，正配合"四夷传"；而"东"置于最后，是因为这是重点，是未完成的任务，与方位顺序无关。
③ 《木兰辞》采用了《江南》式的"十字形"方位顺序。
④ 《象山集》卷二十二《杂说》："千万世之前有圣人出焉，同此心，同此理也；千万世之后有圣人出焉，同此心，同此理也；东南西北海有圣人出焉，同此心，同此理也。"采用了汉大赋式的"顺时针"方位顺序。《象山集》卷三十三杨简《象山先生行状》："东海有圣人出焉，此心同也，此理同也；西海有圣人出焉，此心同也，此理同也；南海、北海有圣人出焉，此心同也，此理同也；千百世之上有圣人出焉，此心同也，此理同也；千百世之下有圣人出焉，此心同也，此理同也。"《象山集》卷三十六《年谱》："东海有圣人出焉，此心同也，此理同也；西海有圣人出焉，此心同也，此理同也；南海北海有圣人出焉，此心同也，此理同也；千百世之上至千百世之下有圣人出焉，此心此理亦莫不同也。"皆采用了《江南》式的"十字形"方位顺序。又，今人每喜说的"普世价值"，其实早先有个更中式的说法，叫作"放之四海而皆准"。
⑤ 这副对联采用了《江南》式的"十字形"方位顺序。
⑥ 这副对联也采用了《江南》式的"十字形"方位顺序。又，这副对联后来还被日本江户时期文人龙草庐借了去，写给京都嵯峨的一家酒店。日本店家的招牌上像这样写一些风流文字，据说即始于龙草庐此事。参见猪口笃志《日本汉文学史》，东京，角川书店，1984年，第307—308页；又见山岸德平《近世汉文学史》，东京，汲古书院，1987年，第470页。

《江南》：四面八方的征服　　　　　　　　　　　　　　　　　　　　21

四面八方的写法里，也隐含有中国式"天下观"①。

　　四海不仅出圣人，也出龙王。孙悟空初出江湖闯荡，向龙王勒索兵器披挂，东海龙王敖广贡献如意金箍棒，西海龙王敖闰贡献锁子黄金甲，南海龙王敖钦贡献凤翅紫金冠，北海龙王敖顺贡献藕丝步云履②，也是花木兰"四市购物"的套路，只不过采购换成了勒索。孙悟空早年学"腾云"之术，每日要遍游四海之外，故四海龙王理应贡献兵器披挂："凡腾云之辈，早辰起自北海，游过东海、西海、南海……将四海之外，一日都游遍，方算得腾云。"③《三宝太监西洋记通俗演义》里，四海龙王各献一件神奇礼物，分别是东南西北四路妖精，都在下西洋时派上了用场，各起一种至关重要的作用④。神话故事里也照搬了中国式"天下观"。

　　又后来，中国周边地区文人受中国文化影响，也接受了中国式"天下观"，采用了这种四面八方的写法。如日本平安时期学问僧空海（774—835）撰《文镜秘府论》六卷，即以天、地、东、西、南、北命名排序。又如朝鲜时期文人金万重（1637—1692）的小说《九云梦》（约1688），开宗明义即云："天下名山曰有五焉：东曰东岳，即泰山；西曰西岳，即华山；南曰南岳，即衡山；北曰北岳，即恒山；中央之山曰中岳，即嵩山。此所谓五岳也。"⑤日本的

---

①　此外，吴曾《能改斋漫录》卷十"杜子美《杜鹃》诗用乐府《江南》古辞格"认为，杜甫《杜鹃》诗的"西川有杜鹃，东川无杜鹃，涪万无杜鹃，云安有杜鹃"也用此格，虽可备一说，但至多只是变格。
②　《西游记》第三回《四海千山皆拱伏　九幽十类尽除名》。
③　《西游记》第二回《悟彻菩提真妙理　断魔归本合元神》。孙悟空的巡游路线是"反S形"的，不按常理出牌，有点诡异。其四海巡游始发于北海，或源自《庄子》的"北溟有鱼"？
④　龙王名字与《西游记》稍有不同。
⑤　《莲花峰大开法宇　真上人幻生杨家》。其中采用的是《江南》式的"十字形"方位顺序，但《九云梦》凡克（Heinz Insu Fenkl）英译本 The Nine Cloud Dream 对"五岳"的解释："Their positions correspond to the five directions of Chinese cosmology (north, south, east, west, and center)."（它们的方位对应着中国宇宙学中的五个方向：北、南、东、西、中）Kim Man-jung. The Nine Cloud Dream. Trans. Heinz Insu Fenkl. New York: Penguin Books, 2019. p.238. 虽说同样是"十字形"方位顺序，却完全无视小说中原来的顺序，把"东西南北"变成了"北南东西"！这个对原文有点不忠实的解释，也许恰恰体现了西洋人的方位观？是否跟他们画十字的手势有关？无独有偶，英国诗人奥登（W. H. Auden, 1907—1973）的《葬礼蓝调》（Funeral Blues, 1936）中，也出现了"十字形"方位顺序，同样是先"北南"后"东西"的："他是我的北，我的南，我的东，我的西，/我的工作日，我的礼拜天，/我的正午，我的子夜，我的话语，我的歌唱/我以为爱可以永恒，我错了。"（He was my North, my South, my East and West, /My working week and my Sunday rest, /My noon, my midnight, my talk, my song; /I thought that love would last for ever; I was wrong.）有意思的是，在影片《四个婚礼与一个葬（转下页）

行政区划,古有所谓"东海道"、"南海道"、"西海道",近又有所谓"北海道"。

再后来,"远人"谢阁兰(Victor Segalen,1878—1919)来到中国,接受了中华文化的洗礼,写出来的几部代表作,也学会了以四面八方布局。如《古今碑录》(Stèles,1912、1914)的"四面之碑"(南面之碑、北面之碑、东面之碑、西面之碑、路边之碑、中央之碑),《画》(Peintures,1916)的"朝贡图"(朝贡队伍来自西、南、东、北),深得中国式"天下观"的神髓①。

五四新文学运动起来,郭沫若(1892—1978)的《凤凰涅槃》,写凤凰栖息在丹穴山上:"山右有枯槁了的梧桐,/山左有消歇了的醴泉,/山前有浩茫茫的大海,/山后有阴莽莽的平原,/山上是寒风凛冽的冰天。"又写凤凰四顾无路的痛苦:"我们飞向西方,/西方同是一座屠场。/我们飞向东方,/东方同是一座囚牢。/我们飞向南方,/南方同是一座坟墓。/我们飞向北方,/北方同是一座地狱。/我们生在这样个世界当中,/只好学着海洋哀哭。"说是新诗了,仍旧是汉大赋四面八方的写法②。

辜鸿铭自述:"南生于福建,西学于苏格兰之爱丁堡,东娶日本妇人,北居北京之城,是以号东西南北人。"③巧承古对而又推陈出新。

当代文学作品中,如宗璞(1928—)描写抗战时期西南联大的四卷本系列小说"野葫芦引"的《南渡记》、《东藏记》、《西征记》、《北归记》,笛安(1983—)的青春小说"龙城三部曲"的《西决》、《东霓》、《南音》,书名也

(接上页)礼》(1994)中,在加雷斯的葬礼上,其男友马修恰如其分地朗诵了奥登的这首诗,因为这首诗本来就是奥登献给其男友的,但影片的中文配音却完全无视原诗中的方位顺序,按照中国习惯改念成了"东南西北",与《九云梦》凡克英译本的例子正好形成了有趣的对照。

① 其方位顺序,前者是"十字形"的(但既不同于《江南》的先"东西"后"南北",也不同于奥登、凡克的先"北南"后"东西",而是先"南北"后"东西"的,仍然很中国,而不像西人),后者是"逆时针"的(但与鲍照的"南东北西"也稍有不同,而是"西南东北",可能因为谢氏自居于"远西",所以让西方的朝贡队伍先行)。

② 其方位顺序是西、东、南、北,虽与杜甫的《杜鹃》诗相仿,但不同于传统的方位顺序。考虑到新诗的取法西洋,以及谢氏的《朝贡图》,则此处的以"西"开头,仍不会是没有象征意义的吧?

③ 芥川龙之介《中国游记·北京日记抄》,施小炜译,杭州,浙江文艺出版社,2018年,第181页。其枚举的方位顺序跟着其经历走,然后仍以"十字形"方位顺序约括之。

都以四面八方为题①。

三

关于《江南》的诗旨,过去的"讽淫"之说,"讽"是谈不上的,但"淫"则恐得正解。盖民歌多涉性事,此诗尤为明显。"鱼水之欢"既与性爱有关②,"莲"又与"怜"、"恋"同音,此诗的情歌性质昭然若揭③。而从情歌的角度看,则后面四句实在不会只是写景,而应该也是性事的隐喻。鱼戏莲叶的东西南北,或状喻性事的各种体位,即张衡《同声歌》所谓的"仪态盈万方",或现代学人爱说的"多维度"、"全方位"是也。孔子曰:"书之重,辞之复,呜呼,不可不察也,其中必有美者焉。"所谓"美者",是之谓欤?

"戏"有"进攻"、"征服"之意——如吕布戏貂蝉、秋胡戏妻、游龙戏凤。"鱼"从四面八方"戏"莲叶,正如汉王朝向四面八方扩张,汉大赋按四面八

---

① 前者的方位顺序如同倒写的"S";后者的方位顺序同于郭沫若的《凤凰涅槃》(只缺"北~");电视剧《甄嬛传》的插曲《采莲》里,鱼戏"四方"缩减为鱼戏"东"、"南"两方。现当代文艺中方位顺序的"颠倒错乱"或"偷工减料",或许反映了现代人的"四方"意识出了问题;而"四方"意识之所以出了问题,归根结底是由于中国式"天下观"出了问题。鸦片战争以后中国一再败北的历史,打垮了国人几千年来的中国式"天下观",从而也搅乱了国人传统的"四方"意识。

② 鱼与水的关系,在英国诗人、小说家 D. H. 劳伦斯(David Herbert Lawrence,1885—1930)的《蛇》(Snake,1920)里,表现为蛇与水塘的关系,同样是情欲的隐喻。诗人喜欢蛇,但他受的教育对他说:"一定要杀死他!"出于恐惧,他就用一段沉重的木头去打它,把蛇打跑了。"可我立刻后悔不该那样做,/我感到那举动多可鄙、多粗俗、多不光彩。/我看不起我自己,更看不起人类教育对我讲的话。//我想起信天翁,/我希望他回来,我的蛇。"(王军译,收入王佐良主编《英国诗选》,上海,上海译文出版社,2011年,第508—511页)

③ 井原西鹤(1642—1693)的《好色一代女》(1686)卷五提到,日本江户时期的大阪港,汇集了来自各地的商人,一些专门批发店为接待客人,特地设置了所谓的"莲叶女",提供打杂兼色情等服务。"这种人脸皮很厚,在大庭广众之下也不羞怯,久坐不离,走起路来用小碎步,举止妖艳。所以,她们得了'莲叶女'这个名字。人们常常把不好之物称为莲叶,大概就是取这意思。她们比妓女行为更荒唐。在老板的批发店里,半点朱唇让万客品尝;在浮世小路的幽会处,尽情地同衾共枕。"(《浮世草子》,王向远译,上海,上海译文出版社,2016年,第417—418页)"人们常常把不好之物称为莲叶",日本文学对于"莲叶"的这一负面印象,或即来自中国"莲"意象的影响。而这也同时说明,日本文学对于"采莲"的理解也偏于"嬉游"乃至"性事",而并非仅仅是一种"劳动"。又,"莲"意象的突变产生于宋朝,以周敦颐的《爱莲说》、李纲的《莲花赋》为代表,主要是受了佛典的影响(参见拙文《风景的变迁:4至19世纪中国古文中的自然》第三节"风景背后的士大夫情怀",收入拙著《中国古典文学论稿》第二版,上海,上海古籍出版社,2019年)。在朱湘的《采莲曲》中,如"菡萏呀半开,/蜂蝶呀不许轻来,/绿水呀相伴,/清净呀不染尘埃",显示了古近两种"莲"意象的叠加。

方铺陈,虽说方向有对外向心之别,对象有情人疆域之异,却都具有明显的征服色彩,体现了汉帝国的时代精神,宛如中国式"天下观"的缩影。

这种性事与开疆辟土的同质共构,在莎士比亚的同时代人、英国玄学派诗人约翰·多恩(John Donne,1572—1631)的笔下,又别有一番奇妙的演绎("奇喻"),差堪与《江南》相生相发。其《哀歌》十九《上床》(Going to Bed;又名《致他上床的情人》,To His Mistress Going to Bed)中有云:

> 请恩准我漫游的双手,让它们去走:
> 上上、下下、中间、前前、后后。
> 哦,我的亚美利加,我的新发现的大陆,
> 我的王国,最安全时是仅有一男人居住;
> 我的宝石矿藏,我的帝国疆土,
> 如此发现你,我感到多么幸福!
> 进入这些契约,就是获得了自由权利;
> 我的手落在哪里,我的印就盖在哪里。①

诗人把情人的躯体比作美洲新大陆,在上面前后左右上下其手,如同征服者在美洲开疆辟土;而其"多维度"、"全方位"的"手法",与《江南》的鱼戏四面加中间("间"),又"何其相似乃尔"!诗人的"手",就是《江南》里的"鱼";而"莲叶"横陈,如同情人的躯体,一任触摸、嬉戏和征服。(顺便说一句,汉时的江南之于中原,正如十六七世纪的美洲之于欧洲,都具有新开拓疆域的特征②。)

---

① 《英国玄学诗鼻祖约翰·但恩诗集》,傅浩译,北京,北京十月文艺出版社,2006 年,第 213—214 页。该书后有修订版,改名为《约翰·但恩诗集》,上海,上海译文出版社,2016 年。但仅就此诗译文而言,有新译胜于旧译处,也有反不如旧译者(主要是新译过于追求齐整),故反复斟酌下来,仍采用其旧译文。

② 江南在秦汉以前为"百越"之地,浙江有瓯越,福建有闽越,广东有南越,先后为吴、越、楚所统治,"秦、楚、吴、越,夷狄也"(《史记·天官书》),至战国始成为"中国"的一部分,秦汉时始纳入中原王朝版图。《后汉书·方术列传上·谢夷吾传》载司徒第五伦令班固为文荐谢夷吾,其中提到:"窃见巨鹿太守谢夷吾,出自东州,厥土涂泥,而英姿挺特,齐伟秀出。""东州"的意思是东方的州,具体指会稽郡乃至扬州部,也就是所谓的江南地区,显见得与中原各州有别;而称赞其挺特秀出于涂泥,类所谓"出于污泥而不染",将江南地区比作"涂泥",也是轻视江南地区的说法。由此(转下页)

约翰·多恩此诗在英国文学史上影响深远。如在英国现代派诗人 T. S. 艾略特(Thomas Stearns Eliot, 1888—1965)的《荒原》(*The Waste Land*, 1922)三《火诫》里,也同样采用了约翰·多恩的征服"手法",只是把英雄气概消磨于庸常生活之中:

> 来的正是时机,他猜对了,
> 晚饭吃过,她厌腻而懒散,
> 他试着动手动脚上去温存,
> 虽然没受欢迎,也没有被责备。
> 兴奋而坚定,他立刻进攻,
> 探索的手没有遇到抗拒,
> 他的虚荣心也不需要反应,
> 冷漠对他就等于是欢迎。①

在英国现代小说家戴维·洛奇(David Lodge, 1935—)的《小世界》(*Small World*, 1984)里,约翰·多恩的征服"手法"仍被铭记与运用着:

> 菲利普用力捏了捏她的膝盖。"你是我的尤福利亚,我的纽芬兰,"他说。②

"纽芬兰"原文作"Newfoundland",意思是"新发现的大陆",直接出典于约

(接上页)可见,直至东汉前期,在中原士大夫的眼里,江南仍属未完全开化地区。而即使到了三国时期,诸葛亮力劝孙吴抗魏,还说"若能以吴越之众与中国抗衡"(《三国志·蜀书·诸葛亮传》),明显不认为其属于"中国"。江南的彻底开化开发,应该是六朝时期之事。又,先秦诗歌里从来只有"采桑"(如《诗经》的《鄘风·桑中》、《魏风·汾沮洳》、《魏风·十亩之间》、《豳风·七月》第二章"女心伤悲,殆及公子同归"、《小雅·隰桑》等),而无"采莲",诗歌里有"采莲"自《江南》始。从"采桑"到"采莲",其"劳动"产生"爱情"的主题一脉相承;从《诗经》到《江南》,也喻示了先秦两汉间中国文学版图的南扩。对习惯于"采桑"母题的中原士大夫来说,"采莲"母题既具有母题上的传承性,又具有一种诱人的南方"异域情调",所以《江南》作为唯一的江南民歌,被收入了汉武帝时设立的"乐府"。

① 查良铮译,收入王佐良主编《英国诗选》,第556—557页。
② 王家湘译,上海,上海译文出版社,2007年,第316页。

翰·多恩的上述诗歌;乃至"你是我的尤福利亚,我的纽芬兰"的句式,也是模拟"哦,我的亚美利加,我的新发现的大陆"的①。

中国读者可能不太熟悉约翰·多恩,但如果提起海明威(Ernest Miller Hemingway,1899—1961)的长篇小说《丧钟为谁而鸣》(*For Whom the Bell Tolls*,1940),其书名即来自约翰·多恩的《紧急时刻的祷告》(*Devotions upon Emergent Occasions*,1624)第十七篇《沉思》②,则大家一定不会再觉得陌生了吧?

2015年6月4日完稿

(本文原载2015年7月12日《新民晚报》"国学论谭"版。续有增补,本书收入的是增补稿)

---

① "尤福利亚"(Euphoria)原意为"欢乐兴奋",是小说中虚拟的美国州名。
② "谁都不是一座与世隔绝的孤岛;每个人都是大地的一部分;如果海浪冲走了一块泥巴,大陆就会失去一块,如同失去一座海岬,朋友或自己失去家园;任何人的死亡都使我受损,因为我与人类息息相关;因此,千万别去打听丧钟为谁而鸣,它为你而鸣。"

关于东亚汉文化圈的综合性考察

18世纪,有一个名叫李德懋(1741—1793)的朝鲜半岛文人,在谈到自己的读书范围时曾这样说道:

> 盖自三百篇、骚赋、古逸、汉魏六朝、唐、宋、金、元、明、清、罗、丽、本朝,以至安南、日本、琉球之诗,上下三千年,纵横一万里,眼力所凑,不遗锱铢,自谓不敢多让于古人。①

这里,清以前指的是中国(文学)史上的各个阶段;"罗"指新罗,"丽"指高丽,"本朝"指朝鲜,它们都是朝鲜半岛(文学)史上的各个阶段;"安南"是今越南,日本即今日本,琉球当时是个独立王国,后来被日本吞并(1879)。作为一个18世纪的朝鲜文人,李德懋的读书范围,空间上包括了所有这些国家或地区,时间上包括了它们所有的历史时期,也就是所谓"上下三千年,纵横一万里"中所有的文学作品。这是一个怎样的概念呢?这就是当时东亚文人心目中"天下文学"的概念。这个"天下文学"里的"天下",也就是现代东亚学者常说的"东亚世界",也就是本文所说的"东亚汉文化圈"(也称"东亚汉字文化圈"、"东亚汉文文化圈");这个"天下文学"里的"文学",特指所谓的"汉文学"(李德懋这里以"诗",也就是"汉诗"作为代表),是东亚汉文化圈里通行的文学。就像这个朝鲜文人一样,在当时的东亚汉文化圈里,任何一个国家或地区的文人,只要接受过正规教育,也就是汉文化教育,就可以这样毫无障碍地,也是理所当然地,阅读并享受整个东亚汉文化圈里的汉文学作品,而不管这些汉文学作品出自哪

---

① 李德懋《雅亭遗稿》卷七《与朴在先(齐家)书》。

个国家或地区,产生于什么时代。这段话,形象地说明了东亚汉文化圈的范围、概念和本质①。

一、东亚汉文化圈的地域范围

在古代东亚存在着一个共同的文化圈,这是国际学术界的共识,不仅中国学者,世界各国学者也大都是这么认为的。其中的微妙区别,不过在于是以"中国"或"汉"来命名,还是回避"中国"或"汉"而以"东亚"来命名。本文则同时兼顾这二者。

如日本学者西岛定生认为,存在着一个独立的"东亚世界":"所以,'东亚世界'可认为在'近代世界'形成以前的世界历史里,是属于并存的诸世界之一,而为自律性、完结性的历史性世界。"②韩国学者赵钟业认为:"古代文化发祥地有二,而东洋是为中国文化圈。中国文化圈内诸国,莫不被中华文化……溯而言之,日本之文化,受之于韩国,韩国之文化,受之于中国。非但韩、日两国如是,如南方之越南、印尼,北方之蒙古亦然。传受之间,或有损益之可言,然综而言之,皆渊源于中华之文化。"③英国学者汤因比从世界史中统计出三十余种文明(文化),其中东亚的中华文明为"独立的文明","朝鲜文明"、"日本文明"、"越南文明"则为"中国文明的卫星文明"④。美国学者亚瑟·E.昆斯特(Arthur E. Kunst)主张,应把亚洲文学分为三大传统:中东传统、南亚传统、东亚传统,认为东亚传统以汉文为中心,应当放在一起来研究⑤。

---

① 与之差堪比拟的,有近代欧洲的拉丁文化圈,但后者仅持续了五个世纪,时间长短上相差甚远。
② 西岛定生《东亚世界的形成》,高明士译,收入刘俊文主编《日本学者研究中国史论著选译》第2卷,北京,中华书局,1993年,第91页。
③ 赵钟业《中韩日诗话比较研究》,台北,学海出版社,1984年,第1、16页。不过说印尼也属于"中国文化圈"(汉文化圈),则似欠妥。
④ 汤因比《历史研究(修订插图本)》,刘北成、郭小凌译,上海,上海人民出版社,2000年,序言第1页,正文第53页。但在该书附录《大事年表》里,他又把日本文明作为一种与中华文明并列的文明,表明他似乎并不真正熟悉东亚汉文化圈的情况。
⑤ 亚瑟·E.昆斯特《亚洲文学》,胡家峦译,收入张隆溪选编《比较文学译文集》,北京,北京大学出版社,1982年,第167页。

中国古代的"正史"中,常附有周边地区传("夷狄传"、"蛮夷传"、"四夷传"、"外国传"等)。排除其中隐含的"华夷之辨",仅就其中许多国家或地区曾同处东亚汉文化圈而言,"正史"的这种做法具有相当的合理性,仍值得我们重视并深长思之。大致上可以说,中国古代"正史"的范围,也就是"东亚世界"的范围,"东亚汉文化圈"的范围。

关于东亚汉文化圈的范围,首先自然应该包括中国本土。就民族构成而言,其中既应包括中国最大的民族汉族,也应包括五十多个少数民族;既应包括今天的各民族,也应包括历史上的各民族,如匈奴、鲜卑、羯、氐、羌、南诏、大理、吐蕃、西域诸族、西夏、党羌、契丹、女真等。如果我们想要考察汉文化逐渐扩展的历史,我们就得把国内各地区、各民族接受汉文化的历史也作为考察的对象。不过,由于本文的性质限制,我们将暂时略过这一点。

其次,也应该包括同处东亚的现在的蒙古、朝鲜、韩国和日本等国,以及曾同处东亚的一些已经消失的古国,如古朝鲜、高句丽、百济、新罗、渤海国、琉球国等。在本文中,我们主要以它们为考察对象。由于在疆域和民族等方面,历史上的古国与今天不一定一致,所以我们在涉及各古国历史时,不一定遵从今天的"国境"概念,而是使用"泛东亚"的概念。

再次,虽然我们冠汉文化圈以"东亚"之名,但它其实并不仅限于地理上的东亚,而是包括所有接受过汉文化影响的国家和地区,乃至包括一些地理上的东南亚国家在内。所以严格说来,这不仅是一个"地理"的概念,也是一个"文化"的概念。在现代的地理学上或国际政治领域里,一般把韩国、朝鲜、日本划入"东北亚",把越南划入"东南亚"。但是在历史上和文化上,由于越南也曾属于汉文化圈,所以它在文化上应属于东亚,而不应属于东南亚。而由于越南的加入,再把这个地区称为"东北亚"就不合适了,所以不如统称为"东亚"更恰当。当然,这只是历史和文化意义上的东亚,而不完全是地理意义上的东亚。不过,即使在地理意义上,从整个亚欧大陆来看,处于亚欧大陆东部偏南的越南,也完全可以视为东亚的一部分。

关于这一点,世界各国的汉学家也大都具有共识。如越南社会科学院《中国研究》主编阮辉贵曾指出:"就文化分区来讲,越南虽然地理位置属于东南亚,但是在传统上与中国有着极其密切的文化来往。越南实际上属于东亚文化……不同文化不一定要依地理位置来划分,也不一定要依国家来划分。一个国家内部也可以有不同的文化。"①

俄罗斯汉学家李福清也认为,越南在地理上属于东南亚,但在文化上却属于东亚:"在中世纪,远东即指中国、朝鲜、日本和越南而言。从地理学角度看,越南系东南亚国家;但是,越南中世纪的古典文学与其说是东南亚文学的组成部分,毋宁说它是远东文化的组成部分。""我们是把相应于中世纪和近代以及在地理上处于东南亚的越南包括在这历史文化地区之内的。"②他的《汉文古小说论衡》,在"汉文古小说"的标题下,论述了中国、蒙古、朝鲜、日本、越南等国的汉文学,把它们视为一个整体。

此外,阿尔伯特·科伯(Albert Kolb)的《东亚:中国、日本、韩国、越南——一个文化圈的地理学》(*East Asia: China, Japan, Korea, Vietnam-Geography of a Cultural Region*. London:Methuen, 1971),费正清、赖肖尔、克雷格等的《东亚文明:传统与变革》(*East Asia: Tradition and Transformation*. Boston:Houghton Mifflin Company, 1973, 1989)③等,都把越南包括进了东亚乃至同一个文化圈或文明的范畴。亚瑟·E.昆斯特所说的"东亚传统",是"发源于中国北部河谷,扩展到日本、朝鲜、蒙古、土耳其斯坦和越南",也把越南包括在内④。法国大学出版社(Presses universitaires de France)于1994年出版的《古今世界文学词典》(*Dictionnaire universel des littératures*),"中国文学"部分,纳入了"日本的汉文学"、"朝鲜、韩国的汉文学"、"越南的汉文学"⑤。将它们都纳入"中国文学"的范围固不妥当(应纳入"东亚汉文学"或"汉文学"范围),但将它们与中国文学视为同属一个系统的整体,则

---

① 在天津师范大学文学院、比较文学与比较文化研究所主办的"东亚文学文化交流国际研讨会"(2001年9月11—12日,天津)上的发言,见刘顺利《"东亚文学文化交流国际研讨会"在津举行》,载2001年10月24日《中华读书报》。

② 李福清《远东古典小说》,尹锡康译,收入其《汉文古小说论衡》,陈周昌选编,南京,江苏古籍出版社,1992年,第165页;《〈皇黎一统志〉与远东章回小说传统》,尹锡康、刘小湘译,收入其《汉文古小说论衡》,陈周昌选编,第319页。西方学者习惯以欧洲为中心,将东方划分为近东、中东、远东。李福清说的"远东",就是我们说的"东亚",下同。又,他说的"中世纪",就是我们说的"古代"。

③ 中译本,黎鸣、贾玉文、段勇、刘从德、保霁虹译,天津,天津人民出版社,1992年。

④ 亚瑟·E.昆斯特《亚洲文学》,胡家峦译,收入张隆溪选编《比较文学译文集》,第167页。毅平按:"土耳其斯坦"似应译作"突厥"。

⑤ 参见程曾厚《圣母院的钟声:法国纪胜》,上海,复旦大学出版社,1997年,第182页。

具有"局外人"的明察。此外,西方许多大学里的"东亚系",也有将越南与中、日、韩、朝放在一起的,这也表明了他们对于越南文化曾属于东亚汉文化圈的认识。

有人纯粹从现实政治地理角度出发,主张将越南划出"东亚文化"范畴,从而也将之划出东亚汉文化圈①,这其实是一种"因名废实"的做法。因为在我们对东亚文学作整体性考察时,如果把越南排除在研究视野之外,则我们的研究将会是残缺不全的。所以,重要的不是"东亚"这个地理概念,而是"汉文化圈"这个文化概念。如果地理概念与文化概念发生冲突,则与其牺牲文化概念以迁就地理概念,不如放宽地理概念以尊重文化概念。

所以,本文所说的"东亚",不仅包括"东北亚"的中国、蒙古、朝鲜、韩国、日本,也包括"东南亚"的越南,有时甚至涉及"东南亚"的其他地区。之所以统称"东亚",不仅是因为它们在地理位置上都位于亚洲东部,也是因为在文化上它们都同属汉文化圈。这也就意味着,我们把汉文化圈看成是一个广义的"东亚世界";或者反过来,我们把整个"东亚世界"看成同属一个汉文化圈。

而且,现今国际政治领域里流行的"东北亚"的说法,其实只是比较后起的说法,以与"东南亚"的说法相对应。传统上在这个地区,人们仍习惯于自称"东亚",而非"东北亚"。韩国有许多称"东亚"的机构,如"东亚大学"、"东亚集团"、"东亚日报"。日本也是这样,二战时所谓的"大东亚共荣圈"臭名昭著,但他们自居于"东亚"则无可疑②。目前又有人提出"东亚合作机制",反响尚可。在这个地区,还有"东亚运动会"。因此,我们也不使用"东北亚"的说法。

---

① 如张哲俊《东亚比较文学导论》,北京,北京大学出版社,2004年,第2页。
② 因为战前所谓的"大东亚共荣圈"臭名昭著,所以战后无论朝鲜半岛还是日本,为摆脱"大东亚"或"东亚"一词曾具有的负面色彩,都更多地采用了"东アジア"、"동아시아"的说法(日本比较彻底,韩国混用较多,如有《东亚日报》)。其实二者一用汉字,一用假名、韩字,内在意思并无不同。有国内学者或不明究竟,以为"东アジア"、"동아시아"与"东亚"为不同的词,所以主张对应使用"东亚细亚"一词。殊不知在汉语里,"东亚"就是"东亚细亚"的简称,根本没有文字概念的区别,也没有感情色彩的差异,以"东亚细亚"来对应日语里的"东アジア"、韩语里的"동아시아",实在是多此一举,毫无必要。

二、东亚地理环境上的相关性

东亚汉文化圈从地理环境上来看,有其自成一体的相对独立性。在这个文化圈的北面,是西伯利亚大寒带,在很长的历史时期里,那里曾一直荒无人烟;而位于其南部的贝加尔湖,曾被古代的中国人视为"北海"——"天下"的北方陆地的尽头。在这个文化圈的西北,是雄伟的天山山脉和昆仑山脉,只有汉代起开辟的丝绸古道,与山脉西边的世界一脉相通。在这个文化圈的西南,是世界屋脊青藏高原及横断山脉,构成了与印度文化圈的天然边界。在这个文化圈的东面和东南面,是浩瀚的太平洋和中国南海,至少至16世纪为止,中国人对太平洋东面的新世界还一无所知①。

而在东亚汉文化圈的内部,地理环境上却有着紧密的相关性。中国大陆的地形西高东低,大部分江河呈东西走向,以长江和黄河为代表,沟通了中国大陆的东西部;南北地形落差较小,虽有各种丘陵的阻隔,且少南北走向的江河,但尚不致于阻挡文明的脚步;而交通网的铺设与大运河的开通,又使南北交通也变得便利起来。东北与中原之间无天然屏障(故为设防须筑万里长城),西北与中原之间有河西走廊(河西走廊北为大戈壁,南为青藏高原,中间仅一线可通,在历史上时通时断,故西域文明一边与东亚文明,一边与中亚文明相关),所以最终皆与中原连为一体。中国的面积与整个欧洲相仿,却并没有像欧洲那样众国林立,而始终以大一统为主旋律,恐怕与这种独特的地形不无关系。即使是暂时的分裂时期,也多南北朝而少东西朝,也仍与这种独特的地形有关②。

不仅中国大陆是如此,中国周边地区也是这样。中国大陆与朝鲜半岛

---

① 虽然国际上有"中国人发现美洲"说,但不管其真假如何,于汉文化的扩展却全无影响,不能与哥伦布发现新大陆相比,所以我们对该说存而不论。

② 吉川幸次郎也曾敏锐地指出过,中国的地形如何影响了中国的文化:"中国地形四方有要害为屏障,中部为平原,西半部是渐次升高的高原;平原和高原的全面积相当整个欧洲,但不存在着像把欧洲分割成多块文化圈的众多海岛和阿尔卑斯山脉,所以一地产生的文化容易立刻传遍四方。这似乎成了地理决定论,但其中确有很多必须探讨之处。中国被清一色的文化所覆盖,与其地形不无关系。"(《中国文学史》,陈顺智、徐少舟译,成都,四川人民出版社,1987年,第24页)

之间,既陆路相通,又隔海相望,以至有人还把黄海、东海叫作"东亚地中海",可见其交通之便利。据说日本列岛本来就是从亚欧大陆分离出去的,其东面是浩瀚无际的太平洋,只能向西伸出文明的触角,且果然遭遇了先进的汉文化;一衣带水的中国东海,相对于古代的航海技术来说,虽然并不能"一苇航之"般地轻松横渡,但总还不至于成为难以逾越的天堑。横断山脉向南切入中南半岛,隔开了越南与印度文化圈的联系,也把越南揽进了汉文化圈的怀抱,使这个地理上的东南亚国家,又成了文化上的东亚国家。沿着横断山脉奔腾南下的澜沧江(湄公河),促成了汉文化向中南半岛腹地的渗透,以及与印度文化圈的交流。中国大陆与东南亚之间,还有发达甚早的海上航路可通。

而沟通东亚汉文化圈内外或内部的,曾先后有过五条海陆大通道。第一条是著名的"丝绸之路"(以丝绸贸易为特征),始于西汉武帝时期,由张骞开通,从洛阳、长安出发,经河西走廊到西域,再到中亚、西亚,远达北非、东欧。第二条是"海上丝绸之路"(以瓷器、香料贸易为特征),又名"瓷器之路"、"香料之路",从中国东南沿海各港口出发,经中南半岛诸港口,穿过马六甲海峡,远到波斯湾、红海。第三条是"汉籍之路"(除了其他货物以外,以汉籍贸易①为重要特征,且此特征为其他通道所无),陆路从中国各地出发,北经辽东进入朝鲜半岛,南经岭南进入中南半岛;海路从中国南北沿海各港口出发,往东到朝鲜半岛南北诸港口,再往东到日本各地,以及大小琉球②,

---

① 姑举二例。朝鲜"官话"(通用汉语)课本《老乞大新释》(1761年序)里,几个经辽东上北京卖马的朝鲜商贩,回国时要在中国购置各种货物,其中便包含了许多汉籍:"还要买书集几部。《四书》却要是晦庵集注,再要买《毛诗》、《尚书》、《周易》、《礼记》、韩文、柳文、东坡诗、《诗学大成韵部》、《资治通鉴》、《翰苑新书》、《标题小学》、《贞观政要》、《三国志》。这些货物,都是要买了去的。"琉球"官话"课本《学官话》(收入濑户口律子、佐藤晴彦编《琉球官话课本:〈白姓官话〉〈学官话〉〈官话问答便语〉语汇索引》,东京,大东文化大学东洋研究所,1997年)里,也提到了琉球人在福州买书之事:"要买一部《四书体注》、一部《诗经注》、一部《书经注》、一部《易经注》、一部《礼记白文》、一部《春秋胡传》,还要买一部《古文觉斯》,并一部《唐诗》。""我们买的书总要苏板的,纸要白白的,字要清楚的就好了。"这是东亚"汉籍之路"特有的现象。
② 古时"大琉球"指琉球,"小琉球"指台湾。琉球"官话"课本《官话问答便语》(收入濑户口律子、佐藤晴彦编《琉球官话课本:〈白姓官话〉〈学官话〉〈官话问答便语〉语汇索引》)里有如下对话:"尊驾那里人?""弟是琉球国人。""是大琉球国,还是小琉球国呢?""弟是大琉球国。"《学官话》里也有类似对话:"你们是哪一国?""弟们是琉球国。""是大琉球么?""是。"又,琉球群岛中奄美诸岛中的大岛,古时也称"小琉球",盖相对于琉球本岛而言,与大小琉球国无关。

或往南到越南各地。第四条是"茶马古道",从昆明出发,沿澜沧江(湄公河)南下,贯通中国西南部与中南半岛。第五条是"茶叶之路"(以茶叶贸易为特征),主要形成于明清时期,从北京出发,经张家口,穿越蒙古、西伯利亚,到莫斯科、圣彼得堡。其中只有第三条是东亚汉文化圈内部的大通道,其余四条则是沟通东亚汉文化圈内外的大通道,它们的作用自然有所不同。

这种情况,正如西岛定生所说:"即便同属中国的周边地区,如北方的蒙古高原,西方的西藏高原,以及越过河西走廊地带的中亚诸地区,或者越过越南的东南亚等诸地区,通常不包括在此范围之内。因为这些地区并不具备上述'东亚世界'的性质,而是属于另外的历史世界。当然中国各王朝,与这些非'东亚世界'也有来往;另外或者通过河西走廊一带,或者通过南海水路,与西方的'世界'也有接触。这些交往和接触,在某种程度上,使中国文化发生变化。但是直至近代以前,其影响并未造成中国文化的变质;相反,流传进来的西方文化与中国文化同化,进而成为中国的诸文化,传播于'东亚世界'。因此,这个时候'东亚世界'的'自我完结性'仍然持续着。"①

三、东亚汉文化圈的扩展过程

当然,东亚汉文化圈的范围并不是固定不变的,而是随着各个历史阶段的推移而变动不居的。"'地区'这个概念现在已经从地理学领域运用于现代文化史的领域来了,只是地理学上的地区概念既经确定即固定下来,而文化'地区'的概念则具有历史的变异性。文化'地区'指的是文化上的某种共同性,这种共同性由于历史原因会有所变化。"②"一个文明只要仍处于成长时期,它就不会有牢固的边界,除非它在某个边境地段恰好与某个同类的文明发生了碰撞。这是因为具有创造能力的少数人散发出的光芒,在照耀他们自身社会的同时,还会越出他们的边界,给周边的各个原始社会带来了光亮。除了它自身固有的辐射能力的局限之外,没有什么东西能够对光线

---

① 西岛定生《东亚世界的形成》,高明士译,收入刘俊文主编《日本学者研究中国史论著选译》第2卷,第89页。
② 李福清《远东古典小说》,尹锡康译,收入其《汉文古小说论衡》,陈周昌选编,第165页。

照射的范围加以限制,直到光线四溢出去以后逐渐减弱至零为止。"①东亚汉文化圈的范围,其实也就是中国的辐射范围,汉文化的影响范围,可参考历代正史的周边地区传,也正如西岛定生所描述的:

> 首先,必须指出,"东亚世界"是以中国文明的发生及发展为基轴而形成的。在黄河中游地区诞生的中国文明,在质的发展过程中,从华北到华中、华南,不断扩大其领域,而及于中国全土。随着中国文明的开发,其影响进而到达周边诸民族,在那里形成以中国文明为中心,而自我完成的文化圈。这就是"东亚世界"。所谓自我完成的文化圈,是指在这个文化圈的共通的诸文化,受到在中国起源的文化的影响;同时,在这个文化圈内,诸文化又具有独自的和相互关联的历史结构。因此,"东亚世界"是以文化圈而完成起来的世界,同时,它本身具有自律的发展性,是个历史的世界。具体地说,这样的"东亚世界",是以中国为中心,包括其周边的朝鲜、日本、越南以及蒙古高原与西藏高原中间的河西走廊地区东部诸地域。②

其实这也是所有文化圈的常态,因而,有必要引进"历史文化地理"的概念。也就是说,讨论历史和文化上的问题,应该采用"历史文化地图",而不能拘泥于今天的国境或边界,不然就会捉襟见肘,左支右绌;但是,也不能完全无视今天的国境或边界,应将之作为隐性的参照系,时刻置于脑海中。这有点像画历史地图,表层是历史上的样子,而背景则衬以今天的样子。这里需要历史感与现实感的平衡。这乃是因为,所谓"历史",不仅是由"原因"导致的,也是由"结果"说明的。

而且,中国的辐射范围,汉文化的影响范围,并不仅限于东亚乃至东南亚之一部。尤其是在近世以后的岁月里,随着中国移民逐渐遍布亚洲各地,它更是远披于亚洲其他地区。法国汉学家克劳婷·苏尔梦编著的《中国传

---

① 汤因比《历史研究(修订插图本)》,刘北成、郭小凌译,第209页。
② 西岛定生《东亚世界的形成》,高明士译,收入刘俊文主编《日本学者研究中国史论著选译》第2卷,第88—89页。

统小说在亚洲》①一书中涉及的地区和民族,除了东亚汉文化圈里的朝鲜、日本、蒙古、满族(民族)、越南以外,还涉及了泰国、柬埔寨、印度尼西亚、马来西亚等东南亚诸国(由华侨带入之华语文学)。不过仅就本文而言,仍想把范围姑且局限于东亚汉文化圈,而暂不涉及东南亚等亚洲其他地区。

此外,按照中国传统的"同心圆"式"天下观",东亚汉文化圈并不是平面的、固定的。首先,"作为历史的世界,如所推测的,它的领域是流动的,不是固定的"②,汉文化圈的扩展有一个"南扩"的主潮,即从中原向长江流域再向岭南扩展(类似于俄国的东扩、美国的西扩、越南的南扩),当然同时也向东、西、北方向延伸。这与中国文明首先是农耕文明密切相关。"汉文化基本上是农耕文化,特别是水稻的栽培……在同样的耕作技术下,愈炎热湿润的地方,农业生产的效果愈好。从华南而南洋,乃至澳洲的北部,都很适宜汉文化的发展。"③可以想见,如果西洋殖民主义者不来,汉文化将随着不断往南开垦的中国农民,逐渐深入到整个东南亚乃至澳洲北部,因为那儿都适合农耕文明,而且交通上一无阻挡。

其次,根据离中原距离的远近,汉文化的影响力由强至弱,依次由核心向边缘递减。处于核心与边缘之间的地区,有可能一边作为汉文化的接受者,一边又成为汉文化的传播者(如朝鲜半岛和中南半岛都曾是这样),从而这些"中介"地区的扩张,其实也助推了汉文化的传播(比如在中南半岛的东部,汉文化随越南的南扩而南进,随着半岛中部占城的被灭,半岛南部柬埔寨疆土的被占,而达致今天越南版图的全境)。也就是说,在汉文化圈的扩展过程中,动力往往不仅来自中国本土,也常常来自周边各民族和地区。

四、东亚国际秩序上的封贡体制

封贡(朝贡-册封)体制是东亚国际秩序的基石,其主要内容是,在当时

---

① 克劳婷·苏尔梦编著《中国传统小说在亚洲》,颜保等译,北京,国际文化出版公司,1989年。
② 西岛定生《东亚世界的形成》,高明士译,收入刘俊文主编《日本学者研究中国史论著选译》第2卷,第89页。
③ 陈正祥《中国文化地理》,北京,生活·读书·新知三联书店,1983年,自序第1页。

人的心目中，整个"天下"（东亚世界）只有一个中心，那就是中国；只有一个最高统治者，那就是中国的皇帝。中国周边地区的君主只有对中国皇帝持臣礼（朝贡），得到中国皇帝的批准（册封），其地位才会受到承认①，该地区才会被纳入"天下"（东亚世界）国际秩序，受到中国乃至其他地区的承认，从而进入东亚汉文化圈。这种封贡体制下的东亚国际秩序，乃是形成东亚汉文化圈的政治基础，正如西岛定生所说：

> 但是这些文化上的诸现象，所以成为"东亚世界"的共通要素，并非在文化上由文化独自扩延的结果，而是在其背后有规制这个世界的政治性结构存在。以这个政治性结构作为媒介的文化诸现象，在这个世界扩延着……至于这个政治性结构是指什么，可以说是指中国王朝直接或间接的支配或规制……事实上，其（文化）传播是以政治上的支配乃至规制作为媒介而实现的。尤其"东亚世界"的形成与发展，更是因为在那里成立了作为迅速超越其他诸民族的政治权力，即中国王朝国家。在中国形成的或者外面传来而被接受、同化的诸文化，与中国王朝的政治结构相结合，并隶属于它而存在，所以诸文化的传播是以这个中国王朝国家的政治结构作媒介；也就是说，中国王朝的国家权力，涉及到周边民族时，在那里就形成中国王朝国家与这些民族之间的直接或间接的支配或规制关系。再以这种关系作为媒介，将上述诸文化传播到周边诸民族，在那里形成"东亚世界"共通的诸要素。②

封贡体制下的东亚国际秩序，呈现出一种"同心圆"式结构：位于中心的是中国，然后根据接受汉文化程度的高下，依次由圆心往外排列，每个地区都会取得一个属于自己的位置，各各形成相对应的上下内外等级关系。

---

① 黄景福《中山见闻辨异》："国王初嗣位，称权国事，请封。见册使，称中山王世子。受封后，始称王。"（殷梦霞、贾贵荣、王冠编《国家图书馆藏琉球资料续编》，北京，北京图书馆出版社，2002年，上册，第712页）《清史稿·属国一·琉球传》云："琉球国凡王嗣位，先请朝命。钦命正副使奉敕往封，赐以驼钮镀金银印，乃称王。未封以前称世子，权国事。"琉球既如此，其他地区或可类推。

② 西岛定生《东亚世界的形成》，高明士译，收入刘俊文主编《日本学者研究中国史论著选译》第2卷，第90—91页。

进入封贡体制也要具备一定的资格,不是任何国家或地区都可以的。比如《后汉书》中记载的倭奴国,《三国志·魏书·东夷传》中记载的女王国等,都是一些在当时当地有代表性的国家,在日本诸岛当时林立的小国之中,只有它们才有资格进入封贡体制。而根据距离中国的远近,中国给予的等级待遇也是不一样的,比如明朝皇帝对朝鲜、安南下的是"诏",而日本、琉球、占城就"享受"不到这个待遇①。

中国周边地区则谋求通过中国的册封,以及册封地位的相对优越,来确立自己的国际地位,以及相对于其他地区的优势。倭国在5世纪对中国恢复"万里修贡",其动机便是要中国承认其对日本列岛及朝鲜半岛南部的控制权。同时,"这种封册的称号,不但是当时那些在中国周围一些小国家在树立自己威望时所必要的,而且也是其对付国内不同势力时必要的"②。即使是今天,某小国因内乱而出现不同政权的时候,大国的承认与否还是至关重要的,其中的原理其实都是一样的。

又如,朝鲜时期的外交政策,有所谓的"事大睦邻"之说:"事大"指的是对中国的"朝贡","睦邻"指的是对日本的"怀柔"。这清楚地表明了朝鲜对于自己在东亚国际秩序中位置的认识。这里可见明显的国际秩序"等级意识",与古代的"事大睦邻"观念精神相通,来源于"韩国在汉文化圈中具有文化上的强国意识"③。这样的意识,其实越南、日本也有。到了今天,虽然东亚汉文化圈早已"礼崩乐坏",但上述意识仍"阴魂不散",表现在文化上的互不服气④。

除了所谓"礼仪"方面的考虑以外,这种体制也能带来实际的安全利益。对中国来说,"它需要与周边国家建立朝贡体制作为防止侵略的手段"⑤;对周边地区来说,则可以在有事时得到中国的帮助。这打个不恰当的比方,宛

---

① 《明史·外国四·琉球传》:"(1476年,琉球)贡使至,会册立东宫,请如朝鲜、安南,赐诏赏回。礼官议琉球与日本、占城并居海外,例不颁诏。乃降敕。"(参见《中山世谱》卷六《尚圆王》"明成化十一年乙未秋"条)。当然,实际情况可能有所出入,不一定会完全照此办理。
② 汪向荣《古代中日关系史话》,北京,中国青年出版社,1999年,第132页。
③ 金柄夏《韩国经济思想史》,厉帆译,厉以平译校,太原,山西经济出版社,1993年,第37页。
④ 参见拙著《半岛智慧:地缘环境的挑战与应战》第十二章第三节,上海,中西书局,2017年。
⑤ 金柄夏《韩国经济思想史》,厉帆译,厉以平译校,第47页。

如现代的"集体防御体制",就像20世纪的冷战时期,东西欧被分别纳入苏联和美国的势力范围,分别成立了"华约"和"北约"一样。1592—1598年万历朝鲜战争期间,朝鲜得到明朝援军的帮助,打退了丰臣秀吉的入侵,便是一个典型的例子。琉球是另一个例子:"今自洪、永建封,尚姓享祚垂四百年,而奉事圣朝尤为恭顺。其旁近岛夷,皆知琉球之于中国,如滇王之见宠于汉世,不敢少萌觊觎。其君臣亦遂得宴然高枕,与内地臣民分乐利之万一,盖几几乎刑可措而兵不用矣。"①1505年,占城诉安南侵夺,乞命明使往封,明臣任良弼等言:"占城前因国土削弱,假贡乞封,仰仗天威,詟伏邻国……大都海外诸蕃,无事则废朝贡而自立,有事则假朝贡而请封。"②说得颇为一针见血。17世纪末,越南北郑大越与南阮广南分治,大汕和尚应广南王阮福凋(凋)之邀访问广南,条上的对付北郑的"大越事宜"之一,就是"修贡中朝以正名号":"王国境土与广东密迩,诚能遣使通好督抚将军,然后拜表修贡,疏请封王,正其位号,以广东声势,相为犄角,使旁国小寇,自然畏服,不敢窥伺,诚名正理顺坐享太平万全之美举矣!所谓不战而屈人之兵者,此之谓也。"③这实际上就是当年新罗联唐对付百济、高句丽的故智。后来阮福凋(凋)果然委托大汕与广东的督抚将军商谈,只是结果可能并不理想,因为封贡之事已为北郑大越抢占了先机。

  其实,封贡体制不仅是以中国为中心的东亚国际秩序的特征,也是古代东亚几乎所有国家和地区的国际秩序的特征。比如日本历史上处理其与"诸蕃"、虾夷的关系,日本史料里构建的其与"任那"的关系,朝鲜半岛历史上处理其与耽罗国(今济州岛)、女真的关系,越南历史上处理其与占城、老挝、柬埔寨的关系④,琉球历史上中山处理其与"南夷"(先岛诸岛)的关系⑤,

---

  ① 周煌《琉球国志略》卷十二《兵刑》(黄润华、薛英编《国家图书馆藏琉球资料汇编》,北京,北京图书馆出版社,2000年,中册,第1100页)。
  ② 《明史·外国五·占城传》。
  ③ 释大汕《海外纪事》卷一。
  ④ 《明史·外国五·占城传》:"时安南索占城犀象、宝货,令以事天朝之礼事之。占城不从,大举往伐。"
  ⑤ 《中山世谱》卷一《历代总论》云:"时有察度,起布衣,为臣民推戴,就位莅政,终开琉球维新之基(本国通中朝自此始),亦希世之贤君也。然得南夷称臣,而心稍骄奢(南方诸岛始来入贡,而中山渐强,王大喜,骄心稍萌)。"《中山世谱》卷三《察度王》"明洪武二十三年庚午"条云,宫古、八重山"二岛之人,见琉球行事大之礼,各率管属之岛,称臣纳贡"于中山,"由是中山始强"。

等等,都是如此。甚至古印尼的满剌加王国、满者泊夷等也是如此。即使到了近代,在日本吞并朝鲜半岛的过程中,还以日本天皇"册封"朝鲜国王的形式借尸还魂①。

五、封贡体制标志之一:称帝与封王

在封贡体制下,受控制强的地区不能称帝,只能称王(如朝鲜半岛);受控制弱的地区虽也称帝(如日本、越南),但会被视为"僭越"或"不臣",在中国及周边地区是不受承认的②,无助于改变其所处的"边缘"地位,对中国皇帝也构不成真正的挑战。

历史上,东亚各地区一般有三种做法。一是如朝鲜半岛、琉球。除1895年清朝势力完全退出朝鲜半岛,朝鲜改国号为"大韩帝国",朝鲜国王称"光武帝",并行用"光武"年号外,朝鲜半岛历史上始终没有称帝。以至16世纪的林悌,临死前表示了这样的遗憾:"四海诸国未有不称帝者,独我邦终古不能。生于若此陋邦,其死何足惜!"③不仅历史上从无称帝之举,而且朝鲜半岛曾"事大惟谨",把一切都做得非常彻底。至于琉球,则一向定位明确,正如其"官话"课本《学官话》里说的:"你们那边有皇帝么?""没有皇帝,只有国王。""你们国王是称万岁,还是称千岁呢?""我们国王不敢称万岁,只是称千岁。"

二是如日本,一开始称王,朝贡中国,接受中国册封;统一以后称天子、天王、天皇,与中国持敌礼,不肯下于中国。607年,倭王遣使朝贡,其国书曰:"日出处天子致书日没处天子,无恙。"隋炀帝览之不悦,谓鸿胪卿曰:"蛮夷书有无礼者,勿复以闻。"④所谓"无礼",正是说倭王"不守规矩",自

---

① 参见西岛定生《东亚世界的形成》,高明士译,收入刘俊文主编《日本学者研究中国史论著选译》第2卷,第103页。
② 即如韩国,直到今天也只称"日王",不称"天皇"。
③ 李瀷《星湖先生僿说》卷九人事门"善戏谑"类。值得注意的是,李瀷把林悌这么重大的发言置于"善戏谑"类,显得极不协调,究其原因,似乎既欲借林悌之言,传达自己的隐衷,又尽量作淡化处理,以避免可能有的麻烦。
④ 《北史·倭传》、《隋书·东夷·倭国传》。

称"天子",想要与中国天子抗衡①。此后更是如此,除了室町幕府第三代将军足利义满为与中国通商而曾受明朝册封之外,日本始终没有重返东亚封贡体制;而即使足利义满的行为,也仅代表室町幕府,而并不代表日本天皇,且一直受到后世日本史家的谴责。江户时期诗人赖山阳的《日本乐府》中有一首《裂封册》,曾提到丰臣秀吉拒绝明朝册封事,便具有象征意义:

> 史官读到日本王,相公怒裂明册书。欲王则王吾自了,朱家小儿敢爵余?吾国有王谁觊觎。叱咤再蹀八道血,鸭绿之流鞭可绝。地上阿钧不相见,地下空唾恭献面。②

在黄遵宪的《日本杂事诗》中,于此事有更详细的说明,以之与赖山阳诗参看,也是很有意思的:

> 女王制册封亲魏,天使威仪拜大唐。一自覆舟平户后,有人裂诏毁冠裳。

> 日本典章文物,大半仿唐。当时瞻仰中华,如在天上,遣唐之使,相望于道。唐乱使绝,高行云游之僧,尚时通殷勤,唐、宋间亦遣使答之。元祖肆其雄心,欲抚有而国,范文虎帅舟师十万,遇飓舟覆,归者三人。以元之雄武,灭国五十,风起涛作,不克奏肤功,天为之也。然至是,日人有轻我之心矣。明中叶时,萨摩无赖寇我沿海。及丰臣秀吉攻朝鲜,八道瓦解。明误听奸民沈惟敬言议和。授封使者赍诏至,秀吉初甚喜,戴冕披绯衣以待;乃宣诏至"封尔为日本王",秀吉遽起,脱冕抛之地,且裂书,怒骂曰:"我欲王则王,何受髯虏之封?且吾而为王,若王室何?"复议再征高丽。日本人每讳言贡我,而明人好自夸大,视之若属国。吾

---

① 《日本书纪》卷二十二"推古天皇十六年(608)"条载其下次国书又云,"东天皇敬白西皇帝",乃是史官后来编撰时所篡改,因当时日王尚未称天皇也。
② 藤井竹外的《丰太阁裂明册图》内容相似:"玉冕绯衣如粪土,册书信手裂纵横。自从霹雳震万里,直至如今尚有声。"(《竹外二十八字诗》卷上)

谓委奴国王之印,亲魏倭王之敕,见于《三国志》《后汉书》,其时壤地褊小,慕汉大,受封,此不必讳也。至隋帝之书曰:"皇帝问倭皇好。"既邻国之辞矣。唐、宋通好,来而不往。偶一遣使赍书,或因议礼不就而去。以小事大则有之,以臣事君则未也。至明成祖数碑寿安镇国之山,封足利义满为王,而不知乃其将军。虽义满称臣纳贡,然未有代德而有二王,于日本则为僭窃。神宗封秀吉,诏书至,为毁裂,此又何足夸哉!①

黄遵宪勾勒中日关系变化之大要,认为隋唐时日本于中国已持敌礼,有以小事大而无以臣事君,其转机尤在元朝征东失败后,是很有见地且实事求是的。古代日本相对于中国的"边缘"地位,主要不是政治上的,而是文化上的,正如日本学者入谷仙介所言:"日本虽在政治上对中国保持了独立,但在文化上却是中国的卫星国,我觉得这么说绝非过言,而且没必要为此感到羞耻。"②

三是如越南,介乎上述二者之间,即所谓"阳奉阴违"是也。此似效法汉代南越武帝赵佗的做法。南越武帝赵佗在汉文帝的压力下,"去帝制、黄屋、左纛","然南越其居国,窃如故号名;其使天子,称王朝命如诸侯"③。10世纪中叶越南独立以后,对内称帝;但朝贡中原王朝时,则自称中原王朝册封之王号。"至名号官爵,或只自行国中,而不以通于大朝。"④甚至连越帝的名字都有两套,一套对内,一套对外。相应地,越南史家著书,若在其国内,则例称"帝"不讳,如《大越史记全书》;如在中国,则一律改"帝"为"王",如《安南志略》《南翁梦录》。对此,中原王朝往往妄自尊大,不明就里,直至清代也还是如此。我们看四库馆臣的议论,便可以明白这一点:

---

① 黄遵宪《日本杂事诗》,收入《人境庐诗草笺注》,钱仲联笺注,上海,上海古籍出版社,1981年,第1100页。"至隋帝之书曰:'皇帝问倭皇好。'既邻国之辞矣"云云,系据《日本书纪》卷二十二"推古天皇十六年(608)八月"条立论,然据《善邻国宝记》引《经籍后传记》,则隋朝国书本作"皇帝问倭王",《日本书纪》改作"倭皇",乃当日史官所为。黄遵宪引据既稍误,立论即有偏。盖日本虽向有敌国之意,而中国则始终未予承认也。
② 入谷仙介《汉诗入门》,东京,日中出版,1979年,第204页。
③ 《史记·南越列传》。
④ 《四库全书总目》卷六十六《越史略》提要。

又史称陈日尊自帝其国,尊公蕴为太祖神武皇帝,国号大越。此书原题《大越史略》,盖举国号为名。而所列公蕴至昊、昑八王,皆僭帝号,不独陈日尊一代,则犹史所未详。又,《玉海》记交趾天贶宝象、神武、彰圣嘉庆诸年号,此书皆与相合。特所列黎、阮诸王无不改元者,而史家并未悉载,则必当时深自讳之,故中国不能尽知耳……安南自宋以后,世共职贡,乃敢乘前代失驭之际,辄窃号国中,至著之简策,以妄自夸大,实悖谬不足采。然吴、楚僭王,《春秋》绝之,而作传者亦不没其实。故特依伪史例录之,以著其罪,且以补宋、元二史外国传之所未备焉。①

从中可以看出这样几点:首先,越南一直"自帝其国",却又"深自讳之","故中国不能尽知",以至史籍也不能无缺,至四库馆臣读到《越史略》,始恍然大悟,可见越南方面保密工作做得好,也可见中原王朝消息之闭塞②。其次,四库馆臣对越南史书"僭越"的消化和处理,则乞灵于历史上春秋时期的做法,既"绝之"而又"不没其实",特依"伪史"例来容纳之,显示了面对不能掌控的状况,既保全面子又不失宽容的灵活性,也算是一种适应那种体制的"急智"吧?在《四库全书总目》史部载记类小叙里,四库馆臣也明确表示了对《越史略》的不满:

惟《越史略》一书,为其国所自作,僭号纪年,真为伪史。然外方私记,不过附存以声罪示诛,足昭名分,固无庸为此数卷别区门目焉。③

这是因为,"载记"原是"立乎中朝以叙述列国之名",而《越史略》则以"僭号纪年"越出了其范围,实属阮孝绪《七录》所谓"伪史"的范畴,只因除它之外没有其他类似的史书,所以才不得已而附录于"载记"类中,而于小叙中特地

---

① 《四库全书总目》卷六十六《越史略》提要。
② 当然也有知情的,如明叶向高《四夷考》卷一《安南考》云:"其君长尤狡狯,有二名,以伪名事中国。自黎氏以来,虽奉贡称蕃,然自帝其国中,如赵佗故事,死则加伪谥。"清潘鼎珪《安南纪游》云:"奉贡于中朝,则称安南王臣某;号于国中,则曰天子,而郑氏自为安南王。"但知情者仅限于少数人。
③ 《四库全书总目》卷六十六史部载记类小序。

说明不得不如此著录的理由。四库馆臣的"名分"观念于此可见一斑。而对于《朝鲜史略》的"太祖"、"太宗"称号,四库馆臣也不忘特地指出:"其称李成桂、李芳远为太祖、太宗,乃其臣子之词。"①相比之下,对于恪守"名分"的《安南志略》、《高丽史》,四库馆臣就没什么严厉之词了。

由此可见,东亚史书的编撰体例中也存在着"大义名分"。自司马迁创设纪传体史书以后,东亚各地区纷起仿效,但其中只有"天子"或"准天子"才能用的"本纪"一体,其他国家或地区的史书是否也能照用,这是一个相当敏感的问题。越南、日本因为早就称帝了,所以《大越史记全书》、《大日本史》等都照用"本纪"一体不误;而朝鲜半岛至1895年始终未能称帝,所以其第一部纪传体"正史"《三国史记》虽曾用"本纪"一体于诸王,但在稍后更成熟的纪传体"正史"《高丽史》中,便主动放弃了"本纪"一体,而自觉地采用了"世家"一体,以自拟为诸侯。《纂修高丽史凡例》云:"按《史记》,天子曰纪,诸侯曰世家。今纂《高丽史》,王纪为世家,以正名分。"从中也能看出朝鲜王朝的事大惟谨,所以受到了顾炎武的表扬,"称其得史家体"②。琉球史书《中山世鉴》、《中山世谱》、《球阳》等,则都采用编年体而非纪传体,避开了"本纪"、"世家"等体例上的纠葛。

另外,"志"体也关涉"大义名分",不可轻易看过。如清周煌编撰《琉球国志略》,之所以采用"志"体,据该书凡例云:"方今中外一统,琉球被化尤深且久,似宜从中国诸道郡县之例,故以志体拟录,庶益坚其向化悃忱。"③这也就可以理解,元时黎崱述安南事,何以称《安南志略》,晚清黄遵宪述日本事,何以称《日本国志》。他们之采用"志"体,除体裁本身考虑外,似都有深意存焉,大约是朝《华阳国志》甚至地方志的方向上靠拢的。

另外,如《大清一统志》附录有周边及远方的朝贡之国,《大南一统志》也附录有高蛮、暹罗、水舍、火舍、缅甸、南掌、万象等附庸国,则是有样学样了。

---

① 《四库全书总目》卷六十六《朝鲜史略》提要。毅平按,关于国王称"宗"之类,《纂修高丽史凡例》已经作了自我批评:"凡称宗、称陛下、太后、太子、节日、制诏之类,虽涉僭逾,今从当时所称书之,以存其实。"
② 朴趾源《热河日记》卷三《忘羊录》。
③ 周煌《琉球国志略·凡例》(《国家图书馆藏琉球资料汇编》,中册,第600页)。

六、封贡体制标志之二：奉正朔与用年号

"正朔，所以统天下之治也。"①中国是世界上最早发明历法的国家之一，也曾以颁赐历法来宣示对天下的控制。在封贡体制下，通用或部分通用中国历法，每年由中原朝廷颁赐历本供各地区使用，或授权有些地区据此编出各自的代用历本，此即所谓的"颁正朔"（上对下、中对外）或"奉正朔"（下对上，外对中）。

朝鲜半岛自古即用中国历法。百济"行宋《元嘉历》，以建寅月为岁首"②。新罗自674年起采用唐新历《麟德历》（即《仪凤历》），宪德王（809—825在位）时采用唐《宣明历》（822），一直用到高丽忠宣王（1309—1313在位）时，整整用了近五百年。1299年，元丞相历数高丽僭越之事，其中之一即为"自造历"③，或即指高丽仍沿用唐《宣明历》。至忠宣王时，高丽派人从元人学习，始改用《授时历》④。1369年，明朝颁赐《大统历》（即元《授时历》的翻版）于高丽。朝鲜奉明清正朔，先后用明《大统历》、清《时宪历》。

从7世纪初至17世纪末的千余年间，日本先后采用了中国的《元嘉历》、《仪凤历》（《麟德历》）、《大衍历》、《五纪历》、《宣明历》。尤其是《宣明历》，一用就是八百余年。此期间没有采用中国出现的新历，正反映了日本与中国的缺乏官方往来。1684年，日本停用早已过时的《宣明历》，经过明《大统历》的短暂过渡，同年末颁行涩川春海所造的《贞亨历》。后来，日本仿西法造《宝历历》（1754）、《宽政历》（1797），但仍参考梅文鼎的《历算全书》（1723）。《宽政历》后改为《天宝壬寅历》（1842）。明治维新开始不久的1873年，开始采用西洋的格里高利历（西历新历），日本历法始完全摆

---

① 徐兢《宣和奉使高丽图经》卷四十《同文》。
② 《隋书·东夷·百济传》。
③ 《元史·外夷一·高丽传》。
④ 《高丽史》卷一百八《崔诚之传》。《高丽史》卷五十《历志一》："高丽不别治历，承用唐《宣明历》，自长庆壬寅（822），下距太祖开国（918），殆逾百年，其术已差。前此唐已改历矣，自是历凡二十二改，而高丽犹驯用之。至忠宣王，改用元《授时历》。"

脱了中国的影响①。

琉球最初曾"望月盈亏,以纪时节,候草荣枯,以为年岁"②,但"此皆未通中国之初然尔"③,后来交通中国以后,则"虽无经生卜士之流,然亦谙汉字奉正朔"④。1372年、1374年、1436年,明太祖、明英宗先后颁赐琉球《大统历》⑤。后来清朝则颁赐《时宪历》。琉球通常使用中国编刊的历本,但路途遥远,历本每每迟到,因为学会了造历,琉球遂采取权宜之计,先暂用自己推算的历本《选日通书》,等中国历本来了再取代之。这是因为历书所代表的"正朔"(中历),乃是东亚国际秩序的象征,不得随便造次也。

越南历史上虽常用自己所"造"的历法,如陈朝的《授时历》《协纪历》、胡朝的《顺天历》、黎朝的《万全历》、阮朝的《协纪历》等,但其实它们都源自中国的历法,只不过换个名称,"面子工程"而已。如1339年改《授时历》为《协纪历》⑥,即是其例。明朝建立之翌年(1369),明太祖赐安南国王《大统历》⑦。胡季犛篡陈翌年(1401),"汉苍改陈氏《协纪历》,行《顺天历》"⑧。1522年,明武宗即位,"诏遣修撰伦文叙颁正朔于交趾"⑨。有时连自己可以编刊的历本,也要等待中国的颁赐⑩,这样就省了自己编印的麻烦,也借此表明对于中国的顺从。

而进入近代以后,东亚各地区纷纷"脱亚入欧"(实则是"脱中入西"),其标志之一,便是弃中历而改用西历,也就是弃中国正朔而奉西洋正朔。

---

① 参见朱云影《中国文化对日韩越的影响》,台北,黎明文化事业公司,1981年,第112页。
② 《隋书·东夷·流求传》。《中山世谱》卷一《历代总纪》所记大同,或据《隋书》。
③ 周煌《琉球国志略》卷四下《风俗·节令》(《国家图书馆藏琉球资料汇编》,中册,第875页)。
④ 陈侃《使琉球录·群书质异》(《国家图书馆藏琉球资料汇编》,上册,第62页)。
⑤ 《中山世谱》卷三《察度王》"明洪武五年壬子"条、"明洪武七年甲寅"条,卷四《尚巴志王》"明正统元年丙辰"条,又见《明史·外国四·琉球传》。毅平按:所颁应是历本,而非历法;而且应该每年皆颁,只是未必每年记载。
⑥ 《大越史记本纪全书》卷七《陈纪》"宪宗开佑十一年(1339)春"条。
⑦ 《明史·外国二·安南传》。
⑧ 《大越史记本纪全书》卷八《陈纪》"汉苍绍成元年(1401)春二月"条。
⑨ 严从简《殊域周咨录》卷五《安南》。
⑩ 参见严从简《殊域周咨录》卷六《安南》,《大越史记本纪续编》卷十六《黎纪》"庄宗元和八年(1540)冬十一月"条、"庄宗元和九年(1541)十月二十日"条、"庄宗元和十年(1542)三月二十二日"条。

1873年,日本率先改用西历,此后,朝鲜半岛和越南也先后改用西历,中国本土最终也改用了西历,从而完成了东亚世界的又一个历史巨变①。

在封贡体制下,东亚各地区虽通用中国"正朔",却仅部分通用中国年号(纪年)。这与是否称帝密切相关:称帝者,则模仿中国自建年号(如日本、越南);不能称帝者,大都使用中国年号(如朝鲜半岛、琉球),也有自建年号的(如渤海国等,以及新罗一度所为)。日本自"大化"(645)起,始仿中国用年号,一直延续至今(令和)。越南自10世纪独立以后,对内称帝,使用本国年号(所谓"僭号纪年");朝贡中国时则称王,使用中国年号。838年入唐的日本僧侣圆仁(794—864),记载其到达中国的时间云:"日本国承和五年七月二日,即大唐开成三年七月二日,虽年号殊,而月日共同。"②"年号殊"是政治上独立,不用中国年号;"月日共同"则是时间秩序一致,同属中华文明的时间序列。古代的日本、越南皆曾如此。

与古代东亚其他地区相比,朝鲜半岛用中国年号尤谨。536年,新罗仿中国初建年号,称"建元元年"。仅仅百余年后,650年,在唐朝的要求下,新罗去除本国年号,始行中国年号。这也正如李福清所说的,是以此表示与中国接近,自觉融入东亚汉文化圈,并以此傲视其他地区③。因此,除536年至649年新罗用本国年号,1895年到1910年"大韩帝国"用"光武"年号外,从650年至1894年,在漫长的一千二百多年间,朝鲜半岛用中国年号惟谨。例外的只有朝鲜后期的一段时间,虽然不得已臣服于清朝,但因为尊明反清的感情使然,所以"官文书外,虽下贱,无书清国年号者"④,而是一直沿用明崇祯年号,或只用干支纪年,但这与官方使用清朝年号并不矛盾。

琉球的情况基本同于朝鲜半岛,从日常文书到官方、外交文件,行用中

---

① 关于"正朔"的重要性及"改历"的过程和意义,参见本书所收拙文《中国岁时文化在东亚》。

② 圆仁《入唐求法巡礼行记》(838—848)卷一"承和五年(838)七月二日"条。毅平按:该书开头只用日本年号,翌年改用唐年号,并记日本年号:"开成四年己未,当本国承和六年己未。"第三年起则只用唐年号,盖入乡随俗,且为方便计也。二百余年后,成寻(1011—1081)《参天台五台山记》(1072—1073)也是这样,开头用日本年号,自卷三起用宋年号。又,圆仁日记止于大中元年十二月十四日,西历已是848年1月23日。

③ 参见李福清《朝鲜文学的起源》,白嗣宏译,收入其《汉文古小说论衡》,陈周昌选编,第272—273页。

④ 《朝鲜王朝实录·肃宗实录》卷三"乙卯元年(1675)四月壬辰"条。

国年号和历法惟谨。"(中国)皇帝每年颁赐《大统历》(中国历),作为进贡国的义务,在公文书上使用中国年号。"①这成为琉球进入东亚汉文化圈的标志,也象征了琉球与中国封贡关系的实质。但在1609年"岛津侵入事件"后,琉球受制于萨摩藩和江户幕府,不得不在与彼等的往来文书中使用日本年号,反映了琉球"一仆二主"的现实困境。

由于年号涉及东亚国际秩序,所以常会产生这方面的纠纷。18世纪初,在中日两国的贸易史上,曾发生所谓的"信牌案"。1715年,江户幕府当局向部分清朝商船船头(船长)颁发信牌,未领到信牌的部分福建籍船头向宁波府鄞县知县起诉,告拿到信牌的那部分船头是忤逆朝廷追随日本,因为他们接受了上面写有日本年号的信牌。事情一直闹上了朝廷,最后康熙帝敕裁:"各国使用本国年号为理所当然。信牌分交宁波、南京各海关保管,意欲出航长崎的商人从海关领取信牌出港。"②年号之类"大义名分",被用作商业利益之争的工具。而康熙皇帝的处置则举重若轻,既考虑到日本自有年号的事实,又以海关保管信牌的权宜之计,表明不让日本年号进国门的态度,可以说是一种兼顾原则性与灵活性的高招,轻而易举地化解了一道外交难题。今天的有些涉外敏感证件,其实也常采用类似的变通办法。

七、封贡体制标志之三:朝贡贸易

在封贡体制之下,东亚汉文化圈的国际贸易,也服从于这种国际秩序,有人称之为"朝贡体制下的国际贸易",简称"朝贡贸易"。只有纳入封贡体制的国家和地区,才被允许进入"朝贡贸易"的行列。需要特别注意的是,这是"朝贡"下的贸易,而贸易本身并非"朝贡","朝贡"是"朝贡"(政治),贸易是贸易(经济),不能以"贸易"来消解"朝贡"③。

正因如此,朝贡贸易不是一种"正常"的贸易,不完全遵守贸易的一般规

---

① 高良仓吉《琉球王国》,东京,岩波书店,《岩波新书》新赤版261,1993年,第54页。
② 大庭修《江户时代日中秘话》,徐世虹译,北京,中华书局,1997年,第22页。
③ 现在有些过去的"朝贡国",出于民族自尊心和国家意识,否认曾经的"朝贡",而只承认贸易,国内也有些人跟着犯糊涂,其实还是要尊重历史,尊重事实。

则。它首先考虑的不是经济上的利益,而是政治上的"礼仪",也就是所谓的"大义名分"。对中国来说,是以经济利益换取政治利益;对周边地区来说,是以政治利益换取经济利益。这可以说是一种古代的"双赢"体制。

一个象征性的例子是,中国还赐朝贡国的礼物中,有一些具有权力象征意义,如铜镜。"现在在日本列岛上,尤其是以近畿为中心的大和地区,常常可以发掘到有古铜镜。这些铜镜中,有些是在日本仿制的,但也有部分是从中国大陆输入的,即所谓舶载镜的。这些铜镜在当时显然是作为权力的象征,由像邪马台国的女王卑弥呼那样,从中国接受之后,将这些铜镜或就地仿造后,分送给一些小'国家'的'国王',以表示权力的。因此,这些'国王'身死之后,也就将这作为权力象征的铜镜等随葬。"①在朝鲜半岛和越南,也可以看到同样的现象。

不仅中国是这样,其他周边地区也是这样。比如朝鲜的贸易理念:"并非一切邻国都可以成为贸易对象。以传统友好关系决定贸易对象国是尺度之一。"②这里所说的"传统友好关系",正是指各自都"正确"地处于东亚国际秩序中适当的位置。而对于朝鲜来说:

> 当时的贸易是在以中国为中心的亚洲(东亚)国际秩序中进行的,并必须与国家利益相一致,所以统治阶层对贸易颇为关心……对明贸易是国家亲善政策(事大政策)的组成部分,首先考虑的是国家的体面……对日贸易与(对)倭寇的怀柔政策有密切的关系,因而主张加强管制的舆论居于主导地位……对日贸易是按邦交原则、以礼物交换形式进行的……与国土接壤的女真进行的贸易也按照交邻及亲善原则进行。女真来朝进献土产品,回赠以礼品,在国境地带则开设互市。③

从中明显可以看出三个等级:对明朝是自下而上的(事大),对日本是平等的(睦邻),对女真是自上而下的(事小)。这表明了朝鲜对于自己在东亚国

---

① 汪向荣《古代中日关系史话》,第98页。
② 金柄夏《韩国经济思想史》,厉帆译,厉以平译校,第37页。
③ 金柄夏《韩国经济思想史》,厉帆译,厉以平译校,第52—54页。

际秩序中位置的认识和判断。

在东亚世界里,几乎所有国家和地区,都得接受这一事实,并遵守游戏规则。当然,你可以靠实力来重新"洗牌",但你不能改变游戏规则。东亚历史上几乎所有的王朝、王国和地区都是这么做的。比如朝鲜与女真之间的贸易,其实就是一种缩微仿真版的"朝贡贸易"。

而对于日本这样的国家,由于其长期游离于封贡体制之外,难以进行正常的"朝贡贸易",所以通常采用变通的办法,即所谓的"勘合贸易",以既维护中国的体面,又照顾日本的利益,且不破坏封贡体制,算是一举三得的做法。

八、构成东亚汉文化圈的共同要素

除了以上所述封贡体制外,构成东亚汉文化圈的共同要素,还包括其他一些重要方面。关于这些共同要素,古今的认识有所不同。如北宋末出使高丽的徐兢,便是这样认识的:

> 正朔,所以统天下之治也;儒学,所以美天下之化也;乐律,所以导天下之和也;度量权衡,所以示天下之公也。四者虽殊,然必参合乎天子之节,然后太平之应备焉。圣人之兴,必建岁正,定国是,新一代之乐,而同律度量衡。盖以至一而正群动,其道当如此。仰惟国家大一统,以临万邦,华夏蛮貊,罔不率俾。虽高句丽域居海岛,鲸波限之,不在九服之内,然禀受正朔,遵奉儒学,乐律同和,度量同制,虽虞舜之时日东协,伯禹之声教南暨,不足云也。古人所谓书同文、车同轨者,于今见之。①

也就是说,在他看来,"正朔"、"儒学"、"乐律"、"度量权衡"等四项,是构成"天下"(东亚世界)的共同要素。"正朔"是时间秩序,"儒学"是意识形态,"乐律"是共同文化,"度量权衡"是"国际标准"。必须承认,它们的重

---

① 徐兢《宣和奉使高丽图经》卷四十《同文》。

关于东亚汉文化圈的综合性考察

要性,即使到了今天,也仍然没有改变。比如我们可以看一下,今天的世界,通用西历(乃至西元),通行西方价值观念,流行西方文化艺术,实行西式教育和考试制度,采用西方度量衡("公制"乃至"英制")和知识体系,就此连成一个整体,构成了"同一个世界"。

而依照现代学者的认识,似乎文字和佛教更为重要。如汪向荣认为:"中国文化圈有不少特征,但其中最主要,而且也是最明显的则是汉字和佛教两种。一直到现在,在这个文化圈的范围中,这两种特征还继续发挥着作用和影响。"①这两项正好在徐兢所说的以外。可能对于徐兢来说,通用汉字是不言而喻,甚至是习焉不察的;佛教则为宋人所轻视,远不及儒学有地位。其实,汉字乃是东亚汉文化圈基础中的基础,也是东亚教育和科举制度的法定文字。

如按照西岛定生的说法,构成"东亚世界"的共同要素主要有四个:

> 构成这个历史的文化圈,即"东亚世界"的诸要素,大略可归纳为一、汉字文化,二、儒教,三、律令制,四、佛教等四项……但是事实上,如前所述,这些要素并不是经常同时并存着;另外因为出现、延续、消灭也是历史上的现象,所以拿它来检视诸民族之各种文化时,其实际情形是彼此相互间有相当不同而已。②

在中国学者提出的诸要素之外,他提出并似乎更重视"律令制"。这是有道理的。东亚汉文化圈各地区,普遍实行中国式的政治制度,也就是典章制度、法律制度。这在东亚有一个特定的说法,那就是"律令制"("律"指基本的法律,"令"指具体的条令,此外还有细化的"格"、"式")。

> 唐之刑书有四,曰:律、令、格、式。令者,尊卑贵贱之等数,国家之制度也;格者,百官有司之所常行之事也;式者,其所常守之法也。凡邦

---

① 汪向荣《古代中日关系史话》,第42页。
② 西岛定生《东亚世界的形成》,高明士译,收入刘俊文主编《日本学者研究中国史论著选译》第2卷,第89—92页。

> 国之政,必从事于此三者。其有所违及人之为恶而入于罪戾者,一断以律。①

这种律令制度的具体意义,正如西岛定生所指出的:"律令制,是以皇帝为至高无上的支配体制,通过完备的法制加以实施,是在中国出现的政治体制。此一体制,亦被朝鲜、日本、越南等采用,'东亚世界'的政治体制有其共通的特征。"②正如他所说,在中国以外的东亚各国,也采用了相似的政治制度,虽然不一定用相同的说法。在朝鲜半岛,历代王国的中央和地方的体制和官职,基本上都模仿中国的制度而略加变通;在日本,在"大化改新"之后,采用并完成了有日本特色的"律令制";在越南,历史上各王朝的政治体制,大体上都模拟中原王朝。

在西岛定生提出的四要素外,高明士认为应再加上"科技",这样一共就有了五个要素:

> (西岛定生)此说大致可被接受,惟仍欠周全,即忽略中国科技要素在此一地区之流通。所谓科技,此处特指中国官府所传授的天文、历法、阴阳学、算学、医学等。汉字、儒教、律令制度(或谓典章制度)、中国化佛教以及中国的科技等五要素,从文化人类学的观点而言,正好代表人类文化具体事物的主要成分。固然文化上的许多事物是象征化,无法予以命名;讨论到文化内涵时,更是言人人殊,但将文化上的事物,区分为语言文字、物质文明、社会组织、精神思想等四类,也是可接受的说法。据此而言,语言文字部分,可由汉字来代表;物质文明部分,可由中国的科技来代表;社会组织部分,可由律令制度来代表;精神思想部分,可由儒教、中国化佛教来代表。③

---

① 《新唐书·刑法志》。
② 西岛定生《东亚世界的形成》,高明士译,收入刘俊文主编《日本学者研究中国史论著选译》第 2 卷,第 90 页。
③ 高明士《庙学教育制度在朝鲜地区的发展——中国文化圈存在的历史见证》,载复旦大学韩国研究中心主编《韩国研究论丛》第一辑,上海,上海人民出版社,1995 年,第 182—183 页。

关于东亚汉文化圈的综合性考察

综合以上各家所说,可以认为高明士之说比较全面(徐兢所说的"乐律"、"度量权衡"等也可归入"科技",而教育和科举制度则可归入儒教或律令制)。但正如上述,"正朔"(历法)却绝不仅仅是"科技",也绝不仅仅是一种"物质文明",而更是时间秩序的物化,是"统天下之治"的象征,所以应该更加予以重视,视为封贡体制的特征之一,"东亚世界"的时间标志①。

而在本文里,我们主要关注意识形态、语言文字、教育和科举制度等方面的情况,因为它们与文学、文艺、文化的关系最为密切,而暂不涉及律令制度的其他方面以及科技等方面的情况。

九、儒教、佛教与道教的传播

在中国周边地区,儒学又称儒教。"儒教,是由春秋时代孔子之教开始,到汉代成为国教,以后长时期作为中国王朝的政治思想。传到周边民族,尤其是朝鲜、日本后,影响其国家的政治思想或者社会伦理思想。"②儒教的影响主要是在政治思想、国家管理理念、家庭伦理和个人行为规范等方面,主要通过教育和科举制度对社会发生作用。在东亚汉文化圈里,虽然其影响程度有所不同,但各地区都受到了同样的约束,呈现出相似的社会面貌。其影响相较而言,中国本土、中南半岛、朝鲜半岛较甚,日本则相对薄弱一些。而且,还有时代的差异,比如中国的宋明以后,朝鲜半岛的朝鲜时期,日本的江户时期,儒教的影响相对较大,而其他一些时期,其影响则相对薄弱。而同样的影响较大的时期,各地区间也仍有程度差异。

东亚汉文化圈里流行的佛教是汉文佛教(也称汉传佛教),也就是使用汉译佛经的佛教(读音则或各别),经过汉文化加工改造后的佛教(如禅宗),由此形成了东亚汉文佛教(汉传佛教)圈。"至于佛教,不用说是从印度经由中亚而传到中国;但中国化以后的佛教,传到朝鲜、日本、越南等地,

---

① 参见本书所收拙文《中国岁时文化在东亚》。
② 西岛定生《东亚世界的形成》,高明士译,收入刘俊文主编《日本学者研究中国史论著选译》第2卷,第90页。

在那里形成了也可称为'东亚佛教圈'的文化圈。"①而且,佛教的影响,不仅包括宗教思想,也包括佛教艺术。"此处所说的佛教,不仅指宗教,与其一起的建筑、雕刻、绘画等佛教美术也随之普及。"②

而佛教的传播路线,则是往东经由朝鲜半岛传至日本,往南传入越南。"朝鲜的佛教传自中国……朝鲜人又将佛教传至日本……日本人最初接受的是朝鲜的佛教,后来才知道,朝鲜人介绍给他们的原是遥远的印度文化。佛教传入越南大约经过了两条途径,一是经印度和锡兰的海路;一是经中国和柬埔寨的陆路。"③在4至6世纪,佛教先后正式传入高句丽(372)、百济(384)、新罗(528),由百济传入日本(538),又由日本传入琉球。经印度和锡兰的海路传入越南的,是后来流行于东南亚的南传佛教(小乘佛教);经中国的陆路传入越南的,是后来流行于越南的汉传佛教(大乘佛教)。由于越南接受了汉文化,所以中国以外的传播途径,后来都不再具有重要性。

汉文佛教在东亚的传播过程中,在各地区都经历了儒教化的过程。"孝顺父母并非佛教徒本有的美德,这是早在古代由儒家把握和法定的概念。从中亚和中央亚细亚于西元初进入远东各国的佛教徒,在试图适应当地风俗时,把这一道德范畴加进了自己的学说。"④汉文佛教同时也经历了道教化的过程。如佛教初入中国,多取用道教之名⑤,无论在中国还是周边地区,和尚最初都曾称作"道人"⑥,便是具有象征性的例子。佛教的儒教化、道教化的必然结果,就是东亚世界所特有的"三教合一"现象。"佛教在西元初的几个世纪里,由印度(经过中亚)传到了远东,一下子就找到和道教的

---

① 西岛定生《东亚世界的形成》,高明士译,收入刘俊文主编《日本学者研究中国史论著选译》第2卷,第90页。
② 西岛定生《东亚世界的形成》,高明士译,收入刘俊文主编《日本学者研究中国史论著选译》第2卷,第90页。
③ 李福清《远东古典小说》,尹锡康译,收入其《汉文古小说论衡》,陈周昌选编,第166—167页。
④ 李福清《朝鲜文学的起源》,白嗣宏译,收入其《汉文古小说论衡》,陈周昌选编,第256页。
⑤ 陈寅恪《大乘义章书后》云:"盖佛教初入中国,名词翻译,不得不依托较为近似之老庄,以期易解。"(收入其《金明馆丛稿二编》,上海,上海古籍出版社,1980年,第163页)
⑥ 如《高僧传》卷四《竺潜传》载东晋支遁《与高丽道人书》、晋末荀氏《灵鬼志》的《外国道人》故事、《日本书纪》卷二十二"推古天皇三十二年(624)四月戊午(十九日)"条的"夫道人尚犯法,何以诲俗人"等,都称和尚为"道人"。

接近之处,而在中世纪不止一次地以某种形式汇合。然后逐渐地在儒、释、道三教的基础上形成了一种意识形态上的混合体而常常表现在远东作家的文学创作中。"①

关于道教在东亚的影响,朱云影曾作过如下总结:"一、道教在各国的盛衰,完全是因中国历代的风气而转移;二、道教在各国,由于儒生或僧侣有形无形的排斥,除越南李陈二朝外,始终没有得到各国政府如保护儒佛二教一样的保护;三、道教在各国,表面虽不似儒佛二教的盛行,却与各国的固有信仰相糅合,深深渗入民众生活,在各国社会留下了深广的影响。"②

高句丽是朝鲜半岛三国中最崇尚道教的国家。624年,唐高祖遣道士入高句丽,送去天尊像,讲解《道德经》:"仍将天尊像及道士往彼,为之讲《老子》,其王及道俗等观听者数千人。"③既然其时已有"道"、"俗"之别,可见道教在高句丽早有流传。渊盖苏文政变上台后,为压制受佛教势力支持的反对派,也为了与唐朝套近乎,更是积极地提倡道教:

(643)三月,(渊盖)苏文告王曰:"三教譬如鼎足,阙一不可。今儒释并兴,而道教未盛,非所谓备天下之道术者也。伏请遣使于唐,求道教以训国人。"大王深然之,奉表陈请。太宗遣道士叔达等八人,兼赐老子《道德经》。王喜,取僧寺馆之。④

6世纪新罗有"花郎道","包含三教,接化群生",其中"处无为之事,行不言之教,周柱史之宗也"⑤,可见道教流行于新罗,甚至还要早于高句丽。留学唐朝的新罗学生,带回了大量道教经籍;如崔致远和金可纪等人,都好尚道教及神仙之术。

---

① 李福清《诗人与传奇小说家金时习》,李季平译,收入其《汉文古小说论衡》,陈周昌选编,第291页。
② 朱云影《中国文化对日韩越的影响》,第695页。
③ 《旧唐书·东夷·高丽传》,又见《三国史记》卷二十《高句丽本纪八》荣留王七年(624)、《三国遗事》卷三兴法第三"宝藏奉老"条。
④ 《三国史记》卷二十一《高句丽本纪九》宝藏王二年(643)。又参见《三国遗事》卷三兴法第三"普德移庵"条。
⑤ 《三国史记》卷四《新罗本纪四》真兴王三十七年(576)引崔致远《鸾郎碑序》。

在朝鲜半岛,儒教、佛教、道教是最有影响力的外来思想,尤其是道教中的阴阳五行学说,对社会生活的影响更是巨大;在日本,道教的影响留在了日本的神道教里,成为最终形成神道教的重要因素之一;在越南,从中国传入的儒佛道三教,是形成越南文化的最重要的成分。

儒佛道的"三教合一",成为东亚思想的共同特征,也决定了东亚文化的底色。正如李福清所说:"这种世界观的二重性①在中世纪远东的许多思想家和文学家当中是一个共同性的特征。他们在自己的实践活动中奉行儒家的理想原则;可是在理解世界观、自然和人生问题时却运用佛家与道家的教义和信条。由此可以明白,一系列的中国、朝鲜、越南还有日本(可能在较小的程度上)的文学家和诗人都如此典型地在其本身为人与作品中结合了如此不同的思想倾向。"②"三教合一"中所体现出来的宗教宽容和思想融合的特征,在近代以后东亚吸收西洋宗教时也发挥了积极作用。

十、通用汉字汉文

东亚汉文化圈的通用文字是汉字,汉字曾是东亚各地区官方的文字、外交的文字、文学的文字③;而通用文体则是汉文,汉文曾是东亚各地区官方的文体、外交的文体、文学的文体。

东亚各地区几乎从形成民族、国家之初,在还没有自己的文字的时候,就在中国文化的强大影响下,以汉字作为共同的文字,以汉文作为共同的文体了。"汉字文化是中国创造的文字,但汉字不只使用于中国,也传到与其语言有别又还不知使用文字的临近诸民族。由是在这个世界相互表达意志乃成为可能,同时也使中国的思想、学术的传播成为可能。"④

汉字汉文成为东亚的通用文字文体,也与儒教和佛教的传播关系密切

---

① 毅平按:即达则儒,穷则佛、道。
② 李福清《诗人与传奇小说家金时习》,李季平译,收入其《汉文古小说论衡》,陈周昌选编,第290页。
③ 关于汉字在东亚的影响,参见本书所收拙文《汉字在东亚的影响》,此处从略。
④ 西岛定生《东亚世界的形成》,高明士译,收入刘俊文主编《日本学者研究中国史论著选译》第2卷,第89—90页。

（与道教的传播关系较小），其情形正如基督教传播对拉丁文、佛教传播对梵文等所起的作用。① "而其他三项，即儒教、律令制、佛教，也都以汉字作为媒介，在这个世界里扩大起来。"②

儒教与汉字汉文的传播有极为密切的关系（汉字在越南甚至被称为"儒字"）。虽然儒教的大部分经典并没有文学性（只有少数几部才有），但它们仍然对汉文的发展具有决定性的影响，一如《圣经》对于西方文学的影响，《古兰经》对于伊斯兰文学的影响。东亚汉文化圈各地区先后引进了儒教作为国家意识形态，以儒教经典作为国家的伦理教材，首先在实用层面上促进了汉字汉文的运用能力，最终为审美性的汉文学的发展打下了基础。

佛教的传播同样促进了汉字汉文的普及。东亚的佛教是汉文佛教或汉传佛教，它的经典都由历代高僧译成汉文。研读这种经典需要极高的汉字汉文能力，所以东亚各地区的高僧自然也就成了汉文化的接受者与传播者。在一些特定的时期，如越南的李朝禅林、日本的五山禅林，佛教寺庙成为汉文学的重镇，高僧们成了汉文学的主要作者，这与僧侣极高的汉字汉文能力有关。

同时，以上二者并不矛盾，反而相辅相成，因为儒生常常兼修佛典，僧侣每每研习经籍。

汉字汉文之所以会通行于东亚汉文化圈，当然是因为历史上中国长期比较先进。这种先进既是经济上、政治上、军事上的，更是文化上的，正如汤因比所说："结果表明，在决定一种语言的命运时，商业和文化可能是比政治更有力的工具。"③中国历史上汉族势力不振的时候，比如北朝、金、元、清等，汉字汉文的地位也从未发生改变，就是因为文化上的原因。

这里需要特别说明的是，在谈到古代东亚的通用语文时，有必要区分"汉语"和"汉文"。中国古代言文分离，文为汉文（文言），言为汉语（白话），而不同于言文一致的拉丁文。东亚汉文化圈里通用的仅是汉文，而非

---

① 关于这方面的情况，参见本书所收拙文《汉字在东亚的影响》，此处从略。
② 西岛定生《东亚世界的形成》，高明士译，收入刘俊文主编《日本学者研究中国史论著选译》第 2 卷，第 90 页。
③ 汤因比《历史研究（修订插图本）》，刘北成、郭小凌译，第 270 页。

汉语。"汉语在其远东影响范围内所曾占有过的那种至高无上的统治地位，是远非拉丁文和希腊文在西方的地位所能比拟的……汉语像文艺复兴时期的拉丁文那样，是受过教育的人进行交流的工具……一个有教养的朝鲜人或越南人，都会用汉语书写。"①其中的"汉语"其实都应作"汉文"，不知是原文混淆还是译者搞错？

相比汉文为古代东亚的通用文体，汉语则是东亚各地区的"第一外语"（国际通用语），其社会地位其实低于汉文②。当然，以汉语为母语的人，也会学习其他民族的语言（所谓"小语种"），但相反的情况总是更多。现存的朝鲜"官话"课本《老乞大》、《朴通事》，琉球"官话"课本《白姓官话》、《学官话》、《官话问答便语》等，便是曾经铺天盖地的汉语教材的代表。"你是朝鲜人，学他官话做甚么？""如今朝廷一统天下，到处用的都是官话，我这朝鲜话，只可在朝鲜地方行得去，过了义州，到了中国地方，都是官话，倘有人问，一句话也说不出来，别人将我们看作何如人也。"③这是《老乞大》里的一段对话，形象地说明在当时的东亚世界里学习汉语的重要性。"诸蕃异域，风俗不同，若无译语，难以通事。仍仰……等五人，各取弟子二人，令习汉语。"④日本从小培养汉语翻译人才，也是因为"诸蕃"通行汉语。《镜花缘》里无所不知的多九公甚至说："我们天朝乃万邦之首，所有言谈，无人不知。"⑤这样的风景，大概和今天英语普及的情形差不多吧。

朴齐家（1750—1805）《北学议》的"汉语"条提到，十六七世纪之交的朝鲜神宗时，曾极重视汉语教习，不仅限于书面语层次，甚至要求全民说汉语，而禁止说"乡话"（朝鲜语）：

> 神宗朝，敕习汉语，朝会设"禁乡话牌"，令民以汉语入讼，岂但为聘（使）通话之用而已，盖将大有为而未尽变也。呜呼，今之人有不反以汉语为侏离缺舌者，几稀矣！

---

① 亚瑟·E.昆斯特《亚洲文学》，胡家峦译，收入张隆溪选编《比较文学译文集》，第168页。
② 参见本书所收拙文《汉字在东亚的影响》七"笔谈：'书同文'的智慧"脚注引金文京文。
③ 《老乞大新释》（1761年序）。
④ 《续日本纪》卷十"圣武天皇天平二年（730）三月辛亥（二十七日）"条。
⑤ 《镜花缘》第三十回《觅蝇头林郎货禽鸟　因恙体枝女作螟蛉》。

此为当时朝鲜半岛"全盘汉化"政策之一环,大类今日东亚各地区之全民学英语。不过到了18世纪的朴齐家时代,则政策与民风都已经变化,且视汉语为难学之语,视讲汉语为畏途。这盖与明清嬗代之巨变有关,朝鲜以轻清朝而轻汉语。而朴齐家的态度则有所不同,他作为"北学派"的一个成员,反而缅怀那个"敕习汉语"的时代。从今天英语的风行世界来看,他的观点其实也不无道理,在当时人中也有一定的代表性吧。

日本江户时期,长崎通事出身的冈岛冠山(1674—1728),在京都、大阪开设私塾教授汉语,编纂汉语口语教材《唐话纂要》等,或以明清通俗小说为汉语教材,在重视汉文训读训练的汉学界,掀起了一股重视汉语口语的新风,但毕竟没能成为江户时期汉学的主流,这也是因为汉语地位不如汉文所致吧。

十一、"庙学"教育制度

汉字汉文的通用,离不开教育制度的保障,以及各级学校的建立。"中国文化圈形成之动力,宜由汉字之生根、发展去思考。考汉字之生根、发展,不外藉由教育事业之力量……上述中国文化圈所赖以构成的五要素,在文化交流之下,透过各该地的教育事业予以生根、发展……一般而言,各类教育事业的教育活动,第一步都由认识汉字入手;中国式学校的建置,是这些文化共通要素具体展开的里程碑。"[①]

东亚各地区的教育制度,基本上仿照中国,同时又有自己的特色。它们不仅"硬件"设施——教育机构等大同小异,而且其"软件"内容——所用文字、教材、课程设置、教法、评价标准、教学目的等也基本相同,甚至连附带的奖学措施——给廪食、免差役等也如出一辙。概而言之,东亚各地区的传统教育制度,可以说具有高度的共同性和相通性,是东亚汉文化圈赖以形成和发展的基础。

同时,东亚汉文化圈的教育制度,又与儒教具有极密切的关系,汉字

---

① 高明士《庙学教育制度在朝鲜地区的发展——中国文化圈存在的历史见证》,载复旦大学韩国研究中心主编《韩国研究论丛》第一辑,第184—185页。

教育与儒教教育同步。当时的教育理念,正如李福清所说:"千百年来,远东各国(除了日本),教育是从死记硬背儒教经籍开始的。儒学教律在许多方面是当时文化与科学的基础。"①"他们都是用汉语典籍(中国文化)进行教育的,从童年时期就给他们灌输了儒教伦理标准和为人处世的观念。"②朝鲜"官话"课本《老乞大》中的一段对话,便生动地表现了这一点:

> 你却是朝鲜人,怎么能说我们的官话呢?
> 我在中国人根前学书来着,所以些须知道官话。
> 你跟着谁学书来着?
> 我在中国人学堂里学书来着。
> 你学的是甚么书?
> 我曾念的是《论语》、《孟子》、小学。
> 你每日所做甚么工课呢?
> 每日清早晨起来,师傅根前受了书,放学。家里吃完了饭,再到学里写仿,写仿后头对句,对句后头念诗,念诗后头,师傅根前讲书。
> 讲甚么书呢?
> 讲的是小学、《论语》、《孟子》。
> 讲书后头又做甚么工课呢?
> 到晚晌,师傅前面撤签背书。③

也正因为这个原因,东亚汉文化圈的学校,具有共同的"庙学"特征,即都是"庙学一体"格局。一所标准的学校,不管它是什么级别的,都既有明伦堂,为授业之处,又有大成殿,供奉孔子及其高足的牌位,供祭祀之用。这正如西方的学校,都起源于宗教神学。

---

① 李福清《朝鲜文学的起源》,白嗣宏译,收入其《汉文古小说论衡》,陈周昌选编,第 255 页。
② 李福清《诗人与传奇小说家金时习》,李季平译,收入其《汉文古小说论衡》,陈周昌选编,第 289 页。
③ 《老乞大新释》(1761 年序)。

>自州县皆得建学,而吾孔子之庙祀始遍天下。然学以外无所谓庙也。群州守邑令博士弟子奔走对越以为之礼,钟鼓管弦鞉磬柷敔以为之乐,牛羊鹿豕酒脯俎豆以为之献享,不如是,则与浮屠道士之事佛老者无以异。故孔子之祀,行于庙而备于学,呜呼,至矣!①

>中国无孔子庙,皆学也。自京师至于十四直省,府州县无虑数千百,靡不设学。学之中辟堂寝,以释奠于先师,岁再举,著不忘其自,正所以为学也。若徒庙祀孔子,与浮屠氏之宫何以异?②

在朝鲜半岛,早在三国时期,就已经从中国引进了教育制度。最早的是高句丽,372年,设立国家教育机构太学,用儒教经典教育贵族子弟③。而在地方上则有扃堂,是一种私立性质的学堂,同样以儒教经典为学习课目。百济历史上不见有设立国学的记载,但王仁既然已具有博士头衔,则当时应有相应的教育机构,而所学课目无疑也应是儒教经典。后来更是派遣五经博士去日本,说明百济肯定有自己的国学。682年,新罗规仿唐制设立国学,用儒教经典教育贵族子弟;派遣大批留学生、留学僧入唐学习,在唐宾贡科及第者达五十八人。992年,高丽在首都开京(今开城)设立国子监,并在地方上设立各种教育机构,向贵族子弟提供儒教和汉文化教育。朝鲜整顿了传统教育制度,在汉城设立成均馆(1398)、东西南中四学,在各地建立地方教育机构乡校,进行严格而系统的儒教和汉文化教育。与此同步,祀孔也可以上溯至统一新罗初期,717年,"入唐大监守忠回,献文宣王、十哲、七十二弟子图,即置于大学"④,后人推测应已有享礼。高丽时期,992年,于国子监初立文宣王庙。朝鲜时期,以儒教立国,儒教几乎具有国教地位,建文庙于汉阳(今首尔),春秋二次举行释奠。地方上也都立文庙,与各乡校庙学一

---

① 汪楫《使琉球杂录》卷二《疆域》附《琉球国新建至圣庙记》(《国家图书馆藏琉球资料汇编》,上册,第735页)。
② 徐葆光《琉球学碑铭》(《海舶三集》附文,王菡选编《国家图书馆藏琉球资料三编》,北京,北京图书馆出版社,2006年,上册,第318—319页)。
③ 《三国史记》卷十八《高句丽本纪六》小兽林王二年(372)。
④ 《三国史记》卷八《新罗本纪八》圣德王十六年(717)。

体。朝鲜"官话"课本《老乞大》中说,学堂里还中朝孩童共学,甚至朝鲜孩童更用功些:

> 你这样学中国人的书,是你自己要去学来啊,还是你的父母教你去学的么?
> 是我父母教我去学的。
> 你学的多少时节了?
> 我学了半年有余了。
> 你都能懂得了懂不得呢?
> 每日同汉学生们一处学习来,所以略略的会得。
> ……
> 你那众学生内中,有多少中国人,多少朝鲜人?
> 大概一半是中国人,一半是朝鲜人。
> 这里头也有皮顽的么?
> 是,内中也有皮顽的。每日学长,将那皮顽的学生,向师傅禀了,就打了他。他也是终久不怕。这是汉小厮们十分皮顽的,若朝鲜小厮们却比他们略好些。①

日本古代的教育机构,在奈良、平安时期,主要有中央的大学寮,地方上的国学,以及九州的太宰府学。大学寮创设于奈良之前,成熟于奈良时期,发达于平安前期。其中的学习科目,有明经道、文章道(纪传道)、明法道、算道等四科。明经道所习,主要是儒家经典;文章道(纪传道)所习,主要是汉诗文及史书;明法道所习,主要是各种法令;算道所习,主要是实用的计算之类。"凡大学生,取五位以上子孙及东西史部子为之。"②与此几乎同步,祀孔也始于701年:"(大宝元年二月)丁巳,释奠(注:释奠之礼于是始见矣)。"③"自此大学及国学每年春秋二次举行释奠……平安朝中期后,汉学

---

① 《老乞大新释》(1761年序)。
② 《令集解·学令》。
③ 《续日本纪》卷二"文武天皇大宝元年(701)二月丁巳"条。

渐露衰象,但大学和各地国学释奠如故……自12世纪末镰仓幕府成立,经南北朝至室町时代,武士跋扈,文教废弛,王朝时代的仪式多告停止,唯有释奠始终不衰。直到15世纪下半叶进入战国时代,释奠才暂时停止。但至江户幕府时代,儒学复兴,祀孔之风又流行起来……当时除江户外,地方诸侯,亦竞建孔子庙。"①与此同时,江户时期,学校教育也再度振兴,在江户设置了昌平坂学问所,在各大名封地则设置了藩校。

越南从中国独立以后,也设立了各种学校。1070年,在首都升龙(今河内)创建国子监,始行释奠。"秋八月,修文庙,塑孔子、周公及四配像,画七十二贤像,四时享祀。皇太子临学焉。"②1156年,厘正原先合祀周公、孔子之制,专祀孔子,不再祀周公。代李朝而起的陈朝,于1253年"六月,立国学院,塑孔子、周公、亚圣,画七十二贤像奉事……九月,诏天下儒士诣国子院,讲《四书》、《六经》"③。陈艺宗以后,以越儒朱安、张汉超、杜子平等从祀文庙。后黎朝独尊儒术,自1435年始行释奠,此后遂成故事,自1472年起,春秋二次举行释奠。1755年,文庙改用衮冕之服尊孔子,阮朝国王亲诣文庙。地方学校始设于属明时期,后黎朝继之,阮朝于各府县均设学堂。

琉球建立庙学体制最晚,而且不同于东亚其他地区皆是"由学到'庙学'的过程"④,琉球建学迟于立庙。明朝万历年间,蔡坚从中国带回孔子像,因当时琉球还没有孔子庙,所以他只能在家里祭孔。1672年,"紫金大夫金正春恐家祀近亵,非尊圣重道意"⑤,故议请立孔子庙。尚贞王采纳了他的建议,命在久米村东创建孔子庙,于1674年起工,翌年竣工。塑孔子像于庙中,左右立四配,各手执一卷,即《诗》、《书》、《易》、《春秋》。"每年春秋,恭行祭礼,著为定规。"⑥1718年,经清朝使臣建议,在孔子庙左方新建明

---

① 朱云影《中国文化对日韩越的影响》,第630—634页。
② 《大越史记本纪全书》卷三《李纪》"圣宗神武二年(1070)"条。
③ 《大越史记本纪全书》卷五《陈纪》"太宗元丰三年(1253)"条。
④ 高明士《庙学教育制度在朝鲜地区的发展——中国文化圈存在的历史见证》,载复旦大学韩国研究中心主编《韩国研究论丛》第一辑,第185页。
⑤ 程顺则《庙学纪略》,《中山诗文集》(高津孝、陈捷主编《琉球王国汉文文献集成》,上海,复旦大学出版社,2013年,第30册,第209—210页),周煌《琉球国志略》卷十五《艺文》(《国家图书馆藏琉球资料汇编》,下册,第53页)。
⑥ 《中山世谱》卷八《尚贞王》"清康熙十一年壬子"条。

伦堂,蓄经书略备,以为学校,完成了东亚汉文化圈中共同的"庙学一体"格局的传统学校的建设①。

十二、科举制度及其功过

东亚各地区的教育制度,又与科举制度密切相关,成为科举制度的基础。

科举制度起源于中国,肇始于隋大业元年(605),但当时并未实行。至唐武德五年(622),才第一次举行考试。此后,至清光绪三十年(1904),举行了最后一次考试。前后历时近一千三百年。

科举制度也是东亚汉文化圈的基本制度之一。虽说科举制度本身只是一种选拔制度,但它同时又与教育制度、政治制度密切相关,在更广泛的范围里,它又与汉文学汉文化密切相关。在东亚汉文化圈里,历史上有许多国家和地区,如唐代的渤海国、新罗,以及独立之前的安南,其学子均曾参加过中国的科举考试("宾贡科")。有的则自己举行科举考试,如日本于8世纪初起,朝鲜半岛于958年起,越南于1075年起,都实行了自己的科举制度,以之作为培养人才、选拔官员的基本制度。琉球则既不实行科举制度,也不参加中国的科举考试。

日本奈良、平安时期的科举制度,参考唐朝的科举制度,而又有自己的特色。以"文章道"为例,考试分为四级,先是寮试,试诗赋,寮生及格者二十名补"拟文章生";再是省试(文章生试),拟文章生及格者补"文章生"(称"俊士"、"文人"、"进士")②;再从中选考成绩优秀者二人,是为"文章得业生"(称"秀才"、"博士");然后是对策试(方略试),试方略策二条,对策及第者,始可称"儒者",可叙位任官③。

朝鲜半岛、越南的科举制度,除了规模相对较小外,总体上与中国的大

---

① 有关琉球庙学的建立情况,参见本书所收拙文《琉球国"书同文"小考》。
② 毅平按:"文章生"名额应为十名,一说五名。
③ 参见孙猛《日本国见在书目录详考》,上海,上海古籍出版社,2015年,下册,第2110页。10世纪后日本律令制度逐渐走向解体,尤其是12世纪末进入幕府体制后,此种科举制度也越来越形同虚设。

同小异。高丽时期每次科考结束,"人人以为今年又三十东坡出矣"①。《儒林外史》里的匡超人吹牛说,自己编的八股文选本,不仅流行于国内,甚至连"外国都有的"②。匡超人是否有这个本事很难说,但至少对于也曾考八股文的越南来说(阮朝科举考试在殿试中引入了八股制义),中国的八股文选本是完全可能有市场的,匡超人的说法也未必全是空穴来风。科举制度在越南深入人心,在东亚各地区中是最后废除的③。现代西式教育制度普及后,人们仍称学士为"秀才",硕士为"举人",博士为"进士",院士为"翰林"。

当然,即使同是科举制度,在东亚各地区也会各有特色。比如日本,仅限于奈良、平安时期,仅对贵族阶层子弟开放,甚至仅限于儒学世家子弟。又如越南,在李、陈二朝,考试科目不限于儒教一家,而是儒、道、佛三教并试。这样的三教并试,至后黎朝始完全终止。越南阮朝科举考八股文,朝鲜半岛考"科诗"、"科文"(即应试体诗文)。

关于科举制度的功过是非,不免有各种各样的意见,但有一点是可以肯定,即它促进了汉文化的普及,使汉文书写系统固定化,甚至极大地提高了识字率。科举制度从根本上来说,使汉文化的普及和传承得到了制度上的保证。在当时实行科举制度的国家里,为了通过严格的科举考试,所有士人必须读中国书,识汉字,作汉文,吟汉诗。而要完成这一过程,至少得花一二十年时间。只有熟练地掌握了汉文化,才能在社会上出人头地,成为东亚汉文化圈的合格一员。所以,这种科举制度比任何"爱好",都更能保证汉文化的普及和传承。科举制度既维护了东亚各地区汉文化的传统,也巩固了汉文化在东亚各地区文化中的地位,这在凡实行科举制度(包括准科举制度)的地区都是一样的。相比之下,琉球因为从不实行科举制度,其"书同文"程度便明显不及东亚其他地区。

中国的科举制度,在明清时臻于鼎盛。作为科举后备军的生员的名额,在明初尚不过约三万人,至明末已增至五十余万。他们作为"读书人",是汉

---

① 李奎报《东国李相国集》卷二十六《答全履之论文书》。
② 《儒林外史》第二十回《匡超人高兴长安道　牛布衣客死芜湖关》。
③ 越南中部于1915年,北部于1919年,先后废除了科举制度。

文化的直接担当者,也是明以后汉文学急剧膨胀的土壤。高丽推行科举制度以后,直接的效果就是"文风大盛"①。越南自李朝实行科举制度以后,"孔孟学说成为所有学子的信条,词章学养在八九个世纪的漫长时间中,成为朝廷评价人才的金科玉律"②,从而促成了一个具有汉文化修养的知识阶层的诞生,有力地推动了汉文学在越南的传播与普及。在越南历史上,曾一共产生过三千多名进士,数万名举人,不计其数的秀才,他们是汉文学的主要作者与读者,也是越南汉文化传统的主要传人。

而科举制度之"过",则与中国并无二致。尤其是"八股文"、"科诗"、"科文",带来了陈陈相因的文风,令文人沉溺其中而不能自拔。"八股文"的流毒广为人知,"科诗"、"科文"的弊端,则诚如朝鲜半岛文人所云:"又至于我小国,有科诗、科表之式,句句有套,字字依样,其术极难而极易,以此取士,作卿作相,外此,不但人之嗤点,己亦羞吝,若无所容。故人从孩童至老死,尺步寸骤,局局拘系,若怀襄大势,靡靡并驱而不自觉。至于经史留心者,反被讥诮。举一世沦于利欲套中,民风榾丧尽矣。"③"今之科场之文,看之则似美,究之则无趣,但以'之'、'而'、'乎'、'也'饰浅意,其辞虽流于唇吻,其意似晓露春霜之无实。"④"我国科举之文,其弊甚矣!四六冗长,全似行文;所谓行文,又似公事场文字。诗赋有入题、铺叙、回题等式,尤与文章家体样全别。故虽得决科,遂为不文之人,何以致用于世乎?必大变机轴而后可矣。"而"科诗"、"科文"之弊病,又往往是受了中国的影响:"我国科文中'四书疑'体式极是无谓。尝见中朝书籍中有《四书疑》一篇,乃胡元时浙江乡试之作也,与今科场所制文字如一,我国科文之弊盖源于此。"⑤所有的程式化的考试制度,都不免会产生类似的流弊,初不以东亚的科举制度为然。

---

① 《东国通鉴》卷十三《高丽记》;又参见《高丽史》卷七十三《选举志一》。
② 邓台梅《越南文学与中国文学之间的悠久、密切关系》,收入《在学习与研究的道路上》第二集,河内,河内文学出版社,1969年,第211—212页;转引自林明华《中国文学在越南》,收入饶芃子主编《中国文学在东南亚》,广州,暨南大学出版社,1999年,第17页。
③ 李瀷《星湖僿说》卷十七人事门"禁五七言"。
④ 金时习《梅月堂集》卷二十一《上柳自汉书》。
⑤ 李睟光《芝峰类说》卷八文章部一"文体"。

十三、东亚汉文化圈的解体

到了 19 世纪下半叶,随着西方霸权的扩张至东亚,传统的"东亚世界"终于崩溃了。正如西岛定生所说:

> "东亚世界"在政治、经济、文化上的崩坏,是 19 世纪欧洲资本主义波及这个世界的时候。此后,不只是"东亚世界"崩坏,而且地表上所有的各个世界都崩坏了;原来并存的各个世界,转化统合为一个世界。经过千数百年而具有自律的完成性的历史世界——"东亚世界"由此消灭,但是长时期继续存在的"东亚世界"的历史影响,在其崩坏后,仍支配着这个地区人们的意识与行动形态。①

原先构成东亚汉文化圈的共同要素,基本上都已不复存在,至少也打了许多折扣。崩溃得最彻底的,首先是封贡体制,以及所谓的"朝贡贸易"。此外,如所谓"正朔",大都已弃中历而改用西历,弃中国纪年或本国纪年而改用西元(日本除外);所谓"汉字",除日本还部分使用外,朝鲜半岛基本不用,越南则完全放弃了;所谓"汉文",也不再能充当通用文体的角色,"汉语"则失去了"第一外语"的地位,二者一起让位于东亚区域外的"英语",而非东亚区域内的另一种语文;所谓"乐律",西洋音乐乃至艺术均已占了上风;所谓"律令制",大都已采用西式法律和制度,教育和考试制度,也全面采用西方近代学制;所谓"度量权衡",大都采用了所谓"公制"(其实是"西制");所谓"科技",已全面融入西方的知识体系;儒、道、佛三教,也在与西方宗教及意识形态的抗衡中,争夺着一席之地……

东亚汉文化圈在近代解体以后,中国失落了曾经有过的影响力,正如汤因比曾经说过的:"不过,文明一旦衰落,它便不再对相邻的社会有什么吸引力了。因为如果说它已丧失了自决的能力,那么它也就失去了对外界施以

---

① 西岛定生《东亚世界的形成》,高明士译,收入刘俊文主编《日本学者研究中国史论著选译》第 2 卷,第 103 页。

创造性影响的能力,不再是一个和谐的整体,继续成为其他社会的榜样了……位于一个解体社会周边地区的各个前文明社会,以它们自己的方式表明它们与这一文明相脱离。它们离开该解体文明的道德轨道,并因此开始对这一文明造成潜在的威胁。"① 日本近代思想家福泽谕吉主张的"脱亚论",就是"以它们自己的方式表明它们与这一文明相脱离"的一个典型代表,所谓"脱亚",其实就是"脱中"。

而即使没有这类理论,几乎所有的周边地区,都在做着类似的事情,甚至导致否定历史的浪潮涌现。"近百年来,中国的国力很弱,受列强的欺凌,甚而到达割地赔款的地步,因此有很多人就看不起中国这个国家。于是就有人否认曾经受过中国文化的惠泽,不承认中国文化对他们的影响,甚而说他们影响了中国。"②

但是事实往往并不会以人们的意志为转移。"长时期继续存在的'东亚世界'的历史影响,在其崩坏后,仍支配着这个地区人们的意识与行动形态。"正如西岛定生所说,即使主观上想要摆脱汉文化的影响,但实际上能够做到什么程度,又完全是另外一回事了。你可以不再使用中历,或者仅在民间层面上使用,但你的传统节日和历史记忆离不开它;你可以全面学习西洋艺术,但传统艺术总是你的乡愁;你可以不再使用汉字,但你语言中的汉字词汇还在,甚至占到你词汇总量的一半以上;你可以不再学习汉文,但你祖宗写的书怎么办呢?你可以不再祭祀孔子,但儒教的教条已深入你的骨髓;你可以将教育和考试制度全盘西化,但全民重视教育和考试的风气一如往昔;你可以全面否定乃至抹杀中国文化影响存在的痕迹,但你也常会因此而陷入进退失据的尴尬处境……

回顾东亚汉文化圈的形成、解体过程,对于预测将来东亚各地区的走向,也是具有启示意义的。东亚各地区原本都有自己的固有文化,但在先进的汉文化的刺激冲击下,以汉文化作为自己的榜样和老师,促进了本地区固有文化的发展。而当西方文化这一更"先进"的文化传来时,东亚各地区以之来逐出已经"过时"的汉文化,进一步发展已经过汉文化洗礼的固有文化,

---

① 汤因比《历史研究(修订插图本)》,刘北成、郭小凌译,第 209 页。
② 汪向荣《古代中日关系史话》,第 42 页。

同时又大量汲取西方文化。在这里,达到"否定之否定"的先决条件,是出现了比汉文化更"先进"的文化,不然,仅靠固有文化本身是逐不出汉文化的,因为其时的固有文化已经渗透了汉文化。无论现在还是未来,东亚文化想要超越西方文化,仅靠全盘接受西方文化,或仅靠发扬光大传统文化,仅靠所谓的"东洋的视角",也是远远不够的,还得有更先进的文化才行。这种更先进的文化目前尚无踪影,它何时会出现、出现在何处也尚不可知,但应该在新的文明出现之时,应该出现在有新文明之处,则是完全可以预期的。作为一个中国人,我们有理由相信,当中华文化迎来伟大复兴之际,也许就是这种新文明诞生之时。

（附记：本文始撰于约二十年前,此后也一直在思考斟酌,其间类似论述叠出,间或有所参考取舍,所论虽已不再新鲜,或尚有愚者之一得,故不自掩其陋,仍觍颜芹献。）

（本文原载《薪火学刊》第七卷,上海,复旦大学出版社,2021年）

汉字在东亚的影响

一、汉字曾是东亚世界的通用文字

汉字曾是"天下"(东亚世界)的通用文字,是构成东亚汉文化圈的诸要素之一,而且是其中最基本的要素。它曾在历史上发生过极大影响,其影响到现在也仍绵延不绝。中国境内各民族、朝鲜半岛、日本、琉球、越南等,语言或许迥异,但"文字不随言语别"①,"字与中华同"②,都曾以汉字为正式乃至唯一的书写系统。

造成这种现象的原因之一是,在他们光有语言、尚无文字时,便开始与发达的汉文化接触,从而受到了汉字的强大影响。这正如朝鲜时期学者郑麟趾《训民正音序》所云:"盖外国之语,有其声而无其字,假中国之字以通其用。"同时,即使在有了自己的文字之后,他们也仍乐意继续使用汉字,以作为东亚世界的通用文字。

其实,在尚没有本民族文字的时候,借用外来强势文化的文字,并不是东亚汉文化圈所独有的现象。比如在东南亚的早期历史上,除了越南曾借用了汉字以外,其他地区大都曾借用过梵文或巴利文③。这也是印度文化圈的重要标志之一。

汉字成为东亚世界的通用文字,与儒教(中国周边地区对于儒学的称呼)和佛教的传播密切相关,其情形正如基督教传播对于拉丁文所起

---

① 李东阳《怀麓堂集》卷五十九《诗后稿》九《湛编修若水册封安南》。
② 严从简《殊域周咨录》卷六《安南》。
③ 参见贺圣达《东南亚文化发展史》,昆明,云南人民出版社,1996年,第125页。

的作用①。正如李福清所指出的:"俄罗斯国与基督教传播相联系的是引进了文字,在朝鲜、日本、越南,与儒家礼教和佛教教义的传播相联系的是汉字的传入。"②

在朝鲜半岛,汉字的传入与使用,与儒教经典的传入与使用同步。在日本,最早的汉字传入的记载,同时也是最早的儒教经典传入的记载,那就是百济博士王仁传入《论语》等汉籍,《论语》便是标准的儒教经典。在越南,汉字随"化训国俗"③的儒教《诗》、《书》传入,所以古代越南人又把汉字称作"儒字"、"圣贤字"。

随着东亚各国传统教育制度的确立,儒教经典成了东亚各国的通用教科书。这样的历史延续了一二千年,学习汉字的历史便也同步展开。"本国(安南)自初开学校以来,都用中夏汉字,并不习夷字。"④这是一种互为因果的关系:儒教靠汉字传播,汉字也靠儒教普及。二者间也有巨大的共同性:一种是"天下"(世界性)的思想或宗教,一种是"天下"(世界性)的文字或语言。而这二者的使用者和担当者,又同为东亚各地区人数不多的精英阶层。有日本学者认为,汉字与拉丁文的差异,就在于拉丁文与宗教有关,而汉字却并非如此。其实如果把儒教(日韩皆这么称呼)也看成是一种宗教,至少是东亚所独有的宗教,则这种说法自然是未达一间的。

当然,后来还得加上佛教乃至道教的作用,汉字成为打开佛教与道教大门的钥匙。即在今天,东亚各国所使用的佛经,还依然是中古时翻译的汉文佛经,除了读音的区别,其余毫无二致。东亚各国的高僧,还参与了佛经的汉译事业。如3世纪初,康居人康僧会,其父因商贾移居交趾,其从小生活

---

① 英国人比德(Bede,673—735)《英吉利教会史》第一卷第一章云:"目前这个岛(不列颠)上最后的语言种类数目同《摩西五经》的卷数相同,一共有五种:岛上各族人民分别用英吉利语、不列颠语、苏格兰语、皮克特语和拉丁语钻研和宣传同一种最高真理和真正权威。上述一种语言(拉丁语)由于研究《圣经》的缘故,已经成为各民族的通用语言。"(陈维振、周清民译,北京,商务印书馆,1991年,第24页)
② 李福清《远东古典小说》,尹锡康译,收入其《汉文古小说论衡》,陈周昌选编,南京,江苏古籍出版社,1992年,第166页。
③ 黎嵩《越鉴通考总论》。
④ 严从简《殊域周咨录》卷六《安南》。

在建业,盖已熟练掌握汉文,所以能在建业译经,而后又在交趾传播汉传佛教。255年或256年所出的《法华三昧经》,也是在交趾翻译的。这说明交趾流行的是汉文佛教,且已有能力从事佛经的汉译。又如新罗僧人圆测,其弟子智仁、神昉等,都曾入选唐译经馆,参与了佛经汉译工作。所以,汉字也是随汉译佛经而传播的。

二、书能同文而文难同音

东亚世界虽以汉字为通用文字(所谓"书同文"),但文同音不同。说到这一点,明代陆容(1436—1494)曾抱怨说:"书之同文,有天下者力能同之;文之同音,虽圣人在天子之位,势亦有所不能也。"① 其实他有所不知,正是这种文同音不同,或书能同文而文难同音的特点,使汉字具有了巨大的包容性,不仅容易为中国各地各族人民所用,也容易为东亚各国人民所用②,所以其实是汉字的最大优点。杨绛曾说:"中国地域既大,居民种族繁多,方言错杂,无法统一。幸方言不同而文字相同。"③ 清代琉球官生教习潘相曾说:"纪风俗之同,故次以书籍;记风俗之异,故次以土音、字母、诵声。"④ 所谓"风俗",亦即文明,其同为文字(书籍),其异为读音(土音、字母、诵声)。琉球"官话"(通用汉语)课本《学官话》⑤也说:"读书写字,和中国都是一样

---

① 陆容《菽园杂记》卷四。
② 同样的问题至少在日本也存在,他们连自己的国名"日本"都没有统一的念法,而只有统一的写法。尾崎雄二郎《中国文字在日本》说:"它(日本)的国号'日本'应该怎么念才好,至少在它自己的国会审议中,还没有得出结论……至今情况仍没变。意思就是说,'日本'两个字究竟怎么样念好呢?那要看时候,看地方了……这是因为这个国度处于很特殊的文化环境里。在这里,外来的'汉字'同时也是'日本文字'的最重要的一部分。它的国号,已决定了的只有汉字的写法而已。至于它的念法怎样,其实被认为是次要的问题。"(收入蔡毅编译《中国传统文化在日本》,北京,中华书局,2002年,第88—89页)这同样是书能同文而文难同音,但这位日本学者很通达地认为,书同文比文同音更为重要。
③ 杨绛《汉文》,原载2010年7月4日香港《大公报》,收入《杨绛全集》第3卷,北京,人民文学出版社,2014年,第295—296页。
④ 潘相《琉球入学见闻录》卷首"凡例"(黄润华、薛英编《国家图书馆藏琉球资料汇编》,北京,北京图书馆出版社,2000年,下册,第277页)。
⑤ 收入濑户口律子、佐藤晴彦编《琉球官话课本:〈白姓官话〉〈学官话〉〈官话问答便语〉语汇索引》,东京,大东文化大学东洋研究所,1997年。

的,总是字同音不同就是了。"越南的情况也是如此:"然中夏则说喉声,本国话舌声,字与中华同,而音不同。"①道理就是这么简单。如果强求书同文而文同音,那就谁都用不了汉字,汉字早就成为死文字了。

　　出于各种可以理解的原因,经常有人把汉字(汉文)与拉丁文相提并论,有些学者甚至认为,汉字(汉文)不如拉丁文之处,在于拉丁文言文一致,而汉字(汉文)却做不到。也就是说,拉丁文既能书同文,也能文同音,所以汉字(汉文)不如它。其实用于口语的拉丁文,至18世纪初就已经衰落了②;而用于书面语的拉丁文,正如美国学者韩南所说,其受众"早已在几百年前就不存在了"③;而汉字(汉文)却依旧存活在现代中国人的语文生活中,也部分存活在现代东亚各国人的语文生活里(日韩的教育体制中都有汉文教育这一块)。其原因之一也正在于,汉字在"文同音"方面虽不及拉丁文,但在"书同文"方面却是远胜之的。比较一下汉字(汉文)与拉丁文的历史,这一点是很容易明白的。汉字(汉文)比拉丁文更长寿,不仅是因为罗马帝国不在了而中国还健在,还是因为汉字这种书能同文而文难同音的特点,包容了中国各地的方言和东亚各国的汉字词汇④。这正是语文方面"和而不同"智慧的体现。杨绛曾遐想道:"假如欧洲人同用一种公共文字,各国各用本国的语言读,那么,如有什么新发明,各国都可以同享了!"⑤可哪怕拉丁文也做不到这一点!世界上能够做到这一点的只有汉字。

　　对于汉字这种书能同文而文难同音的特点,西方学者也有充分的认识和积极的评价。如葡萄牙耶稣会传教士曾德昭(Alvaro Semedo,1585—1658)的《大中国志》(1638)说:"尽管它们(汉字)是中国特有的,邻近诸国也使用,但各有自己的读法,如全欧洲所有的数目字和星名都一样,但各国

---

① 严从简《殊域周咨录》卷六《安南》。
② 参见弗朗索瓦·瓦克《拉丁文帝国》,陈绮文译,北京,生活·读书·新知三联书店,2016年。
③ 参见韩南《中国白话小说史》,尹慧珉译,杭州,浙江古籍出版社,1989年,第3页。
④ 近代中国人刚开始接触日语时,首先注意到的便是这个特点,即汉字的书同文而文不同音。如傅云龙《游历日本余纪》(1887—1889)云:"凡举方音,皆文同中国,而读日本音也。"(收入罗森等《早期日本游记五种》,长沙,湖南人民出版社,1983年,第123页)
⑤ 杨绛《汉文》,原载2010年7月4日香港《大公报》,收入《杨绛全集》第3卷,第296页。

仍有不同的读法。它们很适用于外交、告示和书本。这些字,各省用不同的发音去读它们,但他们各自用文字表示时,就都能互相理解。"①法国诗人谢阁兰(Victor Segalen, 1878—1919)用富于诗意的语言指出了汉字的这种特征:"碑的文体是文言,它不应该被称作语言,因为它在其他语言中找不到回响,而且也不能用于日常交流……它们不屑于被诵读。它们不需要嗓音或音乐。它们看不起那些多变的声调和那些随处丑化它们的各省口音。它们不表达,它们示意,它们存在。"②他们甚至认为这使汉字(汉文)成为凝聚中国乃至整个东亚的重要因素之一:"构成中国的内聚性的又一重要因素是,存在着一种可追溯到数千年前、最古老的商朝的书面语。这种书面语具有特殊意义,因为各地区的中国人,尽管各自操的方言彼此间犹如意大利语之于西班牙语、瑞典语之于德语,颇为不同,但都懂得这种书面语。其原因就在于,它由表示意义或物体的汉字组成。这些汉字的发音,中国不同地区是用不同方式;但是,任何汉字,不管其发音如何,含意却是相同的。这好比有一位意大利人、一位瑞典人和一位英国人,写下数字8,按各自不同的语言发音;此时,8的含意对他们当中的每一位来说,仍然相同。这种共同的书面语是为中国提供统一性和历史连续性的一种重要力量。实际上,它对整个东亚也起了如此的作用,因为中国的文字书写方法已全部或部分地为周围包括日本人、朝鲜人和部分东南亚人在内的大部分民族所采用。"③这与明人陆容的抱怨形成了多大的反差呀!

三、汉字是东亚各民族文字之母

同时,汉字还是东亚各民族文字之母。在使用汉字的同时,有些民族或迟或早也创制了自己的文字。在创制自己文字的时候,汉字往往会成为参照的样本。如汉字传播到日本,催生了音节文字"假名";传播到越南,促成

---

① 曾德昭《大中国志》第六章《他们的语言文字》,何高济译,李申校,上海,上海古籍出版社,1998年,第40页。
② 谢阁兰《碑》,车槿山、秦海鹰译注,北京,生活·读书·新知三联书店,1993年,第5—6页。
③ 斯塔夫里阿诺斯《全球通史——1500年以后的世界》,吴象婴、梁赤民译,上海,上海社会科学院出版社,1999年,第68—69页。

了音意文字"字喃";传播到朝鲜半岛,诱发了音素文字"谚文"(한글)。同样,汉字也影响了中国国内少数民族文字的形成。

日本的"假名",利用了汉字的偏旁或草体①,而"假名"(假字)的说法与"真名"、"真字"(汉字)相对,显示了浓厚的汉字本位意识②。日本人还曾依傍汉字,仿造过一些日本汉字,自称为"国字"③。朝鲜半岛的"谚文",虽然是拼音文字,但也利用了汉字的笔画和结构方式,而"谚文"的说法也与"文字"(汉字)相对,表示自己是一种土俗的文字。琉球有"国字",又称"番字",借用了日本的假名,以与"汉字"相对,并示谦抑之意④。越南的"字喃"(即"南字"——"南方之字"之义,又有"土俗"的意思),以汉字为构件(偏旁),利用了汉字构字法("六书"中的假借、会意、形声,以及注音、省声等),读音依据"汉越音"(唐代传入越南的汉字读音),以"南字"与"儒字"、"圣贤字"(儒家文字,即汉字)相对,表示地位高低不同,而尊汉字为正统。越南的一些少数民族,如土族、岱依族、芒族、侬族等,也像越族一样有"字喃",利用汉字创制自己的文字。

中国历史上的契丹文、西夏文、女真文等,都利用了汉字的偏旁和笔画。西夏文字体也仿照汉字,有篆、楷、行、草各体,自称"蕃字",以示与汉字的区

---

① 这里指的是片假名与平假名,而最早的"真假名",是直接用汉字来表日音的,因以《万叶集》为代表,故又称为"万叶假名"。

② 尾崎雄二郎《中国文字在日本》说:"它被称为假名,意思应该就是说,它们虽然个个都还是汉字,其实它的功能完全在表音一边,不能放入真正的汉字之列,不过是个假名而已。"桥本高胜《中国哲学在日本》说:"假名原是佛典用语,意思是指对没有实体的事物,暂且给予一个假定的名称。假名和真名的对立,正象征性地表现了日本文化空诸自身、别求规范的基本性格。但另一方面,也产生了在自己(假)中实现规范(真)的运动。"(均收入蔡毅编译《中国传统文化在日本》,第99、27页)

③ 俞樾《东瀛诗选例言》云:"东国字体有涉诡异者……至如'榊'字、'梶'字、'辻'字、'畠'字,求之字书,皆无可考。"这些就是日本所谓的"国字",也就是日造汉字或日本汉字,今天大都已经进入中文字库,"辻"字更是进入了《现代汉语词典》。1800 年,册封使李鼎元在琉球游辻山,对"辻"字遍考不得,遂强作解人云:"食后游辻山,国人读为'失汁山',《志略》谓一字两音,汪《录》亦作'青芝山'……午刻归,遍考辻字不得,因悟琉球字皆对音,'十''失'无别,疑'迭'字误。《说文》:'迭,更迭也。'辻山左有波上,右有天久山,实有更迭之意,讹'失'为'十',遂成'辻',而不知其无字也。即'失汁'二字,亦是更迭之义,与'十折'同非二音。"(李鼎元《使琉球记》"六月二十日辛未"条,殷梦霞、贾贵荣、王冠编《国家图书馆藏琉球资料续编》,北京,北京图书馆出版社,2002 年,上册,第763—764 页)最近,表示盖浇饭的"丼"字也正在进入中文。

④ 琉球曾用"国字"著《中山世鉴》(1650),后改用汉字著《中山世谱》(1701、1725),见蔡温《中山世谱序》。

别与等差。水字借用汉字创新,造出四百余字。中国的壮族、瑶族有"土俗字",纳西族有"哥巴文",南诏、大理有"僰文"(今白族称"白文")。其中"白文"即利用汉字,又增损笔画,记录白语语音,兼具利用和造字两种性质(白族最终没有创制本民族文字)①。京族现存三万七千个字喃,其中二万个借用汉字表音,一万七千个借用汉字造字。

在使用汉字与创制本民族文字之间,很多民族都经历过一个阶段,即利用汉字来表达本民族语言,或借其音,或借其义,或音义同借②。如朝鲜半岛自新罗时起有"乡扎"、"吏读",日本奈良时期有"万叶假名"(真假名)③,越南在字喃之前,据说也有一个阶段,用汉字来拼写人名、地名、草木名、禽兽名等。

有一点很值得注意:汉字本质上是一种音意文字,而东亚各地区利用汉字的方法,以及创制本民族文字的方法,却大都是走表音文字的道路,朝鲜半岛、日本和越南等都不例外。也就是说,中国周边民族后来虽大都采用表音文字,但之前大都有如上所述的矛盾和困难阶段,既顽强地坚持本民族的特性,又摆脱不了汉字的强大影响。"考察有关汉字文化时,可发现日本、朝鲜的语言与中国的语言属于异质性的语言体系,前者在吸收汉字时并不能用日本语、朝鲜语表现出来,所以如万叶集假名、吏读所示,必须用特殊的

---

① "这种'白文',可说是源远流长。'南诏有字瓦'中就有不少可以识读的。大理国写本佛经中,某些经卷用'白文'作了旁注、疏记和浮签疏注。到了元明,也当是'白文'鼎盛时期,如出现过用'白文'写的史籍《白古通记》、《玄峰年运志》等,经过'删正'与译述,原本今已不传;但白族民间曲艺'大本曲'曲本,却是至今仍用这种'白文'来写的。"见张文勋主编《白族文学史》(修订版),昆明,云南人民出版社,1983年,第356—366页。

② 文献所载其最早的例子,应该是先秦时的《越人歌》。据《说苑·善说》记载,楚国的鄂君子皙泛舟游玩,"榜枻越人拥楫而歌,歌辞曰:'滥兮抃草滥予昌枑泽予昌州州㑆州焉乎秦胥胥缦予乎昭澶秦逾渗惿随河湖。'鄂君子皙曰:'吾不知越歌,子试为我楚说之。'于是乃召越译,乃楚说之曰:'今夕何夕兮搴舟中流,今日何日兮得与王子同舟。蒙羞被好兮不訾诟耻,心几顽而不绝兮得知王子。山有木兮木有枝,心说君兮知不知。'"《越人歌》原文即用汉字表音,为东亚所有类似方法之始祖。

③ 例如阿倍仲麻吕那首著名的和歌,"仰望苍穹见明月,月出春日三笠山",原文就是用"万叶假名"写的:"阿麻能波罗布利佐计美礼婆加须我奈流美加佐能夜麻珥以传志都岐加毛"(《大日本史》卷一百十六《阿倍仲麻吕传》)。其中每个汉字代表一个音节,转写为现代日语的话就是"天の原ふりさけ見れば春日なる三笠の山に出でし月かも"。这是汉字纯表音的,所以正好三十一字,对应和歌三十一音;也有夹杂汉字表意的,一个汉字不止一个音节,整首和歌仍是三十一音,汉字则不足三十一字。所以看《万叶集》原文,每首都是参差不齐的。

汉字用法来表现。再者,如假名、谚文,是独创的民族文字,汉字文化的输入,并未抹杀民族的特殊性。"①如何让汉字为己所用,各民族都八仙过海,各显神通,共同构成了丰富多彩的东亚文化。

四、汉字地位曾高于东亚各民族文字

汉字曾比东亚各民族文字更高级,更时髦。东亚各地区的本民族文字,一般都被认为是比汉字低一级的文字,其使用范围往往局限于社会的中下层。这样的历史一直持续到19世纪末。

在古代的朝鲜半岛,汉字级别最高,"吏读"次之,"谚文"再次之。朝鲜世宗率学者创制"谚文",除了想以之来书写本民族语言之外,"还有一个附带的动机,就是由它们表述汉字的'正确'读音"②,即起我们今天的注音符号或汉语拼音的作用。了解这一点也很重要。当时人称朝鲜文字为"谚文",意思是"不正式"的文字,以与"正式"的文字"真书"、"文字"(皆指汉字)相对,而处于低一级的地位。这与日语中称汉字为"真名",称和字为"假名"的情形一样。而在汉字与谚文之间,则还有"吏读",即文字用汉字、语法依朝鲜语的书写方式。在当时人的心目中,三者的等级依次是汉字、吏读、谚文,其中反映出当时人对汉字的尊崇态度,以及对本民族文字的轻视态度。这也就是为什么在谚文创制并颁布以后,也仍未能马上取代汉字成为正式书写系统的原因。这一延迟就是四百余年③。

古代日本人写文章,善用假名的,不如善用汉字的。男人多用汉字,女子多用假名,文字等级暗示性别差异、社会等级。男人当然是这样;女人本不必这样,却也有这样的,以显示自己有学问,是才女,高出其他女人一头,就像《源氏物语》第二回《帚木》里说的:"譬如有的女子,汉字写得十分流丽。写给女朋友的信,其实不须如此,她却一定要写一半以上的汉字……这

---

① 西岛定生《东亚世界的形成》,高明士译,收入刘俊文主编《日本学者研究中国史论著选译》第2卷,北京,中华书局,1993年,第92页。
② 韩国海外公报馆《韩国手册》(中文版),汉城,1992年,第50页。
③ 参见拙著《青丘汉潮:中华文化的遗存与影响》,上海,中西书局,2017年,第87—88页。

种人在上流社会中也多得很。"可见在当时日本的上流社会里,汉字就是比假名来得时髦。假名于9世纪刚发明时,主要用于女子的场合;即使到了几百年后,爱用者仍多为下层百姓。"建治元年(1275)纪伊百姓书地头纠弹书,被收在高野山文书中,文书的执笔者是一个勉勉强强才写得出'三百文'和'百姓'这两组汉字的农民,这份可怜的上书的后面部分则全部用片假名书写。""正长元年(1428)……农民暴动,留下了大和百姓所刻石碑书法,同样是拙劣的假名文字。"①这正说明假名是民间的、下层的、没文化人的工具。江户初期,深草日僧元政(1623—1668)与旅日华人陈元赟(1587—1671)交往,其唱和诗集为《元元唱和集》,元政称道陈元赟"人无世事交常淡,客惯方言谭每谐"②,陈元赟也自诩"方言不须译,却有颖舌在"③,都称日语为"方言"④。"假名"、"方言",名称相似,地位相等。

明时的琉球国也曾是这样:"陪臣子弟与凡民之俊秀者,则令习读中国书,以储他日长史、通事之用;其余但从倭僧学书蕃字而已。"⑤也就是说,在当时的琉球国,上等子弟读中国书,下等子弟读日本书,汉字比蕃字(假名)高级。

越南的"字喃"文学及"字喃"翻译文学,也起着类似的作用,担当着次要的功能。字喃只是偶尔做过官方文字(在15世纪初胡季犛统治的约六七年间,西山阮朝统治的约十四五年间,字喃曾被定为官方文字,但那只是昙花一现),或用于当时人心目中较"低级"的文学体裁(如六八体和七七六八体韵文),而且使用范围也不广,所以在越南古代史上,无论其地位还是影响,都不能与汉字相提并论。"汉字在越南被人们尊称为'圣贤之字'……在越南语中,'喃'是'通俗'、'土气'的意思。有人认为字喃是'南国(即越

---

① 榊莫山《日本书法史》,陈振濂译,上海,上海书画出版社,1985年,第70、72页。
② 元政《谢元赟翁来访》,收入陈元赟、元政《元元唱和集》(全二册,京都书林,村上勘兵卫,1883年刊本)。"淡"原作"深",据文意、格律及他本改。
③ 陈元赟《宽文壬寅季秋阳九后余将归谒尾阳君草山元政上人乃仿袁石公别陶石篑十首之韵以赠行不佞即次其韵而酬焉》十首其三,收入陈元赟、元政《元元唱和集》。
④ "元赟能娴此邦语,故常不用唐语,元政诗有'人无世事交常淡,客惯方言谭每谐',又'君能言和语,乡音舌尚在'、'久狎十旬九,旁人犹未解'句。"(原念斋、东条琴台编《先哲丛谈》卷二"元赟"条,东京,同盟书屋,1880年)
⑤ 陈侃《使琉球录·群书质异》(《国家图书馆藏琉球资料汇编》,上册,第66—67页)。又见严从简《殊域周咨录》卷四《琉球》。

南)之字',也有人认为它是'乡土通俗之字'。"① 这也充分说明,字喃是"次要"的文字,是"辅助性"的文字,是"地方性"的文字,是"亚文化"的文字(其实早期的谚文、假名都是如此)。古代越南人的汉文学作品,不仅数量远多于,而且地位也远高于字喃文学作品。

五、汉字在现代的衰落与复兴

进入近代以后,由于西风东渐,也由于中国积弱,在东亚各国,汉字的地位都受到了空前的挑战。有的限制使用汉字(如日本),有的一度禁止使用汉字(如朝鲜半岛),有的走上了拉丁字母拼音化道路(如越南)。

汉字在朝鲜半岛命运的变迁,拙著《半岛智慧:地缘环境的挑战与应战》②、《青丘汉潮:中华文化的遗存与影响》等言之已详,可以参看,这里就不赘述了。

在日本,自明治维新开始以后,汉字废除论甚嚣尘上,正如牧野谦次郎(1862—1937)《上山县含雪侯爵书》(1908)所指出的:"甚者欲举凡我国民所用汉字尽易之以罗马字;或议并我国字而废之。"③ 国分青厓(1857—1944)的《固无学》诗,批评了明治以后的文字政策:"汉字数太夥,六书称多端。不如节且简,爰除记诵难。字画多从略,字体务期俗。讹谬不必问,存石以弃玉。昭代重文学,庠序图一振。宰相固无学,养成无学民。"松平康国(1863—1946)的《读汉字废止论》诗,也发出了同样不满的声音:"祖龙焚书书不灭,鸟迹肯许俗人抹?六书精微音义全,圣贤之道因以传。此是鬼神所呵护,仓颉以来五千年。彼何为者好相忤,欲废汉字徒辛苦。移山填海任汝为,笑看蚍蜉撼大树!"④

二战结束以后,日本有一种声音,认为战败原因在汉字。于是,日本政府正式施行"汉字制限"政策,由国语审议会制定"教育汉字"、"当用

---

① 武氏春蓉《略论汉语对越南语的影响》,载《济南大学学报》2001 年第 5 期。
② 上海,中西书局,2017 年。
③ 牧野谦次郎《宁静斋文存》卷一。
④ 猪口笃志编《日本汉诗》,《新释汉文大系》本,东京,明治书院,1972 年,下册,第 737 页。

汉字"①。对此,铃木虎雄(1878—1963)的《癸巳岁晚书怀》诗(1953)愤慨道:"无能短见悯操觚,标榜文明紫乱朱。限字暴于秦始皇,制言愚驾厉王愚。不知书契垂千载,何止寒暄便匹夫。根本不同休妄断,蟹行记号但音符。"②限制字数,简化笔画,很多都没有道理。当时有外国的日本学家认为,日本战败的后果,是吐出了以前侵占的大片领土;但比起这个损失来,限制使用汉字才是更大的损失③。

然而即使是简体字,也是各简各的,谁也不服谁。比如一样是"傳",我们简化成"传",日本简化成"伝";一样是"藝",我们简化成"艺",日本简化成"芸";一样是"濱",我们简化成"滨",日本简化成"浜"——上海虹口的"横浜桥",日人常误解为"横滨桥"(因为"横濱"日本简化成"横浜");一样是"哈爾濱",我们简化成"哈尔滨",日本简化成"哈爾浜"("爾"字日本未简化)④。这在历史上是难以想象的。但究其实,也怪不得别人,连我们自己,不也曾一度过度简化汉字,并把拼音化作为文字改革的方向吗⑤?

近年来,随着中国日益走向伟大复兴,汉字在东亚各国重受重视。经历了禁禁放放的反复折腾,韩国恢复了常用汉字的教学,在公共场所开始并用汉字;日本算是有"先见之明",一直没有放弃使用汉字,靠着1946年公布的《当用汉字表》,1981年公布的《常用汉字表》,以及不断扩容的《人名用汉字别表》,从近两千个汉字到近三千个汉字,维系了汉字在当代日本的一线命脉;1936年明令废除汉字的越南,近来也出现了有意思的声音。可以预见,以后中国人去东亚各地旅行,会像古人一样方便,因为到处都会重新出现汉字。

---

① "当用汉字"一千八百五十个,"教育汉字"本来八百八十个,后来发现没有"帅"字,不便于写麦克阿瑟"元帅",便又补了一个汉字,遂成为八百八十一个。
② 猪口笃志编《日本汉诗》,下册,第734—735页。
③ 参见猪口笃志编《日本汉诗》,下册,第737页。
④ 战后中日两国汉字简化分道扬镳,造成中日两国的简体字各自为政;日本出版物引用中文文献时,从来不会使用中国简体字,而是一律采用日本简体字;所以我一贯主张,为对等起见,中国出版物引用日文文献时,对于其中所夹用的汉字,也应一律采用中国简体字,而不应采用日本简化字。
⑤ 我甚至认为这是拉丁文与汉字、拉丁文化与汉文化、西方文明与中华文明的决战,后者差一点就被前者征服,从此陷入万劫不复之境地。好在中华文明及时迎来伟大复兴,汉字汉语正重新走向更广大的世界。

六、汉字词汇的生命力

　　与汉字的影响密切相关的,还有"汉字词汇"(又称"汉语词汇"、"汉源词汇"、"汉字语"、"汉语借词"等),也就是由汉字合成的词汇。东亚各民族语言由于受汉语的影响,都存在着大量的汉字词汇,它们在各民族语中,往往占到极高的比例。比如在韩语、日语、越语中,它们都占到词汇总数的六至八成。这种情况,与印欧语系各民族语言的情况很相似,比如英语中法语词汇即占到一半以上。

　　汉字词汇在朝韩语中所占比重达到相当惊人的程度。由于统计方法的不同,因此各家的说法都有出入,但一般的估计是在五至八成之间。朝韩语大量吸收的汉字词汇,主要是各种类型的名词,占到整个汉字词汇的四分之三以上;其次是动词;形容词和副词则较少。这是因为在原来的朝韩语里,表现感觉与情绪的词汇较为丰富,而表现事物或概念的词汇则比较缺乏,故不得不从汉语里大量借用。而在朝韩语中的汉字词汇和固有词汇的关系方面,还留存有自古以来尊崇汉文化的传统的痕迹。比如,即使是指称同一事物(如数量),朝韩语中也存在着汉字词汇和固有词汇的双重系统,而汉字词汇常比固有词汇更为正式,更多地用于礼节性的敬语[①]。

　　日语中的汉字词汇之多,是每一个看到过日语的人,不管懂不懂日语,都会留下深刻印象的。当然,近代以来,日本人利用汉字的组词能力,创造了大量的新汉字词汇,逆向输出到中国、朝鲜半岛、越南,丰富了东亚各国语言的词汇系统。这类新汉字词汇,在现代汉语里,据说占七成以上。这雄辩地证明,汉字文化的创造者,并不仅限于中国人,而是包括东亚各国人。

　　越语的情况也大致相同,存在大量来自汉语的"汉越词",占总词汇量的六至八成。与朝韩语的情况相似,它们绝大部分是名词,主要分布在人文、社科、政经、科教等领域。"在用喃字写作时,越南作家们通过'汉词越化'、即将汉语词迁译转化为越语词,从而大大丰富了越语词汇,促进了越南文学

[①] 参见拙著《青丘汉潮:中华文化的遗存与影响》,第100—101页。

语言的发展。当代文学翻译、评论家张政先生曾列举了阮屿、段氏点、阮攸等前辈作家是怎样将汉语中的'造物、九重、田夫、渔父、萤火、苍天、使星、香闺、鸾房、秋波、倾国倾城、国色天香、一日三秋、红叶赤绳、海底捞针'等词汇、成语译成越语文学词汇,成功地运用于他们的喃文作品中……但越语中还有许多汉语借词是无法迁译、难以替代的,如东、南、西、北、松、菊、梅、兰,雪、花、春、情、鸳鸯、杨柳、江湖、神仙,精神、骨格、风流、知音……因此,即使是在喃字作品中,仍有不少诸如上述汉语词以其原有的字形词义出现。'国语字'被应用于文学创作之后,符号虽然变换了,但语言的内涵并不随之改变,越语所借用和迁译过去的中国文学语汇对越南'国语字'文学的影响仍是十分深刻的。"①

虽然现在有些国家已经不大用汉字了,日本规定了近两千个常用汉字,朝鲜半岛使用自创的韩字(한글),越南更是改用了拉丁字母拼音文字,但是因为汉字词汇还在,甚至继续孳生不息,所以汉字对于这些语言的影响便也依然存在。这是东亚世界曾是文化共同体的历史见证,也是今日东亚世界文化交流的强韧纽带,更是未来东亚世界重新走向一体化的深厚基础。试问,如果汉字不能承担这一功能,还有什么其他文字能够承担呢?

东亚各国的汉字词汇大部分意思"大同",但也有相当部分意思"微殊"或"迥异"。如一样说偷工减料的建筑工程,汉语说"豆腐渣工程",韩语说"不实工事",日语说"杜撰な工事",形容各有千秋;一样说"高等学校"和"学院",汉语里指大专院校,韩语、日语里指高中和补习班,级别相差很大;一样说"狼跋其胡",汉语里指左右为难,越语里指漂泊流浪;一样说"送钱",汉语里是字面意思,越语里指绑架勒索;我们说"沧海桑田",韩国人说"桑田碧海";我们说"山清水秀",日本人说"山紫水明";我们赞人"善良",越南人赞人"仔细";我们骂人"混蛋",越南人骂人"困难";我们说"游行示

---

① 林明华《中国文学在越南》,收入饶芃子主编《中国文学在东南亚》,广州,暨南大学出版社,1999年,第45—46页。毅平按:所谓"国语字",指现代越语使用的拉丁字母拼音文字,17世纪中叶由耶稣会传教士罗历山(Alexandre de Rhodes,1593—1660)创立,用它来书写汉字词汇,就像我们用汉语拼音来书写汉语。

威",越南人说"表情";我们说"过分",越南人说"到底"①……

还有东亚各国自己合成的汉字词汇,对于别国人来说就要猜一猜了。韩国城市里到处是"洞",原来就是我们的"街道";日本皇子妃要"帝王切开",原来是要"剖宫产";电视节目"苦情杀到",原来是遭遇"投诉蜂至";越语里说的"接市",就是"市场营销","对作"就是"合作","接员"就是"服务员","电花"就是"鲜花礼仪电报"……

东亚各国的汉字词汇,"大同"的容易,"迥异"的不难,"微殊"的最麻烦。试以"人间"一词为例,汉语里是"人世间"的意思,韩语、日语里却是"人"的意思,意思相去"几希",最易混为一谈。鲁迅早期的论文《人之历史》,最初的题目却是《人间之历史》,因为写于他留学日本期间,受了日语环境的影响,后来收入《坟》时才改回来。王国维喜用"人间"一词(如其名著《人间词话》),有日本学者看来看去,总觉得都是"人"的意思,写了论文自诩为创见,这厢竟有人表示激赏。日本曾流行"人间蒸发"一词,意思是"(有)人失踪",传到我们这里,却一定望文生义,理解为"从人世间消失",所以就会说"泰山老虎人间蒸发"。那么,韩剧里女子骂人:"너,인간(人间)니?"(你是人吗),是否要翻译成"你是人间吗"? 看来都是"微殊"惹的祸!

又如,现代的东亚各国,常把自己的语言称为"国语",把自己的文学称为"国文学"。如韩国人称韩语为"国语",韩语文学为"国文学";日本人称日语为"国语",日语文学为"国文学";越南人称越语为"国语",称越语文学为"国文学"。这在他们来说理所当然,情有可原,但我们的学者也每每"数典忘祖",跟着人家称"国语"、"国文学",而忘了自己是哪国人,这就有点说不过去了。尤其是东亚各国放在一起的话,那就更是会"国"、"国"不分,一片混乱了。所以我们应该"拨乱反正",径称"某国语"、"某国语文学",而不可照搬别人的说法。

有些古汉语词还活在东亚各国的现代语里,成了"活化石"。如韩语里

---

① 本节汉越词例,主要引自颜保《浅说汉文化在越南》,收入北京大学东方语言文学系编《东方研究论文集》(1982年卷),北京,北京大学出版社,1983年;武氏春蓉《略论汉语对越南语的影响》,载《济南大学学报》2001年第5期。

叫未婚小伙子为"总角"(出于《诗经》),日语里说车站还用"驿",越语里称院士为"翰林",博士为"进士",硕士为"举人",学士为"秀才"①,钟表为"铜壶"……有的"活化石"悠然醒转,"衣锦还乡"后却"华丽转身",成为意思迥异的新词。如古代中国人把大门叫作"玄关",它在日语里一直保存着本义,但近年来回传中国以后,却莫名其妙地变成了"门厅"。

七、笔谈:"书同文"的智慧

巧妙利用汉字书能同文而文难同音的特点,东亚文人发展起了一种独特的交流方式——笔谈。过去,发音虽然各异,但汉字大都认得,汉文也都擅长,所以东亚文人可以用笔交ధ。这是东亚文人集体智慧的结晶,其效率相比拉丁文有过之无不及,实无必要套用拉丁文来非难之。

对于东亚世界的读书人来说,其实不会汉语(白话)也没有关系,因为他们可以运用汉文(文言),通过"笔谈"的方式来沟通。只要受过汉文化教育,东亚各国的文人,无论是与中国人(如中朝、中琉、中日、中越),还是相互之间(如朝日、朝越、朝琉、日越、日琉、越琉),都可以通过"笔谈"来交流。

838年,日僧圆仁(794—864)赴唐求法,刚到唐土时,常"笔言"、"笔言通情"、"笔书通情"②,即用汉文与唐人笔谈。984年,日僧奝然入宋,"奝然善隶书,而不通华言,问其风土,但书以对"③。1003年,日僧寂昭(?—1034)入宋,"寂照(昭)不晓华言,而识文字,缮写甚妙,凡回答,并以笔札"④。1072年,日僧成寻(1011—1081)入宋,"以书通言谈话","以笔言问答","以文字通言"⑤。明弘治、正德年间,有日僧左省过吴,往谒祝允明求文不值,与祝氏友人笔谈通情⑥。

---

① 曾德昭《大中国志》第七章《他们学习的方式及入场考试》即曾如此比方:"他们有三种学位:秀才、举人、进士。我认为,若要对它们认识清楚,可把它们比作我们的学士、硕士和博士。"(何高济译,李申校,第48页)
② 圆仁《入唐求法巡礼行记》(838—848)。
③ 《宋史·外国七·日本国传》。
④ 《宋史·外国七·日本国传》。
⑤ 成寻《参天台五台山记》(1072—1073)。
⑥ 钱谦益《列朝诗集》闰集第六"日本"引沈润卿《吏隐录》。

汉字在东亚的影响

1543年9月23日(中历八月二十五日),是公认的欧洲"发现"日本的日子。那天,一艘载有葡萄牙商人的大船来到日本萨南种子岛西村小浦,船员与当地村民语言不通。船客中有一个名叫"五峰"的明朝儒生(即后来成为倭寇巨魁的王直),与认识汉字的西村村主织部丞在沙滩上以杖笔谈,又与精通汉文的僧侣忠首座笔谈,这样,日本人才弄清楚了此船的来龙去脉。"天文癸卯(1543)秋八月二十五丁酉,我西村小浦有一大船,不知自何国来,船客百余人,其形不类,其语不通,见者以为奇怪矣。其中有大明儒生一人名五峰者,今不详其姓字,时西村主宰有织部丞者,颇解文字,偶遇五峰,以丈书于沙土云:'船中之客,不知何国人也,何其形之异哉?'五峰即书云:'此是西南蛮之贾胡也。'"①这件事情富于象征意义:日本与欧洲的初次接触,靠汉文笔谈才得以沟通。

日本与美国的初次交涉也是如此。1854年,美国东印度舰队司令佩里(M. C. Perry,1794—1858)率舰队(日本所谓"黑船")再次访日,强迫日本结束"闭关锁国"政策,与美国缔约,向美国开放港口。中国人罗森以懂英语而又能与日人笔谈随行,在日美签订第一个协定中起了关键的沟通作用。他的工作方式是这样的:美国人说英语,罗森将其意思用汉文写下来给日人看,日人看完后又笔写汉文作答,罗森再将其意思用英语说给美国人听②。同年六月六日,佩里舰队返途经过琉球,与琉球"相议和好章程,务期遵守罔替"③,罗森或也起了同样的作用。后来辜鸿铭会见芥川龙之介,据后者回忆:"先生与仆语,几上置白纸数页,手捏铅笔书汉字如飞,口中操英吉利语不绝。于耳不敏如仆者,诚便利之会话法也。"④高低活兼擅,口笔译

---

① 台湾大学藏庆安二年本僧文之南浦文集代久时所作《铁炮记》,转引自方豪《中国在日欧初期交通史上之地位》,收入刘百闵等《中日文化论集》,台北,中华文化出版事业委员会,1955年,该文第7页。又参郑彭年《日本西方文化摄取史》,杭州,杭州大学出版社,1996年,第4—5页。三百年后,"异国船"(西洋船)纷纷来到琉球,让琉球人最头疼的是,西洋人既"言语不通"(不会"官话"),又"汉字不知"(无法"笔谈"),而只会比划手势,或画图示意(参见《中山世谱》、《球阳》各相关记载)。

② 罗森《日本日记》,收入罗森等《早期日本游记五种》,长沙,湖南人民出版社,1983年。

③ 罗森《日本日记》,收入罗森等《早期日本游记五种》,第43页。毅平按:《中山世谱》未载此事。

④ 芥川龙之介《中国游记·北京日记抄》,施小炜译,杭州,浙江文艺出版社,2018年,第181页。

双美,可与罗森成双璧也。

也许正因为这样,所以日柳燕石(1817—1868)的《送人使米国》,便以为美国人也可用汉文笔谈:"神州仁泽及东偏,使节新通米利坚……纵令蛮奴谙汉字,笔锋应避汝雄篇。"①这是东亚悠久"笔谈"传统的历史惯性吧。又,"神州"是日人自称,"米利坚"就是"美利坚",当时尚被视为"蛮奴"。

朝鲜使臣洪大容粗通汉语,使华滞留北京期间,与中国学者过从甚密,"除偶尔借助译者外,更多的场合是直接用笔谈来交换意见"②。朝鲜使臣李晬光使华期间,1597年,在北京会晤安南使臣,1611年,又在北京会晤琉球使臣(蔡坚)和暹罗使臣,他们之间或用汉文进行笔谈,或借助译语相问答,交流内容广泛,涉及国体、官制、外交、历史、风俗、宗教,以及与朝鲜的距离、气候、风土、面积等内容③。这也是朝鲜半岛的文人,或东亚其他地区的文人,与中国文人交往,或彼此间交往,所常用的方式。比如在越南使臣汗牛充栋的"北使录"里,就多有与朝鲜半岛使臣的笔谈酬唱之作。这是由汉文的性质和地位所决定的。

1800年,李鼎元作为册封使出使琉球,想要编撰琉球语词典《球雅》。"因语法司官,择有文理通畅、多知掌故者,常来馆中,以资采访。是日,世孙遣杨文凤来,长史言其文理甚通,能诗善画。与之语,亦不能解,因以笔代舌,逐字询其音义,并访其方言,文凤果能通达字意。""听其言,源委了然,笔谈翻胜口谈,当推为中山第一学者。"④又,其《首里向公子循师世德过访》诗亦云:"未嫌款洽方言异,犹幸文书海国同。"⑤明显是口语难通时,或以汉文笔谈解围。

琉球亡国前夕,最后一批琉球官生在北京国子监学习,遇到朝鲜来的使

---

① 俞樾编《东瀛诗选》卷四十三"日柳彰"。毅平按:"日柳彰"应作"日柳政章",与该书卷四十四"日柳政章"重出。

② 金柄夏《韩国经济思想史》,厉帆译,厉以平校,太原,山西经济出版社,1993年,第289页。

③ 笔谈内容载其《芝峰集》卷八《安南国使臣唱和问答录》,卷九《琉球使臣赠答录》、《遇暹罗使臣》。

④ 李鼎元《使琉球记》"五月二十九日庚戌"条、"六月二十六日丁丑"条(《国家图书馆藏琉球资料续编》,上册,第758、765页)。

⑤ 李鼎元《师竹斋集》卷十三(王菡选编《国家图书馆藏琉球资料三编》,北京,北京图书馆出版社,2006年,下册,第201页)。

臣,也以汉文笔谈交流。徐斡所编《琉球诗录》卷一里,收有林世功的《秋日高丽贡使朴珪寿姜文馨成彝镐过访因成七律二首》,其一有句云"共喜笔谭询土俗"①。琉球官生大都能说"官话",但朝鲜使臣就不一定了,所以还得依靠笔谈沟通。

而且,也正因为汉字写法重于念法,所以在东亚文人看起来,用汉文笔谈是高级的,而用汉语口译则是低级的(现在的外语教学,据说以"同传"为最高目标,古人却是看不起的)。所以古代东亚的汉语教材,如朝鲜"官话"课本《老乞大》、《朴通事》,琉球"官话"课本《白姓官话》、《学官话》、《官话问答便语》等,便大都以做买卖、过日子为题材,显然是给平头百姓用的,而与文人学士有点距离。对于罗森在日美间所起的沟通作用,从传统的或当时日人的立场来看,其用汉文笔谈是高级的工作,其用英语口译是低级的工作,所以有日人就替他可惜道:"复遇明笃(日本官士),笔谈曰:'子乃中国之士,何归鴃舌之门?孟子所谓下乔木而入幽谷者非欤?'"②

而且在实际交流沟通中,因笔谈之士有文化,口译之人为平民,没有多少文化,故笔谈有非口译所能替代者。如明洪武三十年(1397),"安南侵据思明府地百余里,思明守诉于朝,遣行人陈诚、吕让往谕日煃(陈顺宗)还其地。日煃言:'此地安南故土,今复守之,非有所侵。'议论往返不决。让以译者言不达意,复自为书与日煃。"③又如明末清初,朱舜水流落安南期间,曾

---

① 《国家图书馆藏琉球资料续编》,下册,第 920 页。
② 罗森《日本日记》(1854),收入罗森等《早期日本游记五种》,第 42 页。可参见金文京《〈萍遇录〉:18 世纪末朝鲜通信使与日本文人的笔谈记录》一文所说:"在近代以前的东亚汉字文化圈里,圈内各国人士交流时,每以汉字作为主要沟通工具。而汉字的读音因时因地而差别极大,光凭发音无法互相理解。且用汉字写的汉文(文言文)离汉语的口头语言亦甚为悬殊,自成体系,以致即使不懂汉语口语也仍然会写汉文。实际上,过去中国近邻的朝鲜、日本、越南的知识分子无不以儒家或佛教的汉文经典作为教学对象,因而基本上都能写出正规的汉文,却很少人学习过汉语口语。学习口语的翻译人员,在这些国家算不上是上层士人。因此,各国人在无论外交场合或私人交流时,虽然一般都伴有翻译人员,总以汉文笔谈形式进行沟通。不仅近邻国家的人士与中国人交流时如此,近邻国家的人士互为交流时,如朝鲜和越南使节在北京见面,或朝鲜使节去日本与当地士人交流,也是如此。这样互不通语言,却以笔谈进行交流的沟通方式,乃为东亚汉字文化圈特有的现象,世界上别的文化圈如欧美基督教或阿拉伯回教文化圈里恐怕是不能想象的。"(收入拙编《东亚汉诗文交流唱酬研究》,上海,中西书局,2015 年,第 17 页)
③ 严从简《殊域周咨录》卷五《安南》。

被安南国王抓去"供役",他与安南君臣打交道,平时有一个黎医官,为朱舜水充当翻译,但涉及艰深的学问时,黎医官也无能为力了,朱舜水就改用"笔谈"来沟通。"因黎医官作通事,言语亦不明辨,大凡问答俱用书写,写毕即将去复王。"①以上两件事都很像:口译程度不够,要靠笔谈沟通,笔谈又全靠汉字。

《镜花缘》里有个淑士国,酒保用文言(而非白话)问客人:"酒要一壶乎,两壶乎?菜要一碟乎,两碟乎?"②从鲁迅开始,大家都笑他酸(其实鲁迅本意是表扬他"终日高雅",而批评所谓"雅人"难以效颦)。多九公吹嘘:"我们天朝乃万邦之首,所有言谈,无人不知。"全世界都会说汉语,这当然是不可能的。如果淑士国在东亚,那么对他们来说,比起汉语白话来,反是文言来得容易,而且更显得高级,尤其是写下来的话。所以,对古代东亚人来说,"酒要一壶乎,两壶乎?菜要一碟乎,两碟乎?"比"您要一壶酒,还是两壶酒?您要一个菜,还是两个菜?"其实反而更容易理解。这就是汉文(文言)与汉语(白话)的区别。

笔谈的风景一直延续到19世纪末,遗风绪响则至今仍袅袅不绝。1862年,日本德川幕府派往中国的贸易船千岁丸,由长崎出发驶抵上海,这是1635年德川幕府实行锁国政策后,时隔二百二十余年,日本向中国派遣的首艘贸易船。随船访华的幕府官员和藩士们,借助笔谈跟上海市民交流。"盖市肆所至之处言语不通,借笔相语,即刻可通意思,且颇有趣。""他们从中感受到了自己与中国人同是生活在汉字文化圈中的东方人这种一体感。"③又过了将近一个世纪,1951年苏联作家爱伦堡访华时,对汉字提出过一个疑问:"我感到奇怪,何以中国人不能像越南人那样改用拼音文字,或像日本人那样部分改用拼音文字。他们向我解释说,那样一来广东的居民就不能阅读北京的报纸或杂志了。"他后来观察到的一个有趣现象,也马上就证实了中国人的解释:"在世界和平理事会的会议上,我好几次看见越南、中

---

① 《朱舜水集》卷二《安南供役纪事》,朱谦之整理,北京,中华书局,1981年,第22页。
② 《镜花缘》第二十三回《说酸话酒保咬文 讲迂谈腐儒嚼字》。
③ 佐藤三郎《1862年幕府贸易船千岁丸的上海之行》,收入其《近代日中交涉史研究》,徐静波、李建云译,上海,上海人民出版社,2013年,第72页。

国和朝鲜的中年人交换字条——他们不能交谈,但是懂得象形字。"①他们其实正在利用传统的笔谈方式,重新活用东亚世界的历史遗产。

今天有人把这种笔谈的交流方式称为"畸形文学"、"畸形现象",理由是这种交流方式有悖今人所谓的"常识"②。曾经在东亚文化交流中起过那么大作用的方法,在时过境迁之后却被污之以如此恶名,这说得难听一点,其实是一种"过河拆桥"、"忘恩负义"的行为。而究其致误之由,恐怕正是出于对汉字"书同文"本质的无知。

八、"书同文":未来的发展方向

汉字的影响此消彼长,风云诡谲,汉字词汇的表现神出鬼没,气象万千,它们共同构成了东亚文化史的厚重一页。各种各样的汉字,无论是繁体字(日本叫"旧体字",韩国叫"正体字")、中国简体字、日本简体字、东亚各国自造汉字;各种各样的汉字词汇,无论是哪国首先合成的,意思是"大同"、"微殊"还是"迥异",表现形式是假名、韩字还是越语字母;它们都是东亚世界的伟大遗产与共同财富,值得东亚人民一起花大力气保护与传承的。统一简体字,设定常用字,字体标准化,编纂《东亚汉字大字典》、《东亚汉词大词典》……我们任重而道远。但我们坚信,无论如何,"书同文"将是东亚世界未来的发展方向。

2003 年 9 月 27 日初稿
2008 年 8 月 7 日二稿

(本文初载《雅言》第 30 期,2003 年 10 月 25 日,题为《汉字在历史上的影响》;后载 2008 年 8 月 17 日《新民晚报》"国学论谭"版,改为现题;收入祝鸣华编《国学论谭》,上海,文汇出版社,2015 年。续有增补,本书收入的是增补稿)

---

① 爱伦堡《人,岁月,生活》第六部 28,冯南江译,北京,人民文学出版社,2016 年,第 1353 页。
② 参见张哲俊《东亚比较文学导论》,北京,北京大学出版社,2004 年,第 85 页。

中国岁时文化在东亚

引　言

今天是立春①,新年伊始最重要的节气。

再过十天就是春节(中历新年)与情人节(西历2月14日)了,正好是两个有代表性的节日,分别代表了中国文化和西洋文化,中历和西历,长者和年轻人……是当代中国文化古今合璧、中西融合的"节日象征",也导致了许多年轻人的"精神分裂"……

但中历与西历的节日,二者在中国其实并不势均力敌。比如为了回家过春节,每年连续四十天的"春运"都要运送几十亿人次,平均每个中国人至少来回一次。有人认为,"春运"本身就可以申报吉尼斯世界纪录,更可以申报世界非物质文化遗产。而像"情人节"这样的洋节,则只有部分年轻人和一些商家起劲,跟一般人并没有什么关系。

而过中历新年、有"春运"的国家,在世界上不止中国一个,东北亚的韩国也同样如此,是一年两次"民族大移动"之一(另一次在中秋节)。还有东南亚的越南,也过中历新年。在日本,只是从1873年起,才过西历新年,在那以前,同样是过中历新年的,同样是阖家团聚的日子。在1879年被日本吞并以前,琉球也使用中历,也过中历新年。

也就是说,在这个世界上,有许多国家(主要是传统东亚汉文化圈国家),过中国的传统节日。这是怎么回事呢?且听我一一道来。

---

① 本文2010年2月4日立春日讲于上海市静安区"白领学堂",后根据讲稿整理成文并续有增补。

一、中历：中华文明的时间秩序

子曰，名不正则言不顺。我们首先要为"中历"正名。

"中历"（也可称"华历"）为"中国历法"、"中华历法"的简称，可以彰示中国历法（中华历法）的本质。笔者一贯主张，应以"中历"（或"华历"）来取代并统一现在各种以偏概全、似是而非的说法（如"夏历"、"阴历"、"农历"、"旧历"之类）。

中历始于战国初期（前427）发明的《四分历》，测定回归年长度365.25日，朔策29.53日①，找到十九年七闰的规律，无须"观象"，仅凭推算便可以制"历"，中国由此步入历法时代，至今已有近两千五百年历史，是中华文明的一大标志。

此前夏商周三代"观象授时"，也就是观天象以确定年月日时，有"历"无"法"，所以并无什么"夏历"；传统的中历，从汉武帝开始至今，在夏正、商正、周正里，始终采用"夏正"，民间因此称"夏历"，其实并不准确。因此，中历不是"夏历"。

与一般认为中历只是"阴历"的成见不同，它并不是纯阴历（回历才是纯阴历），而是太阴太阳历，或阴阳合历。"廿四节气"就是依据太阳历（回归年）安排的，"置闰"就是为了协调阴历和阳历（纯阴历，如回历，并不置闰②）。因此，中历不是"阴历"。

---

① "四分历"的历年长度仅比"回归年"长十一分钟，在当时的世界天文历法中居于领先地位，近四百年后，欧洲的"儒略历"（西历旧历）才达到这个水平。

② 《明史·外国传》中，反复提到采用回历之"西洋"各国"不置闰"之事实。如《明史·外国五·占城传》："不解朔望，但以月生为初，月晦为尽，不置闰。"盖源自《瀛涯胜览》："其日月之定无闰月，但十二月为一年。"《西洋记》第三十一回也写到，金莲宝象国（占城）丞相介绍本国岁月："我国中无闰月，以十二月为一年。"又，《明史·外国七·阿丹（亚丁）传》："王及国人悉奉回回教。气候常和，岁不置闰。其定时之法，以月为准，如今夜见新月，明日即为月朔。四季不定，自有阴阳家推算。其日为春首，即有花开；其日为秋初，即有叶落。及日月交食、风雨潮汐，皆能预测。"《西洋记》第八十六回也写到，郑和元帅问阿丹国王："贵国中何为一年？"番王答："以十二月为一年。"元帅问："何为一月？"番王答："见新月初生为一月。"元帅问："何为春夏秋冬四季？"番王答："四时不定，自有一等阴阳官推算，极准，算定某日为春，果有草木开放；算定某日为秋，果有草木凋零。大凡日月交食、风云潮汐一切等项，无不准验。"《明史·外国七·榜葛剌（孟加拉）传》也载："王及官民皆回回人……历不置闰。"

过去的东亚汉文化圈以农耕、渔业、航海文明为主,中历既反映太阳的四时变化(廿四节气),适合农业,又表现月亮的阴晴圆缺(潮汐变化),适合渔业、航海(还适合作诗、赶路①),的确可以说是非常适合东亚社会的。中历平年三百五十余天,闰年(十三个月)三百八十余天,如果不安排廿四节气,本来并不适合农业。因此,中历不是"农历"。

况且,阴历不适合农业,阳历才适合农业,既说中历是"阴历",又说中历是"农历",本身就是打架的。

即使从百余年前采用西历以后,中历也一直活在我们中间,从来就没有消失,永远也不会过时,怎么就是"旧历"了呢? 1949 年 9 月 27 日,全国政协第一届全体会议协商决定,采用"公历"(西历)和"公元"(西元)作为历法和纪年,但也并未说废除中国传统的历法,实际的做法其实一直是二历并用。因此,中历也不是"旧历"②。

历史上人们每提到中历,都会强调其"中国"特质。如元人周达观称,真腊(柬埔寨)"每岁于中国四月内……"③,"每用中国十月以为正月"④;元明间人周致中称,古朝鲜"用中国正朔"⑤;近代傅云龙《游历日本余纪》(1887—1889)称:"每当中国七月,为西纪八月。"⑥——所谓"中国四月"、"中国十月"、"中国正朔"、"中国七月",都是"中历"之意,在他们的下意识中,与"外历"、"他历"(包括"西历"、"西纪")对举。

且作为与"西历"相对的称呼,"中历"之称本身由来已久,实非自我作故。西历刚东渐时,近代中国的出版物,常中西历并用并举。如英国圣公会

---

① 朝鲜"官话"(通用汉语)课本《老乞大新释》(1761 年序)中,几个从辽东上北京卖马的中朝商贩,商议第二天早起赶路:"今日是二十二日,五更时正有月,鸡叫起来走罢。"此时正是下弦月,晚升晚落,所谓"杨柳岸,晓风残月"是也,故五更时有月光可以照路。这就是传统中历的好处了,知道日期,即知道月相,更不必提由此掌握潮汐了。而所谓"太阳历"或"纯阳历",与月相完全无关,就没有这个功能了。

② 日本"脱亚"西化以后,在其近代汉诗文中,还有称中历为"废历"、"古历"的,如松田学鸥(1864—1945)的《古历九月十三夜》(《皆梦轩诗钞》卷上)诗等。毅平按:林梅洞(1643—1666)、林鹅峰(1618—1680)《史馆茗话》(1668)云:"九月十三夜月,中华不赏,唯本朝特玩之。"

③ 周达观《真腊风土记》八"室女"条。

④ 周达观《真腊风土记》十三"正朔时序"条。

⑤ 周致中《异域志》卷上"朝鲜国"条。

⑥ 收入罗森等《早期日本游记五种》,长沙,湖南人民出版社,1983 年,第 141 页。

教徒傅兰雅(John Fryer,1839—1928)自费创办的中国近代第一份中文科技期刊《格致汇编》(*The Chinese Scientific Magazine*),内封上并列印着"中历光绪二年春季"、"西历一千八百七十六年春季"。又如李筱圃《日本纪游》(1880)云:"时当中历四月杪,夏菊盛开。"①黄遵宪《日本国志》(1887)卷九《天文志》云:"考日本旧用中历,今用西历。"都明确使用"中历"的说法,且中西历对比意识明显。盖其时日本已改历而中国仍旧,故激发他们产生"中历"意识,而采用了"中历"之称。此外,还曾有过"华历"的说法②。

现在国内法学界有"中华法系"的说法,指中国传统的法律体系,东亚各国古代法系均曾参照之;算学界有"中算"的说法,指中国传统的算学(日本的"和算"源于中算,可谓中算的一个分支),如黄庆澄《东游日记》(1893)云:"中西算术虽互相表里,然其造算之始,途径微别。中算从九数入手,西算从十字入手。"③医药界有"中医"、"中药"的说法,韩国的"韩医"、"韩方",日本的"汉医"、"汉方",都是其分支;服饰界有"中华衣冠"的说法,指中国传统的服饰,曾经衣被东亚各国;绘画界有"中国画"的说法,韩国、日本的"东洋画"都是其分支……中历与它们性质相似,属于同一个系统,都是中华文明的标志,历史上皆曾泽被东亚各国,故须以"中历"的称呼,来明确其"中国"特质——如果"中药"叫"农药","中算"叫"旧算",还成什么话!

名正言顺。这种非常合理的中历,中国、朝鲜半岛、日本、琉球、越南等东亚各国一用就是两三千年。使用统一的中国历法,曾经是东亚汉文化圈的传统标志之一。在漫长的岁月里,东亚人民依中历来生活、生产,大至国家大事,小至个人生日,无不以中历来标记。可以说,中历作为一种时间秩序,作为一种时间坐标系统,其影响已渗透到东亚社会生活的方方面面④。

这里不说中国,只说周边各国。

---

① 收入罗森等《早期日本游记五种》,第105页。
② 参见刘雨珍编校《清代首届驻日公使馆员笔谈资料汇编》所收《庚辰笔话》第四卷第二十一话、第六卷第四十三话、第四十四话,天津,天津人民出版社,2010年。
③ 收入罗森等《早期日本游记五种》,第255页。
④ 白居易所撰公文中有《谢赐新历日状》(《白居易集》卷五十九),说明受赐新历本对个人也是件大事。

朝鲜半岛自古即用中国历法。百济"岁时伏腊,同于中国"①,"行宋《元嘉历》,以建寅月为岁首"②。唐朝建立伊始,624 年,高句丽遣使入唐,请颁历③,此前应已使用中国历法,或亦为宋《元嘉历》。536 年,新罗始用年号,650 年,新罗行用唐年号,都应采用中国历法,或亦为宋《元嘉历》。668 年,新罗统一半岛。674 年,新罗人大奈麻德福自唐传学历术还,新罗改用唐新历《麟德历》(即《仪凤历》)④。宪德王(809—825 在位)时,采用唐《宣明历》(822),一直用到高丽忠宣王(1309—1313 在位)时,整整用了近五百年。其间,1262 年,作为高丽臣服的奖赏,元世祖曾赐高丽历,"后岁以为常"⑤;1281 年,元派遣使节至高丽,颁赐新撰的《授时历》:"元遣王通等颁新成《授时历》,乃许衡、郭守敬所撰也。"⑥"自古有国牧民之君,必以钦天授时为立理之本……乃者新历告成,赐名曰《授时历》,自至元十八年正月一日颁行,布告遐迩,咸使闻知。"⑦但此历似未实际行用。1299 年,元丞相历数高丽僭越之事,其中之一即为"自造历"⑧,或即指高丽仍沿用唐《宣明历》。至忠宣王时,高丽派人从元人学习,始改用《授时历》⑨,但似乎也没有完全掌握⑩。1369 年,明朝颁赐《大统历》(即元《授时历》的翻版)于高丽。朝鲜历奉明清正朔,先后用明《大统历》、清《时宪历》。在明朝众多的朝贡国中,朝鲜是唯一每年受赐历本的⑪。

至于日本,"其俗不知正岁四节,但记春耕秋收为年纪"⑫。中历最初是

---

① 《旧唐书·东夷·百济传》。
② 《隋书·东夷·百济传》。
③ 《三国史记》卷二十《高句丽本纪八》荣留王七年(624)。
④ 《三国史记》卷七《新罗本纪七》文武王十四年(674)。
⑤ 《元史·外夷一·高丽传》。
⑥ 《高丽史》卷二十九《忠烈王世家二》。
⑦ 《高丽史》卷二十九《忠烈王世家二》载元帝致高丽国王诏书。
⑧ 《元史·外夷一·高丽传》。
⑨ 《高丽史》卷一百八《崔诚之传》。《高丽史》卷五十《历志一》:"高丽不别治历,承用唐《宣明历》,自长庆壬寅(822),下距太祖开国(918),殆逾百年,其术已差。前此唐已改历矣,自是历凡二十二改,而高丽犹驯用之。至忠宣王,改用元《授时历》。"
⑩ 《高丽史》卷五十《历志一》。
⑪ 沈德符《万历野获编》卷二十"历法"之"颁历"条:"若外夷,惟朝鲜国岁颁王历一册,民历百册,盖以恭顺特优之。"
⑫ 《三国志·魏书·东夷·倭人传》裴松之注引鱼豢《魏略》。

由朝鲜半岛传入的。554年,百济应日本的请求,派历博士王保孙等东渡,带去历本,传授历学知识①。602年,"百济僧观勒来之,仍贡历本及天文地理书,并遁甲方术之书也。是时,选书生三四人,以俾学习于观勒矣,阳胡史祖玉陈习历法……皆学以成业"②。604年,日本始用中国历法,也就是刘宋何承天的《元嘉历》,两年前由观勒从百济传入者③。此事虽未载于《日本书纪》,但当时日本要派遣隋使,如果不使用中国历法,不进入中国的时间秩序,几乎是难以想象的。689年,"奉敕始行《元嘉历》与《仪凤历》"④,此事载于《日本书纪》,应该是在法律层面上确定了中历的使用,正式进入了中国的时间秩序。此时之所以双历并用,是因为《元嘉历》行之已久,一时不忍割舍,而唐新历《仪凤历》(即《麟德历》)⑤又已传入,自然更加精确。经过八年的过渡,自697年起,停用《元嘉历》,专用《仪凤历》。从《仪凤历》开始,中历由遣唐使直接传入日本。从7世纪初至17世纪末的千余年间,日本先后采用了中国的《元嘉历》(604—697)、《仪凤历》(689—763)、《大衍历》(763—861)、《五纪历》(856—861)、《宣明历》(861—1684)⑥。尤其是《宣明历》,一用就是八百余年,以致后来错误百出,问题多多。此期间没有采用中国出现的新历,是因为自838年最后一次遣唐使后,日本与中国长期没有官方往来,所以难以继续得到中国的新历⑦。而其时日本的造历能力

---

① 《日本书纪》卷十九"钦明天皇十四年(553)六月"条、"钦明天皇十五年(554)二月"条。
② 《日本书纪》卷二十二"推古天皇十年(602)十月"条。
③ 《政事要略》引《儒传》、《善邻国宝记》引《经籍后传记》云:"以小治田朝十二年岁次甲子(604)正月戊戌朔,始用历日。"
④ 《日本书纪》卷三十"持统天皇四年(689)十一月甲申(十一日)"条。
⑤ 黄遵宪《日本国志》卷九《天文志》云:"《仪凤历》,唐所谓《麟德历》也。"
⑥ 各种历法行用时间据黄遵宪《日本国志》卷九《天文志》。最后的《宣明历》是由渤海国使传入日本的。《日本三代实录》卷五"清和天皇贞观三年(861)六月十六日己未"条云:"始颁行《长庆宣明历经》。"该条又载真野麻吕奏言:"贞观元年(859),渤海国大使乌孝慎新贡《长庆宣明历经》,云是大唐新用经也。"又,真野麻吕奏言于日本行用唐朝各历经纬所言甚详,可以参看。毅平按:日本行用《宣明历》已晚于其问世(822)近四十年,此期间与唐朝的日期产生了误差。圆仁(794—864)《入唐求法巡礼行记》(838—848)卷二"开成四年五月三十日"条附记:"本国历六月一日。""本国历"指日本当时行用的《大衍历》,而其时唐朝已行用《宣明历》,故产生一日之差。
⑦ 武田时昌《中国科技在日本》说:"这部历法在日本长期使用的原因,是它和天象的误差八百年间只有两天,十分精密。但较之历算本身,人们更为关心的是历法的运用,即记有十二直等各日吉凶、禁忌的历注。"(收入蔡毅编译《中国传统文化在日本》,北京,中华书局,2002年,第207页)这或许可以解释部分原因。但即使这样,有误差总是不方便的,上述高丽的情况可作为参(转下页)

又有限①,难以像后来的琉球那样自己造历。

其实14世纪后期明朝建立以后,日本曾有机会得到最新的《大统历》。明朝建立之初,1372年,明太祖派祖阐、克勤二僧赴日,尝试与天皇建立直接联系。二僧回国途中经过九州,拜访了去年(1371)曾遣使明朝的征西府怀良亲王,"赐怀良《大统历》及文绮沙罗"②,却反被扣留了两年,至1374年始放还。木宫泰彦推测道:"也许由于愤恨他们颁示《大统历》,疑有迫令奉正朔之意。"③后来明惠帝时,再次遣使日本,诏书中说:"颁示《大统历》,俾奉正朔。"④此时代表日本的是室町幕府的第三代将军足利义满,他不仅接受了《大统历》,还接受了明朝册封的"日本国王"称号,为此受到后世的严厉指责:"惠帝在国书中,指义满称'尔日本国王源道义',又说'颁示《大统历》,俾奉正朔',完全把日本当作属国看待。尽管这样,足利义满竟然甘心接受了这份国书,在日本外交史上留下了未曾有过的污点,受到后世严厉的责难。"⑤这几次所颁示的《大统历》,可能因为"来路不正",所以日本并没有行用。这一耽误又是三百年。

(接上页)照。为此大概只要有可能,日本也经常输入中国编的历本,它们肯定比日本编的历本准确。如937年,以连续两年所编历本殊多差谬,而且历博士之间议论不合,而"仰太宰府,应写进大唐今年来年历本",见《日本纪略》后篇二"朱雀天皇承平七年(937)十月十三日壬辰"条。它们大都由中国商船带去,说明在日本确有市场需求。只是日本输入的中国历本似不能直接使用,因为上面有中国年号,所以大概是换成日本年号以后再用的。井原西鹤《家计贵在精心》(《世间胸算用》)卷四之四《老规矩糍粑抱柱》提到,长崎地方,"又不像京坂地方有乞丐上门来报春,只靠查看官颁历书,方知春之将至"(收入《井原西鹤选集》,钱稻孙译,上海,上海书店出版社,2011年,第174页),可见即使在长崎这种地方,有可能直接得到中国历本,也还是要使用官颁历本的。此外,圆仁《入唐求法巡礼行记》有在唐"买新历"、"得当年历日抄本"的记载,见卷一"承和五年(838)十二月廿日"条、卷二"开成五年正月十五日"条;入宋僧成寻(1011—1081)《参天台五台山记》(1072—1073)几次提到同行僧人惟观买来"唐历"、"新历"、"历"带回日本送人之事;该书卷五"大宋国熙宁五年十二月二十九日"条引《杨文公谈苑》卷八载日本治部卿源从英与入宋僧寂照(昭)书云:"所咨《唐历》以后史籍,及他内外经书,未来本国者,因寄便风为望。商人重利,唯载轻货而来,上国之风绝而无闻,学者之恨在此一事。"都反映了其时日本人对于中国新历的渴求。

① 《日本三代实录》卷五"清和天皇贞观三年(861)六月十六日己未"条载真野麻吕奏言:"天应元年(781),有敕令据彼经(毅平按:指《五纪历经》)造历日,无人习学,不得传业,犹用《大衍历经》,已及百年。真野麻吕去齐衡三年(856),申请用彼《五纪历》,朝廷议云:'国家据《大衍历经》造历日尚矣,去圣已远,义贵两存,宜暂相兼,不得偏用。'"

② 《明史·外国三·日本传》。毅平按:"怀良"原作"良怀",据日本史料正之。

③ 木宫泰彦《日中文化交流史》,胡锡年译,北京,商务印书馆,1980年,第514页。

④ 《善邻国宝记》。

⑤ 木宫泰彦《日中文化交流史》,胡锡年译,第518页。毅平按:其所谓"国书",实为诏敕。

1684年，日本停用早已过时的《宣明历》，经过明《大统历》的短暂过渡（此时《大统历》也已过时），同年末颁行涩川春海所造的《贞享历》①。这也意味着日本对中国的"离心力"。后来，日本仿西法造《宝历历》(1754)、《宽政历》(1797)，但仍参考梅文鼎的《历算全书》(1723)。《宽政历》后改为《天宝壬寅历》(1842)。明治维新伊始的1873年，开始采用西洋的格里高利历（西历新历），日本的历法始完全摆脱了中国的影响②。

　　琉球最初曾"望月盈亏，以纪时节，候草荣枯，以为年岁"③，但"此皆未通中国之初然尔"④，后来则"虽无经生卜士之流，然亦谙汉字奉正朔"⑤。1372年、1374年、1436年，明太祖、明英宗先后颁赐琉球《大统历》⑥。所颁应是历本，而非历法；而且应该使臣来即颁，只是未必每次记载而已。"其他琉球、占城虽朝贡外臣，惟待其使者至阙，赐以本年历日而已。"⑦后来清朝则颁赐《时宪历》。琉球通常使用中国颁赐的历本，但路途遥远，历本每每迟到。"历奉正朔，贡使至京，必候十月朔颁历赍回，及至国，已踰半年。"⑧故1437年，琉球使奏曰："本国遵奉正朔，而海道险阻，受历之使，或半载，或一

---

① 井原西鹤《家计贵在精心》(《世间胸算用》)卷一之二《长柄大刀旧日鞘》说："岁时历日，由持统天皇四年(689)的《仪凤历》而递改，以日月蚀为历数的准则，世人无复疑之者。"（收入《井原西鹤选集》，钱稻孙译，第120页）其中所说的"递改"，即指历史上的不断改用唐历，以及作者当时的改用《大统历》、《贞享历》。
② 参见朱云影《中国文化对日韩越的影响》，台北，黎明文化事业公司，1981年，第112页。
③ 《隋书·东夷·流求传》。《中山世谱》卷一《历代总纪》所记大同："望月亏盈，以纪时节，候草荣枯，以定年岁。"所记或据《隋书》。这种纪年法，大概类似夏多布里昂的《阿达拉》的"我母亲在密西西比河边生下我就有七十三场雪的时间了"，"在我出生后树叶刚掉十七次时"之类(《阿达拉　勒内》，曹德明译，南京，南京大学出版社，2017年，第17—18页)。
④ 周煌《琉球国志略》卷四下《风俗·节令》(黄润华、薛英编《国家图书馆藏琉球资料汇编》，北京，北京图书馆出版社，2000年，中册，第875页)。
⑤ 陈侃《使琉球录·群书质异》(《国家图书馆藏琉球资料汇编》，上册，第62页)。《琉球国旧记》卷三"公事"类"正月"条引《由来记》云："本国用夏正，自舜天王(1166—1237)而然也。"（高津孝、陈捷主编《琉球王国汉文文献集成》，上海，复旦大学出版社，2013年，第14册，第423页）
⑥ 《中山世谱》卷三《察度王》"明洪武五年壬子"条、"明洪武七年甲寅"条、卷四《尚巴志王》"明正统元年丙辰"条，又见《明史·外国四·琉球传》。
⑦ 沈德符《万历野获编》卷二十"历法"之"颁历"条。
⑧ 徐葆光《中山传信录》卷五《历》(《国家图书馆藏琉球资料汇编》，中册，第437页)。毅平按：之所以如此，是因为要等待来年夏至前后西南季风起来，琉球使节才能返回琉球，正如李鼎元《使琉球记》"五月朔日壬午"条所云："向来封中山王，去以夏至，乘西南风，归以冬至，乘东北风，风有信也。"(殷梦霞、贾贵荣、王冠编《国家图书馆藏琉球资料续编》，北京，北京图书馆出版社，2002年，上册，第749页)

载方返,不便。"明英宗从礼部议,命曰:"《大统历》,令福建布政司给予之。"① 但年年等待颁赐历本,终究不是很方便,为此,自1465年起,琉球使臣在福建学习造历:"时(1465)使臣在闽,始学造历。(本国造历自此而始。但年久世远,不免有误,故康熙六年丁未,杨春枝奉命入闽,复学历法。)"② 1465年琉球使臣所学应为明《大统历》,1667年杨春枝所学应为清《时宪历》。于是琉球人学会了造历。"钦奉正朔,国中亦有能编历者。"③ "故国人设司历通事官,秩七品,豫推算,造历应用。"④

---

① 《中山世谱》卷四《尚巴志王》"明正统二年丁巳"条,又见《明史·外国四·琉球传》、周煌《琉球国志略》卷三《封贡》。

② 《中山世谱》卷五《尚德王》"明成化元年乙酉"条。严从简《殊域周咨录》卷四《琉球国》说琉球"无历官",所言不确。沈德符《万历野获编》卷二十"历法"之"历学"条:"国初,学天文有厉禁,习历者遣戍,造历者殊死。至孝宗弛其禁。"毅平按:从琉球之例来看,盖明孝宗(1488—1505在位)前即已渐弛其禁。又,据《球阳》卷七尚贞王六年(1674)"印造历书通行国中"条、《琉球国旧记》卷二"官职"类"历通事"条、卷四"事始"类"历"条,则1465年在闽始学造历者为通事金锵(《琉球王国汉文文献集成》,第8册,第154—155页,第14册,第399—400页,第15册,第38页)。而杨春枝奉命入闽复学历法归国印造历书事,又见《球阳》卷六质王二十年(1667)"唐荣杨春枝入闽复学历法"条、卷七尚贞王六年(1674)"印造历书通行国中"条、《琉球国旧记》卷四"事始"类"历"条,而后两条所言较详,这里且引第三条:"然历年已久,未免舛误。康熙四年乙巳(1665)十月,杨春枝古波藏通事亲云上奉命从司历官金守约丰登根亲云上学历法。康熙六年丁未(1667),奉命赴闽学历法,四载而归。康熙九年庚戌(1670)八月,题请刻板历书,未及成功,辛亥(1671)之秋,不幸而病死。其弟杨春荣亦从金守约而学历法,尽得其法焉。康熙十二年癸丑(1673),奉命为司历官。至甲寅(1674),刻板已成,而遂印造,通行于国中。其法相继,至于今未敢绝也。"(《琉球王国汉文文献集成》,第8册,第93、155页,第15册,第38—39页)。另据《球阳》卷七尚贞王十年(1678)"印造历书周行国中"条,继杨春枝之后,蔡肇功又入闽学历法归国造历书:"康熙戊午(1678),蔡肇功(湖城亲方)奉王命,为学历法,随正使耳目官向嗣孝(前川亲方朝年)到福州,追随薛一白,尽学其法,至于壬戌年(1682)回国。蔡肇功为司历官,重修刻板,遂为印造大清《时宪历》,颁行国中。"(《琉球王国汉文文献集成》,第8册,第164页)

③ 郭汝霖、李际春《(重编)使琉球录》卷下(《国家图书馆藏琉球资料续编》,上册,第154页)。

④ 徐葆光《中山传信录》卷五《历》(《国家图书馆藏琉球资料汇编》,中册,第437页)。毅平按:"司历通事"一般由久米村人担任。今存琉球《推朔望法》、《求节气》、《四行立成》、《太阳均度立成》、《太阴均度立成》《黄赤道差加减时分立成》等历法书(均收入《琉球王国汉文文献集成》第23、24册),皆为琉球人学习造历之产物。又,与年月日相关的时辰,一般由各地自己测量。1739年,尚敬王命蔡温测量日影,改正漏刻:"原是本国虽有漏刻之设,刻分差错,殆非正法焉。蔡法司奉命,即率官僚往至幸地邑帽子峰(在西原郡),制造器物,测量日影,参考节候,改正刻分。既而搬在漏刻门楼,永行其法矣。"(《中山世谱》卷九《尚敬王》"清乾隆四年己未"条)"乾隆四年,王尚敬建漏刻门,命法司蔡温至幸地邑帽子峰立表,以测日景,考节候,改正刻分,设于门楼。"(齐鲲、费锡章《续琉球国志略》卷二《府署》,《国家图书馆藏琉球资料续编》,上册,第442页)又见《球阳》卷十三尚敬王二十七年(1739)"法司蔡温改正漏刻"条(《琉球王国汉文文献集成》,第9册,第340页)。"漏刻门楼"在首里王城内,"更进,有楼西向,榜曰'刻漏'(上设铜壶漏水)"(周煌《琉球国志略》卷六《府署·王府》,《国家图书馆藏琉球资料汇编》,中册,第945页)。

因为学会了造历,琉球遂采取权宜之计,先暂用自己推算的历本《选日通书》,等中国历本来了再取代之。"今历世禀奉正朔,贡使至京,必候赐《时宪书》赍回。而国中特设通事官,豫依《万年书》推算应用(书面云:'琉球国司宪书官谨奉教令,印造《选日通书》,权行国中,以俟天朝颁赐宪书。颁到日,通国皆用宪书,共得禀遵一王之正朔,是千亿万年尊王向化之义也。')琉球虽穷岛荒陬,固长在光天化日之下矣。"①这是因为历书所代表的"正朔"(中历),乃是东亚国际秩序的象征,不得随便造次也。徐葆光《送琉球谢封使紫金大夫程顺则归国十首》其八云:"阳月犹羁归客船,鸿胪宣赐捧新编。煌煌正朔颁东海,宝历初周六十年(十月朔,贡使受新历归国)。"②其时他已出使回国,是站在中国角度说的。而周煌《丁丑(1757)元日二首》其二云:"尧阶高处已舒葭,新朔犹稽到译庭(每贡使至京,必候十月颁朔,赍至已逾半年)。"③其时他正出使琉球,对日历迟到印象鲜明。

越南历史上虽然常用自己所造的历法,如陈朝的《授时历》、《协纪历》、胡朝的《顺天历》、黎朝的《万全历》、阮朝的《协纪历》等,但其实它们都源自中国的历法,只不过换个名称,"面子工程"而已。如1339年,"改《授时历》为《协纪历》。时候仪郎太史局令邓辂以前历皆名《授时》,请改曰《协纪》,

---

① 周煌《琉球国志略》卷四下《风俗·节令》(《国家图书馆藏琉球资料汇编》,中册,第875页)。徐葆光《中山传信录》卷五《历》载:"(《选日通书》)历面书云:琉球国司历官谨奉教令,即造《选日通书》,权行国中,以俟天朝颁赐官历,共得禀遵一王正朔,是千万亿年尊王归化之义也。"(《国家图书馆藏琉球资料汇编》,中册,第437—438页)参考现存《大清乾隆二十七年选日通书》(收入《琉球王国汉文文献集成》第23册),周煌所记历面文字似更为准确。又,《球阳》卷十尚敬王六年(1718)"本国历书改名通书并用赤帙"条:"自古琉球历书皮用黄纸,名曰《时宪历》。紫金大夫程顺则题请改曰'选日通书',并外皮以红纸,且改撰皮面文书,以行国中。"(《琉球王国汉文文献集成》,第9册,第62—63页)盖原来的做法有僭越之嫌,故程顺则请改名及换纸色,并在历面上说明不得已之苦衷。又,琉球的选日通书,通过学习中国新法,此后又做了改良。《球阳》卷十五尚穆王四年(1755)"红秉毅始学时宪书撰日之式"条:"本国通书撰日与天朝宪书撰日有不相同者,红秉毅(伊差川通事亲云上)为副通事到闽,始学撰日新法,得其传授而归。自此将其新法印造撰日通书,而不用古法。"(《琉球王国汉文文献集成》,第10册,第30页)
② 徐葆光《海舶三集·舶后集》(王菡选编《国家图书馆藏琉球资料三编》,北京,北京图书馆出版社,2006年,上册,第301—302页)。
③ 周煌《海东集》(《国家图书馆藏琉球资料三编》,上册,第379页)。

帝从之"①,即是其例。明朝建立之翌年(1369),明太祖赐安南国王《大统历》②。1401年,胡季犛篡陈翌年,"汉苍改陈氏《协纪历》,行《顺天历》"③。1522年,明武宗即位,"诏遣修撰伦文叙颁正朔于交趾"④。有时连自己可以编刊的历本,也要等待中国的颁赐,以象征性地表示臣服顺从。如越南的南北朝时期,1540年,莫朝(北朝)莫登庸投降明朝,其降本奏曰:"其土地人民皆天朝所有,惟乞陛下俯顺夷情,从宜区处,使臣得以内属,永世称藩事体,岁领《大明一统历书》,刊布国中,共奉正朔,臣莫大之幸也。"1541年,明兵部尚书毛伯温疏曰:"每年行广西布政司颁给《大统历日》,令赴镇南关祗领。"1542年,莫登庸孙福海"亲率阮敬、阮宁止等到(镇南)关,祗领敕印并历日千本"⑤。但很怀疑他们只是做给明朝看的,以表示一种外交上的臣服姿态,在与后黎朝(南朝)的对抗中占据上风,领回去以后也许就束之高阁了。因为他们在国内行用自己的年号,明朝历本上当然都是中国年号,对于他们在国内的统治不利。

此外,在占城灭于安南以前,明朝也经常颁赐《大统历》。据《明史·外国五·占城传》记载,洪武年间,曾一次就颁赐占城"《大统历》三千",应该也是历本。

二、正朔:所以统天下之治也

正如上文已随处涉及的,中历过去在东亚世界的通用,实具有国际秩序

---

① 《大越史记本纪全书》卷七《陈纪》"宪宗开祐十一年(1339)春"条。毅平按:其实中国改朝换代时也常这样,如明太祖就曾把元《授时历》改称《大统历》。祝允明《野记》卷一云:"《大统》历法即用《授时》,特改太阴行度耳。"
② 《明史·外国二·安南传》。
③ 《大越史记本纪全书》卷八《陈纪》"汉苍绍成元年(1401)春二月"条。
④ 严从简《殊域周咨录》卷五《安南》。
⑤ 并见严从简《殊域周咨录》卷六《安南》。又《大越史记本纪续编》卷十六《黎纪》"庄宗元和八年(1540)十一月"条、"庄宗元和九年(1541)十月二十日"条、"庄宗元和十年(1542)三月二十二日"条。毅平按:《大明一统历书》《大统历日》,均指依据《大统历》编刊的历本。又,镇南关即今友谊关。

的象征意义。"正朔,所以统天下之治也。"①有无正朔,是文明、野蛮的分水岭。"天生民,立之君。自尧舜以来,正朔相承,尊无二上,国统历历可纪;至若四垂荒眇弹丸黑子之地,莫不各君其国,而声教之所未通,即皆甲子无稽,世次湮灭,理有固然。"②中国是世界上最早发明历法的国家之一,也曾以颁赐历法来宣示对天下的控制。在封贡体制之下,通用或部分通用中国历法,每年由中原朝廷颁赐历本供各国和各地区使用,或默认有些国家或地区依据中国历法编出各自的历本,此即所谓的"颁正朔"(上对下,中对外)或"奉正朔"(下对上,外对中),是东亚传统国际秩序的象征之一③。

"唐刘仁轨为方州刺史,乃请所颁历及宗庙讳,曰:'当削平辽海,班示本朝正朔。'及战胜,以兵经略高丽,帅其酋长赴登封之会,卒如初言。"④——所谓"班(颁)示本朝正朔",正是征服和统治的象征。元朝新撰《授时历》成,颁赐天下,"布告遐迩,咸使闻知"⑤。朱元璋登基伊始,也遣使于周边

---

① 徐兢《宣和奉使高丽图经》卷四十《同文》。岁首曰"正",月首曰"朔","正朔"合称,就是历法,代表时间秩序。一个共同的世界,除了划分空间的疆域,还要制定统一的时间,也就是说,得建立时间秩序,这就是"正朔"的重要性之所在(年号尚是附加的)。而从更宏观的"究天人之际"的角度考虑,则也是宇宙三维时空在人世间的反映。

② 周煌《琉球国志略》卷二《国统》(《国家图书馆藏琉球资料汇编》,中册,第683页)。张岱《桃源历序》云:"天下何在无历?自古无历者,惟桃花源一村。人以无历,故无汉无魏晋……桃源以外之人,惟多此一历,其事千万,其苦千万,其感慨悲泣千万。"(《琅嬛文集》卷一)虽然立场不同,但说明时间秩序对于文明的重要性,说明"正朔"(历法)的"统治"意义甚为明晰。

③ "中国古代每一年的长度和置闰的时间均依据'黄道',即根据所谓太阳围绕地球旋转运行的周期来确定。每年在冬至这天,朝廷掌管天文、历法的机构均要定时、定点观测太阳的位置,并与前一年观测的结果相对照,从而确定当年的时间长度是否与'黄道'相符。在此基础上,再修订第二年的历书,以确定大、小月和闰月。所以,中国古代每一年的纪月、纪日,都是一年一修订的。中国古代王朝为了统一社会生活,特别是出于安排农事、征收赋税、派遣劳役等需要,便以每年的历书作为时间依据。中国古代每一年新制订的历书都是由朝廷向全国颁发的,但由于是在冬至后才开始修订来年的历书,待到修订完时,已经是农历的年底,因此中国古代每一年历书的颁布,都是在正月初一的'元日'朝上,这也是中国古代朝廷将'元旦'定为'大朝'的原因之一。"(朱筱新《古代的历法与皇历》,载《百科知识》2013年第1期)毅平按:揆诸史料记载实际,颁历未必皆在元日。如沈德符《万历野获编》卷二十"历法"之"颁历"条云:"正朔之颁,太祖定于九月之朔,其后改于十一月初一日,分赐百官,颁行天下。今又改十月初一,是日御殿,比于大朝会,一切士民虎拜于廷者,例俱得赐。"上引徐葆光《送琉球谢封使紫金大夫程顺则归国十首》其八自注:"十月朔,贡使受新历归国。"周煌《丁丑(1757)元日二首》其二自注:"每贡使至京,必候十月颁朔,赍至已逾半年。"皆可见其时以十月朔颁历为常态。

④ 徐兢《宣和奉使高丽图经》卷四十《同文》"正朔"条。

⑤ 《高丽史》卷二十九《忠烈王世家二》载元帝致高丽国王诏书。

各国,要求朝贡,给予册封,并颁赐《大统历》,以重整东亚世界的时间秩序①。永乐时郑和七下西洋,所至颁中华正朔,宣敷文教,没少颁赐历本给沿途各国;只有到了信奉伊斯兰教的地区,才尊重当地回历,不颁中华正朔②。而有些国家朝贡中国时,也会得到中国的历本③。《明实录》中,差不多每年都记载了颁赐《大统历》于各国之事④。

当然,有时候臣下为了拍皇帝马屁,也会"谎报军情",把明明没有"奉正朔"的地区,也说成是已经奉了正朔了。如唐僧玄奘的《大唐西域记序论》说,连印度也"咸承正朔,俱沾声教",就明显是子虚乌有之事⑤。

而"正朔不加",则是"不臣",亦即不以之为臣之意,表示对方资格不够,不值得中国费心。"其地不可耕而食也,其民不可臣而畜也,是以外而不内,疏而不戚,政教不及其人,正朔不加其国。"⑥"单于非正朔所加,故称敌国,宜待以不臣之礼,位在诸侯王上。"⑦

这里必须说明的是,"正朔"在中国人的概念里,不仅包括中国的历法,还包括中国的年号(纪年)。对于中国人来说,这是二而一的事情;但是在周边各国,二者却或分或合,呈现出比较复杂的样相。所以,要说"颁正朔"或

---

① 《明史·外国传》中,记载了洪武朝赐《大统历》于高丽、朝鲜、安南、日本、琉球、占城、真腊、暹罗、爪哇、三佛齐、须文达那、西洋琐里、琐里等国之事。其他没有明确记载赐历之事的朝贡国,也可以类推。

② 《明史·外国传》中的占城、阿丹、榜葛剌等国传中,都有关于它们使用回历的相关记载。

③ 《西洋记》第四十五回:"洪武爷朝里,(爪哇)国王但麻沙那三次进贡,三次得我们南朝《大统历》,得我们南朝文字币帛。"虽属小说家言,要为史实。

④ 《明实录》中记载的每年颁赐的《大统历》应是历本。沈德符《万历野获编》卷二十"历法"之"历学"条云:"钦天造历,每年六月内礼部先发历样,两直、各府及各布政司依式翻刻,毫无加损,最合正朔大义;而南北各省,又有解京历日,以补京兆所不足,非体甚矣。""宣德间,钦天监历日,共造五十万九千余本。英宗登极,省为十一万九千余,盖减十之八云。"王勇《中国历术在日本》云:"历法成诸文字的形式可以分为两类。一是探求历理、揭示造历根据的历书,如历源、历经、历成等;二是每年更新、供于实用的历本,如具注历、民用历、七曜历等。周边民族主要袭用中国的历书,然后据此编撰出自己的历本。"(收入蔡毅编译《中国传统文化在日本》,第192—193页)毅平按:朝鲜、日本、琉球、越南等国或有能力根据中国的历书自己编撰历本,但大部分东南亚国家都没有这个能力,所以只能通过朝贡得到中国颁赐的历本,或等待中国的南海贸易船带历本过去。

⑤ 参见本书所收拙文《"天下观"之争》。

⑥ 《汉书·匈奴传下》。

⑦ 《汉书·萧望之传》。

"奉正朔",本应是包括历法与年号的,但实际上却未必如此。

关于使用中国年号(纪年)所隐含的政治意义,李福清指出包含了以下两个方面,一是表明政治上的臣属关系,二是表示加入东亚汉文化圈:

> 时间问题要复杂一些。朝鲜的历史编纂家通常采用君主在位的年号纪年:本国的,即朝鲜的(百济、新罗、高句丽)或者中国皇帝年号。读者会问,为什么采用中国皇帝的?因为在中世纪纪年不是中性的。例如,某件事发生在1175年,并不给这个年份加进任何政治含义。在中世纪的朝鲜并非如此。金富轼在《三国史记》里讲到这样一件事:648年冬,新罗国使臣到达中国唐太宗皇宫,皇帝命令问问他:"新罗臣事大朝,何以别称年号?"唐皇明显对此不满。机智的使臣推说没有得到专门的指示。两年后,新罗国才采用中国皇帝的年号纪年。唐皇称新罗国为臣属国。其实朝鲜所有的国家都是独立的。但他们那时害怕强大的中国,故遣使臣进贡以示臣服。这并不妨碍他们在捍卫本国独立时,照样粉碎中国皇帝的军队。显然还有其他原因使朝鲜历史编纂家记录本国古代的事件时,采用异国皇帝年号来纪年。他们好像是希望强调本国历史事件参与远东地区性事件的意义。要知道,对中世纪朝鲜人来说,世界历史局限于远东:朝鲜、中国、部分日本;也可能他听到过印度的事,其他国家的事件他未必了解。礼仪也具有相当的意义。例如,金福轼就真心感到奇怪,为什么新罗国竟敢从朴亨在位即4世纪前半叶,开始用自己的纪年,认为这显然是违背了远东地区的礼仪(当然他没有用远东地区这个概念)。①

838年,日本京都比叡山延历寺僧侣圆仁(794—864)随第十八次、也是最后一次遣唐使入唐,他记载到达中国的时间云:"日本国承和五年七月二

---

① 李福清《朝鲜文学的起源》,白嗣宏译,收入其《汉文古小说论衡》,陈周昌选编,南京,江苏古籍出版社,1992年,第272—273页。毅平按:536年,新罗法兴王仿中国始建"建元"年号,见《三国史记》卷四《新罗本纪四》法兴王二十三年(536),李福清说新罗"从朴亨在位即4世纪前半叶开始用自己的纪年",不确。

日,即大唐开成三年七月二日,虽年号殊,而月日共同。"①——"年号殊"是政治独立,不用中国年号;"月日共同"则是时间秩序一致,同属中华文明的时间序列。也就是说,日本用中历而自有年号(纪年)。日本最初应以干支纪年。645年,日本始建"大化"年号,比新罗等晚了百余年,但至今(令和)没有中断过。明朝建立伊始,明太祖即遣使赐怀良亲王《大统历》,后来明惠帝时,又遣使赐足利义满《大统历》,这就是"颁正朔";却又屡却日本各种使臣的来贡,以其无表,或有表而不书中国年号,也就是"不奉正朔"(其实准确地说,是部分奉正朔)②。这是日本的情况③。

越南的情况与日本有相似处,也用中历而自有年号④。但不同处是越南的外交文书,尤其是与中国往来的外交文书,仍会用中国年号,表示政治上不完全独立。而其国史则在越南年号后,每用小字加书中国年号⑤,颇类于今日东亚史书在本国年号后加书西元纪年,明显让人感到后面还有一个更大的背景存在。这与越南的"内外有别"有关:越南独立以后,对内称帝,使用本国年号;朝贡中国时则称王,使用中国年号。

朝鲜半岛对中国"奉正朔"唯谨,不仅早就行用中国历法,而且在一度自

---

① 圆仁《入唐求法巡礼行记》卷一"承和五年(838)七月二日"条。
② 《明史·外国三·日本传》。
③ 但也不是没有例外的。如傅云龙《游历日本余纪》(1887—1889)指出:"《那须直韦提碑》之用唐元昌年号(毅平按:唐无"元昌"年号,不知何字之误),与南圆堂铜灯台铭之遵唐制讳'丙'为'景'同一意也,岂惟'汉委奴国王印'、'亲魏倭王印'为涉交际哉!"(收入罗森等《早期日本游记五种》,长沙,湖南人民出版社,1983年,第199页)察傅氏之意,在指出日本历史上尊中国之例,以证其述《日本金石文》之非仅为好古,而实乃发中日关系真相之覆,其意义有重于仅仅证经证史者。另外,在日本室町幕府时期,第三代将军足利义满为展开对明贸易,不惜接受明朝皇帝的敕书(例以"皇帝敕谕日本国王源某"开头),并将错就错,自称"日本国王臣源某",且在"遣明表"上使用明朝年号,明确奉明正朔,并遣使朝贡。对此,当时即有种种的意见和争论,后来更是饱受日本史家诟病,被认为"是非常有失日本体面的"(参见木宫泰彦《日中文化交流史》,胡锡年译,第547—548页,第519、523页)。
④ 如1540年,莫登庸降本奏曰:"先国臣丁氏、陈氏、黎氏递相沿袭,称号纪元。"(严从简《殊域周咨录》卷六《安南》)中国官方当然不承认越南年号,但民间则往往不那么严格。如清代广东佛山书坊代刻越南汉籍,会照刻越南的年号、避讳等,以这些代刻本全数发往越南售卖也(参见陈正宏《越南汉籍里的中国代刻本》,收入其《东亚汉籍版本学初探》,上海,中西书局,2014年)。
⑤ 《大越史记全书》、《越史通鉴纲目》等皆是如此。即使历史小说也或如此,如《皇越春秋》就是这样,在本朝年号后加书明朝年号。

建年号后(536年新罗自建"建元"年号①),也在唐朝皇帝的要求下,从650年开始行用中国年号②,一直用了一千二百四十六年,直至1894年中国在甲午战争中战败,1897年朝鲜初次建元称帝、建"光武"年号为止。朴趾源(1737—1805)的《热河日记》(1780)中,记载了这样一则有趣的对话:

> (屡)又曰:"贵国皇上元号云何?"
>
> 余问:"甚么话?"
>
> 屡曰:"元年纪号。"
>
> 余曰:"小邦奉中国正朔,那得纪元?当今是乾隆四十五年。"③
>
> 屡曰:"贵国岂非中国对头的天子么?"
>
> 余曰:"万方共尊一帝,天地是大清,日月是乾隆。"
>
> 屡曰:"然则那得宽永、常平年号?"
>
> 余曰:"云何?"
>
> 屡曰:"海上见贵国海舶漂到,满载'宽永通宝'。"
>
> 余曰:"此日本僭号,非敝邦也。"④

---

① 最初三国皆应以干支纪年。536年,新罗始建"建元"年号(《三国史记》卷四《新罗本纪四》法兴王二十三年)。从《三国史记》等来看,高句丽、百济始终未自建年号(有些历史纪年表载高句丽年号,但那是将高句丽王名误认作年号了);不过从1967年出土于韩国庆尚南道下村里的刻有"延嘉七年"(537)字样的镀金铜佛立像(造于平壤东寺)来看,高句丽似乎也有自己的年号,只是不对外宣布罢了,故不为史家或外人所知。

② 新罗真德女王二年(648),唐太宗责备新罗使臣:"新罗臣事大朝,何以别称年号?"新罗使臣机敏地回答:"曾是天朝未颁正朔,是故先祖法兴王以来,私有纪年。若大朝有命,小国又何敢焉!"两年后(650),"是岁始行中国永徽年号"(《三国史记》卷五《新罗本纪五》真德王四年)。

③ 壬辰战争期间(1592—1598),明朝主和派官员丁应泰指控朝鲜"诱倭入犯,愚弄天朝",在公文中大书日本年号,小字附注明朝皇帝年号,"尊奉日本,加于天朝甚远",让朝鲜人深感震惊和冤屈。壬辰战争结束后,日本江户幕府建立,恢复与朝鲜的交往,以对马岛宗家为中介,有意思的是,充当中介的对马岛宗家,"为了避免冒犯朝鲜人,他们会把日本国书的日期改成中国的纪年"(参见塞缪尔·霍利《壬辰战争》,方译,北京,民主与建设出版社,2019年,第403、430页)。也就是说,对于当时的朝鲜人来说,不仅不会使用日本年号,连不用中国皇帝的年号,也同样会觉得深受冒犯。又如壬辰战争期间,朝鲜文人姜沆被俘,在日本度过多年,与日本文人结交,在其为藤原惺窝《文章达德纲领》所撰叙中,落款坚持用明"万历"年号,而日本文人也不以为忤。

④ 朴趾源《热河日记》卷二《太学留馆录》"八月十四日庚申"条。乾隆年间,曾因在东南沿海发现一枚"宽永通宝"铜钱而平地风波,以为有人僭称年号,私铸铜钱,图谋造反;而从这个糊涂老乡的话来看,此时那场风波已经平息,大家都知道了"宽永"是海外"中国对头的天子"的年号;到了《清史稿·属国一·琉球传》里,更是成了日本钱的代表:"(琉球)国中行使皆日本宽永钱。"

看来这个老乡也够糊涂的,分不清朝鲜与日本的区别。

而即使对于新罗536年自建年号之举,朝鲜半岛史家也本着春秋大一统之义,颇加讥评。如金富轼论曰:"三代更正朔,后代称年号,皆所以大一统、新百姓之视听者也。是故苟非乘时并起,两立而争天下,与夫奸雄乘间而作,觊觎神器,则偏方小国,臣属天子之邦者,固不可以私名年。若新罗以一意事中国,使航贡筐相望于道,而法兴自称年号,惑矣!厥后承愆袭缪,多历年所,闻太宗之诮让,犹且因循,至是然后奉行唐号,虽出于不得已,而抑可谓过而能改者矣。"①林象德云:"新罗法兴王二十二年(536),新罗初称年号。东方自有国,皆用中国年号。至是新罗因中国分裂,自号建元。史氏曰:周之时,吴楚僭称王,《春秋》夷狄之,所以谨名分也。建号纪年,天子之事;诸侯而僭之,越礼犯分莫甚焉!"②徐居正等云:"每年必先书中国年号,尊之也。新罗尝行年号,僭拟中国,故削之。"③

不过,诚如李福清所言,对于朝鲜半岛来说,这也许只是不得已之举。如朝鲜时期的林悌,对终古不能称帝,不能用自己的年号,表示了极大的愤慨,声称耻于生长在这样的国度④。中日甲午战争进行犹酣,但清军败相已现时,朝鲜即停用光绪年号;翌年,清朝势力完全退出朝鲜半岛,朝鲜即改国号为"大韩帝国",朝鲜国王称"光武帝",并起用"光武"年号。这是一个富于象征性的例子。

琉球的情况基本同于朝鲜半岛,遵用中国年号和历法惟谨。"其列于图经,如内地郡国志者,惟朝鲜最详,而琉球即次之,则唯其回面内向,沐浴雅化之已久也。"⑤我们看琉球国史,不仅汉文国史《中山世谱》⑥用中国年号,而且琉汉混合文国史《中山世鉴》⑦也用中国年号;《中山世谱》不仅记载朝

---

① 《三国史记》卷五《新罗本纪五》真德王四年(650)。
② 《东史会纲》卷二。
③ 《东国通鉴》凡例。
④ 参见李瀷《星湖先生僿说》卷九人事门"善戏谑"类。
⑤ 周煌《琉球国志略》卷二《国统》(《国家图书馆藏琉球资料汇编》,中册,第683页)。
⑥ 收入《国家图书馆藏琉球资料续编》下册。又,袁家冬校注本,北京,中国文史出版社,2016年。
⑦ 收入《国家图书馆藏琉球资料续编》上册。毅平按:另一部琉球汉文国史《球阳》,"正卷"并用中国年号与琉球国王在位年数,"附卷"此外再附上日本年号。

贡中国的"正卷"用中国年号,而且记载与日本萨摩藩往来的"附卷"也用中国年号;不仅朝贡中国的外交文书集《历代宝案》用中国年号,而且内部公文书"辞令书"(委任状)、碑文、精英阶层石棺上刻的铭文、祭祀歌谣集《おもろさうし》(1531—1623,全二十二卷)里的祭祀歌谣等也都毫无例外地用中国年号;其内部公文书"辞令书"不仅在1609年"岛津侵入事件"前用中国年号,而且之后也仍用中国年号——历法之用中历当然就更不用说了。"皇帝每年颁赐《大统历》(中国历),作为进贡国的义务,在公文书上使用中国年号。"①这成为琉球进入东亚汉文化圈的标志,也象征了琉球与中国关系的实际。日本史家也不得不承认:"他们对自己是中国的属国,奉中国的正朔这一点反而引以为自豪,除了对日本以外,对内对外都使用中国的年号……琉球对这些(西方)国家则完全采取了一个独立国家的态度,且在条约文书上都用了中国的年号。"②而其中唯一的例外,便是"除了对日本以外"——因为1609年"岛津侵入事件"后,琉球受制于萨摩藩和江户幕府,不得不在与彼等的往来文书中,使用日本年号,反映了琉球"一仆二主"的现实困境。"盖其聘于彼(中国)则奉彼正朔,朝于我(日本)则用我年号,一邦两属。"③但历法则只用中国的——也只有中国的可用。

综上所述,东亚各国于中国年号或奉或否,但于用中国历法却并无二致。也就是说,政治上对中国或顺从或强项,但在时间秩序上则高度一致④。

---

① 高良仓吉《琉球王国》,东京,岩波书店,《岩波新书》新赤版261,1993年,第54页。
② 佐藤三郎《对处理琉球藩问题的考察》,收入其《近代日中交涉史研究》,徐静波、李建云译,上海,上海人民出版社,2013年,第80—81页。毅平按:对于使用中国的年号,东亚各国的古代人与现代人,其感觉其实是不完全相同的:现代人认为"屈辱"的,古代人反认为是一种文化上更接近中国的光荣,是政治地位高于不用中国年号的地区的标志。
③ 姚文栋译大槻文彦《琉球新志自序》(《国家图书馆藏琉球资料续编》,上册,第671页)。又,收录琉日间外交文书的《琉球往来》(收入《国家图书馆藏琉球资料续编》下册)用日本年号,也是其例。
④ 王勇《中国历术在日本》云:"历代帝王开拓疆域与颁行历法,两者相辅相成,表现出统御时空的占有欲。周边民族倘若遵奉正朔,即被编入中国帝王支配的时间序列,政治上意味着臣服,空间上则被纳入共同的文明圈,经济上获准参与朝贡贸易……或许可以说,在古代东亚文明圈中,中国帝王的封号与赐历具有同等的意义。换言之,周边各国使用中国历法,不仅仅是对科技知识的汲取,而且是以'遵奉正朔'的形式,表现出对中华文明的归同。"(收入蔡毅编译《中国传统文化在日本》,第192—193页)毅平按:行用中国历法,可以说进入了中国的时间秩序,表现出对于中华文明的认同,而只有同时使用中国年号,才能说意味着政治上臣服,二者间还是有所区别的。

历来谈"正朔",主要侧重年号;本文则主要谈历法,必要时才涉及年号。

三、基于中历的东亚传统节日

现在的东亚各国各地区,除日本外,法定纪念日大抵依照西历,传统节日则大抵依照中历。东亚现存的传统节日,大抵与中国的相同,它们过去曾是东亚汉文化圈的共同节日,现在也还是若干东亚国家的"保留节目",可以看作是中国岁时文化影响的产物,悠久的使用中历传统的回声。

中历新年春节(及其前夜除夕),是中国最大的传统节日。春节是中历岁首,本来叫"元旦",自从中国采用了西历,"元旦"用于西历以后,1914 年起,才改叫"春节"的①。所以,"春节"其实与"春"没什么关系,英语不应该翻译成"Spring Festival",而应该翻译成"Chinese New Year"②。有人忘了"春节"的来历,以为仅与"春"有关,而又嫌每年在西历中的日期不固定,所以建议改到立春来过春节,这真是数典忘祖了!

由于中历在历史上曾经是东亚世界的通用历法,所以过中历新年的国家和地区不止中国一个。

---

① 1912 年民国建立伊始,采用西历和民国纪元,以西历 1 月 1 日为"新年"。1914 年 1 月,拟定中历元旦为"春节",端午为"夏节",中秋为"秋节",冬至为"冬节",后来只有以"元旦"为"春节"获得施行,中历新年遂易名为"春节",而"元旦"则转用于西历新年。1949 年 9 月 27 日,中国政协第一届全会决定采用"公历"(西历)和"公元"(西元)作为历法和纪年,于是,西历 1 月 1 日为"元旦",中历正月初一为"春节",便正式固定了下来。

② "Chinese New Year" 1704 年首度见诸文献,现身于英国古书《行旅集》(*A Collection of Voyages and Travels*),历史颇为悠久。"Spring Festival" 1917 年首度露面,刊印在英文版的《京报》(*Peking Gazette*)上,应是对于 1914 年起中历新年易名为"春节"的呼应,却也遮蔽了原来的"Chinese New Year"的本义。二词分别在整整三百年或百年后,于 2017 年增补入《牛津英语词典》(*Oxford English Dictionary*)。不过"Chinese New Year"这一译法,在古代虽说全无问题,但在现代,有时也会产生意想不到的麻烦。比如据说当西洋人向华人祝贺"Chinese New Year"时,同样也过中历新年的中国周边地区人,就会对其中的"Chinese"感觉异样,有时甚至还会提出抗议说,全球过这一节日的不止华人,何以只称"Chinese New Year"?坚持要求西洋人改称"Lunar New Year"(阴历新年),浑然忘却了这一节日本来就是来自中历的,中国周边地区人也过这一节日,就是因为历史上他们也曾经使用中历;更何况中历绝不是"阴历",又怎么能说"Lunar New Year"呢?正因如此,为"中历"正名已到刻不容缓的地步,否则名不正则言不顺,连"Chinese New Year"也会招致异议的——但如果连我们自己都称"阴历"了,那又怎能怪别人不称"Chinese New Year",而称"Lunar New Year"呢?

在韩国的传统节日中,最重要的是中历新年"설날"(旧正)。在这个最大的传统节日里,韩国人都要放长假,游子们都要回故乡,亲戚们都要团聚一堂,一起扫墓祭祖。这是全民大移动的日子,韩国一半以上的人口,都奔波在往来故乡的路上。在除夕,韩国也有守岁的风习。在中历新年的早晨,首先要祭祀祖先,那个仪式叫"茶礼",用水果、糕点做供品。祭祀结束以后,晚辈要向长辈拜年,长辈则给晚辈压岁钱。这些风俗都跟中国的一样。

在日本,只是从1873年起才过西历新年,在那以前同样是过中历新年的(先后都称元旦、正月,除夕称大晦日)。而在日本偏远的农村里,直到二战结束后不久,还保存着过中历新年(所谓"旧正月")的习俗。现在虽然已经不过中历新年了,但仍保留了中历除夕"节分",俗称"撒豆节",那天会举行驱鬼仪式①。

琉球"除夕亦多有守岁者"②。"元旦至初六,拜贺如中国。"③"国王皮弁执珪,先拜岁德(随岁德所在之方向之拜),乃北向遥贺皇上万万岁,三跪九叩礼毕,始登殿受百官贺礼。"④"居民间亦贴新春联于门外,但不见有别等繁华之事。"⑤

中历新年也是越南最大的节日,差不多要连休七天,古代甚至长达一个月,走亲戚,赶庙会,赏花,舞狮,不亦乐乎。"一曰节日。腊月二十三日为灶君朝天节。三十日为除夕节,夜半为交承节。正月初一日为元旦节,初二、初三均称节日,初四谢礼曰送先。初七日曰开贺节,亦曰人日。十五日为上元节。此后禳星祈福,流连旬日。盖岁首一月,祭祀饮食之外,

---

① 1877年末出使日本的何如璋,至日本后不久,就经历了第一个西历元旦,也注意到了城乡间的差异,其《使东杂咏》(1877)云:"插绿浑如换旧符,风行西俗遍街衢。村民未惯更除夕,欲饮屠苏酒懒沽。"自注云:"东人都市效西俗,新岁插松竹叶于门,如换桃符。然村野习旧俗,守旧岁,尚不尽然也。"(收入罗森等《早期日本游记五种》,第85页)
② 黄景福《中山见闻辨异》(《国家图书馆藏琉球资料续编》,上册,第721页)。
③ 周煌《琉球国志略》卷四下《风俗·节令》(《国家图书馆藏琉球资料汇编》,中册,第876页)。
④ 徐葆光《中山传信录》卷五《礼仪》(《国家图书馆藏琉球资料汇编》,中册,第438页)。
⑤ 罗森《日本日记》,收入罗森等《早期日本游记五种》,第29页。

无所事事云。"①

中历正月十五的上元（元宵），也是东亚的共同节日。如上文所引，越南人以前也过上元节，作为正月里的节日之一。

它也是韩国重要的传统节日。原本在新罗和高丽时期，正月十五（有时也在二月十五）夜要燃灯，后来燃灯被移到了中历四月初八的"佛诞"（中国叫"浴佛"，日本、琉球叫"灌佛"），正月十五夜就改放爆竹焰火，以此来驱除各路妖魔鬼怪。那天常有各种民俗活动，如女性围在一些跳"江江水月来"舞。光州市光山区的"光山战祝祭"尤为有名。老百姓则赏月，吃栗子和松子。

日本人过上元也点灯，"上元节，正月例事也。又始自十三夜，京内灯如日本……十五夜三个夜也"②，或"火树烛天，焚木祀神"③。

在琉球，"国王登殿受贺礼如元旦"④，翌日，则"男妇俱拜墓"⑤。琉球"官话"课本《学官话》⑥中，写到琉球人在福州过元宵。琉球诗人也多有咏"上元"诗。

三月三日是上巳，中国自古有去水边祓禊的风俗，后来引出了文人的"曲水流觞"，王羲之《兰亭集序》是其名文。古代韩国文人每到此日也要曲水流觞，庆州郊外还有新罗曲水流觞遗址"鲍石亭"。

它是日本传统的"五节句"（五节）之二（之一是正月七日的"人日"），文人也要曲水流觞的，后来演变为女儿节。

琉球人"此日国中家家皆做艾饼"⑦，"三月三日，作艾糕相饷遗，同定吉

---

① 梅园段展《安南风俗册》（1908）"元旦一"条（原书未经眼，转引自陈益源《越南清明节的民俗与传说》附录，收入其《越南汉籍文献述论》，北京，中华书局，2011年，第334—337页，下同不赘）。因为正月过于烦费，故梅园段展提出："元旦之礼，万国皆有之，诚不可缺。惟我国祭祀之礼，至四五日，过于烦渎。且冥香冥钱，纸联纸炮，均是北货，虚费甚多，或有干货以修饰之，不智已甚。赌博之弊，尤为可戒。窃谓除夕、元旦二日，祀先行乐足矣，初二以后，可以停省。至于虚费节料，徒使财源外泄，不妨以渐革之。"
② 成寻《参天台五台山记》卷六"大宋国熙宁六年正月十八日"条。
③ 傅云龙《游历日本余纪》，收入罗森等《早期日本游记五种》，第140页。
④ 徐葆光《中山传信录》卷五《礼仪》（《国家图书馆藏琉球资料汇编》，中册，第439页）。
⑤ 徐葆光《中山传信录》卷六《风俗》（《国家图书馆藏琉球资料汇编》，中册，第471页）。
⑥ 收入濑口律子、佐藤晴彦编《琉球官话课本：〈白姓官话〉〈学官话〉〈官话问答便语〉语汇索引》，东京，大东文化大学东洋研究所，1997年。
⑦ 《琉球国旧记》卷三"公事"类"上巳"条（《琉球王国汉文文献集成》，第14册，第450页）。

日,又祭麦神,谓之大祭"①。琉球"官话"课本《学官话》中说:"不知道你们那边,这三月三,也有人去郊外踏青没有?""有的。我们那里,这一日,也有到水边去玩的,也有到青草坡地方铺毡吃酒的,也有带着婊子去弹唱的,来来往往,好不热闹的。"

越南人把它与寒食、清明合而为一(因为日期邻近),在那天祭祖扫墓,越帝会亲诣太庙祭祀,为民示范,同时也会踏青野餐,乃至拔河、放风筝等。"三月初三日为寒食节,亦号清明。作浮水饼,具酒馔,告家先,仿北人记介子推火化日也。亦有因而省扫坟墓云。民间亦多不用。"②

在古代的中国,寒食曾是比清明更重要的节日,但后来寒食渐渐被人忘记,而清明却日渐显得重要起来。不过中国古老的风习还保存在韩国,韩国人仍然把寒食(而非清明)看作是一个重要的节日。寒食的主要内容是扫墓祭祀,这一点倒是与中国的清明相似。

日本人也曾过寒食、清明。永井荷风(1879—1959)廿岁时写《墨上春游二十绝》(1898),其中之一道:"樱花万树长江外,垂柳千条古渡边。寒食清明三月景,多般载在木兰船。"其时日本已改历四分之一世纪,但出生在改历后的永井荷风,还是历历分明地写了"寒食清明",说明这两个节日仍活在日本民间。

琉球本岛中南部地区有"清明祭",那天要全家聚在一起祭扫祖坟。1768年,尚穆王始定每年清明祭扫玉陵和极乐陵之规,是为琉球官方及士族正式在清明祭祖扫墓之始。它首先流行于首里、那霸的士族阶层间,渐渐扩展到琉球本岛的中南部及离岛③。扫墓风俗应来自三月三日上巳④,与越南的情况有些相似。有些墓地被划入了美军基地,"清明祭"时基地会临时

---

① 周煌《琉球国志略》卷四下《风俗·节令》(《国家图书馆藏琉球资料汇编》,中册,第877页)。
② 梅园段展《安南风俗册》"寒食节"条。
③ 参见《球阳》卷十五尚穆王十七年(1768)二月十二日"始定每年清明之节上谒玉陵奉祭"条、卷二十二尚泰王二十三年(1870)"本年于伊平屋岛玉陵初行清明祭祀"条(《琉球王国汉文文献集成》,第10册,第91—92页,第12册,第421—422页)。
④ 徐葆光《中山传信录》卷六《风俗》(《国家图书馆藏琉球资料汇编》,中册,第473页)。

开放,让冲绳人进去祭扫祖坟。

东亚各国也都过端午。端午是韩国的一大节日,各地都有祭祀活动,全罗北道的全州有"全州丰南祭",江原道的江陵有"江陵端午祭"。不过他们都并不祭祀屈原,也不像中国人那样吃粽子,也不举行龙舟竞渡之类活动。其中著名的"江陵端午祭",祭祀的是大关岭的山神苏那,让它保佑当地风调雨顺,1967 年就已被韩国列入"指定重要无形文化财",2005 年更是入选世界非物质文化遗产。

端午是日本传统的"五节句"(五节)之三,又称"菖蒲节",也要吃粽子,平安时期要进行射箭比赛①,后来演变为男孩节。

琉球从明初开始过端午,盖由福建"三十六姓"传入。端午琉球人也喝菖蒲酒,包簸箕样的粽子(角黍)吃。"世俗家之作粽粑并菖蒲叶荐之于先祖而吃焉。"②也要龙舟竞渡,琉球人叫"爬龙舟"③。"五月五日竞渡,始于闽中赐姓。"④"五月五日竞渡,龙舟三(泊一、那霸一、久米一)。一日至五日,角黍蒲酒,同中国,亦拜节。"⑤"我们这里的龙舟,是四月二十八日下水,五月初六日上岸,不过八九天的光景。""这里(泊村)只有一只,那霸港有两只,一共三只。到初四日,这里的船也到那霸港口,会摆一处斗爬。""这样看来,替我中国的龙船差不多一样。"⑥但当年他们不会造龙舟,每年都是福建

---

① 圆仁《入唐求法巡礼行记》卷一"承和五年(838)九月二十三日"条提到"本国五月五日射的之节"。
② 《琉球国旧记》卷三"公事"类"端午节"条(《琉球王国汉文文献集成》,第 14 册,第 455 页)。
③ 《琉球国由来记》(1713)卷八"那霸由来记"、卷九"唐荣旧记全集"里,都有琉球人为纪念屈原而"爬龙舟"之记载;琉球国史《球阳》(1745)里,也有为求雨而在首里的龙潭里"爬龙舟"的记载。参见比嘉政夫《冲绳からアジアが见える》,东京,岩波书店,《岩波ジュニア新书》327,1999 年,第 131—135 页。
④ 齐鲲、费锡章《续琉球国志略》卷三《风俗》(《国家图书馆藏琉球资料续编》,上册,第 456 页)。但也有不同说法,如《琉球国旧记》卷四"事始"类"爬龙舟"条:"俗谚曰:昔有长滨大夫者,曾住那霸西村,今呼其地曰长滨,姓名未传,奉命入闽赴京。已,效南京龙舟而回来,即五月造舟竞渡那霸津,以祝太平也。由是每年五月三日,乘龙舟者必著白帷子,以泛于西海云尔。往昔有久米、那霸、若人、垣花、泉崎、上泊、下泊等爬龙舟数只,今有那霸、久米村、泊村三只也。"(《琉球王国汉文文献集成》,第 15 册,第 71—72 页)
⑤ 徐葆光《中山传信录》卷六《风俗》(《国家图书馆藏琉球资料汇编》,中册,第 473 页)。
⑥ 《白姓官话》,收入濑户口律子、佐藤晴彦编《琉球官话课本:〈白姓官话〉〈学官话〉〈官话问答便语〉语汇索引》,东京,大东文化大学东洋研究所,1997 年。毅平按:"替"即"与"意。

人过去帮他们造的①。后来"爬龙舟"定在五月四日②。

越南人过端午(又称端阳节),也吃粽子,吊屈原及古贤人,如介子推者,还要驱鬼辟邪。"五月初五日为端阳节。馈送节礼,亦同元旦,而少减焉。儿童系五色缕,门外悬符,曰避毒。日午取艾叶,作年运禽兽形,悬于门首(如子鼠、酉鸡、丑牛之类)。阴干,留为药料,经年,艾治病,亦甚传。取百树叶为茶,曰端午茶,仿北人刘阮采药故事。礼品与节日同,多用醴酒及瓜果云。"③现在不吃粽子,不赛龙舟,但吃水果(避虫),吃鸭子(清凉),吃糯米酒。

七夕是日本传统的"五节句"(五节)之四。日本古代一直过此节,且与中国一样,也是女子的乞巧日,后来演变为情人节。"时值初秋的七月初七是乞巧日。人们把缝好后一次也未穿过的小袖衬衣,各式各样的取出七件,叠成雌鸟翅膀的形状,又在槐树叶子上写上常见的诗歌,以祭牛郎织女。一般的人家也供上黄瓜和带着枝叶的柿子。这节日颇有趣味。"④

琉球"官话"课本《学官话》中,写到琉球人在福州过七夕。琉球人多有咏"七夕"诗。

七月十五的中元,日本也要举行盂兰盆会,从七月十三至十六日,要连续过四天,载歌载舞,供神祭祖。

琉球"每年七月,自十三日晚起,至十五日晚止,则诸郡邑并外岛人民,二昼二夜,恭供品物而祭先祖焉,俗谓之'盆祭'"⑤。"俗以中元节为重,自七月十三日起至十六日,俱昼夜男女喧杂,往来不禁。"⑥"中元亦请僧诵经,

---

① 《中山世谱》卷三《察度王》"明洪武二十五年壬申"条:"每年五月龙舟竞渡,是亦闽人至国,然后始造。"
② 球末西洋人东来,赖在琉球不肯走,琉球人怕被他们看了去,几次三番取消了爬龙舟。《球阳》卷二十一尚育王十年(1844)"本年不行爬龙舟阅马匹之典"条:"此年四月十七日,因有佛朗西人留住圣现寺,停止五月初四日爬龙舟于霸江、阅马匹于潟原之事。"卷二十二尚泰王六年(1853)"本年五月停止龙舟竞渡"条:"此年因亚美理坚船到来,停止五月初四日龙舟竞渡。"尚泰王七年(1854)"本年五月停止龙舟竞渡"条:"此年因佛英两国人等留国,停止五月初四日龙舟竞渡。"(《琉球王国汉文文献集成》,第11册,第388—389页,第12册,第133、149页)
③ 梅园段展《安南风俗册》"端阳节"条。
④ 井原西鹤《好色五人女》,收入《浮世草子》,王向远译,上海,上海译文出版社,2016年,第301页。
⑤ 《琉球国旧记》附卷十一"风俗"类"七月"条(《琉球王国汉文文献集成》,第15册,第497页)。
⑥ 严从简《殊域周咨录》卷四《琉球国》。毅平按:"至十六日"原作"二十六日",据文义改。

荐其先祖。"①"七月十五日盆祭祀先,预于十三日夜,家家列火炬二于大门外,以迎祖神。十五日盆祭后送神。"②"臣至国,适上旬,出经道旁民舍,小童各手一纸幡,对立招展。问之,为中元迎送祖神也。亦有延僧作盂兰盆醮祀者。"③"入夜,月上,开窗见人家门外皆列火炬二,遣问长史,云:'国俗,于十五日盆祭,预期迎神,祭后乃去之。'盆祭者,中国所谓盂兰会也……连日见市上小儿各手一纸幡,对立招展,作迎神状,知国俗盆祭,祀先亦大祭矣。"④"海外中元夜,人家户不扃。招魂旛是纸(是日以纸剪旛树庭中),迎祖炬如星(门皆列火炬)。"⑤"亦有蝉鸣七月天,盂兰盛会自年年。纸幡对举儿童闹,夜半开门候祖先(中元节盆祭祀先,儿童各手一小纸幡,对立招展,以为迎送)。"⑥现在冲绳还有烧纸钱的习惯,只是纸钱形制与中国不同⑦。

在越南,中元仅次于中历新年,是第二大节日,也设盂兰盆会,超度亡灵。"七月十五日为中元节,曰亡人赦罪。盖佛家谓有罪鬼,年中惟是日一赦,故祀之。用具馔告其先,多用冥金火化。佛寺及社会多作斋坛,放灯放生,普度众生。三日或五七日,需费甚多,士夫家多不用。"⑧

秋夕(中秋)在韩国的重要性仅次于中历新年,被现在的韩国人称为"韩国感恩节"(the Korean Thanksgiving Day),因为此时正逢金秋的收获季节,新收的果实正好用来作供品,只不过美国人感谢的是上帝,韩国人感谢的是祖先。韩国人在秋夕也要祭祀祖先,扫除墓地。在这一点上,秋夕对于韩国人的意义,恐怕略等于中国人的冬至,而稍不同于中国人的中秋。

日本人以前也过中秋,改历以后,西历 8 月 15 日没有满月,便以中历八

---

① 夏子阳、王士祯《使琉球录》卷下《群书质异》(《国家图书馆藏琉球资料汇编》,上册,第490页)。
② 徐葆光《中山传信录》卷六《风俗》(《国家图书馆藏琉球资料汇编》,中册,第474页)。
③ 周煌《琉球国志略》卷四下《风俗·节令》(《国家图书馆藏琉球资料汇编》,中册,第877—878页)。
④ 李鼎元《使琉球记》"七月十二日壬辰"条(《国家图书馆藏琉球资料续编》,上册,第769页)。
⑤ 赵文楷《石柏山房诗存》卷五《七月十五日》(《国家图书馆藏琉球资料三编》,下册,第58页)。
⑥ 费锡章《一品集》卷下《琉球杂咏》(《国家图书馆藏琉球资料三编》,下册,第463页)。
⑦ 参见比嘉政夫《冲縄からアジアが見える》,第6—8页。
⑧ 梅园段展《安南风俗册》"中元节"条。

月十五那天在西历里的相应日子(一般在 9 月里)为"月见"之日,观赏月亮,其实还是中秋之意。"秋分在风风雨雨中过去了,天气豁然晴朗,九月有月亮的夜晚已经不多,又过了一段时间,就到了这一年的中秋节。十四日那天晚上夜深以后皓月当空,到了中秋之夜,一轮明月早早升空,显得更加澄澈碧透。"① 这是永井荷风《濹东绮谭》里写到的 1936 年的"月见"之夜,换算成西历的话是那年的 9 月 30 日,所谓"十四日那天",说的应该是中历八月十四,亦即西历的 9 月 29 日。《寅次郎的故事》第 43 集(1990)里,满男看着一轮满月对泉说:"今日は十五夜か、きれいな月だな"(今天是十五夜呀,多美丽的月亮啊),"十五夜"就是中历八月十五。可见日本直到不久以前,年轻人还知道"十五夜"的。

琉球人也过中秋,也会晚上赏月。"夫八月中秋节,夷俗亦知为美。"② "中山忽过中秋节,连宵对月乡心切。"③ "八月家家拜月。"④ "往昔每年八月十五日夜于禁中后庭拜月。"⑤ "每年十五夜,人民家家皆造豆饼,以供于先祖并诸神而食焉。"⑥ "八月初十、十五两日,各家蒸糯米交赤小豆为饭相饷。"⑦ 古时候每逢中国册封使来,"中秋宴"即为"七宴"(迎风宴、事竣宴、中秋宴、重阳宴、冬至宴、饯别宴、登舟宴)⑧ 之一。"八月中秋,设观渡宴。"⑨

---

① 永井荷风《濹东绮谭》,谭晶华译,上海,上海译文出版社,2018 年,第 170 页。
② 陈侃《使琉球录·使事纪略》(《国家图书馆藏琉球资料汇编》,上册,第 43 页)。
③ 汪楫《八月十七夜石来过波上候潮》(《观海集》,《国家图书馆藏琉球资料三编》,上册,第 71 页)。
④ 徐葆光《中山传信录》卷六《风俗》(《国家图书馆藏琉球资料汇编》,中册,第 475 页)。
⑤ 《球阳》卷十五尚穆王十八年(1769)六月"特定中秋拜月"条(《琉球王国汉文文献集成》,第 10 册,第 104 页)。
⑥ 《琉球国旧记》附卷十一"风俗"类"八月"条(《琉球王国汉文文献集成》,第 15 册,第 500 页)。
⑦ 周煌《琉球国志略》卷四下《风俗·节令》(《国家图书馆藏琉球资料汇编》,中册,第 878 页)。但李鼎元《使琉球记》"八月十五日乙丑"条则云:"国俗:自初十至此(十五日),并蒸米拌赤小豆为饭,相饷以祭月,风同中国。"(《国家图书馆藏琉球资料续编》,上册,第 781 页)一说仅限两天,一说连续数日,似以后说为合理。
⑧ 参见张学礼《中山纪略》(《国家图书馆藏琉球资料汇编》,上册,第 666 页)。徐葆光所记七宴名目稍有出入,但中秋宴、重阳宴名目无异,见其《中山传信录》卷二《封宴礼仪》;其又有《中秋宴小乐府十章》、《重阳宴龙潭曲(集长吉锦囊句)》等诗(《海舶三集·舶中集》,《国家图书馆藏琉球资料三编》,上册,第 219—221 页)。其后,周煌也有《中秋宴即事》、《重阳宴即事》(《海东集》,《国家图书馆藏琉球资料三编》,上册,第 374 页,第 375 页)。
⑨ 郭汝霖、李际春《(重编)使琉球录》卷上(《国家图书馆藏琉球资料续编》,上册,第 81 页)。

"王具启请赏中秋,时因风雨辞之。"①"八月中秋节,王设宴。"②至今每逢中秋,首里城仍要举行"中秋宴",发思古之幽情,也是年中的一大庆典。此外还要进行拔河比赛,绳索有雌纲和雄纲。

越南人过中秋,除了赏月、吃月饼以外,还把它过成了儿童节,点鲤鱼灯,舞狮子。"八月十五日为中秋节。儿童多买纸花灯、纸象马为戏具。入夜,陈百果作赏月盘,多用月样饼,仿北人唐明皇千秋节故事。惟城庸间多盛行之。"③这是孩子们喜欢的节日,白天就期盼着快到晚上。

重阳是日本传统的"五节句"(五节)之五,在日本又称菊花节,从平安时期即开始过,也要赏菊饮酒等等。

琉球人也甚重重阳,也会登高玩耍。册封使来有"重阳宴",还要让他们观划龙舟。"(国王)乃具启请于九月重阳日。先是,国王欲邀饮水亭,为拌龙舟之戏,予等豫止之矣。时于九日,王仍候于水亭,揖予等观焉。"④"(圆觉)寺前有龙潭……时重九宴天使观竞渡于斯潭……遂有六龙竞渡潭中……"⑤"重阳节,王又设宴如前。早至王府小饮,次看龙舟。中国午日竞渡,琉球在重阳。"⑥"国俗:九月九日于龙潭观竞渡。此地重阳节犹中朝端午节也。"⑦"是日(重阳)先游龙潭,观竞渡;旋到王府,演剧开

---

① 夏子阳、王士桢《使琉球录》卷上《礼仪》(《国家图书馆藏琉球资料汇编》,上册,第447页)。
② 张学礼《中山纪略》(《国家图书馆藏琉球资料汇编》,上册,第668页)。
③ 梅园段展《安南风俗册》"中秋节"条。
④ 夏子阳、王士桢《使琉球录》(1606年出使)卷上《礼仪》(《国家图书馆藏琉球资料汇编》,上册,第448页)。
⑤ 胡靖(1633年随使)《琉球记》(《国家图书馆藏琉球资料汇编》,上册,第283—284页)。其《中山诗集》中亦有《九日龙潭观竞渡》诗(《国家图书馆藏琉球资料汇编》,上册,第297页)。
⑥ 张学礼(1663年出使)《中山纪略》(《国家图书馆藏琉球资料汇编》,上册,第652页,第668页)。
⑦ 汪楫(1683年出使)《使琉球杂录》卷三《俗尚》(《国家图书馆藏琉球资料汇编》,上册,第761—762页)。然张学礼所谓"中国午日竞渡,琉球在重阳",汪楫所谓"此地重阳节犹中朝端午节也",或有所误解。周煌(1756年出使)《琉球国志略》卷十《典礼·宴礼》云:"汪《录》云:'国中竞渡以重阳,犹中朝端午也。'实亦端午各戏于本村,至宴天使,则因现在龙舟姑演之,以供游燕。"(《国家图书馆藏琉球资料汇编》,中册,第1074页)李鼎元(1800年出使)《使琉球记》"九月十一日庚寅"条云:"琉球亦于五月竞渡,重阳之戏专为宴天使设。"(《国家图书馆藏琉球资料续编》,上册,第788页)所说均得要领。陈侃(1534年出使)《使琉球录·使事纪略》云:"(八月)二十九日,请饯行,陈席于亭中,观龙舟之戏。舟制与运舟之法放华人,亦知夺标以为乐。但运舟者俱小吏与大臣子弟也,各簪金花,具彩服,虽濡于水而不顾,以示夸耀之意。"(《国家图书馆藏琉球资料汇编》,上册,第45页)郭汝霖(1561年出使)《茶亭渡(寓琉球作)》云:"八月龙舟戏曲湖,秋花锦石烂云铺。"(《石泉山房文集》卷四,《国家图书馆藏琉球资料三编》,上册,第10页)甚至都不在重阳,而在八月,犹可证实周煌、李鼎元之说为是。

宴。"①数录所言龙舟之戏,俱在龙潭中上演,龙潭至今犹存。此外,琉球人还有"重九饮菊花酒"②的习俗。"重阳,自古圆觉寺住僧必献菊花于内院。"③琉球诗人也多有咏"九日"赏菊诗。

不仅是中国的岁时文化影响了周边地区,周边地区也在丰富着中国的岁时文化。比如"江陵端午祭"从中历四月五日作御神酒开始,四月十五日是"山神祭",祭祀江陵附近大关岭的山神苏那和国师城隍(梵日国师)。五月三日是"迎神祭",山神(男)与里神(女)结婚。从是日开始,在专设的祭祀场所,每天早晨举行儒教的祭礼"朝奠祭",夜里则举行巫术仪式"端午句(굿)"。五月七日是"送神祭"。祭祀的场所在南大川岸边,每天有官奴假面剧、农乐、民谣等民俗艺能表演,投壶、相扑、秋千等民俗游戏,还有集中全国农副产品的集市"乱场",晚上还有烟火表演。每年会吸引一百万人规模的观光客。

由此可见,"江陵端午祭"虽起源于中国的端午节,日子也包含(但不限于)五月初五,除祸招福、驱邪禳灾的目的也一样,但它的持续时间、祭祀对象、祭祀仪式、活动内容、活动规模等,与中国的端午节都不相同。它是在接受中国端午节影响的基础上,结合韩国江陵地方的民俗活动,而发展出来的一种民间祭祀仪式,与中国的端午节有关,却并不是一回事。

因而,2005 年"江陵端午祭"的申遗成功,不仅不会影响中国接着为端午节申遗,其本身也是端午节世界性影响的一种表现,有助于提高端午节在世界上的知名度。同时,它也刺激了中国人对于传统节日的热情。在中国内地,从 2008 年起,清明节、端午节、中秋节终于被定为法定节日。而在港澳地区,春节、清明节、端午节、中秋节、重阳节早已是五大传统节日了④。

此外,还有一些传统节日,则有可能起源于周边地区,传入中国后被发扬光大,又传回到了周边地区,成为东亚共同的传统节日。比如关于"中秋节",就有所谓的"新罗起源说"(其实应是"百济起源说")。

---

① 齐鲲《东瀛百咏·重阳宴即席赋谢》题注(《国家图书馆藏琉球资料三编》,下册,第 371 页)。
② 参见黄景福《中山见闻辨异》(《国家图书馆藏琉球资料续编》,上册,第 721 页)。
③ 《琉球国旧记》卷三"公事"类"上巳"条(《琉球王国汉文文献集成》,第 14 册,第 450 页)。
④ 窃愿中国内地也早日把重阳节定为法定节日。

838年入唐的日本僧侣圆仁,于839年坐海船北上,六月七日在山东文登县清宁乡赤山村上岸,寄寓赤山法花(华)院,该寺院为新罗船王张保皋(又名张宝高,杜牧《樊川文集》卷六有《张保皋郑年传》,《新唐书·东夷·新罗传》、《三国史记》中也有传)所建。在寄寓赤山法花院期间,圆仁亲历了新罗的"八月十五日之节":

> (八月)十五日,寺家设馎饨饼食等,作八月十五日之节。斯节诸国未有,唯新罗国独有此节。老僧等语云:"新罗国昔与渤海相战之时,以是日得胜矣,仍作节,乐而喜舞,永代相续不息。设百种饮食,歌舞管弦,以昼续夜,三个日便休。今此山院追慕乡国,今日作节。其渤海为新罗罚,才有一千人向北逃去。向后却来,依旧为国,今唤渤海国之者是也。"①

这是关于"中秋节"来历的较早较明确记载之一。其实早在《隋书·东夷·百济传》中,即已经记载了百济的"八月十五日"之节:"至八月十五日,设乐,令官人射,赏以马布。"660年百济被唐罗联军灭亡后,新罗大概继承了这一节日。《旧唐书·东夷·新罗传》记载:"又重八月十五日,设乐饮宴,赉群臣,射其庭。"似乎径直挪用了《隋书·东夷·百济传》的记载(《新唐书·东夷·新罗传》则删去了此条)。圆仁所说,应是在百济原有节日上,加上733年与渤海国之战,新罗新增添的解释和内容。圆仁刚从日本过来,他这么记载,说明日本当时尚无此节。他在中国将近十年,走遍东部沿海各地,至847年始回日本,如果后来了解到"八月十五日之节"中国也有,而并非新罗所独有,他一定会修正自己的记载,可是他没有,这说明中国当时亦无此节。

有韩国学者据此认为,秋夕(中秋)这一节日实起源于朝鲜半岛,中国则迟至宋代始见明确记载(如孟元老的《东京梦华录》):"朝鲜半岛的节日皆受中国岁时文化的影响,只有秋夕是反过来影响了中国。"②

---

① 圆仁《入唐求法巡礼行记》卷二"开成四年八月十五日"条。
② 《朝鲜日报》载李奎泰《秋夕考》(日期失记)。

但值得注意的是,虽然唐代尚无有关此节的记载,却已有文人开始吟咏八月十五夜月(中秋月)了。据吉川幸次郎研究,在唐代以前的诗歌里,没有吟咏八月十五夜月的;唐诗里吟咏八月十五夜月,是从杜甫(712—770)开始的①。紧接着杜甫的是白居易(772—846),其集中有七首诗歌,吟咏了八月十五夜月②。随着白集的传入及流行于日本,日本文人可能受了影响,也开始吟咏八月十五夜月了。如在岛田忠臣(828—892)的《田氏家集》里,有三首吟咏八月十五夜月的诗歌③;在菅原道真(845—903)的《菅家文草》里,有八首吟咏八月十五夜月(或涉及那天)的诗歌④。这些例子都在唐代,而早于宋代很久。中秋节后来成了东亚的共同节日,但其中具有的赏月内容,应该是由中国文人率先加入的。

当初新罗"作八月十五日之节",原本是为了纪念对渤海国之战,更像是一种类型的"胜利狂欢节",可今日韩国秋夕的内容与之完全不同,恐怕仍是受唐宋以后中国中秋节的影响,以"八月十五日之节"的旧瓶,装进了中国岁时文化的新酒吧?所以,也许更准确地说,中秋节是一个由东亚各国共同塑造而成的节日。

四、从中历到西历

进入近代以后,东亚各国纷纷"脱亚入欧"(实际上是"脱中入西"),其

---

① 吉川幸次郎《杜甫と月》,收入《吉川幸次郎全集》第十二卷,东京,筑摩书房,1968年。毅平按:杜诗中有《八月十五夜月二首》,明确吟咏八月十五夜月,是中国诗歌中最早的;此外,《月夜》、《月夜忆舍弟》诸诗,虽未明言,但从时间来看,也应是吟咏八月十五夜月的。
② 《白居易集》卷十三《华阳观中八月十五夜招友玩月》,卷十四《八月十五日夜禁中独直对月忆元九》、《八月十五日夜闻崔大员外翰林独直对酒玩月因怀禁中清景偶题是诗》,卷十六《中秋月》,卷十七《八月十五日夜溢亭望月》,卷三十一《答梦得八月十五日夜玩月见寄》,卷三十二《八月十五日夜同诸客玩月》等。其中《八月十五日夜禁中独直对月忆元九》的"三五夜中新月色,二千里外故人心"一联,在日本尤为有名,紫式部的《源氏物语》里,写源氏左迁须磨,凝望中秋明月,冥想京都往事,朗吟"二千里外故人心",闻者照例感动流泪(《须磨》)。
③ 岛田忠臣《田氏家集》卷上《八月十五夜宴月》、《八月十五夜惜月》,卷下《八月十五夜宴各言志》等。
④ 菅原道真《菅家文草》卷一《八月十五夜严阁尚书授后汉书毕各咏史得黄宪并序》、《八月十五夜月亭遇雨待月》、《戊子之岁八月十五日夜陪月台各分一字》、《八月十五夕待月席上各分一字》、《八月十五日夜月前话旧各分一字》,卷二《仁和元年八月十五日行幸神泉苑有诏侍臣命献一篇》,卷四《八月十五日夜思旧有感》,卷六《八月十五夜同赋秋月如珪应制》等。

标志之一，便是弃中历而改用西历（近代以前曾以之称回历，这里取今义），弃年号（纪元）而改用西元（除日本外）。西历就是西洋历法，在中国又称"新历"、"阳历"、"公历"，但都不确切。早期的西历由古希腊人发明，不是很合理①。后来的西历已经过了改良，先有前45年起用的"儒略历"（西历旧历），后有1582年起用的"格里高利历"（西历新历）。自19世纪后期起，随着西洋列强的逐渐称霸世界，西历为全球大部分地区所采用。

与西历密不可分、而又后于西历产生的，是西元。所谓"西元"，其本义是"耶元"，由号称英国第一位学者、神学家、史学家比德（Bede，673—735）创立。他在《时间之性质》一书中，发展了基督教史学的奠基者攸西比厄斯（Eusebius，约260—340）的纪年法②，提出以传说中的耶稣基督诞生之年（其实这是始终都弄不清楚的）为元年，之前为"基督以前"（Before Christ，缩写为B.C.），亦即现在常说的"西元前"（公元前），之后为"主之生年"或"我主纪年"（Anno Domini，缩写为A.D.），亦即现在常说的"西元"（公元）。在他自己的著作中，如《英吉利教会史》，即采用了这种纪年法，中译本分别译为"主降生前"、"主历"③。这种纪年法先是逐渐成为基督教国家的通用纪元，后来随着近五百年来西方的称霸世界，而逐渐被世界上大多数国家所采用④。

19世纪法国史学家勒南（Ernest Renan，1823—1892）的《耶稣传》（1863），努力把耶稣还原为历史人物，但他也搞不清楚耶稣的出生日期，所以只能含糊其辞地糊弄过去："他出生的确切日期不得而知……而所有文明

---

① 还在希罗多德（前484—前430/前420）时代，他就已经指出了其缺陷，甚至不及埃及人的历法："埃及人在全人类当中第一个想出了用太阳年来计时的办法，并且把一年的形成时期分成十二部分……在我看来，他们计年的办法要比希腊人的办法高明，因为希腊人每隔一年就要插进去一个闰月才能使季节吻合，但是埃及人把一年分成各有三十天的十二个月，每年之外再加上五天，这样一来，季节的循环就与历法相吻合了。"（希罗多德《历史》，王以铸译，北京，商务印书馆，1985年，第110—111页）

② 一说西元525年，教会史家狄奥尼修斯也推断耶稣生于古罗马纪元754年，遂定该年为基督元年，也就是西元元年。

③ 比德《英吉利教会史》，陈维振、周清民译，北京，商务印书馆，1991年。

④ 在法国大革命时期，一度曾废除此历，而改用"共和历"："共和历开始使用了。由于'基督教的时代是一个充满谎言、欺诈和蒙骗的时代'，以基督降生来计算年代的办法废除了；时间从1792年算起，把星期改为旬日，并建议把各个以圣者名字命名的日子改以农具和有用的家畜命名。"（勃兰兑斯《十九世纪文学主流》第三分册《法国的反动》，张道真译，北京，人民文学出版社，1986年，第28页）

的人都是从他诞生这天起计算年代的。"①这个说法很典型地反映了西元（耶稣纪元、基督教纪元）的那种自相矛盾，而"所有文明的人"的说法在当时只是井蛙之见，可惜时至今日包括中国在内反而成为了现实。

由此而言，这种纪年法似不宜称为"公元"，而宜如港台地区那样称为"西元"（或如日韩那样称为"西纪"），甚至可以称为"耶元"（正如台湾地区不称"圣诞"而称"耶诞"），以提醒我们注意其宗教性质②。相应地，"西历"也不宜称为"公历"。整个东亚汉文化圈，除中国大陆外，其实都称"西历"、"西元"（或"西纪"），而不称"公历"、"公元"③。

从1873年日本率先改用西历，到1896年朝鲜半岛改用西历，到19世纪末越南改用西历，到1912年中国本土最终改用西历，短短四十年间，东亚各国完成了从中历到西历的转变。

原来曾经使用传统中历的日本，在明治维新后全面改弦更张，在东亚各国中率先改用西历。1871年缔结的《中日修好条规》，结尾的缔约日期还是中历："同治十年辛未七月二十九日/明治四年七月二十九日"，仍是圆仁所说的"虽年号殊，而月日共同"；但仅过了一年多，明治五年（1872）十一月九日，天皇下诏改历，以是年（中历）十二月三日为明治六年（1873）（西历）1月1日④。

---

① 勒南《耶稣传》，梁工译，北京，商务印书馆，2010年，第82—83页。
② 早期在华西人也自称"西历"，如上海公共租界工部局布告，落款时间即署"西历"某年月日。在中国的出版物也常中西历并用，如英国圣公会教徒傅兰雅编的《格致汇编》，内封上并列印着"中历光绪二年春季"、"西历一千八百七十六年春季"。
③ 中华人民共和国成立前夕，1949年9月27日全国政协第一届全体会议协商决定，采用世界大多数国家通行的公历和公元。这是"公历"和"公元"之称首次正式出现在中文里。顾名思义，"公历"即是世界通用的历法，"公元"即是世界通用的纪元——通过加上"公"这个具有"普世"含义的字，我们无形中奉"西历"和"西元"为"世界正统"。
④ 对于日本改历之事，当时中国的士大夫颇不以为然。如1878年2月15日，驻日公使何如璋履任不久，即在与日人宫岛诚一郎（1838—1911）的笔谈中，表达了不以为然的看法："贵政府改从西法，以求富强，亦是救时之策；惟改服制与历朔，二者似为过计。"（刘雨珍编校《清代首届驻日公使馆员笔谈资料汇编》，下册，第437页）黄遵宪《日本国志》卷九《天文志》则说明了不以为然的理由："余在日本与一友论改历事，余意改历似可不必……余谓中东两国沿用夏正已二千余年，未见其不便。且二国均为农国，而夏时实便于农。夺其所习而易之，无怪民间之嚣然异论也。"改历整整二十年后，黄庆澄《东游日记》（1893）仍云："甚至改正朔，易服色，虽贻千万邦之讪议而不之顾。"（收入罗森等《早期日本游记五种》，第239页）——所谓"千万邦"，乃极尽夸张之辞，无非东亚行用中历数国吧？薛福成《日本国志序》（1894）亦云："其改正朔，易服色，不免为天下讥笑。"此序作于其巴黎使馆任上，想来久已习惯了西历，可仍有此耿耿于怀之言。

由于其时中国还没有改历，所以日本改历以后有段时间，大约有四十来年，中日之间不仅年号殊，月日也不共同了，而日本与西洋则"虽年号殊，而月日共同"了。比如1876年，竹添井井（1842—1917）在华旅行，有《栈云峡雨日记》、《栈云峡雨诗草》等，其日记开头就说："以（明治）九年五月二日治装启行，即清历光绪二年四月九日也。"又其"五月二十三日"条末说："是日为清历五月朔。"特作此类说明，以日本改历不久，与中国"月日不共同"，恐中国读者不习惯也。

　　又如1877年，清朝首届驻日公使赴日，所有给日本的外交文书上，署的都是中历日期；而日人保留的笔谈记录上，署的都是西历日期。有时双方书函往来，日人自署西历日期，华人或署中历日期（黄遵宪等外交使节），或迁就对方署西历日期（旅日华人）①，各自的坚持和其间的差异甚为隐微。这是时间秩序变迁的标志，也是东亚世界崩溃的象征。1887年出游日本的傅云龙，在其《游历日本余纪》（1887—1889）里写道："（光绪）十四年戊子正月一日癸丑，是日本二千五百四十八年，为明治二十一年二月十二日，即西千八百八十八年二月十二日。"②除第二个日期为所谓"皇纪"③外，其余三个日期显示：日本与中国年号殊，月日不共同；日本与西洋年号殊，而月日共

---

　① 参见刘雨珍编校《清代首届驻日公使馆员笔谈资料汇编》。由此当然会带来不便。比如《庚辰笔话》第三卷第十九话，时间是中历（光绪五年）己卯十二月二十日，西历1880年1月31日。张斯桂说："明年仆欲往热海一游。"源桂阁问："曰'明年'，则庚辰欤？辛巳欤？"盖其时日本虽仍使用传统干支，但已改为按西历年起算，所以他们笔谈时，中国仍是己卯年，而日本已是庚辰年，也就是说，张斯桂的"明年"是庚辰年，源桂阁的"明年"是辛巳年，所以源桂阁有此困惑，发此疑问。又如《庚辰笔话》第八卷第五十七话，时间是中历（光绪六年）庚辰三月二十三日，西历1880年5月1日，源桂阁很高兴结识新近来日的黄钧选："何星使尝告仆曰，三月名士黄某新来。"黄钧选连忙否认："星使所谓三月新来之名士，乃仆同族之人，仆是二月来也。"源桂阁大概笑了："二月即敝历三月，星使所言决在先生，岂何更索？"这就是"月日不共同"给两国文人带来的新麻烦，这在两国交往史上可是从来没有过的。又，也正因此，在笔谈时或往来书信中，为礼貌起见，甚至出现了"贵历"、"敝历"之类敬语或谦语，颇堪发噱，除上话外，又见《庚辰笔话》第五卷第三十六话、第三十八话，第六卷第四十二话等。

　② 收入罗森等《早期日本游记五种》，第162页。故其作有《中国日本月朔表》，见同上书，第173页。

　③ 日本自明治维新伊始，即弃用中历改用西历，且"仿西人以耶稣降生纪元之例，又以神武即位之元年辛酉（前660）为纪元之始……尔后凡外交约条、内国政典，每冠以是称"（黄遵宪《日本国志》卷首《中东年表》）。这是东亚"时间秩序"改变的标志之一，也是传统的"东亚世界"崩溃的象征。

同。近代东亚时间秩序的巨变,就体现在这几个日期里了。

改历彻底到了社会生活的所有层面:中历的元旦专用于西历的岁首(后来中国也一样),而彻底放弃了中历岁首;中历正月初七的人日,改在西历1月7日(七草节);中历三月初三的上巳,改在西历3月3日(三月节、女儿节);中历五月初五的端午,改在西历5月5日(男孩节);中历七月初七的七夕,改在西历7月7日(たなばた,乞巧日),作为情人节;中历七月十五中元的盂兰盆会(お盆),或改在西历7月15日(俗称"新盆",主要是东京、横滨、静冈等地区),或改在西历8月15日(俗称"月迟之盆",上述以外的本土其他地区)——只有冲绳地区仍坚守中历七月十五日(俗称"旧盆")①;中历八月十五的中秋,没法改到西历8月15日——因为那天晚上不一定有满月,便只能改到西历9月的某个月圆日(月见),具体日期自然每年不同。中历九月初九的重阳节,又称菊花节,没法改到西历9月9日,因为那时离菊花开花还早,所以改历以后就废除了②。当然,改变的过程也是相当漫长的,在日本偏远的农村里,直到二战结束后不久,还保存着按中历过传统节日的习俗③。

琉球国史《中山世谱》,记载琉球与中国关系的"正卷",记事止于清同治十三年(1874);记载琉球与日本关系的"附卷",止于清光绪二年(1876)。此后不久,1879年,琉球即被日本吞并,从此自然只能"奉正朔"于日本,跟

---

① 《新概念英语》(New Concept English)里的《亡灵返乡》一课,甚至把它算作日本的固有节日,让中国读者读来不胜嘘唏。

② 黄遵宪《日本国志》卷九《天文志》云:"太政官又布告曰:'今奉旨改历……所有从前祭日,当以旧历月日比照新历月日校定颁行。'"又云:"所有旧定之正月人日、三月三日、五月五日、七月七日、九月九日均令停废。"毅平按:除九月九日停废外,其余节日似均未停废,只是挪到了西历同月日。傅云龙《游历日本余纪》曾记载二例:"(十二月)二日(毅平按:此为中历)……忽瞥火树烛天,则焚木祀神也。其日为西纪一月十五,非行夏时之一月十五矣,而犹沿旧俗。"是以西历之1月15日,行原来中历上元之仪式。"(三月)二十五日(毅平按:此为中历),中国立夏,即西纪五月五日也,日本民间犹沿端阳旧名,而以此日当之。"(收入罗森等《早期日本游记五种》,第140、177页)是将原来中历之端午,挪到了西历5月5日。凡此均可证黄氏所言不确。

③ 黄遵宪《日本国志》卷九《天文志》云:"惟所颁新历,附注旧历于下,以便农时。而农家以沿用夏正已久,颇为不便,既又编太阳历授时表,布之民间。"除元旦外,还有一些节日,也仍从中历,1887年出游日本的傅云龙,在其《游历日本余纪》中曾记载二例:"(十二月)三十日(毅平按:此为中历),为日本纪元节,在官一例休息。此犹沿旧纪之一端。""(正月)十日(毅平按:此为中历)……是日祀蛭子神。日本旧俗,于中国正月十日祀之,犹中国祀财神意也。"(收入罗森等《早期日本游记五种》,第161、168页)

着日本用西历和日本年号了。但在琉球的民间,还是继续并用中历——冲绳地区至今坚守"旧盆",就是一个典型的例子①。有琉球学者提到,潮水的涨落与月相关系密切,靠海吃饭者都重视使用中历,自己的祖父辈都是渔民,母亲也擅长中西历并用,家祭之类全部依照中历②。

朝鲜末期的1895年末,以当年中历十一月十七日为西历1896年1月1日,从此,朝鲜半岛告别了已使用了约两千年的中历,开始使用西历;与此同时,朝鲜高宗"建元称帝",建"建阳"年号,以1896年为"建阳元年"。这是时隔一千二百四十六年后,朝鲜半岛恢复行用自己的年号。此事当然具有象征意义,那就是朝鲜半岛对中国从此不再"奉正朔"。就在此一年多前的1894年夏,清朝在甲午战争中败北,1895年4月17日,清日在日本下关的春帆楼签订《马关条约》,清朝宣布放弃对朝鲜半岛的宗主权。随着清朝因国力衰弱、处处挨打而从周边地区全面退缩,传统中华文化的影响也像潮水般从那些地区撤出。发生在1895年岁暮的朝鲜半岛的改历(以及复行自己年号),不过是其中的一朵小小浪花。不过,虽然朝鲜半岛改用了西历,但中历在社会生活中仍发挥着重要作用,一开始还双历并用。传统节日当然仍用中历,个人生日大都也用中历,只有例行公文署西历日期。正如黄玹(1855—1910)《梅泉野录》卷二"建阳元年丙申(1896)"条所云:"始改时宪书,称《时宪历》,列书国忌祀典庆历之旧节于上栏之外,太阳历、日月火水木金土于下栏之外;公私遵行皆因阴,而惟朝野文移署阳历月日。盖习惯数千年,难乎猝变也。"③

越南改用西历的具体日期不详,应在19世纪末,即法国殖民统治开始以后。1867年,法国建立法属交趾支那殖民地;1883年,越南接受法国"保

---

① 琉球民间不仅有可能继续使用中历,甚至会在一段时间内继续使用中国年号,正如朝鲜民间在明清交替后所做的那样。如冲绳县石垣市八重山博物馆所藏琉球抄本《二十四孝》,内封右侧有琉球抄写者的题署"大清光绪五年己卯六月十日书之也",其日期已在日本正式吞并琉球(1879年4月4日)后数月;该书外封上又依稀可辨"光绪八年"等字样,更是在琉球失国的三年以后(参见陈正宏《琉球本与福建本——以〈二十四孝〉、〈童子摭谈〉为例》、《琉球故里访书记》,均收入其《东亚汉籍版本学初探》,第166、276页),但"大清"国号、年号及中历一仍其旧,似全不存在被日本吞并一事者,极为鲜明地表现了琉球民心之向背。
② 参见比嘉政夫《冲绳からアジアが见える》,第149页。
③ 收入韩国国史编纂委员会编《韩国史料丛书》第一辑,首尔,探求堂,1971年。

护";1885年,清朝承认法国对越南的"保护",中越之间的宗藩关系正式结束;1887年,越南并入法属印度支那联邦。西历随着法国殖民过程逐步进入越南,政府机关的例行公文等被要求使用西历,而从王室到民众的社会生活中仍用中历,跟黄玹所说的朝鲜半岛的情况非常相似。这种并用状态持续了很长时间,直到20世纪中期,北越政府决定正式使用西历。而传统的岁时节日仍按中历来过,1975年南北越统一后还是这样①。有些传统节日,如清明节,现在越南已经式微②。

1912年,随着民国的建立,中国本土最终也弃用中历,改用西历,进入了西方的时间秩序。孙中山就任中华民国临时大总统后,宣布将黄帝纪元4609年十一月十三日(西历1912年1月1日)作为中华民国元年元旦,停用黄帝纪元,西元和民国纪元并行,历法采用西历。1914年,又移中历岁首"元旦"之名于西历岁首,中历岁首改称"春节",此后沿用至今。1949年新中国成立,仍用西历(号称"公历",但并未废除中历),不建年号,而用西元(号称"公元")。而在民间、民俗和生活层面上,中历仍发挥着重要作用,老百姓仍于中历岁首"过年"。每年波澜壮阔的"春运",祭扫祖先的清明,对月思乡的中秋等,就是中历存在的最好证明。

1996年1月7日,中历为(1995)十一月十七日,是朝鲜半岛改历百年纪念日,是日前后,韩国各大报刊纷纷推出纪念文章,其中不时可以听到缅怀中历的声音:"传统的阴历并不是纯阴历,而是太阴太阳历,非常合理;而西方的阳历却有很多问题,它在全世界的通用,不过是西方帝国主义的副产品。"③"我们抛弃传统的阴历(月历),改用西洋的阳历,就像把我们的钟表按西洋时间拨过,使我们接受了西洋的世界观,编入了西洋主导的世界秩

---

① 就像历史上把中国历法改称为越南历法一样,也像韩国把传统中药改称为"韩药"一样,据说越南也已把传统中历改称为"越历"了。这也是一个充分的理由,我们该把中国历法明确称为"中历"了,而不再"夏历"、"阴历"、"农历"、"旧历"地随意乱叫,否则人家拿去一申遗,我们又该追悔莫及了!

② 陈益源同上文认为,此乃近代以来越南脱离中国影响所致,固为确论;惟越南四季不分明,仅有雨季、旱季,故在中国踏青意味浓厚的清明节,在越南就不那么切合自然环境、气候特点,或许也为清明节在越南式微的原因之一? 又,梅园段展《安南风俗册》载节令风俗后按云:"寒食之后,凡五小节,惟端阳稍重,不应尽省,余四节多仿北人,无甚重关,徒增烦费,可以省之。"

③ 载1996年1月6日《东亚日报》。

序……天文学家们主张,我们过去常用的阴历比西洋的太阳历更科学。现用的西洋太阳历是人为修正过的历法(为了适应复活节的日子)。可惜世界已经由太阳历的时间秩序统一了,因而无法再主张恢复使用阴历。但是以为阴历是非科学的迷信的误解应该受到清算,因为不知什么时候会出现新的世界力量,废止阳历也有可能。"①所谓"传统的阴历",其实就是中历,除了此说法可以理解地不妥以外(可我们自己不也在自称"阴历"吗),他们的观点非常富于启发性,一言以蔽之,就是东亚现在奉西洋(耶稣)正朔了,而这是西方帝国主义的副产品。到 2012 年,中国改历也将迎来百年纪念。对于改历的意义,我们是否也该有所反思呢②?

在讨论东亚各国的改历时,似有必要参考西方视角。早在 17 世纪末,法国耶稣会传教士李明(Louis Le Comte,1655—1728)的《中国近事报道(1687—1692)》(Nouveaux mémoires sur l'état présent de la Chine 1687–1692)就已经指出,对于悠久的中国历史而言,《圣经》的日历也是不够用的:"甚至拉丁文《圣经》为我们划分的时间,对于验证他们的年表也是不够长的。"③二百多年后,勒南之后的法国作家谢阁兰(Victor Segalen,1878—1919),比勒南前进了何止一大步,在其散文诗集《画》(Peintures,1916)的《帝王图》"西汉的禅让"里,用中国历史的悠久和耶稣纪元的滞后,讽刺了用耶稣纪元定位中国历史的荒诞:"倘若你们当中哪位心生好奇,想知道华夏历史的这个关头对应着蛮人历史中的哪一刻,我就告诉他,在王莽乱政的时代,西方诞生了一个圣人,从此被罗马人奉为唯一的真神与保护神:这就是耶稣。此后,这些不臣于华夏的蛮夷便以耶稣的生年为起点计算宇宙纪年。(这使他们有时不得不倒着数;说什么第一个朝代,古老的夏朝,起始于'时间开始前两千两百零五年'!)他们就这样让绵亘的时间之流在此处断

---

① 载 1996 年 1 月 7 日《东亚日报》。正如该韩国学者所说,西历是太阳历,只反映太阳变化,不反映月亮变化(潮汐变化),这也是它的一个缺陷,是其不及中历之处。我曾有过一本法国年历,上面周而复始地画有新月、满月、残月、晦(无月)的标志,与我们中历的朔望一致,估计以此来弥补太阳历的缺憾,也给伊斯兰教奉者提供方便。

② 毅平按:除了笔者的文章外,好像没见到什么反思。

③ 李明《中国近事报道(1687—1692)》,郭强、龙云、李伟译,郑州,大象出版社,2004 年,第 119 页。

了片刻。"①也就是说,所谓"西元",把悠久连贯的中国历史分割为西元前和西元后,没有任何意义。连西儒都觉得荒诞的"西纪"、"西元",我们也的确应该像韩国人那样好好反思了。

（本文2010年2月4日立春日讲于上海市静安区"白领学堂";后根据讲稿整理成文,原载2010年4月11日《新民晚报》"国学论谭"版;收入祝鸣华编《国学论谭》,上海,文汇出版社,2015年。续有增补,本书收入的是增补稿）

---

① 谢阁兰《画》,黄蓓译,上海,上海书店出版社,2010年,第152页。邵南按:"不臣于华夏的蛮夷"原作"不从属于华夏的蛮夷之邦","时间开始前"原作"公元前",参照上下文意及法文原文改。因谢氏有意采取中国视角（哪怕是嘲讽性的）,说古罗马不但不在华夏的疆域之中,乃至于不肯称臣朝贡,可证其偏远、野蛮之甚。"公元"法语原作"l'ère"。但"公元"名为"公",实令人想起"西元"。法语中对应"西元"的是"notre ère",或者"ère chrétienne",前者即"我们的纪元",后者即"耶稣纪元",是比较规范的称法,本意并不视之为宇宙公理;但也习惯径称为"l'ère",即"纪元",有点想要"普世"的意思。谢氏故意用简称,是讽刺西人"以耶稣的生年为起点计算宇宙纪年",以至于中国的夏朝变成了"时间开始前"（耶稣诞生前）两千多年,足见其荒谬可笑。故"l'ère"一词实即与"宇宙纪年"同义的另一表达。但中国读者倒是太习惯了"公元"的表述,因而感受不到"公元前"一词中隐含的荒谬了,所以我们把"公元"还原为"时间开始"（耶稣诞生）,"公元前"还原为"时间开始前"（耶稣诞生前）,以凸显谢氏对西方纪元的嘲讽之意。毅平按:与此堪称对照的是,一方面,西人把耶稣纪元"普世"化为宇宙纪年,另一方面,则把中国式"天下"缩水为"东亚"（East Asia）、"中国"（China）甚至"远东"（Extrême-Orient）,而绝不肯径称之为"世界"（world、monde）,参见本书所收拙文《"天下观"之争》、《东亚文化中的〈九云梦〉——以中国出版的几种〈九云梦〉为中心》等。

雪月花时最忆君

1968年,川端康成(1899—1972)获得诺贝尔文学奖,获奖代表作《雪国》《千羽鹤》《古都》。这是日本作家第一次获得该奖,也是继泰戈尔之后,第二个获得该奖的亚洲作家。

在当年末举行的诺奖颁奖典礼上,川端康成作了题为"我在美丽的日本"的获奖演说。在这篇著名的演说中,川端康成介绍了在原行平、小野小町、紫式部、清少纳言、和泉式部、赤染卫门、永福门院、西行法师、亲鸾、道元禅师、明惠上人、良宽、一休、池坊专应、千利休、芥川龙之介等代表日本文化的名人,禅宗、庭园、茶道、插花、古伊贺陶瓷、书道、东洋画、和歌、物语等代表日本文化的事物,向西洋人展示了眼花缭乱的日本文化传统,一个琳琅满目的"日本的美"的世界。而其所宣示的"日本的美"的核心,尤在对自然美的敏锐感受,以及与之交织的人情之美。他用一句诗来概括和表达这种"日本的美":

> 以研究波提切利而闻名于世、对古今东西美术博学多识的矢代幸雄博士,曾把"日本美术的特色"之一,用"雪月花时最怀友"的诗句简洁地表达出来。当自己看到雪的美,看到月的美,也就是四季时节的美而有所省悟时,当自己由于那种美而获得幸福时,就会热切地想念自己的知心朋友,但愿他们能够共同分享这份快乐。这就是说,由于美的感动,强烈地诱发出对人的怀念之情。这个"朋友",也可以把它看作广泛的"人"。另外,以"雪、月、花"几个字来表现四季时令变化的美,在日本这是包含着山川草木,宇宙万物,大自然的一切,以至人的感情的美,是有其传统的。日本的茶道也是以"雪月花时最怀友"为它的基本精神的,茶会也就是"欢会",是在美好的时辰,邀集最要好的朋友的一个良

好的聚会。①

当我第一次读到这篇演说,尤其是以上这一段时,有一种难以言说的震动:川端康成这篇以向西洋人介绍"日本的美"为主旨的演说,用来概括和表达"日本的美"的诗句"雪月花时最怀友"(日文原文为"雪月花のとき、最も友を思う"),却恰恰来自中国唐朝诗人白居易的诗歌②!白居易诗句原作"雪月花时最忆君",矢代幸雄、川端康成引用时,把特指对方的"君",改成泛指朋友的"友",更看作广泛的"人",使其关涉范围更广,但基本意思不变。白居易此诗作于唐大和二年(828),距川端康成引用它的1968年,整整相隔了一千一百四十年!一句古老的唐诗,经过日本作家之口,在西方世界悠然醒转。

作为一个中国人,看到这样的引用,第一反应当然是巨大的自豪感:在这样一个日本人引以为荣的场合,川端康成却用中国的诗句来表达"日本的美",这说明中国文化对日本的影响是多么的巨大!与此同时,白居易的这句诗,也像打上了耀眼的聚光灯,其中所蕴含的自然美和人情美,不禁让我们刮目相看,更多了一层新的体悟与感受。当然,心里也不免隐隐狐疑:矢代幸雄、川端康成知道它是中国的诗句吗?在这样一个民族主义盛行的时代,他们作为日本人这么引用合适吗?

但不管他们知道不知道,作为中国人,我们知道这一引用的历史文化背景,那就是日本千百年来对于中国文化的受容。白居易诗歌从平安时期开始在日本的流传和影响,只不过是这一历史长河中的一朵小小的浪花;而矢代幸雄和川端康成的引用,则不过是这朵浪花的现代之舞。

白居易的这句"雪月花时最忆君",与其上句"琴诗酒伴皆抛我"一起,以"联"的形式(平安文人欣赏汉诗的一种方式),收入大江维时(888—963)编的《千载佳句》(925—929)卷上"人事"部"忆友"类,又收

---

① 唐月梅译,收入《川端康成小说选》,叶渭渠译,北京,人民文学出版社,1985年,第698—699页。
② 《白居易集》卷二十五《寄殷协律》。

入藤原公任(966—1042)编的《和汉朗咏集》(约 1018)卷下"交友"类。这两部和汉佳句选集,是平安文人受容汉文学的指南和津梁,千百年来,汉诗佳句通过它们在日本广泛传播。但在中国,几乎所有的流行选本中,都没有收入过白居易此诗①。这也许是因为,此诗虽有佳句佳联,全诗却不过平平而已;也许更是因为,即使其中的佳句佳联,也不过是"吟风弄月"而已。

白居易诗歌传入日本以后,风靡了整个平安文坛,而同时传入日本的其他唐代诗人的诗歌,包括李白、杜甫的诗歌,则对平安文学没有发生什么大的影响②;在白居易的诗歌中,最受欢迎的不是"为民请命"的讽喻诗,而是"吟风弄月"的感伤诗③。虽然后来日本的汉学家一再提醒国人:别沉溺于白居易的感伤诗,诗人自己最重视的其实是讽喻诗;也别一窝蜂地"粉"白居易,李白、杜甫在中国的地位更高……但日本的非汉学家们好像并不买账,矢代幸雄、川端康成便是现成的例子。

白居易的文学观原本是重讽喻、轻风月的,主张"文章合为时而著,歌诗合为事而作",批评梁陈诗"率不过嘲风雪,弄花草而已",批评李杜诗"索其风雅比兴,十无一焉……亦不过三四十首",自认为最得意之作是《新乐府》、《秦中吟》。但事与愿违,在唐代,他最受欢迎的却并不是讽喻诗,而是感伤诗和杂律诗,《长恨歌》、《琵琶行》尤其脍炙人口:"今仆之诗,人所爱者,悉不过杂律诗与《长恨歌》已下耳……至于讽喻者,意激而言质,闲适者,思澹而词迂,以质合迂,宜人之不爱也。"当时喜欢他讽喻诗的只有三个人,

---

① 检索"中国基本古籍库",清代以前选本似没有选入此诗的;清康熙时杜诏选《中晚唐诗扣弹集》,徐倬选《全唐诗录》,乾隆御纂《唐宋诗醇续录》,此诗始见收入,但这些大都是流传很少、无甚影响的选本。《佩文韵府》"君"字下收有此句;吴仰贤《小匏庵诗话》卷一"香山律诗句法多新创"云云,首例引此联;宝廷集句有"相思相见知何日,雪月花时最忆君"之句;可见有些清人或比较熟悉此句。

② 杜甫的文集甚至失载于反映9世纪末以前传入日本的汉籍之大成的藤原佐世的《日本国见在书目录》(891)。大小李杜的诗句均不见于反映平安文人趣味的中日汉诗文佳句及和歌佳句选集《和汉朗咏集》(约1018),而白诗佳句则占了其中唐诗佳句全体的三分之二以上篇幅。

③ 也不是说讽喻诗就完全没有市场,比如当时也有辅仁亲王的《见卖炭妇》、藤原忠通的《卖炭翁》等,后来江户时期也有田能村竹田的《卖瓮妇》、坂井虎山的《卖花翁》等,但这些毕竟都不成气候。此外,日语文学也有受到《卖炭翁》影响的,参见近藤春雄《白氏文集と国文学:新乐府・秦中吟の研究》,东京,明治书院,1990年,第220—221页。

不幸两个还刚喜欢上就死了,剩下一个元稹也因此"十年来困踬若此",于是他不得不寄希望于千百年后(以上均见《与元九书》)①。就此而言,平安时期的文学风尚与唐代殊无不同。

但宋代的文学风尚变了,诚如明人李梦阳所云:"宋人主理,作理语,于是薄风云月露,一切铲去不为。"②这一看法是否符合宋诗的实际是可以讨论的,但批评宋诗"薄风云月露"还是一针见血的。其时祝允明也曾断言"诗死于宋",具体言之,"诗忌议论,而宋诗以议论为高"③。祝允明所谓"议论",其实也就是李梦阳"理语"之意。文学风尚的这一变化,本来符合白居易的"理想",可以说他对未来的希望,在宋代终于变成了现实。但具有讽刺意味的是,宋人又不满意白居易没有将讽喻进行到底,连篇累牍的都是迎合一般读者的通俗之作:"初,颇以规讽得失。及其多,更下偶俗好,至数千篇。"——他对李杜的批评绕了一个圈子,又被送还给了他。所以,《新唐书》的白居易传比《旧唐书》的大幅缩水,评价也明显绵里藏针,暗存讥讽④。

宋以后对于白居易诗歌的评价,总体上是宋式看法占了上风。即使到了今天,在对白居易诗歌的评价上,还基本上唯宋人马首是瞻。1949年以后,曾把白居易誉为"人民诗人"加以褒扬;而矫枉者又以为,白居易留下的约三千余首诗中,只有百来首是"为民请命"的,其余都不过是"吟风弄月"之作,所以他称不上是"人民诗人"。其实两派意见的评价标准都是一样的:"为民请命"的才是好诗,"吟风弄月"则无甚价值。

是的,在中国,"雪月花",或加上"风"的"风花雪月",或去掉"雪",加上"风"、"鸟"的"花鸟风月",或者其简称"风月"(如旧时茶馆里张贴的"莫谈国事,只谈风月"),或者加上动词的"吟风弄月"……历来都是含有贬义的词语;而在日本,就像川端康成所阐发的,"雪月花"代表了四季与自然的美,是非常正面、优美、抒情的意象(日本的百年老铺多有以"风月"命名者,

---

① 《白居易集》卷四十五。
② 《空同集》卷五十二《缶音序》。
③ 《祝子罪知录》卷九。
④ 新旧《唐书》白居易传的异同,及其背后所反映的唐宋文学观的差异,最早得之于王运熙先生的课上。谨此说明,以志纪念。

此刻我手头就有一把店名"风月"的广告扇)①。

从川端康成的演说也可以看出,我们认为无甚价值的"吟风弄月",在日本却结出了累累硕果,构成了"日本的美"的核心,使插花、茶道等等名扬世界,也让川端康成站上了诺奖领奖台。

其实,即使在中国的文艺(如诗词书画)中,"吟风弄月"也一向不缺少杰作佳构;即使宋人"主理"、"作理语","吟风弄月"也不过是换了个场所,在词里继续大行其道,为文人和世俗所钟爱;即使在今日的中国,人们最喜爱的白居易诗歌,一如唐朝,还是《长恨歌》、《琵琶行》等,而不是"为民请命"的讽喻诗("人民"好像一向不领情于诗人的为他们"请命")。但古今主流的评价标准,却好像故意要闹别扭,每喜作矫情违心之论。就像白居易对自己的作品,"时之所重,仆之所轻"(《与元九书》),自己硬要跟自己过不去——何必呢!

也许是时候了,让我们在主流的"为民请命"的价值之外,正视非主流的"吟风弄月"的价值,让中国文学更为丰富多彩,让中国文化更为博大精深。

顺便说一句,就白居易个人而言,两相比对,不得不得出结论说,他的真正知音,与其说是在中国,不如说是在日本。但想象一下,如果他穿越千年万里的时空,来到瑞典的斯德哥尔摩,聆听川端康成的获奖演说,听说自己的诗代表了"日本的美",又会作何感想呢?是洋洋得意,沾沾自

---

① 日本当然也会有类似中国的载道文学观,尤其是在朱子学盛行的江户时期。如林鹅峰激赏辅仁亲王的《见卖炭妇》诗道:"林子曰:是效居易咏卖炭翁,句意共可也。卖炭妇,人人皆见之,然未闻咏之者。辅仁以亲王之贵,不赋红袖之妓,注心于破村贱妇,以风流之趣,匪啻弄花鸟而已,怜卖炭之斑白,其才识可谓高也。以是广推之,则有补于政教乎……以予见之,则此一首,与得长寿院妄费国用,岂唯天壤悬隔而已哉!"(《本朝一人一首》卷六)也讽刺了一意"弄花鸟"的现象,而主张诗歌要"有补于政教"。进入明治时期,小野湖山(1814—1910)的《论诗》诗也推崇白居易的讽喻诗:"诗人本意在箴规,语要平常不要奇。若就先贤论风格,香山乐府是吾师。"(《湖山楼诗钞》卷三)但这样的诗歌这样的评论,在日本文学史上不占主流。又,1878 年 6 月 2 日,宫岛诚一郎(1838—1911)在与何如璋笔谈时说:"凡汉学之要,始于修身,终于治国,而所主常在道德。敝国学者之弊,或好谈论时势,或徒嘲弄风月,至学问之大要,漠然不顾,而不与政事交涉,宜哉为忧世者所排斥也。"(刘雨珍编校《清代首届驻日公使馆员笔谈资料汇编》,天津,天津人民出版社,2010 年,下册,第 446 页)其所言日本学者之弊,也指出了"徒嘲弄风月"的特点;而宫岛诚一郎本人,则表达了类似中国的载道文学观。但这同样不是主流的意见。

喜,说"知我诗者,其在扶桑"? 还是一脸尴尬,哭笑不得,说"倭之所重,仆之所轻"?

2011 年 9 月 3 至 5 日完稿

(本文节选原载 2011 年 11 月 1 日《文汇报》"笔会"版;全文收入《仰止集——王运熙先生逝世周年纪念集》,上海,上海古籍出版社,2015 年。续有增补,本书收入的是增补稿)

日本文献里的中国

引　　言

各位朋友,今天给大家报告的题目是"日本文献里的中国"①。这个题目非常大,只是给出了一个范围,有关的文献资料汗牛充栋。所以,我只能在这个范围里,就自己平时感兴趣的方面,给大家做一些粗浅的介绍。

我选择的主要是文化方面,尤其是文学方面的交流。即使文化方面的交流,涉及的内容也非常多,非常广。这次因为我们限定于日本的和汉文献,所以大量的中国文献基本上不使用。其实早期的中日文化交流的史料,主要是保存在中国文献当中的,但因为日本的文献我们平时可能接触得比较少,所以重点给大家介绍一下。

中日文化的交流大概差不多有两千年的历史,而比较频繁的交流有一千五百年的历史,因为涉及的时间段比较长,所以我们选取一些片段,来给大家做介绍。

我们会经常提到"汉字"、"汉诗"、"汉文"、"汉文学"、"汉文化"等概念,应该说其中的主要部分是中国字,中国诗,中国文章,中国文学、中国文化。但是因为在东亚的历史上,"汉字"、"汉诗"、"汉文"、"汉文学"、"汉文化"都是比中国的疆域更宽泛、更广大的概念,所以我们尊重历史的传统,还是用这样的表述法。因此你们会看到,可能用"汉"的地方比用"中国"的多,这是要事先说明的。

---

① 本文 2013 年 5 月 19 日讲于上海图书馆"域外文献里的中国"系列讲座,后根据讲稿整理成文并续有增补。

"鲍小姐生长澳门,据说身体里有葡萄牙人的血。'葡萄牙人的血'这句话等于日本人自说有本位文化,或私行改编外国剧本的作者声明他改本'有著作权,不许翻译'。因为葡萄牙人血里根本就混有中国成分。"这是钱钟书《围城》里的一段话①。看钱钟书的意思,日本人自说有本位文化,那是个虚假的命题;那真实的命题就是,日本没有本位文化②。钱钟书这个话说得刻薄啊!《围城》里头有很多刻薄的话,说日本人,说越南人,说法国人,当然更多的是说中国人,都有很多刻薄的话。我引证《围城》这一段的时候,特地去找了日译本《结婚狂诗曲》③来对了一下,看看日译者把这句话译出来了没有。结果还是译出来的,对原文比较忠实。《围城》写于抗战胜利前后的上海(1944—1946),钱钟书"忧世伤生",心里肯定对日本有气,所以才把日本文化说得那么刻薄。无独有偶,差不多就在同时期的日本,1941 年 4 月,吉川幸次郎在一次讲演中抱怨,中国人的日本观的最大谬误,就是认为日本没有本位文化(钱钟书与他像是在隔空对掐)。他进而认为中日之间的类似误解,尤其是中国人看不起日本文化,是引起中国人的"排日"、"侮日",进而导致中日战争的深层原因④。从他的话里,看得出他心里也对中国有气;但在 1941 年那个时候这么说,诛心者以为无异于变相地为虎作伥。

抛开历史恩怨、意气之争不谈,钱钟书这个话其实我不能完全同意,因为世界上所有的文化,其实哪有什么本位文化?所有的文化,它都是在交流当中,在互相学习的过程中形成的。即使是中国文化,哪有什么完全中国自己的东西?像佛教的,像西方的外来影响都很大的。今天炒得沸沸扬扬的"国学",不是就没人搞得清楚其确切涵义和边界吗?所以对钱钟书这个话我不能完全同意。但是钱钟书的话也暗示了一点,那就是说日本的文化,它

---

① 钱钟书《围城》,北京,人民文学出版社,1980 年,第 13 页。
② 1980 年钱钟书在日本早稻田大学做讲座时,上来就声明"我是日语的文盲"(见其《诗可以怨》,收入其《七缀集》,上海,上海古籍出版社,1985 年,第 101 页)。据说他当年在清华大学外文系求学时,修习了当时该系开设的八门外语中的七门西语,唯独没有修习日语。所以对于他的这个发言,与其从事实层面,毋宁从情感层面来理解,似更为恰当。
③ 《结婚狂诗曲》,荒井健、中岛长文、中岛みどり译,东京,岩波书店,《岩波文库》赤版 37, 1988 年。
④ 吉川幸次郎《支那人の日本观と日本人の支那观》,收入《支那人の古典とその生活》,东京,岩波书店,1944 年;又收入《吉川幸次郎全集》第二卷,东京,筑摩书房,1984 年。

其实大量的是从外面来的,这个外面,在古代的时候,主要就是指中国乃至朝鲜半岛。这个完全是对的。我们就把它做引子,先从早期的东渡移民讲起。

一、早期东渡移民

日本它本土的原住民,后来在北海道还有一些,它后来居民的主要成分,其实都是从外面移民进去的。他们自己有很多的说法,有的说主要是从朝鲜半岛过去的,有的说主要是从中国南方过去的,有的说主要是从东南亚过去的。我们来看看它的历史记载是怎么说的(但请注意,其中记载的具体年份都靠不住,只能姑妄听之,实际发生的时间可能更靠后一些①)。

日本最早的"正史"《日本书纪》(720)提到,205年,那个时候它俘虏了很多新罗人:"是时俘(新罗)人等,今桑原、佐糜、高宫、忍海,凡四邑汉人等之始祖也。"②

这里有一点很值得注意,即这些人来自朝鲜半岛,但又说他们是汉人始祖,这是什么意思呢? 其实很简单,在古代的东亚,中国的移民经常会跑到朝鲜半岛去,而朝鲜半岛的移民经常会跑到日本去。那么跑到日本去的这些移民,他们本来是朝鲜半岛的人,还是中国大陆的人,这个就搞不清楚了,但是可以理解为,早期的移民史就是这样一个情况③。在这个过程当中,日本大量的移民来自朝鲜半岛,主要是从百济、新罗过去的;朝鲜半岛大量的移民来自中国,主要是从辽东、山东过去的。这里的移民所自来的新罗,在现在韩国的东南部,也就是庆尚道,釜山、庆州那一带;旁边有一个国家叫百济,在现在韩国的西南部,也就是全罗道,光州、木浦那一带。大量的移民来自新罗和百济,但是那里大量的移民又来自中国,所以记载又说他们是汉人

---

① 现在一般认为,日本最初的十四代天皇,从神武天皇到仲哀天皇,即西元200年前的天皇,其真实性难以确认;接着的几代天皇中,如神功皇后、仁德天皇等,在位时间过长,也可能有水分,所以那段时期里发生的史事,其实际发生的时间,可能也要比记载的晚百年左右。
② 《日本书纪》卷九"神功皇后摄政五年(205)三月己酉(七日)"条。
③ 尤其是在前108年汉武帝征服古朝鲜、在半岛北部设立乐浪郡等以后,大量中国移民常因动乱等移居乐浪郡;而在313年乐浪郡等被高句丽吞并以后,许多来自中国的移民又移居半岛南部。

始祖(一说他们是汉高祖的后裔)。另外,在这"四邑汉人"里面,后来比较有名的是"桑原",如平安时期的桑原腹赤、都良香(本姓"桑原"),一直到日本近代的学界,有名的桑原骘藏、武夫父子,大概都是"桑原"的后代吧?

刚才说的是从新罗来的移民,下面再看283年从百济来的。前一条是"百济王贡缝衣工女":"百济王贡缝衣工女,曰真毛津,是今来目衣缝之始祖也。"①"贡"是朝贡、进贡的意思,不过这只是一种外交辞令,其实就是派来了或送来了(甚至掳来了)。这个来自百济的名叫"真毛津"的缝衣工女,成了日本裁缝行业"来目衣缝"系的始祖。为什么要引进外来裁缝呢,或者说,为什么堂堂"正史",连来了一个裁缝也要记载呢?这是因为在那以前,日本当地的人,他没有能力做衣服,做漂亮的衣服。老百姓的衣服,往往就是一麻布,上面挖一洞,往头上一套,腰里麻绳一扎,就那样的衣服②。在当时,做衣服,做漂亮的衣服,那都是高科技,所以必须从外面引进人才。

后一条是"弓月君自百济来归",这是日本史上的一件大事:"是岁,弓月君自百济来归。(弓月君)因以奏之曰:'臣领己国之人夫百廿县而归化,然因新罗人之拒,皆留加罗国。'爰遣葛城袭津彦,而召弓月之人夫于加罗。然经三年,而袭津彦不来焉。"③这个弓月君请大家记住了,他后来在日本的势力非常大。弓月君他不仅自己来,他的家族来,还要率自己手下的一百二十县百姓来(有人说他是夸大其词,其实"县"可以理解为部落)。但是因为新罗跟百济是死对头,所以就不让他们过来,把他们拦在两国之间的加罗国(即驾洛国、伽耶国,在今高灵、金海一带,日本史上称"任那")。日本派了一个使节过去,但是那个使节也不来了。两年后,285年,日本又派了精兵去,这下才解决了问题,把移民和使节都带了回来。"遣平群木菟宿祢、的户田宿祢于加罗,仍授精兵,诏之曰:'袭津彦久之不还,必由新罗之拒而滞之。汝等急往之,击新罗,披其道路。'于是木菟宿祢等进精兵,莅于新罗之境。新罗王愕之,服其罪。乃率弓月之人夫与袭津彦共来焉。"④

---

① 《日本书纪》卷十"应神天皇十四年(283)二月"条。
② 《三国志·魏书·东夷·倭人传》:"男子皆露紒,以木绵招头,其衣横幅,但结束相连,略无缝。妇人被发屈紒,作衣如单被,穿其中央,贯头衣之。"
③ 《日本书纪》卷十"应神天皇十四年(283)"条。
④ 《日本书纪》卷十"应神天皇十六年(285)八月"条。

下面是289年的一条记载:"倭汉直祖阿知使主、其子都加使主,并率己之党类十七县而来归焉。"①这是日本史上的又一件大事。这个阿知使主("使主"是朝鲜半岛的一种敬称,大约是部落酋长的意思)也请大家记住了,他后来在日本的势力也非常大,与弓月君一族的势力平分秋色。他这个移民不是一个两个地移,而是大量地移,带着十七县的乡亲们一起移过去。这些都记载在日本的"正史"里了。

现在大家知道,要移民很难,特别是移往"发达国家",它自己都有人口压力,所以不欢迎外来移民。但是在古代,地广人稀,人力资源是最宝贵的资源,尤其是"技术移民",更是广受欢迎。我记得差不多唐朝以前的战争,他们的一个目的,都是要抢夺对方的劳动力,如果战胜了对方,就把百姓都带回国去。梁惠王问孟子,我尽心尽力治国,邻国之政,远不如我用心,可"邻国之民不加少,寡人之民不加多"②,这是为什么呢?心理压力山大,就是因为缺人。238年,倭女王卑弥呼首次遣使魏朝献,所携带的礼物,为"男生口四人、女生口六人、班布二匹二丈",委实是可怜,使得魏明帝大受感动,连呼"哀汝",命之以"亲魏倭王",回赐了大量"好物"③。但看卑弥呼以男女"生口"为礼物,即可知当时人重视人口的观念。648年,唐太宗约新罗同灭高句丽,提出战后利益的分配方案:"山川土地,非我所贪;玉帛子女,是我所有。"④也就是说,作为唐朝出兵的条件,唐朝希望得到"玉帛子女",即高句丽的人口和财物。但是后来人口越来越多,才形成了人口压力,不欢迎外来移民。所以大家要理解,早期他们为什么欢迎移民,就是因为人口太少,尤其是有技术的人才太少,而且因为本国相对落后。

阿知使主到了日本以后,306年,日本又派他到"吴"来,目的仍是招募织布、缝衣工女。"遣阿知使主、都加使主于吴,令求缝工女。爰阿知使主等渡高丽国,欲达于吴。则至高丽,更不知道路。乞知道者于高丽,高丽王乃副久礼波、久礼志二人为导者,由是得通吴。吴王于是与工女兄媛、弟媛、吴

---

① 《日本书纪》卷十"应神天皇二十年(289)九月"条。
② 《孟子·梁惠王上》。
③ 《三国志·魏书·东夷·倭人传》。
④ 《三国史记》卷七《新罗本纪七》文武王十一年(671)载文武王报薛仁贵书。

织、穴(汉)织四妇女。"①四年后,310年,阿知使主等带着织布、缝衣工女回到了日本②。"吴"本来应指吴国,但那时吴国早已灭亡,所以这里应是指中国,或是指中国的江南。派使者来中国干什么呢,求那个织布、缝衣工女,就是找会织布做衣服的妇女。这说明日本人更向往中国的织布、缝衣工女,也说明百济的织布、缝衣工女可能来自中国。"吴王"或指中国的君主,或指江南的地方长官,就派了四个织布、缝衣工女过去。她们的名字跟她们的职业有关,她们去日本就是去织布做衣服的③。现在日本的"着物"(和服)店还叫"吴服"店,大概就是有此历史渊源的关系吧,他们的裁缝也许就是吴织、汉织、兄媛、弟媛的后代。

以上这两大支移民到了日本,弓月君自称是秦始皇的后裔,日本史上称为"秦部";阿知使主自称是后汉灵帝的后裔,日本史上称为"汉部"。"凡是移居日本的中国人和朝鲜人,大都为了夸耀自己的门第,抬高身价,冒称是某帝、某王的后裔。"④他们吹嘘自己是中国皇帝的后代,为的是让当地人羡慕嫉妒恨一下。

后来到了540年的时候,日本整编移民,编贯户口。"召集秦人、汉人等

---

① 《日本书纪》卷十"应神天皇三十七年(306)二月"条。
② 《日本书纪》卷十"应神天皇四十一年(310)二月"条。但木宫泰彦据本居宣长之说认为:"此事原属下述《雄略纪》中的记载,是错乱混入《应神纪》中的,《古事记传》卷三十三和《驭戎慨言》对此已经有所论述。"(见其《日中文化交流史》,胡锡年译,北京,商务印书馆,1980年,第30页)可备一说。他说的"《雄略纪》中的记载",指的是《日本书纪》卷十四"雄略天皇十二年(468)四月己卯(四日)"条:"身狭村主青与桧隈民使博德出使于吴。""雄略天皇十四年(470)正月戊寅(十三日)"条:"身狭村主青等,共吴国使,将吴所献手末才伎,汉织、吴织及衣缝兄媛、弟媛等,泊于住吉津。"木宫泰彦又以为:"雄略天皇朝派遣到吴(南朝刘宋)出使的身狭青、桧隈博德,都是从带方、乐浪来的汉族移民的子孙。所谓身狭,所谓桧隈,都是入籍汉人所住的大和市高市郡的地名。他们住在该地,就以该地地名作为姓氏。""所谓汉织、吴织、兄媛、弟媛,不过是《日本书纪》中常用的连称名词,应该叫做汉土的机织工、汉土的缝衣女。"(同上书,第30、37页)《日本书纪》卷十四"雄略天皇二十三年(479)八月丙子(七日)"条载,雄略天皇去世时,遗诏仍以"朝野衣冠,未得鲜丽"为憾,可见其汲汲于引进织布、缝衣工女的动机。又,据"雄略天皇二年(458)十月"条,身狭村主青、桧隈民使博德都属"史部",前者还是吴国孙权的后裔,二人并受雄略天皇的爱宠,所以屡次受派遣出使"吴"。
③ 这也就是王维《送秘书晁监还日本国并序》说的"衣冠同乎汉制"(《王右丞集》卷十二)。日本出土的五六世纪古坟人物埴轮之服饰也甚像样,可以认为是早先从中国求取织布、缝衣工女所产生的积极成果。
④ 木宫泰彦《日中文化交流史》,胡锡年译,第41页。

诸蕃投化者，安置国郡，编贯户籍。秦人户数总七千五十三户。"①"秦人"、"汉人"，就是刚才说的"秦部"、"汉部"，也就是弓月君一族、阿知使主一族的后代。"诸蕃投化者"，这个是外交上的说法，反正就是外来移民。秦人户数有七千多户，有专家作了一个估算，说如果按一般每户五人计（他大概计的是核心家庭，父母加三个子女），据他算下来，秦氏一族就达三万五千人，如果再加上汉氏，那么总数要达到六七万人，这在当时的日本，也是一个相当大的数字②。其实以前一般的户都会三代同堂，富裕的还会有很多仆佣，一户的人口数还要更多一些。所以日本列岛的居民的主要成分，就是这样不断吸收外来移民形成的。

这个"秦氏"（弓月君之后），后来在京都西区的太秦一带，有一块聚居地，留存有许多秦氏遗迹及传说。京都是一个盆地，北面、东面、西面三面环山，有两条河流自北向南贯穿盆地，一条叫桂川（渡月桥一带叫大堰川），一条叫鸭川（上游有两条，分别叫贺茂川、高野川），都是从山里流下来的，它们经常发洪水。秦氏的聚居地在桂川附近，他们去了那里以后，利用自己掌握的先进技术，就治理了桂川（大堰川），对后来平安京的定都作出了贡献。在太秦有一个广隆寺，传说是圣德太子创建的，为山城最古寺刹之一，它就是秦氏的宗寺。里面有一个太秦殿，是弓月君一族秦氏的祠堂，供奉的是大秦明神秦河胜，还挂有秦河胜夫妇像。它兼带祭祀吴织女、汉织女（其实她们本来是由汉氏祖先招来的，而且她们及汉氏的聚居地都在奈良盆地，那里也有祭祀她们及汉氏的各种神社）。在秦氏祠堂的门前，立有一块说明牌，上面写的就是我刚才介绍给大家的，弓月君带着乡亲们移民日本的事迹。寺内还有弥勒菩萨半跏思惟像，说是圣德太子赐给秦河胜的，现在是日本"国宝"第一号。

大家可能不太熟悉桂川（大堰川），但大家一定知道周恩来诗碑，上面刻有《雨中岚山》这首诗，它就在桂川畔的龟山之麓。这块周恩来诗碑，大家看上面花花的，因为经常要刷洗。为什么要刷洗呢？因为一有风吹草动，右翼

---

① 《日本书纪》卷十九"钦明天皇元年（540）八月"条。
② 汪向荣《古代中日关系史话》，北京，中国青年出版社，1999年，第33页。

分子就会去喷油漆。他们喷完了,管理人员赶紧去刷洗,所以可以看到那些痕迹。这是桂川中之岛上的一块碑,上面的字大家看得清楚吗,叫"日中不再战",这是战后为了祈愿和平而建立的。所以岚山、桂川这一带,从古到今,都是跟中国很有点关系的。

二、汉文化的东传

外来移民带到日本去的,除了织布做衣服的技术等以外,最重要的其实还是汉文化。中国和日本的文献,如《隋书·东夷·倭国传》、《古事记》、《日本书纪》、《宋史·外国·日本国传》等都记载,日本古代没有文字,至应神天皇时,始自百济传入汉字。也就是 285 年那年,百济博士王仁把《论语》、《千字文》等带往日本。一般认为,这是汉字、汉文化传入日本之始,也是日本宫廷接受汉字、汉文化之始。王仁据说是汉高祖的后裔(汉高祖自姓刘,王仁自姓王,可能也是假托吧),始祖王鸾原住在乐浪郡,祖父王狗始移民百济。但其事迹不见于朝鲜半岛史料,而仅见于中国和日本的史料①。朝鲜半岛的人名原来有自己的一套,"乙支文德"啦,"渊盖苏文"啦,到 8 世纪统一新罗的时候,他们才开始像中国人一样,起现在这种中国式的名字(在日本叫"唐风名"),所以王仁不可能是百济当地人。

下面是《日本书纪》(720)的记载:"百济王遣阿直伎(岐)贡良马二匹……阿直岐亦能读经典,即太子菟道稚郎子师焉。于是天皇问阿直岐曰:'如胜汝博士亦有耶?'对曰:'有王仁者,是秀也。'时遣上毛野君祖荒田别、巫别于百济,仍徵王仁也。其阿直岐者,阿直岐史之始祖也。十六年(285)春二月,王仁来之。则太子菟道稚郎子师之,习诸典籍于王仁,莫不通达。所谓王仁者,是书首等之始祖也。"②阿直岐本来是送马过去的,虽然也能够

---

① 《续日本纪》卷四十"桓武天皇延历十年(791)四月戊戌(八日)"条:"汉高帝之后曰鸾,鸾之后王狗,转至百济。百济久素王时,圣朝遣使征召文人,久素王即以狗孙王仁贡焉,是文武生等之祖也。"

② 《日本书纪》卷十"应神天皇十五年(284)八月丁卯(六日)"条、"应神天皇十六年(285)二月"条。《宋史·外国七·日本国传》:"次应神天皇,甲辰岁(284),始于百济得中国文字。"比《日本书纪》的记载早了一年。

读一些经典,但是天皇对他的水平不满意,问有没有比你更好的博士。阿直岐就介绍说,有个叫王仁的博士胜过我。然后天皇就派了两个使节,到百济去请王仁过来。第二年,王仁来了,教太子读各种经典。后来王仁也就不走了,成了"书首"(《古事记》作"文首",大概是负责文书的吧)一族的始祖。

下面是《古事记》(712)的记载:"又科赐百济国:'若有贤人者贡上。'故受命以贡上人,名和迩吉师。即《论语》十卷、《千字文》一卷,并十一卷,付是人,即贡进(原注:此和迩吉师者,文首等祖)。"①刚才《日本书纪》说的是"王仁",这里《古事记》说的是"和迩",这是怎么回事呢?其实就是同一个人,因为王仁当时的日语发音叫"ワニ",用汉字来标音就成了"和迩"。关于"吉师",他们的《广辞苑》里有两个解释,一个是新罗官名,十七等中的第十四等②;另一个是对在大和政权中担任外交、记录等职务的外来移民的敬称。"吉师"后来成为日本的一个姓,现在还有姓"吉师"(或"吉士")的。看《广辞苑》的这两个解释也很有意思:官名是新罗的,人是从百济来的,从名字来看应该是中国人,担任的是日本的外交、文书工作。这真是一个国际化的时代呀!为什么外交、文书工作要由外来移民担任呢?这是因为当时东亚世界的国际通用语文,日本、朝鲜半岛的官方语文,它既不是日文(当时还没有假名),也不是韩文(当时还没有韩字),更不是英文(当时有英文吗),而是汉文!所以只有精通汉文的人,他才可以担任这样的工作。而当时日本并无这样的人,所以只有使用外来移民。

《古事记》只说了《论语》、《千字文》;《日本书纪》说"诸典籍",虽没说具体书名,但暗示有不少书籍;过了一千年,寺岛良安编《和汉三才图会》(1713),又说"百济王遣阿直岐者贡《易经》、《孝经》、《论语》、《山海经》及良马二匹……翌年王仁持《千字文》来"(卷十三"异国人物"),在"良马二匹"前又加了好多书。从《论语》、《千字文》,到"诸典籍",到《易经》、《孝经》、《论语》、《山海经》、《千字文》,这也是层累地造成历史说吧?其实基本内容差不多的。《和汉三才图会》有关记载,最后加说了一句话:"于是儒教始行于本朝。"这句话加得很到位,算是一个评价和总结。也就是说,以王仁

---

① 《古事记》中卷《应神纪》"应神天皇二十年(289)"条。
② 《三国史记》卷一《新罗本纪一》儒理尼师今九年(32):"又设官,有十七等……十四吉士。"

的东渡为契机,中国儒家的那一套,全都传到日本去了。这里值得注意的是,在中国我们一般不说儒教,但是在日本、韩国他们都说儒教。在中国也有两派意见,一派说这是一种宗教,一派说不是的,各有各的理由;但是日本人、韩国人明确认为这是一种宗教。

但有些学者,特别是日本学者,觉得这个事情好像有些靠不住。像那个编《和汉三才图会》的寺岛良安,奋勇地加入《易经》、《孝经》、《山海经》后,又忐忑不安道:"按《东国通鉴》曰,三韩儒教之始,当仁德天皇之朝,则与此时稍龃龉未决。"《东国通鉴》(1485)是朝鲜半岛的一部史书,那里面说儒教至4世纪始传入三韩,那又怎么可能在3世纪就传入日本呢①?另一件可疑之事是,285年的时候,《千字文》在中国还没有问世呢,它是6世纪初才由周兴嗣编出来的②。中国人都还没有编出来,那百济怎么会有呢?它又怎么会跑到日本去呢?于是有些日本学者就猜测,可能周兴嗣之前已经有了《千字文》,比如钟繇的《千字文》啦,王羲之的《千字文》啦,等等。也有日本学者另辟蹊径,从日本早期纪年的水分去解释,很有意思,请大家看一下:"一般认为雄略以前的'记纪纪年'约有六百年左右的水分,那么周兴嗣《千字文》说得以成立的可能性也是意外地存在的。"③所谓"记纪纪年","记"指《古事记》,"纪"指《日本书纪》,其中的纪年,也就是日本的早期纪年。"雄略(457—479在位)以前"的"记纪纪年",一共也就一千一百余年,却有六百年左右的水分,也就是说一半以上都是虚构的(可见"灌水"不是从今天才开始的,历史上早就有了的)④。按照这个日本学者的说法,既然日本早期纪年有六百年左右的水分,那么所谓3世纪的历史记载,完全有可能实

---

① 所谓"《东国通鉴》曰三韩儒教之始",可能指372年高句丽设立太学,374年百济以高兴为博士等事。其实,如挤去日本早期纪年中的水分,上述史事实际发生于百来年后,可能就相对说得通了。又,仁德天皇在位整整八十七年(313—399),也是难以置信的事情。

② 一般认为,现行《千字文》为南朝周兴嗣(约469—521)编于梁初,即《次韵王羲之书千字》(约509)。《梁书·文学上·周兴嗣传》云:"自是……《次韵王羲之书千字》,并使兴嗣为文,每奏,高祖辄称善,加赐金帛。"

③ 猪口笃志《日本汉文学史》,东京,角川书店,1984年,第24页。

④ 此说主要出于那珂通世《上世年纪考》(载于《史学杂志》第八编第八、九、十、十二号,1897年8月、9月、10月、12月),该文详细考证了日本早期纪年的不可信,并提到了江户学者藤井贞幹的看法,认为"神武天皇元年辛酉"应往后推迟六百年(也就是说,不是在西元前660年,而是在西元前60年)。

际发生于五六世纪左右,也就是说,王仁赴日可能远晚于 285 年,而是迟至五六世纪的事情①。那个时候周兴嗣的《千字文》已经有了,所以他觉得还是有可能传过去的。当然,他的推测也不一定对,王仁赴日也许没那么晚。不过由此也可看出一点,即他们很看重《千字文》,不管用什么方法,不管作什么解释,他们都一定要它传过去,要把它传过去这件事说通。这是因为,它象征了汉字的正式传入日本,象征了文明的第一缕曙光照耀日本(《千字文》现在我们这里已经没什么人读了,但在日本、韩国它还是最基本的汉字识字课本)。另外,我们刚才介绍的早期东渡移民的情况,如果也相应地把它们看作是稍后发生的事情,也许会更符合历史事实一些。

日本早期的"大和(やまと)政权",发足于纪伊半岛的奈良盆地,周围点缀着"大和(やまと)三山"。这也就是王仁他们过去的地方,外来移民大都居住在那一带②。其稍南是"飞鸟",又叫"明日香",是奈良时期之前的古都(593—694)。"飞鸟"为什么又叫"明日香"呢?这就跟"王仁"又叫"和迩"一样。"飞鸟"的发音是"阿斯嘎"(あすか,Asuka),也就是"恰克与飞鸟"(CHAGE & ASKA)组合中的"ASKA"(他们为免西洋人发错音,特意去掉了一个"U")。"明日"就是"阿斯"(あす),"香"就是"嘎"(か),所以音译又作"明日香",很有诗意的一个地名。飞鸟有日本最古老的寺庙飞鸟寺(596)③,其大佛开眼(开光)于 609 年,说是受云冈石窟后期、龙门石窟前期风格影响之作。我参观的时候问过他们,我说既然这是你们最古老的寺庙,为什么不申报世界文化遗产呢?他们表示遗憾说,飞鸟寺的大佛修过了,不修的话,可以申报的,但是修过了就不行了。所以文物是不能乱修的。当时的日本人还没有建造寺庙的能力,所以工匠们大都是从朝鲜半岛请来的。飞鸟寺的庭院里立了一块牌子,上面说,从这里望出去的风景,跟新罗的庆州、百济的扶余很像,所以从新罗、百济来的工匠们,觉得风景跟故乡差不

---

① 那珂通世《上世年纪考》认为,王仁之事应发生在 405 年,也就是史书记载的一百二十年后,日本学者颇有信从之者。但其时仍无周兴嗣《千字文》,不知该如何解释其中凿枘。
② 日本传说中的第一代天皇神武天皇陵就在那里,飞鸟与奈良之间的藤原京(694—710)也位于那里。
③ 《日本书纪》卷二十二"推古天皇二年(594)春二月丙寅朔"条:"诏皇太子及大臣,令兴隆三宝。是时,诸臣连等各为君亲之恩,竞造佛舍,即是谓寺焉。"飞鸟寺或即依是诏令所造。

多,慰藉了他们难耐的乡愁。日本从新罗、百济引进了大量人才,其中有很多其实又是从中国过去的,就像刚才说过的王仁他们。如果是中国的移民来到这里,应该感觉风景比较像江南吧?

三、中国式文教制度

根据《日本书纪》记载,从403年开始,日本于各地"置国史":"始之于诸国置国史,记言事,达四方志。"①此后,458年,《日本书纪》又有"置史户"之记载②,"史户"可能是为"史部"服务的。"从日本史籍上看,史部都是由移民们世袭担任的,所谓西文氏和东文氏,都是开始担任这工作的两大移民系统,其祖先就是王仁和阿知使主。"③王仁的子孙为西文氏(西文直),阿知使主的子孙为东文氏(东文值)。因居于皇城左右,故分为"东"、"西"两部。

不仅设立了史官,也设立了学校,开始了儒教教育。但是儒教教育早期缺乏师资,所以他们从百济聘请五经博士。据《日本书纪》记载,513年,百济派五经博士段杨尔渡日,担任教授之职,于是《五经》始传于日本,日本始设《五经》之学④;516年,百济派五经博士汉高安茂代段杨尔⑤;554年,百济又派五经博士王柳贵代马丁安(马丁安的派遣未见记载,应该也是轮番派遣博士中的一员,且派遣制度几十年间未曾中断)⑥。但看这些五经博士的姓名,应该都是中国人,因为当时百济人还没取中国式的姓名。这也可以理解,本来百济的儒教教育就是来自中国的,这些轮值的五经博士,应该也是先从中国派到百济,然后又被百济派到日本的。每个五经博士都有一定的任期,定期轮换,其做法颇类似于今天的"外教"。日本的教育,每当它发生重大变革的时候,都会先有一个"外教"时代。后来明治维新时期,新设立的

---

① 《日本书纪》卷十二"履中天皇四年(403)八月戊戌(八日)"条。
② 《日本书纪》卷十四"雄略天皇二年(458)十月"条。
③ 汪向荣《古代中日关系史话》,第37页。
④ 《日本书纪》卷十七"继体天皇七年(513)六月"条。也有日本学者认为,这才是儒教传入日本之始,而王仁之事则基本靠不住。
⑤ 《日本书纪》卷十七"继体天皇十年(516)九月"条。
⑥ 《日本书纪》卷十九"钦明天皇十五年(554)二月"条。

大学里，开头也是大量聘请西洋外教，如小泉八云之类。五经博士轮番东渡以后，把儒家经典带入了日本，传播于日本上层贵族中间。在这方面，日本依赖离它较近的百济，百济又依赖中国大陆，形成了一个文明传播链。这些五经博士从中国到百济，然后从百济到日本，很像是一种国际性的职业，又很像后来西洋传教士的到处传教。所以从这个角度来看，你也可以说儒教就是一种宗教。经过开头的"外教"时代，日本培养出了自己的师资，就不再依赖"外教"了。后来明治维新时期的大学也重复了这个过程，这个在夏目漱石的《三四郎》(1908)里有所描写①。

　　七八世纪之交，日本已有大学寮之设，也就是日本版的太学、国子监②。进入奈良时期，718 年，元正天皇制定"养老令"，757 年，孝谦女皇正式颁行之③。据《养老令》的"学令"记载，在大学寮里，首先设立的是"明经道"，类似于唐朝的明经科，主要学习儒教经典。经典根据字数多少，分成大经、中经、小经。"大经"是《礼记》、《春秋左氏传》，"中经"是《毛诗》、《周礼》、《仪礼》，"小经"是《周易》、《尚书》，凡七经（未列入唐制小经的《春秋公羊传》、《春秋穀梁传》，直到 798 年始列于学官④）；诸生可以从中选修；《论语》、《孝经》则为必修经典。"凡明经，试《周礼》、《左传》、《礼记》、《毛诗》各四条，余经各三条，《孝经》、《论语》共三条，皆举经文及注为问。其答者，皆须辨明义理，然后为通。通十为上上，通八以上为上中，通七为上下，通六为中上，通五及一经若《论语》、《孝经》全不通者皆为不第，通二经以外，别更通经者，每经问大义七条，通五以上为通。"⑤以上这些学习内容、经典分类、考试方法等，都取法于唐制。

---

① 夏目漱石《三四郎》："大学的外国文学课一直由西洋人担任，当局把全部授课任务一概委托给外国教师。但迫于时势的进步和多数学生的希望，这次终于承认本国教师所讲的课程也属必修科目。"（收入《夏目漱石小说选》，陈德文译，北京，人民文学出版社，2010 年，第 184—185 页）
② 参见高明士《东亚教育圈形成史论》，上海，上海古籍出版社，2003 年，第 244—245 页。
③ 《续日本纪》卷二十"孝谦天皇天平宝字元年(757)五月丁卯(二十日)"条。
④ 《令集解·学令》。中岛隆藏《中国儒教在日本》说："对于'学令'未取《春秋穀梁传》和《春秋公羊传》，有人认为这表现了排除革命思想的日本儒学的特点。其实《尚书》、《毛诗》中也有类似的观念，我想这也许是因为当时人认为《春秋》有一部《左氏传》足矣，并无其他深意。"（收入蔡毅编译《中国传统文化在日本》，北京，中华书局，2002 年，第 43 页）
⑤ 《令义解·考课令》。毅平按：明经生人数多达四百人，但明经得业生名额仅四名，合格率仅百分之一，可见明经道考试难度之高（参见高明士《东亚教育圈形成史论》，第 248—249 页）。

明经道是学习儒教经典的,这是大学寮的主要部分。此外,考虑到培养学生汉文写作能力的需要,以便为通用汉文的公文和外交文书服务,同时也为了培养纂修国史的人才,所以728年,大学寮又增设"文章道",类似于唐朝的进士科,置文章博士一人,文章生若干人。730年,定文章生名额十人,以《文选》《尔雅》等为教材,同时也学习"三史"(《史记》、《汉书》、《后汉书》)。学《尔雅》是为了识字,学《文选》是为了学汉诗文的各种体裁,学"三史"是为了明治乱得失,熟悉史著的撰写方式。808年,又增设"纪传道",置纪传博士一人,专门教授史学课程。834年,"纪传道"并入"文章道",撤纪传博士,文章博士增一人①。嵯峨天皇曾提高文章博士的位阶,使文章博士位居其他博士之上②。文章道(纪传道)成为最受欢迎的科目,这个跟唐朝一样,唐朝也是明经试不如进士试。文章博士后来成为日本汉文化的主要传承者,在《源氏物语》中则成了受嘲讽的书呆子。

奈良、平安时期的科举制度,参考唐朝的科举制度,而又有自己的特色,主要是规模比较迷你。以"文章道"为例,考试分为四级,先是寮试,试诗赋,寮生及格者二十名补"拟文章生";再是省试(文章生试),拟文章生及格者补"文章生"(称"俊士"、"文人"、"进士")③;再从中选考成绩优秀者二人,是为"文章得业生"(称"秀才"、"博士");然后是对策试(方略试),试方略策二条,对策及第者,始可称"儒者",可叙位任官④。大江匡房(1041—1111)、藤原实兼(1085—1112)的《江谈抄》(约1104—约1107)第四,林梅

---

① 参见高明士《东亚教育圈形成史论》,第251—253页。毅平按:圆仁(794—864)《入唐求法巡礼行记》(838—848)卷一"开成四年四月一日"条提到"纪传留学生长岑宿祢归国既了",盖为"纪传道"设置期间派出而撤并后始归国之留学生。
② 《类聚三代格》卷五"定文章博士官位事"条。
③ 毅平按:"文章生"名额应为十名,一说五名。
④ 参见孙猛《日本国见在书目录详考》,上海,上海古籍出版社,2015年,下册,第2110页。日本此时期的科举制度只以汉文学为对象,没有和文学什么事,后来大江匡房曾主持"倭歌博士"、"和歌得业生",盖是以开玩笑的方式,表达对于和歌不入科举制度的遗憾吧(他自己倒是省试、对策试一路顺利,成为文章得业生又对策及第的)。又,10世纪后日本律令制度逐渐走向解体,尤其是12世纪末进入幕府体制后,此种科举制度也越来越形同虚设,在此之外别寻他途者间或有之。如入元僧中岩圆月(1300—1375)在元期间,对中国的科举表现出异乎寻常的关心,其有些作品极似当时一般举子的著作;他虽并未主张在日本也要施行科举,这只是因为当时条件有限,而施行科举显然是他的心愿(参见金文京《日本五山禅僧中岩圆月留元事迹考》,收入拙编《东亚汉诗文交流唱酬研究》,上海,中西书局,2015年,第13—14页)。

洞(1643—1666)、林鹅峰(1618—1680)的《史馆茗话》(1667序跋,1668刊行)①,都记载了"新进士老学生"宗冈秋津之事,颇有《儒林外史》里"范进中举"之风,生动地反映了其时日本科举制度的样貌②。

正因为"文章道"("纪传道")的推动,中国史书中的"三史",开始成为奈良、平安时期的"显学"。在日本跟在中国一样,一直有"孟庄左史"、"左国史汉"等说法,指的是《孟子》、《庄子》等诸子,《左传》、《国语》、《国策》、《史记》、《汉书》、《后汉书》等史籍,它们是古代日本文人的必读书,也是古代日本文化的基础。当时九州的文教比较落后,所以769年太宰府打报告说,我们只有《五经》,还没有《三史》。当时在奈良的政府机构,便把"三史"等送给了他们。"大宰府言:'此府人物殷繁,天下之一都会也,子弟之徒,学者稍众。而府库但蓄《五经》,未有《三史》正本,涉猎之人,其道不广。伏乞列代诸史,各给一本,传习管内,以兴学业。'诏赐《史记》、《汉书》、《后汉书》、《三国志》、《晋书》各一部。"③到了842年,"敕令相摸、武藏、常陆、上野、下野、陆奥等国写进三史"④,中国的史书已渐次普及到了日本各地。

在《史记》传入日本一个多世纪后,到了奈良时期,720年,终于催生出了日本最早的"正史"《日本书纪》(而八年前的712年,诞生了另一部史书《古事记》,作者是太安万侣⑤,与《日本书纪》堪称双璧)。具体的我就不介

---

① 林梅洞为林鹅峰长子,英年早逝,《史馆茗话》完成仅半,鹅峰续成之,于梅洞身后刊行。
② 二书记载颇有出入,这里且两载之。《江谈抄》曰:"宗冈秋津久住大学,不趋时世,延喜十七年(917)十一月四日奉试日及第。同月十三日外记记云:'秋津久住学馆,年龄已积,频逢数年之课试,常叹一身之落第。今年适逢天统之闻,忽预及第之列。'云云。故老传云,昔有老生拜舞大庭,青衫映月,白发戴霜。夜行宿卫奇而问之,老生无答,只咏此句(毅平按:指'今宵奉诏欢无极,建礼门前舞蹈人')。吟咏之趣无知,仍召其身参藏人所,侍之人惊寻由绪,事及天听。问其姓名,勒云:'今日依敕及第文章生秋津深感天恩,窃拜紫庭也。'"《史馆茗话》曰:"宗冈秋津奉试登第,天皇赐书曰:'秋津久在学馆,龄算已积,频经数年之课试,常叹一身之沦落,方今适擅摘藻之美,以入桂攀之列。'云云。秋津感诏旨之辱,拜戴捧出,舞蹈大庭,乘兴之余,且歌且行,白发戴霜,青衫乘月,不觉到建礼门,忽得两句曰:'今宵奉诏欢无极,建礼门前舞蹈人。'高吟三四,傍若无人。卫士异之,问曰:'何人?'答曰:'新进士老学生宗冈秋津也。'卫士责曰:'此处是建礼门也,匪汝之所到也,况高吟惊耳乎!'秋津愕然,谢之。"后者的"天皇赐书"云云,或为误解前者所引"外记"文义,而由作者编造出来的。
③ 《续日本纪》卷三十"称德天皇神护景云三年(769)十月甲辰(十日)"条。
④ 《续日本后纪》卷十二"仁明天皇承和九年(842)九月丙申(五日)"条。
⑤ 1979年1月20日,在奈良的一个茶园里,人们偶尔发现了太安万侣的墓志铭。太安万侣的后裔称"多"氏,一直传承着传统雅乐的演奏技艺。

绍了,大家可能不感兴趣,这里只说一下其纪年。从《日本书纪》开始,确定了天皇的世系,日本的年代,采用了"皇纪"。这是非常重要的。604年,日本初次采用经由百济传入的《元嘉历》,开始进入了中国的时间秩序,也产生了建立本国纪元的需求。由于中国纬书中有"辛酉革命"之说,所以神武天皇元年被定在了"辛酉年"(所谓"辛酉历元");而为了拉长日本历史的年头,就以三年前的辛酉年(601)为起点,往前整整倒推了二十一个甲子,把一千二百六十年前的那个"辛酉年"(前660),定为神武天皇元年(亦即"皇纪"元年)。也就是说,日本所谓的"皇纪",是后来倒推上去的,至少拉长了六百年(更有人说拉长了一千年),以对外夸示日本开国之悠远。日本的早期历史其实是一片茫然的,但是他们就这么拉长了六百年①。有的日本学者认为,当时的日本人没有这个水平,一定是外来移民做这个事的②。也就是说,外来移民为了讨好当地人,就帮他们造假,帮他们拉长历史年代。想想倒也有可能。但是这个"皇纪"请大家注意,这个我们中国人是不能用的。但是某省图书馆编了一本《中日朝越四国历史年代表》,却是从"皇纪元年"开始的,也就是从前660年开始的。我始终想不通,为什么要那样?我们也有明确的纪年,共和元年,前841年,为什么不从那年开始,却要从"皇纪元年",即前660年开始?后来想明白了,大概那个书是抄日本人现成的吧,把人家的"皇纪元年"也一并抄了过来,也没动动脑子。

四、曲水流觞与汉诗

儒教经典、中国史书都传过去了,教育体制、史官制度也都建立了,那中

---

① 千田稔《中国道教在日本》说:"这些史书都是用历代天皇的纪传体(毅平按:似应是传记)写成的,而其依据的是远古时代的传说,有的天皇并非实际存在的人物。甚至天皇这一称号的产生,也是下面要说的7世纪中叶的事情,而在这以前是被称作大王,这一点必须注意……齐明天皇的皇子天武天皇(毅平按:672—685在位),和道教的联系更加紧密。首先,现在大多认为天皇这一称号的使用始于其时,而其语源则是道教的最高神天皇大帝。"(收入蔡毅编译《中国传统文化在日本》,第56—57页)

② 可以参考琉球的情况。明初琉球朝贡中国以后,一直依赖福建移民及其后裔,帮助他们撰写汉文公文,编撰汉文史书(如《中山世谱》),整理汉文外交文书档案(如《历代宝案》)。参见本书所收拙文《琉球国"书同文"小考》。

国最厉害的诗歌当然也会过去。与作诗有关的风俗,就是我们的"曲水流觞",也跟着传过去了。"曲水流觞"就是以前在山阴(今绍兴),王羲之他们碰到三月三日①的时候,就到兰亭水边,把酒杯放在水沟里,水沟有一个倾斜度,然后就流着,流到谁的面前,谁就饮酒作诗,就是那个风俗。后来它就传到了中国周边地区。在朝鲜半岛,新罗古都庆州的郊外,留存有"曲水流觞"的遗迹"鲍石亭"。在越南,1504 年,黎宪宗"乃在九重之内,作流杯殿,引水至堂前,曰流杯台"②,那应该就是"曲水流觞"的设施了。在日本,"曲水流觞"的遗迹比朝鲜半岛、越南都多。在京都的上贺茂神社、城南宫,九州的太宰府天满宫,鹿儿岛的仙岩园,都留存有"曲水流觞"的遗迹;在京都御所的障子上,绘有"曲水流觞"的画图。当时无论朝鲜半岛,还是越南,还是日本,凡是"曲水流觞",作的都是汉诗,五言诗或七言诗。

在日本,"曲水流觞"一般叫"曲水宴"("曲水の宴")。这个"宴",不是一般的喝酒吃饭的"宴",而是特定的饮酒赋诗的"宴",所以他们会在"宴"字旁边注音"うたげ","うた"就是"歌","げ"就是"宴",合起来意思就是"歌宴"。

《日本书纪》卷十五显宗天皇元年(485)、二年(486)、三年(487)都记载了"三月上巳,幸后苑曲水宴",这是日本文献中关于"曲水宴"的最初记载。因为"曲水宴"所模仿的兰亭之会是作诗的,所以有日本学者推测,如果《日本书纪》的这些记载可信,那么日本人的开始作汉诗,或者说日本汉诗的滥觞,就应该更在这之前③。当然,这只是推测而已,因为日本早期天皇纪年并不可信,是否真发生于这些年还很难说。但值得注意的是关于"曲水宴"的记载,这些记载说明,中国文人的风流韵事,已经引起了日本文人的关注,成为日本文人的效仿对象;而汉诗在日本的传播,当然要借助这股时尚的力量。所以从这个角度来说,除了具体的日期和行为以外,这些记载可能有其

---

① "三月三日"是从"三月上巳"变来的,原来是在三月第一个巳日,大约从魏晋时起固定为三月三日。《晋书·礼志》曰:"汉仪,季春上巳,官及百姓皆禊于东流水上,洗濯祓除去宿垢。而自魏以后,但用三日,不以上巳也。"但后来从节日的角度,也称三月三日为"上巳",而不管该日实际干支如何。如《旧唐书·文宗本纪》曰:"(大和八年)三月壬子朔。甲寅,上巳,赐群臣宴于曲江亭。""(开成四年)三月癸未朔。乙酉,赐群臣上巳宴于曲江。"即径称三月甲寅或乙酉为"上巳",实则三月甲寅或乙酉并非巳日,仅为三日而已。

② 《大越史记本纪实录》卷十四《黎纪》"宪宗景统七年(1504)"条。

③ 参见猪口笃志《日本汉文学史》,第 29 页。

历史的真实性。

进入奈良时期,"曲水宴"频繁起来。762年,三月三日,"于宫西南新造池亭,设曲水之宴"①;778年,三月三日,"令文人赋曲水"②;785年,三月三日,"召文人,令赋曲水"③。在"曲水宴"上边饮酒边作诗,以上都是非常明确的历史记载了。在日本最早的汉诗集《怀风藻》(751)里,可以看到调老人的《三月三日应诏》、山田三方的《三月三日曲水宴》、藤原宇合的《暮春曲宴南池》、背奈行文的《上巳禊饮应诏》等诗,这些汉诗,显然都是在"曲水宴"上作的,而且都要早于以上历史记载。平安时期此风最盛,继续着这一风流韵事。直到江户初期,1658年,萨摩藩建成仙岩园,仍设有曲水流觞处,说明此风绵延不息。

过了一千余年,距今正好百年,1913年,京都文人举行了可能是最后一次的汉诗"兰亭会",成为日本汉文学史上、也是东亚古典学史上的鲁殿灵光。发起者共二十八人,其中有西村天囚、富冈铁斋和桃华父子、神田香岩、内藤湖南、铃木豹轩等,大都是当时关西地区的汉学者。内藤湖南起草了《兰亭会缘起及章程》。铃木虎雄献上了纪念王右军的祭文,是一篇古色古香的汉文。与会者中,铃木虎雄作了《天授庵曲水集诗》五古一首,木苏崎山作了《兰亭会诗》七绝四首,矶野秋渚作了《兰亭会有作》七绝五首。知其事而未与会者,高野竹隐寄赠七古一首。此外,还举行了其他各种活动。在当时的日本,这诚然是一次汉文学的盛会。当时尚为中学生的神田喜一郎(神田香岩之孙),以《大正癸丑的兰亭会》一文,为此次盛会留下了一道让人怅惘的痕迹。当时旅居京都的王国维也参加了这次盛会,作了一首题为《癸丑三月三日京都兰亭会诗》的长篇七古。日本人作汉诗的话,一般都四句左右,因为越长越难做。但是王国维好厉害,长篇七古一首,被誉为当天的"压卷之诗"——不得不让他压卷。

又过了近百年,2010年11月3日,京都的城南宫举行"曲水宴",我有幸"围观"。城南宫在京都的南边,每年举行两次"曲水宴",4月29日和11

---

① 《续日本纪》卷二十四"淳仁天皇天平宝字六年(762)三月壬午(三日)"条。
② 《续日本纪》卷三十五"光仁天皇宝龟九年(778)三月己酉(三日)"条。
③ 《续日本纪》卷三十八"桓武天皇延历四年(785)三月戊戌(三日)"条。

月3日(但都是在西历,而不是中历)。而且它特别说明是"平安之雅"("平安の雅"),就是平安时期的那种风雅。在城南宫的"平安之庭"("平安の庭"),有一条曲曲弯弯的水沟,他们叫它"遣水"。那个酒杯来自京都御所(原皇宫),据说就是李白吟咏过的"羽觞"。那些诗人,不,其实不是诗人,而是歌人,峨冠博带,在遣水边上,席地而坐,错落有致。童子注酒于羽觞,浮羽觞于遣水。歌人吟诵和歌,书于短册,取羽觞而饮(象征"一觞一咏")。童子收取短册,呈上主席台。朗咏者高声朗咏(吟唱),声情并茂,曲水宴达到高潮。整个仪式优雅隆重,据说完全按照当年平安时期的做法。大家可以与京都御所障子上画的曲水宴图比较一下,诗人们也是如此这般打扮,也是席地而坐在水沟边上……

我刚才说了,参加这次"曲水宴"的,不是诗人,而是歌人,因为虽然采用了"曲水宴"的形式,但是他们作的已经不是汉诗,而是和歌(九州太宰府天满宫每年3月首个周日、鹿儿岛仙岩园每年3月3日、岩手县毛越寺每年5月第四个周日等举行的"曲水宴",作的也都是和歌)。这是日本文化的一个典型特征,一边保留了来自中国的"曲水流觞"的传统,一边又把它改造成为日本式的,也就是不作汉诗,而是作和歌。日本文化的各种特征,从这个角度理解的话,基本上都可以迎刃而解。从保存传统的角度而言,他们比我们做得还好——我们现在还有几个地方在"曲水流觞"呢?然而从发展的变化的角度而言,他们会让传统适应现代人的生活。他们现在很少有人会作汉诗了(我们现在也很少有人会作了),但是对他们来说,和歌相对比较容易,所以他们就改作和歌。当然对中国人来说,和歌也是不容易的,我要随便作作,他们不承认的吧?

正月赏梅是当时的另一个风俗,下面引的是《万叶集》里的一段文字——《万叶集》里面都是和歌,中国读者一般是看不懂的,但是这篇序文却是用汉文作的:

> 天平二年(730)正月十三日,萃于帅老之宅,申宴会也。于时,初春令月,气淑风和。梅披镜前之粉,兰薰珮后之香。加以曙岭移云,松挂罗而倾盖;夕岫结雾,鸟封縠而迷林。庭舞新蝶,空归故雁。于是盖天坐地,

促膝飞觞。忘言一室之里,开衿烟霞之外。淡然自放,快然自足。若非翰苑,何以摅情?诗纪落梅之篇,古今夫何异矣!宜赋园梅,聊成短咏。①

请大家注意,当时的日本已经有了樱花,但是当时的贵族最欣赏的,经常作和歌、汉诗吟咏的,却不是樱花,而是梅花。不要看简单的赏梅,它其实是一种象征,象征对于中国文化的向往。梅花最早是从中国大陆、朝鲜半岛传过去的,传过去以后,咏梅的风俗也一起传了过去。当时日本的京城奈良的贵族们,他们就非常喜欢这样的风俗,所以他们也作很多的咏梅诗歌。在《万叶集》里面,我调查过的,咏梅的和歌是咏樱花的三倍②。但是后来慢慢就变了,过了平安时期以后,尤其是到了江户时期,就主要吟咏樱花了。不过在日本,我们还能看到许多的梅林,比如京都御苑的梅林,北野天满宫的梅苑,应该是早先赏梅风俗的遗存。

五、中国节日与风俗

除了正月的赏梅、三月三日(上巳)的"曲水宴"以外,日本还有一些其他的节日与风俗,大都跟中国有关系。

838年,有一个叫圆仁的日本僧侣来到中国,住了将近十年,写了一部日记《入唐求法巡礼行记》,里面提到,他到达中国的时间,是"日本国承和五年七月二日,即大唐开成三年七月二日,虽年号殊,而月日共同"③。"年号殊"是政治上独立。反过来也就是说,当时不独立的地方,它不许用自己

---

① 《万叶集》卷五《梅花歌卅二首并序》。日本于2019年4月1日公布、5月1日起采用的新年号"令和",即取自"初春令月,气淑风和"。

② 参见拙文《中日古代咏梅诗歌之比较——以南朝与奈良时代为中心》,原载日本创价大学《言语文化研究》第13号,1989年12月;后收入拙著《中日文学关系论集》,繁体字版,韩国河阳,大邱晓星CATHOLIC大学校出版部,1998年;简体字修订版,上海,上海古籍出版社,2011年;简体字重修版,上海,中西书局,2018年。又,虽然《万叶集》中已经有了一些吟咏樱花的和歌,但在汉诗中吟咏樱花则是从平安初期开始的,平城天皇(806—809在位)的《赋樱花》(《凌云集》)、贺阳丰年(751—815)的《咏樱》(《经国集》卷十一)可能是其最早之例,它们多半模仿唐太宗等的咏桃诗的表现,还没能充分表现日本樱花的特性(参见山本登朗《贿赂と和歌と汉诗——岛田忠臣の一首》,载《新日本古典文学大系》月报51,第63卷附录,东京,岩波书店,1994年2月)。

③ 圆仁《入唐求法巡礼行记》卷一"承和五年(838)七月二日"条。

的年号,只能用中国的年号。比如说当时的新罗,朝贡唐朝,它就用中国的年号。后来的越南,对内用自己的年号,跟中国打交道时,就用中国的年号。日本它不用中国的年号,表示它政治上是独立的。但是"月日共同",这句话是什么意思呢?它的意思是时间秩序一致,即都使用中国的历法(可简称"中历")①。什么叫"月日不共同"? 就是当西洋人用西历的时候,我们用中历,中历跟西历是对不起来的,那个就叫"月日不共同"。但是在古代的东亚世界里,大家都用中历,也就是中国的历法。这是什么意思呢? 这是一种"时间的主权",请大家注意这一点。

空间有空间的主权,我们有空间的领土管辖范围;但是采用什么样的历法,它是一个"时间的主权"。你按照我的时间秩序,那我就是有"主权"的。所以这个"月日共同",大家不要小看了,它采用了中国的历法,它就纳入了中国的时间秩序。这点是很了不起的。因为大家想想,我们现在使用的是西洋的历法,于是我们纳入的就是那个时间秩序。

"月日共同"了以后,中国的节日、风俗就很容易传过去了,正如今天用了西历,西洋的节日、风俗就很容易传过来。古代东亚世界的"月日共同",用的是中国的历法,纳入了中国的时间秩序,所以,那时日本的节日跟中国是一样的,除了除夕(大晦日)和元旦以外,日本传统的"五节句"(正月七日的"人日"、三月三日的"上巳"、五月五日的"端午"、七月七日的"七夕"、九月九日的"重阳")②,以及四月八日的"灌佛"("浴佛"、"佛诞"),七月十五日的"中元"、"盂兰盆会",八月十五日的"中秋"等,都跟中国一样,古代日本全部过这些中国节日,都是按照中历来过的,习俗也基本相同③。不仅日本,朝鲜半岛、琉球、越南等也都一样。

---

① 这也就是王维《送秘书晁监还日本国并序》说的"正朔本乎夏时"(《王右丞集》卷十二)。"夏时"既可狭义地理解为夏正,也可广义地理解为中历。
② 在井原西鹤(1642—1693)的《日本永代藏》(1688)、《世间胸算用》(1692)里,经常提到过"五节句"之事。参见《井原西鹤选集》,钱稻孙译,上海,上海书店出版社,2011 年,第 21、127、181 页。
③ "衣食住之外,中国年中例行的节日活动,其中如正月元旦的屠苏,正月七日的七种菜,三月上巳的曲水宴,四月八日的灌佛,五月五日的菖蒲酒,七月七日的乞巧,七月十五日的盂兰盆会,九月九日的菊花酒,除夕的驱鬼等,据《荆楚岁时记》等书的记载,可知大都兴起于秦汉时代,经过六朝和隋,到唐代才完备,而在日本,从奈良朝起到平安初期也逐渐流行起来,其中大部分是由遣唐学生和学问僧传到日本的。"(木宫泰彦《日中文化交流史》,胡锡年译,第 160 页)

但是明治维新以后,日本"脱亚入欧",在东亚第一个采用了西洋的历法,那是1873年的事。韩国是1896年,在清朝刚败给日本以后,比日本晚了二十多年。中国最晚,到了民国建立以后,1912年开始。这个顺序,其实也就是东亚各国"西化"的顺序,各国脱离中国的时间秩序、进入西方的时间秩序的顺序。而其间四十年的时间差,即从1873年到1912年,中日之间,或东亚各国之间,就"月日不共同"了。

采用西洋的历法以后,就面临一个问题,那就是你原来的节日怎么办?像我们是用了西历以后,原来中历正月初一的"元旦"就不能叫了,现在西历岁首叫"元旦",中历岁首改叫"春节"。其实"春节"的说法也就不过百来年的历史。叫"春节"有一个什么问题呢?就是有很多所谓的专家学者,他们说春节是"春天的节日",春天的节日一会儿在西历1月某日,一会儿在西历2月某日,时间游移不定,不好,所以应该把春节挪到立春来。他们就忘了,这个"春节",其实就是中历的"元旦",一年之首,跟"春天"又有什么关系呢?不能挪的!

但是我们说过,日本文化最大的优点,就是它既能保留传统,又能与时俱进,不断适应新的形势,不断添加新的内容①。"大晦日"、"元日"当然移到了西历岁末、岁首,屠苏酒在西历元旦照样喝。传统的"五节句"(五节),也或者移到了西历的相同日期,或者干脆就消失了。即使移到西历的相同日期,也可能已经变换了内容。如1月7日是"七草节",吃含七种草药的大米粥,以祈求身体健康,其实就是古代的"人日";3月3日是"女儿节"(雏祭、雏の节句、桃の节句),其实就是古代的上巳②;5月5日是男孩节(端午

---

① "至于元日的门松,端阳的张鲤祭雏,七夕的拜星,中元的盆踊,以及重九的栗糕等等,所奉行的虽系中国的年中行事,但一到日本,却也变成了很有意义的国民节会,盛大无伦。"(郁达夫《日本的文化生活》,载《宇宙风》第25期,1936年9月16日)

② 吴均《续齐谐记》:"晋武帝问尚书郎挚仲冶:'三月三日曲水,其义何旨?'答曰:'汉章帝时,平原徐肇以三月初生三女,至三日而俱亡,一村以为怪,乃相携之水滨盥洗,因流以滥觞,曲水之义,盖起此也。'"(《太平广记》卷一百九十七"束晳"条引)以三月初三为"女儿节",或即出典于此。又,谷崎润一郎《细雪》写道:"关西地方的女儿节习惯上比别处推迟一个月,本来应该再过一个月开始,可是(幸子)……建议提前一个月过女儿节,从阳历3月3日到阴历三月三日,可以供奉一个月节日娃娃。"(储元熹译,上海,上海译文出版社,2011年,第122页)所谓"推迟一个月",其实就是按中历来过。也就是说,"女儿节"的日期,日本其他地方都已改用西历,只有关西地方却仍沿用中历。盂兰盆会,关东地区在7月15日,关西地区则晚一个月,在8月15日,接近中历七月十五日,盖也是同样的意思吧。

の节句),他们挂那个鲤鱼旗,童谣里唱的那个"比屋顶还高的鲤鱼旗"(屋根より高い鲤のぼり),其实就是古代的端午,等等。

古代日本每逢七夕(たなばた,乞巧日),天皇都会令文人赋七夕诗,《续日本纪》卷十一、《日本后纪》卷十七、卷二十四,于天平六年(734)、大同三年(808)、弘仁六年(815),分别有"令文人赋七夕诗"之记载。《万叶集》中收入了多首七夕歌;《怀风藻》中收入了藤原史、山田三方、吉智首、纪男人、百济和麻吕、藤原总前等人的六首七夕诗。到了江户时期,还是要过此节。"时值初秋的七月初七是乞巧日。人们把缝好后一次也未穿过的小袖衬衣,各式各样的取出七件,叠成雌鸟翅膀的形状,又在槐树叶子上写上常见的诗歌,以祭牛郎织女。一般的人家也供上黄瓜和带着枝叶的柿子。这节日颇有趣味。"①古代他们当然是按照中历过的,但现在则移到了西历 7 月 7 日。日本的西历七夕,我觉得很有意思,他们是把它当"情人节"来过的。那个气象站的网页很搞笑:今天天气怎么样啊?晚上能不能看到牛郎织女相见啊?让人疑惑,这个牛郎织女到底是按照中历还是西历来相见的?但是我说这个很好嘛,这样牛郎织女一年可以见两次,在日本按西历见一次,在中国按中历再见一次。在大阪的河里,他们把那种发光的电珠,我不知道是怎么做的,就放了成千上万的,像天上的繁星闪烁,然后说这就是"天の川",也就是我们说的银河。在神户港,照片上这个像沙漏一样的建筑,就是神户塔,七夕那天它会挂上许愿装饰,大放光明,年轻人会跑上去求婚什么的,很浪漫。仙台的七夕还要热闹,据说是日本最有名的。

但是在我们这里,我引一则媒体的报道:"在许多年轻人心中,西方情人节才是唯一的。马小姐告诉记者,不但是她,从小到大,周围的人都不过(七夕)这个节,更有些人觉得这个节有些'土'……她到了大城市生活后,就再也没有过过'七夕'。"②七夕到底土不土?在人家那里一点都不土,对吧,哪里土了?我们这里就觉得很土,尤其是从农村来的。觉得七夕"土"的,说不定还是"哈日族",这个就有点讽刺的意思了。所以我要利用这个场合呼吁

---

① 井原西鹤《好色五人女》卷二《一往情深的箍桶匠的故事》,收入《浮世草子》,王向远译,上海,上海译文出版社,2016 年,第 301 页。
② 2005 年 8 月 11 日《新民晚报》载《在外过"七夕"不如回家添个菜》。

一下,我们自己要善待和重视七夕,不要被人家把七夕拿去申遗了,甚至还是西历七夕,我们再去抗议。那个端午就是这样,现在能放假,全亏了韩国人,他们那个"江陵端午祭"一申遗,我们这里马上就放假了。现在还有一个重阳,内地还没有放假,谁再去申一下遗,我们就又能放假了。

说到重阳节,在平安时期也称"菊花节",在这一天饮酒赏菊赋诗的习俗,始于嵯峨天皇在位期间的弘仁三年(812):"幸神泉苑,宴侍从已上,奏妓,命文人赋诗。"①嵯峨天皇自己也作有《九日玩菊花篇》诗。此后渐成故事,如843年,"(九月)甲午(九日),是重阳节也。天皇御紫宸殿,宴群臣及文人,同赋'白露为霜'之题"②。854年,"(九月)辛卯(九日),重阳节也。帝御南殿,赐宴侍臣,命乐赋诗如常"③。861年,"(九月)九日庚辰,重阳节。天皇不御前殿,于殿庭赐菊酒亲王以下、侍从以上及文人,酣饮赋诗,敕赐题云'菊暖花未开'"④。在平安文人的集子里,如菅原道真(845—903)的《菅家文草》里,有许多的重阳咏菊诗。"菊花节"当然要作诗,赋菊花,但是他们作诗很奇怪,大家看上面最后那条,作的题目是"菊暖花未开"。重阳节必须赏菊,可是菊花没开,这个不能赏。为什么?因为日本天气比中国暖和,所以九月九日重阳节的时候,日本的菊花还没怎么开呢。可是他们又要学中国,到了那天必须喝酒作诗。可是看看菊花都没开,怎么办呢?那个出题的天皇很聪明,"菊暖花未开",只能作这个题目了。中国的"满城尽带黄金甲",那样的诗是作不出来的。中日气候节令不同,重阳节日本菊花尚未开,使日本诗人很是尴尬,于是就有"残菊节"之设,比重阳节推迟近一个月。"至村上天皇天历四年(950),以十月五日置残菊节,仪式如重阳。"⑤其实中历十月五日,他们的菊花开得正好,但是你不能说"菊花节",因为九月九日已经把那个名头占了,所以十月五日只能是"残菊节"。"冷泉天皇安和元年(968),复置九日节,不久废止。"⑥看来重阳节很难适应日本的气候。到

---

① 《日本后纪》卷二十二"嵯峨天皇弘仁三年(812)九月甲子(九日)"条。
② 《续日本后纪》卷十三"仁明天皇承和十年(843)九月甲午(九日)"条。
③ 《日本文德天皇实录》卷六"齐衡元年(854)九月辛卯(九日)"条。
④ 《日本三代实录》卷五"清河天皇贞观三年(861)九月九日庚辰"条。
⑤ 朱云影《中国文化对日韩越的影响》,台北,黎明文化事业公司,1981年,第589页。
⑥ 朱云影《中国文化对日韩越的影响》,第589页。

了江户时期,井原西鹤(1642—1693)的《日本永代藏》(1688)、《世间胸算用》(1692)里,仍提到过重阳节(菊花节)之事①。日本改用西历以后,重阳节移到西历9月9日,就更无法赏菊花了,也就更有名无实了,所以明治维新以后,重阳节就被废除了。当然也有些地方,仍保留了重阳节的习俗,并按中历来过。如长崎的诹访神社,会在10月上旬舞龙,以庆祝重阳节。顺便说一句,菊花后来成了日本皇室之花,十六瓣的菊花成了皇室的纹章,这可能也是重阳节不振的一个原因。东京明治神宫、靖国神社、新宿御苑的菊花展,一般于10月中旬至11月中旬举办,差不多就是原先菊花节至残菊节之间那段时间。

另据圆仁的《入唐求法巡礼行记》记载:"八月十五日之节,斯节诸国未有,唯新罗国独有此节。"②这是有关中秋节较早较明确的记载,所以有韩国学者主张,中秋节是由韩国人创始的③。大家别生气,因为有关中国过此节的记载,大都是宋代以后的(如孟元老的《东京梦华录》),比较晚一点。但中国人也对此节作出过贡献,如早在唐代就引入了八月十五夜赏月的内容,首开其风的是诗圣杜甫,白居易等诗人又扬其波,这一点同样是不能否认的。日本人从平安时期开始过此节,文人到那天晚上也要赏月(月见)、饮酒(月见酒)、作诗,这应该是受了唐代诗人,尤其是白居易的影响④。不过,日本后来改用西历以后,没法把它改到西历8月15日——因为那天晚上不一定有满月,所以只能改到西历9月或10月里的某个月圆日(其实就是中历八月十五日那天),仍叫"月见"(つきみ),具体西历日期自然就每年不同了。

至于天干地支十二生肖,日本人如有继续使用的,也都全部对应西历

---

① 《日本致富宝鉴》(《日本永代藏》)卷一之二《邪风沦落第二代》:"彼西国豪客挥霍百两黄金为大坂屋野风做菊花节胜会",《家计贵在精心》(《世间胸算用》)卷四之一《恶口相讥乌黑夜》:"大坂生玉神社的秋祭是在九月重阳",均收入《井原西鹤选集》,钱稻孙译,第9、164页。

② 圆仁《入唐求法巡礼行记》卷二"开成四年八月十五日"条。

③ 《朝鲜日报》载李奎泰《秋夕考》(日期失记)。其实早在《隋书·东夷·百济传》中,即已经记载了"八月十五日"之节:"至八月十五日,设乐,令官人射,赏以马布。"百济660年被唐罗联军灭亡后,新罗应该继承了这一节日。《旧唐书·东夷·新罗传》:"又重八月十五日,设乐饮宴,赉群臣,射其庭。"圆仁所说,应是在百济原有节日上,新罗新增添的解释和内容。

④ 参见本书所收拙文《中国岁时文化在东亚》三"基于中历的东亚传统节日"。

年了①。

六、白居易的"粉丝"

他们的文学发达了,汉字也认得了,也会作汉诗了,也会写汉文了,那就开始追星了,尤其是追文学明星,这个全世界都一样的。那个时候,既然中国文学最先进,可想而知,文学明星,自然大多是中国文人。唐朝那时候,最大的文学明星,其实不是李白,不是杜甫,而是白居易。那个白居易,不仅是中国的文学明星,也是朝鲜半岛、日本乃至整个东亚世界的文学明星,是一颗汉文学的"国际巨星"。不过跟我们有点不同,日本人喜欢叫他"白乐天",而不是白居易。"白乐天"这个名字,可能是日本最知名的中国人名,就像"藤野先生"在中国一样。

白居易的文集,还在他活着的时候,就传到了日本。最初日本只有一部《白氏文集》,收藏在天皇的皇家图书馆里,外面一般的人看不大到。于是天皇近水楼台先得月,就成了最初的"追星族"了②。藤原实兼记录大江匡房晚年谈话的《江谈抄》第四、林梅洞、林鹅峰的《史馆茗话》等,都记载了一个有意思的故事,这里我们且来看看后者。"嵯峨天皇巧词藻,常与野篁成文字戏。"有个天皇叫嵯峨天皇(786—842,809—823在位),他很会作汉诗,巧于辞藻,经常与野篁一起谈诗论文。这个野篁是当时的一个官僚,也是和歌、汉诗都作得很好的一个人,本来姓小野,名篁(802—853③),是曾为《凌

---

① 永井荷风的《梅雨时节》里,占卜师与咖啡馆女招待君江的对话,显示了现代日本人的属相已对应西历年:"您多大岁数?""是个整数。""那是属鼠的。生日是什么时候?""五月三日。""鼠年五月三日吗?"(郭洁敏译,上海,上海译文出版社,2018年,第5页)毅平按:该小说作于1931年,君江是年二十岁,她属鼠的话,应出生于1912年,按传统的虚岁算法,正好是整二十岁。

② "早已传到日本,而为嵯峨上皇所欣赏的《白氏文集》,是其前著《长庆集》五十卷。"(木宫泰彦《日中文化交流史》,胡锡年译,第197页)《白氏长庆集》五十卷,由元稹编定于长庆四年(824),是白居易作品的第一次结集本。后来它以二十九卷残卷的形式,著录于藤原佐世的《日本国见在书目录》(891)里。此《白氏长庆集》的编定,已经在嵯峨天皇退位以后,传入日本自然要更晚一些,所以木宫泰彦说的是"嵯峨上皇",而不是"嵯峨天皇"。

③ 据《日本文德天皇实录》卷四"仁寿二年(852)十二月癸未(廿二日)"条,小野篁卒于是日,享年五十一岁。中历是年十一月十八日,已为西历853年元旦,是年十二月廿二日,为853年2月3日。一般以疏于换算故,均误其卒年为852年,特此纠正并说明。

云集》(814)作序的小野岑守(777—830)的儿子,但当时的日本文人觉得,中国人大都是单姓,他们大都是复姓,有点土,不够时尚,于是就常把复姓缩减成单姓,表示与国际(中国)接轨,正如江村北海(1713—1788)《日本诗史》凡例所说:"我邦多复姓,操觚之士或以为不雅驯,于是往往减为单姓。"又如太宰春台(1680—1747)《斥非》所说:"今之操觚者流,称人自称,丑其复姓,不拘上下,摘其一字以为称,是学中国而私拟其风俗,则其意固不恶也。"他们把这叫作"唐风名"①。这里也是一样,明明叫小野篁,却缩简成野篁,显得像是中国人——可中国有姓"野"的吗? 如果是不明就里的人,还以为是一片野竹林呢;不过,他自己的解释是"暗作野人天与性,狂官自古世呼名"②,倒是蛮符合其桀骜不驯的性格的。"一日,幸河阳馆,题一联曰:'闭阁唯闻朝暮鼓,登楼遥望往来船。'示篁。"有一天他们君臣一块出去玩,到了河阳馆,天皇就题了一联诗,给小野篁看。"篁曰:圣作恰好,但改'遥'为'空'乎?"小野篁一看就说,圣作很高明啊,但是那个"遥"字,我觉得改成"空"比较好。"天皇骇然曰:此句汝知之乎? 对曰:不知。"天皇吃了一惊,说你知道这个句子吗? 小野篁回答说不知道,今天是第一次听说。"天皇曰:是白居易之吟也,本作'空',今以'遥'字换之耳。"天皇

---

① 但这么做也有一个麻烦:后人也许会搞不清楚,以为是两个不同的人,正如太宰春台《斥非》所云:"然此事于文词中为之犹可,如题姓名而单其复姓,则相乱者甚多,当时尚不可的知其人,况数十百年之后乎?"如下述平安文人岛田忠臣,唐风名为"田达音"——意思倒是很好,"音乐的达人"。江户文人林鹅峰编选《本朝一人一首》(1665),卷四选了岛田忠臣一首,卷三又选了田达音(讹为"田口达音")一首,明显不合该书编选体例。原来林鹅峰不知道这两个名字是同一个人,也不知道《田氏家集》就是岛田忠臣的集子。"《菅家文草》或曰'田进士',或曰'田诗伯',其此人欤? 且有《哭田诗伯》诗,故载于此。"(卷三田达音《秋日感怀》诗后附"林子曰")《本朝一人一首》编刊的翌年(1666),林鹅峰专门作了一篇《田达音考》(《鹅峰文集》卷一百十八),花大力气作了考证,终于弄清楚了田达音、岛田忠臣就是同一个人(参见山本登朗《贿赂と和歌と汉诗——岛田忠臣の一首》,载《新日本古典文学大系》月报51,第63卷附录,东京,岩波书店,1994年2月)。又明年,在林鹅峰续成的其子林梅洞的《史馆茗话》中,也有相关的考证条目:"(田)达音与菅相同时,菅集所谓'田诗伯'是也……按《阳成实录》,元庆年中,菅原道真、岛田忠臣赴鸿胪馆,与渤海裴文籍赠答,考诸菅集,则田达音。达音之'音'与'忠臣'之训相通,则果是一人也。纪长谷雄或作'发昭',是亦音训通用,可类推焉。"这也是一件趣事。顺便八卦一下,像林鹅峰这样姓"林"的人,就没有这种改名的麻烦,日本名、唐风名可以"一举两得"。

② 《江谈抄》第四"暗作野人天与性,狂官自古世呼名"(《酬好古》,野相公)条:"故老传云:野相公为人不羁好直,世妒其贤,呼为'野狂'。是则'篁'字音'狂'字音也。云云。仍作此句。"(山根对助、后藤昭雄校注《江谈抄》,《新日本古典文学大系》本,东京,岩波书店,1997年)

说,这是白居易的诗,本来就作"空"字①,是我把它改成"遥"的,怎么就被你看出来了呢?"时《白氏文集》一部初传于本朝,藏在御府,世人未见之。"这证明小野篁的水平比天皇都高,能理解白居易用的"空"字,所以在完全不知情的情况下——他还以为这是天皇自己作的诗呢,觉得应该用"空"而非"遥"字。"抑足下与白居易异域同情乎?可叹可叹!"然后天皇很感慨地说,你既然不晓得这是白居易的诗,那么就是与白居易英雄所见略同了,你跟白居易"异域同情",是"同情兄"(《围城》)啊!最后,小野篁"莞尔而退",好像有点得意而嘲笑的意思了②。嵯峨天皇与白居易算是同时代人,他在位的时候,白居易不过四五十岁,连儿子都还没有生呢,而声名已经远被日本,天皇已经在那里迷他了。

前面提到的岛田忠臣(828—892)也好玩,他也是当时的一个大诗人,有一首诗叫《吟白舍人诗》,其中说:"坐吟卧咏玩诗媒,除却白家馀不能。"意思是我坐着也念诗,躺着也念诗,但是我只念白居易的诗,别的诗我都不会念,也不想念。"应是戊申年有子,付于文集海东来。"下面自注:"唐太和戊申年(828),白舍人始有男子,甲子与余同。"③意思是自己生年与白居易的儿子相同,那么白居易那年生的也许是双胞胎,其中一个就是我岛田忠臣,带着《白氏文集》来到了日本。他觉得自己就是白居易的儿子,这当然是对白居易极表倾倒之语。江户学者林鹅峰称赞他的诗:"述情写景,颇得居易

---

① 白居易诗原作"闭阁只听朝暮鼓,上楼空望往来船",见《白居易集》卷十八《春江》(第二联),在日本收入《千载佳句》卷上"人事"部"闲居"类。
② 林梅洞、林鹅峰《史馆茗话》此条,盖据《江谈抄》第四"闭阁唯闻朝暮鼓,登楼遥望往来船"(《行幸河阳馆》、弘仁御制)条:"故贤相云:《白氏文集》一本诗,渡来在御所,尤复秘藏,人敢无见。此句在彼集,睿览之后,即行奉此观,有此御制也。召小野篁令见,即奏曰:'以"遥"为"空",弥可美者。'天皇大惊,敕曰:'此句乐天句也,试汝也,本"空"字也。今читい诗情与乐天同者也。'文场故事,尤在此事。仍书之。"唯原文拙朴,林文叙事胜之,故取林文。又,838年,小野篁因怕死装病拒绝充任遣唐副使,被震怒的嵯峨上皇配流到隐岐国,至嵯峨上皇驾崩的翌年(843)始获赦归。倘《江谈抄》此传说靠谱,则应发生于838年之前。然则白集的第一次结集本,在838年前已传入日本,上距其编成的824年,最长不超过十四年时间。此外,不知嵯峨上皇的震怒,是否也与上述传说有关,亦即有"公报私仇"之嫌?
③ 岛田忠臣《田氏家集》卷中。然据白居易作于大和三年(829)的《予与微之老而无子发于言叹著在诗篇今年冬各有一子戏作二什一以相贺一以自嘲》、《阿崔》,作于大和五年(831)的《哭崔儿》、《初丧崔儿报微之晦叔》、《府斋感怀酬梦得》诸诗(《白居易集》卷二十八),其子阿崔生于己酉(829)冬,而非戊申(828),三岁夭折,则岛田忠臣所言不确。不知其为无意算错,抑是有意靠拢?

体,读了觉有余味。"①说明他的自我感觉还是有点道理的,也许真的是白居易的儿子也不一定。

　　平安时期最大的文人是菅原道真,曾师事岛田忠臣,又做了他的女婿,官至右大臣(右相),政坛文坛地位都很高。当时中国的东北那一带,有一个古国叫渤海国,他们常派使节到日本来。当时东亚各国搞外交,都必须作汉诗,互相唱和,谁作得好,谁就外交胜利,有面子。所以选派使节,选拔馆伴,是两国的大事,都要考试汉诗,优秀的才能充任。882 年那次,渤海国使节来了以后,菅原道真负责接待,他们就一起作诗唱和。"元庆六年,渤海国使者来,诸儒往鸿胪馆见之。使者一日见右大臣所作诗稿,称曰:'风制似白乐天。'大臣闻而悦之。"②"菅右相者,国朝诗文之冠冕也。渤海客睹其诗,谓似乐天,自书为荣。"③对方看到菅原道真的汉诗,就说作得很像白居易的诗,菅原道真他就很开心。这就相当于现在说,你的小说写得像莫言一样,可以得诺贝尔文学奖,你就会很开心。然后他还把那话写了下来,"有人说我的诗像白居易",好像是写在腰带上的,很光荣,很神气。菅原道真不得了,他在日本就是文曲星下凡,死后成了管文章学问的天神,供奉他的神社叫天满宫,仿孔庙而建,日本各地都有的,听说一共有上万所。京都的北野天满宫是最大的一个,那里烧香的日本人排着老长的队伍。那些日本人到那里去祈求什么呢?基本上都是祈求考试顺利,年轻的求自己,年老的求儿孙,扔扔小钱,敲敲挂钟,保佑考进东京大学、京都大学……但是菅原道真最大的光荣是写诗写得像白居易,所以他们还不如直接祈求一下白居易,也许效果会更好一些。

　　这个是比较后面一点的,庆滋保胤(约 934—997)的《池亭记》(982),日本非常有名的一篇汉文。"饭餐之后,入东阁,开书卷,逢古贤。"饭吃饱了,要读书了,跟古代的贤人见面。"夫汉文皇帝为异代之主,以好简约、安人民

---

① 林鹅峰《本朝一人一首》卷三田达音《秋日感怀》诗后附"林子曰"。但林鹅峰称赞的其实是"田达音",他当时还不知道这就是岛田忠臣(参见上文脚注);不过好在他翌年就弄清楚了这是同一个人,所以我们仍然把这看作是他对岛田忠臣的称赞。
② 《林罗山文集》卷三十七《菅丞相传》。
③ 《四部丛刊》影印日本活字覆宋本《白氏文集》附那波道圆《和刻白氏文集后序》。

也。"汉文帝是我隔世的主子,因为他无为而治,对人民很好。"唐白乐天为异代之师,以长诗句、归佛法也。"白乐天是我隔世的老师,因为他诗写得好,佛信得诚。"晋朝七贤为异代之友,以身在朝、志在隐也。"竹林七贤是我隔世的朋友,因为他们身在朝廷,心在江湖。"予遇贤主,遇贤师,遇贤友,一日有三遇,一生为三乐。"①我每天遇到这个好主子,这个好老师,这帮好朋友,这是我一生的三大快乐。你们看,他崇拜的主子、老师、朋友,全是中国人,这个"崇洋媚外"不是一点点!还有,他的老师是白居易,不是李白,也不是杜甫,这个也值得注意。这篇文章,本身受白居易《池上篇》的影响,后来又影响了鸭长明的《方丈记》,以及吉田兼好的《徒然草》。

北宋初的983至986年,日本僧侣奝然赴宋,在回答宋太宗的提问时,也特别提到了《白居易集》:"奝然善隶书,而不通华言,问其风土,但书以对云:'国中有五经书及佛经,《白居易集》七十卷,并得自中国。'"②可见《白居易集》的地位之高,可以和《五经》、佛经相提并论的。联系上述庆滋保胤的《池亭记》,也可见中国已经进入了北宋,文学风尚也已经一变再变,白居易已不那么受欢迎了③,可日本人喜欢的还是白居易,李白、杜甫他们依旧没有市面④。

当然,《卖炭翁》这样的诗歌,也出现了若干模拟之作。如辅仁亲王(1073—1119)有《见卖炭妇》诗:"卖炭妇人今闻取,家乡遥在大原山。衣单路崄伴岚出,日暮天寒向月还。白云高声穷巷里,秋风增价破村间。土宜自本重丁壮,最怜此时见首斑。"⑤大原山有多遥?京都东北部的小山,一点都

---

① 《本朝文粹》卷十二。
② 《宋史·外国七·日本国传》。毅平按:日人习称《白氏文集》,甚至只泛称《文集》,故怀疑原笔各作《白氏文集》,宋史臣按此间习称改之。事又见江少虞《皇宋事实类苑》(1145)卷七十八"安边御寇"门"日本"条引杨亿(974—1020)《杨文公谈苑》:"公言:雍熙(984—987)初,日本僧奝然来朝,献其国《职员令》、《年代纪》……奝然善笔札,而不通华言,有所问,书以对之。国有《五经》及释氏经教,并得于中国,有《白居易集》七十卷。"
③ 参见本书所收拙文《雪月花时最忆君》。
④ 藤原道长《御堂关白记》卷上"宽弘三年(1006)十月二十日"条、卷中"宽弘七年(1010)八月二十九日"条、"宽弘七年十一月二十八日"条、"长和二年(1013)九月十四日"条等,除最后一条只提到了《文集》外,都并列提到了《文选》和《文集》。
⑤ 《本朝无题诗》卷二,姓名作"三宫"。林鹅峰《本朝一人一首》卷六收入,诗题无"见"字,"白云"作"白雪",诗后附"林子曰":"辅仁者,后三条帝第三皇子,故称三宫。"

不遥,但学白居易,不遥也得遥(原作里的南山有点遥吧)。"衣单"出于"可怜身上衣正单",这个也是学白居易的。在日语里,"岚"(あらし)是猛烈的山风之意(大家都熟知的"岚山",意思就是"山风猛烈之山"),出现在此诗里,算是"和习"("和臭")。稍后的藤原忠通(1097—1164),位至关白,地位显赫,却有"读《新乐府》"组诗,其中也有《卖炭翁》诗:"借问老翁何所营,伐薪烧炭送余生。尘埃满面岭岚晓,烧火妨望山月裎。直乏泣归冰冱路,衣单不耐雪寒情。白衫公使牵车去,半足红纱莫以轻。"①也说"衣单",也说"岭岚"。他们都学白居易的《卖炭翁》,却发展出了"卖炭妇",又刮起了猛烈的山风,这个倒是青出于蓝了。

在白居易的日本"粉丝"中,才女也绝不甘落人后。平安时期两大才女,一个是清少纳言(约 965—约 1028),另一个是紫式部(约 973—约 1014)。紫式部侍奉彰子皇后,有时给皇后讲解白居易的《新乐府》。她的长篇小说《源氏物语》,人说相当于日本的《红楼梦》,在现代日本的地位非常高。里面经常引用白居易的诗歌,尤其是《长恨歌》。现代的研究者们一致认为,《源氏物语》有《长恨歌》的浓重投影(其实早在江户时期,斋藤拙堂就这么说过了,见《拙堂文话》卷一)。白居易的影响从汉文学渗入了日语文学。

清少纳言与紫式部文人相轻,但在"粉"白居易上口味一致。《大日本史》里有清少纳言的传,里面记载了一个故事,说她如何地熟悉白居易的诗歌:"皇后雪后顾左右曰:'香炉峰雪想如何?'少纳言即起搴帘。时人叹其敏捷。"②这个故事她自己也津津乐道,在《枕草子》里有详细描写:"雪在落下,积得很高,这时与平常不同,仍旧将格子放下了,火炉里生了火,女官们都说着闲话,在中宫的御前侍候着。中宫说道:'少纳言呀,香炉峰的雪怎么样呵?'我就叫人把格子架上,[站了起来]将御帘高高卷起,中宫看见笑了。大家都说道:'这事谁都知道,也都记得歌里吟咏着的事,但是一时总想不起来。充当这中宫的女官,也要算你是最适宜了。'"(第二六一段"香炉峰的

---

① 藤原忠通《法性寺关白御集》(1183 年抄本,收入塙保己一编《群书类从》,东京,《续群书类从》完成会,1960 年订正三版)。
② 《大日本史》卷二百二十四《列女·清少纳言传》。

雪")①白居易的《香炉峰下新卜山居草堂初成偶题东壁》有"香炉峰雪拨帘看"之句,在平安时期是脍炙人口的汉诗佳句之一,收入当时流行的和汉佳句选集《和汉朗咏集》,为上流社会的男男女女所熟悉,"这事谁都知道"云云,正反映了这一点。定子皇后问清少纳言的时候,她就已经在用这句诗了,因为她不是问外面的雪怎么样,而是问香炉峰的雪怎么样(京都根本就没有什么香炉峰)。别的宫女不知道,或者反应不过来,但是清少纳言马上就明白了,她也不直接回答,只是把帘子拨开,表示我知道你问的是什么。她们就这样,就白居易的这句诗歌,打了一个精彩的哑谜。这是一个光辉事迹,于是就载入了史册。《大日本史》的清少纳言传不长,记载的主要就是这个故事,肯定是认为它很了不起。同时,定子皇后如此熟悉白诗,也说明清少纳言教得好。

到了室町时期,猿乐演员、剧作家世阿弥(1363—1443)作谣曲《白乐天》,跟白居易开了个玩笑:"传说厌谈世事的白乐天,见到日本人的智海广泛,文雅风流,惊讶不已,逃了回去,殊堪发噱。"②这当然是虚构的故事,但说明白居易仍受关注,顺便也自画自赞了一番。到了江户时期,田能村竹田(1776—1834)有《卖瓮妇》诗,妇人从"卖炭"转而"卖瓮",坂井虎山(1798—1850)有《卖花翁》诗,老翁从"卖炭"转而"卖花",都是白居易《卖炭翁》的回声。一直到明治时期,"明治三诗宗"之一的小野湖山(1814—1910),还在《论诗》诗中推崇白居易的《新乐府》等:"诗人本意在箴规,语要平常不要奇。若就先贤论风格,香山乐府是吾师。"③

在1968年度诺贝尔文学奖的颁奖典礼上,川端康成(1899—1972)在获奖演说《我在美丽的日本》④中,引用矢代幸雄的说法,以诗句"雪月花时最怀友"("雪月花のとき、最も友を思う"),概括和表达了"日本的美"。该诗

---

① 清少纳言《枕草子》,周作人译,上海,上海人民出版社,2015年,第445、463—464页。
② 井原西鹤《日本致富宝鉴》(《日本永代藏》)卷二之四《号天狗风车为记》,收入《井原西鹤选集》,钱稻孙译,第38页。
③ 小野湖山《湖山楼诗钞》卷三。
④ 唐月梅译,收入《川端康成小说选》,叶渭渠译,北京,人民文学出版社,1985年,第698—699页。

句原作"雪月花时最忆君",出自白居易的《寄殷协律》诗①,以收入大江维时(888—963)编的《千载佳句》(925—929)、藤原公任(966—1042)编的《和汉朗咏集》(约1018)②,千百年来在日本脍炙人口。矢代幸雄、川端康成引用时,把特指对方的"君",改成泛指朋友的"友",更看作广泛的"人",使其关涉范围更广,但基本意思不变。川端康成这篇以向西洋人介绍"日本的美"为主旨的演说,用来概括和表达"日本的美"的诗句"雪月花时最怀友",却恰恰来自白居易的诗歌③!白居易这个中国文学明星可真是千古不朽啊!同时,这大概也是一个可以佐证钱钟书之说的例子吧?

七、从留唐到"善邻"

那时日本人最向往的当然是唐朝,然后就派遣唐使,派留学生,派留学僧。遣唐使们的始发地是难波津,也就是现在的大阪港,终点是中国的宁波或扬州。今天中日轮渡的航线,那个新鉴真轮、苏州轮的航线,从大阪港出发,穿过濑户内海,关门海峡,横渡东海,除了不在博多停靠、终点改成上海以外,就是当年遣唐使的航线。我曾经坐过好多次,很有意思,大家有机会也坐坐。奈良的"平城宫迹"(平城京遗址公园)里,还参考历史记载,"想象复原"了——他们说让我们想一想,好像应该是这样的——一艘当年的遣唐使船。

在隋唐以前,日本跟中国大陆交流,大都是间接的,常常通过朝鲜半岛中转,类似于"小三通",它要在中途跳一下。但是从盛唐开始(在日本是奈良朝与平安前期),就直接往来了,而不再经过朝鲜半岛,那就是"大三通"。为什么会这样呢?原因很简单,朝鲜半岛的局势有了变化,统一半岛以后的新罗,与日本并不那么友好,不再提供半岛作为跳板。"新罗梗海道,更由明、越州朝贡。"④但直接往来也带来了新问题,那就是当时他们的造船、航

---

① 《白居易集》卷二十五。
② 《千载佳句》卷上"人事"部"忆友"类,《和汉朗咏集》卷下"交友"类。
③ 参见本书所收拙文《雪月花时最忆君》。
④ 《新唐书·东夷·日本传》。

海技术不够,尤其是不知道利用季风。即使到了盛唐以后,他们派遣唐使的时候,一般都要派四艘船,每艘船上都会有四等官员之一,即正使、副使、判官、录事等。为什么呢?因为凭他们当时的造船、航海技术,四艘船里有一艘能够到达中国,或者返回日本,那就已经很不错了。有的就吹回去了,有的就翻掉了,有的就失踪了,有的就漂到琉球、安南去了,那个风险是非常大的①。而在盛唐以前,通过朝鲜半岛中转的时候,那个风险就小得多。古时候的造船、航海技术,东亚跟欧洲是不能比的,欧洲在古希腊的时候,就有大规模的海战了。我们到了元朝的时候,要去东征日本,在高丽造了很多船,结果到了日本,到了九州,就被那个台风给全部吹掉了。所以当时造船、航海的技术,还有气象方面的知识,都还很有限,风险非常大。

当时除了官方的使船,还有民间的商船,如新罗船、唐船,尤以唐船居多,质量都好于日本船。日本停止派遣遣唐使以后,日人来唐大都利用商船。新罗船商张保皋(又作"张宝高",杜牧《樊川文集》卷六有《张保皋郑年传》,《新唐书·东夷·新罗传》、《三国史记》中也有传)的船队就很厉害,船的质量也不错(838年最后一次遣唐使返日时,由于嫌日本使船质量不好,就租借了九艘新罗商船回国),尤其是可以途经新罗,那条航路比较安全。又因为新罗的商船业发达,所以中国山东、江苏沿海各州县,往往有新罗侨民聚居的"新罗坊"。如刚才提到的日本僧侣圆仁,随最后一次遣唐使入唐,在唐旅行途中,曾投宿文登、楚州等地的"新罗坊",跟唐人、新罗人"笔言(用汉文笔谈)通情",又用汉文记了八万字的日记,最后坐新罗人的商船回国……当时就是这样一个国际化的时代,一个非常"一体化"的世界(有人甚至把黄海、东海称作"东亚地中海")。也可能由于这个原因,所以在京都比叡山的延历寺里,并立有圆仁、张保皋的纪念碑。

根据日本史料记载,留唐学生里头,有两个人最有出息。一个是吉备真备,另一个是晁衡。"我朝学生播名唐国者,唯大臣(吉备真备)及朝衡二人

---

① "遣唐使舶可能就是百济式的船……总之非常脆弱,船身前后拉力小,一旦触礁,或因巨浪而颠簸,便马上会从中间断开。""取道南路的第三期、第四期遣唐使每次都遭到风波之险,这当然是由于造船术幼稚,只能以极其脆弱的船舶横渡直径达五百海里的东中国海,但更重要的原因恐怕是当时还没有充分掌握关于东中国海的气象知识。"(木宫泰彦《日中文化交流史》,胡锡年译,第78、94页)

而已。"① 正如后来江户时期菅茶山(1748—1827)《开元琴歌西山先生宅同诸子分赋席上器玩余得此》所唱:"维昔李唐全盛日,岁修邻好通使船。沧波浩荡如衽席,生徒留学动百千。吉备研究卢郑学,朝衡唱酬李杜篇。此时典籍多越海,岂止服玩与豆笾。"②

先说吉备真备(695—775)。717年他随第九次遣唐使赴唐,在唐朝留学十七年,主要学习《五经》《三史》,734年随第十次遣唐使回国。吉备真备回国时,带回许多汉籍,如《东观汉记》四十三卷、《唐礼》一百三十卷、《大衍历经》一卷、《大衍历立成》十二卷、《乐书要录》十卷(与吉备真备同船回国的僧玄昉,也带回经论章疏五千余卷,可能就是《开元大藏经》的全部),并撰进日本最早的汉籍目录《将来目录》("将来"乃"携来"之义)。"在这段(汉籍)东传史中,贡献最巨、具有代表性的人物就是吉备真备……从《旧唐书》的'所得锡赉,尽市文籍,泛海而还'以及《新唐书》'悉赏物贸书以归'这些话,不难窥见其访书、购书之狂热。回国后,他撰进《将来目录》……可见吉备真备'在唐多处营求'各种汉籍,不是盲目的,而是按图索骥有所依据的,那就是《集贤院见在书目录》。这部目录成书于开元十九年(731)、真备回国前三年,无疑是当时一部最新、最完整的唐代朝廷藏书目录;他就是依凭这部目录在唐搜购汉籍的。这说明他搜购汉籍的活动,既具有超人的热情,还具备明确的目的性、周密的系统性,十七年间,所得汉籍之种类、数量和质量是空前的。这部《将来目录》虽然已佚,但据《扶桑略记》的记载,'夫所受业,涉穷众艺',所传汉籍涉及经史诸子、礼仪刑法、天文历算、音韵书法、阴阳五行'并种种书迹、要物等,不能具载',现今可考者属凤毛麟角,仅其中幸存的极小一部分。这些汉籍,为日本的经史、礼仪、刑法、历法、算术、音乐以及军事、建筑的发展、国力兴盛做出了贡献……实际上,吉备真备是一位日本汉籍东传的里程碑式人物,日本搜求、引进、收藏大宗汉籍的真正的奠基人;他的《将来目录》就是一部当时记载日本汉籍东传的最早的完备的目录,是藤原佐世编纂《见在目》的主要根据之一。"③ 吉备真备为汉籍系

---

① 《续日本纪》卷三十三"光仁天皇宝龟六年(775)十月壬戌(二日)"条。
② 俞樾编《东瀛诗选》卷十一"菅晋帅"。
③ 孙猛《日本国见在书目录详考》,下册,第2153—2154页。

统东传、日本汉学奠基做出了巨大贡献。他回国后,曾任孝谦天皇的老师,讲授《礼记》与《汉书》。752年他作为副使再度使唐,翌年末(西元已是754年初)回国。此后仕途顺利,一直做到右大臣正二位。他不仅是片假名的创制者,而且引入了唐代的印刷术①。

再说晁衡。晁衡(701—770),又作朝衡("晁"、"朝"通),字巨卿,本名阿倍(又作阿部、安倍,发音都是"あべ")仲麻吕(两《唐书》又作仲满),晁衡是其来唐后取的中国名字,据说是唐玄宗所赐。他可能出身于奈良的汉移民世家。716年,他十六岁时,被选为留唐学生。翌年(717)与吉备真备一起,随第九次遣唐使来华。"慕中国之风,因留不去"②,"慕华不肯去"③。他在唐朝的生活非常成功,还结交了王维、李白、储光羲、包佶、赵骅等一批朋友(他长储光羲六岁,与王维、李白是同龄人)。入唐三十七年后,753年,他五十三岁,随第十一次遣唐使回国,这次的副使就是吉备真备。晁衡与大使藤原清河第一船,另一副使与鉴真第二船,副使吉备真备第三船。好友们纷纷赋诗相送,如王维有《送秘书晁监还日本国并序》:"……乡树扶桑外,主人孤岛中。别离方异域,音信若为通?"④担心以后联系不便。晁衡也作《衔命还国作》诗留别,应该是送给王维、李白等友人的:"衔命将辞国,非才忝侍臣。天中恋明主,海外忆慈亲。伏奏违金阙,騑骖去玉津。蓬莱乡路远,若木故园邻。西望怀恩日,东归感义辰。平生一宝剑,留赠结交人。"⑤他要回日本去,唐玄宗非常大方,就说虽然留你不住,但我还是给你一个官做,让你以大唐使节的身份,护送日本使节回去,这样你就可以衣锦还乡了,父老乡亲那里也可以有一个交待。遣唐使船从苏州出发,沿着大运河北上,经润州(镇江)北固山入江下海。晁衡与唐朝友人告别,明月高挂夜空,晁衡

---

① 武田时昌《中国科技在日本》说:"日本出版业的嚆矢,是神护景云四年(770)孝谦天皇为祈愿平定惠美押胜之乱而印制的百万塔陀罗尼。其使用的印刷术,应是吉备真备从唐朝带回的技术之一。"(收入蔡毅编译《中国传统文化在日本》,第209页)毅平按:"孝谦天皇"应作"称德天皇"。"惠美押胜之乱"发生在764年,时为淳仁天皇八年。又,一千一百一十九年后,1889年,游历日本的傅云龙得到了其中之一,作《无垢净光陀罗尼塔记》记之,见其《游历日本余纪》,收入钟叔河等《早期日本游记五种》,长沙,湖南人民出版社,1983年,第188—189页。
② 《旧唐书·东夷·日本传》。
③ 《新唐书·东夷·日本传》。
④ 《王右丞集》卷十二。
⑤ 《全唐诗》卷七百三十二。

触景生情,想起了故乡春日野三笠山的月亮,怅然有感,于是咏和歌一首:"阿麻能波罗布利佐计美礼婆加须我奈流美加佐能夜麻珥以传志都岐加毛"(天の原ふりさけ見れば春日なる三笠の山に出でし月かも;仰望苍穹见明月,月出春日三笠山)。和歌中表达了浓郁的乡愁,成为和歌史上的千古绝唱。"因写以汉语示之,众皆感叹。"①可是他运气不好,不幸中途遇风,他与藤原清河的那艘船,一直漂流到安南去了(吉备真备、鉴真和尚的船则到达了日本)。然后历经艰辛,于后年(755)转辗回到长安。但当时朋友们都以为他已经遇难了,所以李白写了《哭晁衡卿》诗悼念他:"日本晁卿辞帝都,征帆一片绕蓬壶。明月不归沉碧海,白云愁色满苍梧。"②经历此次大难,后来他干脆就不回去了,因为实在太危险了③。于是他一直在唐朝做官,官越做越大,从刚入仕的正九品下,一直做到正三品。有一个官很有意思,唐肃宗上元中(760—761),他以日本客卿的身份,做了安南都护,也就是安南总督!后仕至光禄大夫兼御使中丞、北海郡开国公,食邑三千户。770 年卒于长安,享年七十岁,赠潞州大都督(从二品)。但是他始终忘不了故乡,生前曾托新罗朋友带信。但其家书辗转带到日本时,已经是 770 年,也就是他去世之年了。"初,问新罗使来由之日,金初正等言:'在唐大使藤原河清、学生朝衡等,属宿卫王子金隐居归乡,附书送于乡亲。是以国王差初正等,令送河清等书。'"④日本朝廷因此嘉新罗使勤劳,赐大使金初正以下各有差。779 年,唐使孙兴进一行访日,可能带去了晁衡在唐去世的消息,日本朝廷赐物其家以补办丧礼:"前学生阿倍朝臣仲麻吕在唐而亡,家口偏乏,葬礼有阙,敕赐东绝一百匹,白绵三百屯。"⑤

在当时的日本,类似晁衡这样的经历,应该是很值得羡慕的吧?"古来

---

① 此歌收入《古今和歌集》卷九"羁旅歌"、《小仓百人一首》之九。此歌原文(万叶假名)及写作经纬据《大日本史》卷一百十六《阿倍仲麻吕传》。

② 《李太白全集》卷二十五。

③ 759 年,日本曾派遣迎入唐大使使高元度,随第四次渤海使节行,以经由渤海国入唐,接回藤原清河等人,也应包括晁衡,后以安史之乱而不果。

④ 《续日本纪》卷三十"称德天皇宝龟元年(770)三月丁卯(四日)"条。称德天皇是年八月去世,光仁天皇十月继位改元,史臣溯前使用宝龟年号。又,"河清"即"清河",《大日本史》卷一百十六《藤原清河传》据《日本纪略》前篇十三"桓武天皇延历二十二年(803)"条云:"逢风漂泊安南……复归长安,遂留仕唐,改名河清。"

⑤ 《续日本纪》卷三十五"光仁天皇宝龟十年(779)五月丙寅(二十六日)"条。

遣唐使归朝荣达者,无如吉备公。显名于中华者,粟田真人、丹穉广成及朝衡也,就中朝衡最藉甚也。"①"日本的安倍仲麻吕和藤原清河在唐朝任官,只是在日本历史中当作罕有的事迹来宣传,而在唐朝却是寻常的事情。"②这个"日本历史",指的应该是平安时期编纂的《续日本纪》、《续日本后纪》、《日本纪略》等史书吧③?但是后来到了江户时期,评价的标准就不一样了。广濑淡窗的《咏史》四首其四云:"礼乐传来启我民,当年最重入唐人。西风不与归帆便,莫说晁卿是叛臣。"④前两句还很客气,说中国的礼乐传到日本,启发了日本人民,所以当年在日本最受重视的,就是那些留唐的人——就像今天留美的人。但后两句就不太客气了,表面意思是说,是交通不便使得晁衡回不来,大家不要说他是日本的叛臣,其实隐含的意思却是,在日本有一种声音,把晁衡看作是叛臣!这指的其实就是当时正在编纂中的《大日本史》,里面专门设了一个"叛臣传",也许有人认为晁衡该入"叛臣传"⑤,当然谢天谢地结果没入⑥。在当年是"最重入唐人",现在却认为晁衡是叛臣,评价的标准完全变了。这个变化,与日本和中国关系的变化密切相关,

---

① 林鵞峰《本朝一人一首》卷十朝衡《衔命使本国》诗后附"林子曰"。
② 木宫泰彦《日中文化交流史》,胡锡年译,第214页。
③ 《续日本后纪》卷五"仁明天皇承和三年(836)五月戊申(十日)"条云:"故留学问赠从二品安倍朝臣仲满(大唐光禄大夫右散骑常侍兼御史中丞北海郡开国公赠潞州大都督朝衡)可赠正二品。"其赠从二品时间,林鵞峰说是去世当年:"当光仁帝宝龟元年(770),讣闻于本朝,赠从二品。"(《本朝一人一首》卷十朝衡《衔命使本国》诗后附"林子曰")但《续日本纪》、《日本纪略》未见相关记载。《大日本史》卷一百十六《阿倍仲麻吕传》原按语云:"赠从二品诸书不经见,疑在延历二十二年(803)赠清河位时乎?《日本纪略》脱却,今无所考。"其说合理。盖803年赠藤原清河正二品,赠阿倍仲麻吕从二品;836年赠藤原清河从一品,赠阿倍仲麻吕正二品;皆各高一级,似合乎逻辑。803年赠阿倍仲麻吕从二品,似特意比其在唐的正三品(安南都护)高一级,或同于其在唐追赠的从二品(赠潞州大都督),而三十三年后则又加一级,可见日本朝廷对于晁衡的重视。有意思的是,后于晁衡五年去世、一直服于本国的吉备真备,也位至右大臣正二位,分道扬镳的二人堪称殊途同归。
④ 广濑淡窗《远思楼诗钞》初编卷下。
⑤ 比如安积澹泊(1656—1737)《大日本史赞薮》卷三《阿部仲麻吕等传赞》就说:"阿部仲麻吕(晁衡)慕唐之文物,留而不归,易姓名,受官爵,是蔑祖先而二本也,岂圣贤之道哉!世徒眩于才藻,不究其本,而歆艳其为唐廷文士,所推奖过矣……皇朝覆载之仁,不罪二人(毅平按:指藤原清河、阿倍仲麻吕),而存恤之,亦忠厚之至也。"此外,谷泰山(1663—1718)、近藤芳树(1801—1880)、藤田东湖(1806—1855)等人亦多有非议,而林罗山(1583—1657)、古贺谷堂(1778—1836)、广濑淡窗(1782—1856)等人则为晁衡辩诬(参见陈福康《日本汉文学史》,上海,上海外语教育出版社,2011年,中册,第385页)。
⑥ 《大日本史》卷一百十六《阿倍仲麻吕传》据《古今集抄》云:"仲麻吕在唐凡五十余年,身虽荣贵,思归不已,言及乡国,未尝不凄恻也。"似乎也是为了回应当时这种非难的声音。

其实已经是"山雨欲来风满楼"了。另外,晁衡诗里以中国为"天中",日本为"海外",这类表达,后来自然也会被认为立场有问题,"政治不正确"。

而相比之下,在江户时期更受重视的,显然是吉备真备。其时振兴学校教育,各藩纷纷设立藩校,以日本贤哲从祀孔子,配享人物五花八门,以菅原道真、吉备真备预享最多①。

到了明治维新的时候,日本开始发达起来,学西方学得比较像。原来是中国的五经博士到了百济,又从百济到了日本,教他们礼乐,现在是斗转星移,日本人接受中国的聘请,到中国来工作,帮中国修补礼器了。松平康国(1863—1946)就是其中的一个。1902年,他应袁世凯之聘赴华工作,临行前赋诗《壬寅九月应聘赴清国赋似善邻书院诸子》②。这首诗很有意思,我们来看一下。"宦游岂为斗升谋,运会偏怜禹九州",我去中国工作,不是为了挣钱,而是因为中国是大禹的故乡,现在落后了,我同情而想帮助它。"击筑夜歌燕市月,闻鸡晓度汉关秋",这个是套话,我们不必管它。"善邻须补敦槃缺",我们要跟中国搞好关系,做好邻居,但是他们的礼器——"敦槃"就是礼器,他们的礼器缺损了,我要去帮着补一补。这个跟刚才的"礼乐传来启我民"正好方向相反了,就是说我去是为了帮助中国的,而不再是像古人那样是去学习的。"去国阴资廊庙谋",同时,也是为了暗地里给日本出谋划策,谋取国家利益。"休把晁卿相比拟,何曾富贵异乡留",可别把我比作当年的晁衡,晁衡是为了富贵荣华,才留在中国不回来的——还是日本的"叛臣"啊——但我是一定会回来的。

长久以来,我们一直把晁衡看作是中日友好的使者,可能不知道在日本,尤其是近世以来的日本,还存在着另外一种完全不同的声音吧?而从留唐到"善邻"(近代以后则更是变成了"恶邻"),日本人对中国的看法和态度也已经发生了质变。

---

① 参见高明士《东亚教育圈形成史论》,第268—269页。
② 松平康国《天行诗钞》一册附录一册(非卖品),东京,《松平先生古稀纪念文集》出版挂,1933年,第34页。毅平按:标题中"似"字原文如此。日本汉诗文每以"似"字表"示"意,如竹添井井《杭苏游草》之《廿八日抵苏州泊阊门外雨大至赋似内人》,股野琢《苇杭游记》"九月二十八日"条"午前七时发京城,赋似西湖"("西湖"为某人名),等等,皆以"似"为"示"也。

八、汉文学的风靡与反动

平安时期,清少纳言的《枕草子》曾说:"文是,《文集》,《文选》,文章博士所作的申文。"(第一七三段"文")①"《文集》"指《白氏文集》,"《文选》"指《昭明文选》,"申文"指日本的文章博士所作的一种汉文。《文集》、《文选》都成了专名,正如林梅洞、林鹅峰的《史馆茗话》所云:"本朝朝士之作诗,多是效白氏体,故不斥其名,唯称《文集》。"可见当时的文学标准独重中国文学,兼顾日本汉文学,而使用假名的和文学还没有什么地位,尽管《枕草子》本身也是用假名写的。926年,奈良兴福寺宽建法师奏请"就唐商人船入唐求法及巡礼五台山","法师又请此间文士文笔,菅大臣(菅原道真)、纪中纳言(长谷雄)、橘赠中纳言(广相)、都良香等诗九卷,菅氏、纪氏各三卷,橘氏二卷,都氏一卷,但件四家集,仰追可给,道风行草书各一卷,付宽建,令流布唐家"②。这些都是汉诗文集和汉字书法,还根本轮不上《枕草子》或《源氏物语》。从这种朝野上下有意识的"走出去战略",以及其取汉文学弃和文学的具体内涵,可以看出当时文学标准之所在。可惜这些平安朝汉文学家,在宋朝没有激起任何水花。

到了五山时期,文化的重心、汉学的重心,都转移到了寺刹,僧人兼任了文人,但文学的标准基本不变。吉田兼好(1283—1350)的《徒然草》,开宗明义即说:"余之所望于男子者,修身齐家之实学,善诗赋文章,通和歌管弦之道,并精于典章制度,能为人表率,斯为至上。工书而能信笔挥洒,善歌而必中节拍,对酒苦辞不得,亦能略饮以为酬应,此于男子,皆为佳事。"(第一段)然后又说:"一灯之下,独坐翻书,如与古人为友,乐何如之!书籍云云,《文选》诸卷皆富于情趣之作,此外如《白氏文集》、老子之言、南华诸篇并皆佳妙。我国上世博士等之著述亦多高妙者。"(第十三段)③所谓的"诗赋文

---

① 清少纳言《枕草子》,周作人译,第340、365—366页。
② 释皇圆《扶桑略记》卷二十四(收入《国史大系》第六卷,东京,经济杂志社,1897年)。
③ 王以铸译,收入《日本古代随笔选》,北京,人民文学出版社,1988年版,1998年印,第334、342页。

章",乃是指汉文学的修养,与"和歌管弦",也就是本土文化相对。而作为"诗赋文章"效法的榜样,乃是《昭明文选》、《白氏文集》、老子之言、南华诸篇、日本上世博士等之著述,除增加了老庄外,与清少纳言所说无异,仍以中国文学为主,日本汉文学次之,而没有和文学什么事。可见即使到了五山时期,也仍延续了平安时期的文学标准。

在五山时期,日本最好的一些汉诗人,大都在寺庙里,也就是所谓的"诗僧"。这样的诗僧数不胜数,横川景三(1429—1493)是其中之一,我们来看看他的两组诗歌。《扇面》其二(唐扇以绢裁之有梅花)云:"此画江南物,梅花一朵新。莫言生绢薄,中有大唐春。"《送遣唐使》其一(北鹿苑子璞为大明正使)云:"远奉皇华万里行,欲超鲸海上燕京。金襕映日紫宸殿,东望扶桑天已明。"其二(岱岳)云:"中朝奉使几时还,一片春帆海上闲。昨夜离愁都似雪,风吹先欲满燕山。"其三(岱艺)云:"皇明持节海程遥,一别春风缩柳条。若写离愁上船去,和烟和雨入中朝。"① 当时的五山僧侣喜好游历中国,入宋入元入明的僧侣极多,且一人就是多年甚至几十年,所以说话行文极易"入乡随俗"②。横川景三虽说不见有入明的记载,但在这样的风气中也未能免俗,所谓"大唐"、"大明"、"皇明"、"中朝",都忘了站稳自己的日本立场。另一个五山僧侣普福,倒是在宣德七年(1432)入明的,其《被获叹

---

① 前诗收入其《补庵京华前集》,后诗收入其《补庵京华别集》,二集收入玉村竹二编《五山文学新集》第一卷,东京,东京大学出版社,1967年,第236、507页。
② "五山文学,比起平安朝时代贵族玩弄的汉文学以及江户时代的儒者所作的汉文学来,远为优秀,完全摆脱了日本腔调,几乎和纯粹的宋元诗文学无异……五山文学所以能这样完全摆脱日本腔调,达到可以和宋元诗人作品媲美的地步,确是由于入元僧们长期留在中国,尽情地领略了当地的山川风物,无论在兴趣或风尚方面都完全中国化了的缘故。"(木宫泰彦《日中文化交流史》,胡锡年译,第492—493页)这其实还真是一把"双刃剑",有时似易丧失自己的立场,故也有人反而评价不高。比如绝海中津(1336—1405)等五山禅僧,曾代足利氏起草"遣明表",自称"日本国王臣源某",还不惜使用明朝年号,乃被批为"有失日本体面"(木宫泰彦《日中文化交流史》,胡锡年译,第519、547页)。又如中岩圆月(1300—1375)作《日本书》,竟异想天开,主张日本天皇是吴太伯后裔,以致该书旋即遭禁,后来失传(参见金文京《日本五山禅僧中岩圆月留元事迹考》,收入拙编《东亚汉诗文交流唱酬研究》,第14页)。毅平按:后来江户初期,林罗山、鹅峰父子主持编纂《本朝通鉴》一百三十卷(1670),仍不识时务,因袭中岩圆月《日本书》的主张,以神武天皇为吴太伯后裔,为德川光圀所不喜,而另起炉灶,召集学者编纂《大日本史》。又,说话立场有问题的初不限于日人,即如《日本书纪》中所用百济史料,竟然称日本为"贵国"、"天朝",显然不可能是百济史料的原貌,很可能是编纂者中有百济遗民及后裔,为讨好日本主人而对百济史料动了手脚。

怀》诗云:"来游上国看中原,细嚼青松咽冷泉。"①以中国为"上国",也明显迎合中国立场。在后来江户时期的有些文人看来,所谓"大唐"、"大明"、"皇明",所谓"中朝"、"上国",就像晁衡诗里的"天中"、"海外"一样,都是"国家意识"不强的表现,立场有问题,"政治不正确",看这些汉诗他们就不舒服②,但五山诗僧的"觉悟"却没那么高③。"和烟和雨"可以理解为语涉双关。"梅花"是中国的象征,正如樱花是日本的象征。我们刚才说过的,日本文人早先多咏梅花,后来多咏樱花。但即使在五山时期,梅花还是受到了追捧,频繁出现在汉诗文里。在日本古代文学里面,梅花与樱花比重的转换,主要是在江户时期完成的④。这是一个相当微妙的问题,正如在中国近代文学里一样(详见下文)。

到了江户时期,风朝两个相反的方向吹,一边是更迷恋中国和中国文化,一边是开始强调日本的国家意识。前者以荻生徂徕(1666—1728)为代

---

① 朱彝尊《明诗综》卷九十五下"属国"下。
② 比如江户时期的"国学家"本居宣长(1730—1801)对此就很恼火,其《玉胜间》卷十一"皇国学者之怪癖"条云:"唐土之国,既可称作'もろこし'(唐土),也可称作'から'(唐),在汉文中则写作'汉'或'唐',而竟有人愚拙地美其名曰'中华'、'中国'!此事《驭戎概言》言之已详,此处不赘。"
③ 其实当年晁衡(701—770)《衔命还国作》的"天中恋明主,海外忆慈亲"已经是这样了,后来日本也有人指摘晁衡该诗以中国为"天中"、以日本为"海外"是本末倒置,参见本书所收拙文《"天下观"之争》。当然,个别"觉悟高"的也有,如希世灵彦(1403—1488)的《观明使朝贡》(1434)诗:"海不扬波圣化齐,使星入贡远航梯。方知日出处天子,势压中华万里西。"(《村庵稿》)虽然口吻是小巫学大巫,但也实在是睁眼说瞎话,在五山诗僧中不成气候。
④ 江户前期,日人吉田正敦(1649—1725)问中国东渡禅僧高泉性潡(1633—1695)曰:"我国俗爱樱花,惟谓'さ',不名,如华人爱牡丹。此花奇艳妖态,叶间著花,绿白相交,真可爱焉。而未闻华人见于诗赋者,何也?盖中华无此花乎?彼所谓樱桃花,虽名字少相似,而彼有朱实可食之,我樱花者,虽或有小实,都不可食。然则樱花非樱桃花也明矣。不知中华何名此花耶?"高泉性潡则答非所问,只说"日本无樱桃","今此方所谓樱桃者,乃海棠也",显然于樱花毫无概念(《诗话问答》)。此后,以樱花抗衡牡丹,遂成江户汉诗套路。如日谦(1746—1829)《樱花》:"若使唐山生此树,牡丹不敢僭花王。"(《听松庵诗钞》)赖山阳(1780—1832)《咏樱花》二首其一:"独立东方长擅美,懒从桃李竞芳标。"其二:"蜀树心甘来作婢,洛花颜厚却称王。"(《东瀛诗选》卷二十一"赖襄")藤田东湖(1806—1855)《和文天祥正气歌并序》:"天地正大气,粹然钟神州……发为万朵樱,众芳难与俦。"(《东湖诗集》上篇,收入高须芳次郎编《藤田东湖全集》第三卷《东湖诗歌集》,东京,研文书局,1944年;又见猪口笃志编《日本汉诗》,《新释汉文大系》本,东京,明治书院,1972年,上册,第297页)草场船山(1819—1887)《樱》:"西土牡丹徒自夸,何知东海有名葩。徐生当日求仙处,看做祥云是此花。"(《船山遗稿》卷一)虽皆未提及梅花,而多以牡丹为比较对象,却都很明显地表现了与中国传统花卉的竞争意识。佐久间象山(1811—1864)的《樱赋》,被视为尊皇的名文。至大河内辉声笔谈记录中(如《庚辰笔话》第四卷第二十一话等),依版本异同,仍有或作"樱"或作"梅"的文字纠葛。

表,加上他所领导的古文辞派。荻生徂徕本姓物部,名双松,字茂卿,号徂徕、谖园。他自觉名字像蛮夷,比较落后,所以就将复姓"物部"改为单姓"物"(但中国好像也不大有姓"物"的吧,正如不大有姓"野"的),唐风名成了"物双松"、"物茂卿"、"物徂徕"。他说东海西海皆不出圣人,唯中华有圣人(这个确实有点过分了,连陆九渊都很平等地说过:"东南西北海有圣人出焉,同此心,同此理也。"①物先生却轻易地放弃了东海出圣人权),所以要西学于中国,这样东海才有希望也出圣人②。又以日本为东海之夷,所以他题孔子的画像,自称"日本国夷人物茂卿"③。他为翻译汉文,组织"译社"。"凡会之谭,其要在以夏变夷也,不许以俗乱雅也。"④看来他在崇拜中国上有点走火入魔。不过,他的主张也不是全无道理的。日文的语顺跟中文不同,他们的动词在后面,我们的动词在前面,所以他们读汉文的时候,往往要倒过来读,先找到宾语在哪里,然后再去找谓语,这个就是汉文和读法,或者又叫训读法。所以看日本人读汉文,脑袋上上下下地点动,很忙的。荻生徂徕不主张这么读,而是主张像中国人那么读,这也就是汉文直读法。"此方自有此方言语,中华自有中华言语,体质本殊,由何吻合?是以和训回环之读,虽若可通,实为牵强。而世人不省,读书作文,一唯和训是靠。即其识称淹通,学极宏博,倘访其所以解古人之语者,皆似隔靴搔痒;其援毫摅思者,亦悉侏儶鸟言,不可识其为何语。此无它也,向所谓易于为力者实为之祟也。故学者先务,唯要其就华人言语,识其本来面目。"⑤虽然其价值观有些偏颇,但他的主张其实有合理处,现在学外语也还是这样。直到现在,做中

---

① 《象山集》卷二十二《杂说》。
② 荻生徂徕《徂徕集》卷十七《学则一》。
③ 荻生徂徕《徂徕集》卷十四《题孔子真》。毅平按:时人讥讽之为"东夷思想"。其得意门生太宰春台也颇得其意,在《斥非》中口口声声自称"倭儒",遭深谷公幹撰《驳〈斥非〉》痛斥。
④ 荻生徂徕《徂徕集》卷十八《译社约》。
⑤ 荻生徂徕《译文筌蹄》前编序,"题言十则"其二,东京,须原屋书店,1908年。有学者认为,荻生徂徕的主张汉文直读法,与江户汉学中的"长崎派"有关。"凡是想学唐音汉语的学者文人,都来到长崎向他们(唐通事)请教,从而促使《水浒传》、《红楼梦》、《金瓶梅》等汉文的稗史小说在日本读书界流行起来,不仅直接间接对日本文学方面产生了影响,并在学术上也形成了所谓长崎派,主张直读唐音。例如荻生徂徕便是其中之一(中山久四郎《近代中国对日本文化的势力和影响》)。他曾从当时最著名的汉语学家冈岛冠山学习唐音,结果他就主张在读汉文时,不用从来的和训倒读方法,而用唐音直读,认为这样合理而且有效。"(木宫泰彦《日中文化交流史》,胡锡年译,第702页)

国学问的日本学者,最厉害的用直读法,不大厉害的用和读法①。

服部南郭(1683—1759),名元乔,字子迁,号南郭,唐风名服子迁、服南郭,学于荻生徂徕之门,是其最出色的弟子之一,也是古文辞派的最大诗人,其《夜下墨水》颇可代表这派的风格:"金龙山畔江月浮,江摇月涌金龙流。扁舟不住天如水,两岸秋风下二州。"②"墨水"就是流经江户(今东京)的隅田川,但说"墨水"有中国风味(又如他们称平安京为洛阳,称东海道为长安道,称相模川为湘水等)。这首诗给人的总体印象是似曾相识,大概混合了李杜的好些名句在内:"凤凰台上凤凰游,凤去台空江自流"(李白《登金陵凤凰台》),"峨眉山月半轮秋,影入平羌江水流。夜发清溪向三峡,思君不见下渝州"(李白《峨眉山月歌》),"两岸猿声啼不住,轻舟已过万重山"(李白《早发白帝城》),"星垂平野阔,月涌大江流"(杜甫《旅夜书怀》),等等。同时诗人赖杏坪有次韵之作,对此诗极表倾倒之意:"金龙山畔江月浮,金龙依旧涌江流。百年无复南翁句,惆怅西风两岸秋。"③这大概也是"鲁人以为敏"吧?古文辞派诗人作的汉诗,大都喜欢如此模仿唐诗。虽然他们模仿了这些描写大江的名句,但流经东京的隅田川,其实是跟苏州河差不多大小的河川,完全没有中国的长江大河的感觉。这可以说是一个典型的例子,说明古文辞派的诗人们,陶醉在中国式的风景里,而远离了日本的实际风景。不限于古文辞派的诗人,后来如皆川淇园(1734—1807)《留别》称多摩川为"长江",永井荷风(1879—1959)《墨上春游二十绝》称隅田川为"长江",都

---

① 俞樾《东瀛诗选例言》云:"东国之书,每行之旁多有译音,惟徂徕之书无之。朝鲜人成龙渊谓:'即此一端,可知茂卿为豪杰之士。'事见其国人原公道所著《先哲丛谈》。"朝鲜半岛文人皆能直读无碍,每笑拘拘训读之日本文人,故以此表彰荻生徂徕为豪杰。

② 服部南郭《南郭先生文集》初编卷五。当时号称"墨水三绝"的另外两首也是差不多的调调,平野金华(1688—1732)的《早发深川》:"月落人烟曙色分,长桥一半限星文。连天忽下深川水,直向总州为白云。"(《金华稿删》卷三)高野兰亭(1704—1757)的《月夜三叉口泛舟》:"三叉中断大江秋,明月新悬万里流。欲向碧天吹玉笛,浮云一片落扁舟。"(俞樾编《东瀛诗选》卷五"高野惟馨";家本哲三编《新撰名家诗集》,东京,有朋堂书店,1927年,第92页)都是"连天"、"大江"、"万里"之类豪言大语。正如俞樾编《东瀛诗选》卷十"大田元贞"所云:"东国自物徂徕提唱古学,一时言诗皆以沧溟为宗,高华典重,乍读之亦殊可喜,然其弊也,连篇累牍,无非'天地'、'江湖'、'浮云'、'白日',又未始不取厌于人。"

③ 猪口笃志编《日本汉诗》,上册,第164页。有意思的是,乃侄赖山阳却不买此诗的账:"口角工商音响浮,句中义味未深求。一生不解子迁好,两岸秋风下二州。"(同上)又,俞樾编《东瀛诗选》,卷三整卷选了服部南郭的诗,也未选号称"墨水三绝"之一的此诗。

是类似的想象的表现①。

但是不同的声音也开始出现。斋藤拙堂(1797—1865)《拙堂文话》卷一引乃师古贺精里(1750—1817)语,批评荻生徂徕等人道:"大抵世儒不能自立脚跟,常依傍西人之新样而画葫芦,其取舍毁誉皆出雷同,初不由己。向也物茂卿辈以嘉、隆七子为标的,诗则'青云'、'白雪',文则汉土套语,陈陈相因,固可厌恶,然犹有气格体制之近似,欲精其业者,非多读书则不能也。近岁尽变其窠臼,变而为宋元,为袁、徐,为钟、谭,为李渔、袁枚之徒。钟、谭之寡陋僻缪,在当时既为儒林嗤,今取其每下者奉以为大宗师,发其余窍者犹将承之,则张打油、胡钉铰之所耻而弗为,浅俗鄙亵之极,文雅扫地矣!特以其主张神情天籁不师古人,故世之空疏者便之,随而和者如水就下。"他批评的"物茂卿辈",就是荻生徂徕的古文辞派。不过他也认为,那些后来者更是每下愈况。他主张要"自立脚跟",不要一味模仿"西人",也就是中国人——请注意其方位感——表现出了本土意识和批判精神。

在这种本土意识和批判精神的指引下,曾经风靡平安时期的白居易热等,也同样受到了江户文人的指责。像刚才那个说"莫谓晁衡是叛臣"的广濑淡窗,就指出了一般日本文人的好模拟之弊:"我邦之人读书不多,故无见识,专以摩拟别人为意,名之曰'矮人观场'。今言其一二。王朝之时,有好白乐天之诗者,一代之诗尽学白乐天,李、杜、王、孟诸家之诗束之高阁,无读之人。但其时书籍亦少也。及近世行明调,徂徕推尊李、王,故一代之学明者,皆李、王体也,李、何、徐、袁诸子绝无读者。近来又有学宋者,皆师陆放翁;有学清者,皆师袁子才。如此一代之中限一人学之,甚愚之事也。是皆模仿初唱者也。"②他自己则公然宣告:"我亦丈夫也,李杜彼为谁!"(《论诗

---

① 永井荷风《濹东绮谭》之《作后赘言》云:"物徂徕把隅田川写成澄江,还有的诗人把天明时期(1781—1788)的墨田堤写成葛坡。明治初年诗文最为流行时,小野湖山认为向岛这个词不顺达雅致,根据其音想出'梦香洲'三字。"(谭晶华译,上海,上海译文出版社,2018年,第174页)据永井荷风说,江户时期的汉学家林述斋(1768—1841),还为墨水生造了一个"濹"字,其诗集中有一本即题为《濹上鱼谣》;后来,成岛柳北(1837—1884)的诗文中大量使用"濹"字,此字再次为文人墨客广泛使用;再后来,永井荷风自己也在小说《濹东绮谭》中使用了这个人们不熟悉的字,以期使之显得古朴雅致些(同上书,第174—175页)。

② 广濑淡窗《淡窗诗话》下卷。

赠小关长卿中岛子玉》①）其弟广濑旭庄（1807—1863）也反对模拟："诗者人精神,何必立父祖。舍耘他家田,吾诗我为主。莫倩古人来,逆旅于我肚。宁创新翻词,休拟古乐府。"（《读〈盛明百家诗〉》②）

不过他们话虽说得一针见血,但看他们心目中的评判标准,好像还是不出汉文学之阃域,没有捅破中日语言之间那层纸。也正因此,斋藤拙堂的中日文章衰隆逆转论,在一边张扬本土意识的同时,一边也仍以中国文学为准绳："西土文章日衰,宋不及唐,明不及宋,清不及明。本邦文章日隆,元禄胜元和,享保胜元禄,天明、宽政胜享保。此后更进,东海出韩昌黎、欧阳庐陵,未可知也！"③其实历史马上就要转向另一个方向,不会再以韩愈、欧阳修为榜样了；东海出不出韩昌黎、欧阳庐陵,对日本来说一点关系也没有了！

真正捅破中日语言之间那层纸的,是号称江户汉文学大家的赖山阳（1780—1832）。"吾所衣,和之衣也；吾所食,和之食也,和衣食而汉言语,问之和言语,则曰不知。不知本哉若人！予持此说,未有合焉。今得桥本子,盖从伊势本居子而学和言语云,乃抵掌而谈,恨相得晚……襄也有志于和言语,而不能也,负于和衣食久矣！"④我们穿的是日本的衣裳,吃的是日本的料理。可是我们吃了日本的料理,穿了日本的衣裳,却学中国人那么说话,那么作诗,那么做文章,问他用日文怎么说话,怎么作诗,怎么做文章,他说不知道。所以这个不好,是忘本——你看,一样认识到中日语言不同,文化有异,荻生徂徕主张全盘汉化,直读汉文,拜倒在汉文学的脚下,赖山阳却主张母语至上,和言和语,肯定和文学的价值地位⑤。

可是他肯定归肯定,自己仍只能用汉文写作。顶多也就训读个把汉字,比如把"山国川"改说成"耶马溪"之类。所以他觉得很悲哀,很惭愧,有负于日本衣裳日本料理。不得已而求其次,他就借汉文学的躯壳,写一些歌颂

---

① 俞樾编《东瀛诗选》卷十七"广濑建"。
② 俞樾编《东瀛诗选》卷二十三"广濑谦"。
③ 斋藤拙堂《拙堂文话》卷一。
④ 赖山阳《赖山阳文集》卷一《紫阳制锦序》。
⑤ 斋藤竹堂（1815—1852）也宛转地表达过类似的意思："拟将汉语学吟哦,犹觉牙牙一讹。不比东音曾惯熟,唱成三十一字歌。"（《竹堂诗钞》）

日本武功的诗,来表达一下"国家意识"①。比如下面这首《蒙古来》:"筑海飓气连天黑,蔽海而来者何贼? 蒙古来,来自北,东西次第期吞食。吓得赵家老寡妇,持此来拟男儿国。相模太郎胆如瓮,防海将士人各力。蒙古来,吾不怖,吾怖关东令如山,直前斫贼不许顾。倒吾樯,登房舰,擒房将,吾军喊。可恨东风一驱附大涛,不使膻血尽膏日本刀!"②元朝东征日本的时候,台风来了,把元朝的战舰全部吹掉了,拯救了日本,所以后来他们就把台风叫作"神风"。二战时的"神风特攻队"也是由此命名的,只不过没能像当年的台风一样奏效。最后一句很有些血腥气,但因为主题是反侵略,所以尚有其合理性;至甲午战争前后的"军中诗",继承了这股血腥气,却错用到侵略战争上去了③。另外他撰写的《日本外史》(1829),大力鼓吹尊皇思想,后来也不免起过消极作用。

与赖山阳同时的广濑淡窗,也写有不少类似的诗歌,表达了强烈的"国家意识"。如上引其《咏史》四首的另外三首④,便分别针对中日关系的几个关节点,做出了不同于以往的新解读。"男女三千避虎狼,受廛同住圣人乡。平原广泽皆吾土,谁许徐生立作王!"(其一)这是驳斥《史记》"徐福得平原广泽止而王焉"的记载的。"女主英雄真丈夫,三韩蒲伏仰皇图。西人何识神灵德,鬼道谬传卑弥呼。"(其二)这是驳斥《后汉书》"倭女主卑弥呼以鬼

---

① 其实在这方面,荻生徂徕与赖山阳倒是有共同点的,其《寄题丰王旧宅》诗云:"绝海楼船震大明,宁知此地长柴荆。千山风雨时时恶,只作当年叱咤声。"(《徂徕集》卷七)吹捧了丰臣秀吉的侵朝战争。惟称着"大明",则仍露出了"东夷思想"的马脚,不免授人以柄。但猪口笃志辩解道,这是为了强调丰臣秀吉的勇武,而故意欲抑先扬的(参见其编《日本汉诗》,上册,第134页)。

② 赖山阳《日本乐府》,收入水田纪久、赖惟勤、直井文子校注《赖山阳诗集》,《新日本古典文学大系》本,东京,岩波书店,1996年,第362页。在写咏本国史诗方面,他也许是受了乃叔赖杏坪的影响。赖杏坪《春草堂诗钞》八卷(1833刊刻),卷八收入了三十三首词,其中二十五首为咏史之作,而且皆吟咏本国史。"这恰与山阳的《日本乐府》相仿佛,也许二者间具有某种联系吧?"(神田喜一郎《日本における中国文学Ⅰ——日本填词史话上》十五《赖杏坪と赖山阳》,东京,二玄社,1965年,第133页)

③ 后来明治时期,锅岛闲叟(1814—1871)的《天保辛丑之春崎镇防卫常额之外选少壮之士若干屯戍于香烧岛以为永制……》三首其三:"孤岛结团意气豪,西南决眦万重涛。黠奴若有窥边事,膻血饱膏日本刀。"(中村郁一《锅岛闲叟》,佐贺,平井奎文馆,1917年)向山黄村(1826—1897)的《饮马长城窟行》:"万骑一败争遁逃,鲜血饱膏日本刀。"(《景苏轩诗钞》卷下)皆承袭《蒙古来》的末句,可见赖诗影响之一斑。

④ 广濑淡窗《远思楼诗钞》卷下。俞樾编《东瀛诗选》选广濑淡窗诗不少,但未选此组《咏史》诗。

道惑众"的记载的。"玉帛源源贡建康,边官或是事通商。岂闻日域真天子,曾佩安东大将军。"(其三)这是驳斥《宋书》"以倭王为安东大将军"的记载的。三番驳斥的内在精神都极为一致,那就是否认日本曾经的弱势形象,制造日本自古强大的强势形象,与赖山阳的《日本乐府》如出一辙。此外,如奥野小山(1800—1858)的《读〈桑华蒙求〉》:"君不见,乃祖丰公志豪逸,欲取禹域与我合。将星忽落功不成,貔貅十万空归楫。"①宇野南村(1813—1866)的《咏史》十首,"扬武屡征高丽国"(其一),"鸭绿江头将饮马,鸡林耳冢草茫茫"(其九)②,皆歌颂了日本历史上的侵略战争。不久以后日本走上了对外扩张之路,这些汉诗已经在精神上发其先声。俞樾(1821—1907)的《东瀛诗选》自然不会选这类作品,但就体现日本汉文学特色而言,这类作品反而是最有认识价值的。

而从赖山阳的"予持此说,未有合焉"来看,尽管有本居宣长(1730—1801)这样的"国学家"、赖山阳这样的汉文学家竭力鼓吹,但当时一般的社会风气仍是唯汉文学马首是瞻的,所以在江户时期,和文学始终难以压倒汉文学,正如浮世绘难以比肩文人画。江村北海(1713—1788)少时好作俳谐,梁田蜕岩(1672—1757)一见爱其才,劝以文学(毅平按:指汉文学):"若子以劳于俳谐之心移诸诗文(毅平按:指汉诗文),则诗文岂能不成?"江村北海感其言,于是昼夜孜孜,手不释卷,勤勉三年,学业大进,慕而入其门者颇多,才俊之士多出其门③,遂成为一代汉文学大家,有《日本诗史》、《日本诗选》等。其实这就是当时社会风气重汉文学轻和文学的反映。"诚然,德川时代浮世绘画师的社会地位,正好相当于滑稽和幽默文学的作家。恐怕当时有教养的士大夫,一看到浮世绘或滑稽文学作品,总认为和看春宫画和淫秽小说相去不远吧?所以,他们不会将大雅堂、竹田、光琳、宗达等人和师宣、歌麿、春信、广重等人同等对待;在文学方面,也不会有人将白石、徂徕、

---

① 奥野小山《小山堂诗钞》。
② 俞樾编《东瀛诗选》卷三十五"宇野义以"。
③ 冈本纯编《金言国民训》(一名《大和锦》)第六十九章《江村北海之事》,东京,魁真楼,1900年,第80页。类似之传说,又见山方香峰《近世人杰传》,东京,实业之日本社,1907年,第375页。

山阳之徒和近松、西鹤、三马、春水之辈等而视之。"①"准确地说,江户时期人们文学活动的中心,不是净瑠璃不是俳谐,也不是数量庞大的随笔集,更不是人情本、洒落本,而实在是汉文的著述。对于江户人来说,最大的思想家与其说是宣长,无疑更应是徂徕;诗人与其说是芭蕉,也许更应是茶山;而作为散文家的名声,山阳远出马琴之上。"②其实不仅江户时期是这样,整个日本古代都是这样。"对于奈良朝的知识分子来说,《怀风藻》、《日本书纪》是正式的文学,《万叶集》、《古事记》则只是地方的文学。同样,代表平安朝的文学家是空海和道真,而紫式部和清少纳言则不过是闺房作家。这就是当时的常识,现代人有必要再度确认一下。"③还是在 1941 年的那次讲演中,作为中国人看不起日本文化的证据之一,吉川幸次郎抱怨说,直到明治时期留日的周作人等人之前,中国人很少真正关心日本的假名文学④。其实明治以前的日本人自己又何尝不是如此呢!

但这并不妨碍在部分江户文人的心目中,本土意识、国家意识、母语意识的萌发和壮大。而这种萌发和壮大,只待到了明治时期,让西洋文学的"神风"一吹,便可因势转型,成为摆脱汉文学、发展和文学的精神动力。

九、回光返照与脱亚入欧

明治时期日本全盘西化,"从思想界来说,明治时代四十年的历史,重现了相当于西洋三百年间的重大变动"⑤。但汉文学一时反见其盛,让很多人

---

① 谷崎润一郎《恋爱及色情》,收入《阴翳礼赞》,陈德文译,上海,上海译文出版社,2017年,第55—56页。
② 中村真一郎《江户汉诗》,东京,岩波书店,《读古典》20,1985年,第5页。
③ 中村真一郎《江户汉诗》,第6页。据说日本文艺评论家川村凑也曾说过类似的话:"所谓日本文学的正统是什么?从中国流传过来的文学就是正统……而紫式部和清少纳言创作的《源氏物语》和《枕草子》只是一种支流,是不被重视的、供女人消遣的一种读物。"(《中华读书报》2001 年 6 月 20 日"留言版")入谷仙介《汉诗入门》也说:"(江户时期)国学、兰学虽也在思想文化史上起过值得注目的作用,但与汉学相比整体而言仅占有很小的位置。"(东京,日中出版,1979 年,第 220 页)毅平按:《古事记》虽诞生于《日本书纪》之前,但千余年间一直不受重视,直至江户时期,才因"国学"家的鼓吹而咸鱼翻身。
④ 吉川幸次郎《支那人の日本観と日本人の支那観》。
⑤ 夏目漱石《三四郎》,收入《夏目漱石小说选》,陈德文译,第17页。

觉得不可思议:"及至明治之世,西洋之文学、思想蜂拥而入,是未足为奇;小说一改面目而勃兴,是未足为奇;新体诗勃兴,是亦未足为奇。惟有期当废灭之汉诗,却反见兴盛,且日见其佳,是吾人所不得不视为不可思议之事。汉籍传入以来二千年,作汉诗技巧之发达,未有如明治时代者。"①具有象征意义的事件是,1871年清日签订《中日修好条规》,其中第六条竟然宣布:"嗣后两国往来公文,中国用汉文,日本国用日本文,须副以译汉文,或只用汉文,亦从其便。"不仅显示了中国仍存的霸气,也证实了日本汉文传统的深厚②。

其实这种现象只是回光返照,日本文人于中国已渐行渐远。

1877年,黄遵宪(1848—1905)随何如璋出使日本,不知日本已经时移世迁,还在那里吹嘘《红楼梦》,以为可以藉此吓唬日本人:"《红楼梦》乃开天辟地、从古到今第一部好小说,当与日月争光,万古不磨者。恨贵邦人不通中语,不能尽得其妙也……论其文章,直与《左》、《国》、《史》、《汉》并妙。"可是对方并不买账,源桂阁(名辉声,又姓大河内,1848—1882)说,我们有《源氏物语》啊,那个内容跟《红楼梦》差不多,可我们的作者是女人,光这一点就压倒了曹雪芹:"敝邦呼《源氏物语》者,其作意能相似。他说荣国府、宁国府闺闱,我写九重禁庭之情,其作者亦系才女子紫式部者,于此一事而使曹氏惊悸。"③其实在此时日本人的心目中,东风开始压倒西风的,与其说是作者的性别,不如说是小说的语言。《源氏物语》是用假名写的,过去是

---

① 大町桂月(1869—1925)《明治文坛の奇现象》,收入其《(增订)笔のしづく》,东京,公文书院,1911年,第172页。永井荷风《澀东绮谭》之《作后赘言》也提到"明治初年诗文最为流行时"(谭晶华译,第174页)。

② 黄庆澄《东游日记》(1893)云:"往观东文学堂。学堂在使署西偏。初,中国与日本立约时,以中、东本同文之国,使署中无须另立译官。嗣以彼此文字往来仍多隔阂,因设东文学堂。旋废之。前李伯行星使来,始复兴焉。内有监督官一人,中、东教习各一人,学徒五六人。"(收入罗森等《早期日本游记五种》,第247页)一开始的以为无须另立译官,后来东文学堂的旋设旋废,此时的虽复兴却不成规模,都是《中日修好条规》第六条的最好注脚。中国人的开始认真学日语,大概要到甲午战争败北以后。1896年,清政府初次向日本派遣十三名官费留学生。此后官费、自费留学生越来越多,到日俄战争时已达峰值。顺便说一句,鲁迅当年也是官费留学生中的一员。

③ 《戊寅笔话》第二十一卷第一四四话,据刘雨珍编校《清代首届驻日公使馆员笔谈资料汇编》,天津,天津人民出版社,2010年,上册,第212—213页。

不登大雅之堂的①,但在这个时候就受到了重视。你要谈汉文学,他不跟你谈,他谈和文学。你"恨"他"不通中语",你"恨"他不"恨",早已不再为此自卑了!或者说,要"恨"也是恨不通西语,已经没你中语什么事了②!这不是一般的口水仗,而是历史的巨变,价值观的巨变。赖山阳的愿景,和衣食而和言语,和文学的价值和地位,终于受到了肯定,终于变成了现实。数年之后,1883 年,俞樾编完《东瀛诗选》,不胜满足之余,不禁浮想联翩:"然此集也,在彼国实为总集之大者,必且家置一编,以备诵习;而余得列名于其简端,安知五百年后,墨水之滨,不仿西湖故事,为我更筑俞楼乎?"③然而他不知道,汉文学大势已去,气数将尽,不仅在隅田川畔为其筑俞楼如痴人说梦,就连《东瀛诗选》也将百年孤独,流传几绝!

我们还记得在历史上,他们曾引进了五经博士,开设了儒教的课程。但是现在全部改变了,课程内容自然也就跟着变。本来一以儒教经典为主,现在都改为实用科学,或者新观念下的新学问,如本国的假名文学之类。用不着中国文人为之感到失落,落伍的日本儒生自己先感伤起来:"儒生可坑书可焚,难亡天下人心公。源氏物语枕草子,本科奉之代六经。地下美人应一笑,针线游戏宇治清,一痕残月茫不明。君不见昌平桥头妖鸟呼,青竹之重

---

① 仅仅不过半个来世纪前,说起假名文学,还要靠傍汉文学来确立其地位。斋藤拙堂《拙堂文话》卷一云:"物语、草纸之作,在于汉文大行之后,则亦不能无所本焉。《枕草纸》,其词多沿李义山《杂纂》。《伊势物语》,如从唐人《本事诗》、《章台杨柳传》来者。《源氏物语》,其体本《南华》寓言,其说闺情盖从《汉武内传》、《飞燕外传》及唐人《长恨歌传》、《霍小玉传》诸篇得来。其他和文,凡曰序、曰记、曰论、曰赋者,既用汉文题目,则虽有真假之别,仍是汉文体制耳。"再稍往前,如江户国学家塙保己一(1746—1821)至大阪,通过市尹、街长介绍,求见大阪儒学家中井履轩(1732—1817),后者固辞不见,理由是:"我闻塙氏沉湎《源语》(《源氏物语》)、《势语》(《伊势物语》)等书也,与我道不同,则无可与谈者。"(松村操编选《近世先哲丛谈》正编卷上,岩岩堂,1880—1882 年)当时只有极少数诗人,尤其是女诗人,才会对假名文学感兴趣。如冈田新川(1737—1799)《和泉式部墓》:"宫中女史擅婵媛,一片残碑傍小村。尚有蔷薇花品媚,行人驻马吊香魂。"(《邑园诗草》)又如江马细香(1787—1861)《读紫史》:"谁执彤管写情事?千载读者心如醉。分析妙处果女儿,自与丈夫风怀异。春雨剪灯品百花,怜香惜玉自此始……五十四篇千万言,毕竟不出情一字。情有欢乐有悲伤,就中钟情是相思。勿罪通篇事涉淫,极欲说出尽情地。小窗挑灯夜寂寥,吾侬亦拟解深意。"(《东瀛诗选》卷四十"江马裳")而到了明治时期,就有菊池三溪(1819—1891)出来,以汉文翻译假名文学作品,如《源氏物语》、《南总里见八犬传》、《椿说弓张月》、《东海道中膝栗毛》等,集为《译准绮语》,既显示了汉文学的余烈犹在,也预示了假名文学的即将上位。

② 这里的"他"指一般日人,也是指当时大势,而并非指源桂阁个人。

③ 俞樾《东瀛诗选序》。

锁孔庙。"①"地下美人"指清少纳言、紫式部。用《源氏物语》、《枕草纸》取代"六经"做课本,连妖鸟都出来叫了!课程内容的改革竟被视为秦始皇的"焚书坑儒"之举,可以想见此举对当时日本社会的冲击之大②。不过对于落伍的日本儒生来说是冲击性的以《源氏物语》、《枕草子》取代"六经",对于现代的日本人来说却已经成了天经地义的事情,而反过来对当年日本儒生的想法和反应会觉得不可思议,奇怪"六经"怎么竟然还能与《源氏物语》、《枕草子》相提并论!(这也就是为什么中村真一郎要反复提醒日人勿忘历史的"常识"。)

在京都有紫式部的墓,一块半圆形的石碑,上书"紫式部墓所"。在旁边靠边上,有一根石柱,上书"小野篁卿墓"。这个"小野篁",就是刚才那个自称"野篁",跟嵯峨天皇一起玩,汉文学水平比天皇还要高,后来又怕死装病不肯使唐的。在平安时期,小野篁是个官僚,是汉文学大家,有《野相公集》五卷,很有地位的,江村北海《日本诗史》卷一称他"博学能文,名声震世,至今闾阎儿女莫不知其名";紫式部只是一介宫廷女官,写写假名,无名鼠辈。但是现在看看这个墓,以紫式部为主,那个小野篁就缩边上去了。我去参观的时候,偶遇日本访客,也都是只看紫式部的墓,没有人对小野篁感兴趣。历史就是这么天翻地覆的。

明治维新以后,日本文人于中国已渐行渐远,且让我们随便撷取几朵浪花吧。

竹添井井(1842—1917),日本汉学大家,出身书香门第,具有家学渊源,乃父为广濑淡窗门生。他晚年所撰《左氏会笺》、《毛诗会笺》、《论语会笺》,是经学研究绕不过去的经典。1875 年他被派往中国,任职日本驻华公使馆,但不久后失去饭碗。翌年 5 月 2 日至 8 月 21 日,他在华作全国旅行,并将旅行见闻和体验用汉诗文形式记录下来,集为《栈云峡雨日记》、《栈云峡

---

① 牧野谦次郎《日本汉学史》,东京,世界堂书店,1938 年,第 253 页。
② 1880 年出游日本的李筱圃,在其《日本纪游》(1880)里曾写道:"有日本尾张国爱知县人中村道太来,投其友人名关根录三郎号痴堂生近诗二册求题。翻阅一过,皆嫉世痛时之语。日本自维新政出,百事更张,一切效法西洋,改岁历,易冠服,甚欲废六经而不用。遗老逸民尚多敦古以崇汉学,痴堂盖逸民之贤者。"(收入罗森等《早期日本游记五种》,第 104—105 页)可见当时日本这样的人很多。

雨诗草》等,三年后在东京出版,引起日本汉学界轰动。此次旅行结束后,他滞留在了上海。其时所作《沪上游草》(1876—1877),其中《送人归长崎》诗云:"懒云如梦雨如尘,陌路花飞欲暮春。折尽春申江上柳,他乡又送故乡人。"这是跟上海有关的一首,让人感觉亲切;而客中送客,又可说颇得楚骚遗意。然而具有讽刺意味的是,他此诗所送之客,乃是日本陆军大佐福原和胜,时任日本驻华公使馆武官,负责在华情报搜集工作,手下间谍遍布中国各地①。滞留上海期间,竹添井井也加入其中,做过一段时间的间谍②。1877 年初,以日本爆发"西南之役"(西乡隆盛之乱),福原和胜奉命回国参战,此诗似是送其归国之作③。上海的情报组织群龙无首,不久竹添井井也回到日本。《栈云峡雨日记》出版的 1879 年,也正是日本吞并琉球之年。翌年(1880),他作为日本外交使节再度赴华,负责与李鸿章谈判琉球问题④。谈判最终失败,琉球失国至今。他的几个身份放在一起,颇使人觉

---

① 关于福原和胜(1847—1877)在华的间谍使命,参见佐藤三郎《甲午战争前日中两国的相互国情探察》,收入其《近代日中交涉史研究》,徐静波、李建云译,上海,上海人民出版社,2013 年,第 113—114 页。

② 参见猪口笃志编《日本汉诗》,下册,第 661—662 页。又,竹添井井滞留上海期间,于 1877 年 3 月 18 日出发,作杭苏之游,在杭州诂经精舍没见到俞樾,28 日至苏州,终于在春在堂见到了俞樾,成为俞樾所见第一个日人。俞樾《日本竹添井井左传会笺序》云:"余获交于东瀛诸君子,盖自竹添君始。丁丑之岁(1877),君来见我于春在堂。"(《春在堂杂文》六编补遗卷二)此次会面,佐野正巳《东瀛诗选解题》(东京,汲古书院,1981 年)谓在 1876 年,陈福康《日本汉文学史》谓在 1887 年,皆失考。此行,竹添井井有《呈俞太史》诗,收入《杭苏游草》,俞樾后编入《东瀛诗选》卷三十五。俞樾有答诗《奉和井井词兄原韵即正》,附于竹添井井该诗后。但俞樾做梦也不会想到,前来拜会他的这位"东瀛君子",汉学功底了得,可同时也正从事着间谍活动。当时在华日人,不管从事什么行当,只要军部需要,都很容易兼任间谍。如那个有名的眼药水商岸田吟香(1833—1905),出面出资请俞樾编《东瀛诗选》(1883)的,便大力支持 1886 年被派往中国的荒尾精(1859—1896),以乐善堂汉口支店的名义运营谍报站,招募了十几个日本浪人充当间谍,以乐善堂商人的身份从事间谍活动(参见佐藤三郎《甲午战争前日中两国的相互国情探察》,收入其《近代日中交涉史研究》,徐静波、李建云译,第 122 页)。俞樾同样做梦也不会想到,热心为《东瀛诗选》牵线搭桥的岸田吟香,后来却资助着日本在华最大的间谍网络。

③ 参见猪口笃志编《日本汉诗》,下册,第 664 页。此为其所持一说,其所持另一说是,所送之人为此前与竹添井井一起旅行的津田静一(1852—1909)。毅平按:此诗紧接着咏西南战争的《锦旗行》,与福原和胜回国时间契合,而津田静一旅行甫结束即东归(《栈云峡雨日记》"八月二十一日"条:"舟达于上海。志信于是辞去,君亮亦将东归。"),似以以送福原和胜回国说为胜。

④ 《清史稿·属国一·琉球传》载李鸿章奏云:"本年(1880)日本人竹添进一来津谒见,称其政府之意,拟以北岛、中岛归日本,南岛归中国。又议改前约。"但李鸿章未允此议。参见本书所收拙文《明清使臣视野中的琉日关系》。

得意味深长①。

夏目漱石(1867—1916),日本近代小说家,代表作有《我是猫》、《哥儿》、《心》、《三四郎》②、《从此以后》、《门》等,汉诗文也写得不错。他曾两次踏上中国的土地(1900,1909),但没有机会接触到中国的文化界,所以他对中国现代文化的体验,明显不及对中国古典文化的认识。在他的《满韩漫游》(1909)里,充斥着蔑视中国人的言辞:"中国房子里固有的一种臭味忽然钻到了鼻子里,使我退出一两步,在街上站住了。""果然是肮脏的国民……房间里还散发着一种奇怪的臭味。那是中国人执意留下来的臭味,不管爱干净的日本人怎么打扫,依然很臭。"③然而面对西洋人,他又充满了自卑感:"长胡子的男子接着说:'你我都很可怜啊。凭着我们这副长相,这样软弱,尽管日俄战争打赢了,成为一等强国,也还是无用。不过,一切建筑、庭园都和这副长相颇为相称。'""三四郎有生以来只见过五六个洋

---

① 1879年4月4日日本正式吞并琉球时,黄遵宪正在日本,那年与源桂阁的笔谈,汇为《己卯笔话》,应该会涉及这个问题。但《己卯笔话》原有十六本,发现时仅剩最后两本,都是中历十月(西历12月)以后的,内容无关外交问题。伊原泽周《日本学人的黄遵宪研究》(载《近代史研究》2003年第1期)推测:"《己卯笔话》十月以前的遗稿失落,是不是由于遗稿中涉及到琉球问题的缘故呢?"浸淫于汉文化传统的笔友,面对国家利益的冲突,其处境尴尬可想而知,分道扬镳当为时不远。此外,宫岛诚一郎(1838—1911)一边与中国驻日使节何如璋、黄遵宪、黎庶昌等人往来唱酬,一边暗中充当日本政府的间谍,刺探中国政府在日本吞并琉球、中法战争、朝鲜甲申事变等问题上的对策情报,使日本政府在与中国政府的交涉中占据主动。具体情况参见其《养浩堂私记》等。

② 有人从未读过夏目漱石的《三四郎》,只看过电视连续剧《姿三四郎》,便望文生义,胡说后者是根据前者改编的。《三四郎》里的"三四郎"自姓"小川",与姓"姿"的"三四郎"实在是风马牛不相及!

③ 夏目漱石《满韩漫游》,王成译,北京,中华书局,2007年,第242、243—244页。当时说中国人肮脏可能是一股风气,所以1914年起留学日本的郭沫若,曾在《今津纪游》(1922)中嘲讽地回应道:"日本人说到我们中国人的不好洁净,说到我们中国街市的不整饬,就好像是世界第一。其实就是日本最有名的都会,除去几条繁华的街面,受了些西洋文明的洗礼外,所有的侧街陋巷,其不洁净、不整饬之点也还是不愧为东洋第一的模范国家。风雨便是日本街道的最大仇人。一下雨,全街都是泥潭淋漓;一刮风,又要成为灰尘世界……街檐下的水沟,水积不流,昏色的浆水中含混着铜绿色的水垢,就好像消化不良的小儿的粪便一样。驿旁竟公然有位妇人在水沟上搭一地摊,摊上堆一大堆山榛,妇人跪在地上烧卖。这种风味,恐怕全世界中,只有五大强国之一的日本国民才能领略了。""小小的火车头,拖了两乘坐车走来,肮脏的程度,比上海'大众可坐'的三等电车还要厉害。""厕所中有许多猥亵的壁画,这是日本全国厕所中的通有现象。善于保存壁画的日本史学家哟!这种无名的恋爱艺术家的表现艺术,于民族风俗史上,也大有保存的必要呢!"不过郭沫若又不免自嘲道:"……无端地发出了这段敌忾心来,中日两国互相轻蔑的心理,好像成了慢性的疾患,真是无法医治呢。"(收入《学生时代》,北京,人民文学出版社,1979年,第280、282、284页)

人……眼前这些打扮得时髦而华美的西洋人,不仅很少见,而且显得颇为高贵。三四郎简直看得出了神。他想,他们那样趾高气扬是理所当然的。自己要是到了西洋,夹在这帮人中间,那该有多寒酸啊!"①三四郎的感慨,其实也就是夏目漱石自己的感慨,来自他留学英国时的亲身经历:"在伦敦度过的两年,乃是最不愉快的两年。余处于英国绅士中间,犹如一匹置身于狼群的卷毛犬,过着凄凉的生活。"②其实近代以来的日本人,大抵摆脱不了这种"优等生"心态,一种"文明鄙视链"式的纠结,一边傲慢,一边自卑。

永井荷风(1879—1959),日本近代小说家,出身于汉文学世家,高中时在汉语科受的教育,推崇明末王次回的《疑雨集》,自己所作汉诗也颇有其风。19世纪末他访问上海,几首写上海的汉诗很有特色:"枫叶芦花两岸风,寒潮寂寞晚来通。满天明月孤村渡,舟子吹灯话短篷。"(《浦东》)"孤帆无影水悠悠,客路犹为汗漫游。暮笛一声杨树浦,烟零雨碎过残秋。"(《杨树浦》)"黄浦江头瑟瑟波,年光梦里等闲过。天涯却喜少知己,不省人生毁誉多。"(《题客舍壁》)他写浦东,写杨树浦,写黄浦江,让我们觉得亲切。但他后来兴趣转向了西洋,赴美国、法国游历多年,推崇法国诗人波德莱尔(还时序颠倒,说王次回像波德莱尔),写了《美利坚物语》、《法兰西物语》等作品,以唯美主义标杆日本文坛。"随着时代思想和趣味的变迁,我以前喜欢背诵的《唐诗选》和《三体诗》现在一首也记不起来了。"③他就这样义无反顾地转向了西洋,完成了赖山阳这样的江户文人的愿景,和衣食而和言语。汉诗文之于他,只是怀旧的道具④。

芥川龙之介(1892—1927),日本近代小说家,代表作有《鼻子》、《罗生门》、《竹林中》等,汉文学造诣也不错。1921年他访问中国,回日本后写了一系列的游记,谈及此次中国之行,中国形象已完全转为负面:"当天夜里,

---

① 夏目漱石《三四郎》,收入《夏目漱石小说选》,陈德文译,第15、14页。
② 夏目漱石《文学论》,东京,大仓书店,1907年,序第14—15页。横光利一也曾抱怨过:"游历欧洲时,就因为我是个黄种人,曾遇见过许多令人很不愉快的观念和事。"(《静安寺的碑文》,收入《感想与风景》,李振声译,桂林,广西师范大学出版社,2005年,第33页)这应该是当时游欧的日本人乃至黄种人共同的经历与感受。
③ 永井荷风《法兰西物语》,陆菁、向轩译,南京,南京大学出版社,2010年,第43页。
④ 参见拙文《永井荷风的汉诗》,收入拙著《东洋的幻象》,上海,上海锦绣文章出版社,2010年;北京,商务印书馆,2018年。又,永井荷风撰有研究幕末汉诗人的《下谷丛话》(1926)。

在唐家花园的阳台上,我坐在和西村并排搁置的藤椅上,热心得到了可笑的程度,大肆说起中国的坏话来。现代中国究竟有什么?政治、学问、经济、艺术,自嘉庆、道光以来,难道有一件可资自豪的作品吗?"①他那个游记反馈到中国以后,引起了中国知识界的强烈反弹。后来到了1934年底,巴金在横滨受了日本警察的气,就针对芥川龙之介的上述话,写了一篇《几段不恭敬的话》,愤怒地反诘现代日本又有什么,收入翌年出版的散文集《点滴》中。1960年代编《巴金文集》时,应巴金自己的要求,这篇文章被抽去了,因为当时又讲中日友好了,他的那个文章不大友好,就被抽去了。1980年代编《巴金全集》时,这篇文章虽被收入,却从正文移作了附录②。

另外请大家注意,上面几家引文里的"中国",原本大都写作"支那",这是翻译的人觉得不爽,所以把它们都改成了"中国"。如果不改,中国读者可能更受不了。

与中国渐行渐远的不止是文人,更是整个的日本社会与民众。"书生衮衮上朝班,不见当时憔悴颜。谁道仕途无捷径,西洋毕竟是南山。"③"近世学者心艳西法,言欧罗巴、米利坚则盛夸其学,曰文明大国;语及汉土,反以为人才远不古若,而梦梦者竟议秦无人。"④"我邦文化得自支那处本不少,及引入西洋学术,遂至凌驾于支那之上。于是我邦人轻侮支那殊甚,目之以'辫发奴',儿童犹且耻之,况于堂堂五尺男子耶?"⑤在这样的世风下,出现上述那些议论,也就不难理解了;而上述那些议论,对于这样的世风,也起了推波助澜的作用。

一边是日本文人于中国文化渐行渐远,一边却是中国文人于日本文化越走越近。《围城》里有个诗人董斜川,有一次跟方鸿渐一起吃饭,他俩之间有段对话颇有趣。方鸿渐谦虚说:"斜川兄,我对诗词真的一窍不通,偶尔看

---

① 芥川龙之介《中国游记·长江游记》,施小炜译,杭州,浙江文艺出版社,2018年,第166页。
② 参见拙文《芥川龙之介与洛蒂:分裂的中国与日本形象》,收入拙著《东洋的幻象》。
③ 中内朴堂(1822—1882)《纪新事》,收入俞樾编《东瀛诗选》卷三十三"中内惇"。
④ 石川鸿斋(1833—1918)《日本杂事诗跋》(1879),附于黄遵宪《日本杂事诗》卷末,东京,1880年。
⑤ 井上哲次郎《支那文学史序》(1896),载古城贞吉《支那文学史》卷首,东京,富山房等,1897年初版,1902年再版。

看,叫我做呢,一个字都做不出。"董斜川冷笑道:"看的是不是燕子龛、人境庐两家的诗?""为什么?""这是普通留学生所能欣赏的二毛子旧诗。东洋留学生捧苏曼殊,西洋留学生捧黄公度。留学生不知道苏东坡、黄山谷,心目间只有这一对苏黄。我没说错罢?还是黄公度好些,苏曼殊诗里的日本味儿,浓得就像日本女人头发上的油气。"①黄公度就是刚才说过的黄遵宪,吹嘘《红楼梦》碰了软钉子的,其《樱花歌》是较早引入樱花意象的。苏曼殊(1884—1918)本有日本血统,跟日本的缘分更不浅,许多诗歌描写了日本的风光,引入了各种有关日本的意象。"生憎花发柳含烟,东海飘蓬二十年。忏尽情禅空色相,琵琶湖畔枕经眠。"(《西京步枫子韵》)这首诗里引入了日本的琵琶湖,而在过去的日本汉诗里,中国的西湖才是明星,现在琵琶湖与西湖有的一拼了②。"春雨楼头尺八箫,何时归看浙江潮。芒鞋破钵无人识,踏过樱花第几桥。"(《春雨》)晏几道《鹧鸪天》词有"又踏杨花过谢桥",这首诗里"杨花"换成了"樱花"。这跟日本早期的和歌汉诗,大量地写梅花什么的,也正好形成了一个对照。董斜川(钱钟书)其实看不惯这些"日本味儿"的东西,而这种态度,正好与本文开头所引钱钟书关于日本文化的刻薄之言互相印证。

关于梅花与樱花的对照,我再举一个鲁迅(1881—1936)的例子。《藤野先生》大家都熟悉的,文章一开头就是:"东京也无非是这样。上野的樱花烂

---

① 钱钟书《围城》,第 97 页。
② 田汝成《熙朝乐事》:"正德间,有日本国使者经西湖,题诗云:'昔年曾见此湖图,不信人间有此湖。今日打从湖上过,画工还欠着工夫。'诗语虽俳,而羡慕之心闻于海外久矣。"(《说郛续》卷二十八)《日本考略》、《尧山堂外纪》、《列朝诗集》闰集第六"日本"、《欢喜冤家》第十五回《马玉贞汲水遇情郎》也有同样记载,惟文字稍异。此诗传入日本后,林鹅峰收入《本朝一人一首》卷十。又,何如璋《使东杂咏》(1877)云:"公园十里附城隅,树老泉湮草又枯。剩水一泓山一角,称名曾说小西湖。"自注云:"上野为东京五公园之一。园侧有湖,广数十亩,残冬水涸。土人名曰小西湖。"(收入罗森等《早期日本游记五种》,第 85 页)也算是日人曾经的"西湖羡慕"的遗迹了。小西湖又名不忍池,算是上野公园一景,东游者所必至,各种游日记多写到。又,李筱圃《日本纪游》(1880)云:"午后游琵琶湖。湖距西京三十余里,乘火车可至。此为西京名胜区,巨浸一湾,群山四绕,绝景致可观。"(收入罗森等《早期日本游记五种》,第 95 页)黄庆澄《东游日记》(1893)云:"往游琵琶湖……湖光秀媚,仿佛我杭之西湖,惟湖上点缀则逊之。"(收入罗森等《早期日本游记五种》,第 270 页)也就不过一代人功夫,从"绝无景致可观",到"仿佛我杭之西湖",到苏曼殊的琵琶湖,国人的观感逐渐变化,琵琶湖终于被接受了。而日人自己,也已渐弃西湖而尊琵琶湖,以之为日本风景的象征了,如吉田松阴(1830—1859)的《和文天祥正气歌》,便已说"琵琶映芙蓉,嵩华何足论"了。

熳的时节,望去确也像绯红的轻云,但花下也缺不了成群结队的'清国留学生'的速成班,头顶上盘着大辫子,顶得学生制帽的顶上高高耸起,形成一座富士山。"以前我们光知道他嘲笑清国留学生,辫子盘起来像富士山,他们到了樱花的时节,就会群体出动去赏花,形成一道独特的丑陋风景。但是有个日本学者,他提出了不同看法,他说鲁迅讽刺的,不仅是他们的打扮,更是他们的麻木:

鲁迅这里的"樱花烂漫"是日本式用法;汉语里原来的"樱"主要指"樱桃";在汉语里"樱花"取代"樱桃"占上风,是从甲午战争前后开始的;一开始还说"日本的樱花"(如《孽海花》),后来就直接说"樱花"了;这个过程与日本在明治维新以后的崛起相伴随,"樱花"成了"强国""大日本帝国""国威"的象征。"成群结队的'清国留学生'的速成班"麻木不仁,意识不到"樱花"所象征的近代以来日本人的胜利与中国人的屈辱,却也像日本人一样兴致勃勃地观赏樱花("但花下也缺不了……"云云),这在清醒的鲁迅看来,其行为与国内民众的麻木不仁如出一辙,所以有了"东京也无非是这样"这一失望的表达。

而且,文章开头这个成群结队的清国留学生麻木不仁地观赏樱花的画面,还与下文幻灯片里中国人麻木不仁地旁观自己同胞被枪毙的画面相重叠,是后一个画面的伏笔和引子。只有这样,才能理解"东京也无非是这样"一语的潜台词,那就是鲁迅对国人普遍的麻木不仁的失望①。

这个很厉害吧,我国学者似乎还没有深入到这一层的。但联系我们前面所讲的,在唐朝全盛的时候,日本文人曾经怎样地欣赏梅花,驹田信二说的似乎不无道理。现在我们欣赏樱花的时候,差不多已经忘记了,曾经有过一个怎样的变迁过程②。

鲁迅在《藤野先生》的最后曾说:"有时我常常想:他的对于我的热心的

---

① 驹田信二《樱と幻灯》,收入其《远景と近景:中国·中国文化·日本》,东京,劲草书房,1983年,第161—163页。黄遵宪是中国人中较早到樱花的,其《日本杂事诗》(1879)"东皇第一爱樱花"诗下自注云:"樱花五大部洲所无……种类樱桃,花远胜之,疑接以他树,故色相亦变。"需要解释而又拟之樱桃,说明其于樱花还比较陌生。他另有一首赏樱诗,作于1878年4月16日,未收入《日本杂事诗》,其中仍称樱花为樱桃:"长堤十里看樱桃,裙屐风流此一遭。莫遣少年行乐事,登楼老子兴尤高。"(《戊寅笔话》第九卷第五十八话,据刘雨珍编校《清代首届驻日公使馆员笔谈资料汇编》,上册,第74页)有意思的是,其时同游的日本文人,有的也称樱花为樱桃,盖既是为了协"高"字韵,也是为了迁就中国文人。凡此皆可证驹田信二所言大致不虚。

② 参见拙文《在日本教〈藤野先生〉》,收入拙著《东洋的幻象》。

希望,不倦的教诲,小而言之,是为中国,就是希望中国有新的医学;大而言之,是为学术,就是希望新的医学传到中国去。"其实藤野先生(藤野严九郎,1874—1945)自己的说法,与鲁迅写的却全不相干。无论在《谨忆周树人樣(さま)》中,还是在给小林茂雄的信里,藤野先生自己的说法都是:"因为从小学了汉学,所以我尊敬中国的圣贤,与此同时,我觉得也应该善待该国的人。"①藤野先生的说法虽与鲁迅写的不相干,但颇可代表历史上日本人的中国观。不过经过了明治维新以后,尤其是经过了甲午战争以后,日本人的中国观的主流,已经变成了刚才介绍的夏目漱石、芥川龙之介那样一种东西②,然后那样一种东西就一直延续到了现在,继续存在于石原慎太郎之流的妄言里,隐含于村上春树之类文人的作品里③。而在那样的潮流中,仍恪守着旧传统的藤野先生之类,则成了"不识时务"、"不合时宜"的人。在今天许多有良知的日本人身上,我们仍可以看出藤野先生的影子。

　　随着中华民族日益迎来伟大的复兴,日本人自明治维新以来形成的中国观,也许已经到了彻底改变的时候了!历史将会再次天翻地覆,且让我们拭目以待!

(本文2013年5月19日讲于上海图书馆"域外文献里的中国"系列讲座,后根据讲稿整理成文;节选原载2014年2月17日《文汇报》;全文收入复旦大学古籍整理研究所、章培恒先生学术基金编《域外文献里的中国》,上海,上海文艺出版社,2014年。续有增补,本书收入的是增补稿)

---

①　藤野严九郎《謹んで周树人樣を忆ふ》,载《文学案内》1937年3月号,收入仙台における鲁迅の记录を调べる会编《仙台における鲁迅の记录》,东京,平凡社,1978年,第371—373页。此据后者。

②　辻惟雄《中国美术在日本》说:"遗憾的是,以日中战争(毅平按:指中日甲午战争)为转折点,日本人投向中国的目光,开始从崇敬变为轻蔑,最后终于导致犯下了侵华战争的罪行,对此日本人应做深刻的反省。"(收入蔡毅编译《中国传统文化在日本》,第151页)其中尤为值得关注的是二战期间的日本文人,除个别人如永井荷风者外,在军部的高压下几乎全军覆没(帮凶、帮闲、转向或噤若寒蝉),究其深层原因,不能不说与明治维新以来日本人的中国观密切相关。

③　参见张小玲《从现代到后现代的自我追寻——夏目漱石与村上春树的比较研究》,台北,秀威资讯科技,2014年,第125—148页。又其《"幻象"的力量》(载2014年12月3日《中华读书报》)云:"诸君如有兴趣,可去看看村上春树《边境·近境》中《诺门坎的铁的墓场》一文,就会恍然发现村上春树和芥川龙之介的中国认识颇有相似之处,日本作家笔下的'中国的幻象'是反复上演的。"也许后来村上春树对中国的观感有所改变?

渤海国日本汉诗唱和小考
——东亚汉文学史上缺失的章节

一

668年,高句丽被唐朝和新罗联军灭亡,其领土以浿江一带(今大同江一带)为界,为唐朝和新罗所瓜分。前高句丽将领、粟末靺鞨人大祚荣,组成了一支靺鞨人和前高句丽人的联军,在原高句丽领土的东北方发展了起来。先是于698年建立了"震国"(振国)①,后于713年改称"渤海",并逐渐控制了除辽东半岛(仍属唐)外原高句丽的大部分领土。这样直到926年,其为新兴的契丹灭亡为止,一共存在了约二百三十年,而尤以9世纪上半叶臻于鼎盛,被当时人称为"海东盛国"。

渤海国的民族构成,绝大部分是靺鞨人(主要是粟末靺鞨人),包括其王族大氏,同时也有相当数量的前高句丽人。由于渤海国是在原高句丽的领土上发展起来的,因此在各个方面必然会受到原高句丽的影响。在其建国之初,还利用了部分有管理经验的前高句丽人为地方官吏:"其国延袤二千里,无州县馆驿,处处有村里,皆靺鞨部落,其百姓者,靺鞨多,土人少。皆以土人为村长,大村曰都督,次曰刺史,其下百姓,皆曰首领。"②不过在本质上

---

① 《旧唐书·北狄·渤海靺鞨传》作"振国",《新唐书·北狄·渤海传》作"震国",本文统一称"震国"。

② 《类聚国史》卷一百九十三《殊俗·渤海上》"桓武天皇延历十五年(796)四月戊子(廿七日)"条,云据"在唐学问僧永忠等所附书"(《大日本史》卷二百四十《外国九·渤海传上》据《类聚国史》,"土人"改作"高丽人")。永忠(743—816)是日本僧侣,《元亨释书》载其宝龟(770—780)初入唐,可能是随渤海使入唐的,住在长安的西明寺里,为长期留学的学问僧。入唐二十来年后,796年四月二十七日,其书信辗转万里,由第十三次渤海使吕定琳带到日本,献上桓武天皇,其(转下页)

它有别于原先的高句丽,是一个有自己独特属性的东北古国。而渤海国里的靺鞨人和前高句丽人,后来也融合成为一个统一的渤海民族。

渤海国朝贡唐朝,受唐册封,是唐朝的一个属国。713 年,唐睿宗派遣鸿胪卿崔忻出使震国,宣谕震国为忽汗州,震国主大祚荣为渤海郡王,从此震国改称"渤海",被正式纳入东亚国际秩序,成为东亚汉文化圈的成员。762 年,唐肃宗诏以渤海为国,封其王大钦茂为渤海国王①。渤海国奉唐正朔(行用中历),但自第二代大武艺王起自有年号,采取"即位称元法"②。

渤海国与唐朝和日本均往来密切,在其立国的二百多年间,派遣遣唐使节前后有一百三十二次之多③;派遣到日本的使节,自 727 年首次起④,也有

(接上页)中即有上述对于渤海国情况的介绍,可能为其本人所亲历,为罕见的第一手史料。它后来载于《日本后纪》(840),又被采入《类聚国史》(892),《日本后纪》散佚后,反据《类聚国史》等辑佚,故现以《类聚国史》为最早(但于"永忠之书"的真伪,日本学界尚有争议)。留唐三十来年后,805 年,永忠回到日本,带回了茶叶。有关情况,参见上田雄《渤海国——东アジア古代王国の使者たち》,东京,讲谈社,2004 年,第 270—275 页。(本文引用《类聚国史》,据《国史大系》本,东京,经济杂志社,1916 年;引用《大日本史》,据改题为《日本史记》的国内排印本,合肥,安徽人民出版社,2013 年。)又,村长而称"都督"、"刺史",百姓而称"首领",显示了常见的夸饰心理,也是早期渤海人"没文化"的表现吧。有人据此夸大"土人"(原高句丽人)的作用,却是"别有用心"的。

① "渤海"本为"郡",其王为"郡王",至 762 年大钦茂时,始由"郡"升为"国","郡王"进封"国王"(795 年至 798 年,一度仍封大嵩璘为郡王,后因其遣使申诉,而重新封为国王),见《旧唐书·北狄·渤海靺鞨传》、《新唐书·北狄·渤海传》。本文从头就称"渤海国",仅为叙述方便计,非不顾唐朝分封之变迁也。

② 所谓"即位称元法",指旧王去世,新王翌日即位改元,朝鲜半岛三国、统一新罗时期用此法;中原王朝一般用"逾年称元法",即旧皇帝去世,新皇帝翌年即位改元,朝鲜半岛高丽、朝鲜时期也用此法。

③ 各家统计不一,此为其中一家之说。

④ 在《怀风藻》(751)中,收入了"秋日于长王宅宴新罗客"系列诗十首。729 年,长屋王败于与藤原氏的权力斗争,被赐自尽,其宴新罗使应在那之前,与之相近的时间有三次,分别是 719 年闰七月、723 年八月、726 年七月,皆为送新罗使归国。小岛宪之校注《怀风藻》(《日本古典文学大系》本,东京,岩波书店,1964 年)以为,尤以 726 年那一次最有可能,那次新罗使五月十四日至日本,七月十三日归国。果如其说,那就在渤海首次遣使日本前一年,时间节点非常微妙,很值得注意。也就是说,以 726 年至 727 年为转捩点,日本与新罗、渤海关系逆转,此后渤海使赴日源源不断,而新罗使赴日则越来越少,且多有滞留太宰府(位于九州)而不得入平城京(今奈良)、平安京(今京都)者(这与同时期新罗与唐关系日趋改善,由此与日本交往的必要性大为降低,似也不无关系)。又有意思者,《怀风藻》该系列诗的十个作者中,有六人(三田三方、背奈王行文、调古麻吕、刀利宣令、百济和麻吕、吉田宜)为"移民系"出身(参见小岛宪之校注《怀风藻》,以及江口孝夫全译注《怀风藻》,东京,讲谈社,2000 年),其中三田三方为魏可空王昶后裔,背奈王行文似为高句丽移民后裔,吉田宜为任那/伽耶移民后裔,调古麻吕、百济和麻吕为百济移民后裔。当高句丽、百济等移民后裔在日本参与接待新罗使并与之唱和时,面对一个甲子多前灭亡了祖国的世仇,是已经"相逢一笑泯恩仇"了呢,还是"别有一番滋味在心头"? 对此我甚感好奇。

三十四次①;但是与南方的新罗,却几乎没有任何往来,在其立国的二百多年间,新罗的正式派遣使节,据史籍记载只有两次②,渤海国的遣使情况不详。733 年,新罗曾一度应唐朝之约,与唐军一起夹攻渤海国,虽因大雪封山,士卒死者过半,无功而还,但是唐、罗关系得以彻底修复③。为此新罗得到的报酬,是两年以后(735),唐朝正式承认了其对浿江以南原高句丽领土的支配权④。826 年,新罗筑浿江长城三百里,以防备渤海国⑤。后来两国间并未发生什么战争,一直保持了不战不和的局面。渤海国与新罗的消极关系,与其与唐朝和日本的积极关系,形成了鲜明的对照。另外,渤海国与黑水靺鞨关系也较紧张,而黑水靺鞨与唐朝关系较好,这也促使渤海国转而谋求与日本交往⑥。日本因为当初站在百济一边,与新罗关系一向不太好,所以自然也愿意与渤海国接近,奈良至平安初期,派往渤海国的使节前后有十五次。从 9 世纪前期至 10 世纪前期的近百年间,对于先后停止了与新罗和唐朝外交往来的日本来说,渤海国几乎成了唯一有正式外交关系的国家。这就是东亚汉文化圈当时的国际态势,各国都采取所谓"远交近攻"的外交战略。

---

① 各家统计不一,此为其中一家之说。
② 《三国史记》卷十《新罗本纪十》元圣王六年(790)、宪德王四年(812),都有"使北国"的记载,"北国"应即指渤海国。仅就朝鲜半岛史料而言,在渤海国立国期间,新罗使渤海国仅此二见。(本文引用《三国史记》,据国内校勘本,长春,吉林文史出版社,2003 年。)
③ 《旧唐书·东夷·新罗传》、《北狄·渤海靺鞨传》、《新唐书·北狄·渤海传》、《东夷·新罗传》、《三国史记》卷八《新罗本纪八》圣德王三十二年(733)。
④ 《三国史记》卷八《新罗本纪八》圣德王三十四年(735):"遣金义忠入唐贺正……义忠回,敕赐浿江以南地。"此事新旧《唐书》均无记载,但应该是确实存在的。其实新罗早就实际控制了该地区,只不过此时才得到唐朝正式承认罢了。
⑤ 《三国史记》卷十《新罗本纪十》宪德王十八年(826)。
⑥ 渤海国 727 年首次遣使日本,即是因为就在前一年,黑水靺鞨结好唐朝,大武艺怀疑将腹背受敌,遂发兵击黑水靺鞨,为此与唐朝交恶,故欲联络日本以为后援。8 世纪上半叶,前五次出使日本的渤海使,都是武将身份,具有明显的军事代表团性质,显然与当时的东亚态势有关。当时以唐朝、新罗、黑水靺鞨为一方,以渤海、日本为另一方,形成了对立的"两大阵营"。但这只是政治外交军事上如此,在文化上当然是"唐风"一边倒,在经济上也都属贸易共同体,而唐朝作为东亚的"盟主",又常常凌驾于双方之上。而自大钦茂(737—792 在位)继位以后,尤其是从 8 世纪下半叶开始,东亚各国军事上的紧张关系渐趋缓和,进入了文化、经济大交流的繁荣时代。就出使日本的渤海使而言,从 762 年第六次起转为文官身份,主要从事文化、经济交流(值得注意的是,762 年也正是唐朝进封大钦茂为渤海国王之年,此前五十年一直都仅封渤海郡王)。就日本而言,在妄图征讨新罗的藤原仲麻吕于 764 年败亡后,也事实上放弃了长期敌视新罗的政策。

当时,渤海国有五条对外交通要道,即连接契丹的扶余道(扶余府),交通营州的长岭道(长岭府),朝贡唐朝的鸭渌道(鸭渌府),联络新罗的南海道(南海府),往来日本的日本道(龙原府)。"龙原东南濒海,日本道也。南海,新罗道也。鸭渌,朝贡道也。长岭,营州道也。扶余,契丹道也。"①759年,日本曾派出迎入唐大使使高元度,随行渤海使杨承庆等,经由渤海国入唐,希望接回藤原清河、阿倍仲麻吕一行,但没能成功,他们走的应是日本道、鸭渌道。777年,渤海国曾遣使唐朝,"献日本国舞女一十一人及方物"②,那应是六年前,771年,第七次渤海使从日本取得的③。也就是说,日本舞女是先通过日本道取得,然后通过鸭渌道献上唐朝的。此外,通过扶余道、鸭渌道和营州道,又使契丹交通唐朝的道路畅通。但渤海国立国期间,与新罗往来不多,所以南海道利用率可能不是很高,通过南海道与日本交往的机会也可能较少(除后期利用南京南海府外港吐号浦作为日本道新起点外)。

　　渤海国的立国之地,曾是乐浪郡、带方郡故地,有深厚的汉文化积淀。高句丽曾利用这一有利条件,在朝鲜半岛三国中率先吸收汉文化,使自己的

---

①　《新唐书·北狄·渤海传》。不过其中所谓的从渤海国东京龙原府——今中国珲春——到日本北陆、山阴的"日本道",其实是其前期的情况,后期的情况已有改变:前期渤海使主要从东京龙原府的外港(据上田雄推测,在今朝鲜咸镜北道图们江口附近)出发,后期渤海使主要从南京南海府的外港吐号浦(据上田雄推测,在今朝鲜咸镜南道新昌一带)出发。故所谓的"日本道",其实并非仅有一处始发港,也并非仅有一条航路,实则至少有两处始发港,且因到达港的经常变化,而是包含着复数航路的,甚至每次航路都不一样。渤海使一般秋冬赴日,春夏回国,主要是为了利用季风。也正因此,他们的始发港从前期的东京龙原府的外港(冻港),换成了后期的南京南海府的外港(不冻港)(参见上田雄《渤海国——东アジア古代王国の使者たち》,第223—242页)。

②　《旧唐书·北狄·渤海靺鞨传》,又见《新唐书·北狄·渤海传》。

③　上田雄认为,这些舞女,是758年第四次渤海使从日本取得的(见其《渤海国——东アジア古代王国の使者たち》,第162—163页),理由是只有那次渤海使,有天皇"敕赐内里女乐"的记载。然而从758年到777年,其间经过了近二十年,舞女们不会嫌太老么? 我们有理由相信,日本每次都会回赠渤海使礼物,其中应该经常包括舞女,史料不记载不等于没有这样的事。离777年最近的那次渤海使,是771年的第七次,如果献唐舞女为该次所取得,则至777年献于唐朝(川口久雄即持此说,见其校注《菅家文草》、《菅家后集》,《日本古典文学大系》本,东京,岩波书店,1966年,第665页),其间仅仅经过了六年,舞女们应该都还青春未老,也有足够的时间学会渤海舞,可以其日本舞、渤海舞的技能,在唐朝的宫廷里继续大放异彩。都良香(834—879)《早春侍宴赋阳春词应制》诗(875)云:"燕姬袅舞,腰无尺寸之围;吴娃懒音,口便开阖之态。"(《本朝文粹》卷八)可见日本舞女还是很有魅力的。(本文引用《本朝文粹》,据小岛宪之校注《日本古典文学大系》本,东京,岩波书店,1964年;大曾根章介、金原理、后藤昭雄校注《新日本古典文学大系》本,东京,岩波书店,1992年。)

汉文化处于领先地位。高句丽灭亡以后,部分遗民留在此地,其汉文化程度较高,影响了新来的靺鞨人,成为渤海人吸收汉文化的基础。从668年至8世纪初,唐军又长期驻扎此地,带来了最新的唐文化。这一切,使得渤海国吸收汉文化变得容易了。"初,其王数遣诸生诣京师太学,习识古今制度,至是遂为海东盛国,地有五京、十五府、六十二州。"其政治制度遂一依中国,"大抵宪象中国制度如此"①。渤海国仿唐国子监,设立胄子监,以儒教经典教育子弟。渤海国留学生还参加唐五代的科举考试,宾贡科合格人数是除新罗外最多的:"盖除渤海十数人,余尽东士。"②此外,渤海国也盛行汉传佛教③,道教也有所传播。

由于渤海国同时与唐朝和日本通使,所以它还成了汉文化传播的中介,日本通过渤海国间接与唐朝交通。如经由渤海国,日本得到了唐朝最新颁布的《宣明历》。"贞观元年(859),渤海国大使乌孝慎新贡《长庆宣明历经》,云是大唐新用经也。"④此《宣明历》两年后在日本颁行,一直使用了八百二十四年(861—1684)。

渤海国亡于契丹以后,其遗民分散到东北亚各地,如辽东半岛、朝鲜半岛及中原各地,后来基本上融合于各当地民族。

渤海国有自己的语言,但没有自己的文字⑤,因而他们使用汉字,"俗颇知书"⑥,"颇知书契"⑦,"颇有文字及书记"⑧,指的都是汉字,且能用汉字

---

① 《新唐书·北狄·渤海传》。
② 崔瀣《拙稿千百》卷二《送奉使李中父还朝序》(据日本育德财团1930年影印1354年晋州刻板补刻再印本)。
③ 《经国集》卷十载有安倍吉人《忽闻渤海客礼佛感而赋之》、岛田渚田《同安领客感客等礼佛之作》等二诗,说明佛教流行于渤海国,渤海使在海外也不忘礼佛。(本文引用《经国集》,据塙保己一编《群书类从》本,东京,《续群书类从》完成会,1960年订正三版。)
④ 《日本三代实录》卷五"清和天皇贞观三年(861)六月十六日"条载真野麻吕奏言。(本文引用"六国史",均据黑板胜美校订《新订增补国史大系》本,东京,吉川弘文馆,1956年,1957年,1974年,1977年,2002年,2007年;惟《日本后纪》据森田悌全现代语译本所附原文及辑佚,东京,讲谈社,2006年,2007年。)
⑤ 晚明的《警世通言》里有一篇小说,题目是《李谪仙醉草吓蛮书》,写强盛的唐朝空有满朝文武,却竟无人识得番邦渤海国书;只有李白解得番字番文(可能因为他有胡人血统吧),为天子和国家分了忧解了难。这其实只是小说家的凿空之谈。
⑥ 《类聚国史》卷一百九十三《殊俗·渤海上》。
⑦ 《新唐书·北狄·渤海传》。
⑧ 《旧唐书·北狄·渤海靺鞨传》。

来撰述("书记"),文化属于东亚汉文化圈。虽然其历史文献已经荡然无存,但从当时中国和日本的文献记载中,还可以了解他们历史文化的蛛丝马迹。

比如在日本奈良、平安时期的许多文献中,我们可以看到渤海使节与日本文人的唱和之作,表明其汉文化水准已达到了相当高的程度。渤海国派往日本的使节,都挑选一流的汉文学人才,以夸示本国汉文化水准的高超;日本自然也不甘示弱,担任馆伴任务的,也都是一时之选[①]。在日本留下名声的渤海使节,有杨泰师、王孝廉、高景秀、释仁贞、王文矩、周元伯、杨成规、裴颋、裴璆等人;而日本著名的馆伴或唱和文人,则有滋野贞主、坂上今雄、坂上今继、桑原腹赤、仲雄王、巨势识人、菅原清公、岛田忠臣、大江音人、橘广相、巨势文雄、藤原佐世、菅原道真、都良香、纪长谷雄、菅原淳茂、大江朝纲、纪在昌、都在中、藤原雅量等人。

二

758年九月十八日,第四次渤海使杨承庆、杨泰师一行至日,在越前的松原(敦贺)上陆,十二月二十四日入平城京(奈良)。翌年正月,参加了宫廷里的各种仪式。其时日本正值全面学习唐风的奈良天平盛世,就在七年前的751年,刚刚编纂成了日本史上第一部汉诗集《怀风藻》。从渤海国来了这么一批才华横溢的使节,《怀风藻》自然会是最好的见面礼,也是炫耀日本汉文化水准的最好宣传品。此次的渤海使虽然都是武将身份,但副使杨泰师又是渤海国的著名汉文人,他当然也要向日本炫耀渤海国的汉文学水准。《经国集》(827)卷十三里,还留存有两首杨泰师的诗。一首是和日本文人之作《奉和纪朝臣公咏雪诗》:

昨夜龙云上,今朝鹤雪新。怪看花发树,不听鸟惊春。回影疑神

[①] 林鹅峰《本朝一人一首》卷二大伴氏上《渤海入朝》诗后附"林子曰":"凡每遇其使来,我邦文人才子无不赠答,是亦其一时之作也。"(本文引用《本朝一人一首》,据小岛宪之校注《新日本古典文学大系》本,东京,岩波书店,1994年。)

女,高歌似郢人。幽兰难可继,更欲效而嚬。①

当时的奈良文坛上正风行着五言诗,而这正是一首《怀风藻》式的五言诗。仅就此诗而言,双方不相伯仲。另一首是作于越前客馆的《夜听捣衣》诗,可能这才是他最想要让日本文人见识的新诗体:

霜天月照夜河明,客子思归别有情。厌坐长宵愁欲死,忽闻邻女捣衣声。声来断续因风至,夜久星低无暂止。自从别国不相闻,今在他乡听相似。不知彩杵重将轻,不悉青砧平不平。遥怜体弱多香汗,预识更深劳玉腕。为当欲救客衣单,为复先愁闺阁寒。虽忘容仪难可问,不知遥意怨无端。寄异土兮无新识,想同心兮长叹息。此时独自闺中闻,此夜谁知明眸缩。忆忆兮心已悬,重闭兮不可穿。即将因梦寻声去,只为愁多不得眠。②

虽然明显模仿初唐诗人刘希夷的《捣衣篇》,其中的许多诗句还直接取自刘希夷诗,但诗中饱含的乡情却深挚动人,仍不失为一首上乘的七言之作,相信会使奈良文人倾倒艳羡的,因为他们当时还不大擅长七言诗,尤其是篇幅这么长的七言诗,尤其是这种流丽宛转的歌行体。凭了这第二首诗,只要唐朝文人不在场,渤海文人就完胜日本文人了。

《经国集》卷十三里,就在杨泰师此诗前面,还载有两首日本后辈文人作的同题材诗,可能即以杨泰师此诗为仿效和竞技的对象。而在稍前的《文华秀丽集》(818)里,也收有桑原腹赤(789—825)的《奉和听捣衣》一首,暗示应另有"听捣衣"御制诗,说明"听捣衣"为当时时髦题材,显示了杨泰师此诗的持续影响。日本诗人比学赶超渤海诗人,渤海诗人比学赶超唐朝诗人,这就是当时东亚汉文化圈的实态。

---

① 此诗也收入《本朝一人一首》卷三,"怪"作"只"。
② 现存各本《经国集》残卷(如《群书类从》本),此诗"此夜谁知明眸缩"后,都误接滋野贞主《奉和清凉殿画壁山水歌》(《经国集》卷十四)之后半;此诗最后四句,又都误承滋野贞主该诗之前半。"(若林)友尧熟读《经国集》多年,始知其错简,终考定以归正。"(市河宽斋原编,市河米庵、若林友尧增补改订《日本诗纪》卷六甲集二)(本文引用《日本诗纪》,据高岛要编《日本诗纪本文と总索引(本文编)》,东京,勉诚出版,2003年。)

而《经国集》的编撰者如此编排这三首诗歌,又显然是有其考虑和深意存乎其中的。《经国集》的主要编撰者滋野贞主(785—852),也曾是《文华秀丽集》的编撰者之一,在那第二部"敕撰集"中,收入了六首渤海使的诗歌,以及日本馆伴的相关诗歌,显示了双方水平的不相上下。不难想象,滋野贞主等在《经国集》中,如此编排这三首题材相同却时代不同的诗歌,目的可能正是为了达致与《文华秀丽集》相似的效果,以"篡改"奈良时期日本文人技不如人的历史真相。

除上述二诗外,据《续日本纪》卷二十二"淳仁天皇天平宝字三年(759)正月甲午(廿七日)"条载:"大保藤原惠美朝臣押胜宴蕃客于田村第,敕赐内里女乐并棉一万屯。当代文士赋诗送别,副使杨泰师作诗和之。"则杨泰师还作有多首唱和诗,但其诗不存①。"当代文士"不知都有谁,会有《怀风藻》的编撰者吗?其时藤原仲麻吕权势臻于鼎盛,正在积极推进新罗征讨计划,故以此大排场来笼络渤海使。但渤海使们似乎并未领情,唱和着汉诗就应付过去了②。

---

① 有人认为以上二诗就是杨泰师在此次宴会上的和诗,但人家是"赋诗送别",以上二诗内容与送别、留别全不相干,怎么可能就是此次宴会上的和诗呢?《经国集》原有二十卷,现仅存六卷,在佚失的十四卷里,有十二卷是诗,其中包含"赠答"类。若《经国集》原本收入杨泰师的和诗,也完全有可能已经佚失,没必要一定用以上二诗坐实之。

② 渤海使727年初次使日以后,迅速拉近了与日本的关系,改善了其孤立无援的处境。新罗与日本则开始交恶,这在《三国史记》里也有记载。如731年,"日本国兵船三百艘,越海袭我东边,王命将出兵,大破之",估计日本是在配合渤海国牵制新罗。742年,"日本国使至,不纳"。753年,"日本国使至,慢而无礼,王不见之,乃回"——两次不纳日本使之间的,是整整十年的断交状态。754年元旦,在唐朝还发生了著名的争座次事件——唐玄宗于蓬莱宫含元殿受朝,新罗本为东畔诸蕃第一,日本本为西畔诸蕃第二,日本遣唐副使大伴古麻吕不服,结果与新罗互换了座次才罢。这说明两国关系已经剑拔弩张。藤原仲麻吕拉拢渤海使,密谋征讨新罗,也恰好是在这一时期。758年春,日本(藤原仲麻吕)派小野田守——就是那个五年前因"慢而无礼"被拒的遣新罗使——为遣渤海使,任务是劝说渤海参加征讨新罗之役。同年九月十八日,小野田守领着第四次渤海使回到日本,并带回了唐朝发生安史之乱的消息,坚定了藤原仲麻吕乘乱征讨新罗的决心,故在私宅田村第高调宴请渤海使一行,同时则厉兵秣马准备三年后(762)开战。但其时渤海与新罗已经相安无事,与唐朝关系也进入了蜜月期,762年由渤海郡王升任渤海国王,所以根本就没理睬藤原仲麻吕。四年后,763年二月四日,藤原仲麻吕再次在田村第宴请第六次渤海使(由他专门派出的遣渤海使高丽大山领回),但渤海国这次派出的大使(王新福)甚至是文官!所以藤原仲麻吕最终是枉费心机,本人也于764年因叛乱罪而被诛。此后,新罗与日本的紧张关系趋于缓解,803年,"与日本国交聘结好",由此恢复了正常往来(以上叙述,综合《三国史记》之《新罗本纪》、《续日本纪》各相关条)。又,也正因为日本与新罗关系长期紧张,所以从8世纪初起,日本的遣唐使船不再走经由朝鲜半岛的比较安全的北路,而改走直接横穿东海的更为危险的南路,导致海难事故大幅增加。

同年二月十六日,渤海使节离平城京回国,日本派迎入唐大使使高元度等随行,以经由渤海国入唐,接回七年前使唐、六年前返日失败的第十一次遣唐大使藤原清河等人(后以"安史之乱"爆发而未果),而藤原清河正是藤原仲麻吕的从兄弟①。

三

又过了几十年,814年九月三十日,第十七次渤海使到达日本,在出云上陆。大使王孝廉、副使高景秀、判官王升基、录事释仁贞等,都是渤海国的著名文人。日本正逢嵯峨天皇(786—842,809—823在位)振兴文运,他本人就是当时最大汉诗人,所以也不甘示弱,派出了著名文人,如滋野贞主、坂上今雄、坂上今继等,任存问使或领客使。(一说渤海国之所以派出实力强大的文人代表团,就是冲着"文人天皇"嵯峨天皇的振兴文运而来②。)

此次渤海使在日期间,继奈良时期的《怀风藻》之后,平安时期的第一部汉诗集,也是"三敕撰集"中的第一部,《凌云集》(本名《凌云新集》,814)刚好编就③。值得注意的是,参与渤海使接待、唱和诸人,如仲雄王、坂上今继、滋野贞主、桑原腹赤、巨势志贵人(即巨势识人,"志贵"与"识"日语同音)等,均有诗作入选;嵯峨天皇本人,则竟有二十二首入选(《凌云集》总共才收诗九十来首);故想必嵯峨天皇会下令将《凌云集》送给渤海使为礼物,以夸示本国(乃至本人)的汉文学水准之高超。反之也可看出,参与渤海使接待、唱和诸人,也是足以代表当时日本汉文学的一时之选。

渤海使先是住在出云的客馆里,等待着进入平安京(京都)的邀请。因为要供应渤海使节等,出云国还被免除了田租,可见对于此次接待的重视④。在出云待命期间,双方文人已经开始唱和,坂上今雄有《秋朝听雁寄

---

① 以上均见《续日本纪》卷二十一"淳仁天皇天平宝字二年(758)"、卷二十二"淳仁天皇天平宝字三年(759)"各相关条。
② 参见上田雄《渤海国——东アジア古代王国の使者たち》,第164—165页。
③ 本文引用《凌云集》,据塙保己一编《群书类从》本,东京,《续群书类从》完成会,1960年订正三版。
④ 《日本后纪》卷二十四"嵯峨天皇弘仁五年(814)十一月辛巳(九日)"条。

渤海入朝高判官释录事》诗,"高判官"指渤海使判官高英善,"释录事"指渤海使录事释仁贞。两人应该都有和诗,可惜不存①。

是年末,渤海使一行入平安京,住在鸿胪馆里②,等待着天皇的接见。仲雄王有《书怀呈王中书》诗,"海行千里入帝城","君门九重未通籍"云云,说明是此时之作。"王中书"可能指王孝廉,也可能指王升基,应该有和诗,可惜不存。

815年正月七日(人日),嵯峨天皇设宴宫中,招待五位以上官员,以及渤海使一行。在宴会上,王孝廉作有《奉敕陪内宴诗》:

> 海国来朝自远方,百年一醉谒天裳。日宫座外何所见,五色云飞万岁光。

释仁贞也作有《七日禁中陪宴诗》:

> 入朝贵国惭下客,七日承恩作上宾。更见凤声无妓态,风流变动一国春。

另外,从桑原腹赤的《和渤海入觐副使公赐对龙颜之作》来看,渤海副使高景秀在此次宴会上也应有"对龙颜之作",惜不存。虽然渤海国与日本是对等

---

① 诗题既说"秋朝",应该作于此时。小岛宪之校注《文华秀丽集》(《日本古典文学大系》本,东京,岩波书店,1964年),认为作于弘仁六年(815)秋,不确,因为该年五月,渤海使归国,遭风漂回,六月,释仁贞即病故,坂上今雄不可能于该年秋赠其诗,而只能赠于前一年秋渤海使刚到时。时隔三十年,小岛宪之校注《本朝一人一首》,似已修正了自己的看法,说此诗的"秋朝"或指弘仁五年(814)秋。又,以下所引渤海使节、日本馆伴各诗,除注明者外,皆见于《文华秀丽集》卷上,一共十二首。

② 平安时期为接待外国使节,在平安京、难波、敦贺、太宰府等地均设置有鸿胪馆(平安京鸿胪馆位于七条北,夹朱雀大路有东西二馆),它们同时也是汉诗文唱和的文场。菅原文时(899—981,菅原道真之孙,菅原淳茂之侄)《封事三个条》(《本朝文粹》卷二)其三"请不废失鸿胪馆怀远人励文士事"云:"鸿胪馆者,为外宾所置也……国家故事,蕃客朝时,择选贤之伦,任行人之职,礼遇之中,宾主斗笔。又拔诸生能文者,令预饯别之席。因兹翰苑锐思之士,无不以对蕃客为其心期。""又拔诸生能文者,令预饯别之席"之做法,始于895年菅原道真再次接待渤海大使裴颋时,见本文第六节引前田家本《菅家传》。

的国家,但是这些诗却明显地甘居下位,应该很能讨日本君臣的欢心①。此后,十六日、二十日又各有一次宴会,但未留下汉诗唱和的记录——也许高景秀、桑原腹赤的唱和诗作于其中的一次? 另外我们好奇的是,嵯峨天皇看着两国文人唱和,自己不会也技痒么?

渤海使在平安京期间,滋野贞主也同住在鸿胪馆里,陪客人们饮酒赋诗,有《春夜宿鸿胪简渤海入朝王大使》诗:"枕上宫钟传晓漏,云间宾雁送春声。辞家里许不胜感,况复他乡客子情。"既云"枕上宫钟传晓漏"、"辞家里许不胜感",则应作于平安京的鸿胪馆里,否则,出云的晨钟既难以称"宫钟",作者离家也根本不止"里许"。王孝廉应有和诗,但没有流传下来。

正月二十二日,渤海使离平安京回出云,日本馆伴也陪同前往。巨势识人有《春日饯野柱史奉使存问渤海客》诗,"策骑翩翩何处至,春风千里海西乡"云云,即指滋野贞主陪渤海使回出云之事。《经国集》卷十一里,另有滋野贞主《春日奉使入渤海客馆》诗,"苍茫渤海几千里,五两舟中送一年……晓来莫惊单宿梦,他乡觉后不胜怜"云云,也正是此次奉使出云期间所作。"辞家里许不胜感"的诗人,这次更是"他乡觉后不胜怜"了,不过由此也应更能理解渤海使的乡愁。

在出云的客馆里,渤海使节与日本馆伴经常一起分韵赋诗,如王孝廉有《春日对雨探得情字》诗:

　　主人开宴在边厅,客醉如泥等上京。疑是雨师知圣意,甘滋芳润洒羁情。

诗题作"春日对雨",诗中又说"在边厅"、"等上京",则此诗应是 815 年春,

---

① 每次渤海使使日,都会被授予日本位阶,如这一次,据《日本后记》卷二十四"嵯峨天皇弘仁六年(815)正月己卯(七日)"条载:"渤海国大使王孝廉从三位,副使高景秀正四位下,判官高英善、王升基并正五位下,录事释仁贞、乌贤偲、译语李俊雄从五位下,赐禄有差。"这是日本宣示外交优越地位、笼络渤海使节的惯技,也就难怪渤海使节的这些诗会如此自甘下风了。此外,这些诗都收于三年后编成的《文华秀丽集》中,编辑时很难说没有经过日本文人的手脚。

渤海使离平安京后,作于出云的客馆里的①。"主人"自是日本馆伴,他们或许探得他字,或许也探得"情"字。王孝廉又有《在边亭赋得山花戏寄两个领客使并滋三》诗:

> 芳树春色色甚明,初开似笑听无声。主人每日专攀尽,残片何时赠客情。

"边亭"应就是前诗的"边厅",诗韵也还是那个"情"字,"两个领客使"指坂上今雄和坂上今继,"滋三"指滋野贞主(他在家里排行第三),他们收到后应该都有和诗。王孝廉又有《和坂领客对月思乡见赠之作》:

> 寂寂朱明夜,团团白月轮。几山明影彻,万象水天新。弃妾看生怅,羁情对动神。谁言千里隔,能照两乡人。

"坂领客"也是指坂上今雄和坂上今继,他们有赠王孝廉对月思乡之作,王孝廉此诗是它们的和诗。日本馆伴离开出云回平安京后,王孝廉怀念与他们相处的日子,有《从出云州书情寄两个敕使》:

> 南风海路速归思,北雁长天引旅情。赖有锵锵双凤伴,莫愁多日住边亭。

"两个敕使"也是指坂上今雄和坂上今继,他们被渤海客人赞誉为"双凤";诗韵仍是前诗常用的"情"字,可见这也是他们喜欢的韵字。

坂上今继有《和渤海大使见寄之作》,"一面相逢如旧识,交情自与古人

---

① 此处"上京"与"边厅"相对,应是指平安京,而非指渤海国的上京龙泉府;又,"等"为"等同"义,而非"等待"义,"等上京"意为"等同于平安京",而非谓"等着上平安京"(渤海使一般秋来春归,此次是年末入平安京的,故不可能在春日等着上平安京)。此诗意为主人招待周到,让客人烂醉如泥,虽在"边厅"(出云),一如"上京"(平安京)。小岛宪之校注《文华秀丽集》,谓"上京"或指渤海国上京龙泉府,又谓"等上京"或指"等着上平安京",二解似皆弄错。

齐"云云,表达了与渤海客人同样的感受。诗中提到了"宾亭"和"三春",则也应该作于出云的客馆里①。虽不清楚其具体所和是何诗,但既然所用诗韵是"齐"字,则所和肯定不是以上诗歌,而应是王孝廉的其他赠诗。由此可见,在出云的客馆里,渤海使节与日本馆伴唱和频繁。

王孝廉在日本的熟人和朋友,还有十来年前在长安认识的空海(774—835)。804年,空海随遣唐使入唐,其时王孝廉也正好从渤海国入唐,两人相识于唐都长安,彼此以汉诗文相交。王孝廉这次使日,曾赠诗书于空海,空海也报以答书,可惜错过了时间,渤海使已回出云,结果未能重逢。

这次的渤海使运气不佳。五月十八日,王孝廉一行回国途中,遭遇暴风(可能是台风),又漂回了越前,舟裂楫折,不堪再用。二十三日,令越前国为渤海使选造大船。六月十四日起,大使王孝廉、判官王升基、录事释仁贞等相继病故(可能是得了瘟疫)。816年五月二日,天皇遣使赠副使高景秀等夏衣并致渤海王书,高景秀携日本国书返回渤海国,其时离开出使已经一年半多了②。对于故人王孝廉的不幸病故,空海曾作《伤渤海王大使孝廉中途物故》诗悼念,现仅存"一面新交不忍听,况乎乡园故国情"一联③。

两年以后,818年,嵯峨天皇敕撰《文华秀丽集》,其中收入了王孝廉等的六首诗歌,以及日本馆伴的多首相关诗歌,从而使得这次渤海使成了在日本文献中留下汉诗最多的,也是除第四次渤海使杨泰师等之外唯一留下汉诗的。这不知是否与渤海使见到《凌云集》后,表达了也想跻身其中的愿望有关?考虑到《文华秀丽集》编撰者中,就有仲雄王、滋野贞主、桑原腹赤等人,都是参与接待、唱和之人,滋野贞主更是全程陪同者,则这种可能性似乎不能排除。同时,也不排除渤海使有些诗甘居下位,颇可满足日本君臣的虚荣心,所以嵯峨天皇亲自下令,特地也收入了这些诗的可能性。而就诗论

---

① 此次渤海使在出云上陆,又回到出云准备回国(他们的船在那里),王孝廉又有《从出云州书情寄两个敕使》诗,明确自己身在出云,则上述各诗中所谓"边亭"、"边厅"、"宾亭",都应指出云的客馆而言,然而小岛宪之校注《文华秀丽集》,却都解释为"敦贺的鸿胪馆",不知何据。
② 以上均见《日本后纪》卷二十四"嵯峨天皇弘仁六年(815)",卷二十五"嵯峨天皇弘仁七年(816)"相关各条。
③ 长谷宝秀编《弘法大师传全集》(全十册),京都,六大新报社,1935年,《高野大师御广传》下,第一册,第275页。

诗,"三敕撰集"中所收日本汉诗的水准,比起《怀风藻》来已经有了很大进步,平安文人与渤海文人的水平差距,也已经缩小到了几乎辨认不出,在《文华秀丽集》中收入渤海使的作品,则不仅显示了平安文人的多情好客,也显示了他们对于自己汉诗能力的自信[1]。

四

821年,第二十次渤海使至日,上陆地不详,大使是王文矩。翌年正月十六日,在平安京的丰乐殿里,嵯峨天皇再次宴请渤海使。渤海使表演了"打毬"(马球)戏,让东道主大饱眼福。《经国集》卷十一里,载有嵯峨天皇的《早春观打毬》诗,题下自注:"使渤海客奏此乐。"[2]又有滋野贞主的《奉和观打毬》诗,"蕃臣入觐逢初暖,初暖芳时戏打毬"云云。二诗描写渤海使的"打毬"戏皆甚为生动,但其中蕴含的不对等意识也甚为明显。此次双方的唱和诗均不见记载[3]。

859年,第二十六次渤海使至日,在能登的珠洲上陆,大使乌孝慎,副使

---

[1] 《凌云集》中的作者名尚是日本原样,而自《文华秀丽集》起,后来各汉诗文集中的作者名,大都减去一字,成为三字的"唐风名",一如中国人的名字。一般认为这是模仿唐人名字的,这从文化背景来说自然没错,但考虑到此时日本文人频繁接触的,比起唐人来更是渤海人,渤海使的名字也都是唐风名,且自《文华秀丽集》起,更是收入了渤海使的诗作,则日本文人的改用唐风名,其直接诱因很可能就是渤海使。而且更有可能的是,其"始作俑者"就是渤海使,甚至就是这次的王孝廉一行,目的是为了汉诗文唱和的方便:与"王大使"、"高判官"相对应的,自然应是"坂领客"、"滋三"了,而"坂上领客"、"滋野三"多不顺口!而对日本文人来说,你渤海使都咱"坂领客"、"滋三"了,那我当然也就会学样称"野柱史"了。又,跟文人姓名的变迁一样,此前地名、官名也还是日本原样,此后地名、官名也便改用唐风名,如"贺州"、"海西"、"柱史"、"典客"之类,这也应是直接从渤海使那儿学来的。这是平安时期日本文人努力"与国际接轨"的表现之一吧。后来则更变本加厉之,如江村北海《日本诗史》凡例云:"地名亦然,远江州称袁州,美浓州称襄阳,金泽为金陵,广岛为广陵……"深谷公幹《驳〈斥非〉》云:"如以富岳曰芙蓉,以平安曰长安,以武城曰武陵或武昌,以筑紫曰紫阳,以八桥曰灞桥,以筥根曰函关,以白山为商山,以信州为信阳,以丹波为丹阳……"(本文引用《日本诗史》,据清水茂、揖斐高、大谷雅夫校注《新日本古典文学大系》本,东京,岩波书店,1991年;引用《驳〈斥非〉》,据赵季、叶言材、刘畅辑校《日本汉诗话集成》本,北京,中华书局,2019年。)

[2] 《经国集》署"太上天皇",即嵯峨天皇,为《经国集》编撰时的身份。

[3] 除上文提到《经国集》卷十所载安倍吉人《忽闻渤海客礼佛感而赋之》、岛田渚田《同安领客感客等礼佛之作》等二诗外,《凌云集》所载大伴氏上《渤海入朝》诗也不知指哪一次渤海使。小岛宪之猜测,前二首指825年第二十二次,第三首指810年第十六次(见其校注《本朝一人一首》,《新日本古典文学大系》本,第81、58页),但他也不能确定,故姑系三诗于此,且存其说以备考。

周元伯。后者尤善文章,为此,日本方面特增派岛田忠臣(828—892)为馆伴,以岛田忠臣善文章,也因他正在附近任职①。惜他们的唱和诗文不存。此次渤海使没被获准入平安京,但他们带来了唐朝最新的《宣明历》,此后日本一直沿用了八百余年(861—1684)。

872年出使日本的第二十八次渤海国大使是杨成规,副使是李兴晟,负责接待的有著名文人都良香(834—879)等②。都良香本姓桑原,是桑原贞继之子,桑原腹赤之侄(一说桑原腹赤之子),原名都言道,自以为此名不足以示远客,所以特地改了名字③,可见对于接待渤海使节工作的重视。都良香人称"渤海通",此次被任命为掌客使,在接待期间甚为活跃。渤海使节于十二月十一日到加贺,翌年(872)五月十五日,其中二十人入平安京,照例安置于鸿胪馆,五月二十五日离平安京。

在《都氏文集》④卷三里,有一首《赠渤海客扇铭》,题下自注:"画扇廿枚,分与廿人。"四言八十句三百二十字,二十个渤海客人,每人得到一把扇,扇上题有四句诗。渤海使节或有酬答之作,但没有留存。杨成规也馈赠都良香貂裘、麝香、暗摸靴等渤海土仪,都良香有《谢渤海杨大使赠貂裘麝香暗

---

① 《日本三代实录》卷二"清和天皇贞观元年(859)三月十三日"条云:"渤海国副使周元伯颇闲文章,诏越前权少掾从七位下岛田朝臣忠臣假为加贺权掾,向彼与元伯唱和,以忠臣能属文也。"日本方面任命馆伴时,常常会临时加官,以提高馆伴者的级别,以示对接待工作的重视。加贺原为越前的郡,823年独立为国。

② 《日本三代实录》卷二十一"清和天皇贞观十四年(872)四月十六日"条云:"以正六位上行少内记都宿祢言道……为掌渤海使。"

③ 《日本三代实录》卷二十一"清和天皇贞观十四年(872)五月七日"条云:"掌渤海客使少内记都宿祢言道:'自修解文,请官裁偶。姓名相配,其义乃美。若非佳令,何示远人?望请改名良香,以逐稳便。'依请许之。"都言道弱冠入学,曾作《辨薰莸论》(《本朝文粹》卷十二),说"美种香,恶种臭",盖为其后来改名之由。他根据自己的姓氏,巧用了"都良之香"之典,名字改得非常巧妙。都良、香木名,《汉书·礼乐志》载《安世房中歌》十七章,其十"都荔遂芳,窅窊桂华"云云,颜师古注引(三国魏)孟康曰:"都良薛荔之香,鼓动桂华也。"这就是都良香改名之本,也正如他自己所说的,"姓名相配。其义乃美"。《汉书》为平安文人必读书、爱读书,《扶桑集》卷九残卷里,至少有六首诗以《汉书》为题,比《史记》(二首)、《后汉书》(二首)、《文选》(一首)都多(当年《日本书纪》也多袭《汉书》而罕采《史记》)。《扶桑集》收入了都良香不少作品,应能反映当时文人的读书实态。我们可以想象,都良香读《汉书·礼乐志》,读到颜师古注,而得改名之灵感,不禁欢喜雀跃,拍案叫绝——我们这么想象,应该符合情理。(本文引用《扶桑集》,据塙保已一编《群书类从》本,东京,《续群书类从》完成会,1960年订正三版。)

④ 《都氏文集》原有六卷,残存卷三、卷四、卷五等三卷。(本文引用《都氏文集》,据中村璋八、大冢雅司《都氏文集全释》,东京,汲古书院,1988年。)

摸靴状》。五月二十四日，都良香以诗求和，其《赠渤海杨大使状》云："中夜相思，发于琴声，遂以成咏，勤匠喙令。副使公及嘉事首领，同和幸也。少间就房言。"杨成规应时而和，自称短韵，都良香《答渤海杨大使状》云："得所来示，领愁良深。公缀属之美，绝于旁人。自称短韵，何言之谦。应时而和，所望令诸留面谢。"①但杨成规的和诗也仍是不存。

渤海使离平安京当天，都良香依依不舍，守在鸿胪馆南门口，再与渤海使惜别。《日本三代实录》卷二十一"清和天皇贞观十四年（872）五月廿五日"条云："（渤海使）临别，掌客使都良香相遮（鸿胪）馆门，举觞而进。"其《鸿胪馆南门》诗云："自有都良香不尽，后来宾馆又相寻。"——虽然官方饯别宴结束了，都良香（自己）却意犹未尽，于是又带着美酒佳肴，到宾馆来找客人同饮。前一句巧妙地嵌入了自己的名字，意犹未尽与香不尽意思双关，让人对其诗才佩服不已，后来传为美谈。"故老传云：'裴（颋）感此句尤甚，但作者定改姓名问。凡时人大感。'云云。"②

---

① 均《都氏文集》卷四。《答渤海杨大使状》，中村璋八、大冢雅司《都氏文集全释》以"杨大使"为杨中远，但未说明理由。以杨中远为大使的第二十九次渤海使，于四年后的十二月二十六日到达出云，但以违期（未到约定时间）遣使，故未获准入平安京，只得滞留于岛根郡，并于877年六月二十五日回国。据《日本三代实录》卷三十"阳成天皇元庆元年（877）二月三日"条，以大春日安名、占部月雄为存问渤海客使，以春日宅成为通事；同"三月十一日"条，以大春日安名、占部月雄兼领客使；同"四月十八日"条，大春日安名等写渤海国王启并中台省牒，驰驿上奏；同"六月廿五日"条，不受渤海国王启并信物而还之；始终未载都良香接待杨中远一行事，故窃以为"杨大使"仍指杨成规，该状乃是对杨成规和诗的回应。

② 《江谈抄》第四。（本文引用《江谈抄》，据山根对助、后藤昭雄校注《新日本古典文学大系》本，东京，岩波书店，1997年。）"裴"，山根对助、后藤昭雄解释为渤海使中之一人，但不见于《三代实录》等史料。毅按：那次渤海使中并无"裴"姓者，也不必非得是那次渤海使，也可以是后来的知名文人，而窃以为那人就是裴颋，因为他是当时最有名的渤海使。"但作者定改姓名问"是和式汉文，谓语动词"问"字置于最后（他本或作"同"字，或作"间"字），理解起来稍费劲。山根对助、后藤昭雄引《本朝神仙传》之《都良香传》云："本名言道，又改良香。鸿胪馆赠答诗云：有都良香。北客见之曰，此人必改名姓。"或有助于《江谈抄》此句之理解。此段似可以这样来解释：裴颋读到这句诗后，感佩不已，同时也很犀利地指出，作者肯定是改过名字的（意思是作者为了能写出这样嵌入自己名字的诗，而事先把名字改得跟"都良之香"这个典故一样了）。而此事一经裴颋点破，当时人都恍然大悟，对其眼光犀利佩服不已。——考虑到都良香四月十六日接受任命，五月七日申请改名，五月二十五日鸿胪馆惜别，不过短短一个多月时间，裴颋的说法似不无道理。而且似可作更大胆的猜测：都良香是先得了这句诗，然后才特意改了名字，以让名字符合诗句，并让大家佩服其诗才的。这么说来，连他"相遮馆门，举觞而进"之举，也是为了引出这句诗，而早就特意安排好的！不过，无论是都良香的改名，还是裴颋的点破机关，都是出于他们在汉诗技艺上争强斗胜的心理，可以看出当时东亚各国文人普遍的文化心态。所以，这样的解释或许是符合当时情势的。

在《扶桑集》卷七残卷里，还有一首都良香的《代渤海客上右亲卫源中郎将》诗，从"紫薇亲卫宠荣身，奉诏南行对此宾……渤海朝宗归圣泽，愿君先道入天津"云云来看，右亲卫源中郎将应是来迎接渤海使入平安京的，此诗应作于渤海使入平安京前。但渤海大使杨成规"颇有辞藻"①，为何还要请都良香来代作？此事不免有点蹊跷。或许杨成规忙不过来，都良香自告奋勇？

这一次，菅原道真（845—903）本已被任命为存问渤海客使，旋以丁母忧去职②，故未直接出面接待，只是从旁协助都良香，并留下了两篇外交文书，一篇是《答渤海王敕书》，一篇是《赐渤海入觐使告身敕书》③，都是四六体骈文。渤海国方面来的国书，也是四六体骈文。不仅渤海国和日本，当时整个的东亚汉文化圈，在正式场合都使用骈文文体。

另外，著名歌人右马头在原业平（825—880），近江权守大江音人（811—877），大学头、文章博士巨势文雄，后来编撰了《日本国见在书目录》（891）的文章得业生藤原佐世（847—898），东宫学士橘广相（837—890）等，也都参与了此次接待④。日方阵容相当强大，老中青三代同时出场，但平心而论，渤海使却未见出色——但也许是史不足征？

五

882年十一月十四日，第三十次渤海使到日本，在加贺上陆。此次的渤

---

① 《大日本史》卷二百四十一《外国十·渤海传下》。
② 见《日本三代实录》卷二十一"清和天皇贞观十四年（872）正月六日"条、"正月廿六日"条。
③ 菅原道真《菅家文草》卷八。
④ 《日本三代实录》卷二十一"清和天皇贞观十四年（872）五月十七日"条云："敕遣正五位下行右马头在原朝臣业平向鸿胪馆，劳问渤海客。是日赐客徒时服。"同"五月十九日"条云："敕遣参议正四位下行左大辨兼勘解由长官近江权守大江朝臣音人向鸿胪馆，赐渤海国使授位阶告身。"同"五月廿三日"条云："敕遣大学头从五位下兼行文章博士阿波介巨势朝臣文雄、文章得业生越前大掾七位下藤原朝臣佐世于鸿胪馆，燕享渤海国使。"同"五月廿四日"条云："敕遣民部少甫兼东宫学士从五位下橘朝臣广相赐客徒曲宴……客主俱醉，兴成赋诗。"毅平按：安积澹泊（1656—1737）《老圃诗媵》称《扶桑集》有大江音人《呈渤海裴大使》、《和裴大使》、《重酬裴大使》等诗，然大江音人参与接待的是杨成规一行，而裴颋一行使日时大江音人已前卒。安积澹泊盖误以《扶桑集》所载大江朝纲与裴璆唱和诗为大江音人诗。（本文引用《老圃诗媵》，据赵季、叶言材、刘畅辑校《日本汉诗话集成》本，北京，中华书局，2019年。）

海大使裴颋,是渤海国的第一流文人。裴颋这次出使日本,在两国汉文学史上留下了深深的痕迹,可以说是两国"诗文外交"的一个高潮。裴颋年纪不到四十,文名已经传到了日本①,所以日本方面极为重视馆伴的选择,于883年四月,先后任命纪长谷雄(845—912)、菅原道真、岛田忠臣担任馆伴②。三人都是日本文人中的一时之选,且彼此都有亲缘、学缘关系。岛田忠臣年龄较长,曾师从道真之父菅原是善(812—880),时年五十六岁,已是日本文坛上的元老宿将。菅原道真年龄与裴颋相仿,是岛田忠臣的门生和快婿,在日本文坛上正如日中天。纪长谷雄与菅原道真同龄,先是师从都良香,后入于菅原道真门下,成为其得意门生,大器晚成,踌躇满志。这两代三人组成的"三剑客",在平安京的鸿胪馆里,负责与渤海使节诗文唱和(其中纪长谷雄比较辛苦,还要迎接渤海使入平安京),至于渤海使节的日常生活,则另有专门官员照管。由此也可见日本对于"诗文外交"的重视。

这次"诗文外交"中的唱和诗,后由菅原道真辑为《鸿胪酬答诗》,其《鸿胪酬答诗序》自注云:"元庆七年(883)五月,余依朝议,假称礼部侍郎,接对蕃客,故制此诗序。"其序文云:

> 余以礼部侍郎,与主客郎中田达音共到客馆。寻案旧记,二司大夫,自非公事,不入中门。余与郎中相议,裴大使七步之才也,他席赠遗,疑在宿构,事须别预宴席,各竭鄙怀,面对之外,不更作诗也。议成事定,每列诗宴,解带开襟,频交杯爵,凡厥所作,不起稿草。五言七言,六韵四韵,默记毕篇,文不加点。始自四月二十九日,用"行"字韵,至于五月十一日,贺赐御衣,二大夫,两典客,与客徒相赠答、同和之作,首尾五十八首,更加江郎中一篇,都虑五十九首。吾党五人,皆是馆中有司,

---

① 岛田忠臣《继和渤海裴使头见酬菅侍郎纪典客行字诗》有"少壮犹为白面郎"之句,句下自注云:"大使年未及强仕,故云。"(《田氏家集》卷中)(本文引用《田氏家集》,据中村璋八、岛田伸一郎《田氏家集全释》本,东京,汲古书院,1993年。)
② 《日本三代实录》卷四十三"阳成天皇元庆七年(883)四月二日"条云:"以……文章得业生从八位上纪朝臣长谷雄为掌渤海客使。"同年"四月廿一日"条云:"以从五位上行式部少辅兼文章博士加贺权守菅原朝臣道真权行治部大辅事,从五位上行美浓介岛田朝臣忠臣权行玄蕃头事。为对渤海大使裴颋,故为之矣。"都加官晋爵,以提高接待规格。

故编一轴,以取诸不忘。主人宾客,吴越同舟,巧思芜词,薰莸共宙,殊恐他人不预此勒者见之笑之闻之嘲之,嗟乎,文人相轻,待证来哲而已!①

裴颋等渤海使节这次的使日,883年四月二十八日,从加贺经山阶入平安京,五月十二日离开平安京,除去到达、离开各一天,前后在平安京不过十二天(四月小)。在这十二天里,与菅原道真等频繁唱和。从菅原道真的上述序文中,既可见裴颋等渤海国文人之诗才("裴大使七步之才也"),也可见两国文人欲一争高下的心情,仿佛一场以汉诗为武器的外交战②。这场汉诗唱和外交战,前后十二天里,总共成诗五十九首,日均成诗近五首。最后的"殊恐他人不预此勒者见之笑之闻之嘲之,嗟乎,文人相轻,待证来哲而已"云云,给人的感觉则正好相反,好像是两国一流文人惺惺相惜,日本文人引渤海国文人为知己,以对付日本国内那些见笑相轻的文人③。

遗憾的是,裴颋等渤海使节的诗没能留存下来。不过,菅原道真的《菅家文草》卷二里,收有这次在鸿胪馆与裴颋的赠答唱和诗九首,岛田忠臣的《田氏家集》卷中里,收有这次在鸿胪馆与裴颋的赠答唱和诗七首,从菅原道真、岛田忠臣的这些唱和之作中,可以推测裴颋等渤海使节作了一些什么样

---

① 菅原道真《菅家文草》卷七。
② 岛田忠臣《继和渤海裴使头见酬菅侍郎纪典客行字诗》有"非独利刀刃似霜,毫端冲敌及斜光"之句,表现这场汉诗唱和外交战非常形象。其间还发生了一个有趣的小插曲:裴颋有一次才拿出纸笔来要唱和,日本引客藤原良积就吓得落荒而逃了。《日本三代实录》卷四十三"阳成天皇元庆七年(883)五月十日"条云:"于朝集堂赐飨渤海客徒。大臣以下就东堂座,择五位以上有容仪者卅人侍堂上座。从五位下守左卫门权佐藤原朝臣良积引客就西堂座,供食。原所定供食者谢障不出,良积依有仪貌,俄当此选。大使裴颋欲题送诗章,忽索笔砚,良积不闲属文,起座而出,颋随止矣。"藤原良积既徒有其表,裴颋亦不免以貌取人。看来日本方面如果没有这"三剑客",在裴颋面前还真是要颜面尽失了。又,日本方面每选有仪貌者供食,如《日本三代实录》卷二十一"清和天皇贞观十四年(872)五月十五日"条云:"(狛人)氏守为人长大,容仪可观,权为玄蕃属,向鸿胪馆,供燕飨送迎之事。"
③ 后来果然出现了许多流言蜚语,惹得菅原道真大为生气,其《诗情怨(古调十韵)呈菅著作兼视纪秀才》诗云:"去岁世惊作诗巧,今年人谤作诗拙。鸿胪馆里失骊珠,卿相门前歌白雪。非显名贱匿名贵,非先优后劣。一人开口万人喧,贤者出言愚者悦……恶我偏谓之儒翰,去岁世惊自然绝。呵我终为实落书,今年人谤非真说。"(《菅家文草》卷二)虽然有人诽谤他作诗不如渤海使者,但此诗表明他认为事实并非如此,如果信以为真,未免过于老实。又,"菅著作"为菅原惟肖,"纪秀才"为纪长谷雄。

的诗①。

比如，从菅原道真的《去春咏渤海大使与贺州善司马赠答之数篇今朝重吟和典客国子纪十二丞见寄之长句感而玩之聊依本韵》，可知裴颋有与贺州善司马赠答之数篇，和典客国子纪十二丞见寄之长句②；从菅原道真的《重依行字和裴大使被酬之什》，可知裴颋有依行字酬菅侍郎之什；从岛田忠臣的《继和渤海裴使头见酬菅侍郎纪典客行字诗》，可知裴颋有酬菅侍郎纪典客行字诗（亦即裴颋上述二和诗）；从岛田忠臣的《敬和裴大使重题行韵诗》，可知裴颋有重题行韵酬田郎中诗；（以上第一组）③

从菅原道真的《过大使房赋雨后热》、岛田忠臣的《过裴大使房同赋雨后热》，可知裴颋有赋雨后热诗；（以上第二组）④

从菅原道真的《夏夜对渤海客同赋月华临静夜诗》（题中取韵，六十字成）、岛田忠臣的《五言夏夜对渤海客同赋月华临净夜诗》（题中取韵，限六十字），可知裴颋等有夏夜同赋月华临静夜诗；（以上第三组）⑤

从菅原道真的《醉中脱衣赠裴大使叙一绝寄以谢之》、《二十八字谢醉中赠衣裴少监酬答之中似有谢言更述四韵重以戏之》，岛田忠臣的《同菅侍郎醉中脱衣赠裴大使》（次韵）、《酬裴大使答诗》（本韵），可知裴颋有谢菅侍

---

① 纪长谷雄的唱和之作已经全部佚失，故无从知晓其与渤海使唱和的情况，只能从菅原道真、岛田忠臣的唱和之作中窥见一斑，知其有寄裴颋长句（"行"字诗）等。三木博雅编《纪长谷雄汉诗文集并びに汉字索引》（大阪，和泉书院，1992年），是目前搜罗最全的纪长谷雄佚文集，其中与渤海使有关的只有《赠渤海国中台省牒》（892）、《法皇赐渤海裴璆书》（908），而不见一首他与渤海使的唱和之作。这恐怕与他在三人中辈分最低，在唱和时甘做配角不无关系。

② 此处"长句"指七律，如菅原道真《酬裴大使留别之什》（次韵）末云："珍重归乡相忆处，一篇长句总丹心。""长句"即指该首七律。

③ 据菅原道真《鸿胪酬答诗序》，"始自四月二十九日，用'行'字韵"，则这组唱和诗作于四月二十九日及稍后几天。其唱和顺序盖是：纪长谷雄寄裴颋；裴颋和纪长谷雄；菅原道真和裴颋；裴颋和菅原道真；菅原道真再和裴颋；岛田忠臣和裴颋（上述二诗）；裴颋和岛田忠臣；岛田忠臣再和裴颋。这组诗共八首，皆用"行"字韵。纪长谷雄一诗、裴颋三诗不存，菅原道真、岛田忠臣各二诗皆存。

④ 据《日本三代实录》卷四十三"阳成天皇元庆七年（883）五月五日"条，"是日大雨"，岛田忠臣《过裴大使房同赋雨后热》末云："三更会面应重得……莫忘今宵醉解眉。"则这组唱和诗应作于五月五日雨后之夜。

⑤ "月华临静夜"之诗题，出于梁沈约《杂咏五首》其三《应王中丞思远咏月》（一题《咏月》）的"月华临静夜，夜静灭氛埃"（《玉台新咏》卷五）。菅原道真诗作"月华临静夜"，是；岛田忠臣诗作"月华临净夜"，非。川口久雄校注《菅家文草》认为，这组唱和诗应作于五月八九日前后。

郎醉中赠衣兼答田郎中诗》；从菅原道真的《依言字重酬裴大使》，可知裴颋有依言字酬菅侍郎诗；（以上第四组）①

从菅原道真的《夏夜于鸿胪馆饯北客归乡》、《酬裴大使留别之什》（次韵），岛田忠臣的《七言夏夜于鸿胪馆饯北客归乡》，可知裴颋有留别菅侍郎等之什。（以上第五组）②

由上可知，裴颋此次所作唱和诗至少在九首以上，可惜一首也没有流传下来。

裴颋等渤海使节的汉文学水平应相当之高，至少不亚于乃至超过日本文人的水准。菅原道真《余近叙诗情怨一篇呈菅十一著作郎长句二首偶然见酬更依本韵重答以谢》其二"东阁含将真咳唾，北溟卖与伪珍瑰。三条印绶依恩佩，九首诗篇奉敕裁"四句下自注云：

来章曰："苍蝇旧赞元台辨，白体新诗大使裁。"注云："近来有闻，裴颋云：'礼部侍郎，得白氏之体。'"余读此二句，感上句之不欺，兼下文之多诈，酬和之次，聊述本情。余心无一德，身有三官，总而言之，事缘恩奖；更被敕旨，假号礼部侍郎，与渤海入觐大使裴颋相唱和，诗总九首，追以惭愧。故有此四句。③

这是裴颋称赞菅原道真诗得白体的最初记录，菅原道真解释为不过是裴颋的外交辞令，但是在"惭愧"的自谦之辞背后，他还是有忍不住的得意的吧？此后日本文献便纷纷记载："渤海国使者来，诸儒往鸿胪馆见之。使者一日见右大臣（菅原道真）所作诗稿，称曰：'风制似白乐天。'

---

① 这组唱和诗应作于五月十日前后，其唱和顺序盖是：菅原道真赠裴颋；岛田忠臣和菅原真；裴颋和菅原道真、岛田忠臣；岛田忠臣再和裴颋（以上皆七绝，用"成"字韵）；菅原道真再赠裴颋；裴颋再和菅原道真；菅原道真再和裴颋（以上皆七律，用"言"字韵）。这组诗共七首，裴颋二诗不存，其他五诗皆存。又，川口久雄校注《菅家文草》，中村璋八、岛田伸一郎《田氏家集全释》均认为，岛田忠臣也一同脱衣赠裴颋了，盖误解《同菅侍郎醉中脱衣赠裴大使》（次韵）之"同"义致误，实则"同"为"和（诗）"义，非"行为相同"义。

② 据菅原道真《鸿胪酬答诗序》，"至于五月十一日，贺赐御衣"，则这组唱和诗应作于五月十一日。

③ 菅原道真《菅家文草》卷二。

大臣闻而悦之。"①"菅右相者,国朝诗文之冠冕也。渤海客睹其诗,谓似乐天,自书为荣。"②"闻而悦之"、"自书为荣"等等,才应是菅原道真听到裴颋称赞后的真实反应吧?这也表明日本文人极为重视渤海国文人的意见;同时,这也说明渤海国文人的汉文学水准之高,已足以居高临下地点评日本文人的汉诗,并为日本文人心悦诚服地接受和传诵。

在日本文人的唱和诗中,也随处可见对于裴颋诗才的称赞。如岛田忠臣《继和渤海裴使头见酬菅侍郎纪典客行字诗》云:"声价随风吹扇俗,诗媒逐电激成章。"《敬和裴大使重题行韵诗》云:"明王若问君聪敏,奏报应生谢五行。"《酬裴大使答诗》云:"惊见裴诗逐电成。"菅原道真《醉中脱衣赠裴大使叙一绝寄以谢之》云:"座客皆为君后进,任将领袖属裴生。"可见裴颋的确诗才敏捷,才华横溢。裴颋不惟富于诗才,抑且饶有风姿。岛田忠臣《过裴大使房同赋雨后热》云:"不是少郎无露胆,偏因大使有风姿。"《日本三代实录》卷四十三阳成天皇"元庆七年(883)五月十日"条云:"赐御衣一袭大使裴颋,赏裴颋高才有风仪也。"

在这场汉诗唱和的"外交战"中,两国文人结下了深厚的友情。酒酣耳热之际,菅原道真醉中脱衣赠裴颋,并赋诗致敬;岛田忠臣同和;裴颋迅速赋诗称谢。岛田忠臣《酬裴大使答诗》云:"惊见裴诗逐电成,客情欢慰主人情。与君共是风云会,唯契深交送一生。"三人不胜惺惺相惜之意。

裴颋对菅原道真有知遇之恩,菅原道真对裴颋也感情深厚。裴颋在日本时,日本画家曾为之画肖像画,裴颋回渤海国后,肖像画才告完成。菅原道真见到裴颋的肖像画,不禁勾起了对裴颋的怀念,遂有《见渤海裴大使真图有感》诗:"自送裴公万里行,相思每夜梦难成。真图对我无诗兴,恨写衣冠不写情。"③这种"惺惺相惜"的感情,其基础就是对汉文学的共同兴趣与热爱。

---

① 林罗山《林罗山文集》卷三十七《菅丞相传》。(本文引用《林罗山文集》,据排印本,大阪,弘文社,1930年。)林鹅峰《本朝一人一首》卷四菅原道真《酬渤海裴大使留别之什次韵》诗后附"林子曰":"道真公行实载在口碑,其为儒家之宗,为文道之祖,人皆脍炙。然其中妄诞多多,故我先考编《神社考》时,作公本传,是其详节也。今既行于世,可谓解千岁之惑也……又闻公再遇渤海裴大使,为鸿胪馆伴,赠答数回,彼甚叹赏,公颇动喜色。故今于其数篇中载此一首,以使初学者知公之文章动外国而已。"
② 《四部丛刊》影印日本活字覆宋本《白氏文集》附那波道圆《和刻白氏文集后序》。
③ 菅原道真《菅家文草》卷二。此事又载《江谈抄》第四。

六

895年初(中历为宽平六年十二月二十九日),第三十二次渤海使出使日本①,在伯耆上陆。上次,菅原道真《夏夜于鸿胪馆饯北客归乡》诗曾云:"肠断前程相送日,眼穿后纪转来星。"时隔十二年(中历),裴颋再度担任大使,使星果然转来。宽平七年(895)五月七日,渤海使入平安京,入住鸿胪馆。十一日,宇多天皇于丰乐院宴请渤海使。十四日,于朝集堂设宴招待渤海使。十五日,菅原道真、纪长谷雄受命至鸿胪馆送酒馔。十六日,渤海使离平安京归国②。

此次担任馆伴的仍是菅原道真、纪长谷雄(岛田忠臣已于三年前去世),他们也仍在鸿胪馆里赠答唱和。三人都已五十出头了,重逢应有无限的感慨。

此次接待,菅原道真为培养后进,还带了十个门生"观战",后来甚至形成为惯例。"今年(895),渤海大使裴颋重来朝,别奉敕,与式部少辅纪长谷雄到鸿胪馆,聊命诗酒,唱和往复,远及数篇。日暮,赋饯别诗。门生十人,着鵷尘衣,从其后焉。后代别学生能属文者十人预饯客之座,自此之始也。"③

菅原道真的《菅家文草》卷五中,收有这次与裴颋的赠答唱和诗七首,它们是:《客馆书怀同赋交字呈渤海裴令大使》(自注云:"自此以后七首,予别奉敕旨,与吏部纪侍郎诣鸿胪馆,聊命诗酒。大使思旧日主客,将赋'交'字,一席响应,唱和往复。来者宜知之。")、《答裴大使见酬之作》(本韵)、《重和大使见酬之诗》(本韵)、《和大使交字之作》(次韵)、《客馆书怀同赋交字寄

---

① 介于裴颋两次使日之间的,是892年的第三十一次渤海使,大使是文籍院少监王龟谋。此次渤海使在出云上岸,但因违期遣使,未获准入平安京。《本朝文粹》卷十二有纪长谷雄代太政官拟的《赠渤海国中台省牒》,题下自注"入觐使文籍院少监王龟谋等一百五人",据《日本纪略》前篇二十,赠牒日期为宇多天皇宽平四年(892)六月廿九日。从纪长谷雄代拟赠牒来看,他也许参与了此次接待,但其他馆伴情况不明。(本文引用《日本纪略》,据《国史大系》第五卷,东京,经济杂志社,1897年。)

② 据《日本纪略》前篇二十"宇多天皇宽平七年(895)"各相关条。

③ 前田家本《菅家传》。此书未经眼,转引自川口久雄校注《菅家文草》,第713页。

渤海副使大夫》、《和副使见酬之作》(本韵)、《夏日饯渤海大使归各分一字》(探得途)。纪长谷雄应有类似诗题之作,但已全部佚失。

由此推测,裴颋也应有客馆书怀同赋交字呈菅纪二侍郎①、酬菅纪二侍郎、再酬菅纪二侍郎、酬菅纪二侍郎交字之作、夏日留别菅纪二侍郎各分一字(探得某)等诗,副使则应有客馆书怀同赋交字寄菅纪二侍郎、酬菅纪二侍郎等诗,但可惜仍是没有留存。

菅原道真以上这些唱和诗,均应作于五月七日至十五日渤海使在平安京期间,其中佳句如:"雪鬓同年分岸老,风情一道望云交。"(《客馆书怀同赋交字呈渤海裴令大使》)"声价重轻因道举,文章多少被人抄。"(《重和大使见酬之诗》)"欲以浮生期后会,先悲石火向风敲。"(《和大使交字之作》)最后那首《夏日饯渤海大使归各分一字》(探得途)写得尤其情真意切,可能作于十五日菅原道真、纪长谷雄受命至鸿胪馆送酒馔那天:

> 初喜明王德不孤,奈何再别望前途。送迎每度长青眼,离会中间共白须。后纪难期同砚席,故乡无复忘江湖。去留相赠皆名货,君是词珠我泪珠。

两次见面之间,两人都白了头,下次见面恐怕是无望的了吧。诗中蕴涵有无限的感时伤怀之意,由此推想,裴颋那边也会有同样的感慨吧?

顺便说一句,也正是在五月十五日这一天,日本正式决定停派遣唐使,因为唐朝已经大乱,不久就要灭亡。早已被任命为遣唐大使、副使的菅原道真、纪长谷雄师弟,终于没能踏上大唐的土地。而他们不知道的是,渤海国不久也将灭亡,渤海使也已进入尾声。同在大海另一边的新罗,也已经日趋于分崩离析。东亚大乱,山雨欲来,黑云压城。

---

① 前田家本《菅家传》同上条云:"(宽平六年)十二月,兼侍从。七年正月,兼近江守、遣唐大使、左大弁、式部权大辅、侍从、春宫亮如故。"毅平按:上次接待渤海使时,菅原道真"权行治部大辅事",自称"礼部侍郎",则这次任职"式部权大辅",似应自称"吏部侍郎",故拟其唐风职名如是。又按:如"卿"相当于"尚书","大辅"、"权大辅"相当于"侍郎",则"少辅"、"权少辅"应相当于"郎中",然则菅原道真称式部少辅纪长谷雄为"吏部侍郎",乃是无视大辅、少辅之别而让其与己平级的客气之举,这里只能皆姑拟之为"侍郎"了。

七

不过有意思的是,裴颋之子裴璆子承父业,908 年,919 年,作为最后的两次渤海使(分别为第三十三次、第三十四次)出使日本。菅原道真之子菅原淳茂(？—926)也子承父业,迎接陪伴。

908 年正月八日,渤海使裴璆一行至日,仍在伯耆上陆。四月八日,以藤原博文、秦维兴为存问使,纪俊光、菅原淳茂为掌客使,小野葛根、藤原守真为领客使。四月二十一日,领客使等设曲宴于今来河边。六月某日,掌客使、诸文士于鸿胪馆饯北客归乡①。菅原淳茂见到裴璆,不免感慨万千,有《初逢渤海裴大使有感吟》诗:

> 思古感今友道亲,鸿胪馆里□余尘。裴文籍后闻君久,菅礼部孤见我新。年齿再推同甲子,风情三赏旧佳辰。两家交态皆人贺,自愧才名甚不伦。

颈联下自注叙述两世交往云:"往年,贤父裴公以文籍少监奉使入朝,予先君时为礼部侍郎,迎接殷勤。非唯先父之会友,兼有同年之好。纪裴公重朝,自说'我家有千里驹',盖谓大使焉。今予与使公春秋偶合,宾馆相达,又三般礼同在仲夏,故云。"②此时距菅原道真死于太宰府贬所(903)不过五年。裴璆读此诗后感动不已:"故老曰:'裴公吟此句("裴文籍后闻君久,菅礼部孤见我新")泣血'云云。裴璆者,裴颋子也。颋以文籍少监入朝,菅相公以礼部侍郎赠答,有此句。"③让裴璆读了"泣血"的此联诗句,后来还作为名

---

① 均见《日本纪略》后篇一"醍醐天皇延喜八年(908)"各相关条。
② 《扶桑集》卷七。《江谈抄》第四引此诗题无"初"字"吟"字。
③ 《江谈抄》第四。"颋"原误作"遡",径改。林梅洞、林鹅峰《史馆茗话》(1668)亦载此事,云:"异域二代,两家邂逅,可谓奇遇也。"(本文引用《史馆茗话》,据赵季、叶言材、刘畅辑校《日本汉诗话集成》本,北京,中华书局,2019 年。)《大日本史》卷二百十四《文学二·菅原淳茂传》也据《江谈抄》云:"渤海贡使裴璆来朝,时淳茂迎接,以诗与璆酬酢。初,贞观中,璆父颋奉使来朝,与道真唱和。至是淳茂诗言及先人时事,璆读而感泣。淳茂与璆两世邂逅,世以为奇。"

句,收入了《和汉朗咏集》卷下"交友"类①。

五月十二日,已经退位入道的宇多法皇,让以前接待过裴颋的纪长谷雄,给裴璆代写了一封书信(《法皇赐渤海裴璆书》),以表达自己对于裴颋的怀恋之意,对于裴璆的惜别之情:

> 裴公足下,昔再入觐,光仪可爱,遗在人心。余是野人,未曾交语,徒想风姿,北望增恋。方今名父之子,礼毕归乡,不忍方寸,聊付私信,逋客之志,不轻相弃。嗟乎,余栖南山之南,浮云不定;君家北海之北,险浪几重。一天之下,宜知有相思;四海之内,莫怪不得名。日本国栖鹤洞居士无名谨状。延喜八年(908)五月十二日。②

由此可以想见裴颋当年使日的影响有多大,故此次不少人都对裴璆抱有亲切之感。

在六月饯别渤海使的鸿胪馆宴上,双方作了不少唱和诗,事后编在一起,由年轻的大江朝纲(886—957)作序,即《夏夜于鸿胪馆饯北客诗序》③,其中的"前途程远,驰思于雁山之暮云;后会期遥,霑缨于鸿胪之晓泪",后来也作为名句,收入了《和汉朗咏集》卷下"饯别"类。此句让渤海客人印象良深,数年后还念念不忘。"此句,渤海之人流泪叩胸。后经数年,问此朝人曰:'江朝纲至三公位乎?'答云:'未也。'渤海人云:'知日本国非用贤才之国。'云云。"④但唱和诗本身都不存。

919年十一月,渤海使裴璆一行再到日本,在越前的松原(敦贺)上陆。翌年五月八日,渤海使入平安京,五月十八日离平安京,仍从松原回国。在饯别渤海使的鸿胪馆宴上,双方照例要唱和汉诗,事后编在一起,此次由孙

---

① 本文引用《和汉朗咏集》,据川口久雄校注《日本古典文学大系》本,东京,岩波书店,1965年。
② 《本朝文粹》卷七。《法皇赐渤海裴璆书》,《本朝文粹》各本(如《新订增补国史大系》本、《新日本古典文学大系》本等),以及三木博雅《纪长谷雄汉诗文集并びに汉字索引》,"裴璆"均误作"裴颋"或"裴遹",历来研究者皆未焉不察,沿袭其误。但延喜八年使日的,怎么可能是裴颋呢?此外也没有"裴遹"其人,故当作"裴璆"。盖"裴璆"先误作"裴遹","裴遹"又误作"裴颋",以讹传讹,沿袭迄今。
③ 《本朝文粹》卷九。《江谈抄》第六引此诗题无"夏夜"二字。
④ 《江谈抄》第六。《史馆茗话》亦载此事。

承祖业的纪在昌(纪长谷雄之孙)作序,即《夏夜于鸿胪馆饯北客归乡诗序》,其中佳句云:"天涯眇绝,云帆长归,驰思于烟驿,则梯山之程难计;通梦于波邮,则航溟之路易迷。"①

这次参与接待的主要是大江朝纲,在《扶桑集》中,载有他与裴璆的四组九首唱和诗,即卷七的《渤海裴大使到越州后见寄长句欣感之至押以本韵》、《酬裴大使再赋程字远被相视之什》(第一组)、《奉和裴使主到松原后读予鸿胪南门临别口号追见答和之什》(次韵)、《奉酬裴大使重依本韵和临别口号之作》(第二组)、《书怀呈渤海裴大使》、《和裴大使见酬之什》(次韵)、《重依踪字和裴大使见酬之什》、《裴大使重押踪字见赐琼章不任讽咏敢以酬答》(第三组),以及卷九的《赠笔呈裴大使》(第四组)。从《渤海裴大使到越州后见寄长句欣感之至押以本韵》的"教君再入凤凰城",《书怀呈渤海裴大使》的"十三年里再相逢"、"两回入觐裴家事"等来看,这些诗均是裴璆第二次出使时的唱和之作。据此,则裴璆应有到越州后寄大江朝纲长句、再赋程字远被相视之什(第一组)、到松原后读大江朝纲鸿胪南门临别口号答和之什、重依本韵和大江朝纲临别口号之作(第二组)、答大江朝纲书怀诗、酬大江朝纲诗、依踪字酬大江朝纲诗、重押踪字赠大江朝纲诗(第三组)、酬大江朝纲赠笔诗(第四组),但其诗仍是无存。第三、第四组唱和诗,应作于裴璆在平安京期间;第一、第二组唱和诗,应作于裴璆离平安京后。

裴璆此次入平安京前,在松原住了半年,与时任越前掾的都在中(都良香之子)交游。裴璆从松原回国时,都在中有《送裴大使归》诗赠别,中有"与君后会应无定,从此悬望北海风"之句,裴璆大加称赏。"故老曰:'在中任越前掾,于彼州与裴璆交。临别呈诗,裴大感。但不蒙敕命、任意寄诗之由,朝家可被召问。然而裴有感闻,被宽宥。'云云。"②可见裴璆诗名一如乃

---

① 《本朝文粹》卷九。纪在昌此诗序,每被误引作《送裴大使璆归国诗序》,盖皆非直接引自《本朝文粹》,而是转引自黄维翰《渤海国记》,受其误导而又昧其出处也。

② 《江谈抄》第四。"璆"原作"结",据别本改。《史馆茗话》亦载此事。《大日本史》卷二百十五《文学三·都良香传》也据《江谈抄》云:"子在中,有文才,为越前掾。在任与渤海使裴璆交游,临别赠诗,璆大称之。朝议欲诘私交外国人,闻其为璆所称,释而不问。""不蒙敕命,任意寄诗"之所以会受到处罚,是因为怕诗作得不好,让国家丧失颜面;而都在中既然诗作得很好,得到渤海使节的赏识,国家不失颜面,功过相抵,则自然可以免受处罚了。

父,其褒贬备受日本文人关注。而他既与都在中交游,则也应有唱和诗,惜不存。

930年,裴璆第三次出使日本,在丹后上陆。不过其时渤海国已经灭亡,契丹于其故地置东丹国,他是作为东丹国的使节使日的。这次出使,没能得到日本的承认,也入不了平安京,反而被训斥了一通。在《本朝文粹》卷十二里,收有一篇裴璆作的"怠状"("过状")《东丹国入朝使裴璆等解申进过状事谬奉臣下使入朝上国怠状》:"右裴璆等,背真向伪,争善从恶,不救先主于涂炭之间,猥谄新王于兵戈之际。况乎奉陪臣之小使,紊上国之恒规,望振鹭而面惭,咏相鼠而股战。不忠不义,向招罪过;勘责之旨,曾无避陈。仍进过状。裴璆等诚惶诚恐谨言。"这是裴璆留下的仅有的文章了,但具有讽刺意味的是,却是一篇为谢罪而写的"悔过"文书。

菅原淳茂已于四年前去世,裴璆此次见不到故人,心情应该是比较落寞的吧。但唱和之事仍不可少,这次的馆伴是藤原雅量,也是早就相识的老朋友了。《扶桑集》卷七中,载有藤原雅量与裴璆的两首唱和诗,即《辽东丹裴大使公去春抒怀见寄于余勘问之间遂无和之此夏缀言志之诗披与得意之人不耐握玩》(偷押本韵)、《重赋东丹裴大使公公馆言志之诗》(本韵)。由藤原雅量二诗可知,裴璆应有抒怀寄藤原雅量诗、公馆言志诗等,但仍是不存。藤原雅量前诗有句云:"沧溟鹏翼三南飞",尾联云:"若长有与心期在,万里分襟更共衣。"句下自注云:"前纪鸿胪馆,夜舍预彼席,遥以指别。今任此州,更拜清尘,不堪怀旧,脱衣赠之,故云。"则藤原雅量盖不止一次接待过裴璆,两人也算是交往有年的故人了。藤原雅量后诗云:

> 凌云逸韵义精微,一咏难任万感依。不奈东丹新使到,唯怜渤海旧臣归。江亭日落孤烟薄,山馆人稀暮雨飞。见说妻儿皆散去,何乡犹曳买臣衣。

"不奈东丹新使到,唯怜渤海旧臣归",虽与官方立场一致,态度却满是同情,不胜其兴亡之感。"见说妻儿皆散去",则裴璆不仅经历了国破,更是遭遇了家亡,难怪藤原雅量会"一咏难任万感依"了。

裴璆终于未能完成使命，无奈地返回了东丹国①。渤海使与日本文人的唱和，持续了约两个世纪，至此画下了一个苍凉的句号②。"江亭日落孤烟薄，山馆人稀暮雨飞"，是风景也是象征。海东盛国，一代文明，就这样风流云散，只留下吉光片羽，供后人在感慨唏嘘中凭吊。

八

由于渤海国与新罗几乎没有外交往来，所以至今还没有发现这方面的汉诗。虽然渤海国与唐朝往来频繁，但在现存的中国文献中，也很少看到这方面的汉诗。所以，他们与日本文人的唱和之作，作为珍贵的汉文学史料，尤其值得我们予以重视。

当然，在当时的东亚汉文化圈里，像这样的外交使节的诗文交流，比起纯粹的文学价值来，毋宁说其外交意义更重，也更关乎国家的体面，以及国际地位的高低，后人自不必斤斤计较其文学性之高下，仅从文学批评的角度去评价也。

（本文 2012 年 6 月 7 日在复旦大学古籍整理研究所、中华文明国际研究中心联合主办的纪念章培恒先生逝世周年"实证与演变：中国文学史国际学术研讨会"上报告；后收入复旦大学古籍整理研究所编《实证与演变：中国文学史研究论集》，上海，上海文艺出版社，2014 年；又收入拙编《东亚汉诗文交流唱酬研究》，上海，中西书局，2015 年。此后全部作了重写，篇幅是初稿的三倍，本书收入的是重写稿）

---

① 从 882 年到 930 年，渤海国（包括东丹国初）最后近半个世纪的入日大使，几乎被裴颋、裴璆父子包办了，这在古代东亚外交史上堪称奇闻美谈。"异域二代，两家邂逅，可谓奇遇也。"（《史馆茗话》）

② 而从《怀风藻》到藤原雅量的这些诗，日本汉诗二三百年的进步也昭昭可见。

东亚文化中的《九云梦》
——以中国出版的几种《九云梦》为中心

引　　言

　　2014学年秋季学期,在我开设的"东方语言文学原典精读"课上,我带领复旦大学中文系的硕博士生们,一起细读朝鲜时期的古典小说《九云梦》(汉文本)。参加者中,还有来自延边大学的朝鲜族进修生,他们带来了谚文本(古韩文本)以作参照;几个来自欧美的留学生,则时时对照英法译本。在上课及细读的过程中,我注意到,目前中国出版的几种《九云梦》,都或多或少地存在着一些问题,有些仅是技术层面的问题,有些则涉及更深的文化层面,都还不能尽如人意,有待于研究者继续努力。借这次会议①的机会,我介绍一下相关的情况,并提出一些自己的看法,以就正于东亚各国的高明。

一、出　　版

　　朝鲜时期文人金万重(1637—1692)的《九云梦》(约1688)②,虽然故事舞台全部设置在中国,而且除了谚文本外还有汉文本,汉文本也应该很早就传入了中国③,但自问世以来三百余年间,自传入中国以后二百余年间,在

---

　　①　由韩国东北亚历史财团、东亚研究论坛共同主办的"东亚文化中的韩国"国际学术会议,于2014年11月7日至8日在首尔延世大学校举行,本文初稿曾在该次会议上报告。
　　②　1687年秋,金万重流放岭南宣川,翌年十一月召回,前后历时十四个月。韩国学界一般认为,《九云梦》作于此期间,尤可能作于1688年。
　　③　据目前所知,中国的几家图书馆收藏的《九云梦》,都是卷末有"崇祯后三度癸亥"标记的"癸亥本"(1803),那么,《九云梦》传入中国最有可能是在19世纪初以后。

中国除了极少数的研究者外,一直没有进入一般读者的视野①。不仅《九云梦》是这样,其他韩国古典小说在中国也罕有读者。所以对于中国的一般读者来说,对韩国古典小说的了解可谓少之又少。

直到上个世纪末,形势才略有改观。1986 年,山西太原的北岳文艺出版社出版《东方文学丛书》,作为唯一的韩国古典文学作品,收入了韦旭升校注的《九云梦》(以下简称"韦注本"),薄薄的一小本,印数七千册。它所依据的底本,是 1914 年由"朝鲜研究会"刊行于京城(今首尔)的汉文日译对照本,与《谢氏南征记》(又称《南征记》)一起,收入"朝鲜研究会古书珍书刊行第一辑"。该对照本有断句,采用一回原文加一回日译的形式,应该是面向日本读者的②。韦注本校注者还写了一篇《关于朝鲜古典小说〈九云

---

① 1970 年代在韩国大邱岭南大学校图书馆发现的《新增才子九云记》抄本(全九册),2011 年在韩国仁川市立图书馆发现的《新增九云楼》抄本(原本十册,残存二、六、七、八、九、十等六册),乃是《九云梦》的衍生之作,都出现于 19 世纪上半叶。但关于其作者(《九云记》署"无名子添删",《九云楼》无署名)的国籍,则有清朝文人与朝鲜文人二说,中韩学者于二说各有所持者。最近渐占上风的是第三说,即《九云楼》原作者是清朝文人,并有清刊本(但迄今尚未发现);仁川发现的《九云楼》抄本,则为朝鲜文人所抄,以为在朝鲜出版该书作准备;《九云记》则是《九云楼》的"添删"本,"添删"者也是朝鲜文人(参见梁承敏《新发现〈新增九云楼〉抄本考述》,载《韩国汉文学研究》第 48 辑,2011 年;收入《朝鲜所刊中国珍本小说丛刊》附编《新增九云楼》附录,上海,上海古籍出版社,2014 年;又,在《新增九云楼》抄本发现之前,陆宰申已持类似之说,参见其《〈九云记〉研究现状及研究难点分析》,载《岭南语文学》第 28 辑,1995 年)。如果《九云楼》原作者确是清朝文人,则说明 19 世纪初《九云梦》传入中国以后,受到清朝文人的注意和阅读,从而产生了衍生之作《九云楼》(学者们推测的《九云楼》的成书年代,正好在"癸亥本"出现之后,时间上似乎衔接得起来)。但《九云楼》的清刊本在中韩两国尚未被发现,支持其为清朝文人所作的外部证据均存有诸多疑点,其语言不类母语(乃是生硬的汉语白话)的原因也仍未能得到充分合理的解释,故其作者仍难以断定就是清朝文人。

② 古书珍书刊行第一辑,京城,朝鲜研究会,1914 年。本文于 2014 年 11 月 7 日在"东亚文化中的韩国"国际学术会议上报告时,蔚山大学校韩文系卢京姬教授为讨论人之一,她对韦注本以"朝鲜研究会"本为底本的做法提出了质疑。据她介绍,1910 年"韩日并合"(日本吞并朝鲜)以后,1914 年由日本人细井肇设立的"朝鲜研究会",是日本殖民统治下的御用机构。该机构之所以出版一些朝鲜古典作品,乃是为了搜集情报,以经营已成为日本殖民地的朝鲜。因此之故,其出版物大都着眼于殖民宣传和商业利益,并无任何学术价值和认真态度可言。而且为了减少出版费用,还可能会缩减内容,也不会认真校对,常导致错漏简叠出,错别字连篇。该机构出版的这个《九云梦》,其读者对象也是日本人,而不是朝鲜人,完全不属于朝鲜出版文化的传统。韦注本不取任何一种朝鲜刊本或抄本,却取这样一种劣本为底本,大概是因为容易到手的缘故,却是非常不慎重、不恰当的做法,实在是说不过去的(以上据其书面发言稿迻译)。笔者基本同意卢京姬教授的看法,下文也会提出许多例子来证明之。其实韦注本即使出于方便计,也完全可以中国若干图书馆均有收藏的"癸亥本"为底本,那也要比"朝鲜研究会"本好得多。(顺便介绍下,1987 年,河南郑州的中州古籍出版社出版了同由韦旭升整理的《谢氏南征记》,同样以与《九云梦》合刊的"朝鲜研究会"本为底本,所做整理工作亦基本同于《九云梦》。)

梦〉》,冠于卷首,以代前言(解题)。据该前言说,校注者所做的工作主要是:

> 笔者除改正了底本断句中的错误之外,另外标以标点符号,加以分段,还对照日译本校正了一些错字。其中有些连日译文也错误或遗漏的字,则由笔者依据上下文实际意思斟酌改正。另外,挑选了部分难词与典故作了注释,使之多少有助于部分读者对故事情节的理解。对那些不妨碍情节理解而又过于冷僻的词,就未加注释了。

这大概是中国出版的第一种《九云梦》的整理本①。

从1991年至1995年,上海古籍出版社以每年一辑的进度,陆续影印出版了《古本小说集成》。前四辑皆一百六十册,第五辑仅五十三册,全部共六百九十三册,计收古本小说四百二十八种。其中第四辑收入了《九云梦》(1994年,以下简称"《集成》本"),采用卷末有"崇祯后三度癸亥(1803)"标记的刊本("癸亥本")。该刊本六卷十六回,原藏于中国社会科学院文学研究所(另外据说北京图书馆、厦门大学图书馆等处也有收藏)。

"《集成》本"《前言》(曹中孚撰写)除介绍内容梗概外,还指出了书中不避"玄"字讳,称唐代为"大唐国",异体字、简化字特多,且不少字的写法非常奇特等特征。其评价则侧重于指出《九云梦》对唐传奇的继承和发展:"以其构思来看,显然是受了沈既济《枕中记》和李公佐《南柯太守传》等传奇故事的影响。但此书六卷,又分成十六回,则无论在其规模、情节、结构诸

---

① 此本编校甚为马虎,封面、内封、书脊、版权页等处,作者"金万重"全都误作"金乃重"! 又,虽称校正了错别字,但照例不出校勘记,不知是原本就没有,还是给编辑删去了? 此外,1976年,台北的正中书局出版过一种《九云梦》,封面上标示"金万重原作、金晳洙译述",内容包括《九云梦》谚文原文(附有简注)、中文译文及译述者的导读《金万重与其小说》。据译述者序,此书盖为其任职台湾政治大学交换教授期间,为韩文系学生编的一种教学参考读物。全书仅薄薄的一百四十页,通览全书,可知其仅为《九云梦》的缩写本,而非全本,故不列为本文讨论对象。李家源《韩国汉文学史》(首尔,民众书馆,1961年)序中提到,时任成均馆大学校讲师的金晳洙曾为其书制作索引,则金晳洙或亦兼治汉文学者。

方面,又比唐传奇有了较大的发展。"①

但就《前言》作者不知道此小说原作者为金万重,不了解它在朝鲜半岛小说史上的地位,且解释卷末"崇祯后三度癸亥"的意思是"因它既为高丽刊本,故所署年代不必奉清之正朔",似并不了解朝鲜半岛历来奉大陆王朝正朔唯谨,朝鲜后期民间不奉清之正朔乃出于人心向背,与是否为"高丽刊本"实无关系②,总之,从以上种种迹象来看,《前言》作者似于朝鲜半岛的情况较为隔膜③。另外,《前言》称该小说为"高丽坊刊本"似也不妥,实应称

---

① 《九云梦》的"托梦"结构,中国学者多认为来源于沈既济的《枕中记》、李公佐的《南柯太守传》等,韩国学者则多认为来源于《三国遗事》中的《调信传》、《金鳌新话》中的《南炎浮洲志》、《龙宫赴宴录》等。实则《三国遗事》、《金鳌新话》的"托梦"结构本身也来源于中国文学,《金鳌新话》则更明确是模仿明瞿佑的《剪灯新话》的。不过,"托梦"结构的真正源头其实也不在中国文学,而应来自印度的佛经故事,如《杂宝藏经》卷二《娑罗那比丘为恶生王所苦恼缘》、《六度集经》卷二《布施度无极章》等。佛经故事结缘中国文学的最初结晶,则有晋干宝《搜神记》的《焦湖庙巫》("杨林")、《妖异记》的《审雨堂》("卢汾梦入蚁穴")等;然后有唐沈既济的《枕中记》、李公佐的《南柯太守传》、无名氏的《樱桃青衣》等;接着有明瞿佑的《剪灯新话》等;传入朝鲜半岛,才有高丽时期僧一然的《三国遗事》的《调信传》,朝鲜时期金时习的《金鳌新话》、金万重的《九云梦》等。而在唐传奇中,比起《枕中记》、《南柯太守传》来,《九云梦》的"托梦"结构其实更接近于《樱桃青衣》。不过话又说回来,也许"托梦"结构只是表面相似,《九云梦》真正的内涵,其实只是一个名副其实的"梦",一个东亚文人共同的"白日梦",其中有金榜题名、建功立业、三妻四妾、子孙满堂,等等。据说《九云梦》作于作者贬谪岭南期间,也许他靠这个白日梦来度过艰难岁月,也用它来安慰牵挂儿子的高堂老母。

② 刘世德《论〈九云记〉》(收入江琪校点《九云记》附录,南京,江苏古籍出版社,1994年。据说"江琪"是刘世德所用笔名,见陈庆浩《古本汉文小说辨识初探》,载中正大学中文系、语言与文学研究中心主编《外遇中国——"中国域外汉文小说国际学术研讨会"论文集》,台北,台湾学生书局,2001年,第4页)关于"崇祯后三度癸亥"的理解似与《集成》本《前言》接近。又,"乙巳本"卷末也有"崇祯后再度乙巳"(1725)的标记,可见这是朝鲜后期民间常用的纪年法。

③ 还有更为隔膜的例子,如发表于《明清小说论丛》第三辑(沈阳,春风文艺出版社,1985年)的吴敢、邓瑞琼的《未见著录之中国小说十种提要》,不仅把《九云梦》误当作中国古典小说,而且内容介绍也错误百出,不知所云。又如刘叶秋等主编的《中国古典小说大辞典》(石家庄,河北人民出版社,1998年)三"话本小说编"之"《九云梦》"条(朱一玄撰写),尽管已"知此书为韩人金春泽所撰"(其实这个说法也是错的),却还称《九云梦》为"明末拟话本小说集",条目误收且不去说它,于《九云梦》的时代、文体也均弄错。盖以上两篇提要的撰写者于《九云梦》似均未曾认真一读。此外,还有一个问题也值得注意:中国的古典小说研究者与中国的韩国文学研究者之间似乎毫无沟通——既然1986年出版的韦注本早已明明白白地介绍了《九云梦》的来龙去脉(其实还要更早,1979年版《辞海》修订本、1982年版《中国大百科全书》等中,就都已经收入了"金万重"条,其中都介绍了其代表作《九云梦》),则那以后的中国的古典小说研究者怎么还能于《九云梦》的性质继续这么稀里糊涂、自说自话呢?(据刘世德《论〈九云记〉》说,孙楷第在1956年即已判断《九云梦》可能是朝鲜小说,则也有不隔膜者。)另外,同样在《明清小说论丛》第三辑上,刊载了北京图书馆藏汉文本《南征记(上)》(毅平按:虽然标注"上",但其实是全文),以及朱眉叔的《〈南行记〉的发现与评价》(毅平按:同期既已发表了《南征记》的整理本,则不知为何朱文通篇作《南行记》),也(转下页)

"朝鲜坊刊本"(中国古籍版本学上习称朝鲜半岛古刊本为"高丽本",其实绝大部分"高丽本"均刊行于朝鲜时期,故实不如按照其实际时代称呼之来得妥当)。

因为《古本小说集成》只是面向图书馆和研究者的,所以虽然其中收入了《九云梦》,但在一般读者中并未产生什么影响。

2010年,上海的复旦大学出版社出版了另一种《九云梦》,标明"王文元译"(以下简称"王'译'本"),印数一万册(版权页上没写,承责编见告)。其实,此事与我还有些"干系"。在该书申报选题阶段,该书责编曾致电于我,询问《九云梦》是本怎样的书,有无在中国出版的价值。我向他介绍了《九云梦》在朝鲜半岛文学史上的地位,并竭力鼓动他们出版该书。其实当时我误会了,以为那是一个汉文本的整理本,或是一个谚文本的翻译本,结果书出来以后才知道,其实那是个汉文本的"今译"本,更是个韦注本的"改写"本,却又不加说明,讳所自出①。故对于该书的出版,我实负有连带责

(接上页)把《南征记》误认作明清人创作的小说,其误与《九云梦》之例同。对此,韦旭升曾批评道:"这部作品,在朝鲜长期广泛流传……它是朝鲜的古典小说,已成定论。日本投降后在朝鲜北半部及南半部所出版的所有文学史、百科全书、历史人名词典等,全都有一致的认识。最近有人将北京图书馆所藏的汉文《南征记》手抄本刊出,认为它是孤本,推断它为中国小说,可说是一种误解,理由已如上述。"(《谢氏南征记》,郑州,中州古籍出版社,1987年,《前言》第2页)不过,韦旭升既已看到了北图本《南征记》,却还是以朝鲜研究会本为底本,不知道前者比后者要好得多,这也是让人觉得难以理解的事情。而同在《明清小说论丛》第三辑上,又刊载了朱眉叔的《从〈忠臣库〉谈到中国通俗小说对日本的影响》,根据《忠臣库》在语言运用上暴露出的很多问题,正确指出该小说为日人假托中国人之作,从而纠正了某些中国学者的错误立论(所谓日本文学反哺中国文学之类),与其对《南征记》的误判形成了有意思的对照。

① 韦注本前言引《松泉漫笔》(毅平按:应为《松泉笔谭》)云:"稗史有《九云梦》者,即西浦所作,大旨以功名富贵归之于一场春梦……盖以释家寓言而中梦辞遗意云。"其中"家"字原作"迦","梦"字为"楚"之讹,且"中"下漏了"多"字,王"译"本序所引完全一样,书名同误,漏字、错字也相同,可见是自韦注本转引的。韦注本第三回、第十六回,各足足少了一大段,都有五百余字;第十五回杨少游上疏乞退,中间一大段被"中略"了;以上这些韦注本缺失处,王"译"本也照样不存,因为韦注本没有的,王"译"本自然也有不了。又,王"译"本的注释,也大量剿袭韦注本;韦注本的错别字和断句错误等,也为王"译"本所原封不动地蹈袭。凡此皆说明,王"译"本是据韦注本"改写"的,而根本不是什么"译本"。可是王"译"本序却只字未提韦注本,并且还暗示,其所依据的底本是"朝鲜研究会"本。其实韦注本才是依据"朝鲜研究会"本的,而王"译"本则是转据韦注本的(很怀疑他根本就没有看到过"朝鲜研究会"本)。这当然不是不可以,但不应该讳所自出。更何况,正如卢京姬教授所说,"朝鲜研究会"本根本就不是什么好本子,王"译"本序中却说什么"1914年朝鲜研究会又做了最终的勘定,订正了原书中的舛误,并在语句顺序上做出一些调整",完全不着边际,显系凿空之谈。

任,后来常感追悔莫及。王"译"本出版以后销售不温不火,被媒体称为"出版后几年都无人问津的冷门韩国古典小说"。

以上几个版本出版后皆波澜不惊,可以说,并没有引起一般中国读者的注意。

其实,早在2006年热播的人气韩剧《宫》里,太子李信就曾引用《九云梦》里的诗,赠给太子妃申彩京:

> 相逢花满天,相别花在水。春光如梦中,流水杳千里。

该诗见于《九云梦》第五回,是贾春云装神弄鬼,与杨少游幽会之后,赠给杨少游的别诗,所据应为姜铨燮藏本(所谓"老尊本B",详细说明见后),他本文字稍有不同:

> 相逢花满天,相别花在地。春色如梦中,弱水杳千里。

因此诗在该剧中仅为插曲,故虽然《宫》剧火了,《九云梦》本身则仍未引起观众的注意。

直到2014年初,《九云梦》在中国才时来运转。搭车人气韩剧《来自星星的你》(별에서 온 그대)在中国的热播,借着剧中人物都敏俊教授的火爆人气,都教授称之为"人生之书"的《九云梦》因此而火,《星》剧粉丝们(Fans)纷纷争抢这本"朝鲜的《红楼梦》"。有粉丝甚至表示:"爱看《九云梦》,才是都教授的真爱粉。"有电商更是打出了诱人的广告:"阅读《九云梦》,拥抱都教授。"这使滞销多年的王"译"本咸鱼翻身,在各大电商接连卖断货。

一向以学术出版见长的上海古籍出版社,正在编辑《域外汉文小说大系》的《韩国汉文小说集成》,遂抓住这一难得的商机,将其中由陈庆浩校点的"老尊本"《九云梦》析出单行,用不到一个月的时间,提前迅速推出了简体字排印本(以下简称"上古本"),顺利搭上了《星》剧热播这趟"顺风车"。据出版社方面介绍,2014年3月出版的这个《九云梦》,三个月内已加印了两次,总印数达到一万七千余册,且至今热销势头不减。这在一向"严肃"的该社出版物中,也算是一个"卖萌"、"畅销"的奇迹了。出版社方面表示,希望《九云梦》不仅引起《星》剧粉丝们的注意,还能带动更多人对《韩国汉文小说集成》的兴趣。

此外,还有一个"kindle"电子版《九云梦》,华语出版社 2010 年出版,不知道根据的是什么底本。

二、书　　名

关于《九云梦》的书名,韦注本、《集成》本的前言均未涉及;王"译"本序则有望文生义的解释,

> 《九云梦》的书名含有三层意思。其一,"九"说的是本书有九个主要人物,一男八女……其二,"云梦"二字是地名……其三……"云"与"梦"合起来产生两大巧合,首先,云代表变化,梦代表虚幻,而《九云梦》书中的一些事迹恰恰发生在云梦地区,而且云谲波诡,让人称奇。其次,云梦恰恰是韩信被拘之地……作者正是以此隐喻人生如梦的主题。

如此望文生义,似于"九云梦"之出典全无所知者,却竟然还断言:

> 可以说《九云梦》的书名起得绝妙,在《九云梦》面前,《红楼梦》的书名都略逊一筹……《九云梦》以梦为书名,梦的前面是有一语双关含义的地名,《红楼梦》也是这样,"红楼"不仅表示"红色的楼",还是富家宅邸的代名词,与云梦代表波诡云谲之地极其相似。

我实在不明白,"九云梦"(九+云梦)与"红楼梦"(红楼+梦)的构词怎么会一样呢?也不明白,既然"云梦"是地名,为何《九云梦》又"以梦为书名"?还不明白,"梦的前面是有一语双关含义的地名"——"梦"的前面不是"九

云"吗?"九云"怎么就成地名了呢? 更不明白,"红楼"与"云梦",一个是"富家宅邸",一个是"波诡云谲",二者怎么就"极其相似"了呢?

而且,虽说书名里都有一个"梦"字,但"云梦"是地名,"九云梦"是"九个""云梦"之义,而非"九云"之"梦"之义,与"红楼梦"("红楼"之"梦")、"玉楼梦"("玉楼"之"梦")、"玉莲梦"("玉莲"之"梦")等都不一样,却每每被混为一谈①。如果我们今天说,《九云梦》开创了朝鲜时期"梦幻小说"的传统,指的其实是其内容,而并非是其书名②。

上古本的《前言》(赵维国撰写),虽试图解释"九云梦"的出典,把它追溯到了《子虚赋》,却不免张冠李戴,似是而非:

> 《九云梦》之命名源自司马相如《子虚赋》,乌有先生对楚王称"楚有七泽",其中最小的一个名"云梦","云梦者,方九百里",后人以云梦指称广阔浩渺的大泽。宋人喜欢化用"云梦"典故,苏轼诗云:"永辞角

---

① 不过,《九云梦》的衍生作品《九云楼》、《九云记》的书名,倒的确是这么"解构"又"结构"的,估计当初也是误读《九云梦》书名的结果。考虑到它们都出现于《红楼梦》之后,那么它们之采用"九云+楼/记"的结构,也就是可以理解的了。对于都含"梦"字的《九云梦》与《红楼梦》的书名,日译者之一弥秀野宇似乎也有同样的联想:"比《九云梦》迟六十年,中国出现了曹雪芹的《红楼梦》,此后中国出现了许多以'某某梦'为题的小说。"(《九云梦》试译前言,1979 年)另一日译者洪相圭则更是借题发挥,认为《九云梦》比《红楼梦》早七十余年,因而书名肯定是前者影响了后者,从而打破了朝鲜半岛一向对于中国的"模仿与从属"的文化模式,而成为了一种"逆袭"(《韩国古典文学选集》2《九云梦》解说,东京,高丽书林,1975 年,1982 年)。其实都是因为不懂"九云梦"的出典,从而不知道"九云梦"与"红楼梦"构词法迥异,望文生义又一厢情愿而导致的似是而非之说。

② 韩国海外公报馆《韩国手册》(中文版)说:"这部小说的主题体现在书名上:《九云梦》。在如处云端的梦境里,现实的真实面貌给隐藏起来了。这意味着人的不完美境界。"(汉城,1992 年,第 184 页)好像也是不知所云。又像 1922 年奇一(James Scarth Gale)英译本的书名 "The Cloud Dream of the Nine",2013 年转译自奇一英译本的圣普莉(Marielle Saint-Prix)法译本的书名 "Le Rêve Nuage des neuf"(意思皆为"九个人的云彩梦"),或 1974 年拉特(Richard Rutt)英译本的书名 "A Nine Cloud Dream",2014 年帕克夫妇(John et Geneviève T. Park)法译本的书名 "Le songe des neuf nuages"(意为"一个九朵云彩的梦"或"九个人的云彩梦"),我曾问过母语为英法语的欧美学生,回答是这些书名都不知所云。1974 年韩国梨花女子大学校英译本,以及 2019 年刚出版的凡克(Heinz Insu Fenkl)英译本,书名都是 "The Nine Cloud Dream",逐字直译,似乎同样不知所云。还有一种《九云梦》的英文研究论著,把"九"、"云"、"梦"三个字做了第三种组合,译为 "The Dream of the Nine Clouds"(九朵云彩的梦),并说书名的意思是"九个主要人物浮云般的梦幻人生"(Bantly, Francisca Cho. Embracing Illusion: Truth and Fiction in The Dream of the Nine Clouds. Albany: State University of New York Press, 1996. p.101),也是望文生义、拆字游戏式的解释。所有以上这些翻译或解释,其实都犯了同样的错误,即都不知道"九云梦"的出典,也不知作者是在用典(所谓"互文")。

上两蛮触,一洗胸中九云梦。"(《同正辅表兄游白水山》)朝鲜文人也喜用此典,高丽著名诗人林椿诗云:"临轩一望大千界,不啻胸中九云梦。"(《游绀岳正觉僧舍书其壁》)"胸中九云梦",指心胸宽广,志向远大。小说以"九云梦"命名,并非叙写九个梦,而是叙述主人公杨少游不仅有曹子建之才,而且有管仲、诸葛孔明之谋略,胸含云梦之志。

乌有先生是齐人,而"云梦"位于楚国,那么,齐国的乌有先生,怎么会跑到楚国,去对楚王盛称"楚有七泽",并夸饰"云梦"的广大呢?

其实,盛称"楚有七泽",并夸饰"云梦"广大的,乃是楚国的子虚,而非齐国的乌有先生;其所欲夸饰的对象,则是齐王,而非楚王。这个张冠李戴呀!

而既然已经说明了"云梦"为地名,则"小说以'九云梦'命名,并非叙写九个梦",此说明也纯属蛇足,毫无必要,所谓"伪命题"是也。况且,全书就写了一个大梦,其中还夹了两个梦中梦,无论如何,跟梦的次数没有关系。它不像后来的《玉楼梦》,一连写了十六个梦。

而最根本的问题是,《前言》撰写者似乎完全没有意识到,其所引典故是关于"云梦"的,但所引苏、林诗却都作"九云梦",小说名本身也作"九云梦","云梦"与"九云梦",有无"九"字,一字之差,其实却是两个典故,意思正好相反,完全不是一回事,用"云梦"的典故,是无法说明"九云梦"的。

那么,什么是"九云梦"呢?楚国的子虚吹嘘"云梦"广大,但齐国的乌有先生并不买账,为此吹嘘齐国的广大云:

> 且齐东陼巨海,南有琅邪,观乎成山,射乎之罘,浮渤澥,游孟诸,邪与肃慎为邻,右以汤谷为界,秋田乎青丘,彷徨乎海外,吞若云梦者八九,于其胸中,曾不蒂芥。(《子虚赋》)

乌有先生的意思是,你们楚国自以为广大的"云梦",我们齐国吞八九个下去,连微不足道的"蒂芥"也算不上! 所以,在《子虚赋》里,"云梦"在楚国眼里代表的是广大,在齐国眼里代表的却是渺小!"吞若云梦者八九"的意思,正与"云梦"的意思相反!(乌有先生批评子虚道:"今足下不称楚王之德厚,而盛推云梦以为高,奢言淫乐,而显侈靡,窃为足下不取也。必若所言,固非楚国之美也;无而言之,是害足下之信也。"可见在乌有先生眼里,"云梦"并非什么好东西。)

而宋人所用"九云梦"的典故,以及本书书名"九云梦",都不能用"云梦"的典故来说明,而只能用"吞若云梦者八九"(也可以说"吞八九云梦")的典故来解释。所以,不是"宋人喜欢化用'云梦'典故","朝鲜文人也喜用此典",而是宋人喜欢化用"吞若云梦者八九"的典故,朝鲜文人也喜用"吞八九云梦"之典。宋人、朝鲜文人所持的立场,不是楚国"子虚"的,而是齐国"乌有先生"的。"'胸中九云梦',指心胸宽广,志向远大……胸含云梦之志。""心胸宽广,志向远大"没错,但"心胸"所含,其实并非"云梦"之志(如上所说,在乌有先生眼里,"云梦"并非好东西),甚至并非"八九云梦"之志,而是"吞八九云梦"("吞若云梦者八九")之志[①]!

不仅是以上诸例,后来所有用到此典故的,几乎没有例外,都站在齐国"乌有先生"的立场,而非楚国"子虚"的立场。如宋代孙觌《沈公序亦爱亭》其二的"胸中九云梦,芥蒂亦何曾"(《鸿庆居士集》卷六);胡寅《五言酒诗一百韵》的"胸吞九云梦,笔走万蛟螭"(《斐然集》卷三);陆游《道室杂咏》的"已吞八九云梦泽,更著百亿须弥山"(《剑南诗稿》卷五十七),《杂赋》的"百亿须弥理固有,八九云梦何足吞"(《剑南诗稿》卷七十九);洪适《得江楼记》的"长川遥岑,寄我清啸,阴晴朝暮,无时不胜,岂直吞八九云梦而已"(《盘洲文集》卷三十二);元代王恽《拜奠宣圣林墓》的"胸中九云梦,吞纳失蒂芥"(《秋涧集》卷二)……都或用"吞"字,或提到"芥蒂",明显都站在齐国"乌有先生"的立场,采用了"吞若云梦者八九"("吞八九云梦")的典故。

朝鲜半岛文人也熟悉并喜用这个典故。除了上述高丽文人林椿(12世

[①] 唯一使人略感不安的是,《九云梦》主人公杨少游本为"楚人",可何以身为"楚人"却心似"齐人"?穿凿附会的话,大概同样可以作者是朝鲜文人来解释——以地理邻近、文化渊源的关系,朝鲜半岛文人不仅于"楚"怀有憧憬感,于"齐"也有相当程度的亲近感。尤其是乌有先生所云"秋田乎青丘,彷徨乎海外"的"青丘",历代注家多认为是东方海外之地,隋唐以后则明确指称朝鲜半岛;朝鲜半岛文人也乐于接受,每喜以"青丘"自居自称,如汉诗集有《青丘风雅》,时调集有《青丘永言》,地图有《青丘图》《青丘八域图》,等等。也正因此,他们会喜用"吞若云梦者八九"之典,金万重也会以"九云梦"为小说名,并让杨少游"楚人"其身而"齐人"其心。

纪后期)《游绀岳正觉僧舍书其壁》的"临轩一望大千界,不啻胸中九云梦"(《林西河集》卷三)外,朝鲜文人使用此典故的例子更是众多①。如金麟厚(1510—1560)《鸣之家设酌座中求诗》的"异日金銮殿上人,八九云梦吞心胸"(《河西先生全集》卷四);沈喜寿(1548—1622)《赠别谢恩书状尹正》的"增益胸襟九云梦,重逢刮目对珪璋"(《一松先生文集》卷四);李春英(1563—1606)《与友人书》的"秋风已至矣。想足下躐长白沿豆满,临瀚海而望胡天,胸中固不啻吞八九云梦矣,壮游哉"(《体素集》下);申敏一(1576—1650)《成子荐挽词》的"胸襟吞吐九云梦,尊酒留连动十日"(《化堂先生集》卷一);李景奭(1595—1671)《吾观造物意一篇赆天坡黄骊之行》的"胸吞九云梦,曾不足芥滞(蒂)"(《白轩先生集》卷三);朴长远(1612—1671)《汉上》三首其二的"胸襟九云梦,身事一匡床"(《久堂先生集》卷一);李宜显(1669—1745)《百祥楼赏月歌》的"八九云梦不足言,风生两腋欲翩翩"(《陶谷集》卷三)……这些金万重前后的朝鲜文人,也都明显站在齐国"乌有先生"的立场,采用了"吞若云梦者八九"("吞八九云梦")的典故。《九云梦》的书名当然也是这样,不外于这个中朝共同的文脉②。

值得注意的是,金代元好问的《张彦远江行八咏图》(奉使时所见)云:"楚江平浸楚山流,放眼江山得意秋。一寸霜毫九云梦,合教轰醉岳阳楼。"(《遗山集》卷十四)这是一首题画诗,其中也用了"九云梦"的典故,却并非

---

① 检索"韩国古典综合数据库","九云梦"一共有五十三条,其中"韩国文集丛刊"最多,有三十五条,这里姑举其中若干条。

② 法国国家科学研究院(CNRS)的丹尼尔·布歇(Daniel Bouchez, 1929—2014)的《关于〈九云梦〉的书名》(《〈구운몽〉의 제목에 대하여》,载韩国延世大学校国学研究院编《东方学志》第136辑,首尔,2006年12月,第387—409页)一文,批评了历来对于"九云梦"做拆字游戏的做法,把"九云梦"的出典追溯到了《子虚赋》,对"九云梦"之典的含义作了大致正确的解释。只是由于他不太熟悉朝鲜半岛历史悠久且底蕴深厚的汉文学传统,以致对金万重为何取典于一千七八百年前的《子虚赋》心存疑惑。德国波鸿鲁尔大学韩国语言文化专业的俞明寅(译音)的《〈九云梦〉与汉文化圈——以其书名为中心》(Yu, Myoung In. "*Kuunmong* and the Sinosphere: Focusing on its Title." *Global Korea: Old and New*. Ed. Duk-Soo Park. The Korean Studies Association of Australasia, 2009. pp.190-200)一文,似乎是要回答布歇的疑惑,通过检索"韩国文集丛刊数据库"等文献资料,列出了朝鲜文人使用"九云梦"之典的若干例证,提供了金万重使用"九云梦"之典的文学传统背景。可惜他的汉文读解能力似乎有限,导致对于"九云梦"之典含义的理解有所偏差,以致不恰当地批评了布歇本来大致正确的解释。不过他建议外文译者在音译"九云梦"书名的同时,再加上一个揭示其典故含义的副标题,则似乎是个不错的建议。

像一般诗人那样用在"胸怀"上,而是用在了"画笔"下,表示小小画笔可以画出大大江山。联想到"一寸霜毫"不仅能作画,也能撰文,则当金万重写作《九云梦》时,他脑海中是否曾浮现出元好问的这行诗句?我们是有理由这么猜测的。在他前后的朝鲜文人中,其前李元孙(1498—1554)的《送浩源赴京》云:"胸中九云梦,锦字千万句。"(《无何翁集》上)已将"九云梦"与锦绣文章联系在了一起;约略同时崔锡鼎(1646—1715)的《赋得诗得江山助》三首其一云:"胸里横吞九云梦,笔端还有一江山。"(《明谷集》卷一)明显是从元好问的上述诗句而来。稍后李观命(1661—1733)的《苍渊集序》亦云:"盖尝论之,诗能穷人者非也。天地清秀之气钟于人,而发之为文章,之人也,蕴是气于八九云梦之中,间以出之,惊一世耳目,而垂名百代之下,其自视何如哉?"(《屏山集》卷八)也认为好文章出自好胸怀。如果这个猜测合理,那么《九云梦》的书名,就在象征主人公胸怀宽阔的同时,也表现了作者对于自己写作才能的自信,能够用笔虚构一个大大江山。

更进一步推测,金万重胸中所怀而又形诸笔端的"八九云梦",是否也可以理解为他小说中的一男八女呢?这一男八女每个人都宛如一个浩瀚的"云梦",但在胸怀宽阔而又才华横溢的作者的笔端,却都被安排得妥妥帖帖,表现得精彩纷呈。果真如此,则作者将自己的小说取名为《九云梦》,就是欲将古典今典融合无间,而有一语多关的深意存焉,实在是抱负匪浅。

顺便提一下,在中国的媒体上,为了吸引读者的眼球,常会取哗众取宠的标题,人称"标题党"。比如当你看到"'九云梦'源自中国西汉"这个标题时,千万别以为它说的是《九云梦》这部小说来自西汉的某部作品,而其实说的是"九云梦"的典故来自西汉司马相如的《子虚赋》。但它就是要混淆视听,让读者产生这种错觉。

三、本　　文

韦注本的前言对《九云梦》汉文本的评价比较积极:

> 由作者金万重的堂孙金春泽译成的汉文《九云梦》中,虽有些文言

虚词如"矣"等用法不尽妥当,但作为外国人,能译出这样辞藻丰美、文笔酣畅的作品,是很令人敬佩的。

几年以后,他对《九云梦》汉文本的评价又进了一步:

> 17世纪小说家金万重以朝鲜文写成的《谢氏南征记》、《九云梦》,全由他的堂孙金春泽译为汉文。因其汉文辞藻丰富优美,比原文有更强的艺术感染力。①

但汉文本具体好在哪里,则语焉不详。不仅如此,韦注本对于汉文本的整理,也有诸多不尽如人意之处。首先,以"朝鲜研究会"本为底本,就是一个根本性的失误。如韦注本第三回,桂蟾月看上杨少游,主动约他去自己家里,自"怃然败兴"至"两人相对",足足少了一大段,约有五百余字(参照"癸亥本",应该是脱漏了整整一页两面);第十六回,杨少游悟道成真,被大师唤起一夜之梦,又足足少了一大段,也有五百余字(此处"癸亥本"也脱漏,但"老尊本"、"乙巳本"、"癸卯本"②等均无脱漏)。两处重大脱漏,都是"朝鲜研究会"本原来有阙,然而韦注本既云"校注",理当依据他本补出才是,或

---

① 韦旭升《中国文学在朝鲜》,广州,花城出版社,1990年,第272页。韦旭升《谢氏南征记》整理本《前言》说:"在(《谢氏南征记》)翻译过程中,金春泽进行了大量的加工。不仅在文辞上,而且在内容和人物言行的细节上,汉文本比之原作都丰富了……金春泽的加工,不但使汉文本辞藻华美,文采斑斓,而且人物形象更显得丰满多姿,饶有趣味。可以说,汉文本实际上是金万重、金春泽祖孙二人的合作产物。"从《谢氏南征记》的汉文本来看,金春泽的汉文水平果然优秀,韦旭升的评价一点都没有错。但其关于《九云梦》韩汉文本先后的说法,则只是承袭了韩国学界的通行看法,未必有什么事实依据,也不符合实际情况(详见本文第五节"文本")。所以我以为,《九云梦》汉文本的成就,仍应归属于金万重本人。

② 中国若干图书馆中收藏的《九云梦》,主要是时代较晚的"癸亥本"(1803)。据丁奎福研究,"癸亥本"前有"乙巳本"(1725);"乙巳本"前有"老尊本"(1725前);"老尊本"又分A、B,"老尊本B"最古,"老尊本A"次之。"老尊本A"、"老尊本B"都是抄本,"乙巳本"、"癸亥本"都是刊本。在18世纪上半叶以前,朝鲜小说大都只有抄本而罕有刊本,"乙巳本"是最早的出于商业目的刊刻的小说,而"癸亥本"则是"乙巳本"的复刻本,同时又是流传最为广泛的刊本(目前中国各图书馆收藏者皆为"癸亥本",最初两种英译本所据者亦为"癸亥本")。21世纪初由首尔卫卫社出版的"石轩丁奎福丛书"第六至八卷,为《九云梦资料集成》,第六卷收入汉文本抄本"老尊本B"(姜铨燮藏本)、"老尊本A"(哈佛大学藏本)、"老尊本汉文笔写本"(丁奎福藏本),第七卷收入汉文本刻本"乙巳本"、"癸亥本",第八卷收入谚文本抄本。

者换用其他更好的底本;现在这样不管不顾一仍其旧,也实在是太让人无语了。又如第十五回,杨少游上疏乞退,那么重要的文字,"朝鲜研究会"本居然删去了中间自"而圣恩隆重"至"不可复乘"一大段,足足有三百多字,注曰"中略",韦注本也同样一仍其旧,而不是依据他本补出,更是让人觉得匪夷所思。

此外,还不时可见一些常识性的错误。如韦注本第二回,引杨少游的《杨柳词》:

> 杨柳青如织,长条拂画楼。愿君勤种植,此树最风流。
> 杨柳何青青,长条拂绮楹。愿君莫攀折,此树最多情。①

明明是五言四句二首,却被误合为五言八句一首,也不管其韵脚不同——这是沿袭了"朝鲜研究会"本的错误。韦注本第七回,引杨少游写在秦彩凤团扇上的诗:

> 纨扇团团似明月,佳人玉手争皎洁。五弦琴里薰风多,出入怀里无时歇。
> 纨扇团团月一团,佳人玉手正相随。无路遮却如花面,春色人间总不知。

明明是七言四句二首,却被误合为七言八句一首(下文秦彩凤评价这两首诗,先说"咏前一首而叹曰",再说"又咏后一首而叹曰",明白显示原是两首诗)——而"朝鲜研究会"本却是分列二首,原本不误的。杨少游前后赠秦彩凤的两组诗,均被误合为一首,无一漏网矣!而在汉文本原文里(比如"癸亥本"),两首诗大抵是分开排的,基本上不可能引起误解。此外,韦注本沿袭"朝鲜研究会"本的错字,甚至新增错字,也比比皆是。

韦注本的注释也嫌过于简略,尤其是一些典故,全未注出,实不足以解

---

① 本文引用《九云梦》,以癸亥本为底本,取校众本,择善而从。

读者之惑。如第十二回,写秦彩凤承命作喜鹊诗:

> 喜鹊查查绕紫宫,凤仙花上起春风。安巢不待南飞去,三五星稀正在东。

太后点评道:

> 诗中亦引《周诗》,能守嫡妾之分,此所以尤美也。

兰阳公主点评道:

> 喜鹊诗诗料本来不多,且小女两人既已先作,后来者无可下手处也。曹孟德所谓"绕树三匝,无枝可栖"者,本非吉语,取用甚难也。此诗虽杂引孟德、子美之诗及《周诗》之句合成一句,而天然浑然,不见斧凿之痕,三家文字有若为秦氏今日事而作也。

于此读者肯定想要知道,秦氏喜鹊诗引用了哪首《周诗》,其中如何表现了"嫡妾之分",而所引杜甫诗又是什么,"本非吉语,取用甚难"的曹操诗,又是如何被巧妙化用的……但韦注本只是简略地注道,曹孟德即三国时魏曹操,子美即唐代大诗人杜甫……

其实该诗用典,一是曹操《短歌行》第四章的"月明星稀,乌鹊南飞,绕树三匝,无枝可栖"(最后一句也作"无枝可依"、"何枝可依")云云,二是杜甫《洗兵马(收京后作)》的"东走无复忆鲈鱼,南飞觉有安巢鸟"(注家云:"时平则鸟兽亦安矣。")云云,秦氏皆反用其意,表示自己已有依归,而无须另作他图;三是《诗经·召南·小星》的"嘒彼小星,三五在东"云云,而《小星》诗旨,正如太后所云,历来被诠释为"能守嫡妾之分"①,秦氏正用其意,

---

① 毛诗序:"《小星》,惠及下也。夫人无妒忌之行,惠及贱妾,进御于君。知其命有贵贱,能尽其心矣。"朱熹《诗集传》:"南国夫人承后妃之化,能不妒忌以惠其下,故其众妾美之如此。"又引吕氏曰:"夫人无妒忌之行,而贱妾安于其命,所谓上好仁而下必好义者也。"

表示自己安于其命,将恪守妾之本分。所以,太后对秦氏此诗大感满意,兰阳公主不好意思说破,转而从技巧上来肯定之。

韦注本的前言说:"注释工作中参考了或引用一些工具书,其中主要的是上海辞书出版社出版的《辞海》等。"也就是说,除了一般工具书中能直接查找到的词条以外,校注者并未能详细注出《九云梦》中的用典,而这对于古典小说的注释来说是远远不够的,读者也难以对这样的"校注"感到满意。更进一步,我们感到奇怪的是,为何在中国古典小说的校注中能够做到的事情,在《九云梦》这样的韩国古典小说的校注中就做不到①?

说到王"译"本,为何汉文本还要"今译"或"改写"?"译者"的理由是汉文本言不达意,错误太多,水平太差:

> 中文本中仍存在大量错误,多到平均每页有数十处。另外言不达意之处也不在少数。不能说《九云梦》中文译者的中文水平不高,只能说外国人掌握中文很难,要想达到流利书写的水平更难,要用文言文书写则难上加难。译者基本掌握了文言文书写技巧,但作为外国人,要想在文言文写作上达到出版水平几乎不可能(利玛窦出版过文言文作品,但是经过徐光启的润色与修改的)。好在《九云梦》的中文文本意思还是表达出来了。笔者就是根据意思,重新安排词句,在保持原文风貌的前提下力求文笔流畅优美。

排除古典小说(无论中韩)抄本刊本往往错别字较多这一点,其批评让人觉得其于朝鲜半岛发达的汉文学传统似乎一无所知,又似乎只是在为其"今译"或"改写"的必要性寻找借口。

但是,该"译者"对于汉文本的水平大加挞伐,他本人的古文能力却不免

---

① 我们在上文的注释中提出过的问题似乎也可以反过来说:中国的韩国文学研究者与中国的古典小说研究者之间似乎也毫无沟通——韦注本似于校注首先要选择好的底本并参校众本并无概念,也不知道对于古典小说的注释来说,像《辞海》这样的工具书是远远不够的,而这在中国的古典小说研究者来说似是常识。

让人生疑。比如,他对于书名"九云梦"的出典似乎一无所知,于是像拆字先生那样,把"九""云""梦"三个字拆来合去。又如第一回开头,介绍衡山的方位,原文作"九疑之山在其南,洞庭之湖经其北",介绍得明明白白,但在王"译"本里,却变成了介绍九疑山的方位,且把衡山和九疑山的方位倒了个个,作"衡山之北,洞庭湖之南有一座山叫做九嶷山"。又如韦注本第二回沿袭"朝鲜研究会"本之误,将两首五言四句诗误合为一,王"译"本也沿袭了这一错误。又如第三回,桂蟾月垂青杨少游即席而作的三首诗,即刻发之歌喉:

> 蟾月乍转星眸,霎然看过,檀板一声,清歌自发,袅袅如缕,咽咽如诉,鹤唳青田,凤鸣丹丘,秦筝夺其声,赵瑟失其曲。

明明是叙述之语,王"译"本却将之分行排列成了小曲,还以话本套语"有道是"领起;而韦注本原来的断句错误("霎然看过檀板,一声清歌自发"①),却又原原本本照单全收。

最搞笑的,是第二回写杨少游初遇秦彩凤,王"译"本有一段极为荒唐的叙述:

> 两人对视,脉脉含情,但双方都未措一辞。
> **杨生把书童安排到树林前面的客店,让他准备晚饭,自己仍回原处与美人对视。没有过多久书童还报:"晚饭已具好,请相公用膳!"**
> 美人闻听此话关上了窗户,倩影消逝,唯有阵阵暗香,随风袭来。杨生对书童坏了他的好事大为光火。窗里窗外,如隔弱水。杨生无可奈何,遂与书童回旅店。他一步一顾,看到的只是窗户,再不见美人,失魂落魄,只好愁坐客店。

在两人正一见钟情、脉脉对视的紧要时刻,杨生竟然还会想到还有工夫安排

---

① 韦注本的这处断句错误也是承自"朝鲜研究会"本的。

书童到客店做晚饭,然后自己再回到原地与美人继续对视!——此时,中国读者大概会想到"人是铁,饭是钢",韩国读者大概会想到"金刚山也是食后景"("금강산도 식후경"),日本读者大概会想到"团子比花好"("花より団子");而尤为难得的是,美人对杨生的"重食轻色"行为也不以为忤,在杨生离开期间也不跑掉(杨生这一趟要去多久啊),一直耐心地等着杨生回来与自己接着对视;而接下来这一对视历时之长,连一顿饭都煮熟了(古人利用这段时间,已经可以在黄粱梦里过尽一生了);直到书童来叫杨生吃饭,美人才无奈悻悻离去。读者读到如此荒唐的情节,一定会大感困惑,大呼匪夷所思吧?

那么原文又如何呢?且让我们看一下王"译"本实际所据的韦注本(《集成》本、上古本文字略同):

两人脉脉相看,未措一辞。
杨生**先**送书童于林前客店,使备夕炊矣,**至是**还报曰:"夕饭已具矣。"美人凝情熟视,闭户而入,惟有阵阵暗香泛风而来而已。杨生虽大恨书童,一垂珠箔,如隔弱水,遂与书童回来,一步一顾,纱窗已紧闭而不开矣。来坐客店,怅然消魂。

原来,在杨生邂逅美人之前,他曾送书童去客店,让书童准备晚饭;而此时杨生与美人正要入港,书童却来报告说晚饭已经做好,遂无意间打断了主人的好事,杨生自然要恨书童煞风景了。

那么,王"译"本何以会把如此简单明了的情节"译"得如此离奇古怪呢?想来是由于不懂"先"字在古文里有引出插叙的作用(类似于《左传》等古书中常见的"初"字),尤其是下文还有"至是"呼应,表示结束插叙回到现在,而误以为是现代汉语里"先后"的"先",于是就"译"成了如此荒唐的情节。对比一下王"译"本与汉文本原文,不免让人怀疑,到底是汉文本的水平太差,错误太多,言不达意,还是王"译"本的古文理解能力太次?以王"译"本这样的古文理解能力,却还嘲笑古代朝鲜文人的汉文水准,这也实在是太缺乏自知之明了!故王"译"本既谈不上"文笔流畅优美",甚至也做不到

"保持原文风貌"。

上古本《九云梦》,底本据"老尊本",虽是较早的本子,但错别字甚多,明显缺乏校对。据责编转述整理者的话说,他们有意"保留"了原本的错别字,以显示韩国古典小说的原貌。仅就第一回而言,"惟衡岳居中土最远","居"当是"距"之讹;"龙王恭已而听之","已"当是"己"之讹;"寐寞太甚矣","寐"当是"寂"之讹;"八人吞羞而对曰","吞"当是"含"之讹……这些错别字,有无版本依据?还只是排印错误?而且,如果说在《韩国汉文小说集成》里,为研究者的需要,保存版本的原貌,出校勘记以整理之,还情有可原的话,则一本面向一般读者,走"畅销"路线的小说,何以还要"保留"错别字?于此我百思不得其解矣。估计还是为了抢占商机,仅用了不到一个月的时间,就迅速推出此书所造成的结果吧?

对比上古本与王"译"本的做法,好像是两个极端:一个是猛攻其"大量错误",以此贬低汉文本原文,为自己的"改写"制造借口;一个是"保留"其错别字,看上去好像"尊重"原文,但客观上误导读者的判断,实际效果距前者并不远。其实,以金万重或金春泽卓越的汉文能力,汉文本原稿肯定不会是错别字连篇的,多半是传写者的笔误或刊刻者的失校,在流传过程中越积越多所导致。因此,改正错别字,既符合作者的本意,也是对作者的负责;而"保留"错别字,则既有违作者的本意,也是对作者的失职。

此外,上古本的《前言》也是问题多多。除了上节所说误解"九云梦"的典故外,其中涉及汉文本《九云梦》的版本,说现存汉文本可以分为两个系统,一个是"繁本系统",一个是"简本系统",并以"癸亥本"为"简本"主要之例。实则各本("老尊本"、"乙巳本"、"癸亥本"、"癸卯本")文字容或有所出入,但仅有抄本、刊本之异,而并无"繁本"、"简本"之别。如果"简本"指的是姜铨燮藏本(丁奎福称为"老尊本B",认为是汉文本最古本,然后派生出"老尊本A"),那么"癸亥本"又绝对不在其内。又,《前言》介绍版本,一会儿说"六卷十六回抄本"、"三卷十六回抄本",一会儿又说"三册六卷刻本","册"、"卷"、"回"用法混乱。实则除有"抄本"、"刊本"之异外,不管"册"、"卷"如何区分,皆为"十六回"并无什么不同①。又,《前言》介绍底本所用"老尊本"为"六卷十六回抄本",可是实际的目录上却只有上下两卷,不免让读者一头雾水。此外,说金万重的出身是"进士及第",也是从中国科举制度出发想当然,不了解朝鲜时期科举制度而闹的笑话了②。

四、目　　标

我以为,面对《九云梦》这一东亚文化的宝贵遗产,面对热情的一般读者,研究者所应做的,是认真的整理,充分的介绍,适当的引导。此目标的达成(尤其是汉文本),有待于古典小说研究者与韩国文学研究者的跨学科合作,中韩两国学者如能联手则更佳。

首先是认真的整理,这主要是"校"的工作。目前中国出版的几个本子,都还不能令人满意。《集成》本只提供了一个影印本,还谈不上有什么整理;韦注本底本不佳,谈不上"校","注"也嫌过于简略;王"译"本对原文的理解错误百出,不足为训,其注释多半剿袭韦注本(唯详注佛教典故,似不无可取之处);上古本既无校也无注,方便读者的只有标点,以及纠正了韦注本的若干断句错误。即将推出的《韩国汉文小说集成》本,据说是经过校勘的整理本,不知道校勘工作会做得怎样。

一个真正好的整理本,首先还是要选好底本,汇校众本,择善而从,详出校记。尤其是像《九云梦》这样的小说,多以手抄本方式流行,抄写者有意无意间,便会以己意改动文字,因而异文繁多而又复杂,实在需要认真的校勘。

但是在中国,历来的传统,是根据"经史子集"的顺序,来确定校勘的认真程度的,小说则根本排不上号。即使到了现代,在西方文学观念的影响下,开始重视古典小说的校勘,其实还是根据各小说的"地位",而差别对待

---

① 有点怀疑《前言》撰写者可能没有实际见到过"癸亥本",否则《古本小说集成》所收《九云梦》即"癸亥本",且同由上海古籍出版社出版,很容易看到,没必要远引厦门大学图书馆藏本为例。也许正因为没有实际见到过"癸亥本",且又遗漏了"十六回"这一重要信息,所以才误认"癸亥本"为"简本"吧?

② 朝鲜时期的科举制度,进士试合格者称"进士",相当于明清的"举人",获得参加文科试的资格;文科试合格者称"及第",相当于明清的"进士",获得了做官的资格。

的。比如,《红楼梦》就可以校勘得很仔细,校勘记不厌其烦;而地位不如《红楼梦》的古典小说,如《三宝太监西洋记通俗演义》之类,就可以校勘得很随意,甚至都不必出校勘记①。在这样的传统中,《九云梦》想要得到认真的校勘,首先需要研究者对它的价值有充分的认识,了解它在朝鲜半岛乃至东亚小说史上的地位。

其次是充分的介绍,这主要是"释"的工作。所谓"释",并不仅仅是查查词典,注个读音就可了事的,还是要到位才行。姑举几例。

比如《九云梦》第一回,劈头第一句"天下名山曰有五焉"(천하 명산이 다셧시 잇스니②),把中国的名山称为"天下"的名山。今天的韩国读者及日本读者反应如何另当别论,至少中国读者(就像我班上的中国学生)大概都会习焉不察,轻易看过。但是看一下西方人的翻译,便会让我们猛醒——这个"天下"其实是很成问题的!1922年,旅居韩国三十年的加拿大传教士奇一(James Scarth Gale, 1863—1937),把《九云梦》翻译成英文,标题为"九个人的云彩梦"(*The Cloud Dream of the Nine*)③,其劈头第一句"There are five noted mountains in East Asia",把"天下"译成"East Asia"(东亚),而非"world"(世界)。半个多世纪后,1974年,另一个英译本,由旅居韩国二十年的大田教区主教拉特(Richard Rutt)翻译,标题为"一个九朵云彩的梦"(*A Nine Cloud Dream*)④,其劈头第一句"The five sacred mountains of China",更把"天下"译成"China"(中国),而既非"world",甚至也非"East Asia"⑤。2013年出版的圣普莉(Marielle Saint-Prix)法译本"九个人的云彩梦"(*Le*

---

① 在此姑举一例。无名子《九云记》的校点者(江琪)前言最后说:"附带还要说明一点:原有校记数百条,说明有关校改的情况。后接受出版社编辑同志的建议,已全部删去。"在古典小说的整理方面,这种做法似乎很普遍(比如韦注本也不出校勘记)。说句老实话,我一直弄不懂编辑何以要这么做,好像许多编辑都喜欢做两件事,一是如上所述的删去校勘记,一是删去文章的写作或发表日期。殊不知这二者对读者来说都很重要。

② 此句谚文据丁奎福、진경환译注《九云梦》附完版百五张本(首尔,高丽大学校民族文化研究所,1996年,第332页),现代韩语一般转写为"천하에 명산이 다섯이 있으니"。

③ *The Cloud Dream of the Nine*. London: The Westminster Press, 1922.

④ *A Nine Cloud Dream*, in *Virtuous Women: Three Classic Korean Novels*. Seoul: Royal Asiatic Society-Korean Branch, 1974.

⑤ 这两个英译本后来均有重印,流传较广。

Rêve Nuage des neuf)①,依据九十多年前奇一的英译本转译,竟然把"天下"译成了"远东"(Extrême-Orient)——金万重又不是今日的"西崽",哪里会自居于"远东"呢②!

这些"每下愈况"的翻译,也许会给中国读者当头一棒,告诉他们"天下"早已经变朝了!可以说,东西方"世界观"的差异,古代至近代东亚历史的巨变,"中华主义"的盛极而衰,中韩关系的亲疏远近……全都缩微在这句翻译中了。而两个英译本、一个法译本的译法,即根本不顾"天下"的本意,而硬塞入西方人的世界观,也正反映了译者的傲慢心态(同时也可能是出于无知),更使西方读者失去了一次了解东亚传统天下观的机会。

相比之下,还是 2014 年出版的帕克夫妇(John et Geneviève T. Park)法译本"九朵云彩的梦"(*Le songe des neuf nuages*)的做法比较妥当,它把"天下"直译为"天底下"(Au-dessous du ciel),然后加注道:"천하,'天底下'指的是中国。中国古人认为,地是方的,天是圆的,就像一个穹隆。宇宙被上帝统治着,他的宫殿坐落在九重天上。人类看到的那片天的下面,躺着一片名为'鲜花盛开的中央'(중화)的土地或'中央之国'(중국),一片被蛮夷部落所包围的文明之地。"③这个注加得真是别致到位,以"鲜花盛开的中央"来训"中华",也着实是让人惊艳了,颇有法兰西浪漫之风。

2019 年出版的第四个英译本"九朵云彩的梦"(*The Nine Cloud Dream*),译者为出生于平壤的美国作家凡克(Heinz Insu Fenkl),虽只是把拉特英译本改头换面的偷懒之作,却在"天下"的译法上与拉特拉开了距离,把"天下"改译为"天底下"(beneath Heaven),然后加注说明道:"帝制中国认为自己处于世界的中心,皇帝的宝座就是'天'(Heaven)在'地'(Earth)上的翻版。"④虽然注得没有法译本那么浪漫,却也显示了与法译本相似的心态。

---

① Kim, Man-choong. *Le Rêve Nuage des neuf*. trad. Marielle Saint-Prix. Paris: Myoho, 2013.

② 百年后的朴趾源(1737—1805),在其《热河日记》(1780)中说:"鄙人万里间关,观光上国,敝邦可在极东,欧罗乃是泰西,以极东、泰西之人,愿一相逢。"(卷四《鹄汀笔谈》)"极东"即"远东",但这是与"泰西"(远西)对举,而以中国为中心的说法,与今人的"远东"有天壤之别。

③ Kim, Man-jung. *Le songe des neuf nuages*. trad. John et Geneviève T. Park. Paris: Maisonneuve & Larose, 2014. p. 11, 243.

④ Kim, Man-jung. *The Nine Cloud Dream*. Trans. Heinz Insu Fenkl. New York: Penguin Books, 2019. pp. 3, 227.

而我以为更重要的是,最近的这两个例子,似乎也是一个象征,象征了西方人终于放低身段,开始直面中国式"天下观",直面东亚的传统文化了。

说来有意思的是,与拉特英译本约略同时,韩国梨花女子大学校英语系学生翻译了第三个英译本,译名 The Nine Cloud Dream 略同拉特英译本,却毫不迟疑地把"天下"译成了"world",说明今日韩国人于"天下"概念仍无丝毫隔膜。而我所经眼的五个日译本,关于这一句,也都照原样保留了"天下",而根本不作翻译或解释。如朝鲜研究会译本作"天下の名山に曰く五有り"①,岛中雄三译本作"五岳といつて昔から天下の名山とされてゐる"②,洪相圭译本作"天下に名だたる山が五つある"③,宇野秀弥试译本作"天下に名高き五山あり"④,鸿农映二选译本作"天下に名山が五つある"⑤,等等。这说明对于日本读者来说,他们了解"天下"的意思,具有与中韩相似的世界观。而且,考虑到这些翻译几乎跨越了整个 20 世纪,这一点就尤其让人觉得意味深长了。窃以为,东亚世界未来的统合重整,东亚文化未来的涅槃重生,都寄托于东亚相似的世界观了。

所以,对于今天的读者来说,围绕古今"天下观",参照各语种译本来"释",似乎也是不无必要的。

又如,小说设定杨少游是"楚人",这也初非偶然。自 1421 年明朝迁都北京以后,朝鲜文人便很少有机会再到江南,所以对"江南"一直怀有憧憬感。而在清初的近百年间,因为朝鲜文人认为"胡人"入主中原,江南则还保留了汉文化的正统,所以这种憧憬感变得越发强烈了。金万重就生活在那样一个时代,难怪会把杨少游设定为"楚人"。不仅金万重是这样,许多朝鲜文人在写小说时,也都会把小说场景设定在江南。加之清室其实也喜欢江南,崇尚江南的风景人文,朝鲜文人也不免受到感染。此外,朝鲜文人的向往江南,有时也受刺激于越南文人的诱惑。越南的北行使一路北上,是亲历亲见过江南的,到了北京以后,也常在朝鲜文人面前卖弄,这加剧了后者对

---

① 京城,朝鲜研究会,1914 年。
② 《通俗朝鲜文库》第三辑,京城,自由讨研社,1921 年。
③ 东京,高丽书林,1975 年。
④ 《朝鲜古典文学试译》8,1979 年。
⑤ 收入其编译《韩国古典文学选》,东京,第三文明社,1990 年。

江南的向往。类似这种不成问题的问题,似乎也可以提醒读者注意。

再如第二回,写杨少游上京赶考,"拜辞母亲,以三尺书童,一匹蹇驴,取道而行,视千里如咫尺,行累日,至华州华阴县,距长安已不远矣"。这段叙述,初看之下无甚问题,但仔细想想,问题就来了:从楚中(杨少游的家乡淮南道寿州①在今安徽寿县一带)到秦中(今陕西),那么远的距离,仅仅"行累日",即"距长安已不远",且"视千里如咫尺";而其所用交通工具,则不过是"一匹蹇驴"——这个也委实是太不相称了!唐僧玄奘去西天取经,回国后作《大唐西域记》,所记道路里程相当精准,据说就是以所骑"蹇驴"日行廿里,速度距离可以日计算之故。参照玄奘的例子,如果杨少游以"蹇驴"代步,又怎么可能做到"行累日"即"长安已不远"呢?至少要几个月才差不多吧?正如东方朔《七谏·谬谏》所云:"驾蹇驴而无策兮,又何路之能极。"——杨少游虽不至于"无策",但"蹇驴"毕竟是"蹇驴",而不是绿皮火车(普通火车)啊!

之所以会出现这样的叙述,应该跟作者身为朝鲜文人有关。首先是因为,朝鲜文人虽向往中国,于中国的地理风物津津乐道,但由于大都未曾实地踏访过,故于其实际并无概念和感觉,导致其想象每每脱离实际②。其次也是因为,朝鲜半岛自古少驴,因此物以稀为贵,与中国贱驴不同,朝鲜半岛贵驴,一般人难得骑乘。如李圭景(1688—1750后)说:"东俗骡驴惟士大夫乘之,故贱者不敢骑。至于驴,虽名武不得骑,其贵驴可知也。中国则以为贱种,惟贫生、贱人及女子者骑之。"③因为少驴而又贵驴,故在朝鲜文人的想象中,"蹇驴"的能力或容易被高估,以为其本事与快马差不多,跟"驽骍难得"(Rocinante,西班牙拉曼查骑士堂吉诃德的名骑)有得一拼,于是才有了上面那样的叙述吧?如果作者是中国人,也许就会以快马代蹇驴,以上叙

---

① "寿州"一般版本均作"秀州",但唐淮南道有寿州无秀州,盖"寿"、"秀"韩语音同而讹,故据姜铨燮藏本改。

② 如《九云梦》说,杨少游"南使燕镇,西击吐蕃"(《杨丞相登高望远 真上人返本还元》),从唐都长安来看,燕镇(今北京一带)难道不是应在东北方吗?杨少游又怎么会"南使"呢?想来,只有绕道中国东北的朝鲜使节才会产生如此错觉吧?(毅平按:姜铨燮藏本作"东使燕国",不误。)

③ 李圭景《五洲衍文长笺散稿》卷二十四《骡驴辨证说》。参见张伯伟《再论骑驴与骑牛——汉文化圈中文人观念比较一例》,收入其《域外汉籍研究论集》,北京,北京大学出版社,2011年。

述也就顺理成章了。

"蹇驴"在该小说中的意义还不止于此。如第三回写杨少游来到洛阳天津桥头酒楼,在"金鞍骏马填塞通衢"的闹市,他"当楼下驴,直入楼中"——"骏马"群中着一"蹇驴",宛如宝马车阵中杂一电驴子,两种坐骑的对比非常鲜明。而之所以会有如此叙述,也无非是因为在朝鲜文人的心目中,"蹇驴"乃是风雅文人的象征,而"骏马"则是拜金"土豪"的标志。这种"蹇驴"与"骏马"的对比意识,同样来自中国文学的影响。唐代诗人孟浩然以雪中骑驴形象著称,宋代诗人陆游也"细雨骑驴入剑门"①,于是朝鲜诗人李匡德(1690—1748)就说:"我似诗人孟浩然,小驴虽蹇意尤怜。"②所以,"骏马"群中着一"蹇驴",并非为了暗示杨少游贫穷,反而是为了突出他的杰异。

以上这些地方,其实颇能见出作者的文化背景,对中国读者来说也有文化差异,所以不能轻易看过,而需要仔细地"释",以为读者提供阅读理解上的便利。

最后是适当的引导,这主要是"解题"的工作。许多文化差异,时代差异,会让今天的读者感到困惑,都需要研究者来分析、引导。

虽然现在《九云梦》在中国很流行,但一般读者,尤其是女性读者,比较难以接受的,恰恰是其中的一男八女故事③。在中国的网络上常可以看到,《星》剧的粉丝们,读了《九云梦》后表示失望:"只是一个男人和八个女人的故事而已!""单说内容吧,就是男主角无所不能,名登金榜,文武全才,还有八个老婆。以为韦小宝算贪心了,原来杨少游更贪心,而且还带着名士大儒的面具。他的八个老婆中有国朝公主,有名门闺秀,有青楼红粉,更有风尘侠客,但每个人都没有性格,尤其是那名门闺秀郑姑娘是最最矫情的一个了。不过,这类小说都是这个样子,女性角色都比较程式化,也不必去强求这本小说。""比较想聊的是,中国(东方)男子的白日梦问题。他们幻想功名利禄,封妻荫子,妻妾成群。通常正妻还不是一个,非得两个,名曰左右夫

---

① 《剑南诗稿》卷三《剑门道中遇微雨》。
② 李匡德《冠阳集》卷一《悼驴》。参见张伯伟同上文。
③ 其实也可以把一男八女故事看成是一个"框架结构",在这个"框架结构"中,作者让八个女子依次粉墨登场,使杨少游梦幻般的人生徐徐展开。

人,互相谦让,以姐妹相称,不要说妒忌,她们连想都不会有这种想法。我很想知道他们这种心理的基础是什么?而中国女性的白日梦是什么,古代的小说完全体现不出来,估计这个要看现代的女性小说了。"①

然而回溯到朝鲜时期,《九云梦》却曾经"盛行闺阁间",广受女性读者的欢迎,包括金万重的老母亲。如李绛(1680—1746)的《三官记》"耳官上"云:

> 稗说有《九云梦》者,即西浦所作,大旨以功名富贵归之于一场春梦,要以慰释大夫人忧思。其书盛行闺阁间,余儿时惯闻其说。盖以释迦寓言而中多楚骚遗意云。

既然《九云梦》"盛行闺阁间",那么朝鲜时期的女性读者,应该是能够接受小说的内容,尤其是一男八女故事的吧?《九云梦》有诸多谚文本,女性读者阅读起来比较容易,这或许也是一个理由。而我们认为更有可能的是,小说里蕴含有女性自己的声音,才足以引起当时女性读者的共鸣。比如《元帅偷闲叩禅扉　公主微服访闺秀》回兰阳公主说的:

> 妾常自嗟惋曰:"男子迹遍四海,交结良朋,有切磋之益,有规警之道;而女子惟家内婢仆之外无可相接之人,救过于何处,质疑于何人乎?"自恨为闺闱中儿女子矣!

又如同回郑小姐说的:

> 姐姐所教之言,即小妹方寸间素所畜积者也。闺中之身,踪迹有碍,耳目多蔽,本不知沧海之水,巫山之云,志气之隘,见识之偏,固其宜矣,何足怪也?

---

① 以上网评均见"豆瓣读书"网《九云梦》页面。《星》剧粉丝们倾倒于男主角都教授,都教授以《九云梦》为人生之书,那么《星》剧粉丝们自然会去读它,可他们却接受不了一男八女的故事。夹在《九云梦》与粉丝们之间的都教授,又该如何面对这一矛盾和困境呢?

在这方面,法译者之一圣普莉的看法,也许是值得我们参考的:

> 然而在《九云梦》中还有另一种声音,王妃兰阳公主带有"女权主义"色彩的言论就着实令人吃惊……
>
> 实际上在整部小说中,我们可以清晰地看到作者对于女性利益的同情,他让这些女性在家庭中拥有权力,杨少游却难以管束她们,甚至让她们结成联盟和杨少游作对,用各种玩笑捉弄他。性真(杨少游)的梦也可以看作是金万重的梦,他梦想着被孔教所束缚的中国及朝鲜女性终究能够获得某种程度的解放。
>
> 难怪这部小说在当时的朝鲜女性中获得了如此巨大的成功!

而在追求男女平等这方面,她认为佛教起了重要作用:

> 与儒家将女人置于羁縻之中相反,佛教以它的精神力量,使得人们,尤其是女人们,从人世的苦难中获得解脱。事实上,佛教尤以平等为核心,对男人和女人不分性别而赋予完全平等的权利,予女性以一定程度的精神自由,使她们能够脱离男权的支配,例如成为尼姑。当然,在小说中,受当时的思想背景所限,做尼姑只是为了赎罪,以期来世变成男人,但事实上,不如说这从根本上只是一种"托辞",其追求的实为女性的精神解放。①

该法译本译者身为女性,她所发表的上述见解,应该是有切身感受在内的,不失为一种合理的解释。而小说中的八个女子,出身性格遭遇迥异,分别代表不同类型,对于朝鲜时期的女性读者来说,也许很容易在其中找到一位,对之产生移情和共鸣——所谓"必有一款适合你"是也。

此外,日译者之一鸿农映二认为,《九云梦》与《源氏物语》虽作者有男女之别,但二书都受到了女性读者的欢迎,这既是因为二书都主张"在超越

---

① Kim, Man-choong. *Le Rêve Nuage des neuf*. trad. Marielle Saint-Prix. «Présentation». 其中所谓"女权主义"色彩的言论,就是上引兰阳公主与郑小姐的发言。

一夫一妻制这一拘谨的恋爱婚姻观的地方存在着人的和平与幸福",也是因为任何时代都存在着对于"越界"的渴望①,似也可聊备一说。

但是时代变了,原先广受欢迎的内容,现在反而成了阅读障碍。那么,像《九云梦》这样的古典小说,还怎么在现代读者中寻觅知音,获得新生呢?这就需要研究者去分析、引导了。

也许,今天的女性所得到的权益已经远远超出了性真(杨少游)或金万重的想象,所以现代读者才会反过来责备《九云梦》还不够尊重女性,对朝鲜时期女性读者何以那么喜欢《九云梦》感到纳闷不解。

然而,虽然女性"白日梦"的具体内涵已经改变,从一男八女的杨少游变成无所不能的外星人(《星》剧),但女性想要寻找完美男人的梦想却几乎亘古不变。嘲笑古代女性竟能接受一男八女故事的现代女性,还是想想自己竟能接受无所不能的外星人吧,其与古代女性又有什么实质上的差别呢?

再广而言之,从《九云梦》到今日的人气韩剧,韩国大众文化之善于制造"白日梦",已经成为一个明显的文化标志。这也是一件饶有意思的事情,值得我们去深思熟虑的。

五、文　　本

关于《九云梦》谚汉文本的先后问题,韩国学界多认为金万重原作谚文本,其堂孙金春泽(1670—1717)译成汉文本。此说最早由金台俊于1933年提出,但当时他没有提供任何证据,乃是根据《南征记》的情况类推的②。盖金春泽《北轩居士集》卷十六《囚海录·论诗文·附杂说》云:"西浦颇多以俗谚(毅平按:'俗谚'指谚文)为小说,其中所谓《南征记》者,有非等闲之比,余故翻以文字(毅平按:'文字'指汉字)。"然而金春泽只提到汉译了《南征记》,并未提到也汉译了《九云梦》,故金台俊的说法只是揣测,没有根据,难以成立。但出于可以理解的原因,其说在韩国仍成为通行看法。

---

① 见其编译《韩国古典文学选》解说《幻梦は馨しく、现は苛烈に》。
② 见其《朝鲜小说史》,首尔,学艺社,1933年,第82—83页;又见其《增补朝鲜小说史》,首尔,学艺社,1939年,第111页。两版文字稍异,立论全同。

而自1961年起,韩国学者丁奎福发表论文主张,金万重原作为汉文本,然后再译成谚文本,其有关论文后来辑为《九云梦研究》一书①。据丁奎福研究,"老尊本B"(抄本)最古,"老尊本A"(抄本)次之,皆在1725年以前;然后是"乙巳本"(1725),它是朝鲜最早的出于商业目的而刊刻的小说;"癸亥本"(1803)则是"乙巳本"的复刻本,同时又是流传最广的《九云梦》刊本。丁奎福认为,既然现存各谚文本均可对应各汉文本(例如,谚文本的最古本"首尔大学本",据其研究,乃是根据汉文本最古本"老尊本B"韩译的),则谚文本明显都是根据汉文本翻译而来的。

他的主张,在韩国国内支持者不多,在韩国国外却产生了影响。据他该书介绍,如日本学者大谷森繁、圣公会神甫拉特(即《九云梦》第二个英译本的译者)等,都接受了他的主张。此外,丁奎福可能不知道的是,俄罗斯学者李福清也持同样看法,虽然不清楚是否是受了他的影响:"《九云梦》最初也是用文言写成,后来翻译为生动的朝鲜文。这一点现在已弄清楚了。""在缺乏成熟的职业说书的朝鲜、越南文学中,长篇小说出现于17世纪。第一部长篇小说作品是《九云梦》,作者金万重……金万重也是按照新近确立的一条方针,即运用该大陆地区通用的文言来写这部作品的。他也利用了中国演义和长篇小说在结构和风格上的某些手法。中国演义和长篇小说正是在17世纪开始译为朝文并在朝鲜广为流传的。"②

而在中国,虽然韩国文学研究者如韦旭升等,一般都沿袭韩国学界的通行看法,认为金万重原作谚文本,汉文本据谚文本翻译,但笔者则倾向于接受丁奎福的看法,认为金万重原作汉文本,谚文本据汉文本翻译,并在丁奎福的论证之外,尝试提出如下补充例证。

李圭景《五洲衍文长笺散稿》卷七《小说辨证说》云:"闾巷间流行者,只有《九云梦》,西浦金万重所撰,稍有意义。《南征记》,北轩金春泽所著。世传西浦窜荒时,为大夫人销愁,一夜制之;北轩则为肃庙仁显王后闵氏巽位,欲悟圣心而制者云。"其中可注意者,在李圭景误认《南征记》作者为金春

---

① 首尔,高丽大学校出版部,1974年;首尔,보고사,2010年。
② 李福清《〈皇黎一统志〉与远东章回小说传统》,尹锡康、刘小湘译,收入其《汉文古小说论衡》,陈周昌选编,南京,江苏古籍出版社,1992年,第328、320页。

泽,由此我们得知他读的《南征记》一定是汉文本(《南征记》谚文本由金万重原作,汉文本由金春泽汉译),否则就不会犯如此错误。由此类推,他读的《九云梦》也一定是汉文本,而且明确知道其作者是金万重。因为如果《九云梦》也由金春泽译成汉文,则李圭景也许会犯同样的错误,即误认为《九云梦》的作者是金春泽。而如果《九云梦》他读的是谚文本,则《南征记》也没必要读汉文本。这也是一个有利于金万重原作汉文本说的证据。此其一。

又,有些《南征记》汉文本的抄本前会有金春泽的"引",其最后所记写作地点皆为"瀛洲(济州岛)谪舍",但所记写作时间则颇不一致,有"己丑(1709)仲秋"、"庚寅(1710)仲夏"、"庚寅仲秋"等时间差。由此推测,由金春泽汉译的《南征记》汉文本应诞生于1709至1710年前后,迟于金万重原作的谚文本《南征记》(1689)二十年左右。而《九云梦》的汉文本上,完全见不到类似的记载。此其二。

另外,《南征记》的谚文本分成七章,以"成婚"、"妖妾"、"奸恶之门客"、"家祸"、"南征一"、"南征二"、"家运恢复"等为题,符合谚文小说的通常做法;而汉文本则细分为十二章,每章都有回目标题,如同中国的章回体小说;而《九云梦》的谚文本都采用章回体,不符合谚文小说的通常做法,且其回目标题全同于汉文本,明显是从汉文本翻译过去的。即从这一区别也可看出,《九云梦》是从汉文本到谚文本,即先有汉文本,然后翻译成谚文本;《南征记》则是从谚文本到汉文本,即先有谚文本,然后翻译成汉文本。此其三①。

其实,对于汉文化修养深厚的朝鲜文人来说,至少就《九云梦》而言,

---

① 《九云梦》的英译者之一拉特(Richard Rutt)曾认为,小说原来的分回方式完全没有道理,割裂了情节发展,为此他把全书重新拆分,组成了七个相对完整的故事,并给每个部分另起了标题(Rutt, Richard. Introduction. *A Nine Cloud Dream*. By Kim Man-jung. Trans. Richard Rutt. Hong Kong: Heinemann Asia, 1980. p.4)。他所做的,其实也就是《南征记》谚文本所做的,同时也是一般谚文小说所做的。这也从一个侧面说明,"章回体"乃是中国小说的特色,其他国家的读者未必习惯,无论是朝鲜读者还是西方读者。虽说汉文本必须模仿"章回体",但谚文本就没这个必要了。所以,《九云梦》不可能先有章回体的谚文本,然后再译成章回体的汉文本,而是只有倒过来才符合逻辑。而值得注意的是,汉文本模仿了中国小说的章回体,却没有模仿"第几回"的序列形式。这不妨看作是朝鲜民族小说趣味的顽强表现,也是朝鲜小说家对于本国读者阅读习惯的迁就。

读汉文本肯定比读谚文本来得容易,因为其中几乎句句用典,而且主要是中国典故,读汉文本自可一目了然,读谚文本则要靠拼音悬想,实在是难上加难。于此,可参看被丁奎福誉为谚文本最古本、最善本、唯一本的"首尔大学本",该书校注者金炳国接受了丁奎福的主张,认为"老尊本 B"是"首尔大学本"的祖本,"首尔大学本"是"老尊本 B"的韩译本,离开了"老尊本 B"就无法理解"首尔大学本",故他是参照"老尊本 B"来校注"首尔大学本"的①。

不仅《九云梦》谚文本的校注离不开汉文本,《九云梦》的外译恐怕同样离不开汉文本。2019 年出版的凡克英译本,根据拉特英译本改头换面,大概没有能力对付汉文本,便出现了比较荒唐的错误。如《咏花鞋透露怀春心 幻仙庄成就小星缘》回里,杨少游看到野地里的一抔荒冢,对郑十三道:"贤愚贵贱,百年之后,尽归于一丘土,此孟尝君所以泪下于雍门琴者也。""孟尝君泪下于雍门琴者"典出刘向《说苑·善说》,凡克英译本对"孟尝君"的注释却让人大跌眼镜:"孟昶(919—965),后蜀(934—965)末代皇帝。后蜀为十国之一,位于今天的四川。"②孟昶与孟尝君风马牛不相及,且《九云梦》将故事背景设置在唐代,其时孟昶尚未出生,杨少游不可能知道其人。此误盖由于在此前的两个英译本里,"君"都被虚化为了"prince"(可见两位英译者都不知道孟尝君其人),奇一英译本尚作"Maing-sang"(孟尝,韩语"尝"音"상"),拉特英译本则误作"Meng-ch'ang"(孟昶,韩语"昶"音"창"),凡克承袭拉特英译本之误,拼写为"Prince Meng-ch'ang"(注释里则拼写为"Meng Chang"),理解成"孟昶·君",而又强作解人,遂导致出现如此奇葩的注释。如凡克英译时依据汉文本,或至少参考一下汉文本,他查词典时就不会查错,这样的错误也就可以避免。英译本里,只有梨花女子大学校英译本没

---

① 见金炳国校注《九云梦》改正版前言,首尔,首尔大学校出版文化院,2007 年初版,2009 年改正版。

② "Meng Chang(孟昶,919–965); last Emperor of the Later Shu (934–965), one of the Ten Kingdoms located in the present-day Sichuan area." 见 Fenkl, Heinz Insu, trans. "A Ghost Story: An Excerpt from *Kuunmong.*" *Journal of Korean Literature & Culture.* 7 (2014): 364–382. p. 371。又见 Fenkl, Heinz Insu, trans. *The Nine Cloud Dream.* By Kim Man-jung. New York: Penguin Books, 2019. p. 238. 参见李岑《论〈九云梦〉英译本的东方主义色彩——以"春云的故事"中对中国文学典故的误译为例》,载《东疆学刊》第 36 卷第 2 期,2019 年 4 月。

错,译作"Meng Sang Koon"("孟尝君"的韩语发音),说明她们知道"孟尝君"其人。她们应是参考过汉文本的,至少参考过谚文本的注释,否则不会知道这是一个人名。法译本里,帕克夫妇法译本大致没错,正文里译作"Meng Sang-Gun"("孟尝君"韩语发音的另一拼法),注释里同时注明了"Meng Changjun"("孟尝君"的汉语拼音),并对其人作了基本准确的介绍,说明他们也许参考过汉文本(但以"孟"为姓,似仍未达一间);而圣普莉法译本则错得离谱。由此可见汉文本在外译中的价值。

在"汉潮"滚滚的时代氛围中,金万重不顾名门出身的两班身份,"公然"亲自实践用谚文创作小说,留下了《南征记》等作品,成为谚文小说的开创者。他这么做乃是基于清醒的认识。在其汉文笔记《西浦漫笔》里,他有一段著名的发言,批评了当时文人盲目崇拜汉文学的倾向,认为谚文学的价值绝不亚于汉文学:

> 人心之发于口者为言,言之有节奏者为歌诗文赋。四方之言虽不同,苟有能言者,各因其言而节奏之,则皆足以动天地,通鬼神,不独中华也。今我国诗文,舍其言而学他国之言,设令十分相似,只是鹦鹉之人言;而闾巷间樵童汲妇咿哑而相和者,虽曰鄙俚,若论真赝,则固不可与学士大夫所谓诗赋者同日而论。①

这在当时无疑是石破天惊之论,因而受到现代韩国学者的高度评价,认为"这表达了鼎立民族文学的盛强意志,也可以说是'(朝鲜半岛)文学的独立宣言'"②。上述那种认为《九云梦》原作是谚文本,而汉文本乃据谚文本翻译的通行看法,可能也是基于金万重这一发言而产生的理解(或误解)。也

---

① 金万重的这个发言,也许受到了明末公安派文论的影响;尤其是其下半段发言,颇类似于李梦阳的"真诗在民间"。只不过在中国文人那里,只是主张民间歌谣的价值,反对一味模仿古人;但是在金万重那儿,却因此而主张谚文学的价值,反对一味模仿汉文学。因此之故,在金万重的发言里,我们可以体会到其民族自主意识,而这在中国文人那里是没有的(当然在当时也是不必有的)。

② 李炳汉《韩国古典诗论的民族文学论性格》,载《中国学研究》第7辑,首尔,淑明女子大学校中国研究所,1991年12月。

正因此,现在韩国一般的研究者,尤其是所谓"国文学"的研究者,都更重视研究《九云梦》的谚文本,更重视其谚文本的文学价值,而有相对忽视汉文本的倾向(同时,似乎也是受了汉文学读解能力的限制)。

其实,金万重以谚文写作《南征记》,就已经亲身实践了自己的主张,在当时已经足够了不起了,不必再以《九云梦》锦上添花的。而且我以为,在当时的"天下"(东亚世界)①,金万重既是一个朝鲜人(韩国人),也是一个"天下"人。说"天下名山曰有五焉"(천하 명산이 다섯시 잇스니),而不是说"中国名山曰有五焉","大唐名山曰有五焉",《九云梦》开宗明义,就表明了这一立场。而在当时的"天下",通行的是汉文,因此,他虽是一个非常重视本民族语言的人,却也一定会为自己卓越的汉文能力而自豪(除汉文笔记《西浦漫笔》外,他还有汉诗文集《西浦集》),正如今天的韩国学者一边怀抱着民族文化的自豪感,一边也会为自己熟练的外语能力而得意一样。对他来说,重视本民族语言与卓越的汉文能力,二者间并不矛盾。很有可能,他想以《南征记》展示自己的谚文能力,以《九云梦》展示自己的汉文能力,双语通吃;以《南征记》写苦难女子而征服闾巷妇女,以《九云梦》写成功男士而征服学士大夫,男女通吃;以此取悦年迈的母亲,以此惊艳"天下"的读者,内外通吃。他写作《九云梦》时,他的假想读者群,应该既是朝鲜半岛的学士大夫(包括上层妇女),也是"天下"具有共同汉文化修养的读书人(尤其是中国文人)。他直接用汉文写作《九云梦》,就是为了让自己得到"天下"读书人的肯定。金春泽介绍自己汉译《南征记》的动机道:"然先生之作之以谚,盖欲使闾巷妇女皆得以讽诵观感,固亦非偶然者;而顾无以列于诸子,愚尝病焉。会谪居无事,以文字翻出一通,又不自揆,颇

---

① 本文于 2014 年 11 月 7 日在"东亚文化中的韩国"国际学术会议上报告时,同为讨论人之一的台湾大学历史系吕绍理教授,质询《九云梦》的"天下观"究为何物,其"天下"可否用今天的"东亚世界"概念来指涉? 关于前者,我认为《九云梦》的"天下观"就是中国传统的"天下观","天下"指的就是当时人心目中以中国为中心的"世界"(参见本书所收拙文《"天下观"之争》);关于后者,我认为从现代人的认识来看,则当时人所谓的"天下",其范围只能限定为今日的"东亚",于是有了"东亚世界"这一补充说明。也就是说,本文所谓的"天下"与"东亚世界",分别代表了古今对于同一历史空间的不同认识。同为台湾地区学者的高明士教授曾说:"在天下观念之下,具体完成天下秩序的地区,就是历史上的'东亚世界'。"(《东亚教育圈形成史论》,上海,上海古籍出版社,2003 年,序言第 3 页)堪称言简意赅的说明。

增删而整厘之。然先生特以其性情思致之妙而有是书,故于谚之中犹见词采,今愚所翻,反有不及焉者……然庶几仰述先生所为作书教人其意非偶然者,是愚之志也,览者恕焉。"①可见《南征记》是为闾巷妇女写的,所以金万重直接用了谚文;但金春泽也认识到,《南征记》如果只有谚文本,则势将无法"列于诸子",也就是列入传统的汉籍目录(比如"子部小说家类"),也就意味着难以进入汉籍乃至汉文化的谱系,为"天下"的读书人所知晓,所以他才汲汲于把它译成汉文本;而《九云梦》是为学士大夫写的,直接用了汉文,所以就没有这个问题;相反地,为了使闾巷妇女也能读懂,就有必要把它译成谚文,故各种谚文本由此产生。推而广之,朝鲜文人之所以要用汉文写小说,或者要把谚文本译成汉文本,其目的也均在于此②。《九云梦》的汉文本越出色,"天下"的"读书人"越欣赏,金万重也就会越高兴,这一点我是敢肯定的③。

哪怕时至今日,对于金万重和《九云梦》来说,汉文本也绝对不是负面遗产。在中国的网络上时常可以看到,谈到《九云梦》时,因为时代关系,中国读者也许不容易接受其故事情节,但很多人对其汉文水准却赞不绝口。"冲着都教授的'人生之书'来的,竟然是文言文,我震撼了!""优秀的古典文学

---

① 《北轩居士集》卷十六《囚海录·论诗文·附杂说》。
② 这不禁让人联想到日本最初两部史书《古事记》(712)、《日本书纪》(720)的情况。前者用"万叶假名"混杂汉文书写,元明天皇读后很不满意,理由是这是写给谁看的呢?"天下"谁能看得懂呢?它能与中国史书媲美吗?它会得到中国史家认可吗?于是下令重纂《日本书纪》,这次纯用汉文来书写,采用中国"正史"的本纪体式。在后来千余年的岁月里,正是《日本书纪》,而非《古事记》,成为了日本史学的主流,不仅产生了诸多续作(如"六国史"的其余五史),也占据了正统的地位。江户时期的熊阪台州(1739—1803)也表达了相似的意见:"若以易解为美乎?则我邦诗人何不以国字作诗,而穷年兀兀学彼诗之为?岂非以我诗仅可以传我日出之邦,而彼诗足以通彼我之志而不朽乎天地之间邪?则岂可以不学而容易作之乎哉?"(《律诗天眼》)而冈岛冠山(1674—1728)以效仿罗贯中为"平生微志",把和文小说《太平记》改写为"唐话"小说《太平记演义》,内心里也未必不是出于同样的考虑。类似现象也发生在近代欧洲的拉丁文化圈:"在近代欧洲,本地语言兴盛前,拉丁文似乎是唯一的语言媒介。前文提过,很多起初用通俗语言写的著作,后来为确保合理的发行、开启更广大的市场,而译成拉丁文。"(弗朗索瓦·瓦克《拉丁文帝国》,陈绮译,北京,生活·读书·新知三联书店,2016年,第346页)当然更不必提今日的以英语发表科技论文了。
③ 有人统计,《谢氏南征记》汉文本有八十余种抄本、活字本;《九云梦》汉文本也版本繁多,共有四种木刻本、五种活字本和八十余种抄本(参见汪燕岗《韩国韩文小说研究》,上海,上海古籍出版社,2010年,第115、110页)。如果不是因为汉文本广有读者,就不可能出现这么多的抄本,也不可能出版木刻本和活字本。

小说，但阅读需要一点文言文功底。""不过作品的语言还是很不错，大学一直没怎么读过古文，现在读来觉得酣畅淋漓，非常简洁。杨少游和八佳丽的爱情故事于我来说并不动人，他风调雨顺，总能否极泰来的人生对我也并不吸引，但是书中的语言真的很喜欢。""放在那个时代，而且还是外国人写的，这水平就高了，整部作品也高大上起来了。""金万重以邻邦之士作汉文之书，且文章华美，实属不易。""那时一个外国人能对中国文化了解颇深倒也有意思。"有读者还不敢相信它是古代朝鲜文人写的，因为"其程式、内容、写法都太中国了"（意思是其汉文水平不亚于中国古典小说）①。中国的一般读者都能有这个认识（与王"译"本的看法恰恰相反），何以专家学者反会昧于一隅，要拒绝这种难得的嘉誉呢②？

也就是说，在当时的东亚世界里，像金万重这样的文人，乃是兼具韩汉文化修养的通才。只侧重于其身上的某个侧面，并不是对他全面公正的认识。所以，就《九云梦》而言，如果只重谚文本而轻汉文本，我以为并非对金万重的真正尊重。

与此同时，虽然目前《九云梦》的汉文本在中国很火，但现有的整理水平却不能尽如人意，反映出研究者对《九云梦》的不够尊重。研究者或贬低汉文本，或草率对待汉文本，我想作者如泉下有知，一定会非常不开心的吧？进一步说，如果研究者自己一知半解，以其昏昏使人昭昭；自己连古文都读不甚懂，却在那里批评《九云梦》文笔不通；或者囿于今天的价值观，不能理解作者的隐情苦衷，拘泥于现代人的审美观，难以欣赏作者的写作技巧……都只能说是老祖宗的不肖子孙，东亚文化的"失格"传人。

反之，那些"《九云梦》是韩国的《红楼梦》"之类大而无当、哗众取

---

① 以上网评均见"豆瓣读书"网《九云梦》页面。从这个角度来看，我们上文提到的，直至上个世纪末，还有粗心的中国学者弄错了《九云梦》作者的国籍，把它误当作新发现的中国古典小说，也可以看作是对金万重卓越的汉文能力的一种变相恭维了。假如金万重地下有知，一定会既生气又高兴吧？

② 其实即使是中国的专家，也有类似的说法，尽管尚未到赞扬的程度："如果我们不掌握其他有关的资料，而仅仅阅读《九云梦》作品本身，那么，无论是从作品的内容，或是从作品的形式，都判断不出它究竟出于中国作者之手，还是出于朝鲜作者之手。因此，有时它在中国偶尔会被错误地当作中国小说加以著录，也就是不难理解的了。"（刘世德《论〈九云记〉》，收入江琪校点《九云记》附录，南京，江苏古籍出版社，1994年）

宠、莫名其妙、文不对题的空话套话,看似捧之,实则害之,倒是少说为妙,可以休矣①。与其说《九云梦》像《红楼梦》,不如像对待《红楼梦》一样,认真地整理它,好好地研究它,愉快地阅读它。

总之,我们在今天来谈论《九云梦》,尤其是东亚文化中的《九云梦》,我以为最重要的一点,就是要对古人,对先贤,对我们共同的传统有敬畏之心,至少也要有同情之理解心,且努力在学问上够得上古人先贤。如果对古代的东亚文化尚且昏昏然,那还侈谈什么构筑东亚文化的未来②!

结　　语

我的课程还在继续进行中,同学们的兴趣越来越浓。初步估计要花一学年时间,才能细读完汉文本《九云梦》③。我希望等到细读完《九云梦》以后,大家对韩国文化会有更多的了解,对东亚文化传统也会有新的认识。也许,我们细读《九云梦》的结果,还能催生出一种新的校注本。私心企盼,这也许能对东亚文化的交流提供一点菲微的贡献。

2014 年 10 月 19 日初稿

2015 年 2 月 14 日二稿

2016 年 4 月 9 日三稿

---

① 甚至还有说《红楼梦》模仿《九云梦》的,如王"译"本序便云:"甚至可以说在一定程度上曹雪芹的《红楼梦》也受到《九云梦》很大的影响……曹雪芹的许多构想并非纯粹的创造,而是对《九云梦》的继承,如《九云梦》有越王府、丞相府,《红楼梦》则有荣国府、宁国府;《九云梦》有南岳八仙女,《红楼梦》则有金陵十二钗;《九云梦》有贾春云扮鬼骗杨少游的情节,《红楼梦》则有王熙凤用调包计骗贾宝玉与宝钗结婚的情节。"《九云梦》目前国内未见有"癸亥本"(1803)以前的版本,而曹雪芹于那四十年前即已去世,则所谓《红楼梦》模仿《九云梦》之说殆类痴人说梦也!

② 吕绍理教授在有关本文的讨论中又说:"我也认为邵毅平先生刚才发表时的说法很重要,就是过去东亚世界相互理解的途径、管道、内涵,是可以作为现下重新勾连亚洲世界的重要资源。"而其前提是要善待我们共同的历史文化传统。

③ 在复旦大学中文系的研究生课上,2014 年秋季学期的"东方语言文学原典精读"课细读了前八回,2016 年春季学期的"东亚汉籍原典导读"课细读了后八回;其间的 2015 年秋季学期,在台湾东吴大学中国文学研究所硕博士班的"古代东亚汉文小说精读"课上,通读了全书十六回。

（本文 2014 年 11 月 7 日在韩国东北亚历史财团、东亚研究论坛共同主办的"东亚文化中的韩国"国际学术会议上报告；后收入拙编《东亚汉诗文交流唱酬研究》，上海，中西书局，2015 年；韩文本收入东北亚历史财团编《연동하는 동아시아 문화》，首尔，历史空间，2016 年。续有增补，本书收入的是增补稿）

琉球国"书同文"小考

引　言

从14世纪后期起,琉球①被纳入中国的"封贡体制",正式进入东亚汉文化圈,从此开始了"书同文"的历程,持续了整整五百余年,留下汗牛充栋的汉文文献(但在历次外患中损失惨重),至19世纪后期失国而戛然中止。

琉球内部公文书"辞令书"的文字变化堪称晴雨表。琉球的"辞令书",起始于第二尚氏王朝(1470—1879)的尚真王时期(1477—1526),结束于日本吞并琉球的1879年,时间跨度长达四百年,与第二尚氏王朝相始终(目前遗存的二百多件"辞令书",始于1523年,终于1874年)。据琉球史家研究,如按时代划分的话,可以分成三个阶段:1609年"岛津侵入事件"以前为"古琉球辞令书",1609年至1667年为"过渡期辞令书",1667年以后为"近世琉球辞令书"。"古琉球辞令书"主要使用平假名,文体类中世日本的候文,是中世日文的一个变种,显示了日本文化的影响;"过渡期辞令书"里假名不断减少,汉字不断增加;到"近世琉球辞令书"则全用汉字,也就是说全

---

① 琉球(又称流虬、流求、瑠求)自有文献记载以来,其领土范围即为琉球群岛南部的奄美诸岛、冲绳诸岛、先岛诸岛,而并不包括北部的大隅诸岛、吐噶喇列岛(古属萨摩藩,现属鹿儿岛县)。黄润华、薛英编《国家图书馆藏琉球资料汇编》(北京,北京图书馆出版社,2000年)之《出版说明》云:"琉球,古国名。即今琉球群岛。在我国台湾省东北,日本国南面海上,处于九州岛与中国台湾岛之间,包括大隅、吐噶喇、奄美、冲绳和先岛五组群岛。"似误将琉球国版图等同于琉球群岛。1609年"岛津侵入事件"后,琉球被迫割让奄美诸岛给萨摩,从此仅剩下冲绳诸岛、先岛诸岛。1953年,美国将二战后所占琉球群岛北部的大隅、吐噶喇、奄美诸岛先期归还日本,盖也是依据1609年以来萨摩藩、鹿儿岛县的版图而定的。

用汉文来撰写了①。三个时期"辞令书"使用文字的变化,正是琉球"书同文"历程的形象体现,也恰与日本(萨摩)控制琉球的程度成反比。

本文以明清使琉球录为中心,兼及各种中琉汉文史料,试探琉球"书同文"的历史进程。

一、明代的封贡情况

《隋书·东夷·流求传》《北史·流求传》中已有关于"流求"的记载,说明"流求"与中国早就有了往来②。在冲绳的历史遗迹中,曾出土过从战国到唐代的中国钱币,如明刀钱、五铢钱、开元通宝等③,说明虽然史乏记载,但历史上中琉肯定有过往来。相比之下,同时期的琉球,既看不到弥生文化的什么影响,也未发现古坟文化的任何痕迹④,说明其时琉球与日本并无往来。据淡海三船《唐大和上东征传》记载,日本天平胜宝五年(唐天宝十二载,753)十一月廿一日戊午,日本遣唐使回国途中,"第一第二舟同到阿儿奈波岛"。第一舟为藤原清河大使、阿倍仲麻吕所搭乘,后来又漂到安南,九死一生,回到长安;第二舟为鉴真和尚所搭乘,经过"阿儿奈波岛"的停留,翌年正月到达日本。其中的"阿儿奈波岛",无疑就是冲绳岛("阿儿奈波"

---

① 参见高良仓吉《琉球王国》,东京,岩波书店,《岩波新书》新赤版261,1993年,第129—130页,第171—172页。毅平按:该书称"城"(グスク)时期(约12世纪至14世纪)、"三山"(山南、山北、中山)时期(约14世纪初至1429年)、第一尚氏王朝时期(1406—1469)、第二尚氏王朝前期(1470—1609)为"古琉球",称第二尚氏王朝后期(1609—1879)为"近世琉球",其分界点为1609年的"岛津侵入事件";"辞令书"的分期与此相对应,而又划出了一个"过渡期"。值得注意的是,1663年清朝首任册封使来到琉球,"过渡期"正好结束于此后不久的1667年。也就是说,仅从"辞令书"的角度来看,1609年以后的琉球,虽在政治上受到日本的严密控制,但自1663年与清朝确立封贡关系以后,在文化上却全面一边倒向了中国。又,"古琉球"版图包括奄美诸岛、冲绳诸岛、先岛诸岛,"近世琉球"只包括冲绳诸岛、先岛诸岛,这是因为在"岛津侵入事件"后,奄美诸岛已被割让给日本。

② 但其时的"流求"是否即指后来的"琉球",学界有不同看法。《隋书·东夷·流求传》《北史·流求传》里的"流求",有人认为应指今台湾,有人认为应指今琉球。持前说者认为,二传所载风物不尽合于今琉球实际,所以其"流求"应是指今台湾;持后说者则认为,因为"流求"此后五百年未通中国,所以后人往往误认该"流求"为台湾。辨见吴幅员《〈新元史·琉球传〉正谬》(收入其《在台丛稿》,台北,自费出版,三民书局经销,1988年,第1—28页)。

③ 参见高良仓吉《琉球王国》,第37页。

④ 参见高良仓吉《琉球王国》附《琉球·冲绳历史年表》,第2页。

是"真假名",亦即汉字标音,日语发音"おきなわ",后来讹作"冲绳"①)。这是鉴真和尚到过琉球的明确记载。但直到明朝建立以前,亦即14世纪后期以前,"流求"不曾朝贡过中国②,亦未被纳入东亚封贡体制,故中国的历代史书和记载,对"流求"一直付诸阙如。

明朝建立后不久,1372年,明太祖改称"瑠求"为"琉球"(始见于《明实录》),派行人杨载赍诏书至琉球,要求琉球称臣入贡③。此前元延祐年间(1314—1320),琉球分裂为三国,山南(南山,岛尻大里城、岛添大里城)、山北(北山,今归仁城)、中山(浦添城),史称"三山时期",其中数中山最弱。明使到琉球后,中山王察度率先受诏,遣弟泰期随明使入朝,奉表称臣贡方

---

① "琉球"为历史上中国对"三十六岛"(包括奄美诸岛、冲绳诸岛、先岛诸岛)之统称,一直为彼所乐用;"冲绳"(おきなわ)则是冲绳诸岛人的自称,仅指今冲绳本岛或冲绳诸岛,并不包括奄美诸岛和先岛诸岛。日本吞并琉球前后,弃"琉球"而称"冲绳",虽合于冲绳诸岛人的自称,实则别有用心乃至包藏祸心,也不能囊括"三十六岛"全部。如重野安绎《冲绳志后序》云:"《冲绳志》何以作?志琉球也。何不曰'琉球'而曰'冲绳'?从土人所称也。土人何称'冲绳'?'冲绳',邦名也,本土之名也;'琉球',汉字也,汉人之所名也。冲绳自通汉土,受其封爵,服其衣冠,髻簪髭须,尽拟汉装,而独其称国名用邦语者何也?语言文字同我邦族,故国土之名称举皆邦语也。观乎国土名称之用邦语,而其为我种类、为我版图也审矣……名曰《冲绳志》者,不独从其本称,并以系内外人之心云尔。"译者姚文栋痛批之云:"案日本史云:'琉球国,旧作流求,后更今字。一名阿儿奈波岛,讹为冲绳。'(毅平按:此为《大日本史》卷二百四十三《外国十二·琉球传》首句)盖'冲绳'即'阿儿奈波'之译音,汉字、邦语之分,不免为无稽也。予所见日本书籍(毅平按:姚氏以下提及各书,实均据《大日本史》卷二百四十三《外国十二·琉球传》自注,而非亲见),《元亨释书》及《下学集》作'流求',《性灵集》作'留求',三善清行所撰《僧元珍传》作'流求',斋藤清基记及皀津文书作'琉球',字虽异而音同,犹我《隋书》作'流求'、《元史》作'瑠求'也。'冲绳'见于长门本《平家物语》及《琉球国图》,则非典据之书矣。"(殷梦霞、贾贵荣、王冠编《国家图书馆藏琉球资料续编》,北京,北京图书馆出版社,2002年,上册,第675页)张焕纶序姚文栋《琉球小志并补遗附说略》也特意指出:"日人近更名琉地为'冲绳',是编仍'琉球'之称。余知姚君之意,将使日人读之,幡然而悔图;我华人读之,益怵其兴废继绝之思也。"(《国家图书馆藏琉球资料续编》,上册,第634页)可惜后人知此意者甚少。又,成寻(1011—1081)《参天台五台山记(1072—1073)》卷二"延久四年(1072)七月六日"条作"琉球"。

② 清代琉球文献说琉球从唐朝起朝贡中国,但中国文献中未见有类似记载,因而可信度较低。实则从隋至元,无论"琉球"何指,其皆未服中国,为"化外"、"不臣"之地,皆没有疑问。《明史·外国四·琉球传》开宗明义称:"琉球居东南大海中,自古不通中华。"很是确切。又,明治维新开始以后,日本为吞并琉球,谎称琉球自古属于日本,更是一派胡言,姚文栋、王韬等均曾痛斥之(参见姚文栋《琉球地理小志并补遗附说略》,王韬《琉球朝贡考》、《琉球向归日本辨》等,均收入《国家图书馆藏琉球资料续编》上册);现代的琉球史家也全不认同此说(参见高良仓吉《琉球王国》之"终章")。

③ 1369、1370年,杨载曾两度出使日本(九州征西府)。第一次,七名使者中五人被杀,杨载侥幸活命;第二次,终于完成了使命。翌年,日本(九州征西府)即派人入明,明太祖赐其《大统历》等,初步建立了官方关系,然后开始处理与琉球关系。

物。太祖赐察度王《大统历》等，中山遂率先奉中国正朔，进入中华文明的时间秩序。"由是琉球始通中国，以开人文维新之基。"①琉球真正的编年史，其实也就始于此年。1374 年，1376 年，泰期又连续来贡②，显示了与明积极交往的态度。1378 年，山南王承察度也遣使朝贡③。1383 年，明太祖得知琉球三王争雄，攻战不息，即遣使赐敕，令三王罢兵息民，三王并奉命。山北王帕尼芝于是年遣使随二王使朝贡④。1390 年，宫古、八重山"二岛之人，见琉球行事大之礼，各率管属之岛，称臣纳贡"于中山，"由是中山始强"⑤。1398 年，明太祖赐中山王冠带，并赐其臣下冠服，中华衣冠始行于琉球⑥。1403 年，琉球三王来朝，明成祖赐山北王冠带冠服⑦。1404 年，明成祖遣册封使至琉球，中山武宁王始受册封，为此特建天使馆、迎恩亭等。册封典礼上演奏中国音乐，所有发言均用汉语汉文⑧。山南王汪应祖同受册封⑨。此为琉球受中国册封之始。但不过两年后，1406 年，山南思绍、尚巴志父子攻陷浦添城，灭中山武宁王，夺得中山王位。思绍冒充武宁王世子，翌年获得明朝册封，第一尚氏王朝成立，从浦添迁都首里。1416 年，中山灭山北。1429 年，中

---

① 《中山世谱》卷三《察度王》"明洪武五年壬子"条。由于明朝史料的记载，察度成为琉球史上首个有名有姓的实在人物，泰期成为首个身负公务西渡东海的琉球人（参见高良仓吉《琉球王国》，第 46—47 页）。毅平按：其时琉球使臣到达的中国港口应是泉州。

② 《明史·外国四·琉球传》。

③ 山南王承察度首贡事，《明史·外国四·琉球传》载于 1378 年，《中山世谱》载于 1383 年，并云"山南入贡自此而始"，高良仓吉云在 1380 年（《琉球王国》，第 47、53 页）。《明史》又载，1383 年山南王与中山王并来贡，则 1378 年或为山南王首贡，而为《中山世谱》所失载者。又，或谓"承察度"可能是琉球名"大里"的音译，"大里"是琉球本岛南部的地名（参见比嘉政夫《冲绳からアジアが见える》，东京，岩波书店，《岩波ジュニア新书》327，1999 年，第 91 页）。由此说来，则中山王"察度"，也就是"里"的音译，可引申为土地的主人。

④ 《中山世谱》卷三《察度王》"明洪武十六年癸亥"条。《明史》"帕"作"怕"。或说"帕尼芝"可能是琉球名"羽地"的音译，"羽地"是琉球本岛北部的地名（参见比嘉政夫《冲绳からアジアが见える》，第 91 页）。

⑤ 《中山世谱》卷三《察度王》"明洪武二十三年庚午"条。

⑥ 《中山世谱》卷三《武宁王》"明洪武三十一年戊寅"条。

⑦ 《中山世谱》卷三《武宁王》"明永乐元年癸未"条。

⑧ 参见高良仓吉《琉球王国》，第 60 页。又参见谢杰《琉球录撮要补遗·使礼》（夏子阳、王士桢《使琉球录》附）之记载："王每宴，国相每问安，寒暄等语，皆长史辈代致。惟议事紧要语，国相方自言。然数十句，译者仅以数句了之。以华音一字，夷音皆三四字，此不得不简，彼不得不烦也。故始疑而终释然。若王跪问圣躬万福，及呼万岁万岁万万岁，则备白清朗。盖习之旬月而能，虽操华音者不能过之矣。余则片语不通也。"（《国家图书馆藏琉球资料汇编》，上册，第 559 页）

⑨ 《中山世谱》卷三《武宁王》"明永乐二年甲申"条。

山灭山南。经过百余年的分裂,至此三山重归一统,成为统一的琉球王国①,史称第一尚氏王朝。永乐帝还派人为盖王宫②。1469年,第一尚氏王朝灭亡。1470年,第二尚氏王朝继起③。1500年,中山征服太平山,即先岛诸岛,确立统治地位,遂控制三岛(奄美诸岛、冲绳诸岛、先岛诸岛)全域,形成琉球"三十六岛"版图④。

但无论王朝如何更迭,历代琉球国王皆朝贡明朝,据《明史》等记载,前后共一百七十一次,在当时朝贡国中位居第一⑤,比位居第二的安南高出近一倍。明朝也遣使抚慰册封,整个明朝共二十余次(其中册封使十五次)⑥。

---

① "中山"本为"三山"之一,其统一"三山"以后,成为琉球之别称。
② 谢杰《琉球录撮要补遗·原委》(夏子阳、王士桢《使琉球录》附)云:"永乐间,命使为盖宫殿,制颇闳敞。然以板代瓦,亦若嫌其与宗藩之宫殿并者。"(《国家图书馆藏琉球资料汇编》,上册,第554页)盖永乐时重修北京城,建筑人才皆现成也。首里城外苑的造园工程,如人工池龙潭的挖掘等,则由时任尚巴志顾问的明人怀机指导完成(参见高良仓吉《琉球王国》,第50页)。
③ 第二尚氏王朝虽仍号"中山",姓氏也仍称"尚"氏,实为山北人所冒据,正如徐葆光《圆觉寺神木(国王本宗香火奉祠于此)》诗所云:"中山之始本三分,山北山南鼎连足。自昔巴志好弄兵,左右齿邦尽强肉(永乐、宣德中,尚巴志始并山南、山北为一)。岂知未及五六传,天道好还反乎覆。尚圆修德起伊平(叶壁山一名伊平,尚圆此山人也),归仁(山北王故城)一线如遥续。绵绵禋祀比松年(成化中尚圆有国,至今王二百余年),号曰中山实山北。"(《海舶三集·舶中集》,王菡选编《国家图书馆藏琉球资料三编》,北京,北京图书馆出版社,2006年,上册,第235—237页)其实也是师法由山南入据中山的第一尚氏王朝之故智。
④ "三十六岛"其实是举其大者的修辞性说法,奄美诸岛、冲绳诸岛、先岛诸岛实际共包含五十多个大小岛屿。又,仅过了一个多世纪,在"岛津侵入事件"后,奄美诸岛被割让给萨摩,但琉球人仍习称"三十六岛"。
⑤ 琉球以下,安南第二,共八十九次;暹罗第六,共七十三次;朝鲜第十,共三十次;满剌加第十二,共二十三次;日本第十三,共十九次。参见高良仓吉《琉球王国》引秋山谦藏《日支交涉史研究》(东京,岩波书店,1939年),第82页。除朝贡使团外,据有关统计,整个明代,琉球各种使团来华共五百三十七次。参见赤岭诚纪《大航海时代的琉球》,那霸,冲绳タイムス社,1988年,第4—5页。
⑥ 1372年杨载,1376年李浩,1382年路谦,1383年梁民、路谦,1403年边信、刘亢(一作"元"),1404年时中(册封使一,封中山武宁、山南旺应祖),1415年陈季若(一作"芳",册封使二,封山南他鲁每,以上"三山"时代两次),1424年周(一作"方")彝,1425年柴山(册封使三,封尚巴志),1427年柴山,1430年柴山、阮某,1433年柴山,1443年俞(一作"余")忭、刘逊(册封使四,封尚忠;此前正使用行人或中官,此次起正使用给事中,副使用行人,提高了册封使级别),1448年陈傅(一作"传")、万祥(册封使五,封尚思达),1452年陈谟(一作"乔毅")、董(一作"童")守宏(册封使六,封尚金福),1456年李秉彝(一作"严诚")、刘俭(册封使七,封尚泰久),1463年潘荣、蔡哲(册封使八,封尚德,以上第一尚氏王朝六次),1472年官荣、韩文(册封使九,封尚圆),1479年董旻、张祥(册封使十,封尚真),1506年左辅,1534年陈侃、高澄(册封使十一,封尚清),1562年郭汝霖、李际春(册封使十二,封尚元),1579年萧崇业、谢杰(册封使十三,封尚永),1606年夏子阳、王士桢(一作"祯",册封使十四,封尚宁),1624年萧崇基,1628年闵邦基,1633年杜三策、杨抡(册封使十五,封尚丰,以上第二尚氏王朝七次)。毅平按:年份据《中山世谱》所载,每比《明史》所载晚一(转下页)

许多册封使都留下了宝贵的使录,其中现存最早的是陈侃、高澄的《使琉球录》(1534)①。

明朝还先后在泉州(1372—1472)、福州(1472年起,延续至清末)置市舶司,专门处理琉球封贡及贸易事务②。1405年,明朝在泉州重设"来远驿",专门接待琉球使节及随员③。1472年,随着市舶司迁往福州,泉州"来远驿"亦废除,改在福州设"怀远驿",万历间改称"柔远驿",民间则习称"琉球馆"。

在官员服饰方面,国王及琉球官员,均受赐中华衣冠,故"我使往封,彼皆易华服来见,不复用彼服色"④。但琉球天气炎热,实在难以习惯,所以苦

(接上页)年,盖《明史》所载为受命年份,《中山世谱》所载为实际到达年份。据李鼎元《使琉球记》"十月初七日丙辰"条:"(琉球)使院敷命堂后旧有二榜,一书前明册封使姓名……凡十五次,二十七人,柴山以前无副也。"(《国家图书馆藏琉球资料续编》,上册,第795—796页)该榜所书明册封使姓名始于杨载,但如齐鲲、费锡章《续琉球国志略》卷二《封贡》所云:"琉球入贡自察度始(明洪武五年),受封自武宁始(永乐二年)。"(《国家图书馆藏琉球资料续编》,上册,第383页)杨载并非册封使,册封使始于时中。

① 陈侃、高澄出使前,"礼部查封琉球国旧案,因曾遭回禄之变,烧毁无存……福建布政司亦有年久卷案,为风雨毁伤"(严从简《殊域周咨录》卷四《琉球国》);1479年出使者董旻、张祥似曾有撰述,但"锓诸梓者复遗失而莫之可稽"(高澄《使琉球录后序》,《国家图书馆藏琉球资料汇编》,上册,第100页);所以尽管此前百余年明使已出使琉球十余次,但陈侃、高澄的《使琉球录》仍居现存各使琉球录之首,具有极为重要的文献价值,正如郭汝霖《刻使琉球录序》所云:"《使琉球录》者,录自陈、高二公始也。琉球归化圣朝,前此尝有使矣,而弗录焉,遗也,遗则后将何述?沧溟万里,不无望洋之叹,此录之所以作也。二公之心仁哉!"(《石泉山房文集》卷八,《国家图书馆藏琉球资料三编》,上册,第19页)尤其是陈侃指出,《大明一统志》、杜氏《通典》、《集事渊海》、《蠃虫录》(周致中《异域志》)、《星槎胜览》等书,"凡载琉球事者,询之百无一实",原因就是"琉球不习汉字,原无志书,华人未尝亲至其地,胡自而得其真否?以讹传讹,遂以为志"。为此他依据实际见闻,"集群书而订正之",作《群书质异》,与《使事纪略》一起,成为其书之双璧(严从简《殊域周咨录》卷四《琉球国》)。其书最后所附"夷语"、"夷字"也颇有价值,是中国使节对于琉球语的最初记录。

② 北宋元祐二年(1087),泉州首置市舶司(见《宋史·职官志七》),元明均沿袭其制。至明成化八年(1472),市舶司迁往福州(见乾隆《泉州府志》卷四"封域"之"来远驿"条)。其间近四百年,是泉州作为"东方大港"的黄金时代。我踏访过泉州市舶司遗址,在城南水沟边上,现仅立有一遗址碑而已。

③ 泉州最初设"来远驿",是在北宋末年(1115)。当时置有市舶司的海港,均设有接待远客的驿站,广州设"怀远驿",明州设"安远驿",泉州设"来远驿",元明均沿袭其制。乾隆《泉州府志》卷四"封域"之"来远驿"条云:"明来远驿在府城南三十五都车桥村,永乐三年(1405)建,以馆海外诸国贡使。成化八年(1472),提举司移置福州,驿废。"毅平按:虽说来远驿的用途是"馆海外诸国贡使",但依据明初诸海港的分工,泉州负责琉球贡使与贸易,则明来远驿接待的主要还是琉球客人。又,我踏访过泉州来远驿遗址,在城南聚宝巷中段,现仅立有一遗址碑而已。

④ 谢杰《琉球录撮要补遗·原委》,夏子阳、王士桢《使琉球录》附(《国家图书馆藏琉球资料汇编》,上册,第555页)。

之若桎梏:"惟诣余辈,悉遵中国礼制,服冠裳,次第谒见跪拜,唯诺惟谨。然往往苦之,若桎梏不堪状,一出使馆外,辄亟去冠裳,赤脚乘马去。亦以素所不习故也。"①可即使这样,他们仍视若象征,坚持穿着。至清初,册封使至,"国王见天使,仍明时衣冠"②。即使1609年"岛津侵入事件"后受制于萨摩,但"自往古时赍捧国命至日本时,皆服大明衣冠"③。

自与中国交通后,琉球文明日进。"琉球虽夷俗,然渐染于中华,亦稍知礼仪。"④"文明日启,渐染华风,倭人不敢向迩。"⑤"至我国家,向化献琛,胄子入学……俗本夷也,今变华风,渐染深矣。"⑥

在所有周边国家中,明朝对琉球最为满意。"其感慕华风如此。""其虔事天朝,为外藩最云。"⑦"景帝曰:'琉球素遵王化,与他国不同。'"⑧"夷狄诸国……莫醇于琉球。"⑨"本朝入贡诸国,惟琉球、朝鲜最恭顺,朝廷礼之亦

---

① 夏子阳、王士祯《使琉球录》卷下《群书质异》(《国家图书馆藏琉球资料汇编》,上册,第487页)。
② 汪楫《使琉球杂录》卷三《俗尚》(《国家图书馆藏琉球资料汇编》,上册,第757页)。然据《球阳》卷五尚贤王五年(1645)"始定法司官并唐荣人外官员士臣每逢大朝皆穿球衣冠"条:"天孙氏世取蕉麻类成布做衣,教之于人民,以御寒暑。至洪武癸亥(1383)始通中华时,敕赐金印章服。自兹之后,王及百官每逢大朝,皆穿中华衣冠以行典礼。今番除法司官并唐荣官员外,改定百官士臣皆着球衣冠入见大朝礼。"(高津孝、陈捷主编《琉球王国汉文文献集成》,上海,复旦大学出版社,2013年,第8册,第40—41页)是则清初有所调整,大朝时中低级官员可以穿琉球衣冠,盖毕竟蕉麻布类衣冠更适合琉球气候风土也。
③ 《球阳》附卷三尚敬王十四年(1726)"始定御使者于日本国穿明朝衣冠"条(《琉球王国汉文文献集成》,第13册,第133—134页)。
④ 谢杰《琉球录撮要补遗·国俗》,夏子阳、王士祯《使琉球录》附(《国家图书馆藏琉球资料汇编》,上册,第571页)。
⑤ 周煌《琉球国志略》卷十三《人物·贤王》(《国家图书馆藏琉球资料汇编》,中册,第1113页)。
⑥ 罗曰褧《咸宾录·琉球》。
⑦ 《明史·外国四·琉球传》。其实琉球在藩国中地位本来不高,次于朝鲜、安南(皆领土相接),而与日本、占城(皆孤悬海外)同级别。如《明史·外国四·琉球传》载:"(1476年,琉球)贡使至,会册立东宫,请如朝鲜、安南,赐诏赍回。礼官议琉球与日本、占城并居海外,例不颁诏。乃降敕。"(参见《中山世谱》卷六《尚圆王》"明成化十一年乙未秋"条)。但在封贡关系的实际表现上,琉球却反胜阳奉阴违的安南。另外,琉球贡使及随从人员常鱼龙混杂,走私渔利,甚至作奸犯科,杀人越货,《明史·外国四·琉球传》、《中山世谱》中多有记载。但明朝处理起来,始终大处着眼,坚持就事论事,严于责己,宽于待彼,从不使之影响中琉封贡关系之大局。
⑧ 《中山世谱》卷五《尚泰久王》"明景泰六年乙亥"条。
⑨ 谢肇淛《五杂组》卷四地部二。

迥异他夷。"①"旧制：外国贡使至京师，皆有防禁，五日一出馆，令得游观贸易，居常皆闭馆不出。惟朝鲜、琉球防之颇宽。"②

二、国际贸易的兴衰

琉球地当东海孔道，长期以贸易立国，由国王直接控制，是一种国营事业，在建立封贡体制前，独未通中国而已。"本国自唐宋以来，与朝鲜、日本、暹罗、爪哇等国互相通好，往来贸易……即今那霸亲见世者，因与诸国交通贸易，故建公馆于那霸，令置官吏，以掌其事，名其馆曰亲见世。又建公仓于那霸江中，以藏贸物，名其仓曰御物城。"③

自明初被纳入封贡体制，进入东亚汉文化圈后，琉球更是通过频繁的朝贡，开展获利丰厚的朝贡贸易。每次人数多达数百人的庞大朝贡使团中，只有二三十人携带贡品北赴京师，住在专门接待外国使节的会同馆里，等候在大典上朝见中国皇帝；而其余人员则均留在泉州或福州④，住在专门接待琉球客人的琉球馆里，从事规模庞大的"琉球馆贸易"。在明朝实行"禁海令"期间，这种朝贡贸易是唯一合法的国际贸易。

琉球除进行朝贡贸易外，更通过朝贡国间的贸易网络，而成为国际贸易的中转站，获得丰厚的转口贸易利益，也得到了重要的国际地位。史书有明文记载的，如1404年，暹罗贸易船来琉球，遭风漂抵福建。1420年，"遣使者佳期巴那、通事梁复等到暹罗国，以行通交之礼"，"本国与暹罗相通最久，往来无数"⑤。1437年，"王遣通事梁德、使者仲步马结制等往爪哇国，行通交之礼"⑥。这正是郑和下西洋时期，明朝通过郑和下西洋，整顿了国际贸易秩序，琉球搭上了顺风船，也成为受益者之一。除暹罗外，琉球的贸易船，

---

① 沈德符《万历野获编》卷三十"外国"之"册封琉球"条。
② 《中山世谱》卷七《尚清王》"明嘉靖十二年癸巳秋"条。
③ 《中山世谱》卷三《武宁王》"明永乐二年甲申"条。1911年河上肇访问冲绳，当地名流在那霸港内的风月亭招待他，该餐馆即建在御物城的遗址上（参见高良仓吉《琉球王国》，第20页）。
④ 在明代，广州专司对东南亚贸易，泉州或福州专司对琉球贸易，宁波或乍浦专司对日本贸易。
⑤ 均见《中山世谱》卷四《尚思绍王》"明永乐十八年庚子"条。
⑥ 《中山世谱》卷四《尚巴志王》"明正统二年丁巳"条。

1428年起派往巴览邦,1441年起派往爪哇,1463年起派往满剌加,1498年起派往北大年。仅据琉球外交文书集《历代宝案》①等的记载,自1425至1570年间,琉球派往暹罗的贸易船有五十八艘,派往满剌加的有二十艘,派往北大年的有十一艘②。这还仅是见诸史料记载的,此外不见记载的应该更多。这是琉球国际贸易史上的黄金时代。

据《明史·外国四·琉球传》,琉球提及"小邦贡物常市之满剌加",说明琉球的贡物来自东南亚。陈侃《使琉球录》云:"按琉球贡物,唯马及硫磺、蝤(螺)壳、海巴、牛皮、磨刀石乃其土产,至于苏木、胡椒等物,皆经岁易自暹罗、日本者。所谓榷(櫂)子扇,即倭扇也。"又云,册封礼毕,别殿设宴,"王奉酒劝,清而烈,来自暹罗者,比之曲米春,醺人更不须一盏,予等但尝之而已"。又云:"其南番酒,则出自暹罗,酿如中国之露酒也。"③反之也不难想象,其从中国所获赐物也会流向东南亚,以换取当地土特产。从朝贡贸易及转口贸易中,琉球获取了巨大的商业利益。

1458年铸造、原挂于首里王城正殿的"万国津梁"之钟为最好的象征,其上汉文铭文云:"琉球国者,南海胜地,而钟三韩之秀,以大明为辅车,以日域为唇齿,在此二中间涌出之蓬莱岛也。以舟楫为万国之津梁,异产至宝,充满十方刹。地灵人物,远扇和夏仁风。"④形象地表达了琉球为自己的国际贸易中转地位而自豪的心情。

而支持琉球开展朝贡及转口贸易的重要力量,则是来自中国福建沿海地区的大批能工巧匠,他们在带入造船、航海、翻译等种种技能的同时,也带

---

① 《历代宝案》收录从1424年至1867年四百四十余年间琉球对外交往的公文书,其中与中国来往的占了绝大部分,此外则是与朝鲜及东南亚各国来往的咨文,全部用汉文撰写(其中不收与日本来往的公文书,它们全部用夹杂汉字的假名撰写)。这是因为东亚、东南亚各国的国际贸易(包括朝贡贸易)都由华商掌控,存在着一张由各国华商连结成的巨大的关系网络,所以当时东亚、东南亚的国际贸易中都通用汉文,各国的贸易船上也都配置有主要由华人充当的汉语翻译(参见高良仓吉《琉球王国》,第96—98页)。

② 参见高良仓吉《琉球王国》,第83页。琉球纳入封贡体制后,用于国际贸易的"进贡船",一开始由明朝赠送,后在福建工匠的帮助下,由琉球人在本国自己建造,属于当时技术先进的海船。

③ 《国家图书馆藏琉球资料汇编》,上册,第77、39、66页。以上是明代的情况。清代也是如此,据《清史稿·属国一·琉球传》记载,琉球贡物有玛瑙、乌木、降香、木香、象牙等,清朝以其"皆非土产"而"免其入贡",这些贡物应该都来自东南亚。

④ 铭文撰者为日僧溪隐,故文有"和臭",且偏袒日本。

入了中国的汉字、汉文、风俗和文化。他们也成为琉球"书同文"的最初助力。

但16世纪下半叶以后,主要受以下几方面因素的影响,琉球丧失了国际贸易中转地位,尤其是与东南亚的贸易逐渐中断。首先,葡萄牙商船东来,1511年灭满剌加,控制马六甲海峡,垄断了东南亚贸易,破坏了传统贸易秩序,《明史·外国六·满剌加传》所谓"自为佛郎机所破,其风顿殊。商舶稀至,多直诣苏门答剌。然必取道其国,率被邀劫,海路几断"是也;其次,1567年明朝撤销"禁海令",华商大举进出东南亚;再次,从16世纪下半叶起,日本直接开展对东南亚的贸易。琉球派往北大年的贸易船,1543年是最后一艘,此后琉球与东南亚贸易衰退,1570年琉球派往暹罗的贸易船,成为琉球与东南亚贸易的绝响①。而琉球与朝鲜、日本的贸易,则为日本尤其是萨摩所控制,仅限与度佳喇(今称"吐噶喇")列岛的贸易。这几方面的因素交织在一起,遂使琉球"万国津梁"风光不再,而仅剩的对中国的朝贡贸易,遂成为其恃赖的一线生机。1579年出使的谢杰提到:"甲午(1534)之使,番舶转贩于夷者无虑十余国……辛酉(1561)之使,番舶转贩于夷者仅三四国……己卯(1579)之使,通番禁弛,漳人自往贩,番一舶不至。"②反映琉球国际贸易的衰落过程甚为清晰。1606年出使的夏子阳、王士桢云:"海岛之国,惟琉球最称贫瘠。盖地无物产,人鲜精能,商贾又复裹足不入其境。"③所说就是琉球当时的情况,以前应该还不是这样的。

东南亚的商船绝迹不来了,在明清册封使的使琉球录里,仅可见的是来自日本的商船。谢杰云:"使节抵夷,适倭舶通市者先期至。"④1633年随使的胡靖也提到:"八月初旬,日本萨师马人至市,利三倍矣。"⑤其中的日本船

---

① 参见高良仓吉《琉球王国》,第105—106页,书后附《琉球·冲绳年表》,第8页。
② 谢杰《琉球录撮要补遗》所附"琐言二条",夏子阳、王士桢《使琉球录》附(《国家图书馆藏琉球资料汇编》,上册,第583页)。
③ 夏子阳、王士桢《使琉球录》卷下《群书质异》(《国家图书馆藏琉球资料汇编》,上册,第513页)。
④ 谢杰《琉球录撮要补遗》所附《日东交市记》,夏子阳、王士桢《使琉球录》附(《国家图书馆藏琉球资料汇编》,上册,第576页)。
⑤ 胡靖《琉球记》(《国家图书馆藏琉球资料汇编》,上册,第270页)。毅平按:"萨师马"即萨摩。

主要应来自萨摩,尤其是吐噶喇列岛中的宝岛(吐噶喇列岛之最大岛)。"(琉球)国中金银珠玉、丝货铜瓷以及鲍鱼海参诸宝,皆从彼岛来,因以得名。"①此后直至清初,琉球的贸易对象仍只有吐噶喇、萨摩:"今康熙二十二年癸亥(1683)之役,是时海禁方严,中国货物,外邦争欲购致,琉球相近诸岛,如萨摩洲、吐噶喇、七岛等处,皆闻风来集……升平日久,琉球岁来贸易,中国货物,外邦多有,此番(1719)封舟到后,吐噶喇等番舶无一至者。"②

三、明三十六姓移民

建立封贡关系以前,福建沿海的渔民和商人,即有往来琉球的,其中肯定会有移民,或暂时或永久居留琉球③。他们被称为"汉人",保留着中国的风俗和文化,是为明代以前的旧移民。在琉球未通中国时,他们也许没什么用处,但当琉球交通中国后,其中有文化有技能的人,便会率先为琉球所用,充当通事(翻译)、文书或工匠。

"琉球不习汉字,原无志书。"④"古无文字,其详不可考。"⑤建立封贡关系以后,为适应中琉交往之需,明朝也赐予琉球兼通中琉双语的人才。如琉球通事程复、叶希尹二人,可能是琉球入贡之初明太祖所赐⑥,此后二十来年间,二人"以寨官兼通事,往来进贡,服劳居多"。1392年,中山察度王借朝贡之机,专为二人向明朝申请奖励,"乞赐职加冠,使本国臣民有所仰止,以变番俗",明太祖从之⑦。1394年,中山察度王"又乞以通事叶希尹等二人

---

① 李鼎元《使琉球记》"九月二十九日戊申"条(《国家图书馆藏琉球资料续编》,上册,第793页)。
② 徐葆光《中山传信录》卷一《封舟》(《国家图书馆藏琉球资料汇编》,中册,第30页)。
③ 如《球阳》外卷一"遗老说传"载,有中国人飘流到琉球,定居不去,传入烧瓦、贯玉诸工艺(《琉球王国汉文文献集成》,第14册,第33—34页)。
④ 陈侃《进〈使琉球录〉疏》(1535),收入严从简《殊域周咨录》卷四《琉球国》。
⑤ 夏子阳、王士桢《使琉球录》卷下《群书质异》(《国家图书馆藏琉球资料汇编》,上册,第486页)。
⑥ 《中山世谱》卷三《察度王》"明洪武二十五年壬申"条:"程复、叶希尹,不知何时到国受仕也,以今考之,疑是入贡之初太祖遣之,故程复告老致仕,王具疏言之。"一说从程复履历来看,应是琉球入贡之前即已仕于琉球者。
⑦ 《中山世谱》卷三《察度王》"明洪武二十五年壬申"条。

充千户",明太祖从其请①。又过了十多年,1411年,中山尚思绍王上疏言:"长史程复,饶州人,辅臣祖察度四十余年,勤诚不懈。今年八十有一,请命致仕,还其乡。"明成祖许之②。因为程复等来自中国,故即使担任琉球官职,也要请求明朝允准,显示了对于宗主国的尊重③。此外,曾先后任尚思绍、尚巴志等王国相的王茂、怀机,通事林佑等人,也都是中国移民。随着他们的来到琉球,汉字、汉文开始出现在琉球王宫中。

不仅如此,两次发布禁海令(1370,1374)的明太祖,却特别允准整批闽人前往琉球,帮助琉球开展朝贡及贸易之事,显示了对于琉球的特别重视,这就是所谓的"赐三十六姓"④。这些有计划迁入琉球的闽人,是为明代以后的新移民,他们代替原来的"汉人",充当了中琉交往的中介角色,也成为汉文化传入琉球的先驱。

---

① 《中山世谱》卷三《察度王》"明洪武二十七年甲戌"条。
② 《中山世谱》卷四《尚思绍王》"明永乐九年辛卯"条。《明史·外国四·琉球传》有同样记载,但"长史"作"左长史","程复"作"朱复"(或赐国姓);又有"右长史王茂辅翼有年,请擢为国相"之请,明成祖从之,"乃命复、茂并为国相,复兼左长史,致仕,茂兼右长史,任其国事"。
③ 后来,1469年,同样来自福建的琉球贡使蔡璟,想要利用这点替父母谋取封赠:"祖父本福建南安人,为琉球通事,传至璟,擢长史。乞如制赐诰赠封其父母。"(《明史·外国四·琉球传》)但被明朝礼官以没有先例为由否决了。
④ 关于这些闽人移民琉球的时间,《中山世谱》载于洪武二十五年(1392),《殊域周咨录》载于洪武三十一年(1398),有些史料则没有明确记载;有说是洪武间一次性过去的,有说是洪武、永乐间分两次过去的,有说不是一次或两次过去的,而是在明初陆续过去的。关于"三十六姓"之量词,各种记载都有不同,或"人"或"户"或"姓",不过其实都是一回事:"人"是那个关键的人才;他不可能一个人过去,一定是全"户"一起过去的;全家也就是一个"姓"。关于"三十六姓"之名目,福州柔远驿展示板"移居琉球的闽人姓氏"列"蔡郑金林陈毛王梁阮孙曾魏程红周李高吴沈田马钱宗叶范杨郭翁于韩贾俞宋陶伍江"等,不知何据。或说这些移住琉球的闽人,本来即是犯海禁者,明朝不过予以追认罢了;"三十六"则是修辞说法,表示多的意思,而不大会是实际数字(参见高良仓吉《琉球王国》,第90页;比嘉政夫《冲绳からアジアが见える》,第77页),正如所谓的琉球"三十六岛",也可能就是为了配合"三十六岛"。又,他们移住琉球以后的工作,各种史料也都记载不一,"操舟"应只是其中之一,因为琉球人本就善于"操舟",不烦闽人过去教他们。黄景福《中山见闻辨异》云:"历考诸书,仅有永乐中拨闽人蔡璟往充水手一事,并无赐姓操舟明文;及观球人程顺则《圣庙记》'遣三十六姓往铎'一语,则知前明赐姓,广文教也。又,万历三十四年王奏称,洪永间赐闽人三十六姓,知书者授大夫、长史,为朝贡之司,习海者授通事,为指南之备(今皆知书者为之)。国中重久米人以此。"(《国家图书馆藏琉球资料续编》,上册,第712页)"指南"盖指导航、引水之类工作,因琉球人未必熟悉来往中国的航路。"三十六姓"此外也承担了许多重要工作,如造船、船舶修理、航海术、翻译、撰写外交文书(《历代宝案》收录的汉文外交文书即由他们撰写)、制定买卖交易规则、搜集海外情报,等等;琉球派往东南亚诸国贸易船的副头目、翻译官和实际操舟者,也主要是他们(参见高良仓吉《琉球王国》,第91页)。

琉球国"书同文"小考

又嘉其修职勤,赐闽中舟工三十六户,以便贡使往来。①

特赐以闽人之善操舟者三十有六焉,使之便往来时朝贡,亦作指南车之意焉耳。②

洪、永二次,各遣十八姓,为其纪纲之役,多闽之河口人,合之凡三十六姓,并居彼国之营中。子孙之秀者,得读书南雍,俟文理稍通,即遣归,为通事,得累升长史、大夫……每科司出使,必以河口土著人充通事,谓之土通事;七姓充者,谓之夷通事。土通事能夷语,夷通事能华语。③

赐三十六姓人,教化三十六岛子孙,世袭通使之职,习中国之语言文字。至今请封、谢恩、朝贡,皆诸姓之后,俱有姓名。若土官,有名无姓也。④

洪武、永乐间,赐闽人三十六姓。知书者授大夫、长史,为贡谢之司;习海者授通事、总管,为指南之备。⑤

这些来自福建的中国移民,由于具备各种特殊才能,为琉球国际事务所必需,故受到琉球的欢迎与重用。为此,特地在那霸港附近,距首里城不远,

---

① 《明史·外国四·琉球传》。
② 陈侃《使琉球录·群书质异》(《国家图书馆藏琉球资料汇编》,上册,第56页)。
③ 谢杰《琉球录撮要补遗·原委》,夏子阳、王士桢《使琉球录》附(《国家图书馆藏琉球资料汇编》,上册,第554—555页)。1472年后河口为福州柔远驿所在地,河口人在中琉交往中起过重要作用,但明初赐琉球"闽人三十六姓"时,市舶司、来远驿等都还在泉州,则似不应有三十六姓"多闽之河口人"之事,此或为谢杰据明后期情况对明初情况的逆推。又,"土通事"应是在与琉球人交往中学会琉球语的,他们不仅会加入册封使团随访琉球,也会承担接待琉球朝贡使团的任务吧。此外,当时对于通事的语言要求,除了"官话"(通用汉语)、琉球语以外,还需要掌握一些汉语方言,如闽南话、福州话等。
④ 张学礼《中山纪略》(《国家图书馆藏琉球资料汇编》,上册,第662页)。
⑤ 《中山世谱》卷七《尚宁王》"明万历三十四年丙午冬"条。

划定了一块聚居区,先是叫唐营,也叫营或营中,后又叫唐荣,又叫久米村①,分为东西南北四门村,特设"总理唐营(荣)司"统领,一切由久米村人自治。"不令居内地,悉置此,若有深虑焉。后相习既久,始跨海筑堤,以通出入,所谓长虹桥是也。"②所谓"深虑",就是保持距离,既要重用,又不让干政。这与琉球官职分为两途,以司封贡、贸易者单列,不予实权,应该是同样的道理。后来,作为朝贡基地的久米村,与作为王府都城的首里,作为商贸港口的那霸,鼎足而三,成为琉球最重要的"三都"。

  首里府的人也会讲官话么?
  不会。
  他怎么不学官话呢?
  首里府的人,就像中国的满洲人一样,他不通事,所以不学官话。久米府的人,就是明朝里发来四十二姓的人,就像你中国汉人一样,凡有中国飘来的船,替那到中国进贡的船,都是用久米府的人做通事,所以要学官话,才会替国王办得事情。③

  敝国乃东海番夷,从前圣人的道理都不晓得。明朝洪武年间,国王具表申奏朝廷,求为教导。洪武帝命拨闽人三十六姓,往敝国教人读诗书,习礼数,写汉字,设立圣庙学官,与中国俱是一样。我国王念他有功,又是汉人遵圣朝之意,授以妻室,生育后嗣,世代子子孙孙,都赐他

---

① 在各种早期使琉球录中,"唐营"本来均只作"营"或"营中","营"即"唐人街"的"街","南京町"的"町","中国城"的"城",意为聚居区,琉球人加"唐"以别内外。琉球语里"荣"、"营"同音,"唐荣"的"荣"应为"营"之讹。琉球官生蔡世昌《久米村记》云:"久米村一名唐荣,即古之普门地也。明太祖赐唐人三十六姓,聚族于此,故曰唐营;又以显荣者多,故改曰唐荣;国王厚其裔,世其稭,故取世禄之义,曰久米。"(收入潘相《琉球入学见闻录》卷四《艺文》,《国家图书馆藏琉球资料汇编》,下册,第736页)或为望文生义,美其名曰。久米村遗址在今那霸市。
② 汪楫《使琉球杂录》卷二《疆域》(《国家图书馆藏琉球资料汇编》,上册,第747页)。
③ 《白姓官话》,收入濑户口律子、佐藤晴彦编《琉球官话课本:〈白姓官话〉〈学官话〉〈官话问答便语〉语汇索引》,东京,大东文化大学东洋研究所,1997年。毅平按:所谓"四十二姓",盖明初所赐三十六姓加明末加赐六姓;"替"即"与"。

秀才,读书出仕,与国王办事。①

首里府的人多是统治阶层,久米村的人提供外事服务,其中与清朝的比方特别贴切。他们的工作是世袭的,通过各种汉文化教育,培养下一代的接班人。

"三十六姓"来到琉球以后,潜移默化,也改变了当地的风俗:

> 更赐闽人三十六姓,始节音乐,制礼法,改变番俗,而致文教同风之盛,太祖称为礼仪之邦。②

> 问:"《隋书》云,贵国风俗,男女相悦,便为匹偶,其旧俗欤?"曰:"然。闻我三十六姓初来时,俗尚未改,后渐知婚礼,此俗遂革。今国中法,有夫之妇,犯奸即杀,岂尚容苟合?"余始悟琉球所以号守礼之国者,亦由三十六姓教化之力,国重久米人,有以也。③

但日长世久,三十六姓移民之后,也渐渐地凋零了,至万历年间,仅剩下了不多几家:

> 今所存者仅七姓。缘所居地狭,族类不能蕃故也……七姓言语衣服与夷无别,仅以椎髻别之:髻居中者七姓,居偏者夷种也。七姓男虽贤,不为国婿;女虽美,不为王妃,盖其祖训然尔。④

> 夏子阳曰:余闻诸琉球昔遣陪臣之子进监者,率皆三十六姓。今

---

① 《官话问答便语》,收入濑户口律子、佐藤晴彦编《琉球官话课本:〈白姓官话〉〈学官话〉〈官话问答便语〉语汇索引》。
② 《中山世谱》卷三《察度王》"明洪武二十五年壬申"条。
③ 李鼎元《使琉球记》"七月十七日丁酉"条(《国家图书馆藏琉球资料续编》,上册,第770页)。
④ 谢杰《琉球录撮要补遗·原委》,夏子阳、王士桢《使琉球录》附(《国家图书馆藏琉球资料汇编》,上册,第554—555页)。

诸姓凋谢,仅存蔡、郑、林、程、梁、金六家,而族不甚蕃。故进监之举,近亦寥寥。大夫、长史,昔以诵诗学礼者充之,故多彬彬礼让;今仅取奔走,滥觞匪人,则末流渐失矣。三十六姓所居地曰营中,今强半丘墟,过之殊可慨焉。①

三十六姓,或老而返国,或留而无嗣,今仅存者,惟有蔡、郑、林、梁、金五家耳。②

七姓、六姓而五姓,眼见得越来越少了,故1606年,借册封使莅临琉球之机,琉球有奏请更赐之举:

洪武、永乐间,赐闽人三十六姓……今世久人湮,文字音语,海路更针,常至违错。乞依往例,更赐数人。③

翌年,明神宗以福建漳州龙溪人阮国、毛国鼎二人赐琉球,后为唐荣阮、毛二姓④。此外另有从中国过去者,寄籍于久米村,获得起家贵显的机会,如郑肇作、蔡崇贵、王立思、阮明、陈华、杨明州等人⑤。

久米三十六姓,皆洪、永两朝所赐闽人。至万历中,存者止蔡、郑、梁、金、林五姓。万历三十五年续赐者阮、毛两姓。每姓子孙皆不甚繁衍。馀寄籍起家贵显者多有,然非赐姓之旧也。今阅九姓世谱中,多读书国学及充历年贡使之人。⑥

---

① 夏子阳、王士桢《使琉球录》卷下《群书质异》(《国家图书馆藏琉球资料汇编》,上册,第497—498页)。
② 《中山世谱》卷三《察度王》"明洪武二十五年壬申"条。
③ 《中山世谱》卷七《尚宁王》"明万历三十四年丙午冬"条。
④ 《中山世谱》卷七《尚宁王》"明万历三十四年丙午冬"条。此前1600年,福建守臣曾遣阮、毛二人护送琉球使节回国(同上书"明万历二十八年庚子秋"条),可能由此契机就让他们留在了琉球。
⑤ 参见赖正维编著《福州与琉球》,福州,福建人民出版社,2018年,第209页。
⑥ 徐葆光《中山传信录》卷五《氏族》(《国家图书馆藏琉球资料汇编》,中册,第399—400页)。

后来,在册封使与琉球当地人的实际交往中,我们看到了许多明朝赐姓以外的姓,也在久米村充任与封贡有关的工作,其中也有因懂得汉语、学过汉文,而移籍久米村的那霸人、首里人。如1670年,就有蔡廛、周国盛、孙自昌、曾志美、程泰祚、魏士哲、林茂丰、李荣生等琉球人入籍久米村①。

在中国使臣的使琉球录里,也留下了久米村的一些光影。如徐葆光的《赠接封大夫陈其湘(字楚水,能华语)二十韵》云:"海客通华语,重溟久一家。"②其中提到的陈大夫所任官职,即为久米村之官职正议大夫。费锡章《琉球八景和北瀛韵·久米村竹篱(闽中七姓所居)》诗云:"不耕惟事读,编竹当墙垣。妇女谙重译,朱陈住一村。晓光常罨户,野色欲侵门。更拓窗前地,留添春草蕃。"③提到了久米村人互为婚姻,连妇女也皆通华语而能翻译。

东亚汉文化圈各国接受汉文化,早期皆有赖于外来移民的帮助,在越南和朝鲜半岛是来自中国的移民,在日本是来自中国及朝鲜半岛的移民,琉球自也不例外。但东亚其他地区的外来移民,大都是自发前往的,像这样应当地的需求,由中国皇帝主动大批赐予,并数百年始终集聚一地的,则是琉球所独有的现象。这也决定了后来琉球"书同文"的不同特色。

四、琉球的双重官制

由于琉球汉移民来源的特殊性,所以琉球官制也与他国不同,分为实职、文职(非原称,为后人说法)两途。实职(具有实权者)主要由当地人担任,文职(主封贡事宜)主要由汉移民后裔担任。先看前者:

> 国王之下,法司最尊,制立三人,国事操纵,皆出其手,从来率以王亲任之,不用三十六姓……察度非官名,唯俗呼公子为"察度奴示",旧

---

① 参见赖正维编著《福州与琉球》,第209页。
② 徐葆光《海舶三集·舶中集》(《国家图书馆藏琉球资料三编》,上册,第197页)。
③ 费锡章《一品集》卷下(《国家图书馆藏琉球资料三编》,下册,第457页)。

录谓司刑名,误矣①。司刑名者毗那官也。那霸官惟司贡献之船及管理使臣并从官各员役供给。遏闼里官则王近侍之臣。耳目官虽云备访问,亦托之空名耳。此皆随事任官,非有文武之别。②

杨文凤来,问以国中官制士习,对曰:敝国皆世爵世禄,官至大夫,乃食采。亦论功升赏,如渡海为一功,充朝贡使为一大功。无文字之试。士农工商,皆各世其业。首里七大姓,世为王室婚姻,法司、紫巾官大都不出七姓。其子弟年十四以上,入王宫应差,渐以资授职,由库司官积功至遏闼理官、耳目官,而至法司官。大者曰亲方,食俸。自库官始世官,惟荫適长子孙……那霸人以商为业,多富室,由夥长积功至那霸官,能汉语者用为长史,无至大夫者。其他外岛,不过酋长,有按司遥领之。按司者,皆王之亲属。此国中官制之大略也。③

再看后者:

惟大夫、长史、都通事等官则为文职,以其由秀才历仕而专司贡献及文移表章也。秀才择三十六姓中识汉字汉音者为之,土人不与焉。④

(三十六姓)其子孙皆习读中国书,久之,渐为国臣,然国人皆目之

---

① 毅平按:"察度奴示"似是"里之子"(さとのし)或"里主"(さとぬし)的音译,前者为王法官、国书院、世子府、世孙府等属官,汉名"赞度内使",旧录谓司刑名,也不一定误;后者为那霸官,汉名"左堂赞议官"。参见蔡铎、蔡应瑞、程顺则等编《琉球国中山王府官制》(收入《琉球王国汉文文献集成》第 16 册)。

② 夏子阳、王士祯《使琉球录》卷下《群书质异》(《国家图书馆藏琉球资料汇编》,上册,第 488 页)。其中所欲纠正的"旧录",主要是指陈侃《使琉球录·群书质异》、罗曰褧《咸宾录·琉球》、谢杰《琉球录撮要补遗·原委》等中的记载。不过,夏子阳仅言法司官不用三十六姓,至汪楫则更言所有实职官"皆用国人,三十六姓之裔不得与也"(汪楫《使琉球杂录》卷三《俗尚》,《国家图书馆藏琉球资料汇编》,上册,第 766 页)。揆之琉球实情,汪说似更合理。

③ 李鼎元《使琉球记》"六月二十六日丁丑"条(《国家图书馆藏琉球资料续编》,上册,第 765 页)。按司(あんじ、あぢ)原先在地,尚真王时起集居首里。

④ 夏子阳、王士祯《使琉球录》卷下《群书质异》(《国家图书馆藏琉球资料汇编》,上册,第 488—489 页)。

为唐人。唐人官止紫金大夫,位在法司、王舅下,止一人;正议大夫三人,中议大夫三人,位在耳目官下;长史二人,位在那霸官下;都通事四人,位在遏闼里官下;皆专司朝贡,诸事机密不得与闻。①

久米协理府官凡六等:紫金大夫一员,从二品,加协理法司衔,名总理唐荣司,辖久米村事,为最尊,主朝贡礼仪、各岛文移诸事。正议大夫,正三品,加谒者,亦名申口官,从三品,中议大夫,正四品,皆无定员。长史二员,从四品,主久米地方事。都通事,从四品,加遏闼理,副通事,从五品,副通事,正七品,皆无定员,专司朝贡。有留福建福州琉球馆者,名存留通事。以上皆久米府秀才出身者任其职。②

清代琉球朝贡中国的使节,正使皆由首里王府官员担任,早期例皆不懂"官话",甚至不识汉字,副使以下才由久米村官员担任,一般均擅"官话",识文解字:

你贵国来的,有几位官员呢?

耳目官一员,正议大夫一员,北京都通事一员,过海都通事二员,存留通事一员,小通事一员,官舍、财库、大文、小文八员。

进京的官呢?

进京只是耳目官、正议大夫、北京都通事三员。③

---

① 汪楫《使琉球杂录》卷三《俗尚》(《国家图书馆藏琉球资料汇编》,上册,第766—767页)。
② 徐葆光《中山传信录》卷五《官制》(《国家图书馆藏琉球资料汇编》,中册,第372—373页)。"总理唐荣司"为久米村总负责人,在久米村官员中产生,早期为同人推举制,后改为选举任命制。《球阳》卷八尚贞王二十二年(1690)"始定唐荣官员各指人荐举以授总理唐荣司"条:"素有唐荣诸大夫,公同相议人之才知,佥具呈文,以为荐举,以授总理唐荣司(俗称总役)。至于今日改定,自诸大夫以至通事各位,擢举宜任此职之人(内纪某人之名,并自用名印,外亦封包,俗叫人札),固封名印,禀报法司。法司以多被荐举之人转闻圣上,擢为总理唐荣司。其入札自此而始。"(《琉球王国汉文文献集成》,第8册,第220—221页)又,久米村官员,包括总理唐荣司,并无办公场所,只能在家办公。《球阳》卷十五尚穆王十八年(1769)六月十五日"题准唐荣总理司长史司直于明伦堂"条:"久米村总役、长史原无直所,在家办公,于公用庶有碍,故准隔日直于明伦堂。"(《琉球王国汉文文献集成》,第10册,第104页)
③ 《官话问答便语》。

耳目官为正使,首里王府人;正议大夫为副使,久米村人;都通事以下,大都为久米村人。

> 你们有官儿来么？
> 有官来。
> 有几品？
> 有三品、四品不等。①

其中正议大夫正三品,都通事从四品,皆与徐葆光所述接近。

久米村人凭藉会"官话",所从事的基本工作,所担任的基本职分,还是各种名目的通事,甚至离岛上都有的:

> 想必外岛的通事止有两个……这里(毅平按:琉球本岛)的通事狠多,其中品级经管不一样。你们在这里,有照顾你们的通事;你们回去,有送你们过海的通事;有在福建馆里料理事情的存留通事,有跟随大老爷到北京进贡的大通事。②

不过,与朝鲜半岛、越南等不同,琉球从未设科举制度③,如上引杨文凤所言,"无文字之试",又如清琉球官生教习孙衣言所言,琉球"初未尝有场屋取士之法"④,即使久米村出身者,文职官员的选拔、升等,也采取简单的举荐方式:

> 久米村,皆三十六姓闽中赐籍之家。其子弟之秀者,年十五六岁,

---

① 《学官话》,收入濑户口律子、佐藤晴彦编《琉球官话课本:〈白姓官话〉〈学官话〉〈官话问答便语〉语汇索引》。

② 《白姓官话》。毅平按:"大通事"即"都通事"。

③ 李睟光《芝峰集》卷九《琉球使臣赠答录·后》载李睟光与蔡坚的问答曰:"问:科举取人之规。答曰:三年一大比,取文武科各一百二十人。国有庆事则有别举。俺等也登第之人。"毅平按:蔡坚所说别无佐证,可能只是夸饰之词。

④ 徐斡编《琉球诗课》孙衣言序(《琉球王国汉文文献集成》,第32册,第86页)。

取三四人为秀才;其十三四不及选者,名若秀才,读书识字。①

今取士之法,惟凭总理司及诸长史、学中教习佥词荐举,即许出身。徐《录》谓秀才每年于十二月试之,出《四书》题,令作诗一首,或八句或四句,能者籍名,升为副通事,由此渐升至紫金大夫。臣细访之,从无此例。②

久米官之子弟,能言,教以汉语,能书,教以汉文,十岁称若秀才,王给米一担;十五薙发,先谒孔圣,次谒国王,王籍其名,谓之秀才,给米三石;长则选为通事,积功至都通事、通议大夫、中议大夫而至紫金大夫,为国中文物声名之最,即明三十六姓后裔也。③

久米人十二岁拜孔圣、国王后,为若秀才,无米。十五岁薙顶发,又拜孔圣、国王后,为秀才,给米二石。康熙年间,各裁一石。皆未入品。④

文职因须具备特殊技能(掌握汉语文),故皆为终身职、世袭制(如明初长史王茂,任职四十余年,年届八十始还乡),而俸禄皆由地方供应。

贵国秀才,是考进的么?
敝国没有科试,这秀才是世袭的。
……
你秀才出仕做官,是怎么样调选呢?
秀才中有才干出众的,有文理通达的,有官话明白的,有办事敏捷

---

① 徐葆光《中山传信录》卷五《取士》(《国家图书馆藏琉球资料汇编》,中册,第431页)。
② 周煌《琉球国志略》卷九《爵秩》(《国家图书馆藏琉球资料汇编》,中册,第1036—1037页)。毅平按:所谓"徐《录》",即上引徐葆光文之下文。
③ 李鼎元《使琉球记》"六月二十六日丁丑"条(《国家图书馆藏琉球资料续编》,上册,第765页)。毅平按:通议大夫不见其他记载。
④ 黄景福《中山见闻辨异》(《国家图书馆藏琉球资料续编》,上册,第713页)。

的,此数项举拔出来做官,随后遇有功劳,级级渐渐加升。

你们做官的,是月月领俸禄么?

我敝国做官的俸禄,不是月月领的,国王拨有地方,给我们做官的掌管,年间这地方所出粮米,皆多少缴纳王府,还剩多少,给做官的收去,这就是俸禄了。

原来如此。你秀才做官,做到多大的止?

我们秀才做到紫金大夫止。

你贵国还有大官没有?

有,还有法司官最大的,国中诸事都要由他主意。

你们秀才怎么不做法司官?

那法司官是王亲国戚做的,譬如天朝满洲一样,我们就同你汉人一样。也有汉官,也有满官。①

三十六姓出身者不能担任实职,但偶有例外,如郑迥官至法司:

国王之下,法司最尊,制立三人,国事操纵,皆出其手。从来率以王亲任之,不用三十六姓。今用之,则自郑迥始,亦彼国制之更新云。②

郑迥,字利山,祖本闽人,赐籍中山,都通事禄次子。嘉靖中,入太学读书。归,累官至法司。球例,法司无用三十六姓者,有之自迥始……万历间,浦添孙庆长,即察度王后,兴于日本,自萨摩洲举兵入中山,执王及群臣以归,留二年。迥不屈,被杀。王危坐不为动,庆长异之,卒送王归国。③

---

① 《官话问答便语》。
② 夏子阳、王士桢《使琉球录》卷下《群书质异》(《国家图书馆藏琉球资料汇编》,上册,第488页)。
③ 周煌《琉球国志略》卷十三《人物·忠节》(《国家图书馆藏琉球资料汇编》,中册,第1117页)。但萨摩入侵魁首乃岛津氏,曰孙庆长者误。又,徐葆光《中山传信录》卷五《氏族》:"(郑迥)嘉靖十四年入太学。久米人为法司者惟迥。"(《国家图书馆藏琉球资料汇编》,中册,第410页)其遇害事亦见《中山世谱》卷七《尚宁王》"万历三十九年辛亥"条。

其后蔡温也官至法司：

> 久米人官始于通事，止于紫金大夫，从未有至法司者。惟蔡温学优功著，王特用为法司，子尚翁主，亦即移居首里，与七姓同贵。温之前有郑迵，积功至法司，后为日本所执，不屈死。①

其间蔡坚虽未至法司，在朝中也很有影响力：

> 紫金大夫蔡坚亦家于是(那霸)，背山面湖，其居甚宏敞。姬妾数十人。无子，王以子赐继焉。蔡者，国之望也。昔曾入南雍习业数年，屡过闽，习闽风景，悉解闽人及中原语。百凡要务，藉其主持，至于国王宴会仪节，尤所谙练，由乎前封之有郑同(迵)也。②

顺便介绍一下，蔡坚对琉球"书同文"的另一贡献，还在于他把祭孔仪式引入了琉球。"万历年间，紫金大夫蔡坚始绘圣像，率乡中缙绅祀于其家，望之俨然，令人仰止之思，不可谓非圣教之流于海外也。"③当时琉球还没有孔子庙，所以蔡坚只能在家里祭孔。

只是明清册封使所看到的，大都是与封贡有关之事，故难免对大夫、长史、都通事等职印象深刻，实则在其内政治理上，权力仍集中于当地人之手，而大夫、长史、都通事皆无缘置喙，郑迵、蔡温、蔡坚应属特例。李鼎元《中山

---

① 李鼎元《使琉球记》"六月二十六日丁丑"条(《国家图书馆藏琉球资料续编》，上册，第765页)。毅平按：蔡温移居首里事，见《球阳》卷十尚敬王即位元年(1713)"特赐家宅于国师蔡温移居首里"条(《琉球王国汉文文献集成》，第9册，第15页)。
② 胡靖《琉球记》(《国家图书馆藏琉球资料汇编》，上册，第272—273页)。
③ 程顺则《琉球国新建至圣庙记》，《中山诗文集》(《琉球王国汉文文献集成》，第30册，第202—203页)，周煌《琉球国志略》卷十五《艺文》(《国家图书馆藏琉球资料汇编》，下册，第49页)。其事又见程顺则《庙学纪略》，《中山诗文集》(《琉球王国汉文文献集成》，第30册，第209—217页)，周煌《琉球国志略》卷十五《艺文》(《国家图书馆藏琉球资料汇编》，下册，第52—53页)，以及《中山世谱》卷八"尚贞王""清康熙十一年壬子"条、《球阳》卷七尚贞王四年(1672)"创建圣庙于久米邑"条(《琉球王国汉文文献集成》，第8册，第137页)。全魁《大清琉球国夫子庙碑》(1756)云："虽前明纳贡几数百年，而国中以僧为师，未闻崇祀孔子。"(收入《琉球国碑文记》，《琉球王国汉文文献集成》，第17册，第278页)既对也不对。

杂诗二十首》其七所谓"中山官族盛,久米秀才多"①是也。

琉球官制的这种双轨制,就像一把双刃剑,既有利于也限制了其"书同文",即主要局限于久米村人中间,而难以扩展到一般的当地人,正如后来日人所观察到的:"时闽人子孙,知书者为大夫,任贡谢之司,习于海者为通事总官,为指南之备,血属至一千余家。此辈皆占久米一区而居之,庶孽繁衍,置孔子庙,建书院,修学习音,言语衣服不与球人同,各自高异,不敢与球人婚。"②至于"降而至后世,遂能混和,风化自一"③,应是日本吞并琉球以后的事了,也主要是久米村人融合于当地人④。

此外,琉球既"无文字之试",自不可能像朝鲜半岛、越南那样,通过科举制度,汉字汉文向一般人普及,成为全民教育之一部分,而只能局限于久米村人,以及首里的公子王孙,或那霸的国际贸易者等,且在固定的家族间传承。这是琉球"书同文"的重要特点,而不同于东亚其他地区。

五、琉球的留明官生

除了从汉移民中选拔能通汉文化的人才,琉球也开始派遣留学生入明留学。1389年,中山王即欲遣子弟入明国子监读书,未果⑤。三年后,1392年,终于成事,其夏中山王,其冬山南王,各遣官生三人入明国子监读书,明

---

① 李鼎元《师竹斋集》卷十三(《国家图书馆藏琉球资料三编》,下册,第217页)。在本地人与久米村人之间,难免也会有矛盾或利益纠葛。如日人桥本德有则《古琉球吟》云:"初,蔡温从国子监还,具条言政教二权不可歧,王擢任三司官。盖久米之人皆高气势,见球人极薄,不共欲齿。及蔡温以久米人干预政权,群起咎之,谤讥蜂起。蔡温慰藉甚力。会蔡世昌亦还,欲陪议经邦,如蔡温故事,数出入王宫,王遂用之。至是政教二权举归久米邑,势甚炽。后稍销微,孔子庠序亦随坏,气势竟毕于不昂,至与首里同俗。"(《国家图书馆藏琉球资料续编》,下册,第966页)惟不知何所据而如此说,明清使琉球录中均无此等内容。

② 桥本德有则《古琉球吟》(《国家图书馆藏琉球资料续编》,下册,第964页)。

③ 桥本德有则《古琉球吟》(《国家图书馆藏琉球资料续编》,下册,第964页)。

④ 据《球阳》卷六尚质王三年(1650)"唐荣士臣衣冠容貌悉从国俗"条:"其所服衣冠皆从明朝制法,包网巾,戴方巾纱帽。至于顺治庚寅(1650),始以剃发,结辫髻,改用琉球衣冠,悉从国俗,以示心服清朝之意矣。"(《琉球王国汉文文献集成》,第8册,第63页)是则明清易代之际,久米村人的衣冠容貌曾有过一次大的变动,但其他方面与本地人应该仍是有所区别的。

⑤ 《中山世谱》卷三《察度王》"明洪武二十二年己巳"条。

太祖礼遇之甚厚①。翌年及 1396 年,中山王又遣官生肄业国学②。琉球最初派遣的官生中,甚至还有一名女官生③。"于是王遣其世子及国相之子皆来受学,为诸生。""其子弟来学者,例馆饩于南雍,卒业,盖欲便其归也。""其陪臣之子弟来入太学观光习礼者,迄今不绝,可谓守王章重文教者矣。"④据不完全统计,自 1392 年至 1580 年,不到二百年间,琉球共向明朝派遣了十六批官生⑤,总计约五十五名,其身份有王从子、王相子、寨官(按司)子、陪臣子、久米村子弟等⑥。

从这些官生的身份来看,早期所遣多为当地人子弟,后来所遣则多为汉移民(久米村)子弟。这大概是因为早期"三十六姓"尚未东渡,故只能派遣当地人子弟留学,后来则"三十六姓"已经东渡,专事封贡事宜及朝贡贸易,故须培养其子弟之汉文化能力,以世袭担当职责;又或许是因为早期"三十六姓"汉文化程度尚好,不必留学就能担当职责;后来则大都已本地化了,不留学不足以担当重任。

---

① 《中山世谱》卷三《察度王》"明洪武二十五年壬申"条。官生即公费留学生,费用全由明朝承担。

② 《明史·外国四·琉球传》。琉球初次派出留学生,就在明朝惹出了麻烦:"是时,国法严,中山生与山南生有非议诏书者,帝闻,置之死,而待其国如故。"想来琉球留学生的汉文能力进步很快,以致可以非议诏书了,但也由此招致杀身大祸,真是无妄之灾。

③ 严从简《殊域周咨录》卷四《琉球国》:"初,(察度)王尝遣女官生姑鲁妹在京读书,至是(1398)亦来贡谢恩。"毅平按:《明史·外国四·琉球传》作二人。沈德符《万历野获编》卷三十"外国"之"琉球女入学"条:"本朝外国如朝鲜,号知诗者,间游国学,或至登第,然未闻幼人亦来中国诵读。向慕华风至此,真史册未见。"

④ 严从简《殊域周咨录》卷四《琉球国》。周煌《琉球国志略》卷十三《人物·贤王》亦云:"复向慕文教,时遣子弟及国秀入监读书。"(《国家图书馆藏琉球资料汇编》,中册,第 1112—1113 页)。又张学礼《中山纪略》云:"自唐宋至元,王之长子应袭爵者,至中国,入国子监读书习礼,其父薨,始归国受封。至洪熙时(1425),悯其来往风波惊险不测,特免之。"(《国家图书馆藏琉球资料汇编》,上册,第 661—662 页)其说后半部分不错,前半部分则有误,盖自唐宋至元,琉球实未尝与中国有往来也。

⑤ 据潘相《中山蔡汝显太学课艺序》说,明清两代琉球所派官生,"及今凡十九次"(见其《琉球入学见闻录》卷四《艺文》,收入《国家图书馆藏琉球资料汇编》,下册,第 722 页)。潘相所教那批是清代第三次,则明代派遣官生应为十六次。有人统计为十七次,可能是把 1393 年派出的段志每、姑鲁妹算作两次了。

⑥ 具体史料参见《明史·外国四·琉球传》、《中山世谱》、周煌《琉球国志略》卷三《封贡》等。人数统计参见徐恭生《琉球国在华留学生》,载《福建师范大学学报》1987 年第 4 期;董明《明清时期琉球人的汉语汉文化学习》,载《北京师范大学学报》2001 年第 1 期。一说整个明清近五百年间,琉球共派遣官生二十六批,人数计约九十六人(参见赖正维编著《福州与琉球》,第 5 页)。

明朝对琉球官生特别优待,"上赐寒暑衣服,有疾,则命医赐药"①:

> 一日,(永乐)帝与群臣语及之,礼部尚书吕震曰:"昔唐太宗兴庠序,新罗、百济并遣子来学,尔时仅给廪饩,未若今日赐予之周也。"帝曰:"蛮夷子弟慕义而来,必衣食常充,然后向学。此我太祖美意,朕安得违之。"②

这些留明官生回到琉球以后,成为担当封贡事宜的要角,也是推动琉球"书同文"的主力。

> 至于令子弟入太学,仅于洪武二十二年而创见之,嗣是唯遣陪臣之子进言(监)读书。大司成教以诵诗学礼,处以观光之馆,夏葛而冬裘,朝饔而夕飧,礼待不亦厚乎?迩如蔡廷美、郑赋、梁梓、蔡㵎等,皆俊秀可教,曾北学中国,受业名儒,今皆补为长史、都通事等官,进见之时,仪不忒而言有章,未必不自读书中来也。③

除官生外,琉球还有许多自费留学生,在福建自己找老师求学,叫"勤学"。如1465年,久米村人蔡锵,随正议大夫程鹏赴闽,学习历法,开琉球造历之始④。

六、琉球语文及汉文

现代日本学者一般认为,琉球语与日语属同一语系,是中古日语的一种

---

① 严从简《殊域周咨录》卷四《琉球国》。
② 《明史·外国四·琉球传》。《中山世谱》卷四《尚思绍王》"明永乐八年庚寅"条略同,惟"蛮夷子弟"改为"远方",又有"著于令典,所谓'曲成万物而不遗'者"云云。
③ 陈侃《使琉球录·群书质异》(《国家图书馆藏琉球资料汇编》,上册,第64—65页)。"洪武二十二年"盖动议之年,实则洪武二十五年始成事,陈侃或据前者立说。
④ 见《球阳》卷七尚贞王六年(1674)"印造历书通行国中"条、《琉球国旧记》卷二"官职"类"历通事"条、卷四"事始"类"历"条(《琉球王国汉文文献集成》,第8册,第154—155页,第14册,第399—400页,第15册,第38页)。

方言,与朝韩语、阿伊努语也有亲缘关系①。其实琉球语有自己的词汇、语法、发音系统,琉球以外的日本人基本上听不懂,说琉球语接近于日语是肯定的,但说它是中古日语的一种方言,则多半是从现在的立场倒推的。不过,从各种使琉球录的记载来看,琉球语大别于汉语,确实更接近于日语,许多词语还是一样的。

琉球为群岛国家,岛屿分散,方言不同。"各岛语言,惟姑米、叶壁与中山为近,余皆不相通。"②尚巴志统一三山后,首都首里的方言,逐渐成为共同语③。琉球"俗无文字"④,汉字传入时间不详。13世纪左右,假名由日僧带入琉球。因琉球语接近日语,假名适合于表音,故表达琉球语的文字,主要采用了假名,自称"国字"或"番字",中国人则或称"球字"⑤。汉字传入以后,又夹用汉字,如日语一样。首里语的通用及汉字、假名的使用,有利于琉球群岛的交流和统一。除了中山以外,"诸岛无文字,皆奉中山国书"⑥。

由此形成的琉球文,比较正式的文字,大都是琉汉混淆文,类似和汉混

---

① 参见比嘉政夫《冲绳からアジアが见える》,第14—40页。"居民言语笔札及居室之制仿效内地(日本)。"(姚文栋译日本明治八年官撰地书《琉球地理小志》,《国家图书馆藏琉球资料续编》,上册,第640页)"衣服饮食言语文字与内地相似。"(姚文栋译中根淑《琉球形势大略》,《国家图书馆藏琉球资料续编》,上册,第668页)"论言语,则每音单呼,无复平上去人,而日常说话,反有我古音之存者。""论文字,则虽一二长吏用汉文,至民间应酬事,率皆用我国字。"(姚文栋译大槻文彦《琉球新志自序》,《国家图书馆藏琉球资料续编》,上册,第671—672页)"语言文字同我邦族。"(姚文栋译重野安绎《冲绳志后序》,《国家图书馆藏琉球资料续编》,上册,第675页)皆可参见。
② 徐葆光《中山传信录》卷四《琉球三十六岛》(《国家图书馆藏琉球资料汇编》,中册,第313页)。1966年团伊玖磨访问与那国岛时还说:"'蚕豆'(房东家孩子)和村里人说的话,我一句也听不懂。这种语言和冲绳本岛,和宫古岛,和石垣岛的语言又不同。"(团伊玖磨《烟斗随笔》,杨晶、李建华译,北京,新星出版社,2012年,上册,第51页)
③ 参见高良仓吉《琉球王国》,第172页。
④ 《隋书·东夷·流求传》、《北史·流求传》。
⑤ 日人的说法是舜天王尊敦"始教国民以日本文字"(桥本德有则《古琉球吟》,《国家图书馆藏琉球资料续编》,下册,第973页),恐怕也是事后的倒推。有意思的是:"日本出版的《中山世谱》,在一些关键地方的用词做了改动,如对蔡温的序言所记:'特命按司向象贤始用国字(指琉语),著《中山世鉴》一部',出版者竟将'国字'改为'番字',其用心昭然若揭。"(《国家图书馆藏琉球资料续编》出版前言)改动者大概忘了或不知球字就是假名,称球字为"番字",不啻自打耳光。类似的改动,还有松田道之抄本《中山世鉴》卷首向象贤序的"顺治七年岁次庚寅",被篡改成了"日本庆安庚寅"(《国家图书馆藏琉球资料续编》,上册,第832页)。
⑥ 徐葆光《中山传信录》卷四《琉球三十六岛》(《国家图书馆藏琉球资料汇编》,中册,第313页)。

淆文;而比较日常的文字,或也全用假名,尤其是平假名。古琉球时期的"辞令书"(所谓"本国文移中,亦参用中国一二字,上下皆国字也"①)、碑文、精英阶层石棺上所刻铭文、祭祀歌谣集《おもろさうし》(1531—1623,全二十二卷)里的祭祀歌谣等,多用平假名来书写;过渡期和近世琉球的"辞令书"、首部国史《中山世鉴》等,则多夹用汉字甚至全用汉字。文体则多用"候文",或所谓"和式汉文"②。因此有日本学者认为,琉球文是"中世日文"的一支,是"中世日文"的变种③,盖也是从今天的立场倒推的。

随着琉球与中国建立封贡关系,琉球人开始学习汉字汉文,留学生则更进而学习汉语,当然这都局限于上层子弟中间。"俗无文字,入学中国,始陈奏表章,著作篇什,有华风焉。"④在当时的东亚汉文化圈,中国居于中心和优势地位,故在琉球士族社会中,汉字汉文后来居上,在地位上超过了假名和文。在琉球,汉字汉文用于外交和公文,包括封贡事宜和国际贸易(东亚汉文化圈通用汉文),还有史书、碑铭及士族阶层的家谱等⑤;假名和文用于日常生活,以及对日交往(早期常由日僧担任)等场合。

明时琉球的学校制度不明,但分别有汉字汉文、假名和文教育,二者同样有等级差异:

> 陪臣子弟与凡民之俊秀者,则令习读中国书,以储他日长史、通事之用;其余但从倭僧学书蕃字而已。⑥

也就是说,琉球上层子弟习汉字读中国书⑦,下层子弟跟日僧学习假名

---

① 徐葆光《中山传信录》卷六《字母》(《国家图书馆藏琉球资料汇编》,中册,第 548 页)。
② "自日本引入的假名文字、候文和和式汉文等的文字表现,不仅用于与日本的外交及其交流的场合,也广泛用于琉球国内的行政文书和碑文等。"(高良仓吉《琉球王国汉文文献集成》序)
③ 参见高良仓吉《琉球王国》,第 171—172 页。
④ 张瀚《松窗梦语》(1593)卷三《南夷纪》,上海,上海古籍出版社,1986 年,第 46 页。
⑤ 琉球的家谱,除少数混杂假名外,一般都用汉文编写,与朝鲜半岛的族谱相似,主要内容有童名(小名)、唐名、字号、出生顺序、出生年月日、卒年、墓地及生平所任官职、赴中国或日本的经历等(参见比嘉政夫《冲绳からアジアが见える》,第 210—211 页)。
⑥ 陈侃《使琉球录·群书质异》(《国家图书馆藏琉球资料汇编》,上册,第 66—67 页)。又见严从简《殊域周咨录》卷四《琉球》。
⑦ "你那里也读书么?""读书。""读什么书?""《四书》、《五经》都读。"(《学官话》)

和文。

> 每寺必有童子数十人列坐受业,大约读书时少,作字时多。字皆草书,无楷法也。国人就学,多以僧为师,僧舍即其乡塾云。①

童子从僧所学应是"蕃字",也就是假名,所以才会"字皆草书,无楷法也"——这是平假名的特征。乾隆时琉球官生教习潘相也谈到,除久米村子弟读中国书外,"外村人皆读其国书,学国字,以寺为塾,以僧为师"②。其所谓"国书"之一的《法司教条》,即是琉球式汉文,略同于新罗式汉文、和式汉文,其中一段云:

> 人间之道与申者,孝行题目候。孝行与申者,诸士百姓,共其身之行迹题目候。而家中人数,其外亲类缘者至迄,睦敷取合,尤御奉公。人者,国家之为,何篇入精,亦百姓等者,家业无油断相劝,各父母为致安心候仪,孝行与申事候。若行迹不宜,或家中亲族缘者之取合不睦敷,或遇奉公付而,忠义之心立无之,或家业之勤致油断,此样之不届,有之候而者,何分,父母江衣食之类结构相备候共,父母安心无之候。以此心得,诸生百姓,孝行之勤,可致执行事。③

---

① 汪楫《使琉球杂录》卷二《疆域》(《国家图书馆藏琉球资料汇编》,上册,第743页)。
② 潘相《琉球入学见闻录》卷二《书籍》(《国家图书馆藏琉球资料汇编》,下册,第447页)。黄景福《中山见闻辨异》以为:"细译之,亦只是中国学宫一条例,不过易汉文为球语耳,不得谓之书。潘又云:'以寺为塾,以僧为师。'近日多立家塾,以意揣之,想读书僧寺,不特在未立塾以前,且当在未赐闽人三十六姓之前也。"(《国家图书馆藏琉球资料续编》,上册,第718页)毅平按:潘相所谓"国书",可能只是"国文"之意。
③ 潘相《琉球入学见闻录》卷二《书籍》(《国家图书馆藏琉球资料汇编》,下册,第482—483页)。"官生注云:与申,犹也者。题目,紧要也。候,矣字之意。候而,而字启下。缘者,朋友之类也。至迄,至于也,宜在句首而在句尾者,所谓虚字倒读也。敷,语助也。取合,交接之意。御奉公,做官也。国家之为,即为国家也。何篇,不论何事也。入精,要尽心也。油断,怠惰也。候仪,者字之意。孝行与申事候,上所谓孝行之事也。付而,犹居于也,如云居于御奉公也。不届,弊病也。候而者,如云矣焉者。何分,如云何等样。江,犹于也,宜在父母上。结构,极好也。相备,奉上之意。父母安心无之,父母不安心也。积,料度之意,宜在父母安心句上。以此心得,如云把这样心肠也。可致执行事,要众人依此而行。"(同上书,第484页)

因为与中国交往的需要,明移民的部分后裔,上层部分士族子弟,通过留学中国或本地教育,可以写出比较规范的汉文来。汉文在琉球的重要性,正如高良仓吉所云,包含了三个相关层次:

> 从中国习得的汉字和汉文,对于琉球王国而言,是更为重要的表现手段。因为就像其外交文书集成《历代宝案》所代表的那样,凭借用汉文撰写各种形式的外交文书的能力,琉球已可与明清时期的中国、朝鲜和东南亚诸国展开外交和贸易关系。显然,汉文已成了连接琉球与亚洲世界的不可或缺的表达方式,是琉球使自己融入国际社会的语言手段。
>
> 汉文的使用并不仅仅限于外交和对外交流的场合,而且随着汉文在国内广泛普遍的使用,使得琉球人民树立了用汉文叙述自己的正史和家族集团历史的文化态度。在琉球国王的朝廷所在地首里城周边,建立起了许多彰显国王功业的石碑,其碑文即是用汉文撰写的。
>
> 而且,汉文还为琉球人带来了多元的语言表现形式。人们编撰了学习中国官话的教科书,并且有可能参与到了作为东亚文化人共同价值的汉诗的世界里。它使得琉球人具备了理解中国古典的能力,比如就像蔡温所体现出来的那样,琉球人也能够用汉文来表述小国琉球的经营理念。①

也正是出于上述种种考虑,所以为《琉球王国汉文文献集成》之编纂,高良仓吉"由衷地喝彩与共鸣",认为这"是一项无与伦比的大业,它在今天向人们指明了亚洲的法则"②。而我以为,其法则就是东亚曾同属"汉文世界",也就是本文所谓的"书同文"。虽汉字汉文的普及程度,琉球不及东亚其他地区,"其国尚中国文字,然远不逮日本,藏书亦甚鲜"③,但它同样不在此法则之外。

---

① 高良仓吉《琉球王国汉文文献集成》序。
② 高良仓吉《琉球王国汉文文献集成》序。
③ 钱某《琉球实录》(《国家图书馆藏琉球资料续编》,上册,第807页)。

七、琉球的汉传佛教

琉球也流行佛教,当然是汉传佛教。佛教最初传入琉球,乃在南宋咸淳年间(1265—1274):

> 咸淳年间,王命辅臣建寺于浦添城之西,名曰极乐。先是,一僧名禅鉴,不知何处人,驾舟漂至那霸。王命构精舍于浦添,名极乐寺,令禅鉴禅师居焉。是我国佛僧之始也(历年久远,寺既荒坏,今无存焉)。①

> 本年(1760),龙福寺山号改称"补陀洛山"。(寺原英祖王时,有一和尚禅鉴禅师者,是不知从何国来,王命创建此寺于浦添城之北,号曰"补陀洛山极乐寺"。禅鉴乃此寺之开山也……尚圆王命迁其址于此处,改称"天德山龙福寺",即命芥隐和尚住持焉。然则芥隐只可谓中兴之开山耳,禅鉴禅师是始立寺、教法于本国者也。天德山,亦是圆觉寺之山号也。今复仍旧称"补陀洛山"者,不惟分别圆觉寺山号,又欲不忘佛教之所自始也。)②

这是佛教传入琉球的最初记载,比传入日本晚了七百多年。

此时日本五山佛教大盛,日本僧侣也至琉球传教,继禅鉴禅师后有赖重。"本年(1384)八月二十一日,护国寺开山住僧赖重法印入灭。盖赖重,乃日本人也,何年至国,以建寺于波上山,今不可考。然洪武十七年(1384)赖重入灭,则元朝之末,或明朝之初,其至国也无疑焉。"③

1430年,明宣宗遣内官柴山、副使阮某出使琉球,柴山捐资建寺,名曰大安禅寺,并自立碑记。1433年,柴山复使琉球,又捐资建阁,名曰千佛灵

---

① 《中山世谱》卷三《英祖王》"南宋咸淳二年丙寅"条附论。
② 《中山世谱》卷十《尚穆王》"清乾隆二十五年庚辰秋"条。
③ 《中山世谱》卷三《察度王》"明洪武十七年甲子"条。

阁,并自立碑记①。是皆助推琉球之佛风,惜未见华僧赴琉传教。至尚泰久王时(1454—1460在位),崇佛重僧,建寺铸钟,礼待日本僧侣,乃至建日本神社:

> 景泰年间,一僧至国,讳承琥,字芥隐,日本平安城人也。王命辅臣新构三寺:一曰广严(今存),一曰普门,一曰天龙(俱今不存),令芥隐和尚为开山正住持,而轮流居焉。王受其教,礼待甚优,而国人崇佛重僧。由是王大喜,景泰、天顺间,卜地于各处,多建寺院,并铸巨钟,悬于各寺,朝夕令诸僧谈经说法,参禅礼佛,以祈升平之治,虽汉明、梁武亦无能出于其右焉,诚此我国佛法之明君也。(即今禁中或寺庙所有巨钟,乃景泰、天顺间尚泰久王所铸也。)王又命辅臣创建末吉山熊野权现社。(其余神社,何年建之,今不可考,疑是泰久王之世,其亦建之欤?)②

1457年,尚泰久王命铸万寿寺钟③。1459年,又命铸巨钟悬于临海寺④。琉球佛寺之最巨者在首里王宫左右,左曰天界寺,右曰圆觉寺。其正殿左右,皆藏经数千卷⑤。天界寺为尚泰久王创建。1466年,其子尚德王又增建大宝殿,铸巨钟挂于寺;又构建神德寺,铸巨钟悬于寺⑥。1467年,朝鲜

---

① 此次柴山出使琉球,还肩负了一个使命:"宣德七年(1432)正月,帝(明宣宗)念四方蕃国皆来朝,独日本久不贡,命中官柴山往琉球,令其王转喻日本,赐之敕。明年(1433)夏,王源义教遣使来。"(《明史·外国三·日本传》)室町幕府是遣使来了,但似乎是自己决定来的,与柴山的传言使命无关。这是因为,1431年,足利义教已决定恢复遣明使(此前被足利义持中断了十来年),1432年八月从兵库出发,1433年春季从博多出发,同年六月使节到达北京。而柴山是1432年受命,1433年才出使琉球的,此时日本使节已经入明。所以《明史》的记载,只是时间上的巧合,柴山受命与日使入明,其间没有因果关系。木宫泰彦判断《明史·外国三·日本传》记载时间有误,认为明宣宗命柴山传言应是上一年事(参见其《日中文化交流史》,胡锡年译,北京,商务印书馆,1980年,第534页),盖是出于颜面考虑(表示日本恢复遣使乃出于明朝邀请)而作的误判,实际情况可想而知,不过是两边想到一块去了,几乎同时在推动此事而已。
② 《中山世谱》卷五《尚泰久王》"明景泰七年丙子"条。毅平按:"平安城"即平安京(今京都),京都有天龙寺,故芥隐在琉球仿建欤? 其时日本佛教鼎盛,传教热情高涨,余波乃及于琉球也。
③ 《中山世谱》卷五《尚泰久王》"明天顺元年丁丑"条。
④ 《中山世谱》卷五《尚泰久王》"明天顺三年己卯"条。
⑤ 陈侃《使琉球录·使事纪略》(《国家图书馆藏琉球资料汇编》,上册,第43页)。
⑥ 《中山世谱》卷五《尚德王》"明成化二年丙戌"条。毅平按:天界寺今已不存。

国王李瑈赠方册佛经于琉球国王,尚德王以为护国之宝①。1469 年,又命铸巨钟悬于相国寺②。1470—1476 年间,尚圆王命建天王寺,而为家庙之备③。1492 年,尚真王命创建圆觉寺(三年而成)并荒神堂,延日本老僧芥隐为开山住持④。1494 年,尚真王命构宗庙于圆觉寺方丈右侧,谓之御照堂,而以天王寺为王妃庙⑤。1496 年,王命新铸巨钟,建其楼于圆觉寺而悬钟焉⑥。1497 年秋,琉球使臣朝贡中国时,谒见翰林庶吉士许天锡于神德寺,求其撰《圆觉寺碑》,翌年立碑⑦。1502 年,圆觉寺前又造圆鉴池,水中建堂,以藏三十五年前朝鲜国王李瑈所赠方册佛经⑧。天界寺、圆觉寺、天王寺,号称首里三大寺。此时期为琉球"万国津梁"时代,各大寺的创建及巨钟的铸造,皆凭恃琉球在国际贸易中所获之丰厚利润。

琉球佛寺既多创自日本僧侣,琉球僧侣又每留学于日本,故其佛教受日本影响很大,僧侣也多兼通汉文和文,甚而有能作汉诗文者,陪臣子弟多从之学习:

> 国多僧,王府待僧亦甚宽,谙汉字者,王辄加礼……余游诸寺,见其所记嘉靖某年月日诵某经若干卷,虽风雨剥蚀处亦有之。⑨

> 僧识番字,亦识孔氏书,以其少时尝往倭国,习于倭僧。陪臣子弟

---

① 《中山世谱》卷五《尚德王》"明成化三年丁亥"条。
② 《中山世谱》卷五《尚德王》"明成化五年己丑"条。
③ 《中山世谱》卷六《尚圆王》"明成化十一年乙未秋"条。
④ 《中山世谱》卷六《尚真王》"明弘治五年壬子"条。日本镰仓五山之一为圆觉寺,琉球圆觉寺或与之有关。"小邦(琉球)诸寺,圆觉为大。"(李鼎元《使琉球记》"八月十三日癸亥"条,《国家图书馆藏琉球资料续编》,上册,第780页)现仅存残迹。
⑤ 《中山世谱》卷六《尚真王》"明弘治七年甲寅"条,《尚圆王》"明成化十一年乙未秋"条。
⑥ 《中山世谱》卷六《尚真王》"明弘治九年丙辰"条。
⑦ 碑文载徐葆光《中山传信录》卷四《纪游》(《国家图书馆藏琉球资料汇编》,中册,第357—358 页),又载周煌《琉球国志略》卷十五《艺文》(《国家图书馆藏琉球资料汇编》,下册,第31—34 页)。
⑧ 《中山世谱》卷六《尚真王》"明弘治十五年壬戌"条。后来至 1621 年,经朽堂坏,而成空地,遂改建为辨才天女堂(见《中山世谱》卷八《尚丰王》"明天启元年辛酉"条)。圆觉寺和辨才天女堂后均焚毁于 1945 年冲绳战役。
⑨ 郭汝霖、李际春《(重编)使琉球录》卷下(《国家图书馆藏琉球资料续编》,上册,第154 页)。

十三四岁,皆从之习字读书。如三十六姓者,复从旧时通事习华语,以储他日长史之用。作诗惟僧能之,然亦晓音韵、弄文墨已尔,许以效唐,则过也。①

国无道士。释有临济宗、真言教二种。临济宗为禅门,戒荤酒,多学为诗。真言教为人作佛事,如中国副应僧之类,荤酒不尽绝矣。居首里诸寺者,皆临济宗;在那霸者,惟东禅寺、清泰寺及广严寺三处为禅宗,余俱真言教也……国禁僧不得渡海入中国,惟至日本参学者有之。②

盖其国僧皆游学日本,归教其本国子弟习书。③

1633年胡靖随使琉球,参观圆觉寺时看到:

国中童蒙皆从师于上人,学写番字,即为习业焉。上人讳萨都卢喃,颇晓畅,每向余索书画……僧众晨夕诵经不辍。④

盖以圆觉寺本来即由日僧创建,故琉球童蒙皆从之学写番字。但日本佛教也用汉文佛经,唯以日音直读或训读之。琉球僧侣从日本僧侣学习,也应以日音读汉文佛经。两国僧侣共同的文化基础,仍是来自中国的汉文化。因此,汉传佛教在琉球的广泛传播,虽说主要经由日本僧侣之手,仍可视为"书同文"之重要一环。

另外,"萨摩侵入事件"之前,琉球对日、对萨摩交往,也多用各寺长老,盖以他们通晓日语,或有日本背景之故。如为纹船使事,嘉靖年间,尚清王时,遣天界寺月泉长老到萨州;万历年间,尚永王时,先后遣天界寺修翁和尚、普门寺

---

① 夏子阳、王士祯《使琉球录》卷下《群书质异》(《国家图书馆藏琉球资料汇编》,上册,第499—500页)。主要内容应承自陈侃《使琉球录·群书质异》。
② 徐葆光《中山传信录》卷五《禅宗》(《国家图书馆藏琉球资料汇编》,中册,第466—467页)。
③ 徐葆光《中山传信录》卷六《字母》(《国家图书馆藏琉球资料汇编》,中册,第550页)。
④ 胡靖《琉球记》(《国家图书馆藏琉球资料汇编》,上册,第285—286页)。

和尚、天龙寺桃庵长老到萨州、大阪;尚宁王时,又先后遣建善寺大龟和尚、护国寺快雄座主、天王寺菊隐长老到萨州①。此后则多派遣专门使节矣。

八、民间信仰及技艺

佛教以外,中国的一些民间信仰,如天尊信仰、天妃(妈祖)信仰、龙王信仰、关帝信仰等,也随福建移民或明清使臣传入了琉球。此外,中国的各种技艺等,也陆续传入了琉球。

明初永乐年间,天尊、天妃信仰由闽人带入琉球。移居琉球的闽人创建了天尊庙。1424 年,中山尚巴志王命在那霸创建天妃庙,即后来的下天妃庙(那霸市至今仍有"天妃町"之地名)②。1456 年,尚泰久王命辅臣铸天尊庙之钟③。钟上镌字记事,及相国某所撰铭,皆汉文。铭曰:"华钟铸就,挂着珠林。撞破昏梦,正诚天心。君臣道合,蛮夷不侵。彰凫氏德,起追蠡吟。万古皇泽,流妙法音。"④翌年,又命辅臣铸天妃二庙等钟⑤。1561 年出使的郭汝霖,为方便册封使祭祀,于上天妃庙造天妃新殿。1633 年随使的胡靖,这样记载天妃新殿:"沿湖而东,陟山半,有天妃新殿,造自郭公。凡册使往返,皆于斯祈福,醮五昼夜。"⑥琉球贸易船中都供奉有妈祖,李鼎元《中山杂诗二十首》其十七所谓"球人知孔庙,舟子重天妃"⑦是也。除琉球本岛外,姑米岛上也建有天妃庙。"一在姑米山,乾隆二十二年(1757),使臣周煌致国王代建。"⑧

---

① 参见《中山世谱》附卷一。
② 《中山世谱》卷四《尚巴志王》"明永乐二十二年甲辰"条:"本年,命辅臣创建下天妃庙。"又引《杜公录》:"天尊庙,昔闽人移居中山者创建庙祠,为国乞福。"云:"以此考之,上天妃庙、龙王殿,亦此时建之欤?"毅平按:其言不确,上下天妃庙盖非同时所建。
③ 《中山世谱》卷五《尚泰久王》"明景泰七年丙子"条。
④ 汪楫《使琉球杂录》卷二《疆域》(《国家图书馆藏琉球资料汇编》,上册,第 740 页)。
⑤ 《中山世谱》卷五《尚泰久王》"明天顺元年丁丑"条。毅平按:如是,则上天妃庙应创建于是年之前。又,上天妃庙建在久米村内。
⑥ 胡靖《琉球记》(《国家图书馆藏琉球资料汇编》,上册,第 273 页)。
⑦ 李鼎元《师竹斋集》卷十三(《国家图书馆藏琉球资料三编》,下册,第 219 页)。
⑧ 齐鲲、费锡章《续琉球国志略》卷三《祠庙》(《国家图书馆藏琉球资料续编》,上册,第 449 页)。毅平按:姑米岛天妃庙于 1759 年建成,而自是年起,琉球天妃庙皆改称天后宫。

到了清初，关帝信仰也传入了琉球。程顺则的《琉球国创建关帝庙记》（1716），记载了关帝信仰传入琉球的源起："予至中华，见所在神祠血食乡土者甚多，独关帝庙貌清肃庄严……兹琉球国已建孔子庙，而独于帝缺其祀典，岂帝之声名止洋溢于中夏，而不能远播于海外欤？予谓不然也。"①1683 年出使琉球的汪楫、林麟焻，捐俸五十金，倡立关帝庙。"康熙癸亥（1683），册封敕使汪楫、林麟焻惜乎本国无供帝王，竟以创建帝王庙之意深以许愿，乃捐白银伍十两，请乞创建此像。至庚午年（1690），王令贡使能塑关帝及关平、周仓圣像。明年（1691）之夏，奉此神像而回来。即上天妃庙内另筑一坛，奉安其像，以致圣诞及春秋之祭礼，永为护国伏魔之神焉。"②于是关帝信仰正式传入琉球。

　　据周煌说，龙神庙在上天妃宫大门内左厢北向屋（东门内小院），关帝庙则在上天妃宫神堂之右（西）③。"龙王殿，旧是建在于三重城，经历既久，移建于唐荣上天妃庙前矣。"④而下天妃庙前则是："庙前空旷，为往来通衢。日昃则夷妇顶戴杂物，铺置于地，与唐人交易，至暮拾归。"⑤但下天妃庙最重要的功能，却是"国之案牍多储于此"⑥。又，上下天妃庙造后约三百余年，1759 年，后于中国七十余年，"天妃"改称"天后"⑦。

---

① 《中山诗文集》（《琉球王国汉文文献集成》，第 30 册，第 219—221 页），周煌《琉球国志略》卷十五《艺文》（《国家图书馆藏琉球资料汇编》，下册，第 58—62 页）。
② 《球阳》卷八尚贞王二十三年（1691）"创建关帝王神像"条（《琉球王国汉文文献集成》，第 8 册，第 223—224 页）。
③ 周煌《琉球国志略》卷七《祠庙》（《国家图书馆藏琉球资料汇编》，中册，第 998 页）。
④ 《中山世谱》卷四《尚巴志王》"明永乐二十二年甲辰"条。
⑤ 胡靖《琉球记》（《国家图书馆藏琉球资料汇编》，上册，第 271 页）。
⑥ 汪楫《使琉球杂录》卷二《疆域》（《国家图书馆藏琉球资料汇编》，上册，第 738 页）。
⑦ 1683 年收复台湾之役，施琅称曾得天妃神助，故奏请封其为"天后"，翌年，清廷晋封天妃为天后。《中山世谱》卷十《尚穆王》"清乾隆二十四年己卯"条："本年（1759）夏，天妃改称天后（曾受封天后，然本国不知，自此年始称天后）"。但齐鲲、费锡章《续琉球国志略》卷三《祠庙》云："向称天妃宫，乾隆二十二年（1757），始改今称。"（《国家图书馆藏琉球资料续编》，上册，第 448 页）二者时间稍有出入。盖乾隆二十一年（1756）全魁、周煌出使琉球，通过捐资并倡言创建姑米岛天后宫，题额上下天后宫、姑米岛天后宫，以及全魁撰《大清琉球国天后神庙碑》、周煌撰《琉球国新建姑米山天后宫碑记》（均收入《琉球国碑文记》，《琉球王国汉文文献集成》，第 17 册，第 283—289、257—263 页）；又参见《球阳》卷十五尚穆王五年"又树碑于天后宫"条、"册使建天后宫于姑米岛"条，《琉球王国汉文文献集成》，第 10 册，第 41—42 页）等，而传入了中国已改称"天后"的消息，琉球的实际改称及记载则稍滞后。此后，1794 年，经唐荣总理司、长史等提议，又照中华规格升级了天后服饰，见《球阳》卷十八尚穆王四十三年（1794）"天后菩萨始服黄缎五爪龙纹云绣之衣"条（《琉球王国汉文文献集成》，第 10 册，第 356—357 页）。

郑谦《琉球国创建天尊庙天妃宫龙王殿关帝祠总记》(1731)介绍各处建筑创建经纬甚为简明:

> 凡有事朝贡、取道航海者,天妃是崇;忠义报国、特立臣节者,关圣维师;雨旸时若而祈来年者,莫不尊亲天尊与龙王。故在昔永乐年间,闽人三十六姓移居球阳者,奉使朝贡,自京师塑天尊神像归,请命创建其庙于邑北。二十二年,岁在甲辰(1424),又鼎建天妃宫于村南,其规模如中华之制。嗣后于宣德、正统之间(1426—1449),重建上天妃宫于营中,惟因二宫,称上下别之。其宫前有龙王堂,是五方龙神之殿也,原在那霸津口仲三重城,为海风吹坏,不堪修葺,故崇祯初年(1628)议移于兹云。又于天妃宫之右楹奉关帝圣像,康熙二十二年癸亥(1683),册封正使汪公、副使林公捐俸五十金塑像。①

中国戏曲随福建移民传入了琉球,1579年出使的谢杰记载:

> 居常所演戏文,则闽子弟为多。其宫眷喜闻华音,每作,辄从帘中窥之。长史恒跽请。典雅题目,如《拜月》、《西厢》、《买胭脂》之类,皆不演;即岳武穆破金、班定远破虏,亦嫌不使见;惟姜诗、王祥、荆钗之属,则所常演。夷询知,咸啧啧羡华人之节孝云。②

典雅的内容不容易理解,"破金"、"破虏"则有所涉嫌,所以挑"节孝"剧目表演,说明传入琉球的剧目还是比较丰富的。琉球本地的戏曲,原本为日本曲调。1606年出使的夏子阳记载:"时正午,亭中具一饭,令夷人为夷舞,复为

---

① 收入《琉球国碑文记》(《琉球王国汉文文献集成》,第17册,第187—188页)。
② 谢杰《琉球录撮要补遗·国俗》,夏子阳、王士桢《使琉球录》附(《国家图书馆藏琉球资料汇编》,上册,第572—573页)。

夷戏,云日本曲调也。"①直至百余年后,始用本国故事作戏②。

中国音乐也随福建移民传入琉球,《琉球国旧记》卷三"公事"类"奏乐"条云:

> 《世谱》云:至闽人抵国,音乐洋洋乎不异中国云尔。由是考之,本国原有音乐,闽人教之,补阙以成者也耶?详见于《中山世谱》。③

此后又随册封使传入琉球,1663年出使的张学礼记载:

> 封舟过海,例有从客偕行。姑苏陈翼,字友石,多才艺。王持帖请授世子等三人琴……寓天界寺,习一月。移至中山王府,又月余。授世子《思贤操》、《平沙落雁》、《关雎》三曲,授王婿《秋鸿》、《渔樵》、《高山》三曲,授法司子《流水》、《洞天》、《涂山》三曲。求诣无虚日,皆称曰友石先生。④

1719年出使的徐葆光记载:

> 前使张学礼记云,国王遣子婿于从客某所学琴。今已失传。国中无琴,但有琴谱。国王遣那霸官毛光弼于从客福州陈利州处学琴,三四月习数曲。并请留琴一具,从之。⑤

除册封使外,偶尔漂流到琉球的华人,也会带来中国音乐。1756年出

---

① 夏子阳《使琉球录·礼仪》(《国家图书馆藏琉球资料汇编》,上册,第449页)。
② 《球阳》卷十尚敬王六年(1718)"令向受祐始以本国故事作戏"条:"首里向受祐(玉城亲云上朝薰)博通技艺,命为戏师,始以本国故事作戏教人。次年,演129供兴于册封天使宴席。其戏自此而始。"(《琉球王国汉文文献集成》,第9册,第62页)毅平按:次年出使琉球的册封使是海宝、徐葆光一行,则他们应是最早看到琉球本国故事戏曲的人。
③ 《琉球王国汉文文献集成》,第14册,第426页。
④ 张学礼《中山纪略》(《国家图书馆藏琉球资料汇编》,上册,第667—668页)。
⑤ 徐葆光《中山传信录》卷六《器具·乐器》(《国家图书馆藏琉球资料汇编》,中册,第505页)。

使的周煌记载:"近亦有唱中国弦索歌曲者,云系飘风华人所授。"①中国音乐的传入,加上原有的本地和日本曲调,琉球人的音乐生活丰富了起来。

明朝末年,有自少幼时志于医术、游于他方的日人山崎二休,"闻球邦往来中华,历年已久,意想有扁鹊妙法遗在球国,乃辞去故里,来到本国(琉球),而住居那霸,效力于国,王即擢御典药,赐姓叶字",说明中国医药早已传入琉球,名声在外。叶氏后裔世代习医,深得国王宠爱。"自此之后,人民或入闽州,或赴萨州,皆学医道,而其术愈精,至今相继不敢少绝也。"②

当然,中国医药也随册封使传入琉球,1663 年出使的张学礼记载:

西湖吴燕时,字羽嘉,业歧黄,切脉知生死,国中求治者无不立愈。亦有数人受其传。③

上述传入琉球的民间宗教和技艺,作为整个汉文化背景的一部分,也在琉球"书同文"的进程中起了积极的作用。

九、明代琉球汉文学

琉球正式进入东亚汉文化圈已是 14 世纪末,迟于东亚其他地区如朝鲜半岛、越南、日本等甚久,所以其汉文学的基础也甚为薄弱,发展也甚为迟缓。这一时期的琉球,汉字汉文仅通行于汉移民间,也局限于封贡、贸易等场合,尚未成为社会性的教养和风尚,也没能够向文学层面扩展,因而没能够结出丰硕的果实。这是它不及同时期东亚其他地区的地方。

《星槎胜览》曾说琉球人"能习读中国书,好古画铜器,作诗效唐体",但

---

① 周煌《琉球国志略》卷四下《风俗·习尚》(《国家图书馆藏琉球资料汇编》,中册,第 862 页)。
② 《球阳》附卷一尚宁王二十一年(1609)"日本山崎二休克操忠义以累重罪"条、尚质王四年(1651)"始置典医药官"条(《琉球王国汉文文献集成》,第 13 册,第 21—24、71—72 页)。
③ 张学礼《中山纪略》(《国家图书馆藏琉球资料汇编》,上册,第 668 页)。李鼎元《使琉球记》"嘉庆四年(1799)十一月十有六日"条云:"一向例,正副使许自带谙晓医术医士二名随往。"(《国家图书馆藏琉球资料续编》,上册,第 727 页)这是中国医药随册封使传入琉球的事例之一。

1534年出使的陈侃驳之曰:"古画铜器,非其所好……至于作诗,则弄文墨、参禅乘者间亦能之,而未必唐体之效也。"①陈侃亲历琉球,所言应较可信。1561年出使的郭汝霖,这样记载其所见所闻:

> 霖按:君子之夷夷者,谓夫言语文字之不通也。琉球归化胜朝,缙绅时使其国,及考其翰迹,仅寺碑二篇;而《中山八景记》,则余过延平,有林生者示余潘公渡海事,并以其家录来观,而因得之;若诗歌之类,绝无一字焉。岂明珠戒暗投,而越不知章甫之重也?然余窃怪日本人识汉字,有诗僧,唐人亦有送僧归日本诗,此又何也?余姑存此,以俟他日奇游者览焉。而陪臣子弟入监诵读之举,益知不可已已。②

其中所收汉文四篇,皆非琉球人作品:《大安禅寺碑记》、《千佛灵阁碑记》,皆记明使柴山建寺修阁事,盖为柴山随从所撰;《中山八景记》,为1463年出使的潘荣所撰;《息思亭说》,为郭汝霖本人所撰。郭汝霖之所窃怪,正说明琉球与日本汉文风土有别。1579年出使的谢杰,这样记载其所见所闻:

> 书籍有《四书》,无《五经》,以杜律虞注为经。其善吟者,绝句仅可通,律与古风以上,俱搁笔矣。③

比起十余年前来,仅有的进步,是"绝句仅可通"。1606年,夏子阳、王士桢出使琉球,闻知圆觉寺内不仅藏有佛经,也藏有儒教典籍,利用却有限:

> 夏子阳曰:余闻琉球国王宫之右有寺曰圆觉,制颇弘敞。其中所藏有国初所赐《四书》、《五经》、《韵府》、《通鉴》、唐贤《三体诗》诸

---

① 陈侃《使琉球录·群书质异》(《国家图书馆藏琉球资料汇编》,上册,第65、67页)。
② 郭汝霖、李际春《(重编)使琉球录》卷下(《国家图书馆藏琉球资料续编》,上册,第165—166页)。
③ 谢杰《琉球录撮要补遗·国俗》,夏子阳、王士桢《使琉球录》附(《国家图书馆藏琉球资料汇编》,上册,第573页)。

书。佛经如《华严》、《法华》、《楞严》之类亦间有之。但其僧所识诵，则止一《心经》；而所以教陪臣子弟，则一《论语》也。要亦文字之辟未广耳。①

明万历年间，"岛津侵入事件"（1609）翌年，琉球人蔡坚曾出使中国，在北京遇到朝鲜使臣李睟光（1563—1628），于是在后者的文集里，留下了这样的记载：

> 琉球国在东南海中。使者蔡坚、马成骥，从人并十七人，皆袭天朝冠服。自言庚戌（1610）九月离本国，水行五日抵福建，由福建陆行七千里，辛亥（1611）八月达北京。寝处不于炕突，虽盛冬必沐浴，状貌言语，略与倭同。自仆等到馆，颇致殷勤之意，愿得所制诗文以为宝玩。故欲见其酬答，略构以赠。而坚等短于属文，不足与唱和耳。且闻要贸我国黄笔，乃以二笔二墨贶之，坚等亦以刀扇各一为礼。蔡坚则能解汉音，以译语相问答如左。②

蔡坚"昔曾入南雍习业数年，屡过闽，习闽风景，悉解闽人及中原语"③，即使有过这样的经历，却也只是娴熟汉语（官话及方言），而"短于属文，不足与唱和"，与长于属文却短于汉语的朝鲜使臣恰好形成对照④。连久米村出身的显宦蔡坚都是这样，当时琉球人的汉文学水准就可想而知了。

1633年随使琉球的胡靖，编有《中山诗集》，其中未见有琉球人唱和之

---

① 夏子阳、王士祯《使琉球录》卷下《群书质异》（《国家图书馆藏琉球资料汇编》，上册，第500—501页）。
② 李睟光《芝峰集》卷九《琉球使臣赠答录·后》。毅平按：李睟光与安南使臣唱和后，有《安南国使臣唱和问答录》（《芝峰集》卷八），而与琉球使臣往来后，有《琉球使臣赠答录》、《赠琉球国使臣近体十四首》、《谢琉球使臣赠诗及刀扇》，可见蔡坚与李睟光有赠诗而无唱和。
③ 胡靖《琉球记》（《国家图书馆藏琉球资料汇编》，上册，第272—273页）。
④ 两人的问答罕见地不用笔谈，而是通过译语用"官话"沟通。又，据《球阳》附卷一尚宁王二十二年（1610）"蔡坚马成骥等飘到日本以举国名"条，蔡坚一行完成朝贡使命后，归国途中飘流到日本，一开始甚不受日人待见，后见日人家里有贴壁诗章，蔡坚等人大读贴壁诗章，遂得日人礼遇并平安归国（《琉球王国汉文文献集成》，第13册，第28—32页）。可见其汉诗文能力虽不如朝鲜人，但在日本还是派上了大用场的。

作，如琉球人已善作诗，则不当如此。

　　明代琉球人的汉文作品，除了应用文书和少数碑文①外，基本上没有保存下来。"自明初及末，计有二百七十余年之久，未闻中山有著作。"②加之1609年春，日本萨摩藩岛津氏入侵琉球（琉球史称"岛津侵入事件"），占领了首里城，大肆掳掠十日，把琉球宝物尽数掠往萨摩，使琉球文献遭遇毁灭性打击，是为琉球文献的第一次浩劫③。"有如家家日记，代代文书，七珍万宝，尽失无遗。"④明代琉球即使有汉文学作品，也当尽毁于这一事件，其振兴尚有待于下个时期。

十、清代的封贡情况

　　清朝建立后不久，琉球即遣使朝贡，时为1646年。以琉球未缴明朝敕印，清朝称未便授封。七年后的1653年，琉球缴还明朝敕印，断绝与明朝的关系（当时主要指南明）。翌年（1654），清朝初次派出册封使，但因"海氛未靖"（南明尚存）而未果。1663年，南明灭亡，清朝册封使张学礼一行终于成行，册封琉球世子为中山王⑤，并赐新印，印文六字："琉球国王之印"，左满

---

①《琉球国碑文记》（收入《琉球王国汉文文献集成》第17册）中收录了若干汉文碑文，如1497年的《万岁岭记》、《官松岭记》、《圆觉禅寺记》，1498年、1522年、1543年的《国王颂德碑》，1501年的《圆觉寺松尾之碑文》，1509年的《百浦添之栏杆之铭》，1525年的《识名泽岻王舅墓之铭》，1539年的《一翁宁之墓之碑文》，1546年的《新筑石墙记》，1562年的《君夸之栏杆之记》，1597年的《平村太平两桥之铭》，1620年的《极乐山之碑文》等，除个别为久米村人所撰外，余皆为各寺僧所撰，似通非通，有的还有"和臭"，一般没有文学性。
② 王登瀛《中山诗文集序》（《琉球王国汉文文献集成》，第30册，第12页）。
③ 高良仓吉《琉球王国》，第188页。萨摩一边以武力入侵琉球，一边也垂涎琉球的汉文化。1658年，萨摩藩主岛津光久建成仙岩园别邸，从琉球引入两棵原产中国江南的孟宗竹，后来形成为一片"江南竹林"；琉球国王也投萨摩藩主之所好，赠送了一栋中式建筑"望岳楼"，据称地砖仿制阿房宫，匾额临摹王羲之云。
④《喜安日记》。据《球阳》附卷一尚宁王十二年（1600）"日本喜安入道效力于国"条，《喜安日记》的作者喜安（1566——　）原为日人，1600年归化琉球，以擅长茶道，见赏于尚宁王，不数年，擢为侍从官，任茶道宗职，教授茶道于琉球，于是琉球茶道愈兴（《琉球王国汉文文献集成》，第13册，第15—16页）。其日记载了1609年的萨摩之变，全用汉文，惜尚未能寓目。
⑤ 参见《中山世谱》卷八《尚贤王》"清顺治三年丙戌"条、《尚质王》"清顺治十年癸巳春"条、"清顺治十一年甲午"条、"清康熙二年癸卯"条。

右篆,不称"中山"①。

此时距明末杜三策之出使(1633)不过短短三十年,中国却已改朝换代,天使馆也已经倾颓。然而张学礼看到的却不止这些:"今(天使)馆虽倾颓,后楼上尚有故明使臣杜三策题梅花诗百首于壁间,其余吟咏甚多。外有匾额字画,皆故明历代名公之遗迹也。"②天使馆壁间的题诗,以及明人的匾额字画,昭示着汉文化东传的前赴后继,也象征着琉球"书同文"进程的延续,它们并不因明清易代而中止。

不久以后,在"三藩之乱"中,琉球站在清朝一边,与安南形成对照,获得清圣祖的嘉奖:"且吴三桂、耿精忠谋叛之时,安南归吴三桂,琉球则耿王遣使招之,终不肯服。"③"遣正议大夫蔡国器等探问清朝安否,并贡使消息。圣祖大悦,深嘉琉球忠顺之诚。"④"圣祖曰:'琉球恪共藩职,当耿精忠叛乱之际,屡献方物,恭顺可嘉。'"⑤琉球站对了立场,所以后来清琉关系分外亲密,更胜于明琉关系一等:"后增船免税并加赏缎等事,皆以有此功故也。"⑥

此后,直到1879年日本"废藩置县",琉球一直作为清朝的属国,向清朝朝贡并接受册封。清朝的琉球册封使,从1663年到1866年,一共派遣了八次⑦。其中五次使节都有撰述,显示了对琉球的关心。琉球则二年一贡,形成常例(当然不一定都按时),远比明朝时频繁。

进贡的规矩,是几年一回呢?

---

① 徐葆光《中山传信录》卷二《封宴礼仪》(《国家图书馆藏琉球资料汇编》,中册,第143页)。近百年后,1756年,清朝改赐新印,仅篆字,无满字,见《球阳》卷十五尚穆王五年(1756)"天朝改赐御印"条(《琉球王国汉文文献集成》,第10册,第39—40页)。
② 张学礼《中山纪略》(《国家图书馆藏琉球资料续编》,上册,第708页)。
③ 《中山世谱》卷八《尚贞王》"清康熙二十七年戊辰"条。
④ 《中山世谱》卷八《尚贞王》"清康熙十六年丁巳"条。
⑤ 《中山世谱》卷八《尚贞王》"清康熙十九年庚申"条。
⑥ 《中山世谱》卷八《尚贞王》"清康熙十六年丁巳"条。
⑦ 1663年张学礼、王垓(封尚质),1683年汪楫、林麟焻(封尚贞),1719年海宝、徐葆光(封尚敬),1756年全魁、周煌(封尚穆),1800年赵文楷、李鼎元(封尚温),1808年齐鲲、费锡章(封尚灏),1838年林鸿年、高人鉴(封尚育),1866年赵新、于光甲(封尚泰)。又,王士禛《池北偶谈》卷一"谈故"一"外国封使"条云:"国朝声教之远,梯航至者数十国,而受封遣使者惟安南、琉球二国。"其实至少还应加上朝鲜,详见《清史稿·属国一·朝鲜传》。

两年一回,一年接贡,一年进贡。

进贡接贡,共用几只船?

三只船。进贡两只,接贡一只。

进贡呢?

是进上的贡物,差去的官员,还有学官话的人,一起到中国去。

接贡呢?

是接皇上钦赐国王的东西,差去的官员,那些学官话的人,一起回本国来。①

1668 年,清朝重修福州的柔远驿(俗称琉球馆),以接待频繁往来的琉球使臣②。

这里的船,到福建去,收在什么地方湾泊呢?

收在南台后洲新港口河下湾着。那里有琉球公馆一所,名字叫做柔远驿,船到的时节,把那贡物行李、官员人等,都进馆安歇。驶船那些人,都在船上看守。抚院题本,等圣旨下来,到七八月间,这里差去的官员,收拾上京,到十二月,才会到京。上了表章,进了贡物,还要担搁两三个月,到来年三月时节,才得起身回福建。等到七八月,只留一位存留通事,跟随几个人,在那里看守馆驿,其余各官人等,都上接贡船回国。读书学官话那些人,爱回来,不爱回来,这个都随他的便,是不拘的。③

---

① 《白姓官话》。
② 《清史稿·属国一·琉球传》。吴幅员《清代台湾所遇琉球遭风难民事件》云:"因琉球为中国藩属,除朝廷下诏颁敕与琉球中山王具奏上表之外,一般外交事务的处理,例由礼部或福建布政司与中山王以咨文往还,通常而以福建布政司出面行文为多(间有特殊事务例外)。盖琉球贡道系由闽赴京,朝廷在福建省城建有柔远驿,接待贡使及其他官伴;所有与琉球交往事宜,定由福建布政使秉承督、抚尊奉朝命行之。"(见其《在台丛稿》,第 229 页)此后柔远驿屡经修缮,尤其是 1804 年初,因琉球使臣等不慎,引发大火,全部烧毁,琉球使臣请求重建,福州地方官员称,本来难以批准,但"琉球系天朝怜恤之国",是以准其所请,当年十月即重建告成,见《球阳》卷二十尚灏王即位元年(1804)"琉球馆驿失火延烧"条(《琉球王国汉文文献集成》,第 11 册,第 41—42 页)。
③ 《白姓官话》。毅平按:这里说的时间稍不准确。通常进贡船十月就出发了,当年底前使节即可到京,翌年七八月间返回琉球,须跨年却不必跨两年。其稍前说的"这边头一年十一月间开船过去,到那边过年七八月间开船回来"才比较准确。因往返时间均由季风决定,故海路顺利虽不过几天,但一个来回总要跨年。

有些琉球使者、商人和留学生,去世后还葬在了福州,留下了琉球人墓园。至1874年亡国前夕,琉球派出了最后一次朝贡使①。中琉使节的往来文书,都保存在琉球所编的《历代宝案》中,成为中琉交通史的重要史料库②。

十一、唐名与家谱编撰

琉球人原有自己的姓名系统(土名、童名或小名),"三十六姓"来到琉球以后,也带入了中国的姓名系统(唐名)。一开始只有"三十六姓"有"唐名",以及1430年国王受赐"尚"姓。后来受到中国文化的影响,琉球士人也开始取"唐名"了。最初可能只是为了朝贡、留学等之需,一如古代日本文人之另有"唐风名",或今人在涉外场合之起外文名,后来乃成为琉球身份制度的一环。

1670年,首里王府最高行政、司法机构"评定所"发布通告,要求有官职者向王府报告自己的世系图。1689年,首里王府特设"系图座"机构(1712年改称"御系图座"③),全面实施"士族"与"百姓"的身份区别制度。所谓"系图",即"世系图"之略称,意为谱系,也就是家谱、族谱。士族是"持系"的,也就是有谱系有来历的;"百姓"是"无系"的,也就是无谱系无来历的。

在久米村人及海归官生指导下,琉球有官职者纷纷修撰家谱,效法中国的家谱、族谱,一般均使用汉文,内容包括历代祖先的名字、子孙的名字、出

---

① 据有关统计,整个清代,琉球各种使团来华共三百四十七次。参见赤岭诚纪《大航海时代の琉球》,第4—5页。
② 据吴幅员《清代台湾所遇琉球遭风难民事件》说,《历代宝案》原抄本(未曾刊刻)已毁,台湾大学藏有其传抄本,为并世传抄本数量最多者,经由该校影印为十六开本十五巨册(共八千八百十二页),1972年6月出版(见其《在台丛稿》,第252页)。但一说日本吞并琉球后,久米村末任总理唐荣司阮宣诏(1811—1885),将原来存放在久米村天妃宫的《历代宝案》都转移到自己家中藏匿起来。此后不管日本当局怎样威胁恐吓,阮宣诏及其后人都不为所动,妥善地保管着《历代宝案》。直至1933年,由久米村崇圣会牵头,阮氏门中会始将保存了半个多世纪的《历代宝案》移交给了当时的冲绳县立中央图书馆,使该书得以流传至今。参见赖正维编著《福州与琉球》,第336页。
③ 《球阳》卷九尚益王三年(1712)"改定御系图座之名"条:"自往昔时,《中山世谱》及诸士家谱集纳此殿,名曰'系图座'。依此考之君上《世谱》,似有不谨,是以加'御'一字,名曰'御系图座'。"(《琉球王国汉文文献集成》,第8册,第294—295页)

生顺序（辈行）、位阶及官职、生卒年、中国及海外渡航经历等①。各家族撰成家谱以后，提交二部给"系图座"，由"系图奉行"审查无误后，一部留在"系图座"，一部盖上"首里之印"公章，还给各家族的"宗家"，"系图"程序就算完成了。持有"系图"的家族，由此具有了士族身份。与此同时，王府赐各家族以汉姓。其时王府所赐汉姓，多达四百五十余种，皆为中国式单姓，而非日本式复姓，囊括了主要的汉姓。宫古、八重山诸岛晚实施四十年，所赐多为日本式复姓，以示比琉球本岛低一级②。

在"三十六姓"来到琉球将近三百年后，琉球开始实行士族的"唐名"制度，可以看作琉球"书同文"进程的重要步骤。如果这么一直发展下去，并且普及到一般的百姓，最终形成朝鲜半岛、越南式的姓名系统，也是可以预期的结果。

对于琉球人的"唐名"、"土名"、"童名"或"小名"，中国使臣多少有些了解，但多半止于一知半解。尤其是对琉球实行的身份制度，中国使臣可以说知之不详。

陈侃《使琉球录·群书质异》云："琉球国嗣王姓尚氏，名清，父名真，祖名圆，自上世以来皆命名以汉字……至于陪臣则无姓氏，但以先世及以所辖之地为姓名……若大夫金良，长史蔡瀚、蔡廷美，都通事郑赋、梁梓、林盛等凡有姓者，皆出自钦赐三十六姓者之后裔焉。"③这是早期的情况。

汪楫《使琉球杂录》卷三《俗尚》云："国人无姓，或以所生之地为名，或

---

① 如《中山世谱》附卷一《尚丰王》"崇祯十三年庚辰"条："窃按《陶氏家谱》'本年，照屋筑殿全贤，为护送南蛮人事，奉命到萨州'云尔，由是晓之，照屋赴萨州时改名与那岭也耶？历代已久，不可得而详。"可见琉球家谱记载海外渡航经历之一斑。盖海外渡航风险极大，九死一生，故值得记载于家谱也。

② 参见比嘉政夫《冲绳からアジアが见える》，第 91—96、123 页。此亦即《琉球国旧记》卷四"事始"类"姓"条所云："洪武年间，察度王从通中华后，始有姓并讳也，然未为尽备。至康熙二十九年庚午（1690），尚贞王始令群臣各修家谱时，赐姓于群臣，遂已群臣皆有姓有讳也。"（《琉球王国汉文文献集成》，第 7 册，第 36—37 页）又，《球阳》卷十二尚敬王十七年（1729）"始许宫古八重山役人纂修家谱及赐用覆姓"条："宫古、八重山之人无有家谱，历过数世，昭穆已乱，亲疏匪知。而系统派流，祖宗功德，未曾详明。由是令其役人各修家谱，且赐覆姓并名乘，不敢用讳名，永垂后世，以为传家至宝。"（《琉球王国汉文文献集成》，第 9 册，第 219 页）

③ 《国家图书馆藏琉球资料汇编》，上册，第 70—71 页。

以上世所官之地为名。至奉使天朝，或出谒天使，则旋乞姓名，书手版上，与本名复异。如法司官毛泰永，本名伊野波亲方，伊野波地名也，官大者称亲方，次则称亲云上；至摄政王臣，则曰摄政下大亲官；世子臣，则曰世子下大亲官。"①

周煌《琉球国志略》卷三《封贡》云："惟久米村唐人三十六姓及本国常充贡使选者有姓字名号，仿效中华。闻亦各别有琉球名，与众同。其姓名止为朝贡设，国中不用也。"②这是中期的情况。

李鼎元《使琉球记》"七月二十三日癸卯"条云："杨文凤来，问以国俗旧无姓，然欤？对曰：'然。国中惟久米村梁、蔡、郑、毛、曾、陈、阮、金等姓乃三十六姓之裔，此外世禄之家皆赐姓，士庶率以田地为姓，史无名，其后裔则云某氏之子孙几男，所谓田名私姓也。'余尝举向循师之名问法司向天迪，对以不知，始信国中皆别有通呼之名，其书手版者特具文官名耳。"③这是后期的情况。

黄景福《中山见闻辨异》云："细询诸生，云：'国自前明赐闽人后，俱有姓名，如中国例，谓之唐名，不仅三十六姓为然也。外生时各有小名，贵贱皆然。又别有土名，即上世所官之地名，乃采地名也。采地由王论功之大小，定数之多寡，年之远近，年满则地削，而名亦易矣。后人有能亢宗者，别赐采地，则更他名。王赐采地，非赐姓名也。未闻有世禄之家始赐姓者，亦未有以所生之地为名者。至庶人本无采地，何由以田地为姓名？再土名一传而后，祖孙父子兄弟多有相同；小名惟孙偶同祖之名，父子兄弟不相同。'语甚明晰，群书不免讹以传讹。"④所谓"国自前明赐闽人后，俱有姓名，如中国例"云云，乃是后来人对于早期情况的想当然。

其实只有士族阶层才会有"唐名"，平民百姓则是没有"唐名"的。而身份制度确立以后，士族阶层都有了"唐名"，并非"止为朝贡设"也（在那之前

---

① 《国家图书馆藏琉球资料汇编》，上册，第767—768页。
② 《国家图书馆藏琉球资料汇编》，中册，第726页。
③ 《国家图书馆藏琉球资料续编》，上册，第772—773页。
④ 《国家图书馆藏琉球资料续编》，上册，第718—719页。

或许是这样的)①。杨文凤所谓"世禄之家皆赐姓",即指"持系"士族的受赐"唐名"②;所谓"士庶率以田地为姓",或指"无系"百姓的沿用童名?

琉球被日本吞并以后,为贯彻殖民同化政策,琉球人姓名全部日化,"唐名"与家谱均遭废除。在 1945 年的冲绳战役中,大量家谱都毁于战火。幸存的家谱的复制品,现保管于冲绳市史编纂室③。主要有"久米村系家谱"、"首里系家谱"、"那霸泊村系家谱"三个系列。

十二、庙学体制的建立

第二尚氏王朝后期(1609—1879),虽然各方面受到萨摩控制,琉球反比以前更重视汉文化。此前明万历年间,蔡坚从中国带回孔子像,但因当时琉球还没有孔子庙,所以他只能在家里祭孔。1672 年,"紫金大夫金正春恐家祀近亵,非尊圣重道意"④,故议请立庙。尚贞王采纳了其建议,命在久米村东创建孔子庙。1674 年起工,翌年竣工,塑孔子像于庙中,左右立四配,各手执一卷,即《诗》、《书》、《易》、《春秋》。"每年春秋,恭行祭礼,著为定规。"⑤"圣庙在久米村泉崎桥北,创始于康熙十二年(1673),明年庙成,又明

---

① 琉球身份制度的确立和唐名的采用,也反映在琉球碑文的署名变化中。我们看《琉球国碑文记》(收入《琉球王国汉文文献集成》第 17 册)所收此时期碑文,除撰写者多为久米村人、径用唐名外,各碑文后所附各级主事官员名录,直至 1677 年的《金城桥碑文》、1678 年的《首里鱼池碑文》,还全都只有土名,但 1689 年的《板敷桥记》,已在土名后都附上了唐名,1690 年的《宇平桥碑文》,更是全都唐名在前土名在后,此后也一直保持了这种做法。另外值得注意的是,只有各级主事官员才有唐名,而石匠等从事工匠则无唐名。

② 除世禄之家外,于国有功劳者,也每获赐唐名,成为有谱之人,进身士族阶层。如据《球阳》附卷二尚贞王二十六年(1694)"廖澂始造盐于那霸"条,廖澂以造盐功劳,"恩赐家谱,以登仕籍";尚贞王三十一年(1699)"关忠勇深蒙褒赐家谱"条,关忠勇以从中日学来造纸法等功劳,"恩赐家谱,以登仕籍";附卷三尚敬王二十九年(1741)"窦法勳屡赴中华与日本传授铁锭铜条法幸蒙褒赐家谱擢登仕籍"条,窦氏以上述功劳,"恭蒙褒赐纂修家谱,以登仕籍";尚穆王十三年(1764)"以祝部大夫利开基始补管笛于神乐内故蒙赐利氏新参家谱"条,利开基以上述功劳,"请赐新参家谱,以旌其绩",并规定"嗣后不得使无谱之人任乎其职";尚穆王三十年(1781)"褒奖宫平筑登之亲云上仲村渠筑登之亲云上功劳"条,两人以赴闽学制分金炉及倾销金等功劳,"赐新家谱";等等(《琉球王国汉文文献集成》,第 13 册,第 105、108—109、140、155—156、165—166 页)。此做法一直延续至球亡。

③ 参见比嘉政夫《冲绳からアジアが见える》,第 212 页,第 123 页。

④ 程顺则《庙学纪略》,《中山诗文集》(《琉球王国汉文文献集成》,第 30 册,第 209—210 页),周煌《琉球国志略》卷十五《艺文》(《国家图书馆藏琉球资料汇编》,下册,第 53 页)。

⑤ 《中山世谱》卷八《尚贞王》"清康熙十一年壬子"条。

年行丁祭礼,每月朔望日行释菜礼。又建祠,祀启圣并四配父。其一切庙制俎豆礼仪悉遵《会典》。"①"琉球自入清代以来,受中国文化颇深,故慕效华风如此。"②1683年出使琉球的林麟焻,这样描写他所看到的孔子庙:"庙门斜映虹桥路,海鸟高巢古柏枝。自是岛夷知向学,三间瓦屋祀宣尼。"③与林麟焻同使的汪楫,则依据中国"庙学"的通则,亦即"学以外无所谓庙也","孔子之祀,行与庙而备于学",提出了"今日者庙既成矣,因庙而扩之为学,则费不繁而制大备"④的建议。

---

① 黄景福《中山见闻辨异》(《国家图书馆藏琉球资料续编》,上册,第716页)。毅平按:其中所云孔子庙创始年份与《中山世谱》有一年出入,惟汪楫《琉球国新建至圣庙记》等已如此记载(《使琉球杂录》卷二《疆域》附,《国家图书馆藏琉球资料汇编》,上册,第732页)。而程顺则《琉球国新建至圣庙记》(1716)、《球阳》卷七尚贞王四年(1672)"创建圣庙于久米邑"条等则又作康熙十一年(1672)起工,有两年出入。莫衷一是,疑不能明。

② 《清史稿·属国一·琉球传》。

③ 王士禛《池北偶谈》卷三《谈故》三"林舍人使琉球诗",又见周煌《琉球国志略》卷十五《艺文》,题曰《中山竹枝词》(《国家图书馆藏琉球资料汇编》,下册,第82页),又见《晚晴簃诗汇》卷三十六《琉球竹枝词》(《国家图书馆藏琉球资料三编》,上册,第94页)。此外,汪楫、林麟焻、程顺则各有《琉球国新建至圣庙记》,均收入《中山诗文集》、周煌《琉球国志略》卷十五《艺文》。林麟焻《琉球国新建至圣庙记》云:"夫自吾夫子春秋后,中国崇祀圣人垂三千年,而外夷无闻;今琉球一旦先之,呜呼伟矣!"(《国家图书馆藏琉球资料汇编》,下册,第41页)其实是不了解整个东亚汉文化圈情况的臆测之词。有意思的是,二十年前张学礼等出使时,尚无孔子庙,故《中山纪略》中并无记载。这次汪楫等到琉球后,次日例当行香,通事以天妃宫、至圣庙告。汪楫因"考之前录,未闻国中祀孔子,虑别有所谓至圣者",所以到了孔子庙,还先"入庙升堂,搴帏审视",确认祀的的确是孔子,"然后下阶肃拜如礼",被人窃笑其迂。但汪楫的理由也很充分:"外国淫祀最多,名称不一。若入境误拜倭鬼,辱莫大焉。"(《使琉球杂录》卷一《使事》,《国家图书馆藏琉球资料汇编》,上册,第706—707页)

④ 汪楫《使琉球杂录》卷二《疆域》附《琉球国新建至圣庙记》(《国家图书馆藏琉球资料汇编》,上册,第735页)。徐葆光《琉球学碑铭》云:"中国无孔子庙,皆学也。自京师至于十四直省,府州县无虑数千百,靡不设学。学之中辟堂寝,以释奠为先师,岁再举,著不忘其自,正所以为学也。若徒庙祀孔子,与浮屠氏之宫何以异?"(《海舶三集》附文,《国家图书馆藏琉球资料三编》,上册,第318—319页)此即高明士《庙学教育制度在朝鲜地区的发展——中国文化圈存在的历史见证》所云:"以学校的建筑而言,在中国是由学到'庙学'的发展过程;东亚诸国,设置学校的过程,与中国无二致,也是由学到'庙学'的过程。"(载复旦大学韩国研究中心主编《韩国研究论丛》第一辑,上海,上海人民出版社,1995年,第185页)但琉球的情况却正好相反,是先立庙后设学,正如徐葆光《琉球学碑铭》所云:"夫中国皆由学而有庙,今中山则由庙而有学。"(同上书,第321页)然而功能则大略相似,如黄景福《中山见闻辨异》云:"《志略》:'久米子弟就学其(圣庙)中。'按其时未立学故也。"(《国家图书馆藏琉球资料续编》,上册,第716页)盖其时孔庙已具学校功能。又如讲解师、训诂师之设,也在孔庙创建后不久,而早于明伦堂的设立。《球阳》卷七尚贞王十年(1678)"始置讲解师训诂师"条:"本国创建学校时,例延中国大儒教授生徒,后有总理司教训唐荣土臣。万历年间,郑迥入监肄业已,返国后,旋膺此职。至于是年,奉王谕,择邑内文理精通者一人,擢为讲解师,又择句读详明者一人,擢为训诂师,永著为例。"(《琉球王国汉文文献集成》,第8册,第162页)

此建议三十余年后终于被采纳。1718年,由程顺则奏请,在孔子庙左方新建明伦堂,蓄经书略备,以为学校,完成了东亚汉文化圈中共同的庙学一体格局的传统学校的建设①。翌年,即值册封使徐葆光等到琉球,徐葆光为撰《琉球学碑铭》(1719),并详细记载此事经纬:

> 康熙十三年(1674)立庙,尚未有学。康熙五十六年(1717),紫金大夫程顺则因学宫未备,取汪、林二公庙记之意,启请建明伦堂。又于堂中近北壁分三小间,奉祀启圣并四配神主。五十七年(1718)秋七月起工,冬十月告成。明伦堂左右两庑,蓄经书籍文略备②。国王又命紫金大夫程顺则刊刻《圣谕十六条演义》数节,月令讲之。旧例:以紫金大夫一员司教,每旬三六九日诣讲堂,稽察诸生勤惰,兼理中国往来贡典,并参赞大礼。又于久米内大夫、都通事、秀才诸人中择文理精通者一人为讲解师,又择句读详明者一人为训诂师。讲解师岁廪十二石,设学于启圣祠内,以教通事、秀才之成业者;训诂师岁廪八石,设学于上天妃宫,以教七岁以上之初学者(首里亦有乡塾三所。其外村小吏、百姓之子弟则以僧为师,皆学国字,有草书,无楷字)。③

---

① 中国的"庙学一体"格局,既有"前学后庙"、"前庙后学",又有"左学右庙"、"左庙右学",久米村庙学应为"左学右庙",与泉州的府文庙等一样。又,日本的"庙学",先有奈良、平安时期的大学寮,后有著名的足利学校、汤岛圣堂(昌平黉)等,其间因长期的武家专权而废散。仅就后者的创设时间而言,也不比琉球的"庙学"早多少。由此也可见在"书同文"方面,琉球实有后来居上之势。尤其是创建于1773年的萨摩藩文庙(《球阳》附卷三尚穆王二十二年"萨州始建圣庙国王奉太守公之命亲书入德门三字匾额今年之夏奉进"条,《琉球王国汉文文献集成》,第13册,第162页),比琉球的久米村文庙还迟了百年。1842年琉球庆贺使节郑元伟在萨摩藩"恭拜"该文庙,对"素王化雨遍东瀛"、"庙制天朝遵曲阜"、"诸生车服当年礼"(《东游草》卷上,《琉球王国汉文文献集成》,第30册,第270页),以及琉球尚穆王所书"入德门"三字匾额,应倍感亲切吧。然而又不过百年,日本明治维新伊始,萨摩藩毁除文庙,尚穆王所书"入德门"匾额,1870年,又被琉球人带回了琉球(《球阳》附卷四尚泰王二十三年"自萨州捧来御书匾额"条,《琉球王国汉文文献集成》,第13册,第278—279页)。
② 黄景福《中山见闻辨异》云:"文庙两庑皆蓄经书,多自福州购回,尽内地书。"(《国家图书馆藏琉球资料续编》,上册,第717页)毅平按:此应为其所教琉官生告之。
③ 徐葆光《中山传信录》卷五《学》(《国家图书馆藏琉球资料汇编》,中册,第455—456页)。黄景福《中山见闻辨异》所云有一年出入:"(康熙)五十八年(1719),复建明伦堂于文庙南,谓之府学。国中旧制,择久米大夫通事一人为讲解师,月吉读《圣谕衍义》。三六九日,紫金大夫诣讲堂,理中国往来贡典,察诸生勤惰,籍其能者备保举。八岁入学者,择通事中一人为训诂师教之。"(《国家图书馆藏琉球资料续编》,上册,第716页)毅平按:所谓"理中国往来贡典",即指编撰外交文书集《历代宝案》。又所谓"旧例"、"国中旧制",或指讲解师、训诂师久已有之,而非始于明伦堂之设立也。

> 今观其庙之左方,有室新建,堂构维杰,上奉启圣公及四配神主。室庑两行,设学教授。岁立讲解、训诂师三员,维其人丰廪饩,尊体貌,而以通事、秀才之隽者若而人皆从业焉,月有讲,岁有考,六经之文与《上谕十六条》等书,凡有裨于行谊者,皆笺刻而讲明之,彬彬乎其日懋,则斯堂之为之也。①

1759年,"尊孔子,改其庙号曰文庙,又曰至圣庙(中华自古不敢如球称孔子庙)……尊启圣王,改其祠号曰崇圣祠"②。此为久米村的文庙与学校。

尚温王在位时期,甚重王府子弟的教化,1798年,又建国学于首里王府北:

> 世孙谕国相、法司曰:"夫国家之治,教化为重,立教之道,在兴学校也。本国素崇儒重道,康熙年间,创建文庙于唐荣;雍正年间,又建明伦堂;但国都未有学校之设也。今欲建国学,设乡学,以大兴教化,广育人材,而美风俗矣。卿等当酌察时宜,以兴工可也。"……于是立学校之章程,而初学者先教之于乡学。其缙绅之子弟,则年长得以入国学;布衣之子弟,则俊秀者得以入国学。又御锁之侧日帐主取,每月一次,在学考试诸生。又国相、法司等官四时同诣学校,稽察诸生勤惰。而时有因才举用,授任职役。王上有时命驾视学。③

---

① 《海舶三集》附文(《国家图书馆藏琉球资料三编》,上册,第320页)。又,《球阳》卷十尚敬王六年(1718)"创建学宫于圣庙东地"条:"圣庙东地始建学宫。宫内正中设置神坛,奉安启圣王神主。其左右之坛,安置四氏神主。以为春秋二仲,令总理唐荣司行释奠礼。"(《琉球王国汉文文献集成》,第9册,第60页)三十八年后,全魁《大清琉球国夫子庙碑》(1756)记其所见云:"魁之来此,循例谒至圣庙,见其庙貌虽不崇高,然颇修整。登明伦堂,诸弟子员肄业者几案罗列,书籍秩然。"(收入《琉球国碑文记》,《琉球王国汉文文献集成》,第17册,第279—280页)
② 《中山世谱》卷十《尚穆王》"清乾隆二十四年己卯"条。毅平按:可见此前原称孔子庙,琉球史料自始称文庙,盖以改名后立场追称之。同条又云:"雍正年间,封启圣公为启圣王,又改其祠号为崇圣祠,是以乾隆二十一年(1756)冬,册封副使周煌改立匾额,书'崇圣祠',又以咨告知其事。"齐鲲、费锡章《续琉球国志略》卷三《祠庙》亦云:"向称夫子庙,乾隆二十一年(1756),从使臣周煌言改今称。"(《国家图书馆藏琉球资料续编》,上册,第447—448页)则改称乃清册封使所建议并推动,与天妃庙的改称天后宫同时并举,而琉球实际改称及记载则稍滞后。
③ 《中山世谱》卷十《尚温王》"清嘉庆三年戊午"条。毅平按:建明伦堂之"雍正年间",应同为"康熙年间"。

嘉庆三年(1798)，尚温王始建国学于王府北，肄业者无定额，皆首里人，王之子弟暨陪臣三品上之子弟皆与焉。外又建乡学三，其四品下之子弟及国中子弟，例由乡学选入国学。定制：择紫巾官二员总理，当官一员专司督课，肄业内五人为学长。凡首里人皆由此进升，其有未入国学者，即登仕版，亦难骤升高位也。①

以两年后有册封大典，故暂时利用旧官署。1800年，册封礼成。1801年，新筑国学校舍，二月十七日起工，十月十四日告成，于是琉球也有了国学②。"所设国学内，多士人读书稽古，雍雍有揖让风。"③

　　琉球当前明之世，虽通中国，未知有学也。逮至本朝，渐被文教……国学在首里王城之北，地名龙潭，讲堂曰彝伦堂。学舍四楹，东二楹为国王临视休息之所。官生无定数(现有五十五名)，设讲解师一人(由总理唐荣司考取)，按司、亲方各一员，奉行中取笔者各二员。首里缙绅子弟年十六以上得入焉，外府布衣子弟则由法司考取，俊秀始得入学肄业。每月御所侧(即耳目官，又曰帐主)考试一次，或《四书》文，或五言四韵六韵诗。国相、法司官四时稽察勤惰，其勤学而诗文佳者升为学长，以次入仕籍。④

首里除国学外，又设三所乡学，分别在三平等：

　　乡学有三：一在真和志平(国人呼为乡学)，堂曰敷典堂(官生有三十五名)；一在南风平(国人呼为讲舍)，堂曰敦伦堂(官生有三十一

---

① 黄景福《中山见闻辨异》(《国家图书馆藏琉球资料续编》，上册，第717页)。然上引徐葆光《琉球学碑铭》已提到"首里亦有乡塾三所"，则此时所建之三所乡学，与彼时已有之三所乡塾，不知是何关系。
② 琉球国学的建设经过，见郑章观《琉球国新建国学碑文》(1801)，收入《琉球国碑文记》(《琉球王国汉文文献集成》，第17册，第315—324页)。
③ 钱某《琉球实录》(《国家图书馆藏琉球资料续编》，上册，第807页)。
④ 齐鲲、费锡章《续琉球国志略》卷二《学校》(《国家图书馆藏琉球资料续编》，上册，第452页)。

名);一在西平(国人呼为虎馆),堂额曰"崇儒重道"(官生有三十六名)。各设讲解师一人,奉行中取笔者各二员。凡国之子弟皆造焉(国学生遇行典礼,在王左右趋侍,乡学生等支应杂项差使)。①

1802年,那霸再建四所乡学。"(嘉庆)七年(1802),那霸官民敛资具请于王,建乡学四。每学由总理等官公举久米村人,仍请于王,王择一人为之师。董其事者,即那霸耆旧绅士为之,岁给廪饩焉。"②

学校的增设改变了原先的学习习惯,时隔半个多世纪,齐鲲、费锡章修正了周煌的说法(其实明使早就这么说了):

> 前《志》云,国中人十三四岁,皆以僧为师,习字读书。近则久米人多开馆授徒,首里人也有家自延师者。③

"以僧为师,习字读书"学的多是假名和文,"开馆授徒"、"家自延师"学的多是汉字汉文。学习内容的全面汉化,是学校增设带来的根本性变化。

其时那霸四村、久米村二村已有六所学校:

> 自嘉庆十七年(1812)至道光四年(1824),那霸四村(若狭町村、西东两村、泉崎村)、唐荣二村(大门村、久茂地村)、岛中人等(凡那霸人氏寓居唐荣村中者号岛中),各建学校,置讲课之法,四时那霸官亲临各学稽察勤惰,总理司、长史等亦于四时按临岛中乡学稽察劝励。

学校有六,一在若狭町村,曰学馆;一在西村,曰讲馆;一在东村,曰

---

① 齐鲲、费锡章《续琉球国志略》卷二《学校》(《国家图书馆藏琉球资料续编》,上册,第424—425页)。《球阳》卷十九尚温王八年(1802)二月十六日"准建首里三平等文笔师长各一员"条:"首里三平等诸生学习文笔,但改正之人无在焉,请每平等设建其师一员。"卷二十一尚育王即位元年(1835)"本年限定三平等学校文笔师之任期二年交代"条:"又使其师每朔望待各村诸生做文写字,投来学校,分别高下,举其第一甲二甲奉呈朝廷,备摄政三司官之鉴。既而候旨,转备上览。又每月一次,遣御物奉行申口属吟味役一员,到三平等学校,稽察诸生勤惰。"(《琉球王国汉文文献集成》,第10册,第446—447页,第11册,第290页)

② 黄景福《中山见闻辨异》(《国家图书馆藏琉球资料续编》,上册,第717页)。

③ 齐鲲、费锡章《续琉球国志略》卷三《风俗》(《国家图书馆藏琉球资料续编》,上册,第452页)。

学舍;一在泉崎村,曰学道馆;一在大门村,曰教馆;一在久茂地村,曰教舍。各设讲解师一员(唐荣人充之),主取官一员,中取笔者各二员。凡村中冠童,皆入学讲习《四书》、小学等书。①

1835年,再建首里、三平等所属各村乡学。"在首里、三平等所属各村设建学校。曾自设建国学及三平等学校以来,各村或建学,或不建学。今已助出铜钱,并随分褒钱,设建学校于各村,以兴教化。"②

也就是说,到了球末,琉球至少已有十所以上学校了。这是琉球"书同文"进程中的划时代变化,汉字汉文就这样通过学校教育,逐渐扩展到一般的琉球士族子弟,而不再局限于久米村子弟。

各学校所设教师,则有如下各种:

> 讲解师一员(主考试,或入监官生为之),训诂师一员(主考试,或入监官生为之),副训诂师一员(主考试,或入监官生为之),著作文章总师一员(主考试,或入监官生为之),著作文章师二员(主考试),著作文章副师一员(主考试),汉字主取官一员,汉字右笔官一员,汉字相附官二员(主考试),汉字加势官一名(主考试),通书主取官一员(主考试),通书相附官一员(主考试),通书加势官一名(主考试)。③

---

① 赵新《续琉球国志略》卷二《学校》(《国家图书馆藏琉球资料汇编》,下册,第219—220页)。
② 《中山世谱》卷十二《尚育王》"清道光十五年乙未"条。
③ 赵新《续琉球国志略》卷二《学校》(《国家图书馆藏琉球资料汇编》,下册,第234页)。在琉球的学校教育中,教儒家经典的讲解师,是最重要的角色之一,一般均由久米村人担任。据《球阳》卷十九尚温王二年(1796)"唐荣讲解师役始为五年勤"条,唐荣讲解师的任期,此前一直是三年,但因为要加讲《五经》,所以任期延长至五年(但该条正文说是四年)。另外具有标志性意义的事件是,离岛宫古岛也请求设立讲解师一人,以广教化,见《球阳》卷二十一尚育王十三年(1847)"本年始准在宫古岛设立讲解师"条、卷二十二尚泰王四年(1851)"本年始举唐荣儒士一名充为宫古岛讲解师"条。可惜十来年后,因经费不足而难以为继,不得已罢退了唐荣儒士,而改于本岛人中遴选堪任者,见《球阳》卷二十二尚泰王十一年(1858)"本年罢退宫古岛讲解师"条(《琉球王国汉文文献集成》,第10册,第383—384页,第11册,第475—476页,第12册,第103、231—233页)。而与讲解师相对,著作文章总师(简称"文章总师",又或称"汉文总师"、"教文总师"、"文类总师"等)系列诸教师,主要是教文章写作的,始设于1757年,见《球阳》卷十五尚穆王六年(1757)"始设汉文总师"条:"原是役职,总理司(总役)、长史遴择大夫等官能文者二员,请宪令编修表奏公文之类,两年交代,不赐俸米,亦不举其功。因无学其文者,遂文力渐衰,若恐粗表奏而致进贡之患,始 (转下页)

前四等的高级教师大都由"海归"官生担任,可见琉球对于学校教育的重视。

久米村文庙是先庙后学,琉球国学是先学后庙:

> 嘉庆三年(1798),尚温王复与陪臣议建文庙于新建国学之南,墙垣已备,今尚未落成。①

至1837年,首里的文庙终于建成,于是琉球国学也庙学一体了,与久米村的学校各领风骚:

> 先是,先王尚温谕立国学,崇圣道,育人才。又欲设建文庙,即卜地于国学左翼,缭以周垣,筑以砺石,以为经营之基址。时因国财不裕,遂宽数十年,未建庙宇。今王特谕国相、法司曰……于春三月兴工,迄于秋九月告成。即将至圣先师神主奉于正中,将颜子、曾子、子思子、孟子神主配于左右,每年春秋上丁,王亲诣庙,祭以太牢。又设启圣祠于国学彝伦堂中,奉安启圣王叔梁公神位,配以颜氏、曾氏、孔氏、孟孙氏神主,每年春秋上丁,遣官祭以少牢。②

(接上页)请置教文总师一员,给俸(米五石、杂谷二石),又叙其功升官,置其后补(寄役之类)二员,相帮办理教学诸生,庶永无表奏文之弊。"然而据《球阳》卷二十一尚育王十一年(1845)"本年六月准久米村添设汉文师一人暨汉文组立寄役一人更将原所建寄役二人改为汉文组立役广教诸生振励文风"条:"但文章最难学习,更兼其总师勤职原无年期,交代迅速,且其寄役无赐禄糈,讲解师设建各处,比昔更多,仕路甚广,故诸生专志讲解师者多,专心学习文艺者鲜矣。今乃诸生如此减少,则日后缺误国家公用也必矣。"(《琉球王国汉文文献集成》,第10册,第42—43页,第11册,第420—422页)则琉球诸生宁可读经书而不愿学文章,宁可做讲解师而不愿做文章师,以致不得不采取添设汉文师等措施。这与有科举制度的东亚其他地区形成了鲜明的对照,因为有科举制度的地区一般都是重文章而轻经艺的。不过仅仅三年以后,因第七批官生(1840年入监者,皆孙衣言高足)学成归国,成为教诸生文章写作的生力军,汉文师不再成为急需,故增设甫一任就罢退了,见《球阳》卷二十二尚泰王即位元年(1848)"本年五月初三日准罢退汉文师"条:"近年所设汉文师,至本年六月,例应新旧交代,但因入监官生去年回国,而于教诗文于诸生,并校阅所进天朝表奏咨文等事,无少窒碍,故当今般交代之时,准罢退该师。"(《琉球王国汉文文献集成》,第12册,第69—70页)

① 黄景福《中山见闻辨异》(《国家图书馆藏琉球资料续编》,上册,第717页)。

② 《中山世谱》卷十二《尚育王》"清道光十七年丁酉"条。首里文庙的建设经过,见马执宏《首里新建圣庙碑文》(1837),收入《琉球国碑文记》(《琉球王国汉文文献集成》,第17册,第355—362页)。又,首里庙学是"左庙右学"布局,与久米村庙学布局恰好相反。

琉球学校所用汉文教材,为《圣谕十六条演义》等;汉语教材,或为《白姓官话》、《学官话》、《官话问答便语》等"官话"课本。如《白姓官话》中有段对话云:

> 贵国进贡是从那一朝才起的呢?
>
> 敝国进贡是从唐朝起的。贵国有飘风来的人,我们琉球都叫他们为唐人。
>
> 怪道这里人叫我们是唐山人,原来是这个缘故么。
>
> 那时候,我们敝国的人从没有见圣人的教化,也没有听见圣人的道理,中国的孔教全全不晓得。我们国王差几十个人到中国去学。后来到洪武二十五年间,皇上拨闽人三十六姓来这里教导。到万历年间,又拨闽人六姓也到这里来教导。中国的礼数才略略晓得一点。①

这已经非常接近现代汉语了,一点也没有难懂的地方。结合朝鲜"官话"课本《老乞大》、《朴通事》等来看,类似的"官话"(通用汉语)应通行于整个东亚汉文化圈,构成了相对于士大夫笔谈次一级的交流方式,虽然文化程度不及,而便利实用则过之。

如前所述,从事朝贡、受封等封贡事宜的各种官职,如紫金大夫、正议大夫、中议大夫、长史、属役笔帖式、都通事、副通事、通事等,皆从久米村人习汉文者中选拔升任。"国无科目考试,率由乡举里选,以次递升。首里由紫金等官,久米、那霸则皆由总理等官,公同选举。惟久米补官,向闻有试表奏之例,近增以试诗例,前此未有也。"②"臣等谨按前《录》云:取士之法,惟凭总理司及诸长史佥辞荐举,即许出身,无考试诗文之例。今则按月会课,诗文并试。良由该国沐浴圣泽,涵濡雅化,所津逮者非浅云。"③由此可见,随着学校的日益普及,选拔方式也开始发生了变化,从荐举制走向

---

① 毅平按:"敝国进贡是从唐朝起的"之说不确,详见本文开头。
② 黄景福《中山见闻辨异》(《国家图书馆藏琉球资料续编》,上册,第717页)。
③ 齐鲲、费锡章《续琉球国志略》卷二《学校》(《国家图书馆藏琉球资料续编》,上册,第425页)。毅平按:"前《录》"指周煌之说,见本书第279页所引。

了考试制①。

　　学校的设立和渐次普及,改变了琉球的社会风气。"果知其国之君义臣忠,男耕女织,文武之学习蔚然兴起,以其有孔庙及书院也。盖车同轨而书同文者,其不诬矣。"②尤其是除久米村外,如中城等其他地方也是"人物俊秀,能诗善书,常为王孙采地"③。如果这么一直发展下去,那么琉球早晚会如同东亚其他地区,造就一个掌握汉文化的知识阶层,而不再仅仅局限于久米村人中间,以及首里、那霸的部分士族子弟。比如同时期的日本,识字率已达四成,汉学广泛普及,汉诗人辈出,连最底层的寺小屋里,也在教授最低限度的中国古典学问,每个村子里都有能读汉文、会作汉诗文的人④。琉球本来最终也会这样的,如果不是历史发生巨变的话。

十三、留清官生及勤学

　　琉球继续向清朝派遣留学官生,从1686年到1868年,近二百年间,共派遣了八批,每批平均三至四人,总计三十余人(其中第四批八人失踪未到)⑤。前三批官生,皆为福建移民后裔,都是久米村出身者。久米村人世袭了琉球的汉文化相关职业,所以在派遣官生时也受到了优先考虑。但在

---

　　① 参见《球阳》卷十六尚穆王三十年(1781)闰五月"准唐荣考试役职时定进场人等品级"条(《琉球王国汉文文献集成》,第10册,第206页)。又,蔡大鼎《钦思堂诗文集》卷一中,有多首贺人"登第"、"登科"、"中式"、"及第"之作,他自己也于"道光三十年庚戌(1850)之科高中第一名"(郑元伟《漏刻楼集序》),"业于庚戌之科高冠群英"(梁必达《漏刻楼集序》)(《琉球王国汉文文献集成》,第27册,第185—189、17—19页),可见球末通过考试选拔人才已成常态,但似乎尚未形成稳定的科举制度。
　　② 桥本德有则《古琉球吟》林炳懋丁卯跋(《国家图书馆藏琉球资料续编》,下册,第991页)。
　　③ 徐葆光《中山传信录》卷四《琉球地图》(《国家图书馆藏琉球资料汇编》,中册,第336页)。
　　④ 参见入谷仙介《汉诗入门》,东京,日中出版,1979年,第221页。
　　⑤ 毅平按:1686年首批官生梁成楫、蔡文溥、阮维新等三人,经由1683年出使琉球的册封使汪楫等奏请,于1684年获准(见汪楫《册封疏钞》,《国家图书馆藏琉球资料汇编》,上册,第877—887页),但因海难关系,两年后(1686)始抵达(见《清史稿·属国一·琉球传》,《中山世谱》卷八《尚贞王》"清康熙二十五年丙寅冬"条则云三年后(1687)到达,应据《清史稿》)。1722年第二批官生三人不幸在海沉没,翌年补派郑秉哲、郑谦、蔡宏训等三人。数年后他们学成归国时(蔡宏训入监不久病亡),当年荐举他们的徐葆光,还有《送官生郑秉哲郑谦随贡舶归国》诗送行,期待"文章今向海东传"(《海舶三集·舶后集》,《国家图书馆藏琉球资料三编》,上册,第302—303页),后来郑秉哲果然在琉球汉文史书编撰方面发挥了重要作用。

尚温王时期,此惯例有所改变,一是增加人数,二是扩大生源:

> 原是入监肄业官生四人,而有跟伴四名。兹欲加增人数,入监读书,以广教化,备由咨请礼部,官生四人外,选官家子弟四人,充跟伴之数内,名副官生。①

> 琉球国入监官生,向例只有四人。嘉庆七年(1802),以王尚温陈请,部议准增副官生四人。旧例:凡入监者,俱于唐荣(系闽中七姓所居)选取。王尚温以首里(系王亲族所居)子弟亦须造就成材,特更定唐荣二人,首里二人,副官生亦如之。②

其时琉球国学新成,生源皆系王府子弟,尚温王此举,盖是为了满足首里子弟的需求。正是拜尚温王所赐,从第四批起,首里子弟也能作为官生去中国留学,使得留学生制度的受益者不再局限于久米村人,从而促使琉球的汉文化风土向更广泛的范围拓展。

琉球官生在清朝照例受到优待:"圣祖命工部建书房于监侧,令(梁)成楫等居。又三季给衣服及铺盖、口粮、日用等项,并从人各赐冬夏衣。优待甚厚。"③"给予口粮食物、四季衣服、铺盖房屋、纸笔银两,从人亦给口粮食物、衣服铺盖。礼待甚优。"④尤其是第二批官生中的蔡宏训,入监未几因病而亡,皇帝特批银两安葬抚恤,为此前所未有,此后则成为定例:

> 礼部奏之,皇上深痛,命礼部特给蔡宏训三百两。内留一百两修理坟墓,其余二百两付翁国柱带回,交给蔡宏训之母,以资养赡。⑤

---

① 《中山世谱》卷十《尚温王》"清嘉庆七年壬戌"条。
② 齐鲲、费锡章《续琉球国志略》卷二《学校》(《国家图书馆藏琉球资料续编》,上册,第426页)。但1802年派出的第四批官生、副官生八人在海上遇风失踪,而补派的第五批中的副官生又被嘉庆帝拒绝,故副官生制度其实并未实行(参见徐恭生《琉球国在华留学生》),但首里、久米村各二人制度则坚持了下来。
③ 《中山世谱》卷八《尚贞王》"清康熙二十五年丙寅冬"条。
④ 《中山世谱》卷九《尚敬王》"清雍正元年癸卯"条。
⑤ 《中山世谱》卷九《尚敬王》"清雍正元年癸卯"条。

琉球官生在清朝留学期间,除了正规的课业以外,也从耆宿学习汉诗文写作,"学之最勤,为之最多者,尤在于诗"①,汉诗文水准得以大幅提高。但他们在中国从未尝试参加科举考试,以致中国方面还有人为之感到遗憾:

> 然吾窃为彼国惜者,则以读书未久,遽即请归。假使其更历年所,学为制举文字,简练揣摩,与国子诸生同与于宾兴之典,或得叨科第之殊荣,然后归国,于以照耀邻封,翱翔岛屿,其所得不更多乎? 而惜乎其智之未出乎此也。②

但这其实只反映了中方的一厢情愿,他们并不明白琉球人的真正诉求:

> 臣等又按:琉球不设科目,不学制义,所欲讲明者,《四书》、《五经》、小学、《近思录》等书,及学为诗赋论序而已。雍正八年(1730),遣郑秉哲等入监,教习官但教以制义,归国不副所愿。至乾隆二十二年(1757),又遣郑孝德等入监,始声明情由。自是,令读书,学古律诗、骈散文诸体,颇有成章可观者。③

琉球不像朝鲜半岛、越南,国内不设科举制度,官生来华学习汉诗文,只是为了实用目的,八股文并不为其所需,参加科举也全无意义。

或许正是出于琉球人的诉求,1760年春,国子监特别开馆西厢,额曰"海藩受学"④,以潘相为琉球官生教习,教琉球官生梁允治、蔡世昌、郑孝德、金型等四人(1758年入华,为第三批琉球官生)。在潘相所编《琉球入学

---

① 孙衣言《琉球诗录序》(《国家图书馆藏琉球资料汇编》,下册,第762页)。
② 张潮《琉球人太学始末题辞》,收入《昭代丛书》乙集卷十二,又收入《国家图书馆藏琉球资料续编》,上册,第622页。
③ 齐鲲、费锡章《续琉球国志略》卷二《学校》(《国家图书馆藏琉球资料续编》,上册,第426—427页)。毅平按:郑秉哲等人为第二批琉球官生,其入监读书是雍正初年事,此处所说雍正八年应为其回琉球时间。又,郑孝德等人为第三批琉球官生。
④ 琉球学馆设在国子监西北角,敬一亭西边,现已不存,仅立有一块原址纪念牌。

见闻录》(1764)卷四《艺文》中,收入了这批琉球官生的汉诗和骈散文章,以及潘相为蔡世昌(字汝显)、郑孝德(字绍衣)及其弟"勤学"郑孝思(字绍言)的《太学课艺》所作的序①。

此后的琉球官生教习有黄景福,所教为琉球官生毛世辉(号笔山,首里人)、马执宏(字容斋,首里人)、陈善继、梁元枢等四人(1810年入华,为第六批琉球官生)②。孙诒让之父孙衣言,也曾受命担任琉球官生教习,编有《琉球诗录》、《琉球诗课》各四卷(均有1844年孙衣言自序)③,分别收入了阮宣诏(字勤院,久米村人)④、郑学楷(字以宏,久米村人)、向克秀(字朝仪,首里人)、东国兴(字子祥,首里人)等四人(1840年入华,为第七批琉球官生)的古今体诗和帖体诗习作,并仔细加以评点⑤。另一琉球官生教习徐榦,也编有《琉球诗录》、《琉球诗课》各二卷(均有1873年孙衣言序)⑥,分别收入了林世功(字子叙,久米村人)⑦、林世忠(字子翼,久米村人)二人(1868年入华,为第八批、也是最后一批琉球官生)的古近体诗和帖体诗习作,均仔细加以评点。

琉球官生在北京学习期间,还有机会与东亚其他地区的文人交流,以汉文笔谈,用汉诗唱和。如徐榦所编《琉球诗录》卷一里,收有林世功的《秋日

---

① 收入《国家图书馆藏琉球资料汇编》下册。毅平按:1802年琉球派出第四批官生,但未到中国,无有踪迹,故旋于1804年又派出第五批,但具体情况不明。

② 冲绳县立博物馆美术馆藏有《毛世辉诗集》写本(收入《琉球王国汉文文献集成》第26册),抄录了其汉诗习作及教习黄景福的批语。

③ 前者收入《国家图书馆藏琉球资料汇编》下册,二者收入《琉球王国汉文文献集成》第31册。

④ 阮宣诏学成归国后,曾担任久米村末任总理唐荣司,为保存《历代宝案》立下汗马功劳,琉球亡国时曾奋力抗争,其后流亡中国直至去世。

⑤ 琉球大学图书馆藏有《东国兴诗集》稿本(收入《琉球王国汉文文献集成》第26册),为东国兴留华期间的汉诗习作集,上面还留有孙衣言的诸多批语,具体显示了琉球留学生是如何学习汉诗写作的,中国教师又是如何耳提面命指点的(参见陈正宏《琉球故地访书记》,收入其《东亚汉籍版本学初探》,上海,中西书局,2014年,第277—280页,又参见陈福康《日本汉文学史》,上海,上海外语教育出版社,2011年,下册,第359—360页)。

⑥ 前者收入《国家图书馆藏琉球资料汇编》下册,后者收入《国家图书馆藏琉球资料续编》下册,二者收入《琉球王国汉文文献集成》第32册。

⑦ 林世功(1841—1880),1879年日本吞并琉球后,曾受命赴北京上书陈情,请求清廷出兵拯救琉球,1880年十月十八日,以回天无力自决殉国。与他一同赴北京陈情的,是琉球著名文人蔡大鼎。

高丽贡使朴珪寿姜文馨成彝镐过访因成七律二首》,其一云:"带砺同盟列外藩,圜桥此日接高轩。旧邦曾说传箕子,异地相逢纪蓟门。共喜笔谭询土俗,不须菊蕊泛金樽。我来请业君持节,咫尺均霑圣主恩。"其二云:"鲰生问字谒成均,三见皇华证夙因。腹有诗书人不俗,交无新旧意相亲。东南海外同修贡,四百年前昔结邻。笑语犹欣萍水遇,秋风莫忆故乡莼。"①显示了东亚世界的一体化。徐榦点评曰"亲切有味"。

清人对琉球官生评价甚高:"向慕文教,琉球于诸国为最笃,国家待之亦为最优。"②他们学成归国以后,或作为使节,或作为翻译,或作为史官,在中琉文化交流中充当了活跃的角色。同时,他们也是琉球汉文学的主要作者和读者,并作为教师承担起了教化琉球子弟的任务,在社会性层面推动琉球汉文学的传播与发展,是琉球"书同文"进程中的重要角色。蔡文溥、郑秉哲、蔡世昌、阮宣诏、林世功等人,都曾在琉球史上留下过深浅不等的痕迹。

此外则还有不少自费留学生,如上述乾隆时期的郑孝思,称为"勤学",大都在福州自己拜师学习。整个明清时期,"勤学"人数不下数百人,尤以清代为多。他们主要是久米村人,也有首里人、那霸人。"闽又有存留馆,留馆通事之从人,多秀才假名入闽以寻师者,或寓闽数年而后归,日与闽人为友,故能知儒先之书。"③琉球"官话"课本中也说:

学生今年初到中国,一心要学官话,求老先生教我。
……
你万里重洋,来到中国,海上惊风怕浪,不知受了多少艰辛,只望读书,会讲官话,知道礼数,回去做官,荣宗耀祖,给父母欢喜。④

晚生今年做总管到中国,没有什么别的缘故,一来要学官话,二来

---

① 《国家图书馆藏琉球资料续编》,下册,第919—920页。
② 王士禛《池北偶谈》卷二《谈故》二"琉球入学"条。张潮编《昭代丛书》乙集卷十二所收王士禛《琉球入太学始末》(《国家图书馆藏琉球资料续编》上册收入),实据《池北偶谈》此条而又添加康熙三十一年事者(王士禛《池北偶谈序》撰于康熙三十年)。
③ 潘相《琉球入学见闻录》卷二《书籍》(《国家图书馆藏琉球资料汇编》,下册,第448页)。
④ 《官话问答便语》。

要学中国的礼数。①

比起官生来,琉球"勤学"学习范围更广,学习期限也更长更自由②,也出现了更多的杰出人才,如曾益、蔡肇功、蔡铎、蔡温、周新命、程顺则等人,都是琉球优秀的汉文学家,其实皆是"勤学"出身。在琉球"书同文"的进程中,"勤学"与官生分庭抗礼,共同成为重要的角色和力量。

十四、琉球汉籍及读法

琉球人到了中国,一大任务是买书。在琉球"官话"课本《官话问答便语》中,有这样一段对话:

> 你宝店有书,拿几部来给我看,我要买。
> 相公要的甚么书?
> 我要《四书体注》一部、《古文》一部、《唐诗》一部、《诗经》一部、《易经》一部、《礼记》一部、《书经》一部、《春秋》一部。
> 这些书敝店都是有的,我汇来给相公看。书在这里,相公请看。
> 这书不当好,字文糊涂,板又假故,乃是生板,我不中意。我要的是苏板,字画分明,纸张白净方好。
> 有,价钱会贵些。
> 我只要好的,价钱贵些不妨……这些书我们年年都有买的。

其中的书名,不过举例而已,琉球人实际所购,品种自然会更多。1663年清使(张学礼)初次出使琉球,所见的官宦之家俱有藏书:

---

① 《学官话》。
② 《球阳》卷十二尚敬王十九年(1731)"始定唐荣勤学在闽年数"条:"洪武以来,唐荣之人或入闽,或赴京,读书学礼,不定回限,通至诸书达于众,礼待精熟日,而后归国。今年新定,以七年为回来限。医生上国学医术者,亦以七年为回来限。独众僧上国参禅学道,又以十五年为归国限矣。"(《琉球王国汉文文献集成》,第9册,第243—244页)

琉球国"书同文"小考　　321

　　　　官宦之家,俱有书室客轩,庭花竹木,四时罗列。架列《四书》、唐
　　诗、《通鉴》等集,板翻高阁,傍译土言。本国之书亦广,但不知所载何
　　典,所言何事耳。①

从"板翻高阁,傍译土言"来看,琉球流行的汉籍或是和刻本,或是琉球刻本,
或是在中国书上加注旁批;而"本国之书"则应是琉球语书,用所谓"国字"、
"番字"写成者。1719 年出使的徐葆光,其《访向凤彩仪保村》诗云:

　　　　《山经》周八表,《水注》见中原。好作枕头秘,中郎共讨论(以《水
　　经注》、《山海经》赠之,中郎谓蔡大夫温)。②

则可见汉籍通过册封使传入琉球之一斑。1808 年出使的齐鲲、费锡章也提
到,琉球的士大夫家颇有购藏汉籍者:

　　　　书籍则有十三经注疏、钦定诗书传说汇纂及唐宋诗文。每逢二、八
　　月丁祭至圣,座前必有数种官书陈设,士大夫家颇有购藏者。③

因为琉球语法同于日语,而不同于汉语,故琉球人读汉文,除久米村人、
留华官生、勤学采用"直读法"外,一般人大都采用"训读法",一如日本人读
汉文那样。这也就是徐葆光所说的:"得中国书,多用钩挑旁记,逐句倒读,
实字居上,虚字倒下,逆读;语言亦然。"④潘相亦云:

　　　　琉球读书,惟官生专学汉人诵习,其从人仍用其国之法:或依文顺
　　序,或颠倒错杂;或二字相连,或逐字顿断;或以其字母之字,一为正文,
　　一为余腔;或又以数字为正文,数字为余腔;且一虚字而有读有不读,一

---

① 张学礼《中山纪略》(《国家图书馆藏琉球资料汇编》,上册,第 661 页)。
② 徐葆光《海舶三集·舶中集》(《国家图书馆藏琉球资料三编》,上册,第 264 页)。
③ 齐鲲、费锡章《续琉球国志略》卷三《风俗》(《国家图书馆藏琉球资料续编》,上册,第 452—
453 页)。
④ 徐葆光《中山传信录》卷六《字母》(《国家图书馆藏琉球资料汇编》,中册,第 548 页)。

实字而于此于彼其读不同。①

也正因此,形成了琉球刻本的一个特色,即像和刻本一样,会在正文旁加注"钩挑旁记",也就是张学礼所说的"板翻高阔,傍译土言":

> 所刻之书,或于白文小注之旁,附镌球字正文;或止刻勾挑及余腔之字。即购得中国书,亦照球刻添注。②

徐葆光《赠中山向公子凤彩三首》其二云:

> 元僧《白云集》,清圆妙无加。镂版注国字,乃莫置齿牙。只此一编足,专业可成家。不见刀圭饵,脱骨凌云霞。

诗下自注:"国有板刻元僧实存《白云集》,旁注本国钩挑读法,'清圆'二字是其诗诀。"没有说明何处所刻,其读法则为训读法。1756年出使的周煌,也确认了同样的事情:

> 臣尝见其国中《四书》,悉照中国官板印刷装钉,两旁字母钩挑,疏密分明,细如丝发。询之,云自福州购回。福州殊无是也。偶见有"宝历"、"宽永"日本诸僭号,始信徐《录》不谬。③

"字母钩挑"即"钩挑旁记",其实就是训读符号,所以他怀疑那是和刻本。

---

① 潘相《琉球入学见闻录》卷二《诵声》(《国家图书馆藏琉球资料汇编》,下册,第465页)。
② 潘相《琉球入学见闻录》卷二《诵声》(《国家图书馆藏琉球资料汇编》,下册,第465页)。
③ 周煌《琉球国志略》卷四下《风俗·习尚》(《国家图书馆藏琉球资料汇编》,中册,第857—858页)。关于《四书》的琉球刻本,据潘相《琉球入学见闻录》卷二《书籍》云,他从琉球官生那儿得到了不同信息:"臣按:官生等皆云,《四书》刻于尚真王,在明正德之时,其来亦久矣……明时内地亦不应有此书。疑刻书时,余明台适为册使从客,私妄以己意教之。而尔时球人不精校雠,又因之而加舛耳。"(《国家图书馆藏琉球资料汇编》,下册,第454—455页)而另一琉球官生教习黄景福《中山见闻辨异》以为:"似内地有此本而球人依仿刻之者。"(《国家图书馆藏琉球资料续编》,上册,第718页)

和刻本虽方便琉球人,但以忌讳与日本的关系,故不惜对清使讳言之。

> 臣闲览其国所置经书,悉系日本所刻,仍用汉文,旁印钩挑字母,且有宝历、永禄、元和、宽永、天和、贞享、元禄诸名色,又皆日本僭号,则与日本素相往来,明矣。①

但曾为琉球官生教习的潘相所见却有所不同:

> 国王先后刊有《四书》、《五经》、《小学》、《近思录集解》、《便蒙详说》、《古文真宝》、《千家诗》,版藏王府,陈请即得。臣所见者,有《四书》、《诗经》、《书经》、《近思录》、《古文真宝》,白文小注之旁,皆有钩挑旁记,本系镌刻,非读时用笔添注,如诸录所云,亦未见有日本诸僭号也。又考《四译馆馆考》云:日本有《四书》、《五经》及佛书、《白乐天集》,皆得自中国,未闻有宋儒之书。而球版《近思录》,屡引《明一统志》、丘琼山《家礼》、梅诞生《字汇》,乃似刻于明季者。盖其三十六姓本系闽人,朝贡往还,止闽动阅三岁。闽又有存留馆,留馆通事之从人,多秀才假名入闽以寻师者,或寓闽数年而后归,日与闽人为友,故能知儒先之书,携归另刊,旁附球字,以便习球人读法,非日本人所能。且遵用前明弘治、万历年号正朔,屡见于序文,亦必非倭人之书也。②

综合观之,琉球除琉球刻本外,既有和刻本,也有中国刻本,故中日年号

---

① 周煌《琉球国志略》卷四上《舆地·疆域》(《国家图书馆藏琉球资料汇编》,中册,第841页)。
② 潘相《琉球入学见闻录》卷二《书籍》(《国家图书馆藏琉球资料汇编》,下册,第447—448页)。关于《尚书》琉球刻本:"又一本,其刻最早,正文之旁,有球字讲义。"(同上书,第450页)关于《近思录集解》之琉球刻本,既附刻琉球字,又有便蒙解(训读),全名《近思录集解便蒙详说》,其附跋《书便蒙详说后》云:"《近思录集解》行于海内也久矣,顾其为羽翼者二,贝原氏《备考》,字通叟《鼇头》,考索精覈,甚有益于读书人矣。顷岁余亦妄以野语解为斯编,呜乎,浅才薄识,讹舛固多,不敢曰并肩于二名公,聊以便童蒙耳。乙亥冬十月朔梁田忠谨识。"(同上书,第455—456页)毅平按:所谓贝原氏《备考》,应为日人所著。

都有;而有钩挑旁记,则是和刻本、琉球刻本的共同特征,并不足以判别其版本属性。"天使"在琉球能见到有日本"僭号"的和刻本,而潘相所见诸琉球刻本应为琉球官生来华时携入,琉球官生自不会犯忌冒讳,将有日本"僭号"的和刻本带入中国,而是会尽量挑选琉球刻本带入中国,此所以有上述闻见差异也。

另外,琉球刻本及福州刻琉球本,往往具有"国际化"的特征,如琉球刻本《小学句解》,作者是明代福建学者,委托福建刻工雕刻,在琉球本土印刷,用的是和纸和墨①。

但总的来说,琉球"本国文籍固少,即购自中国者亦不多,故文风不及朝鲜"②,这一判断还是实事求是的。

此外,就琉球各地域而言,久米村人大都是能直读汉籍的。日本吞并琉球前不久,其文部省刊行的小学地理课本中,是这么介绍久米村的:"有孔庙学校,其俗尚如支那。读书亦以音,不用训。"③也就是说,直到琉球亡国,久米村子弟读汉籍,皆用直读,而不用训读。此外,首里、那霸的官生或勤学,应该也能直读汉籍。如《学官话》中说:

> 如今请是那一位先生在馆里读书呢?
> 是请城里某号王老师。
> 现今读的是什么书呢?
> 读《诗经》。
> 读书的方法没有别的,头一桩,要把书讲究明白,道理通彻;第二桩,要句读明白,字音清楚;第三桩,要熟读的工夫。这三样是读书极要紧的,你们如今读书,也要这样用工才好。

---

① 参见陈正宏《琉球本与福建本——以〈二十四孝〉、〈童子摭谈〉为例》、《琉球故地访书记》,均收入其《东亚汉籍版本学初探》,第170、280页。
② 李鼎元《使琉球记》"七月二十三日癸卯"条(《国家图书馆藏琉球资料续编》,上册,第773页)。
③ 姚文栋译日本文部省刊行小学地理课本《琉球说略》(《国家图书馆藏琉球资料续编》,上册,第699页)。

齐鲲《东瀛百咏·中山杂咏十首》其五,咏琉球人的读书风景很是形象:"读书却似梵僧声(秀才读书声如僧讽经然),早起楼头听最明。"①

又,《白姓官话》中记载,有中国商船飘风遭难,获得琉球方面的救助,滞留琉球等待顺风期间,有郑姓通事提供服务,顺带托某商"点"几本书,应是汉籍而须句读者。该商点完后客气地说:"弟所点的,差错处狠多,不是弟不尽心,弟因见识有限,不要见怪,看有不着所在,自家更正。"此事既说明久米村人好学,也说明汉学程度参差不齐,以至不惜劳动中国商人。

十五、琉球汉文学风土

1683年出使琉球的林麟焻,很得意地提到,自己所作所书汉诗,多为琉球人掣去:

> 一时花院苔茏,流连歌咏,或酒酣耳热,落笔如风雨,为球人好事者从旁掣去,盖不可胜计矣。②

同使汪楫则发现,琉球人尤重"天使"笔墨:

> 国人无贵贱老幼,遇中国人,稍相浃洽,必出纸乞书,不问其能书与否也。国中纸有类高丽者,宽不逾尺,曰事宜纸,亦有绝佳似宣德纸、镜面笺之类,皆不以属客,必购中朝毛边纸以求,名曰唐纸。乞使臣书,尤恭谨,得之,辄俯身搓手,高举加额,焚香而后展视,其见重如此。③

不过,1756年出使的周煌,则提出了不同见解:

> 臣见其国俗,凡有所受,必高举为礼,一茶一烟皆然,即尊长受之卑

---

① 《国家图书馆藏琉球资料三编》,下册,第369页。
② 林麟焻《玉岩诗集自序》(《国家图书馆藏琉球资料三编》,上册,第78页)。
③ 汪楫《使琉球杂录》卷三《俗尚》(《国家图书馆藏琉球资料汇编》,上册,第776—777页)。

幼亦然,不独得使臣书始然也。①

1800年出使的李鼎元,也确认了同样的事情,琉球人告诉他道:

> 国人率恭谨,有所受,必高举为礼;有所敬,则俯身搓手而后膜拜。②

而且,琉球人索"天使"书时,其用纸也没那么讲究:

> 连日以纸索书者甚夥,有棉纸、清纸,皆以榖木皮为之,恶不中书。有护书纸,大者佳,高可三尺许,阔二尺,白如玉版,小者减其半。亦有印花诗笺,可作札。别有围屏纸,则糊壁用矣。③

由此看来,汪楫以为琉球人仅对"天使"书法施以大礼,显然是有点自作多情了,但琉球人敬重"天使",喜欢其书法,则应该是毫无疑问的。即使李鼎元也提到:"惟从客善书者不可少,球人重书,请者甚众,两手不能给也。""(琉球紫金大夫陈天宠来访)坐顷,出纸一束,索诗索书,并出所作诗求政。诗亦有清思。"④

而"天使"们也助长了琉球人的这种癖好,他们在琉球各处设焚字炉,把敬惜字纸的中国习俗传入了琉球⑤。

---

① 周煌《琉球国志略》卷四下《风俗·习尚》(《国家图书馆藏琉球资料汇编》,中册,第862—863页)。
② 李鼎元《使琉球记》"八月二十日庚午"条(《国家图书馆藏琉球资料续编》,上册,第782页)。
③ 李鼎元《使琉球记》"九月二十八日丁未"条(《国家图书馆藏琉球资料续编》,上册,第793页)。但徐葆光则甚为赞赏琉球茧纸,其《球纸》诗云:"流求茧纸扶桑蚕,十华搗就藏龙龛。一缣一纸购不得,岛客求书致满函……高丽茧纸称最精,年年贡自朝鲜界。方幅虽宽质此同,两邦职贡皆海东。"(《海舶三集·舶中集》,《国家图书馆藏琉球资料三编》,上册,第212—213页)
④ 李鼎元《使琉球记》"九月二十一日庚子"条、"八月二十七日丁丑"条(《国家图书馆藏琉球资料续编》,上册,第791、784页)。
⑤ 《球阳》卷二十一尚育王四年(1838)"本年创建焚字炉"条:"册封正使林鸿年临国之后,欲使国人设焚字炉,敬惜字纸,特赐劝惜字纸文,即令国中察场设焚字炉,敬惜字纸。"卷二十二尚泰王十九年(1866)"本年设建焚字炉"条:"册封正副使、弹压官、头二两号宝船船主,于首里、那霸、唐荣各处设焚字炉,以敬字纸。"(《琉球王国汉文文献集成》,第11册,第324—325页,第12册,第405页)

琉球人不仅喜欢中国使节的诗文书法,自己的汉诗文能力也一直在提高。明末出使的夏子阳曾说:"作诗惟僧能之,然亦晓音韵、弄文墨已尔,许以效唐,则过也。"①到了清初汪楫出使时,就已经遇到了许多擅长汉诗的琉球僧侣,显示出琉球人汉文学能力的提高:

> 天王寺僧瘦梅则工诗,诗奉《白云集》为宗。《白云集》者,元僧英所作。英俗姓厉,字实存,集有牟巘、赵孟頫、胡汲序,国人镂版译字以行,然中国人购之殊不易。读之,则多属明初张羽诗,而牟序又与《陵阳集》所载不同,殊不可解……(仙江)院就圮,而僧宗实能诗……(万松院)僧名不羁,耄矣,好苦吟,与瘦梅、宗实相唱和。②

> 琉球天王寺有僧,号瘦梅道人,赋《七夕》诗云:"陶公帘外赤龙下,汉武殿前青鸟来。"又,万松院僧不羁有诗云:"黄叶落三径,白云归数峰。"予门人汪翰林舟次楫、林舍人石来麟焻,康熙癸亥(1683)奉使其国,见之,石来有诗云:"瘦梅道者人不识,梵夹吟题耸两肩。赋得赤龙青鸟句,樊南甲乙可同传。""浮屠亦有不羁人,衹树萧萧绝世尘。唐体诗中风格好,白云黄叶斗清新。"③

可以想象,当清朝使节踏上琉球,在寺庙里忽然看到汉诗,而又写得清新脱俗时,他们该会是如何地惊喜呀!

当然,这是有一个过程的,也是因寺因人而异的。同样据汪楫记载,草创于顺治十二年的临海寺:"寺僧有文纪事,文多不可句读。其可识者,首祝渡唐官船(国人呼中国为唐山),次及上下贡船,又次及诸国出入之船安稳便利,次祝国王王子康宁获福。其文书于木板,长三尺余,阔五寸,藏之神座,等于碑碣云。"④可见该寺僧汉文水平不高,所作汉文有类所谓"和习"("和

---

① 夏子阳、王士桢《使琉球录》卷下《群书质异》(《国家图书馆藏琉球资料汇编》,上册,第500页)。主要内容应承自陈侃《使琉球录·群书质异》。
② 汪楫《使琉球杂录》卷二《疆域》(《国家图书馆藏琉球资料汇编》,上册,第754—755页)。
③ 王士禛《池北偶谈》卷十八《谈艺》八"琉球二僧诗"条。
④ 汪楫《使琉球杂录》卷二《疆域》(《国家图书馆藏琉球资料汇编》,上册,第729—730页)。

臭")者,只因用汉字而内容大致可解。

又其《中山沿革志》所附《中山诗文》,皆琉球上下为送其还朝及祝其父八十寿辰而作的汉诗文,其中有琉球国王尚贞所撰寿序,"通家晚生"(王子)尚弘毅、尚纯,法司官毛国珍、毛泰永、翁自仪,王舅毛自义,紫巾官夏德宣、毛允丽,紫金大夫王明佐,耳目官吴世俊、章受祐,正议大夫郑宗善、梁邦翰、郑永安,中议大夫郑宗德、陈初源、孙自昌,遏闼理官杨有稳、文克继、毛知传,长史蔡应瑞、郑弘良,那霸官柏茂、吴彬等人的"题画奉祝汪太公寿"咏松竹菊诗,最后还有一篇署名谢恩使法司官王舅毛国珍、紫金大夫王明佐、使者昌威都通事曾益等合撰的祭汪太公闵太君(汪楫父母)文①,看上去似乎琉球上下皆能汉诗文的样子,但这种场面上的东西,其实不清楚里面有多少是自作,多少是倩人代笔的。不过由此也可看出,为了接待清朝册封使,当时王亲国戚、达官贵族纷纷起了唐名,而这早在"系座图"设置之前。

同使的林麟焻也提到:"有所谓三十六姓者,其先世系出中国,每以诗文相就正,皆温恭尔雅,殊不类侏僖椎髻人。然后叹何地无才,如琉球人士,岂得以炎荒岛夷少之耶?"②

又过了三十六年,1719年徐葆光出使时,了解到各寺僧大都能诗,比汪楫时更进了一步:

> 仙江院:今宗实尚存,年六十九,改字际外,称球阳大和尚。
>
> 万松院:今瘦梅、不羁皆化去。不羁徒二人,一曰德叟,今在莲华院;一曰元仁,字东峰,开别院于北山名护岳上,仍名万松院,年五十余,亦能诗。
>
> 兴禅寺:僧了道,旧时圆觉寺国师喝三之徒,能诗。
>
> 建善寺:有僧兰田,能诗。
>
> 天庆院:僧梁天,名知津,亦能诗。③

---

① 《国家图书馆藏琉球资料汇编》,上册,第1069—1086页。除最后一文外,又收入《中山诗文集》(《琉球王国汉文文献集成》,第30册,第21—33页)。
② 林麟焻《雪堂燕游草序》(《琉球王国汉文文献集成》,第25册,第42—43页)。
③ 徐葆光《中山传信录》卷四《纪游》(《国家图书馆藏琉球资料汇编》,中册,第360—361页)。

其《赠际外和尚(旧名宗实,前使汪检讨记录中山三诗僧瘦梅、不羁、宗实,今惟宗实存,年六十九,改今名)》诗云:

> 海外三僧海内传,瘦梅化去不羁仙。山中禅老惟师在,数腊春来七十年。①

又《天授山万松院歌为东峰上人赋》诗云:

> 我闻中山万松院,旧有名僧号不羁。同伴苦吟三老衲,瘦梅宗实俱工诗。元僧实存有遗集(杭僧实存有《白云集》),流传海外皆宗之。仙岛同游日唱和,沧溟万象搜无遗。至今忽逾三十载,我来已晚徒增慨。万松旧院改莲华,老僧灭度今无在……白头法嗣有东峰,开院北山仍万松……②

此外,其《中山传信录》所附《中山赠送诗文》里,收录了宗实《徐太史见访报谢四章》,又送诗一首,元仁诗二首,兰田《徐太史题拙诗后见赠报谢》一首,知津送诗一首,心海送诗一首,天界寺僧廓潭《送菊使院》一首,了道送诗一首,天王寺僧得髓送诗一首,德叟《徐太史过访屡问先师不羁诗卷赋谢》一首,樱岛僧不石《题徐太史菊影诗卷后》一首,等等,其《海舶三集·舶中集》里,也有《赠得髓上人(天王寺僧)》诗。由此可见,琉球僧侣的汉诗文能力已有了较全面的提高③。

除僧侣外,从其《海舶三集》来看,其相与酬赠的琉球文人,有程顺则、梁

---

① 徐葆光《海舶三集·舶中集》(《国家图书馆藏琉球资料三编》,上册,第 245 页)。
② 徐葆光《海舶三集·舶中集》(《国家图书馆藏琉球资料三编》,上册,第 232—233 页)。
③ 李鼎元《使琉球记》"十月二十三日壬申"条云:"此行遍访,(僧)无一能诗者,亦未闻有通僧能以文字教人者,今大异于古所云矣!"(《国家图书馆藏琉球资料续编》,上册,第 801 页)但其《停云楼即目四首叠前韵》其四又云"禅林时复见诗僧"(《师竹斋集》卷十三,《国家图书馆藏琉球资料三编》,下册,第 197 页),自相矛盾,不知何故?

鼎、阮维新、蔡肇功、蔡文溥、蔡温、向凤彩、陈其湘、何文声等人①，大都是当时琉球汉文学界的翘楚。他们"善作华人语"（《赠梁秀才（名鼎，字廷器，曾渡海至闽游学）》），"贵后犹称太学生"（《赠阮大夫维新（字大受，康熙二十三年入国学读书）》），大都有过留学中国的经历（蔡文溥、阮维新是首批官生，梁鼎、蔡肇功、蔡温、程顺则等是福州"勤学"），且都有较强的汉文学能力。其《赠中山向公子凤彩三首》其三云：

> 此邦富英才，词坛竞振组。声病已尽谐，盍追古乐府？域外采诗翁，待续国风谱。②

说明琉球汉诗已无声病，只待丰富多样化了。

1800年出使的李鼎元，写他认识的一位久米村人、都通事蔡清派："知为君谟的派，由明初至琉球，为三十六姓之一。清派奉其王命，护送封舟，能汉语，人亦倜傥。由祠至其家，花木俱有清致，池圆如月，为额其室曰'月波书屋'。"③又写他去程顺则后裔家，看其所收藏的朱熹墨迹④。可见琉球文人的汉文化素养，已体现在他们的日常生活中。其《使琉球记》"五月三十日辛亥"条又记载：

> 首里公子向循师、向世德、向善荣、毛长芳来，以所作诗文进质，皆有思致。询其来意，乃知世孙知余欲辑《球雅》，特遣四人来助，杨文凤

---

① 如《赠梁秀才（名鼎，字廷器，曾渡海至闽游学）》《游东苑柬中山王四首》《波上琴席中山诸大夫分韵》《赠阮大夫维新（字大受，康熙二十三年入国学读书）》《采芝歌赠蔡大夫肇功》《题蔡大夫文溥诗后四绝句》《古意二首为蔡秀才作》《赠紫金大夫蔡温》《赠中山向公子凤彩三首》《寄金福山阮大夫》《游奥山期梁天上人不至寄》《游山南丝满村白金岩联句》《澹园（大夫蔡温别墅）》《留别蔡大夫温》《留别向谒者凤彩（时为劝农使出巡山南北）》《为陈大夫其湘题画兰》《游辨岳赠翁法师自道时际外和尚在坐》《为不石上人题飞来石》《中山月令成示蔡大夫文溥》等。
② 徐葆光《海舶三集·舶中集》（《国家图书馆藏琉球资料三编》，上册，第250页）。
③ 李鼎元《使琉球记》"九月二十五日甲辰"条（《国家图书馆藏琉球资料续编》，上册，第792页）。
④ 李鼎元《使琉球记》"九月二十四日癸卯"条（《国家图书馆藏琉球资料续编》，上册，第792页）。1838年出使的林鸿年、高人鉴也去程家看过，云朱熹真迹共十四字（《琉球咏诗》，《琉球王国汉文文献集成》，第31册，第16—18页）。

参稽一切。三向为世孙本支,毛则王妃之侄,通汉文,能汉语,年皆二十以上。与之语,文理尚不及文凤,而聪明善悟。世孙即令五人馆于使院之西里许,因就诗韵字,令每人日注数十字来,疑者面议。后率以为常。①

这些公子王孙皆"通汉文,能汉语",而"参稽一切"的杨文凤尤为突出。李鼎元《首里向公子循师世德过访》诗云:"高阁窗开四面风,有人问字访扬雄。未嫌款洽方言异,犹幸文书海国同。"②说明首里公子的汉语也许不太熟练,所以有时还要夹用汉文进行笔谈。其《雨中首里四公子过访席上口占》诗,称他们"有诗自带东洋气"③,说明他们会作汉诗,却还带有琉球味道(类似日本汉诗的"和习"、"和臭")。其《首里四公子招饮书斋各以诗政依韵赠答四首》④,写四公子虚心要求他改诗并唱和。与他同使的赵文楷,其《首里秀才向世德等晋谒馆中分韵赋诗题其后(向生等皆王亲族贵公子)》诗云:"茧纸分题击钵催,挥毫诗就亦奇才。"⑤《使馆即事适首里毛生长芳等投诗书此答之》诗云:"多谢诸生勤赠答,哑钟难得应莛撞。"⑥说明他们都喜欢与"天使"赋诗唱酬。其中最可注意者,他们都不是久米村出身,而都是首里的公子王孙,或为尚温王在首里设国学的受益者,也是琉球"书同文"进程中涌现出的一代新人⑦。

此外,李鼎元《招球人能诗者饮》诗称"人但能诗胜好官"⑧,说明琉球人中已不乏能诗者。赵文楷《紫金大夫郑国枢和余波上寺诗以此赠之》诗云:"解语何曾讹鼠璞,论文信已得骊珠。"⑨说明郑国枢汉语汉文均好,且有能力与赵文楷唱和。1866年出使的赵新,其长题组诗《居球五月承诸君子雅

---

① 《国家图书馆藏琉球资料续编》,上册,第758页。
② 李鼎元《师竹斋集》卷十三(《国家图书馆藏琉球资料三编》,下册,第201页)。
③ 李鼎元《师竹斋集》卷十三(《国家图书馆藏琉球资料三编》,下册,第205页)。
④ 李鼎元《师竹斋集》卷十四(《国家图书馆藏琉球资料三编》,下册,第242页)。
⑤ 赵文楷《石柏山房诗存》卷五(《国家图书馆藏琉球资料三编》,下册,第74页)。
⑥ 赵文楷《石柏山房诗存》卷五(《国家图书馆藏琉球资料三编》,下册,第88页)。
⑦ 可惜两年后,向循师、向世德、向善荣、毛长芳与另外四人,作为第四批官生和副官生被派往中国,不幸在海上遇风失踪。又三年后杨文凤也去世。
⑧ 李鼎元《师竹斋集》卷十三(《国家图书馆藏琉球资料三编》,下册,第207页)。
⑨ 赵文楷《石柏山房诗存》卷五(《国家图书馆藏琉球资料三编》,下册,第66页)。

谊晨夕过从极诗酒谈宴之乐并惠赠佳章倍荣行箧考风问俗俾得征文献以续前贤所述今将别矣离绪萦怀不能自已赋此志谢》其三"尤羡礼成工献颂,一时珥笔遍公卿"句下自注云:"球邦逢册礼庆成,士大夫皆进颂。"①可见其时琉球士大夫具汉诗文能力者已甚众。其随员林齐韶也提到:"予因得遍交诸名俊,某能文,某能诗,某能书与画,心焉识之,未易以更仆数。大抵中山礼教之国,都人士尤好言诗,而其间人才秀发者,则首推久米蔡氏。"②

而琉球国王的尚文举措,也起了推波助澜的作用。如1853年,琉球末代国王尚泰王,褒嘉长期从事经传教授的讲解师:"吉维谟佐久本,于其所授役职也,无功可旗,但自幼稚时攻习经传,功成拔萃,署任西平等讲解师,且多年充各村讲解师,用心加教,现今行年九十,尚教经传,毫无厌倦,诚可谓补助教化者,由是朝廷赏赐申口座位。"③1863年,他又要求观看唐荣儒士诗文笔业:"此年,唐荣司着令村中,期定每年四次,自座敷以至秀才,面试诗文(三月六月造诗,九月十二月作文);若秀才暨童子等,考试笔业(三月六月九月十二月均是写字)。待其收卷写字时,各撰第一第二第三。且诸大夫以下,现任已退各员等,或诗或文,随便作之,一并奉备圣览。"④

这些既是琉球"书同文"的结果,也成为琉球汉文学的风土。

十六、清代琉球汉文学

具有讽刺意味的是,正是在萨摩对琉球的严密控制之下,汉文化的影响在琉球反臻于鼎盛。与明朝时的琉球相比,清朝时的琉球汉字汉文使用更为普遍,并且向士族和文学层面扩展,结出了琉球"书同文"的丰硕果实,与同时期东亚其他地区交相辉映。"我皇上声教远布,各岛渐通中国

---

① 赵新《还砚斋诗略》(《国家图书馆藏琉球资料三编》,下册,第526页)。
② 林齐韶《琉球都通事蔡君汝霖北燕游草叙》(《琉球王国汉文文献集成》,第28册,第181—182页)。
③ 《球阳》卷二十二尚泰王六年(1853)"本年褒嘉吉维谟佐久本亲云上孟伴教授经传之劳赐爵位"条(《琉球王国汉文文献集成》,第12册,第135—136页)。毅平按:"行年九十"原作"行年十九",应为误乙。
④ 《球阳》卷二十二尚泰王十六年(1863)"本年将唐荣儒士诗文笔业奉备圣览"条(《琉球王国汉文文献集成》,第12册,第357页)。

字,购蓄中国书籍,有能读《上谕十六条》及能诗者矣。"①"由来东国解声诗,肯让朝鲜绝妙词。一卷燕游增后集,星槎收尽域中奇(大夫先有《燕游集》)。"②琉球汉文学水准已经受到了中国本土的承认,从而使琉球在东亚汉文学史上占了一席之地。

周煌曾提到琉球的文人:"其一时先后蜚声艺苑者,久米则有曾益,字虞臣,著《执圭堂草》;蔡铎,字声亭,著《观光堂游草》;铎子温,字文若,著《澹园集》;铎族子文浦(溥),字天章,著《四本堂集》。首里则有周新命,字熙臣,著《翠云楼集》。何文声亦有诗名,徐葆光常题其集。"③而据潘相《琉球入学见闻录》卷首"采用书目"、卷三《书籍》,何文声有《何文声集》,徐葆光序题之,蔡应瑞有《五云堂集》,金坚、郑国观亦有诗集④。李鼎元《答人问琉球土俗》诗云:"二百年来文教广,箧中诗卷有奇观。"⑤赵新上述长题组诗其一"新诗洛诵多佳句"句下自注云:"球阳士大夫惠读佳什颇多,拟携归选梓。"组诗其三"周曾程蔡并铮铮,风雅于今有继声"句下自注云:"球阳周公熙臣有《翠云楼草》,曾公虞臣有《执圭堂集》,程公宠文有《雪堂燕游草》,蔡公声亭有《观光集》,皆已刻,此外未刻者尚多。"⑥他们所提到的许多琉球文人及其汉诗文集,可以说是清代琉球汉文学的主要代表。我们这里且尝鼎一脔。

曾益(1645—1705),初名永泰,后改名益,又改名夔,字子谦,号虞臣⑦,久米村人,琉球"勤学"。1687年使华,有诗集《执圭堂诗草》(1689年题),

---

① 徐葆光《中山传信录》卷四《琉球三十六岛》(《国家图书馆藏琉球资料汇编》,中册,第314页)。
② 徐葆光《送琉球谢封使紫金大夫程顺则归国十首》其二,收入《海舶三集·舶后集》(《国家图书馆藏琉球资料三编》,上册,第300页)。
③ 周煌《琉球国志略》卷十三《人物·文苑》(《国家图书馆藏琉球资料汇编》,中册,第1130页)。徐葆光《题中山何文声诗集(申口官何文声,字美庵,七十余岁,退隐国头地方,土名字良亲云上)》:"诗格不肯落第二,西江骨力涪翁余。常谈到手变奇崛,枯笔着墨生芙蕖。揭来中山半载居,穷搜雅材饥渴如。独冠群英得此老,海外采风今不虚。"(《海舶三集·舶中集》,《国家图书馆藏琉球资料三编》,上册,第267页)
④ 《国家图书馆藏琉球资料汇编》,下册,第283页,第461页。
⑤ 李鼎元《师竹斋集》卷十四(《国家图书馆藏琉球资料三编》,下册,第267页)。
⑥ 赵新《还砚斋诗略》(《国家图书馆藏琉球资料三编》,下册,第524—525页)。
⑦ 琉球文人除唐名外,一般都还有童名(小名),有时还会有土名(受到分封的话),但本节主要介绍其汉诗文,故其童名(小名)、土名一概从略。

收入其诗十四首,皆贡使途中所作,悉数收入《中山诗文集》。其诗又入选《皇清诗选》。其《游灵隐寺》诗云:

> 我爱西湖灵隐寺,寺门斜傍薜萝开。蒲团竟日谈兴废,花径由人数往来。草色遥连骑马路,涛声长绕讲经台。幸留一片袈裟地,不共沧桑化劫灰。①

《皇清诗选》评曰:"结构谨严,通篇老成。"

蔡肇功(1656—1737),号绍斋,久米村人,琉球"勤学"。1678 到 1682 年,在福州学习历法,回琉球后印行《时宪历》。有诗集《寒窗纪事》一卷(1705 年自序),收诗三十八首。如《寒窗独坐》诗云:

> 寒窗多寂寞,翘首望长空。云起远山白,风飘疏叶红。频吟愁不已,漫酌兴无穷。日暮人来少,忽闻雨落桐。②

蔡铎(1644—1724),字天将,号声亭,久米村人,琉球"勤学"。1688 年使华,所作诗三十首,辑为《观光堂游草》(1690 年序),悉数收入《中山诗文集》。此外,他曾与修琉球汉文国史《中山世谱》。其《夜宿渔梁》诗云:

> 看山一路到渔梁,客邸寒深月似霜。独对孤灯愁寂寞,为留梅影护匡床。③

清人梁章钜《南浦诗话》评曰:"近代琉球贡使往还中土者多尔雅之选,并工吟咏。尝阅蔡铎《观光堂游草》,中有《夜宿渔梁》绝句……不必遥深,亦自泠然可诵。"

蔡温(1682—1761),铎子,字文若,号鲁齐,久米村人,琉球"勤学"。仕

---

① 《中山诗文集》(《琉球王国汉文文献集成》,第 30 册,第 49 页)。
② 蔡肇功《寒窗纪事》(《琉球王国汉文文献集成》,第 25 册,第 24 页)。
③ 《中山诗文集》(《琉球王国汉文文献集成》,第 30 册,第 72 页)。

至法司,为久米村人仕宦之最。编有儒学语录《要务汇编》十卷(1715),为教导王子而编,"采先圣之嘉言,搜前哲之懿行"(王登瀛序),"取中华之圣经贤传与前辈老成端人正士所经历独是之格言而辑之者"(冯祉序),分为二十四类①。另编有《图治要传》、《蓑翁片言》、《一言录》、《醒梦要论》、《俗习要论》、《山林真秘》等各一卷②。著有诗文集《澹园集》(1747)等。《晚晴簃诗汇》选其诗二首,即《吴我天底道中》、《千手院访赖全上人》。续修琉球汉文国史《中山世谱》(1725),"乃中山第一书籍也"③。其《我部盐居》诗写海盐制作过程甚有特色：

草屋轻烟冲碧空,隔峰相望白云同。应知煮海成盐味,只在乾坤造化工。

其《重修南北炮台记》(1718)言亦有序：

霸江百川所会,与海相通,贡船暨西北诸艘往来中山之咽喉也。南距饶波,北抵泉崎,东达宇平、板敷。近人规小利,或聚泥土,筑田陌,川苦其狭,变为涧沟。其尤甚者至塞川以为田,烂土泥水流入霸江,江将塞矣!明君贤相,特命向文思等疏浚斯江。或播田地以广其川,或除烂泥以深其水,宇平、板敷等处,复通长川顺流。临海寺西,筑石桥三座;迎恩亭北,构石桥一座;渡地村,临江筑塘,架木桥二座,计桥五座;垣花村加二桥,共木桥三座;泉崎桥改修;牧志南派之水,决以西注。自康熙丁酉(1717)五月初五日起,至明年闰八月二十日告成。或曰：临海寺南石何为不除?文思曰：斯石係乎风水;且江海飓飙不时,若非斯石,

---

① 《球阳》卷十尚敬王三年(1715)"国师蔡温纂著《要务汇编》"条："正议大夫蔡温于圣经贤传百家诸书之内,掇取其嘉言与懿行切于日用躬行之实者,而纂成一部,名曰《要务汇编》(有江左宣城冯祉岘西氏及闽王登瀛阆州氏两位先生序文),恭呈圣览。"(《琉球王国汉文文献集成》,第9册,第48页)

② 以上各书收入《琉球王国汉文文献集成》,第18、19册。

③ 李鼎元《使琉球记》"七月二十三日癸卯"条(《国家图书馆藏琉球资料续编》,上册,第773页)。

船只难泊也。康熙五十七年戊戌(1718)十二月记。①

徐葆光《赠紫金大夫蔡温》诗称许之为"霸江碑上鸿文丽"②。过了三十七年,1756年,下一次册封使到琉球,蔡温仍健在,地位更高了。随使的王文治有《赠前法司蔡温二首》诗,题下自注云:"法司通儒术,能诗善书,曾为先国王傅。今致仕,仍领具志头采地,常备顾问。"③1800年出使的李鼎元曰:"大雨竟日。长史觅得法司蔡温、紫金大夫程顺则、蔡文溥三人集,诗皆有作者气……蔡温尤肆力于古文,有《蓑翁语录》、《至言》等目,语根经籍,有道学气,间出入二氏之学,盖学朱子而未纯者。"④

蔡文溥(1671—1745),铎族子,字天章,号如亭,久米村人,正是1686年首批入清国子监读书的三名琉球官生之一,当时年仅十六岁。四年后回琉球,任教王府,升任正议大夫、紫金大夫等。著有《四本堂诗文集》一卷。其《题天使院种蕉图》诗云:

  数株蕉扇半遮空,仙客栽培兴不穷。虚槛笼阴消暑气,幽窗伴月引凉风。飘飘影出高墙外,掩映绿浮一院中。拟似辋川当日景,好将图献未央宫。⑤

其《徐太史枉过四本堂志喜》诗云:

  陋巷萧萧一草堂,翘翘旌旆下寒乡。村僮也识朱轮客,咸道文星载

---

① 徐葆光《中山传信录》卷四《琉球地图》(《国家图书馆藏琉球资料汇编》,中册,第331—332页),周煌《琉球国志略》卷十五《艺文》(《国家图书馆藏琉球资料汇编》,下册,第73—74页)。
② 徐葆光《海舶三集·舶中集》(《国家图书馆藏琉球资料三编》,上册,第248页)。
③ 王文治《梦楼诗集》卷二《海天游草》(《国家图书馆藏琉球资料三编》,下册,第563页)。
④ 李鼎元《使琉球记》"六月十七日戊辰"条(《国家图书馆藏琉球资料续编》,上册,第763页)。
⑤ 蔡文溥《四本堂诗文集》(《琉球王国汉文文献集成》,第25册,第242页),周煌《琉球国志略》卷十五《艺文》(《国家图书馆藏琉球资料汇编》,下册,第97页)。

路光。①

"徐太史"即徐葆光,1719年出使琉球,与琉球文人广为交游,其《题蔡大夫文溥诗后四绝句》其四云:"君是中山第一才,诗排数寸付心灰。昌黎五鬼无归处,应自中原带得来。"②竭力称道蔡文溥学得韩愈精神。又,蔡文溥《同乐苑八景》诗云:

延贤桥:江芷汀兰映水青,风飘香气到前庭。曾传东阁招贤地,可胜圜桥聚德星。

恤农坛:明王轸念草莱民,时上农坛望亩频。省敛省耕行补助,海邦无岛不生春。

洗笔塘:一曲银塘供洗笔,光浮星斗自成文。金鳞列队争吞墨,仿佛龙宫献彩云。

望春台:台上新晴宿雾披,鸾旗掩映日迟迟。春和淑气催黄鸟,正是农工播种时。

观海亭:峰高路转欲凌云,亭上风光自不群。纵目远观沧海外,登临何异读奇文。

翠阴洞:人间似隔红尘外,错认桃源有路通。阴锁洞门闲寂寂,惟余鹤梦月明中。

摘茶岩:香出琼楼阆苑种,长承雨露叶苍苍。春来每向岩头摘,先制龙团献我王。

种药堤:闻道仙家延寿草,移栽堤上自成丛。莫教刘阮长来采,留与君王佐药笼。③

---

① 蔡文溥《四本堂诗文集》(《琉球王国汉文文献集成》,第25册,第244页),周煌《琉球国志略》卷十五《艺文》(《国家图书馆藏琉球资料汇编》,下册,第98页)。
② 徐葆光《海舶三集·舶中集》(《国家图书馆藏琉球资料三编》,上册,第234—235页)。
③ 蔡文溥《四本堂诗文集》(《琉球王国汉文文献集成》,第25册,第253—256页),周煌《琉球国志略》卷十五《艺文》(《国家图书馆藏琉球资料汇编》,下册,第98—101页)。

他的《学校序》,可以说是一篇标准的汉文:

> ……中山虽在海外,自大明以来通中国,贡典不绝,沐圣天子文教者盖三百余年于兹矣。今世家子弟,徒嗜膏粱、日好游观者常多,而笃志芸窗、精通经书者甚少,是亦由父兄之训不严,遂致子弟之业不修也。
>
> 今我新嗣君……勤修学问,讲论治平,凡所设施,皆宪章古圣贤之道,上行下效,捷如影响,故自王都以及乡邑,莫不奋然感发兴起。康熙乙未岁(1715),会议于各乡中,随分捐资,公建学堂,而选士之通经善行者为师,以教子弟,诚一时之盛事,万世之良模也。于是从游者皆争先恐后,就师肄业,而知言忠信,行笃敬,有彬彬邹鲁之余风焉。贤君嘉文教大行,特遣近使巡宣钧谕,劝勉诸生曰:
>
> "尔曹潜心肄业,孤甚嘉之。但学必以不倦为功,积久而成,不可以旦夕求其效也。且所谓学者,不但诵读章句而已,盖小而洒扫应对进退之节,大而修身齐家治国之道,其敦人伦、笃宗族、和乡党、美风俗之事,无不出于学也。故为师者,当以此施教,为弟子者,当以此讲习,为国取士,亦不外此。可不勉欤!"
>
> 呜呼!吾君之所以振兴文教、化导士人者至矣大矣。由是,师之所教,学者所习,皆以实学,而不以虚文。凡所以致知力行之事,忠君泽民之道,莫不尽心讲求。处,期无愧于圣贤;出,期有用于邦国。养成德器,他日登庸廊庙,皆可以为菁莪棫朴之选也。伫见都邑之间,风醇俗美,户诵家弦,臣与臣言忠,子与子言孝,跻中山于一道同文之风矣……①

"其言有次序如此"②,琉球人的汉文水准由此可见一斑。

周新命(1666—1716),字熙臣,首里人,琉球"勤学"。有《翠云楼诗笺》

---

① 蔡文溥《四本堂诗文集》(《琉球王国汉文文献集成》,第 25 册,第 205—209 页),周煌《琉球国志略》卷十五《艺文》(《国家图书馆藏琉球资料汇编》,下册,第 54—58 页)。二者文字颇有不同,此从前者。

② 徐葆光《中山传信录》卷五《学》(《国家图书馆藏琉球资料汇编》,中册,第 460 页)。

（1693年序），不分卷，收诗三十二首，悉数收入《中山诗文集》。其《寄程宠文》诗云：

  与子握手别，愁心绕故乡。驿亭花径冷，江路草桥荒。客梦随山月，溪声落雪堂。故人如问我，万里一空囊。①

陈允溥序《翠云楼诗笺》，称其诗"彬彬有中州气习"②。

  琉球最有名的文人，则要数程顺则（1663—1734），字宠文，号雪堂、念庵，久米村人。弱冠入华，在福州作为"勤学"，拜陈元辅、竺天植为师，先后七年。后又作为存留通事，住柔远驿三年。五次来华，四次上京。他曾捐资二十五金，购得十七史，全部共计一千五百九十二卷，归献孔子庙。又在柔远驿撰刻《指南广义》（1708），记朝贡来去琉球与中国间海岛图与针路等，皆汉文，不附球字。又在福州刊行《中山诗文集》（1721），为琉球唯一汉诗文总集。"勤学励志，言行交修，位紫金大夫，爱民洁己，不营宠利。年七十余，卒之日，书籍外无余赀。国人至今犹争道之。所著有（《闽游草》)、《燕游草》、《中山官制考》。"③其诗收入《皇清诗选》，占琉球人诗之三成。所刻清人范铉《六谕衍义》，成为琉球人修身课本，传入日本后，由荻生徂徕训点，室鸠巢和译，以《官刻六谕衍义大意》之名，于1722年刊行，被日本的藩校、寺子屋用作教材。徐葆光《送琉球谢封使紫金大夫程顺则归国十首》其四称道他："学校振兴官制备，数篇著作史家心（大夫有学记、官表等著作）。"④其《中山东苑八景》诗，收入其《雪堂杂组》（约1698），为其代表作之一：

  东海朝曦：宿雾新开敞海东，扶桑万里渺飞鸿。打鱼小艇初移棹，摇得波光几点红。

---

 ① 周新命《翠云楼诗笺》(《琉球王国汉文文献集成》，第25册，第141页）。
 ② 陈允溥《翠云楼诗笺序》(《琉球王国汉文文献集成》，第25册，第140页）。
 ③ 周煌《琉球国志略》卷十三《人物·文苑》(《国家图书馆藏琉球资料汇编》，中册，第1129—1130页）。
 ④ 徐葆光《海舶三集·舶后集》(《国家图书馆藏琉球资料三编》，上册，第301页）。

西屿流霞：海角晴明屿色丹，流霞早晚涨西峦。若教搦管诗人见，定作笺头锦绣看。

南郊麦浪：锦阡绣陌丽南塘，天气清和长麦秧。一自东风吹浪起，绿纹千顷映溪光。

北峰积翠：北来山势独嵯峨，葱郁层层翠较多。始识三春风雨后，奇峰如黛拥青螺。

石洞狮蹲：仙桃花发洞门开，猛兽成群安在哉？将石琢为新白泽，四山虎豹敢前来！

云亭龙涎：凌云亭子有龙眠，吐出珠玑滚滚圆。今日东封文笔秀，好题新赋续甘泉。

松径涛声：行到徂徕万籁清，银河天半早潮生。细听又在高松上，叶叶迎风作水声。

仁堂月色：东方初月上山堂，万木玲珑带晚霜。照见皇华新铁笔，千秋东苑有辉光。（天使翰林汪公扁曰"东苑"）①

其父泰祚以贡使道卒（1675），赐葬胥江塘内，程顺则第二次充贡使时（1698）路过，有《姑苏省墓二首》云：

劳劳王事饱艰辛，赢得荒碑记故臣。万里海天生死隔，一时父子梦魂亲。山花遥映啼鹃血，野蔓犹牵过马身。依恋孤坟频恸哭，路旁樵客亦沾巾。

忍看霜露下苏州，十四年中泪复流。鹿走山前松径乱，乌啼碣上墓门秋。凄凉异地封孤骨，惭愧微官拜故丘。过此不知何日到，茫茫沧海望无由。②

---

① 《中山诗文集》（《琉球王国汉文文献集成》，第 30 册，第 147—150 页），周煌《琉球国志略》卷十五《艺文》（《国家图书馆藏琉球资料汇编》，下册，第 101—103 页）。
② 程顺则《雪堂燕游草》（《琉球王国汉文文献集成》，第 25 册，第 84—86 页）、《中山诗文集》（《琉球王国汉文文献集成》，第 30 册，第 124—125 页）。

二诗为其诗中名篇,除收入其诗集《雪堂燕游草》(1698年序)及总集《中山诗文集》外,还收入了《皇清诗选》,评曰:"哀慕之思,溢于言表,令人不忍卒读。"

此外,还有真常,其《茶亭记》(1682)云:

> 盖闻茶之珍于天下,虽起于神农氏,惜未见遗书。至李唐时,有陆鸿渐者,论茶之风味,辨水之美恶,著《茶经》三篇,以传于后世。便于口养,或用祭祀,或通神仙,皆是物也。今上自天朝,下达士庶,暨海外蕃国,未尝一日可以去茶,茶之为用大矣哉。若无陆羽,则不能显茶之德;无茶,则羽亦不能得其芳誉。陆羽可谓最得茶之妙而受益于茶者也。
>
> 伏惟我中山王,上沐皇恩,矢忠矢敬,慕上古之风,师中华之俗,留意风雅,淑躬素绚。于是一日,令紫巾官夏德宣相地择吉,筑茶亭一座,于见朝之暇,汲水烹茗,为休息之所,经之营之,不丹不艧,毋伤民力,毋劳百工。斯诚吾王慈之深仁之至也。
>
> 夏氏爰奉教令,壬戌(1682)之秋,律中夷则,谨卜灵地于崎山之阳,筑茶亭于雩坛之下。不日,厥功告成矣。其为地,东南开园囿,或封土块者,春秋咏花赏月之标致也;西北凿小池,或移松树者,冬夏乘凉御寒之名区也;中架小座,临南岳者,茶亭也;峰回路转,飞流喷薄于岩中者,芳泉也。纵目瀛海,贾舶渔舟,随潮下上,汪洋叹靡涯矣,此泽梁无禁之美利也;回观原野,农夫耒耜,麦陇稻畦,民产乐有恒矣,此农时不夺之流风也。至若月影照栏,松风响径,太平气象,丰岁休徵,又何莫非兹亭之佳胜,视听之美观哉。
>
> 窃以我王之德,体天地之心,夏氏之量,佐栽培之功,所以斯亭虽夏氏之所营,实我王之所就,古之所谓"元首明哉,股肱良哉,庶事康哉",此之谓欤?是为之记。①

---

① 周煌《琉球国志略》卷十五《艺文》(《国家图书馆藏琉球资料汇编》,下册,第70—72页),《琉球咏诗》(《琉球王国汉文文献集成》,第31册,第24—28页)。二者文字颇有不同,此据前者。

其中规模范仲淹、欧阳修之处显然。凡此,俱可见琉球文人的汉文能力。

蔡世昌(1737—1798),字汝显,久米村人,琉球官生(第三批),师事潘相。其《久米村记》,记载久米村的来龙去脉甚详,文章先介绍其得名之由,而后介绍其地理位置:"村之中有长道,迂回数里,蜿蜿蜓蜓。其南口,港堤突出,圆广如唇,泉崎水萦带其间,中岛石卓立如印,洵所谓天马行空、鬼乐相生者。故是村有文明之象,而俊髦辈出,崭然见头角也。"①而后又一一介绍了文庙、上天妃宫、关帝庙、龙神庙、蔡氏祖祠等,是一篇难得的久米村历史和胜迹的记载。

杨文凤(1747—1805),字经斋,首里人,曾出使中国与日本。有《四知堂诗稿》三卷(1803年自序)。李鼎元推为"中山第一学者"②,又称"我来球阳,所得诗友,君为第一也"③。赵文楷也称道其诗"险语时时出,清言字字佳"④。其《客中忆乡》诗云:

> 独作羁官在霸城,登楼几度望东京。江村渔火眠难得,远寺鲸钟梦不成。别绪牵时家十里,离怀动处月三更。凭谁去问乡园事,到晓犹闻滴雨声。⑤

那霸、首里相去不过十里,但离愁别绪总是一样的。

琉球汉文学的殿军蔡大鼎(1823—1884后),字汝霖,久米村人,蔡肇功七世孙。勤于吟咏,著述丰富,为琉球人现存汉文学作品最多者。1846年任漏刻官,有《漏刻楼集》一卷(1861年刊,附《伊计村游草》一卷)。1850年

---

① 潘相《琉球入学见闻录》卷四《艺文》(《国家图书馆藏琉球资料汇编》,下册,第736—739页)。
② 李鼎元《使琉球记》"六月二十六日丁丑"条(《国家图书馆藏琉球资料续编》,上册,第765页)。
③ 李鼎元覆杨文凤书,载杨文凤《四知堂诗稿》卷首(《琉球王国汉文文献集成》,第25册,第304页)。
④ 赵文楷报杨文凤书,载杨文凤《四知堂诗稿》卷首(《琉球王国汉文文献集成》,第25册,第301页)。
⑤ 杨文凤《四知堂诗稿》卷三(《琉球王国汉文文献集成》,第25册,第446—447页)。

考试高中,任文章总师①,此前后作品辑为《钦思堂诗文集》三卷(1861年刊)。1860年任福州柔远驿存留通事,有《闽山游草》一卷(1873年刊)。1867年任都通事,赴闽迎接谢恩使,有《续闽山游草》一卷(1873年刊)。1872年以都通事随朝贡使入京,有《北燕游草》一卷(1873年刊)。1861年后作品,又辑为《续钦思堂集》(含《圣览诗文稿》)②不分卷(1877年刊)。为控诉琉球亡国事,晚年多年滞留北京,有《北上杂记》六卷(1884年刊,现存二卷)③。这里仅录其任福州柔远驿存留通事时《和答朝鲜国进士李敏球见赠韵》诗一首:

   一路平安返旧山,依依情话客楼间。为谈笔墨移情甚,更愿先生去又还。④

"客楼"应指柔远驿。朝鲜进士难得地来到福州,可能"官话"还是不太行,于是两人照例用汉文笔谈;但与明末蔡坚、李晬光不同的是,这次蔡大鼎一点都不怯于唱和。

17世纪末,孙铉(思九)辑评,黄朱苇(奕藻)编校《皇清诗选》(1688年汪琬序),1709年以后再版时,收入了二十五个琉球诗人的七十首汉诗。这是中国选本中初次收入琉球人的汉诗,使中国读者首度知晓了琉球汉诗的存在⑤。

---

① "文章总师",即"著作文章总师",承担教授文章写作、审定朝贡文书等责,据《球阳》卷十六尚穆王三十年(1781)闰五月"准唐荣考试役职时定进场人等品级"条,是"役职交代之时……准允自中议大夫以至黄冠进场试"(《琉球王国汉文文献集成》,第10册,第206页),须通过选拔考试才能任职。

② 据《球阳》卷二十二尚泰王十六年(1863)"本年将唐荣儒士诗文笔业奉备圣览"条,琉球末代国王尚泰王曾要求观看唐荣儒士诗文笔业:"且诸大夫以下,现任已退各员等,或诗或文,随便作之,一并奉备圣览。"(《琉球王国汉文文献集成》,第12册,第357页)蔡大鼎此稿,或即应尚泰王此要求而编呈。

③ 以上各集,皆收入《琉球王国汉文文献集成》第27—29册。

④ 蔡大鼎《闽山游草》((《琉球王国汉文文献集成》,第28册,第108页)。

⑤ "己丑(1709)八月初十,琉球使臣毛文哲、陈其湘乘入贡之便,在苏州邮寄给孙铉琉球诗稿六帙及《琉球学纪》一部,并有诗启一通,要求选诗入集。孙铉便于当年'中秋后一日'写了跋识,曰'披览之次,用仿绛云楼故事(按:钱谦益《列朝诗集》闰集第六收入朝鲜等国诗),附于集内。深叹前之搜罗为未备云。'因此,《皇清诗选》再版当在此后,才收有琉球汉诗。""据孙铉侄孙孙卫回忆,琉球使臣'临行亟购百有余部,并延画师绘公(按,即孙铉)之像而归'。"(陈福康《日本汉文学史》,下册,第340—341页)

1721年,程顺则在福州刊刻了由其编纂的《中山诗文集》,这是琉球史上最初的、也是目前所知唯一的汉诗文总集,收录了自琉球国王至久米村出身者三十九人的二百五十六首汉诗、八篇汉文,以及清人诗文五十多首①。其中包括七种琉球人汉诗文集,即《执圭堂诗草》(曾益)、《观光堂游草》(蔡铎)、《雪堂纪荣诗》、《雪堂燕游草》、《雪堂杂组》(皆程顺则)、《焚余稿》(程抟万)、《翠云楼诗笺》(周新命)等。

　　可惜此后直至球末,琉球汉文学渐入佳境,却没再出现琉球汉诗文总集。二百年后,民初徐世昌(1855—1939)辑《晚晴簃诗汇》(1929),又名《清诗汇》,不顾琉球已被日本吞并了半个世纪的事实,仍将九个琉球诗人的十一首汉诗收入了"属国"类,则不过是回光返照了。

　　回顾琉球的汉文学,我们可以总结出些什么呢? 首先,与朝鲜半岛、日本、越南的情况都不相同,汉文学在琉球不完全属于整个社会上层或知识阶层所有,而是主要掌握在中国移民及后裔,尤其是久米村人的手中,至球末才渐渐扩展到首里、那霸的部分士族人士,明显呈现出种族属性的分别。与夸赞"由来东国解声诗,肯让朝鲜绝妙词"的徐葆光不同,八十年后出使琉球的李鼎元仍实事求是地指出,琉球"文风不及朝鲜"②,其根本原因或即在于这种种族属性的分别,这也是其不同于朝鲜半岛、日本、越南的地方。

　　但是,这种种族属性的分别也不宜强调过分。"以往涉及中琉两国之间汉语言文字交流史的研究,大多强调明初从中国福建移民琉球的三十六姓后裔在琉球运用汉语汉文历史中的独特性,甚至将这一特殊性缩小为外交译员(所谓'通事')的单纯翻译活动,地区亦限定在三十六姓聚居的久米村。仿佛除此之外,汉字在琉球只能说是一种纯粹的外国文字(这点在部分日本学者的研究成果中表现尤为突出)。"③正如我们上面所描述的,琉球汉

---

① "据《程氏家谱》,程顺则在这五年前(1720)他作为琉球谢恩使节第五次来华时,曾自费购买了《皇清诗选》数十部(每部三十卷)带回国,用以分赠王府书院、孔庙、评定所及有关诗友。因此,他编选《中山诗文集》,当然也受到《皇清诗选》的影响。"(陈福康《日本汉文学史》,下册,第341页)

② 李鼎元《使琉球记》"七月二十三日癸卯"条(《国家图书馆藏琉球资料续编》,上册,第773页)。李鼎元在北京经常接触朝鲜使节,所以此言并非无根泛泛之谈。

③ 陈正宏《康熙五十八年中琉使臣白金岩联句探微》,收入拙编《东亚汉诗文交流唱酬研究》,上海,中西书局,2015年,第119页。

文学的实际,尤其是进入 19 世纪,早已远远突破了久米村的范围。"读经书,写汉字,作五言诗,那霸十之二三,久米、首里十之七八。"①

其次,关于琉球人的汉诗,无论是出使的册封使,还是琉球官生的教习,都注意到这样一个现象:"邦人但解律诗,无能古体者,杨文凤亦然。"②"中山人士往往能为诗,然多为五七言律绝,以资酬答而已,鲜有为古诗者。"③所以徐葆光要说:"声病已尽谐,盍追古乐府?"(《赠中山向公子凤彩三首》其三)④勉励他们更上一个台阶。

但不管怎么说,哪怕稍逊色于朝鲜半岛、日本、越南,琉球汉文学仍取得了不俗的成就,足以自立于东亚世界而无愧色。"盖自三百篇、骚赋、古逸、汉魏六朝、唐、宋、金、元、明、清、罗、丽、本朝,以至安南、日本、琉球之诗,上下三千年,纵横一万里,眼力所凑,不遗锱铢,自谓不敢多让于古人。"⑤可见连朝鲜文人都承认琉球之诗,承认琉球是东亚汉文化圈的一员。"琉球礼义相承三四百载,士之北学中国者,独能以扬扢风雅自托于中朝俊秀之伦,殆所谓蓬莱方丈,秦皇汉武之所望而不见者欤?於戏盛矣!"⑥

十七、琉球自撰的史书

"《世鉴》原堪供史笔"⑦,1650 年编成的《中山世鉴》,据蔡温《中山世谱序》云:"特命按司向象贤,始用国字,著《中山世鉴》一部。"其卷首"当官姓氏"云:"顺治庚寅(1650)始编番字《世鉴》。"郑秉哲《中山世谱附卷序》云:

---

① 齐鲲、费锡章《续琉球国志略》卷三《风俗》(《国家图书馆藏琉球资料续编》,上册,第 453 页)。
② 李鼎元《使琉球记》"八月二十七日丁丑"条(《国家图书馆藏琉球资料续编》,上册,第 784 页)。
③ 徐榦编《琉球诗录》孙衣言序(《国家图书馆藏琉球资料续编》,下册,第 883 页)。毅平按:即如《皇清诗选》所收七十首琉球人汉诗,便分布在五七言律诗和绝句之四卷中。
④ 徐葆光《海舶三集·舶中集》(《国家图书馆藏琉球资料三编》,上册,第 250 页)。
⑤ 李德懋《雅亭遗稿》卷七《与朴在先(齐家)书》。
⑥ 徐榦编《琉球诗录》孙衣言序(《国家图书馆藏琉球资料续编》,下册,第 884 页)。
⑦ 李鼎元《师竹斋集》卷十三《停云楼即目四首叠前韵》其四(《国家图书馆藏琉球资料三编》,下册,第 197 页)。

"畴昔向(象贤)奉王命,始用国字,著《中山世鉴》。"①皆自称用"国字"、"番字"(假名),其实却是琉汉混淆文,类似日本的和汉混淆文,汉字所占比例相当大,当然也有局部全用琉字的。

此书清朝使臣多闻其名,却大都未能获见其书。如徐葆光《中山传信录》卷三《中山世系》云:"惟抄撮尚宣威以前事,名《中山世鉴》,事与《中山沿革志》所载颇有不合者⋯⋯其书必详尽事理,惜未及见其全书。"②可见他未能读到《中山世鉴》全书。且《中山世鉴》乃向象贤以琉汉混淆文撰成,徐葆光应不识其中的琉球"国字",其所了解的中山世系应通过通事转述。

1683年出使的汪楫,称曾"购得琉球《世缵图》一卷,卷中番字多不可辨","爰就图中所载,可识者书之,疑者阙之,参以《实录》,约略诠次,为《中山沿革志》二卷"③。但1719年出使的徐葆光,其《中山传信录》卷三《中山世系》云:"臣今至国,遍访所谓《世缵图》者,不独民间无其书,即国库中亦无其图。"④可见徐葆光并未能访见《世缵图》。

我们推测,汪楫所"购得"的"琉球《世缵图》一卷",有可能只是《中山世鉴》之卷首部分,即《琉球国中山王舜天以来世缵图》以下部分。其中第二图《先国王尚圆以来世系图》,人名下双行小字注的确多用"番字"(片假名),对汪楫们来说自然是"多不可辨"的;但《世缵图》和《世系图》的主体部分仍是汉字,故汪楫可以"可识者书之","约略诠次"。

后来,王士禛《池北偶谈》卷二《谈故》二"琉球《世缵图》"条称,"今译者以汉文释之",且"《世缵图》载之如左",又称"大琉球国中山王舜天以来世缵图",比《中山世鉴》卷首部分所载之题仅多一"大"字,以下所载中山世系也完全相同,所据恐怕正是汪楫携归的《中山世鉴》卷首部分。

---

① 均见《中山世谱》正卷卷首、附卷卷首。又,《球阳》卷六尚质王三年(1650)"按司尚象贤编修《琉球世鉴》"条:"本国素无王世谱,王命尚象贤(羽地按司朝秀)旁访父老,博采籍典,窃致参考,始用番字编修《琉球世鉴》,而中山王世统兴废,政治美恶,及昭穆亲疏,事业功勋,灿然足溯,昭然足稽,《中山世鉴》由此而始焉。"(《琉球王国汉文文献集成》,第8册,第61—62页)
② 《国家图书馆藏琉球资料汇编》,中册,第191—192页。毅平按:尚宣威王1477年在位不到一年,至徐葆光出使时已有二百四十多年,《中山世鉴》一直在编,不知徐葆光哪来的滞后信息,以为《中山世鉴》只编到尚宣威王?
③ 汪楫《中山沿革志序》(《国家图书馆藏琉球资料汇编》,上册,第929、930页)。
④ 《国家图书馆藏琉球资料汇编》,中册,第191页。

此外，潘相《琉球入学见闻录》卷首"采用书目"、卷二《书籍》中所列入的《世缵图》①，指的大概也是汪楫携归者，但他未必有机会亲眼目睹，可能只是辗转因袭罢了。

琉球人编纂的汉文琉球史书，则有蔡铎、蔡温父子等编的《中山世谱》（1701、1725）②，郑秉哲、蔡宏谟、梁煌、毛如苞等编的《球阳》（1745）等。它们不仅是琉球最重要的史料，也是其"书同文"的最重要成果，希望今后有学者加以深入的研究。

十八、琉球的汉语俗曲

最后，附带说一下中国通俗文学影响琉球的情况。中琉交往一般皆使用汉诗文交流，通俗文学仅用于娱乐的场合。在明清使琉球录中，可以看到宴会场合唱琉球俗曲的记载，但很少记载琉球俗曲的歌辞。而在收录琉日交往文书的《琉球往来》中，却留下了在日本接待琉球使节的场合，在宴会上演唱琉球俗曲的记载，并难得地记下了琉球俗曲的歌词。

日本宽文十一年（1671）七月，琉球使节金武王子等来到京都。八月八日，前桥少将在自宅宴请琉球使节，宴席上演奏了琉球乐五通、歌乐四通（《送亲亲》、《一更里》、《相思病》、《为学当》），并难得地记录了这些歌乐的歌辞，留下了当时琉球乐的宝贵资料：

> 一更里难挨灯落也花，乔才恋酒在谁家？自嗟呀，叫人提起泪如麻。多因是你乖，非干是俺差，枕边言错听了当初话。思量别寻也个俏冤家，又恐怕温存不似也他。我的天哪，撇下难，难撇下。

---

① 《国家图书馆藏琉球资料汇编》，下册，第283、461页。
② 《球阳》卷八尚贞王二十九年（1697）"改修《中山世谱》"条："唐荣总理官蔡铎奉命改以汉字校正《琉球世鉴》，名之曰《中山世谱》。"卷十一尚敬王十二年（1724）"蔡温改修《中山世谱》"条："国师蔡温奉旨改修《中山世谱》，订误补阙，以明前代，以成全部，时作《历代总论》并议定等，恭备圣览。"（《琉球王国汉文文献集成》，第8册，第242页，第9册，第113—114页）前者四年后完成，后者翌年即完成。

二更里难挨月照也窗,停针无语对银缸。损柔肠,围屏斜倚盻才郎。人儿不见来,影儿不得双,何时了留却相思帐。轻移莲步出兰房,问卜金钱年少也。我的天哪,磨障人,人磨障。

三更里难挨香烬也炉,离人愁闷听铜壶。怎支吾,和衣恋枕怨身孤。奴非薄幸人,遭逢薄命夫,可怜把奴青春误。佳期约定在春初,秋雁南来书信也无。我的天哪,辜负奴,奴辜负。

四更里难挨被冷也寒,忽听谯楼鼓声喧。好熬煎,伤情自觉损容颜。扭扣渐渐松,罗带渐渐宽。悲悲切切谁为伴,宾鸿不肯把书传。一旦闲愁眉上攒,我的天哪,留恋谁,谁留恋。

五更里难挨鸡唱也鸣,乌鸦啼散满天星。好难挨,反来复去梦难成。天台路又高,蓝桥水又深,可怜把闷杀人。人孤另,早晨梳洗告神明,提起他的①名儿心肝也疼。我的天哪,孤另人,人孤另。

送亲亲,直送阳关外。千叮咛,万嘱付,早些回来,家中没个亲人在。身上又有病,肚里有怀胎,爱吃酸梅,哥,谁人替奴买?

念亲亲,有时时停住。谁似我,自子时想到亥时,没黄昏儿没白日,把心肝脾碎。一月三十日,一日十二时,歌(哥),时刻想着你你。

熨斗儿,不开眉间皱。快剪刀,剪不断我心内愁。绣花针儿,绣不出鸳鸯扣。两下都有意,两人不敢偷。情哥,我的姻缘也。

蔡伯皆(喈),闷坐书房内。叫一声,牛小姐我的娇妻,你令尊招我为门婿。到如今,陈晋(留)遭荒旱三载,遇饥寒,本待要同归,妻,令尊

---

① 此处原有"天哪孤另人人孤另"八字,盖从下衍,据文义删。

舍不得你你。

  为学当知趋向。论修身,须尽俭让温良。求仁未入仲由卧堂,安贫且卧颜回巷。是男儿志气,努力自强。圣贤经传,潜心会讲。奎光直透三千丈。

  相思病,我为汝多愁多闷相。相思病,害得我非轻。鹊巢都是假,灯花有不明。周易文王先生……先生①。哥,奴身快,你易卜差池,卦儿都不准。②

可见所谓的"琉球乐",仅就上述这些材料来看,其实就是中国的山歌之类,其歌辞也非常相似,而且径用汉语来演唱(发音则不清楚是用琉球音还是闽音)。有学者认为,琉球的御座乐"唱曲"曲目《四大景》、《相思病》、《叹五更》、《纱窗外》等,与福建地区的外来小调《四大景》、《银纽丝》等有着直接或间接的关联③。

结　　语

1854年,当中国人罗森随美国舰队("黑船")来到琉球时,看到的是一个民风淳朴、颇似中华的国度,使他产生了时光倒流、回到上古之世的错觉:

  甲寅(1854)正月初一,予上岸游玩。见街上儿童甚多,分以铜钱,各极欢喜。人民亦甚谦恭。居民间亦贴新春联于门外,但不见有别等繁华之事。那霸有寺,寺内有园,是名家世官之坟所,以石刊刻姓名、年号于碑上,每日道人打扫,供奉生花树叶于墓前。另有人家祖坟,与中

---

  ①　此处文意欠通费解,有所删节。
  ②　《琉球往来》(《国家图书馆藏琉球资料续编》,下册,第783—785页)。毅平按:其辞多别字,姑添注可能的正字于后,以括号括出。
  ③　参见赖正维编著《福州与琉球》,第275页。

国之明冢无异。峰峦之上,树木多植。民房则以峦石围墙,内以茅草结屋而居。住物椅桌俱无,惟以草席屈膝而坐,对火盆而吹烟。民间亦有识中国言语字墨者。不张铺店,惟有墟场,男不贸易,妇女为之,以货易货,而外方之金银弗尚焉。然而百姓亦甚畏官长。饭食亦甚粗粝,甘守朴俭,不务奢华,亦鲜欺诈。板门纸窗,夜间亦不防窃。会见途中拾物,亦能以返原人。公门之内,冷冷落落,并无案牍之烦。淳朴之风,略有同于上古之世。我等外国之欲买什物,须言于官,官为代办。①

此情此景,正如琉球"官话"课本《学官话》里所说:"这样说,和我们中国的人差不多一样的了。""正是!"

然而,随着日本开始明治维新,走上对外扩张道路,琉球的命运发生了巨变②。1872年,尚泰王遣使至东京,贺明治天皇亲政,日本"册封"尚泰王为"藩王",列入"华族",把"琉球国"变成了"琉球藩"③,改隶于日本外务

---

① 罗森《日本日记》(1854),收入罗森等《早期日本游记五种》,长沙,湖南人民出版社,1983年,第29—30页。此行,美国继与日本之后,与琉球签署了条约。"(六月)望后一日……相议和好章程,务祈遵守罔替。"(同上书,第43页)此即《琉美修好条约》(1854),罗森应同样起了居间沟通的作用,正如他稍前在日美间所做的那样。"旧年有亚米利坚提督到国,发出各条,强求押印。总理官、布政官自料,固执不允,势必害及于国,乃不得已,押印交之。"(《中山世谱》附卷七《尚泰王》"咸丰五年乙卯"条)琉球史料的上述记载,既是实情,也有掩饰。看《中山世谱》同年所载与法国签约事还要夸张,可知其为对付日本,有意无意打了悲情牌:"法兰西国提督到国,发出各条,强求押印。总理官、布政官员由固辞,不肯听从。正在执官将斩之际,乃不得已,押印交之。"(毅平按:此即1855年签署的《琉法修好条约》)但有一点可以肯定,即"琉球对这些国家(毅平按:指美国、法国、荷兰、德国、意大利等各西方缔约国)完全采取了一个独立国家的态度,且在条约文书上都用了中国的年号"(佐藤三郎《对处理琉球藩问题的考察》,收入其《近代日中交涉史研究》,徐静波、李建云译,上海,上海人民出版社,2013年,第81页)。正因如此,所以日本在吞并琉球前夕,对这些彰显琉球作为独立国家的条约十分忌惮,1873年3月,日本外务省要求琉球交出这些与西洋各国签署的通商条约原件(用汉文撰写,署清朝年号),琉球抗拒不从,为此与日本外务省派驻琉球的特派员发生了种种摩擦,直至两年后,这些条约原件才终于被强行转移至日本外务省(参见佐藤三郎《对处理琉球藩问题的考察》,收入其《近代日中交涉史研究》,徐静波、李建云译,第85、102页)。

② 早在明治维新开始前,吉田松阴(1830—1859)即已谋划好了日本对外扩张之策:"故善保国者,不徒无失其所有,又有增其所无。今急修武备,舰略具,炮略足,则宜开垦虾夷,封建诸侯,乘间夺加摸察加(勘察加)、隩都加(鄂霍次克),谕琉球朝觐会同比内诸侯,责朝鲜纳质奉贡如古盛时,北割满洲之地,南收台湾、吕宋诸岛,渐示进取之势,然后爱民养士,慎守边圉,则可谓善保国矣。"(《幽囚录》)后来日本历史进程率如其所言,至二战战败而满盘皆输,但仍侥幸保有北海道和琉球。

③ 副岛种臣(1828—1905)《南海望琉球诸岛》诗(1873)所谓:"风势鼓涛涛势奔,火轮一帮舰旗翻。圣言近至在臣耳,保护海南新置藩。"(《苍海全集》卷一)

省;1874年,日本将琉球事务由外务省改隶内务省;1875年,日本责令琉球停止进贡清朝及接受清朝册封,停用中国年号,改用日本年号①;1879年,日本在琉球"废藩置县",把"琉球藩"变成"冲绳县",成为日本的属县之一,正式吞并了琉球,琉球遂结束与清朝的封贡关系,而纳入了日本的直接统治之下。《清史稿·属国一·琉球传》的表述是:"(光绪)五年(1879),日本入琉球,灭之,夷为冲绳县,虏其王及世子而还。总理衙门以灭我藩属诘日本,日人拒焉……由是琉球遂亡。"②首里城内保管的数量庞大的琉球文献档案,也被日本占领者全数劫往东京,而不幸全部焚毁于1923年的关东大震灾,琉球文献再遭毁灭性打击,是为琉球文献的第二次浩劫③。自此,琉球"书同文"进程被迫中断,汉文化渐为日本文化取代,琉球史翻开了新的一页。

日本吞并琉球百十年后,1989年5月,我有机会初访冲绳。飞机在那霸机场降落时,看到了冲绳美丽的海滨,海水从深蓝到浅绿,一层层色彩分明。然后是琉球的古迹,守礼之门、首里城迹,等等④。冲绳保存了许多让我们感到亲切的民风民俗、饮食习惯等。它已经通用日语,但仍有自己的"方言",与日语很不一样。我当时学了一些,后来不用又忘了。这也是一块悲情之地,在1945年春夏那场惨烈的冲绳战役中,冲绳当地居民死难十二万余人,占当时冲绳总人口的四分之一弱,占该战役全部二十万死亡者的六成多,超过日军战殁者数的一倍,是美军阵亡者数的十倍,其中绝大多数都是平民,许多人还是被逼"集体自杀"的——"一亿玉碎"的大话,最终仅仅落实了千分之一,却落实到了冲绳人的头上!每年的6月23日,是冲绳战役的结束日,也是冲绳人的"慰灵日",纪念无辜的死难者。一年里也只有"清明祭"、"慰灵日"等日子,有些美军基地才会向一般市民开放,因为里面有

---

① 琉球国史《中山世谱》,记载琉球与中国关系的"正卷",记事止于清同治十三年(1874);记载琉球与日本关系的"附卷",止于清光绪二年(1876),可能即与此有关。
② 中村敬宇(1832—1891)为渡边重纲编撰的《琉球漫录》所作之《题辞》,写于日本吞并琉球前夜的1879年2月9日,则将日本吞并琉球之举美化为"宜乎远方慕其德,如子归父客归乡",且强词夺理道:"置吏相安于无事,何尝尺寸利土疆? 置兵特以备寇盗,何尝毫发示威强?"
③ 参见高良仓吉《琉球王国》,第188页。
④ 首里城全毁于冲绳战役,1985年开始修复工程,至1992年复原中心部分,作为"首里城公园"开放,我首访冲绳时仍在施工中。2019年10月31日凌晨,首里城又全毁于火灾。这是其历史上的第五次焚毁。因为此期间我始终未获机会重访冲绳,故终于未能一睹修复后的首里城的风采。

许多当地人的祖坟。战后直至1972年5月15日,冲绳被美军占领了整整二十七年,而后行政权(而非主权)才被归还给了日本;现在也仍密布着美军基地,占全部驻日美军基地的七成(而冲绳的土地面积仅占日本的千分之六,冲绳的基地与土地面积之比是日本本土的一百多倍),是冲绳人挥之不去的梦魇。而这一切,其实都起源于1879年的琉球失国,甚至更可以追溯到1609年"岛津侵入事件"后的被割去奄美诸岛……

2000年12月2日,琉球王国古城及相关遗产群共九处被列为世界文化遗产——感觉它们就像是穿越历史的苦难与悲情而来的五百年琉球王国的一缕孤魂!

2020年12月21日(冬至)完稿

明清使臣视野中的琉日关系

一

以1609年"岛津侵入事件"为界,此前的琉日关系虽有不和谐音,但尚属对等关系。"自古以来,与萨州为邻交,时通聘问,纹船(外交船)往来。"①"原是,本国与萨州为邻交,纹船往来者,至今百有余年。"②此后则为不对等关系,琉球各方面均受制于日本③。但具有讽刺意味的是,在1609年以前的明人使琉球录中,经常可以看到日人的身影,但在1609年以后的明清使琉球录中,却反而难以看到日人的影子了。

在"岛津侵入事件"之前,日人在琉球已甚为嚣张,明代各种使琉球录中,多少透露了其中的消息。如1534年出使的陈侃云:"俗畏神……闻昔倭寇有欲谋害中山王者,神即禁锢其舟,易而水为盐,易而米为沙,寻就戮矣。为其守护斯土,是以国王敬之,而国人畏之也。"④又云:"(八月)二十三日,王使至馆相访,令长史致词曰:'清欲谒左右久矣,因日本人寓兹,狡焉不可测其衷,候其出境而后行,非敢慢也。'"⑤可惜对于琉球国王的致词,陈侃等人的反应却有点想当然:"予等但应曰:'已知之矣。'海外之国,唯彼独尊,

---

① 郑秉哲《中山世谱附卷序》,《中山世谱》(袁家冬校注,北京,中国文史出版社,2016年)附卷卷首。
② 《中山世谱》附卷一《尚宁王》"万历三十七年己酉"条。
③ 《中山世谱》记录琉日关系的附卷,1609年以前只有寥寥数条,主要是关于派遣纹船之事,其余全都是1609年以后的。
④ 陈侃《使琉球录·群书质异》(黄润华、薛英编《国家图书馆藏琉球资料汇编》,北京,北京图书馆出版社,2000年,上册,第60页)。
⑤ 陈侃《使琉球录·使事纪略》(《国家图书馆藏琉球资料汇编》,上册,第44页)。

深居简出,乃其习也。井底之蛙,其可语以天日之高明也哉!"①错过了了解琉球处境的良机。后来1579年出使的谢杰,似较能理解琉球国王的处境:"封舟抵浒,国相以下跪迎,王时为世子,不迎,以倭舶在近,不免戒心故尔。"②

不过值得注意的是,明时为害中国东南沿海及朝鲜半岛南部甚烈的倭患,却并未波及琉球。琉球的严加防范可能是一个原因。《明史·外国四·琉球传》云:"倭寇自浙江败还,抵琉球境,世子尚元遣兵邀击,大歼之。"又云:"礼官以日本方侵噬邻境,琉球不可无王,乞令世子速请袭封,用资镇压。"但也有可能琉球国小民贫,对倭寇来说利益诱惑不大。

谢杰似看出了琉球的受制于倭:"夷与倭为邻,而民贫国小,有所不足,辄假贷于倭。每遇封使远临,在他国或至或不至,倭无不至者,名称往贺,实则索逋于其国也。"③"教书教武艺,师皆倭人,聪警雄俊则不逮倭,器械亦钝朽具数而已。苟非恃险与中朝之神灵,为倭所图久矣。"④所谓"中朝之神灵",若理解为中琉封贡关系,则其说似也不无道理。

每次明朝册封使来,倭人都会围观,有时气氛还颇紧张。"先是辛酉(1561)之使,前导驱倭不退,以鞭鞭之。倭怒,操利刃削其鞭,立断。"⑤谢杰还记录了手下与倭人的一场争斗。琉球人甚至还利用了这一点:"(倭人)所居舍馆,去天使馆不二里而近。夷虑我众之不善于倭,又虑倭众之不利于我,每为危言以相恐,欲迁我众于营中。"⑥"倭故尝入寇,为中国患,夷知,辄举以相恐,仍请迁群役入营避之。营去署甚远,且非故事。予辈公出,倭或

---

① 陈侃《使琉球录·使事纪略》(《国家图书馆藏琉球资料汇编》,上册,第44—45页)。
② 谢杰《琉球录撮要补遗·使礼》,夏子阳、王士桢《使琉球录》附(《国家图书馆藏琉球资料汇编》,上册,第557页)。谢杰为福建长乐人,属倭患频发地区,故比较熟悉倭情,还撰有《虔台倭纂》。
③ 谢杰《琉球录撮要补遗·御倭》,夏子阳、王士桢《使琉球录》附(《国家图书馆藏琉球资料汇编》,上册,第574页)。
④ 谢杰《琉球录撮要补遗·国俗》,夏子阳、王士桢《使琉球录》附(《国家图书馆藏琉球资料汇编》,上册,第573页)。
⑤ 谢杰《琉球录撮要补遗·御倭》,夏子阳、王士桢《使琉球录》附(《国家图书馆藏琉球资料汇编》,上册,第575页)。
⑥ 谢杰《琉球录撮要补遗·御倭》,夏子阳、王士桢《使琉球录》附(《国家图书馆藏琉球资料汇编》,上册,第574页)。

夹道纵观,又辄斥曰:'疾去,毋令华人惊!'盖其意欲锢我众,以便己私,姑假倭为词。"①其实就是为了垄断贸易,不让使臣与倭商直接接触②。

1606年出使的夏子阳、王士桢,对琉球大势看得比较清楚:"琉球一单弱国也,去闽万里,悬立海东,地无城池,人不习战。即所属诸岛,浮影波末,如晨星错落河汉,其不能为常山蛇势明矣。日本素称强狡,与之为邻,数数要胁,眼中若无之。""余观载记及旧录,言人人殊,皆称琉球强。意其孤立海岛,必有所为强者,比至观之,则殊未然。询其所以守,曰恃险与神。夫险安足恃,神亦岂必能据我。然则所恃为安,毋亦效顺天朝,而山川神灵实助其顺欤?"③日本的虎视眈眈,琉球对中国的倚重,他都看得很透彻了。又,夏子阳《使琉球录序》云:"畴昔关酋(丰臣秀吉)犯顺,蹂躏我朝鲜⋯⋯琉球距日本咫尺尔,朝鲜失则琉球亦难独存,我东南之地且与夷逼。"④对东亚形势

---

① 谢杰《琉球录撮要补遗》附《日东交市记》,夏子阳、王士桢《使琉球录》附(《国家图书馆藏琉球资料汇编》,上册,第575页)。

② 琉球的海外贸易为国营垄断事业,中国册封使团成员所带私人货物,皆由琉球官方作价后全数收购(参见高良仓吉《琉球王国》,东京,岩波书店,《岩波新书》新赤版261,1993年,第95页);即使飘流到琉球的商船上的货物,也禁止琉球民间私下买卖交易:"我们这里的王法,贵国有飘来的船,都不替他买卖,着实严紧,谁敢故犯。"(《白姓官话》,收入濑户口律子、佐藤晴彦编《琉球官话课本:〈白姓官话〉〈学官话〉〈官话问答便语〉语汇索引》,东京,大东文化大学东洋研究所,1997年)而倭商则往往会出其更有竞争力的价格,对琉球官方的作价构成挑战。如1633年随使的胡靖,在其《琉球记》中提到:"八月初旬,日本萨师马(毅平按:即萨摩)人至市,利三倍矣。"(《国家图书馆藏琉球资料汇编》,上册,第270页)便是其例。

③ 夏子阳、王士桢《使琉球录》卷下《群书质异》(《国家图书馆藏琉球资料汇编》,上册,第495页,第503—504页)。有意思的是,"询其所以守,曰恃险与神。夫险安足恃,神亦岂必能据我"这段对话,后来还引出了一段公案:"其后,倭忽大至,杀掠甚惨,执王及王相以去,久之始释。王曰:'神之灵遂为天使一言败之乎?'嗣是不复以办戈天为言,所过寺院亦未见有祀之者。"(汪楫《使琉球杂录》卷三《俗尚》,《国家图书馆藏琉球资料汇编》,上册,第773—774页)毅平按:"办戈天"一作"辨戈天",为古琉球所祀手持日月之六臂女神。然周煌《琉球国志略》卷十六《志余》认为:"使馆后善兴寺右有天满神,云即祀天孙氏女处。圆鉴池天女堂称辨才天女。'戈'字疑'才'字之误,'天'字下当加'女'字,于义为顺。"(《国家图书馆藏琉球资料汇编》,下册,第114页)可备一说。"神灵为天使一言败之",一百多年后,琉球人还在这么传说。李鼎元《使琉球记》"九月二十九日戊申"条云:"往游辨才庙。庙荒落,供辨才天女。通事云:'神昔灵异特著,号辨戈天,能易水为盐,化米为沙,以御外患。经某天使一言败之,遂不灵。后改称辨才天女,然国人至今尤崇祀惟谨。'"(殷梦霞、贾贵荣、王冠编《国家图书馆藏琉球资料续编》,北京,北京图书出版社,2002年,上册,第793页)又,黄景福《中山见闻辨异》云:"该国自平定山南山北后,久臻宁谧,倭人不侵,岛人不叛,是以兵甲不起,非恃险不设备者比。群书谓恃铁板沙之险,又国中有三首六臂神,邻寇来侵,能易水为盐,化米为沙,诞异不经。《志略》驳之,极允。"(《国家图书馆藏琉球资料续编》,上册,第715—716页)

④ 夏子阳、王士桢《使琉球录》卷首(《国家图书馆藏琉球资料汇编》,上册,第309页)。

的判断亦甚为准确。后来19世纪末就上演了这一幕,日本先吞琉球而后并朝鲜,接着又占台湾。至今琉球群岛仍为"第一岛链",封锁、威胁我东南之地。但即使夏子阳也不会想到,仅仅三年以后,就会有"岛津侵入事件"。

二

"岛津侵入事件"的起因,在琉球对中日立场的不同,以亲中拒日为基本国策。"当是时,日本方强,有吞并之志。琉球外御强邻,内修贡不绝。"①在1592年日本侵朝战争爆发前夕,琉球部分拒绝了丰臣秀吉调集兵粮的要求②,反而将日本的动向通报给了明朝③;德川家康上台后,为修复与明朝的关系,要求琉球居中斡旋,琉球也王顾左右而言他④;这些都成为萨摩入侵琉球的借口⑤。1609年,在征得德川幕府同意后,萨摩藩主岛津家久"果以

---

① 《明史·外国四·琉球传》。
② 丰臣秀吉要求琉球派兵七千人,提供十个月份的兵粮米,分担名护屋城(位于九州福冈附近,是出兵朝鲜半岛的前沿基地)的筑城费用等,琉球只象征性地答应了一小部分(高良仓吉《琉球王国》,第69页)。日本方面的说法是:"及丰臣秀吉征朝鲜,令尚宁供军粮,尚宁输其半;又借金于岛津氏,以偿其不足,而不还。"(姚文栋译中根淑《琉球立国始末》,《国家图书馆藏琉球资料续编》,上册,第664页)
③ 《明史·外国三·日本传》云:"(丰臣秀吉)并欲侵中国,灭朝鲜而有之……虑琉球泄其情,使毋入贡。同安人陈甲者,商于琉球,惧为中国害,与琉球长史郑迵谋,因进贡请封之使,具以其情来告。甲又旋故乡,陈其事于巡抚赵参鲁。参鲁以闻,下兵部,部移咨朝鲜王。王但深辨向导之诬,亦不知其谋已也。"按《中山世谱》卷七《尚宁王》"万历十八年庚寅"条,本年(1590)春,遣长史郑迵等奉表入贡,则在战争爆发的两年前,琉球已将情报透露给了明朝,难怪日本恨琉球入骨,致有1609年之入侵,且把透露情报的郑迵羁押至死。又,明朝兵部也把此情报透露给了朝鲜国王,可惜其误以为日本只打算假道侵明,而与朝鲜无关,以致没有引起足够的警惕。
④ 参见高良仓吉《琉球王国》,第71页。日本方面的说法是:"及德川家康定天下,岛津家久奉其意招之,不来。"(姚文栋译中根淑《琉球立国始末》,《国家图书馆藏琉球资料续编》,上册,第664页)"为了解决丰臣政权时期出兵朝鲜的战后处理问题、实现日本与明朝的贸易通商,德川幕府请求琉球帮助日本向明朝进行斡旋。但由于琉球未能积极响应,1609年,萨摩藩的岛津氏得到幕府的允许,攻占琉球。"(高津孝、陈捷主编《琉球王国汉文献集成》,高津孝序,上海,复旦大学出版社,2013年)
⑤ 萨摩入侵琉球蓄谋已久,据《球阳》附卷一尚宁王十六年(1604)"牛助春不顾身命反萨州命"条,那霸人牛助春飘流到日本,岛津氏要求其为萨摩兵船带路,而为其所坚拒,并修密书告知本国萨摩之图谋(《琉球王国汉文献集成》,第13册,第16—17页)。这是"岛津侵入事件"五年前之事。

劲兵三千入其国,掳其王,迁其宗器,大掠而去"①。"春,日本以大兵入国,执王至萨州。"②"桦山权左卫门(久高)、平田太郎左卫门(增宗)等,奉命来伐。小大难敌,投诚而降。"③这就是改变琉球历史走向的"岛津侵入事件"。

萨摩入侵琉球,押解尚宁王到萨摩。翌年(1610),由岛津家久押解至江户幕府。两年后(1611)始放还,放还条件极为苛刻④。

一是割岛:"万历三十九年辛亥(1611),家久公出赐琉球一纸目录,此时,鬼界、大岛、德岛、永良部、与论始属萨州。"⑤也就是割让奄美诸岛(至今仍属鹿儿岛县),成为琉球人心头永远的痛。"然彼五岛原系吾国管辖之地,故容貌衣服迄今留,与吾国无以相异。"⑥尤其是其中的大岛,"其岛无孔庙,

---

① 《明史·外国四·琉球传》。此事误系于万历四十年,据《明史·神宗本纪》,应系于万历三十七年。
② 《中山世谱》卷七《尚宁王》"万历三十七年己酉"条。日本方面的说法是:"乃遣桦山久高将而伐之。先取大岛、德之岛,进兵至运天港,海陆并进,诸城皆溃,尚宁降。久高房之至,家久乃引尚宁谒德川氏,德川氏礼尚宁。归国,永隶岛津氏。"(姚文栋译中根淑《琉球立国始末》,《国家图书馆藏琉球资料续编》,上册,第664页)
③ 《中山世谱》附卷一《尚宁王》"万历三十七年己酉"条。
④ 据传有所谓"掟十五条",亦即王韬《琉球向归日本辨》所说"定律十有五条"(王菡选编《国家图书馆藏琉球资料三编》,北京,北京图书馆出版社,2006年,上册,第814页)。
⑤ 《中山世谱》附卷一《尚宁王》"万历三十九年辛亥"条。其实奄美诸岛不止这五岛,大岛与德之岛间还有几个小岛,以上五岛盖就其中大者而言。19世纪末日本吞并琉球前后,其文部省刊行的小学地理课本中,是这么介绍奄美诸岛的:"(琉球)北部诸岛,今虽属日本鹿儿岛县,其初亦琉球之地也……庆长年中,其(舜天)数世孙尚宁举国降于岛津氏,岛津氏乃还中部、南部,独收北部,自是属于鹿儿岛县。风土物产,率与中部、南部相同。"(姚文栋译《琉球说略》,《国家图书馆藏琉球资料续编》,上册,第690页)另一日本文献亦云:"大岛……庆长十四年(1609),岛津家久伐琉球,取之,与喜界等四岛,皆永归萨摩之所管。王政革新(明治维新),隶于鹿儿岛县,置治所于大岛名濑,以管诸岛之事。"(姚文栋译《琉球小志补遗》,《国家图书馆藏琉球资料续编》,上册,第679—680页)。此事日本国内一般人也未必清楚,如1785年刊行的仙台藩林子平的《琉球三省三十六岛之图》,在奇界(鬼界、喜界)岛下注云"由此琉球地"(参见比嘉政夫《冲绳からアジアが见える》,东京,岩波书店,《岩波ジュニア新书》327,1999年,第13页)。又,琉球内部公文书"辞令书",在1609年前的"古琉球辞令书"阶段,有大量发给奄美诸岛的,此后就消失不见了(参见高良仓吉《琉球王国》,第131页),也说明1609年后琉球已失去对奄美诸岛的控制。
⑥ 《中山世谱》附卷一《尚宁王》"万历三十九年辛亥"条。琉球自有文献记载以来,其领土范围即为琉球群岛南部的奄美诸岛、冲绳诸岛、先岛诸岛,而并不包括北部的大隅诸岛、吐噶喇列岛(古属萨摩藩,今属鹿儿岛县)。《国家图书馆藏琉球资料汇编》之《出版说明》云:"琉球,古国名。即今琉球群岛。在我国台湾省东北,日本国南面海上,处于九州岛与中国台湾岛之间,包括大隅、吐噶喇、奄美、冲绳和先岛五组群岛。"实则误将琉球国版图等同于琉球群岛。1953年,美国将二战后所占琉球群岛北部的大隅、吐噶喇、奄美诸岛先期归还日本,盖也是依据1609年琉球割让奄美诸岛给萨摩藩以后鹿儿岛县的版图而定的。

有《四书》、《五经》、唐诗等书,自称'小琉球'"①,开化程度最高,应是琉球人最心痛的。

二是赋税:割地后余下的冲绳诸岛、先岛诸岛,每年须缴纳六千余石的租税,从此成为琉球人沉重的负担。"本年(1610),萨州太守遣本田伊贺守等,都鄙有章,上下有分。又遣阿多氏等,均井地,正经界,而始为赋税。从此每年纳贡于萨州,永著为例。""每年凑补六千余石之赋税以纳萨州。"②以致琉球为了派遣进贡使,或接待中国册封使,不得不频频向萨摩举债,或向琉球百姓加税借贷③。另外,自1637年起,课宫古、八重山诸岛以

---

① 徐葆光《中山传信录》卷四《琉球三十六岛》(《国家图书馆藏琉球资料汇编》,中册,第319页)。

② 《中山世谱》附卷一《尚宁王》"万历三十八年庚戌"条、"崇祯二年己巳"条。其时琉球总米数不过八万三千多石,萨摩所定税率高达百分之八。此后萨摩加增琉球的赋税,又几度虚增琉球田地所出米数,连此前从不课税的芭蕉等七种经济作物的栽种之地也都折算成田地,由此足足虚增了一万一千多石米数,使琉球人不堪重负,见《球阳》附卷一尚宁王二十二年(1610)"萨州遣使始定本国田地所出米数"条、尚丰王十一年(1631)"萨州赦免球国凑补赋税"条、尚丰王十五年(1635)"萨州加增本国田地所出米数并赋税栽种土物之地"条、附卷二尚贞王元年(1669)"按司向象贤请乞新垦田地于萨州"条、附卷三尚敬王十五年(1727)"萨州再增本国田地所出米数"条等(《琉球王国汉文文献集成》,第13册,第27、51、56、91、135页)。

③ 向萨摩举债之事,参见《中山世谱》附卷一《尚贤王》"顺治二年乙酉"条、"顺治三年丙戌"条,《尚质王》"顺治七年庚寅"条、"顺治八年辛卯"条,附卷三《尚敬王》"康熙五十五年丙申"条、"康熙五十九年庚子"条、"康熙六十年辛丑"条,附卷五《尚温王》"嘉庆四年己未"条、"嘉庆十二年丁卯"条,附卷六《尚育王》"道光二十二年壬寅"条,附卷七《尚泰王》"道光二十九年己酉"条等。有时为了借债,甚至须以领土抵押:"闵指挥偶临本国,时无备接待之资,无奈之何,寄书萨州,押当宫古、八重山,而借得银九千两,要期六年,以为偿还。"(《中山世谱》附卷一《尚质王》"顺治七年庚寅"条)向琉球百姓加税借贷之事,见《球阳》卷二十一尚育王二年(1836)"赏泉崎村……"条:"本国将有册封大典,其款待册使之需,固属莫大之费。奈近年以来,冗费接踵,帑项极乏,至其需则难以调备。"尚育王三年(1837)"本年褒嘉首里泊那霸久米四村及诸郡人民赐爵位"条:"本国将有册封大典,其款待册使之需,过半不敷,发檄国中,借贷米钱。"(《琉球王国汉文文献集成》,第11册,第292、308—309页)这是为迎接1838年那次册封使,而向琉球百姓借贷的。《球阳》卷二十二尚泰王四年(1851)"本年通行国中加赋士民以备册封之需"条:"此年通行国中,自下届子年(1852)以至午年(1858),令举国士民加赋钱文,以备册封之需。至七十岁以上老人,恩免其赋。"尚泰王十七年(1864)"本年褒嘉首里泊那霸久米村等人民或升谱代籍或赐新家谱"条:"本国下届寅年(1866)有册使临国之大典,其时款待天使之需甚及浩繁,虽经百般营求,而多有不足,帑项极乏。"(《琉球王国汉文文献集成》,第12册,第101、378—380页)这是为迎接1866年那次册封使,而向琉球百姓加税借贷的,且早在十五年前就开始准备了。琉球孤悬海外,册封使赖季风往返,得住好几个月,正如陈侃《使琉球录·使事纪略》所云:"使琉球与使他国不同。安南、朝鲜之使,开读诏敕之后,使事毕矣,陆路可行,止事遄返,不过信宿;琉球在海外,候北风而后可归,非可以人力胜者。"(《国家图书馆藏琉球资料汇编》,上册,第41页)琉球本来就国小民贫,接待册封使不胜负担,正如谢肇淛所云:"琉球小而贫,虽受中国册封为荣,然使者一至其国,诛求供亿,为之一空,甚至后妃簪珥皆以充数……闻其国将请封,必储蓄十余年,而后敢请。"(《五杂组》卷四地部二)现在萨摩课以赋税,则更是雪上加霜了。

"人头税"①。

三是国质:琉球须将王子等送往萨摩为人质(此项至1868年始废除②,离琉球失国已不足十一年)。

四是干涉内政:1614年,萨摩下令琉球严密监视出入船舶。自1631年起,萨摩在那霸常驻"在番奉行",严密监视琉球的内政外交,甚至干涉高级官员的任免③;琉球事事须向萨摩禀报,尤其是有关中国的情报④。据《中山世谱》附卷记载,每次中国册封使来琉球,或琉球进贡

---

① 1966年造访与那国岛的团伊玖磨,在游览久部良鬼见愁后写道:"给这个远离陆地、生活在小岛上的人们带来沉重灾难的,是日本人。17世纪初,萨摩的岛津义久征服了琉球后,岛民们遭受了前所未闻的横征暴敛。在琉球时代,岛民只要进贡一些土特产、顶多米酒就够了,但是从庆长十六年(1611)九月十日起,岛民被迫每年向岛津氏缴纳大量贡品,直至1637年,终于开征了人头税,让岛民走投无路。人头税,顾名思义,就是不分男女,凡十五岁以上者,按人头课以重税。岛津藩贪得无厌,布匹、牛皮、马油、木材、家畜、椰树皮纤维制的黑绳、棕榈绳、海产品,还有大米、栗子、砂糖等,凡是岛上能生产能猎获的,无一不成为其强征暴敛、满足物欲的对象。岛民在台风、干旱、潮害和苛求的人头税之间苦苦挣扎,唯一出路只有减少人口。孕妇统统被带到这个台地,必须跳过鬼见愁的大裂缝,结果绝大多数孕妇被裂缝吞噬,连胎儿一起葬身岩底。只有极少数的幸运者跳了过去,但重重地摔在对面坚硬的岩地上,非流产不可。奇迹般跳过去而且毫发无损的人才被允许生产,但如此者不足百分之一。男人们又怎样呢?在岛中间的平地上,有一小块水田叫'缚人田'。过去是按部落紧急召集十五岁以上的男子,进行令人胆寒的马拉松比赛,凡是迟到没有站进这块田里的人,尽遭惨杀。毋庸置疑,其目的无非是淘汰那些身体虚弱者和伤残人。因为萨摩藩不问老弱病残,概不免税。久部良鬼见愁在和平的台地上,突如其来地张开恐怖的大口。即使今天,顺着裂开的岩缝走到底下,还能看到孕妇们的累累白骨。"(团伊玖磨《烟斗随笔》,杨晶、李建华译,北京,新星出版社,2012年,上册,第48—49页)

② 《中山世谱》附卷七《尚泰王》"同治七年戊辰"条:"本年,叨蒙萨州永免本国储君入朝萨州。"

③ 《球阳》附卷一尚丰王十一年(1631)"创建旅馆于那霸(俗叫假屋)"条:"萨州川上氏率横目一员、附众二员与力笔者各一员奉使抵国,以为监守(俗称在番众,又镇守官),此时始设旅馆数座,安插其使者也哉。"尚丰王二十年(1640)"附"条:"崇祯年间,经受德奉太守公命移来中山,容貌衣服改为球人,始为大和横目,观察球人及镇守官员行事善恶。其后,日本人居住中山者多授此职。至于近世,本国之人奉萨州之命而任此职也。"又,据《球阳》附卷二尚贞王二十五年(1693)"创定姑米马齿两岛遣大和横目职两员看守贡船往来"条,大和横目甚至派往离岛,以监视琉球贡船往来(《琉球王国汉文文献集成》,第13册,第51、61、104页)。

④ 如自1642年起,萨摩要求琉球轮派三司官一员,留在萨摩三年("三年诘"),意在听其"述职",以套取情报。后经琉球方面一再恳求,而于1646年取消(参见《中山世谱》附卷一《尚贤王》"崇祯十五年壬午"条、"顺治三年丙戌"条)。又如明清鼎革之际,琉球多次派遣使节赴江户,向幕府禀报中国鼎革情报(参见《中山世谱》附卷一《尚质王》"顺治六年己丑"条)。此外,据《球阳》附卷三尚敬王二年(1714)"始定仓庚使坐驾楷船来往萨州"条:"每年楷船一只,当初春时,早到萨州,报知琉球之事。"(《琉球王国汉文文献集成》,第13册,第125页)

使返回琉球,都要派人赴萨摩报告(此项至 1872 年始废除①,离琉球失国已不足七年)。

五是垄断商贸:"我国土瘠产少,国用不足,故与朝鲜、日本、暹罗、爪哇等国尝行通交之礼,互相往来,以备国用。万历年间,王受兵警,出在萨州。时王言:'吾事中朝,义当有终。'日本深嘉其志,卒被纵回。自尔而后,朝鲜、日本、暹罗、爪哇等国互不相通,本国孤立,国用复缺。幸有日本属岛度佳喇商民至国贸易,往来不绝,本国亦得赖度佳喇以备国用,而国复安然,故国人称度佳喇曰宝岛。"②

此外,改称琉球国王为"国司"之类侮辱性的做法,更不一而足③。

于是,此前百余年琉球"与萨州为邻交,时通聘问,纹船往来"的平等关系,一变而为"纳贡于萨州,至今数百年,不敢稍懈"④的强权高压下的受制关系⑤。琉球在继续保持与中国的封贡关系的同时,也处处受制于日本的幕藩体制,从 1634 年到 1850 年的二百余年间,派往江户幕府(包括京都二条城)的"谢恩使"(琉球国王更替时)、"庆贺使"(德川将军更替时)达十八次之多;从"岛津侵入事件"至琉球失国,琉球每年派往萨摩的"年头使"等使节则更是不计其数。而对琉球的"一仆二主"困境,明清两朝却都蒙在鼓里。

萨摩做贼心虚,深恐此事被中国知道,会派兵前来抗倭援琉——就在仅

---

① 《中山世谱》附卷七《尚泰王》"同治十一年壬申"条:"本年,停止遣使萨州、详报华事之举。"

② 《中山世谱》卷七《尚宁王》"附论"。不过具体情况要复杂得多,似乎不能全怪萨摩或日本,参见本书所收拙文《琉球国"书同文"小考》第二节"琉球的朝贡贸易"。

③ 《球阳》附卷一尚丰王十六年(1636)"萨州以国王改称国司"条:"自往昔时,本国与萨州时为聘问,万历年间亦纳贡萨州,然而皆称中山王,以为往来。是年,萨州改称国司。"此侮辱性称呼至七十六年后始改回,见《球阳》附卷二尚益王三年(1712)"萨州太守许国王称中山王"条(《琉球王国汉文文献集成》,第 13 册,第 57、118 页)。

④ 郑秉哲《中山世谱附卷序》,《中山世谱》附卷卷首。

⑤ 但哪怕被羁押两年,尚宁王仍心向中国,不仅在羁押期间说,"吾事中朝,义当有终",而且不久以后,1616 年,"日本有取鸡笼山之谋,其地名台湾,密迩福建,尚宁遣使以闻,诏海上警备"(《明史·外国四·琉球传》)。"(尚宁)王遣通事蔡廛来言,迩闻倭寇造战船五百余只,欲协取鸡笼山,恐其驰突中国,为害闽海,故特移咨奏报。福建巡抚黄承立以闻。"(周煌《琉球国志略》卷三《封贡》,《国家图书馆藏琉球资料汇编》,中册,第 779 页)四年以后,1620 年,尚宁王在忧患中去世。

仅十余年前,明朝曾出兵抗倭援朝,帮助朝鲜抵抗丰臣秀吉的入侵,萨摩对此应该还记忆犹新,所以希望尽量不露痕迹①。此外,萨摩还顾虑,"中国若闻中山为我附庸,嗣后不可以为进贡"②,也就是说,会影响琉球的朝贡贸易,从而损害萨摩从中捞取的好处(萨摩一向重视对明贸易,德川幕府建立以后,曾先后委托明朝商人,或通过琉球、朝鲜传话,反复要求恢复对明贸易,但因为日本并非朝贡国,所以不可能有朝贡贸易;而德川幕府颁布锁国令后,从1635年起,只限长崎一港开放外贸,使得萨摩只有通过琉球,才能与明清开展间接贸易③),所以也不希望刺激中国。"萨摩藩也因考虑到需要通过琉球来与中国展开贸易,因此在中国的册封使逗留在琉球期间,将派驻的藩吏临时撤离首里、那霸地区,并且隐藏一切有日本痕迹的东西,避免其落入中国人的耳目。"④其实萨摩藩吏也没有走多远,就躲在紧邻首里、那霸的浦添城间村。

琉球方面,既迫于萨摩的高压淫威,也怕中国取消其朝贡资格,进而损

---

① 日本方面的说法是:"萨摩藩得到幕府的授权,实施对琉球的统治……此后,遵照幕府的旨意,为避免与清朝发生冲突,琉球向清朝隐瞒了其已经接受萨摩统治的实情。"(高津孝《琉球王国汉文文献集成》序)果如其说,则日本"为避免与清朝发生冲突",而授意琉球对中国隐瞒真相。

② 《中山世谱》附卷一《尚宁王》"万历三十九年辛亥"条。直至二百五十余年后,琉球仍以此吓唬萨摩:"诚恐天朝见有倭情,遂杜绝进贡。"见《球阳》附卷四尚泰王十五年(1862)"因萨州命召犯人牧志……"条(《琉球王国汉文文献集成》,第13册,第247页)。

③ "萨摩通过琉球间接和明朝进行贸易一事也不容忽视。如庆长十八年(1613),对琉球发布了几条法令(《琉球藩评定所书类》),其中规定从琉球开往明朝的遣明船的期限;或者给银十贯、铜一万斤,作为通商资金;琉球按照十年一贡的成例,和明朝进行贸易,而把由此所得到的一部分中国物品贡给萨摩。"(木宫泰彦《日中文化交流史》,胡锡年译,北京,商务印书馆,1980年,第623页)典型的例子,如1633年,明朝遣册封正使杜三策、杨抡至琉球,而早在那三年前,琉球即向萨摩"禀报敕使将临本国并贡船货物,请乞明春遣和船二只而搬运"(《中山世谱》附卷一《尚丰王》"崇祯三年庚午"条)。又如1636年,琉球人朝寿受命入闽贸易,"大和公银十万两,琉球公银二万两,共计十二万两,令买丝绸等物。朝寿预知近来贸易至难,而令以白银十二万两令买货物,此非其力之所能及,再三固辞,而不被许"。因是非法贸易,结果银两被骗,索讨两年不果,1638年回国报告。琉球派他去萨摩说明情况,萨摩把他流放至向岛,四年后死于流放地(《中山世谱》附卷一《尚丰王》"崇祯十一年戊寅"条)。也不知道琉球后来是怎么偿还萨摩那十万两公银的? 就在同一年,琉球还专门遣使萨摩,"禀明中国贸易甚难事"(《中山世谱》附卷一《尚丰王》"崇祯十一年戊寅"条)。1803年,"上届庚申年(1800)册使临国之时,其带来评价物件,依照先例,搬运萨州"(《中山世谱》附卷五《尚成王》"嘉庆八年癸亥"条),即指赵文楷、李鼎元出使琉球时带去物品。

④ 佐藤三郎《对处理琉球藩问题的考察》,收入其《近代日中交涉史研究》,徐静波、李建云译,上海,上海人民出版社,2013年,第80页。

害其从朝贡贸易中获取的利益,故也不敢对中国吐露实情①。而且在琉球史家看来,琉球保持与中国的封贡关系,也有助于其抗衡萨摩的控制,获得发挥自身主体性的空间②。正如尚真王上奏明宪宗所云:"然臣祖宗所以殷勤效贡者,实欲依中华眷顾之恩,杜他国窥伺之患。"③又如汪楫《册封礼成即事》所云:"强邻一任夸多宝,敢把珍奇斗御书!"④故每次清朝册封使来到琉球,他们都会事先让日本人回避,对本国当事者发布禁口令,并让清使活动局限于首里、那霸地区。"盖国有厉禁,一切不得轻泄也。"⑤"盖其国禁素严,事无巨细,皆嗫不语客。自有明通贡三百余年,嘉靖以后奉使者人人有

---

① 《中山世谱》卷六《尚真王》"成化十七年辛丑秋"条云:"礼部又奏:'琉球其意,实假进贡以规市贩之利。'"《明史·外国四·琉球传》云:"礼官言,其国连章奏请(毅平按:指琉球奏请比年一贡事),不过欲图市易……专贸中国之货,以擅外藩之利。"《清史稿·属国一·琉球传》云:"琉球国小而贫,逼近日本,惟恃中国为声援。又贡舟许鬻贩各货,免征关税,举国恃以为生。其货本多贷诸日本,国中行使皆日本宽永钱,所贩各货运日本者十常八九。其数数贡中国,非惟恭顺,亦其国势然也。"王韬《琉球向归日本辨》云:"其贡舟三年一至,许其贩鬻中土之货,免其关税,举国赖此为生。资本皆贷于日本,贩回各货,运日本者十之八九,其国人贫,不能买也。"(《国家图书馆藏琉球资料续编》,上册,第813页)都把朝贡及朝贡贸易的好处说得很透彻。严从简《殊域周咨录》卷六《安南》云:"况贡乃彼之利,一则奉正朔保境而威其邻,一则兼贸易薄来而厚其往。"虽然说的是安南的情况,但对琉球来说也是一样的。

② 参见高良仓吉《琉球王国》,第73页。这也就是如周煌所说的:"其旁近岛夷,皆知琉球之于中国,如滇王之见宠于汉世,不敢少萌觊觎。"(周煌《琉球国志略》卷十二《兵刑》,《国家图书馆藏琉球资料汇编》,中册,第1100页)——对萨摩来说虽言其实,但至少会有所忌惮。又如王韬《琉球向归日本辨》所云:"琉球贫弱特甚,世受役于日本……日本虽雄视东瀛,要不能使之隶入版图,则以累世效职贡受正朔,籍中朝之威灵,作东海之藩服,以迄于今。"(《国家图书馆藏琉球资料续编》,上册,第813页)所以后来日本吞并琉球时,琉球拼死抗争的理由之一,就是它也同时从属于中国(参见佐藤三郎《对处琉球藩问题的考察》,收入其《近代日中交涉史研究》,徐静波、李建云译,第82—107页)。

③ 《中山世谱》卷六《尚真王》"成化十五年己亥秋"条。

④ 汪楫《观海集》(《国家图书馆藏琉球资料三编》,上册,第63页)。

⑤ 汪楫《中山沿革志序》(《国家图书馆藏琉球资料汇编》,上册,第929页)。赵文楷《中山王赠刀》诗题注云:"刀购自日本,球人讳言与倭通,则曰出宝岛。其实宝岛、恶石岛、吐噶剌皆倭属也。"诗云:"此刀本出吐噶剌,夷人讳倭不肯说。恶石之岛出精铁,中有清泉流出穴。"(《石柏山房诗存》卷五、《国家图书馆藏琉球资料三编》,下册,第70—72页)李鼎元《中山土物诗五首·刀》云:"中山不产铁,曷为有宝刀? 炉锻自日本,铁则来中朝。"又《中山土物诗五首·纸》云:"砸法来朝鲜,花样出倭市。"(《师竹斋集》卷十四,《国家图书馆藏琉球资料三编》,下册,第243、245页)皆说明琉球经济有赖于对日贸易,但琉球方面对此讳莫如深,连一把日本刀也要撇清关系。讳言久了,连琉球史家自己也疑惑不解了,《中山世谱》卷一《历代总记》云:"我国不产镔铁之属,何以得有兵器耶? 疑是当时有与他国相通者也欤?"

录,而皆不免于略且误者,职是故也。"①清朝使臣虽也知道琉球有国史,如《中山世鉴》《中山世谱》等,却很难入手。尤其是类似《中山世谱》记载与幕府、萨摩往来的"附卷",琉球方面肯定会秘不示人,清朝使臣应绝无机会读到,故对琉日关系一无所知;反之,可以认为幕府、萨摩方面则正附卷都能读到,故对琉中关系了如指掌②。又,琉球国史之所以会分为正附卷,除以此显示中日地位之高下外,想必也是为了方便应付中国吧;而堂堂国史竟须分为正附卷,也正反映了琉球"一仆二主"的尴尬处境③。一直到琉球亡国前夕,在"评定所"发布的"官话"(通用汉语)课本《条款官话》(1866)中,还设置了如何隐瞒实情的对话:

> 问:我听见西洋的人说,你们琉球从服日本,是真的么?
> 答:不是这样。我们敝国地方褊小,物件不多,原来替那日本属岛度佳喇人结交通商,买办进贡物件,又是买得日用物件。那度佳喇的人,在日本收买那些东西,卖给敝国。想必那西洋的人,看得这个举动,就说琉球在那日本的所管。我们敝国原来天朝的藩国,世世荷蒙封王,此恩此德,讲不尽的,那有忘恩负义、从服日本的道理!④

---

① 翁长祚《中山传信录后序》(《国家图书馆藏琉球资料汇编》,中册,第567页)。其实琉球受制于萨摩主要是在1609年以后,而翁长祚吹捧的《中山传信录》也存在同样问题。

② 《球阳》附卷二尚贞王三十年(1698)"呈览琉球《世鉴》于萨州"条:"萨州太守公要看琉球《世鉴》,于是令儒臣誊写其《世鉴》,寄以呈览。"(《琉球王国汉文文献集成》,第13册,第107页)又,就在日本正式吞并琉球(1879年4月4日)前夕,1879年3月6日,外务省书记官致函内务省大丞松田道之,说需要使用《中山世鉴》,如内务省有收藏,则请求借阅,如没有收藏,则委托他去琉球出差(即处理吞并琉球事宜)时,代为购买或借阅。后来松田道之在琉球抄写了一本,于7月9日送给了外务省,见抄本《中山世鉴》卷首载日本外务省与内务省往来文书(《国家图书馆藏琉球资料续编》,上册,第825—829页)。而这都是清朝使臣从未能做到的。

③ 那霸市立博物馆藏有一份琉球汉文文书《御禁止文字》(避讳字)。"据博物馆的藏品解说,其中所列的避讳字,包括中国的皇帝、日本的将军及萨摩藩主、琉球的国王三方名字。即此一斑,已可见当年的琉球王国,在中日两国的夹缝中生存,颇为不易。"(陈正宏《琉球故地访书记》,收入其《东亚汉籍版本学初探》,上海,中西书局,2014年,第277页)

④ 《琉球王国汉文文献集成》,第35册,第32—33页。又,《球阳》附卷三尚敬王十一年(1723)"始定诸外岛手札留在于中山"条:"琉球人数手札书大和年号,若人带手札飘至中华,则中华之人恐有知球人亦用其(日本)年号之事。改定宫古、八重山手札聚在宫古,藏诸外岛,手札留在其总地头家宅,至于今世,其手札悉在大与座。"(《琉球王国汉文文献集成》,第13册,第129页)亦可见琉球人如何隐瞒实情之一斑。

中国方面对此自然也不是没有耳闻。如"岛津侵入事件"后不久,琉球即曾遣使报告此事:"(万历)三十七年己酉(1609)春,日本以大兵入国,执王至萨州。本年冬,王遣王舅毛凤仪、长史金应魁等驰报兵警,致缓贡期。福建巡抚陈子贞以闻。"①翌年(1610),琉球使节到达福州。遭囚禁两年后(1611),尚宁王始获放归,翌年(1612),即又遣使修贡,为明朝所婉拒。"(万历)四十年(1612),浙江总兵官杨崇业奏报倭情,言:'探得日本以三千人入琉球国,执中山王,迁其宗器。宜敕海上严加训练。'而兵部疏言倭入琉球获中山王,则三十七年(1609)三月事也(时福建巡抚丁继嗣奏:'琉球国使柏寿、陈华等执本国咨本,言王已归国,特遣修贡。臣窃见琉球列在藩属,固已有年,但尔来奄奄不振,被拘日本,即令纵归,其不足为国明矣。况在人股掌之上,保无阴阳其间……')"②丁继嗣的分析实极有见地,可惜事情真相到底如何,中国方面始终云里雾里。对于此次琉球的遣使,明神宗体恤琉球道:"琉球新经残破,财匮人乏,何必间关远来? 还当厚自缮聚,俟十年之后,物力稍完,然后复修职贡,未为晚也。"③遂定十年一贡为例,事情也就到此为止了。对于"岛津侵入事件",明朝明显不感兴趣,从而失去了了解的机会④。

三

明清使臣的态度也是这样。1633 年随使的胡靖,正逢"岛津侵入事

---

① 《中山世谱》卷七《尚宁王》"万历三十七年己酉"条。毅平按:毛凤仪有诗收入冲绳县立博物馆藏《琉球诗集》一卷(收入《琉球王国汉文文献集成》第 32 册)。又,据《球阳》附卷一尚宁王二十一年(1609)"毛凤仪等驰报兵警致缓贡期"条,此次琉球遣使中国,名义上由尚宁王派遣,实则幕后主使为岛津氏,岛津氏又请示过德川家康,主要是怕入侵琉球事曝光,中国中止琉球的朝贡贸易(《琉球王国汉文文献集成》,第 13 册,第 20—21 页)。

② 周煌《琉球国志略》卷三《封贡》(《国家图书馆藏琉球资料汇编》,中册,第 777—778 页)。"杨崇业",《明史·外国四·琉球传》作"杨宗业"。

③ 《中山世谱》卷七《尚宁王》"万历四十年壬子"条。

④ 也不能说完全无人了解,如谢杰从孙谢肇淛(1567—1624),虽未出使过琉球,却似颇了解琉球近况,其《五杂组》(有 1616 年跋)卷四地部二云:"琉球国小而贫弱,不能自立,虽受中国册封,而亦臣服于倭,倭使至者不绝,与中国使相错也。盖倭与接壤,攻之甚易,中国岂能越大海而援之哉。"

件"后不久,但他只顾陶醉于琉球的美丽风光流连忘返,浑未觉察已受制于萨摩的琉球有何异样:"余从诸公驻匝于那霸五阅月,候东南风作,始挂帆言归。虽夷犹日久,殊觉倏忽易迈,复消故国之怀者,赖有诸景寓目而怡情也。"①

1683年出使琉球的汪楫,也只是满足于传达风闻:"相传琉球去日本不远,时通有无,而国人甚讳之,若绝不知有是国者,惟云与七岛人相往来。""万历间萨州岛倭猝至,王被执去。"②但当他在石笋崖上的波上寺(又名海山寺、护国寺),没看到"旧录"所记三尊佛像,而只看到一挂铜片幡,"幡凿'奉寄御币'四字,余皆番字,背凿'元和二年壬戌'六字",仅说了一句"不解何义",便轻轻放过了这条重要线索③。实则"元和"正是其前不久的日本年号(元和二年应是丙辰,即1616年;壬戌应是元和八年,即1622年;年份或干支必有一误④);而"番字"不一定是琉球文,也有可能是和文。这说明日人已来过这里,并且挂上了日本的铜片幡,甚至有可能掠走了三尊佛像⑤。退一步说,即使"番字"是琉球文(琉球文混用汉字和假名,本来就与和文很难分辨),但琉球文中使用日本年号,透露的消息也是非比寻常。汪楫还困惑于另一种说法:"北山寂无人来。或云:倭常执王,割地,乃得返。即北山

---

① 胡靖《琉球记》(《国家图书馆藏琉球资料汇编》,上册,第287页)。
② 汪楫《使琉球杂录》卷二《疆域》(《国家图书馆藏琉球资料汇编》,上册,第723、728页)。"七岛"指吐噶喇列岛的口之岛、中之岛、诹访之濑岛、恶石岛、卧蛇岛、平岛、宝岛等。"人不满万,惟宝岛较强,(琉球)国人皆以吐噶喇呼之……书手版曰'琉球国属地',然其状狞劣,绝不类中山人……或曰即倭也。"(《国家图书馆藏琉球资料汇编》,上册,第724—725页)其实七岛本来属于萨摩,盖其倭人为与中国人做生意,而故意冒充琉球人也。又,夏子阳、王士桢《使琉球录》卷下《群书质异》介绍冲绳诸岛后云:"过则七岛,半属日本矣。"(《国家图书馆藏琉球资料汇编》,上册,第493页)其实七岛本来即属于日本,半属日本的是奄美诸岛。他们都搞错了。
③ 汪楫《使琉球杂录》卷二《疆域》(《国家图书馆藏琉球资料汇编》,上册,第741页)。
④ 周煌倒是知道此"元和"乃系倭人僭号,且认为"二年"应是"八年"之误,见《琉球国志略》卷七《祠庙·寺院附》(《国家图书馆藏琉球资料汇编》,中册,第1011页)。李鼎元《使琉球记》"八月二十五日乙亥"条亦云:"国中既行宽永钱,证以'元和'日本僭号,知琉球旧曾臣属日本,今讳言之矣。"(《国家图书馆藏琉球资料续编》,上册,第784页)然则他有所不知,琉球臣属日本,并非"旧",而是"今","讳言之"则是一贯的。
⑤ 实则波上寺本来即日僧创建,故与日僧具有密切的联系。《中山世谱》卷三《察度王》"明洪武十七年甲子"条:"护国寺开山住僧赖重法印入灭。盖赖重,乃日本人也,何年至国,以建寺于波上山,今不可考。"

云。"①但他并无好奇去了解此事。

1756年出使的周煌,可能风闻琉球割过岛,却误以为所割者为七岛,与夏子阳、王士桢同误:"一说七岛本国属,尚宁王被袭,割地与之,王乃归,即七岛也。今非所属,故不详。"②实则七岛历来属于萨摩,琉球所割者乃奄美诸岛。他还认为汪楫所见之七岛人,并非倭人冒充琉球人,而是谎称七岛仍属于琉球,嘲笑汪楫上了七岛人的当,实则其琉球知识还不如汪楫。他还夸耀琉球雄踞东溟,形势险要,"宜乎倭酋不敢侵,大岛不复贰,长为天家之屏翰,世守瀛峤之金瓯欤"③,明明上文自己刚说过倭人入侵之事,转眼就健忘至此。他又说萨摩入侵琉球的起因是:"迨尚宁王之世,恃其险阻,傲睨强邻,倭人入执其王,久乃释归。"④前后自相矛盾,简直不知所云。

这样看起来,对于琉日关系,当时的中国使臣,乃至朝野上下,就没有人真正能够弄清楚,甚至想要弄清楚的。其实久米村出身的人,留学过中国的人,在琉球政经界占据了要位,经常出使中国,或接待册封使,不可能不了解琉日关系的内情;而往来琉球经商的中国商人,如曾带回丰臣秀吉侵朝阴谋之重要情报的陈甲之辈,也应该了解琉日关系的最新动向;要从他们中间获得必要的情报,哪怕采取非常规手段,本来也应该不是什么难事。

所以只能说,中国使臣不仅并不真正了解内情,其实也根本不想了解内情。比如1719年出使的徐葆光一行,在琉球滞留时间甚久,其随行者中,尚有两个测量官平安、丰盛额,受康熙皇帝之命测量琉球土地道里。"今遣海东量日使,浮槎共探汤池边。"⑤但他们始终只在琉球本岛的中南部活动,从

---

① 汪楫《使琉球杂录》卷二《疆域》(《国家图书馆藏琉球资料汇编》,上册,第727页)。
② 周煌《琉球国志略》卷四上《舆地·疆域》(《国家图书馆藏琉球资料汇编》,中册,第841页)。
③ 周煌《琉球国志略》卷四上《舆地·形胜》(《国家图书馆藏琉球资料汇编》,中册,第846页)。
④ 周煌《琉球国志略》卷十二《兵刑》(《国家图书馆藏琉球资料汇编》,中册,第1099页)。
⑤ 徐葆光《海门歌》,收入《海舶三集·舶前集》(《国家图书馆藏琉球资料三编》,上册,第148页)。康熙皇帝当时刚命人绘制成《皇舆全览图》(1718—1719),派两个测量官随册封使去琉球,应是为了进一步核实有关琉球的信息。

未提出过去北部考察或测量的要求。"琉球旧无地图①……葆光咨访五六月,又与大夫蔡温遍游中山、山南诸胜,登高四眺,东西皆见海……再三讨论,始定此图。"②可见徐葆光一行根本就没有到过山北③。说白了,也就是清朝册封使、测量官失职无能,根本就是在糊弄康熙皇帝的要求④。不仅如此,徐葆光《中山传信录》所载《琉球三十六岛图》,乃是根据程顺则现画的地图制作的:"三十六岛,前录未见……今从国王所请示地图,王命紫金大夫程顺则为图,径丈有奇,东西南北方位略定,然但注三十六岛土名而已。"⑤该图照例画出了"东北八岛"(奄美诸岛)⑥。盖对于百年前割岛之事,琉球方面既讳莫如深,又有难言之隐之痛,故不可能告知"天使",徐葆光们也就浑然不知了。其《中山传信录序》却自吹:"封宴之暇,先致语国王,求示《中山世鉴》及山川图籍;又时与其大夫之通文字译词者遍游山海间,远近形势,皆在目中。"⑦实则徐葆光根本不懂琉球语文,即使读也未必能懂,

---

① 《中山世谱》附卷一《尚贤王》"顺治三年丙戌"条:"本年,为呈览本国地图事,遣……到萨州。"可见琉球是有地图的,只是日本人能看到,中国使臣却看不到。
② 徐葆光《中山传信录》卷四《琉球地图》(《国家图书馆藏琉球资料汇编》,中册,第347页)。
③ 徐葆光《留别蔡大夫温》诗云:"共曳登山屐,联吟刻石诗。兴狂犹未遍,遗恨识君迟。"收入《海舶三集·舶中集》(《国家图书馆藏琉球资料三编》,上册,第261页)不知有否遗憾未至山北之意? 可此次册封使滞留琉球时间最久,他们真要想去的话早去了。但估计即使去了也看不到什么。
④ 潘相《琉球入学见闻录》卷二《星土》云:"康熙五十八年(1719),圣祖仁皇帝初遣精习理数之内廷八品官平安、监生丰盛额偕册使海宝、徐葆光同往测量,定其分度次舍。葆光更留心记览,考其疆域,观其形胜,去疑存信,绘图以献,附于禁廷新刊朝鲜、哈密、拉藏属国等图之后。"(《国家图书馆藏琉球资料汇编》,下册,第328—329页)看来还真的是糊弄过去了。于此可比较唐朝使节出使高句丽时的做法:"(641)帝以我太子入朝,遣职方郎中陈大德答劳。大德入境,所至城邑,以绫绮厚饷官守者,曰:'吾雅好山水,此有胜处,吾欲观之。'守者喜,导之游历,无所不至,由是,悉得其款曲……大德因奉使,觇国虚实,吾人不知。"(《三国史记》卷二十《高句丽本纪八》荣留王二十四年)这才真正是不辱使命的做法。
⑤ 徐葆光《中山传信录》卷四《琉球三十六岛》(《国家图书馆藏琉球资料汇编》,中册,第324—325页)。
⑥ 徐葆光《琉球三十六岛图歌》云:"其北大岛号爷马,境邻倭国分东洋。"收入《海舶三集·舶中集》(《国家图书馆藏琉球资料三编》,上册,第223—225页),又收入周煌《琉球国志略》卷十五《艺文》(《国家图书馆藏琉球资料汇编》,下册,第92—94页),并不知大岛早已划归萨摩。故该诗最后所云:"天下全图成一览,朱书墨界穷毫芒。琉球弹丸缀闽海,得此可补东南荒。"便也不过是自欺欺人罢了。
⑦ 《国家图书馆藏琉球资料汇编》,中册,第11页。

何况他其实并未能读到全书①；其所游均局限于首里、那霸附近，最远也不过到山南的丝满村白金岩；而即使这次最远的山南之行，也未见有两位测量官随行。徐葆光《游山南记》记载："己亥（1719）十一月二十一日，偕紫金大夫蔡温，都通事红士显，从客翁长祚、黄士龙、吴份、弟尊光等，上下骑从百余人，渡江戡山而南。"②连从客、弟弟都写到了，如两位测量官也随行，当不至于漏提。参合此记及其《山南纪游》八诗来看，此行与其说是为了测量，毋宁说是远足采风更合适。此记又吹嘘："是游也，去涉海，归度岭，往来六十里。译者曰：中国人向无问途者，兹行殆凿空云。"③可见此前出使琉球的历次中国册封使，甚至连近在咫尺的山南都没有去过④。在了解琉日关系方面，清朝使臣甚至还不如明朝使臣，后者至少还曾帮助过琉球"抗倭"⑤。

简言之，明清与琉球的封贡关系，更像是一种"面子工程"⑥，说得好听

---

① 徐葆光《中山传信录》卷三《中山世系》云："惟抄撮尚宣威以前事，名《中山世鉴》……其书必详尽事理，惜未及见其全书。"（《国家图书馆藏琉球资料汇编》，中册，第191—192页）毅平按：尚宣威王1477年在位不到一年，至徐葆光出使时已有二百四十多年，《中山世鉴》一直在编，不知徐葆光哪来的滞后信息，以为《中山世鉴》只编到尚宣威王？
② 《海舶三集》附文（《国家图书馆藏琉球资料三编》，上册，第322—323页）。
③ 《海舶三集》附文（《国家图书馆藏琉球资料三编》，上册，第325页）。
④ 汪楫《使琉球杂录》卷二《疆域》云："臣常以九日由那霸涉水而南，策骑东行乱山中，见废城一丘，规模甚隘，而基址宛然。通事曰：'故王城也，而不知所自。'岂即山南王之遗迹耶？"（《国家图书馆藏琉球资料汇编》，上册，第723页）。这可能是此前唯一到过山南的册封使，当然他们没有徐葆光一行走得远。
⑤ 1606年出使琉球的夏子阳，便处理过一个类似事件，虽然结果是虚惊一场："九月间，忽夷属有报倭将来寇者，地方甚自危。余辈招法司等官问计，惟云恃险与神而已。予等乃喻之曰：'若国虽小弱，岂可无备御计？幸吾等在此，当为尔画策共守。'因命其选兵砺器，据守要害。更饬吾众，兼为增械设防。夷国君臣，乃令王舅毛继祖率夷众千余，守于国北之地曰米牙矶仁，盖倭船所经过处也。无何，倭船舶至，则贺国王及来贸易者也……倭闻先声，且知吾有备，亦惴惴敛戢不敢动。"（夏子阳、王士桢《使琉球录》卷上《使事纪》，《国家图书馆藏琉球资料汇编》，上册，第427页）。后来琉球国王还上奏表示感谢："当倭舶之来，风传汹汹。二使臣教臣以治兵、修器、守险、戒严。倭至贸易，亦惮天使先声，遵守约束，不敢如往年狂跳。"（夏子阳、王士桢《使琉球录》卷首，《国家图书馆藏琉球资料汇编》，上册，第407页）顺便说一句，如果毛继祖守卫的就是今归仁（なきじん）一带，则就是三年后岛津氏侵入的登陆地（运天港）。
⑥ 日本方面的说法是："又凤方宝物于我日本及清国，得以自存。故旧王薨，则嗣王受清国册封而立，又命其王子大臣聘我以告，其国如两属然。然其贡献使聘我取其实，而清国取其名。"（姚文栋译中根淑《冲绳岛总论》，《国家图书馆藏琉球资料续编》，上册，第669页）虽不免强词夺理，仍可谓一针见血。

点,是不干涉其内政外交①,说得难听点,是对其实情木知木觉。在这种心态下,对琉日关系不求甚解,或者眼开眼闭,也就是顺理成章的事了。"尽管琉球竭力掩饰与日本的关系,中国方面还是慢慢察知到了其与日本间的密切关联,但它满足于琉球乃是自己藩属国这样一种大国的矜持,对于琉球还有日本这层关系也并不加以追究,只装作不知道。"②其实这么说还是抬举中国使臣与朝野上下了。反观日本方面,萨摩入侵琉球之次年(1610),"萨州太守……又遣阿多氏等,均井地,正经界,而始为赋税"③,把琉球的土地出产调查得一清二楚,以此为基础课以沉重的赋税;关于琉中关系的一举一动,也通过琉球的事必禀报制度,以及派驻那霸的琉球在番奉行,全都打探得一清二楚。而清代使臣的各种使琉球录,详载琉球各种事情,甚至遍及花花草草,可惜就没有一种能弄清琉日关系的真相,以及琉球各岛的形势及经济民生的④。徐葆光《中山传信录序》自吹:"虽未敢自谓一无舛漏,以云传信,或庶几焉。"⑤其实恰恰遗漏了最致命的琉日关系。以致后来日本吞并琉球时,清政府始终处于被动境地,也就是顺理成章的事情了⑥。

说来讽刺的是,当日本在各个方面加紧控制琉球时,来自中国的使臣们

---

① 亦即 1878 年 10 月 11 日琉球国法司官毛凤来、马兼材等"为小国危急,切请有约大国俯赐怜鉴事"致西洋各国驻日公使请愿书所谓"(自明初始行封贡,)相承至今,向列外藩,遵用中国年号、历朔、文字,惟国内政令许其自治"是也(参见陈福康《日本汉文学史》,上海,上海外语教育出版社,2011 年,下册,第 369 页)。

② 佐藤三郎《对处理琉球藩问题的考察》,收入其《近代日中交涉史研究》,徐静波、李建云译,第 80—81 页。

③ 《中山世谱》附卷一《尚宁王》"万历三十八年庚戌"条。

④ 比如琉球的赋役岁入等,明清使臣就从不在意,使琉球录中大都语焉不详,仅周煌《琉球国志略》卷十《赋役》略有涉及,但也仅寥寥数百字,以"求之闻见,未悉其详"笼统带过,相比萨摩的"均井地,正经界,而始为赋税"有云泥之别。这正如黄遵宪《日本国志叙》所云:"昔契丹主有言:我于宋国之事纤悉皆知,而宋人视我国事如隔十重云雾。"又如黄庆澄《东游日记》(1893)所云:"庆澄谓中国之政治条教,彼国之人了如指掌;而彼国之政治条教,我国之人尚属茫如。"(收入罗森等《早期日本游记五种》,长沙,湖南人民出版社,1983 年,第 250 页)

⑤ 《国家图书馆藏琉球资料汇编》,中册,第 11 页。

⑥ 如日本吞并琉球以后,经清政府抗议及美前总统排解,始有"割岛分隶"之说,即日有北岛(奄美诸岛)、中岛(冲绳诸岛),清有南岛(先岛诸岛,即宫古列岛、八重山列岛)。而清政府"此时尚未知南岛之枯瘠也",一旦得知"南岛贫瘠僻隘,不能自立",遂犹豫不决,"暂从缓议",痛失占有先岛诸岛这个稍纵即逝的良机。详见下文引李鸿章上奏。

在琉球最关心的,也是做得最有"成绩"的工作,却是发现风景,题咏殆遍(诸如琉球八景、中山八景、圆觉寺八景、同乐苑八景、东苑八景之类)。正如周煌所言:"胜迹者,地以人传,人以事传。穷海之滨,足迹罕至,虽有奇岩幽壑极瑰尤诡异之观,孰从而传之?琉球之有胜迹,则自得通中国始也。其地环山萦海,波涛之所荡激,清淑之所钟毓,自宜高高下下,时出胜概,譬犹披沙拣金,岂曰无得而况?"①一副很有成就感的样子。于是,在明清的各种使琉球录里,留下了许多流连胜迹的诗文。

明清使琉球录的此种弊端,对比日本吞并琉球前后,所编撰的各种琉球资料,详载各方面的实用信息,尤其是军事上的重要数据,更是形成了鲜明的对照。正如清首任住长崎理事余隽《琉球说略序》(1883)所痛陈的:

> 昔在己卯(1879),余既住崎之明年,有日本陆军医曰渡边重纲者归自琉球,因其国人小曾根荣遗余以所著《琉球漫录》。其书仅一小册子,余受而览之,虽于倭文字义未尽了了,然该岛地理形势及其川岳称名,与夫户口租税、风俗物产,亦已悉其梗概……或可补吾邦记载所未备……近得姚君子樑自江户来书,并寄示《琉球说略》……余览毕,慨然叹曰:琉球之幅员广狭,尽在此中矣! 古者皇华之选,周爰咨询,以求实用君子,多乎哉,不多也。中国素称稽古右文之邦,曩时策遣使臣至其国者,非翰詹科道,则必门下中书,翩翩羽仪,不乏贤哲;而记载所及,求如此篇之条分缕析,以考其山川形状,绝不可得。无他,驰虚声,不求实事,虽多,亦奚以为。余观日本,人文亚于中国,然自维新后,发奋有为,凡地理海程,尤为加意,无论国内国外,探讨不遗余力,非独琉球诸岛为然也。朝野上下之间,方孜孜焉,群材以是为驱策,小学

---

① 周煌《琉球国志略》卷八《胜迹》(《国家图书馆藏琉球资料汇编》,中册,第 1017 页)。后来琉球文人也依样学样,吟咏"同乐苑八景"、"中山东苑八景"、"中山首里十二胜景"、"首里八景"、"中山八景"、"那霸八景"、"御苑八景"、"延秀苑八景"之类,见蔡文溥《四本堂诗文集》、杨文凤《四知堂诗稿》卷二,蔡大鼎《漏刻楼集》、《钦思堂诗文集》卷二,程顺则《雪堂杂组》、《琉球诗集》等(《琉球王国汉文文献集成》,第 25 册,第 253—256、395—399 页,第 27 册,第 91—94、336—342 页,第 30 册,第 147—150 页,第 32 册,第 264—270 页)。

亦以此为津梁,虽云式法泰西,或讥其急功近利,以视因循苟安者,其相去为何如哉!①

只是到了近代,尤其是日本紧锣密鼓吞并琉球时,才有国人意识到琉日关系的重要性,开始对这方面文献赋予更多的关注。如中日建交后,第二任驻日公使团成员中,有一随员姚文栋②,可能懂得日文,在滞日期间,花了许多功夫研读日本文献,搜集了不少有关琉球的日文资料,择要编译成中文,这就是光绪九年(1883)刊刻的《琉球地理小志并补遗附说略》③。其中计有照日本明治八年(1875)官撰地书译出之《琉球地理小志》,译日本人中根淑稿《琉球立国始末》、《琉球形势大略》、《冲绳岛总论》,录日本人大槻文彦稿《琉球新志自序》,录日本人重野安绎稿《冲绳志后序》,译《琉球小志补遗》,编译日本文部省小学地理课本《琉球说略》等八种。在该书中,姚文栋还随处驳斥了日人的诞妄。如在该书《跋》中,一针见血地指出:"近时日人好事者穿凿附会……多方牵合,思掩其灭琉之罪……予译《琉球小志》既成,附录彼中人士论著,而析其诞妄如右。""至于文为制度,琉日间有相同,乃皆是沿袭中华古制。"批中根淑《冲绳岛总论》云:"日人灭琉球,假借台役以为口舌,亦其风气诞妄之一端。"批大槻文彦《琉球新志自序》云:"日本旧时悉效唐制,近时悉效西制,然未尝因此为吾与西洋之属邦也,何独文致琉球乎?"批重野安绎《冲绳志后序》云:"《冲绳志》第三卷述古史多附会不足信,明眼人一见能辨之。"④其译《琉球小志补遗》附识

---

① 姚文栋译日本明治八年官撰地书《琉球地理小志》(《国家图书馆藏琉球资料续编》,上册,第 637—638 页)。
② 姚文栋(1853—1929),字子梁,号东木,上海人。1882 年起,任第二任驻日公使黎庶昌随员,出使日本,驻扎东京,任期六年。其《琉球地理小志跋》落款为"光绪壬午(1882)夏四月出使日本随员上海姚文栋谨识"。翌年(1883),清首任住长崎理事余隽序其译《琉球说略》亦云:"近得姚君子樑自江户来书,并寄示《琉球说略》。"光绪乙酉(1885)四月八日,姚文栋因即将归国省亲,而设宴于不忍池长酡亭,日本交游纷纷赋诗送别,其中向山黄村(1826—1897)诗有"三年官壁题诗遍"句(《归省赠言》,1889 年刊)。凡此可见其在日行踪之一斑。
③ 收入《国家图书馆藏琉球资料续编》上册。此项工作实不容易,姚文栋译日本文部省刊行小学地理课本《琉球说略》附识云:"近时日本文士记载琉球事实者甚多,然秘不示外人,故未得见也。"(《国家图书馆藏琉球资料续编》,上册,第 689 页)
④ 《国家图书馆藏琉球资料续编》,上册,第 677—678、669、671—672、676 页。

又指出,原属琉球的奄美诸岛早已被割让与日本,以后中日谈判琉球问题时当一并予以追究:"此卷记琉球北岛,明万历三十七年(1609)入于日本,当时不遣一介责问,彼始公然以琉球为附庸。中山之不祀忽诸,实嚆矢于此。他日如议球案,要当并问此岛也。"①表现出很高的认知水准,远超此前的明清使臣。

同一时期,王韬也撰有《琉球朝贡考》、《琉球向归日本辨》②等,对日人的诞妄予以条分缕析的批驳,但又无可奈何于"不数年,日本竟灭琉球,改为冲绳县"③。

可惜,琉球史上曾经"两属"的事实,琉日关系"又贡日本"的真相,迟至琉球被日本吞并时,始为中国士大夫所知晓,为时实已晚矣!

又可惜,姚文栋、王韬为罕见的识先机者,而当时一般中国士大夫的认识,则仍停留在"琉球微不足道"上,所涉议论殆类于痴人说梦。如张焕纶《琉球地理志序》(1883)云:"日人往者之役(毅平按:指四年前日本吞并琉球之举),所得小而所失巨矣……琉球蕞尔岛国耳,试取是编按之,疆域几何耶?物产几何耶?取其地足广国耶?得其财足富民耶?无益于日,有损于中,徒使他族蹈隙效尤,坐收渔人之利,夫岂我亚洲之福哉!"④由此可见,直到此时,一般中国士大夫的琉球认识,仍不出以前明清使臣的范围,比较其时日人膨胀的野心,明显隔靴搔痒、不着边际:"呜呼,今日开明之隆,自千岛、桦太以至冲绳诸岛,南北万里,环拥皇国,悉入版图中,而风化之所被无有穷极,骎骎乎有雄视宇内之势矣,岂不亦愉快哉!"⑤——这还是日本正式吞并琉球的六年前说的话,而在此前一年(1872),日本刚把琉球王国"收编"为"琉球藩"!中国士大夫这种"琉球微不足道"的认识,也直接影响了后来关于琉球"割岛分隶"方案的决策。

---

① 《国家图书馆藏琉球资料续编》,上册,第687页。
② 均收入《国家图书馆藏琉球资料续编》上册。
③ 《国家图书馆藏琉球资料续编》,上册,第812页。
④ 姚文栋译日本明治八年官撰地书《琉球地理小志》(《国家图书馆藏琉球资料续编》,上册,第633—634页)。
⑤ 姚文栋译大槻文彦《琉球新志自序》(《国家图书馆藏琉球资料续编》,上册,第672—673页)。

四

　　当然,在看待琉球的对外关系时,无论是中国立场(封贡体制),还是日本立场(幕藩体制),均不能代替琉球自己的立场(独立王国)①,正如郑秉哲《中山世谱附卷序》所云:"天地之间,国土至多,或分散东西,或列罗南北,而大小强弱,不可得而齐也。夫为小国者,顺理安分,而所以事大之礼,不敢废焉,则国土自治,人民亦安矣。《孟子》曰:'畏天者保其国。'《诗》曰:'畏天之威,于时保之。'况我琉球国僻处东隅,不能自大。"②又如琉球学者所说的古琉球辞令书的特征:所使用的平假名、候文体来自日本(显示了文化上日本语文的影响),所采用的历法、年号来自中国(显示了外交上中国的宗主权),而辞令书的颁发者则是琉球国王,以之来管理运营自己的国家(显示了琉球毕竟是一个独立王国)③。琉球史上"一仆二主"的尴尬处境,从未改变其为独立王国的性质,更不能成为日本吞并之的理由,正如王韬《琉球向归日本辨》所云:"要之,据理而言,琉球自可为两属之国,既附本朝(中国),又贡日本……又乌得藉口于奉藩纳土,比于内诸侯一例,而遽灭其国,俘其王,兼并其地,夷而为县也哉!"④

　　不过,有一点明清使臣却似乎并没有搞错:虽然封贡关系只是一种"面子工程"(所谓"取其名")⑤,更是一种"落后的"前近代性国际关系⑥,但具

---

① 琉球在中日两国"正史"(如《明史》、《大日本史》等)中,均被置于"外国传",即是最好的证明。《清史稿》置于"属国传",也不改变其独立性质。
② 《中山世谱》附卷卷首。
③ 参见高良仓吉《琉球王国》,第171—173页。
④ 《国家图书馆藏琉球资料三编》,上册,第816页。
⑤ 《明史·外国五·占城传》任良弼等所谓"其实国王之立不立,不系朝廷之封不封也"是也。
⑥ 像宗藩关系这种"落后的"前近代性国际关系,自然难敌"先进的"弱肉强食的殖民主义、帝国主义。早在1862年"千岁丸"首访上海时,日本方面准备打探的情报清单中,就有"来自朝鲜、琉球的朝贡关系"(参见佐藤三郎《1862年幕府贸易船千岁丸的上海之行》,收入其《近代日中交涉史研究》,徐静波、李建云译,第62页),可见其处心积虑染指二国由来已久。1871年《中日修好条规》签订后,1872年,"日本外务卿副岛种臣来北京议约,乘间诘问总理各国事务衙门:'朝鲜是否属国?当代主其通商事?'答以:'朝鲜虽藩属,而内政外交听其自主,我朝向不与闻。'"(《清史稿·属国一·朝鲜传》)日本遂乘隙而入,1875年将军舰云扬号开进江华岛海峡,1876年迫使朝鲜签订《江华岛条约》(日朝修好条规、朝日修好条约),其第一款确认朝鲜为独立自主国,否定了朝鲜与（转下页）

有讽刺意味的是,以强权吞并了琉球的日本,最终也不得不痛苦地承认,琉球喜欢与中国的这种关系,反以与日本的关系(所谓"取其实")为耻辱:"(琉球)还从士族中选拔优秀的人才作为留学生送往北京的国子监,这些人中有不少归国后在政界上占据了有力的地位……随着朝贡和留学生的派遣,在文化方面受中国的影响极深,因此琉球人对文化先进国的中国怀有强烈的崇拜之情,从这一意义上来说,他们对自己是中国的属国、奉中国的正朔这一点反而引以为自豪,除了对日本以外,对内对外都使用中国的年号,对自己与中国间存在着这样的一种关系在日本面前也不怎么隐晦,而对于清国则竭力隐匿自己与日本的关系。"①也正因此,琉球在失国之前,曾既为捍卫自己的独立,也为保持与中国的关系,与日本进行过拼死的抗争,留下了许多可歌可泣的记录②。而且,正是在琉球"一仆二主"时期,"书同文"取得了前所未有的进展,达到了琉球史上最辉煌的阶段。也许可以这么说,在与琉球的关系方面,中国虽然在政治上军事上输给了日本,但在文化上道义上却完胜之。比起日本的政治控制经济压榨来,琉球人当然更喜欢"天使"

(接上页)清朝的宗藩关系(此款十九年后为中日《马关条约》所继承,同列第一款),由此开始了侵略朝鲜的进程,至甲午战胜而全面控制半岛。当时《沪报》上甚至还有这样的文章:《论日使致书问朝鲜是否中国藩属》(参见佐藤三郎《论甲午战争对中国的影响——以当时中国人的时局论为中心》,收入其《近代日中交涉史研究》,徐静波、李建云译,第131页)。可见宗藩关系虽为"面子工程",但仍妨碍日本势力的扩张,所以日本非打破之不可。

① 佐藤三郎《对处理琉球藩问题的考察》,收入其《近代日中交涉史研究》,徐静波、李建云译,第80页。站在琉球这样的小国的立场上,一边(中国)是"自古属国封号,只及其王,而其臣之品秩不与闻焉。琉球越在重洋,圣天子授之王印,以示尊宠,亦政不欲遥制之耳"(周煌《琉球国志略》卷九《爵秩》,《国家图书馆藏琉球资料汇编》,中册,第1029页),"我朝抚绥藩服,其国内政事向令自理"(《清史稿·属国一·朝鲜传》),而且还有文化、贸易上的种种好处,一边(日本)是割地、纳税,在内政外交上严密控制,琉球会何好何恶、何去何从,自然不言而喻。

② 参见佐藤三郎《对处理琉球藩问题的考察》,收入其《近代日中交涉史研究》,徐静波、李建云译,第82—107页。而在失国后的一段时间里,就像当年明亡后朝鲜继续使用崇祯年号一样,琉球人也曾继续使用清朝年号。如陈正宏《琉球故里访书记》云:"属于《二十四孝诗选》系统的那部《二十四孝》的内封右侧,保留了琉球抄写者的题署:'大清光绪五年己卯六月十日书之也';其外封上,也依稀可辨'光绪八年'等字样。"(收入其《东亚汉籍版本学初探》,第276页)"光绪五年己卯(1879)六月十日",已在日本正式吞并琉球(1879年4月4日)后数月;"光绪八年(1882)",则更是琉球失国后的第四年;而"大清"国号、年号及中历一仍其旧,似全不存在被日本吞并一事者,极为鲜明地表现了琉球民心之向背。而参合琉球之事与朝鲜之事观之,则似有一种超越种族和王朝界限的更为深广的文化认同乃至文化共同体意识存乎其中。

来吟诗作文①。这正是中华文化了不起的地方,也是琉球五百年"书同文"的必然结果。

而作为后话,即使在琉球失国之后,中国也不是没有机会,部分保存琉球的国体。"两国在琉球问题上的外交谈判,在何(如璋)公使归国(1881)后,由中国政府与驻北京的日本公使馆之间继续进行。而其时中国与俄国恰好在伊犁地区发生了边界冲突,这一原因也使得中国方面想避免对日关系的进一步恶化,因而多少表现出了妥协的姿态。其结果,在两国间产生了妥协的势头,日本让出了宫古、八重山列岛,默认在此建立以中国为背景的小规模的琉球政权,而中国则同意在《中日修好条规》刚签订之后日本便提出的修订其中几款内容的要求,双方的谈判朝着所谓分岛修约的方向获得了进展,差不多已到了签约的地步。而这时中国在伊犁问题上占了上风,在琉球问题上也显出了强硬的态度,拒绝签约,由此,琉球问题一时便被搁置了起来。"②当时清政府方面的权衡考虑,在李鸿章的上奏(1880)里有具体说明:

> 琉球原部三十六岛,北部九岛,中部十一岛,南部十六岛,而周回不及三百里。北部中有八岛早属日本,仅存一岛。③ 去年(1879)日本废灭琉球,中国叠次理论,又有美前总统格兰忒从中排解,始有割岛分隶之说——此时尚未知南岛之枯瘠也。本年(1880)日本人竹添进一来津谒见,称其政府之意拟以北岛、中岛归日本,南岛归中国。又议改前约。臣以琉球初废之时,中国体统攸关,不能不亟与理论,今则俄事方殷,势难兼顾。且日人要索多端,允之则大受其损,拒之则多树一敌,惟有暂从缓议。因传询在京之琉球官尚德宏,始知中岛物产较多,南岛贫瘠僻

---

① 《明史·外国四·琉球传》载一事甚有意味。1595 年,琉球尚永王卒,世子尚宁遣人请袭。明臣以倭氛未息,又劳民伤财,建议简化手续,只遣武臣一人,随琉球使节同往,明神宗也允准了。可琉球方面就是不肯,反复恳求"仍请遣文臣",明朝不得已恢复旧制,仍派文臣册封琉球,折腾到 1606 年始成行。联系日本武人耀武扬威,琉球是举实在意味深长。

② 佐藤三郎《明治前期中国人研究日本的著述》,收入其《近代日中交涉史研究》,徐静波、李建云译,第 7 页。

③ 奄美诸岛早已割让给萨摩的事实,似乎到此时始为中国方面所知。

监,不能自立。而琉球王及其世子,日本又不肯释还。适接出使大臣何如璋来书,复称"询访琉球国王,谓:'如宫古、八重山小岛另立三子,不止吾家不愿,阖国臣民亦断断不服。南岛地瘠产微,向隶中山,政令由土人自主。今欲举以俾琉球,琉球人反不敢受。'我之办法亦穷"等语。臣思中国以存琉球宗社为重,本非利其土地。今得南岛以封琉球,而琉球不愿,势不能不派员管理,既蹈义始利终之嫌,且以有用之兵饷,守瓯脱不毛之地,劳费正自无穷。而道里辽远,实有孤危之虑,若惮其劳费而弃之不守,适坠人狡谋。且恐西人踞之,经营垦辟,扼我太平洋咽喉,亦非中国之利。是不议改约,而仅分我以南岛,犹恐进退两难,致贻后悔;今之议改前约,倘能竟释琉球国王,畀以中、南两岛,复为一国,其利害尚足相抵,或可勉强允许;不然,彼享其利,我受其害,且并失我内地之利,窃所不取也。臣愚以为日本议结琉球之案,暂宜缓允。①

这一搁置,便使中国又一次错失了千载难逢的良机,而究其原因,则仍与中国士大夫对琉球重要性的认识不足有关。而"且恐西人踞之(先岛诸岛),经营垦辟,扼我太平洋咽喉,亦非中国之利"云云,今日看来尤为触目惊心,果然不幸而言中矣!

不敢想象,如果当年的"割岛分隶"方案能够实施,琉球国仍延命于先岛诸岛,或先岛诸岛竟为中国所有,钓鱼岛问题固然根本就不会产生,今日的东亚、东海又会是怎样一个局面……

2019 年 5 月 22 日完稿

(本文原载《薪火学刊》第六卷,上海,复旦大学出版社,2019 年。续有增补,本书收入的是增补稿)

---

① 《清史稿·属国一·琉球传》。

关于中国文学影响的表述

——韩日汉文学史论著中相关表述之比较与检讨

东亚汉文化圈各国皆有悠久的汉文学史,但各国对于汉文学史的研究和撰述,却既有起步先后之分,复有用力大小之别,情况不尽相同。仅就韩日两国而言,历史上朝鲜半岛曾着先鞭,近代以来日本后来居上,现在又此起彼伏,争奇斗艳,有足可供中国学界启迪参考者。对韩日两国汉文学史研究作比较研究,实是有待开展且大有可为的领域。尤其是它们关于中国文学影响的表述,也应有助于拓展对中国文学的理解。本文仅取韩日两国(准)汉文学史论著若干种略加介绍,以尝鼎一脔,求教方家,而更周到仔细的检讨,则尚俟诸来日。

一、江村北海的看法(18世纪)

在西洋近代研究法传入日本之前,接近"汉文学史"的著作,有江村北海的《日本诗史》五卷。这是一部评论直至江户中期日本汉诗的诗话。此外,还有斋藤拙堂的《拙堂文话》八卷,卷一中多保留有关日本汉文学史料。

江村北海(1713—1788),本姓伊藤,以入继江村氏,冒姓江村,名绶,字君锡,号北海,以号行。他出身于福井藩儒学世家,十八岁起始发奋读书,苦读四年,大器晚成,有很深的汉文学修养,是江户时期的著名汉文学家,著有《虫谏》、《北海先生诗抄》初二三编、《北海先生诗抄》、《日本诗史》、《日本诗选》正续编、《七才子诗集译说》、《授业编》、《乐府类解》等著作。

《日本诗史》五卷,是其代表作之一,起笔于1766年秋,完稿于1768年,出版于1771年。该书以时代为经,以作者和地域为纬,以诗人论述为主,兼及地域和文学风尚,评论了到他为止日本的历代汉诗,可以说是传统"诗话"

与"史"的结合。这是在西洋近代文学史观传入东洋之前,日本古典文学史上最初的"诗史"类著作,在当时是一部具有开拓意义的作品。

当然,就其背后的观念和具体的写法而言,它离现在所谓的"文学史"还有相当距离。比如,作者为了偷懒,只利用了手头的几个选本,而不是尽量多地占有原始资料;作者会按自己的喜好改动引诗,然后自画自赞,以表达自己的文学观念,而罔顾历史的真实。所以,它被称作"虚构的日本诗史",今人在利用时应非常慎重①。

其中与中国文学影响有关的表述,也是该书中最广为人知的论述,是见于卷四的汉文学"气运"论。这是作者最得意的发现,也代表了他的汉诗史观。江村北海所谓的"气运"论,其要点有三,一是日本诗史每随中国诗史"气运"之递迁而递迁;二是在两国汉诗"气运"的递迁之间,一般会有二百年左右的"时间差";三是据此不仅可以总结过去,察知现在,也可以预测未来,掌握日本汉诗的走向。先看第一点:

> 夫诗,汉土声音也,我邦人不学诗则已,苟学之也,不能不承顺汉土也。而诗体每随气运递迁。所谓三百篇、汉魏六朝、唐宋元明,自今观之,秩然相别;而当时作者,则不知其然而然者,气运使之者非耶?

据日本学者研究,这种"气运"史观,其实来源于明胡应麟的《诗薮》(1579),该书在诗话中首次引进并建立了"诗史"体系②。《诗薮》的和刻本出版于1718年,五十年后江村北海完成《日本诗史》。再看第二点:

> 我邦与汉土相距万里,划以大海,是以气运每衰于彼而后盛于此者,亦势所不免。其后于彼大抵二百年。

这是以距离和交通来解释"时间差"的起因。"时间差"的具体例证是:

---

① 关于该书的详细介绍,可参见大谷雅夫《日本诗史解说》,收入清水茂、揖斐高、大谷雅夫校注《日本诗史·五山堂诗话》,《新日本古典文学大系》本,东京,岩波书店,1991年。
② 大谷雅夫《日本诗史解说》。

> 胡知其然？《怀风》《凌云》二集，所收五言四韵，世以为律诗，非也。其诗对偶虽备，声律未谐，是古诗渐变为近体，齐梁陈隋渐多其作，我邦承其气运者。稽其年代，文武天皇大宝元年（701），为唐中宗嗣圣十四年（697）①，上距梁武帝天监元年（502），凡二百年。
>
> 弘仁（810—824）、天长（824—834），仿佛初唐，天历（947—957）、应和（961—963），崇尚元、白，并黾勉乎（二）百年之后。
>
> 五山诗学之盛，当明中世，在彼则李、何、王、李唱复古于前后，在此则南宋、北元专传播于一时，其距宋、元之际，亦二百年矣。
>
> 我元禄（1688—1703）距明嘉靖（1522—1566），亦复二百年，则七子诗当行于我邦，气运已符，故有先于徂徕已称扬七子者。《活所备忘录》曰："李沧溟著《唐诗选》，甚契余意，学诗者舍之何适？"又曰："谢茂秦《洞庭湖》，徐子与、吴明卿《岳阳楼作》，气象雄壮，与绝景相敌，殆可追步少陵、浩然二氏。"永田善斋《脍余杂录》亦论及七子。而尔时气运未熟，故唱之而无和者。迄徂徕时，其机已熟。白石、沧浪、蜕岩、南海，大抵与徂徕同时，并非买（贾）萱园之余勇者。而其诗虽曰宗唐，亦唯明诗声格。故云气运使之也。

所以他说："余谓明诗之行于近时，气运使之也。"② 有意思的是，有日本学者指出，江村北海《日本诗史》出版于1771年，上距明胡应麟《诗薮》出版的1579年，差不多也正好是二百年③。再看第三点：

---

① "文武天皇大宝元年"为701年，"唐中宗嗣圣十四年"为697年，二者不在同一年。察其本意，似指"文武天皇元年"，同为697年，"大宝"二字衍；或指"唐中宗嗣圣十八年"，同为701年。不知何者为是？（大谷雅夫认为后者为是。）

② 清水茂引用了江村北海的这个说法，并尝试对其中原因作具体解释："日本汉文、汉诗的作风，比中国晚二百年，才接受影响。我想这个理由，大概是日中之间有李朝朝鲜，中国时兴的诗风，先传到朝鲜，流行了一定的时间，后来由国家使节朝鲜通信使，才把这新的风尚带到日本来。这样的过程，要花二百年的时间。"（《中国文学在日本》，收入蔡毅编译《中国传统文化在日本》，北京，中华书局，2002年，第8页）其实江村北海说的不仅是江户时期的情况，所以无法光用朝鲜通信使来作解释。而且江户时期反而要比以前更迅速一些，因为其时引进中国文学已无须经过朝鲜半岛。当时日本通过长崎直接接受中国文学，掌握了更多关于中国文学的最新信息，到后来反而让朝鲜通信使感到吃惊了。

③ 大谷雅夫《日本诗史解说》。

由是论之，则其或继今者，虽数百年可知也。或谓余曰：子之论既往似矣，其继今者何如？曰：余闻明诗四变：李、何一变，王、李二变，二袁三变，钟、谭四变。逾（愈）变而逾（愈）卑卑焉。最后有陈卧子出，著《明诗选》，吹王、李余烬，而气运既替，不能复振。清人议论不一。枥下《书影》，呵斥王、李为小儿语；归愚《别载（裁）》，绍述卧子，少别机轴；又有专宗晚唐。虽参趋异途，以余观之，清人篇咏，大抵诸家相似，其缜整雅柔，颇似于元季明初作家，较诸近时所谓明诗者，无剽窃雷同之病，而其气格则稍淡弱矣。当今京、摄才髦所作，往往出于此途，亦气运所鼓，不得不然。而退州远境，至今犹尸祝七子者，气运推移，有本末，有迟速，犹我邦之于汉土也。

其实，江村北海的举例并不完全准确。即如白居易（772—846）诗歌对于平安时期汉文学的影响，前后长达数百年，到了平安后期固然有百年以上之"时间差"，但在平安前期白居易诗歌初传入时，却几乎是同步的，白居易甚至还活着，而并没有多少的"时间差"。又如张鷟（约 658—730）的《游仙窟》，已被《万叶集》（759）歌者所引用，张志和（约 741—775）的《渔歌子》（774），已被嵯峨天皇（786—842，809—823 在位）所模仿（823），也没有多少时间差。再如由于入宋僧和入元僧的活跃，五山前期文学与中国文学差不多是同步的，五山后期文学才随着入明僧的减少，而开始落后于中国文学的潮流。江村北海所说的二百年"时间差"，主要应指五山后期文学的情况。

江村北海这些表述的意义在于，他指出了日本文学接受中国文学影响的一个"时间差"规律，而表述的准确与否倒还在其次。江村北海这些表述的影响也很大，后来的各种日本汉文学史论著，即使接受了西洋近代研究法的洗礼，但在论述中国文学影响的"时间差"时，其立论的视角、方法和内容，仍有不出以上表述之阈域者。

但江村北海唯一预见不到的是，不过百年之后，随着西洋文化潮水般地涌入，中国文学的影响彻底消歇了。

二、李德懋的看法(18世纪)

朝鲜后期文人李德懋(1741—1793),字懋官,号炯庵、雅亭、蝉橘堂、婴处子、青庄馆等,著有《青庄馆全书》。他是著名的朝鲜四大家之一,与清朝文人往来密切,所作诗文也有清人之风,人称其博雅更胜王渔洋。他的生活年代与江村北海约略同时,对朝鲜半岛汉文学与中国文学的"时间差",也持有几乎完全相同的看法:

> 大抵东国文教,较中国每退计数百年后,始少进。东国始初之所嗜,即中国衰晚之所厌也。如岱峰观日,鸡初鸣,日轮已腾跃,而下界之人,尚在梦中;又如峨嵋山雪,五月始消。①

又,在李德懋之前三百年,朝鲜前期文人金宗直(1431—1492)论朝鲜半岛诗风三变云:

> 宗直自学诗以来,往往得吾东人诗而读之,名家者不啻数百,而其格律无虑三变:罗季及丽初,专袭晚唐;丽之中叶,专学东坡;迨其叔世,益斋诸名公稍稍变旧习,裁以雅正,以迄于盛朝之文明,犹循其轨辙焉。②

这是朝鲜半岛诗风紧跟中国本土之后,而又保持"数百年"时间差的例证。

把李德懋的"时间差"与江村北海的"时间差"作一对照,结果很有意思。江村北海说,日本汉文学与中国文学之间有"二百年"的"时间差",李德懋说,朝鲜半岛汉文学与中国文学之间有"数百年"的"时间差",同以"百年"为计数单位,但"二"与"数"一字之差,日本文人岛国式的"工笔",朝鲜半岛文人大陆式的"写意",不同的性格特征就清楚地显现出来了。不过很

---

① 李德懋《青庄馆全书》卷六十八《寒竹堂涉笔·孤云论儒释》。
② 金宗直《青丘风雅序》。

难说何者为是何者为非:"工笔"未必与事实相符,"写意"则较难实际操作。

其实,从中韩日三国的地理位置来说,从古代东亚的交通体系和条件来说,朝鲜半岛肯定会比日本先接受中国文学的影响,所谓的"时间差"应该会比日本小得多。若仔细比较韩日两国的汉文学史,相信也会得出类似的结论。解析韩日两国各自与中国的"时间差",以及两国之间的"时间差"之差,也正应该是今后的研究课题之一。

李德懋的看法影响也很大,一直到金台俊的《朝鲜汉文学史》(1931)①,开宗明义,还是提出朝鲜半岛汉文学与中国文学的"时间差"问题:

> 语言风俗有异,学习和模仿外国文学进行创作,犹如在漠漠荒野播种耕耘一样,比起中国来说迟延一个时代自属自然。新罗末叶时值中国唐代,但那时仍在流行中国六朝时期的四六句。高丽与中国宋元同时,但盛唐时的诗歌却正处全盛期。宋儒理学到李朝中叶方入隆兴。(第3—4页)

其议论与李德懋还是一个调子,"时间差"的笼统性也一仍其旧。

三、芳贺矢一《日本汉文学史》(1928)

随着西洋近代研究法的传入日本,以及汉文学从文人的修养变身为研究的对象,在日本开始出现了汉文学的研究论著,包括所谓的"汉文学史"著作。出现时间最早的是黑木安雄(号钦堂)的《本邦文学之由来》(初名《日本文学志》,东京,进步馆,1891年),但从其目录"第一上古儒学篇、第二中古儒学篇上、第三中古儒学篇下"来看,内容主要侧重于与儒学相关的作品,其文学观还是相当传统的,且时间也只到平安时期为止②,所以还不能称为

---

① 国内有张琏瑰中译本,北京,社会科学文献出版社,1996年。本文引文据之,后附该书页码;惟以错讹稍多,有时略作更正。

② 参见山岸德平、长泽规矩也编《日本汉文学史研究资料解说》,收入冈田正之《日本汉文学史》(增订版)附录,东京,吉川弘文馆,1954年初版,1960年再版。

真正的汉文学史著作。

上个世纪初,从1908年至1909年,在新建立的东京大学中,连续两个学年,开设了日本汉文学史课程。课程由芳贺矢一(1867—1927)讲授,第一学年从"总论"讲到"近古(五山汉文学)",第二学年讲完"江户时代汉文学史"。其学生佐野保太郎根据自己及其他同学的听课笔记(近世部分参考芳贺矢一的讲义提纲),整理出版了《日本汉文学史》(收入《芳贺矢一遗著》第二卷,与《国语と国民性》合刊,东京,富山房,1928年)①。虽然过于简略,不重考证,但偏重文学,时代完整,一直叙述到江户末期,被认为有"日本汉文学史的创设之功"②。

芳贺矢一《日本汉文学史》的"总论"写得尤其精彩,对日本汉文学史的地位和价值有明智的认识。当时已有许多学者主张把汉文学驱逐出日本文学史,汉文学遂成了日本文学研究和中国文学研究两不管的弃儿。日本汉文学史论著的出现,比日本文学史和中国文学史论著晚了几十年;即使是日本汉文学史课程的开设,时间也比日本文学和中国文学课程晚了很多,而且此后也常后继乏人;这都是因为上述观念使然。在这样的大环境中,芳贺矢一在日本学术中心的东京大学开设日本汉文学史课程,其开拓意义和反潮流精神是显而易见的。在《日本汉文学史》的"总论"中,他开宗明义指出,日本汉文学史是日本文学史的组成部分。这不仅是因为它本身作为日本人创作的汉语文学具有很高的价值,也是因为用日语创作的"纯国文学"(日本语文学)一直深受它的影响。于是,在"总论"中,芳贺矢一把历代汉文学(中国文学)对日语文学的影响作了概观。仅在这一点上,他就已经超越了江村北海的"气运"史观,也成为现在日本流行的"和汉比较文学"研究的先驱。

在该书正文各章中,他随处关注汉文学的发展,汉文学对日语文学的影响。第一章"上古",论奈良时期的汉文学。其中比较精彩的是论上古日本文学所受中国文学的影响,指出当时诗歌中的一些常见意象,如梅、柳、桃、

---

① 本文引文据之,后附该书页码,中文均为拙译。
② 参见山岸德平、长泽规矩也编《日本汉文学史研究资料解说》,收入冈田正之《日本汉文学史》(增订版)附录。

菊、蝉、猿、雪、月，以及一些流行题材，如叹老、述怀、不遇、送别、隐遁、厌战、好酒，都不是日本文学中原有的，而是从中国文学中吸收的；反之，后世日本文学中常见的樱花，在当时的文学中却还少见①。现在流行的中日比较文学研究，在这方面还是在沿着他提示的方向前进。笔者在二三十年前也尝试写过《中日古代咏梅诗歌之比较——以南朝与奈良时代为中心》②，当时就觉得这是一个饶有意思的课题，自以为具有椎轮草创的意义，可惜孤陋寡闻，没有读到芳贺矢一的这部《日本汉文学史》，要不然思路还可以更开阔一些，做起来还可以更自信一些。他在这些地方，也超越了江村北海的"气运"史观。

第二章"中古"，论平安时期的日本汉文学。除了白居易的影响是必定要涉及的题中应有之义外，他主要关心日本留华学生在输入中国文学影响方面的巨大作用。他的有段论述甚有意味：

> 无论如何，当时是一边倒地模仿中国。留学生们都或多或少地从中国接受影响。尽管在中国，日本人被视为是从蕃国来的，但是日本人方面却一点都不介意，只管努力地输入中国的文明。在那样的时代，无论在思想上，还是在文辞上，一切都模仿中国，毋宁说是理所当然的事情。（第120—121页）③

这样的现象，在东亚汉文化圈各国中曾一再出现，而风水轮流转，今天则轮到了中国，抚今追昔，不免让人感慨系之矣。他还谈到唐朝流行的"征戍"、"闺怨"题材也传入了日本，连日本皇室成员有智子内亲王等也有模仿之作，

---

① 虽然《万叶集》中已经有了一些吟咏樱花的和歌（参见下注拙文），但在汉诗中吟咏樱花则是从平安初期开始的，平城天皇（806—809在位）的《赋樱花》（《凌云集》）、贺阳丰年（751—815）的《咏樱》（《经国集》卷十一）可能是其最早之例，它们多半模仿唐太宗等的咏桃诗的表现，还没能充分表现日本樱花的特性（参见山本登朗《贿赂と和歌と汉诗——岛田忠臣の一首》，载《新日本古典文学大系》月报51，第63卷附录，东京，岩波书店，1994年2月）。

② 原载日本创价大学《言语文化研究》第13号，1989年12月；后收入拙著《中日文学关系论集》，繁体字版，韩国河阳，大邱晓星CATHOLIC大学校出版部，1998年；简体字修订版，上海，上海古籍出版社，2011年；简体字重版版，上海，中西书局，2018年。

③ 毅平按：原文"中国"都作"支那"，径改，余同。

然后感慨"以当时的诗文来研究个人的思想到底是不可能的",这一感慨直到今天也还是发人深省。他还提到当时的日本汉文全都模仿中国的四六骈文,连新生的日语文章也深受其影响甚至流毒,而其时中国早已经过唐宋古文运动的洗礼,进入了"唐宋八大家"的散文时代。这也可以作为江村北海的"气运"史观的佳例,与当时朝鲜半岛的情况也是一致的。

第三章"近古",论五山时期的日本汉文学。他说:"五山一边开始了新的宋学的研究,一边在文学方面输入了唐宋的新潮流,自然成为日本当时的汉文学中心,并创作出了没有和习的纯中国风的汉诗文……为后来的德川文学奠定了基础。"(第158页)在此章中他以若干著名的五山诗僧为例,探讨他们在入宋、入元期间所受中国文学影响的具体情况,以及"中国"意象在他们汉文学作品中的具体反映。但对于当时整个五山汉文学接受中国文学影响的大势,该章尚缺乏提纲挈领、条分缕析的表述。

第四章"近世",论江户时期的日本汉文学。他以地域、学派为单位来展开论述,未出《日本诗史》、《拙堂文话》之樊篱。而论江户汉文学之递变及与中国文学之关系,也大抵沿袭《拙堂文话》之故辙。如其中引《拙堂文话》卷一云:

> 及庆、元之际(1596—1623),天诱厥衷,奎宿之运,循环复故,于是惺窝、罗山诸先应时辈出,虽道德之高,记览之博,超越于前古,文章犹属草昧,未能入格,为可恨也。其后百许年,室鸠巢、物徂徕出,扶桑之文始雅矣。

> 西土文章日衰,宋不及唐,明不及宋,清不及明。本邦文章日隆,元禄(1688—1703)胜元和(1615—1623),享保(1716—1735)胜元禄,天明、宽政(1781—1800)胜享保。此后更进,东海出韩昌黎、欧阳庐陵,未可知也!

但与拙堂的预期相反,进入19世纪后,西学东渐,汉学让位于西学,不仅"东海出韩昌黎、欧阳庐陵"的美景未能出现,反而是汉文学一蹶不振,被弃之如敝屣,也不在乎出不出韩昌黎、欧阳庐陵了。此外,与拙堂的美好愿望相反,"扶桑之文始雅"及"文章日隆"的过程,其实仍与中国文学潮流的影响密切相关。《拙堂文话》卷一引乃师古贺精里语云:

> 大抵世儒不能自立脚跟,常依傍西人之新样而画葫芦,其取舍毁誉皆出雷同,初不由己。向也物茂卿辈以嘉、隆七子为标的,诗则"青云"、"白雪",文则汉土套语,陈陈相因,固可厌恶,然犹有气格体制之近似,欲精其业者,非多读书则不能也。近岁尽变其窠臼,变而为宋元,为袁、徐,为钟、谭,为李渔、袁枚之徒。钟、谭之寡陋僻缪,在当时既为儒林嗤,今取其每下者奉以为大宗师,发其余窍者犹将承之,则张打油、胡钉铰之所耻而弗为,浅俗鄙亵之极,文雅扫地矣!特以其主张神情天籁不师古人,故世之空疏者便之,随而和者如水就下。

这段文字颇像钱谦益《列朝诗集》的观点(李渔、袁枚当然不在其论述之列),其实也标出了江户汉文学接受中国文学影响的主线。可惜芳贺矢一在一一评述江户各家汉诗文时,没有具体举例来诠释古贺精里的观点,要不然会使该章更加出彩。

芳贺矢一的《日本汉文学史》具有开创意义,尤其是它虽然出版于1928年,但它的实际讲授还在那二十年前,其时尚未像后来的战争时期那样,学术研究的独立性受到军部的干扰,因此其立论、表述多能实事求是,直到今天也仍不乏可供参考之处。本文首先选取它来介绍,也是为了表示对于先驱者的一点敬意。

四、金台俊《朝鲜汉文学史》(1931)

韩国汉文学史论著的出现晚于日本,直到1931年,始出现最初的《朝鲜汉文学史》。虽然从时间上来说,它比芳贺矢一的《日本汉文学史》晚不了几年,但那前后日本已有一批类似的论著出现,而在朝鲜半岛则尚未能形成气候。这其实不能全怪朝鲜半岛的学者,因为当时处于日本殖民统治时期,韩国固有的汉学传统饱受打击。在比日本困难得多的环境里,出现了《朝鲜汉文学史》,这才是非常不容易的事情。

《朝鲜汉文学史》的作者,是左翼学者金台俊(1905—1949),该书出版时他才二十七岁,年轻有为而富于勇气。该书的《结论》,就是一篇激情洋溢的美文。该书甫一问世,即获得学界好评,后来更成了斯界经典。他还著有《朝鲜小说史》(1933),也是该领域的开山之作。

金台俊的《朝鲜汉文学史》虽然篇幅不大,但要言不烦,条理清楚。该书首先指出,在汉文学的文体方面,朝鲜半岛汉文学与中国文学有所不同:

> 中国人的中国(汉)文学,有先秦和两晋文章,有魏晋六朝以降直至明代之发达的小说,有六朝四六骈俪和唐诗、宋词及元曲,文学代代不辍。但是,自宋元以后日渐发达的词曲小说文白(口语)混杂,且韵帘规则亦日趋繁杂,这对于语言习惯不同的外国人来说,欲模而仿之实在是件难事。因此,在我国对这类文学作品模仿之作几近于零。故此,朝鲜的汉文学全部是诗歌、四六和文章,并以此为止。(第3页)

这其实也是东亚汉文化圈各国的共同现象。不过他的说法也有自相矛盾之处。比如他曾说:"宋元以后流行的通俗文学与朝鲜无涉。"(第7页)但在后面又说:"元、明、清三代学者专注于白话文,诗文鲜有进步,这一状况对朝鲜文学史影响甚大。"(第8页)虽然可以理解为"诗文鲜有进步"这一点影响甚大,但也可以理解为"专注于白话文"这一点影响甚大。再联系下文来看,"中国的四大奇书、五才子书之输入,给民众文艺以极大推动,其广泛流行之记载见于宣祖时代"(第139页),而随后就有朝鲜半岛汉文小说、谚文小说的勃兴。因而从朝鲜半岛文学史的实际来看,元明清白话文学对于朝鲜半岛汉文学仍是有很大影响的。

在每个时期的中国文学影响方面,金台俊该书或有介绍或无介绍,比较随意。看得出来,作者没有有意识地从比较文学的角度,去系统地追寻中国文学影响的轨迹。

一、三国与统一新罗时期。在汉文方面,他指出,整个新罗至高丽初

期,朝鲜半岛文人主要以《文选》为榜样;而学《文选》,在汉文方面,也就意味着学四六骈文:

> 回顾朝鲜文学可知,在新罗人的教科书中,《文选》被视为第一必须,直到丽初,仍未脱此窠白。被称作汉文学始祖的崔致远生时当于中国的晚唐时期,但其文学成就在于文章,而其文章取法四六。(第8页)

> 教授《文选》乃朝鲜科举制度的特色……在中国,直至唐宋,凡学文者无不视《文选》为独一无二的宝典;在日本,清少纳言女士的《枕草子》中有"文推《文选》、《长庆集》"语①;在朝鲜,在盛唐诗文和宋代欧苏传入并被消化、模仿之前,《文选》体——以美句骈俪为特色的六朝文风一直在这里居统治地位,长盛不衰。诸如朝鲜这样在语言、文字、风俗皆有异的外国人欲学习中国诗文,《文选》是最好的教科书和诗文集范本。(第24页)

但当时流传下来的文章,他所列举之文的实际,如金后稷的《谏猎文》,薛聪的《花王戒》,却并非都是四六骈文。对这一矛盾之处,他并未作说明。这是留给后人的一个课题。此外,他这里其实也涉及了"时间差"问题。

在汉诗方面,朝鲜半岛最早出现的几首四言诗,被认为是学习和模仿先秦诗歌,尤其是《诗经》的,加上三国时期出现的一些五言诗,被评价为"因袭先秦汉魏之衣钵",但有时候他又说五言诗"诗风雅丽,有初唐风致",其间的跳跃难以把握,大概是因为文献不足征之故。而统一新罗后期,留唐学生纷纷归国,带回最新的唐文化情报,包括汉诗风尚的变化,使新罗文人的诗风也开始转变,即从初唐转至盛晚,惜他于此未作介绍。对于崔致远的汉文学作品,他评价为"他的文风极具六朝时代的绮丽而少有盛唐时代的雄伟"(第35页)。于是我们终于还是不知道整个统一新罗接受中国文学影响的变迁情况。也许按照他的说法,唐诗的强大影响,要到高丽时期才完全

---

① 清少纳言原文说的是《文集》,而不是《长庆集》,虽然都是白居易文集的简称;而且《文集》排在《文选》的前面,说明在其心目中更为重要。见《枕草子》第一七三段"文"。

显现出来。

二、高丽时期。在汉文方面,他指出,直到高丽中期,韩柳之文始流行开来:"到了丽朝中叶,韩柳文章才在这里被推崇学习,其文之风格被用于表奏对策,流行一时。"(第8页)到了高丽后期,随着程朱理学传入朝鲜半岛,又开始流行宋文:"特别是尔后程朱之学渐入兴隆,效颦宋文之风盛行,对汉文学发展之影响更甚。"(第8页)"朱子之学和东坡之文东传,给半岛学界以空前活力,成为划时代之大事,从而掀开丽末三隐时代之幕布。"(第9页)但宋文的真正盛行,则是进入朝鲜时期以后的事:"在朝鲜,诗之盛行高丽盛于李朝,而文则相反,这是唐宋先后因素在起作用。"(第9页)"光显两朝儒生文人专习四六骈俪文,而后才渐渐崇尚汉文唐诗。丽末兼习宋文,到李朝才专习宋文。对比之下,丽朝与李朝之关系犹如唐与宋关系一样。"(第39页)也就是说,仍是"时间差"使然。

在宋代文人中,因为苏轼的影响比较明显,所以经常会被提到。金台俊在评论李奎报时,引当时各家之说,对中国文学影响的变化说得较多:

> 从当时风尚看,传统的唐诗热尚未退去,东坡热又席卷而来……在当时来说,《文选》时代已完全过去,苏东坡时代已完全到来。在中国亦有此等士子风习流变。在唐宋时期,人们皆在《文选》上下功夫,而从宋末以后,士子则多攻东坡。在朝鲜,此时东坡文集已风靡全国。(第76页)

作为苏轼影响的一个佳例,金富轼、金富辙(后改名金富仪)兄弟名字的效仿苏轼、苏辙兄弟,是个一定会被提及的事例。清初王士禛《香祖笔记》记载:

> 昔阅《高丽史》,爱其臣金富轼之文。又,兄弟一名轼,一名辙,疑其当宣和时,去元祐未远,何以已窃取眉山二公之名?读《游宦纪闻》云:徐兢以宣和六年使高丽,密访其兄弟命名之意,盖有所慕。"文章动蛮貊",语不虚云。

金台俊也说：

> 兄弟得名仿宋苏轼、苏辙兄弟。由此可见，在当时三苏文章早已名扬海外，已赢得多少的倾慕景仰……不难想象，金富轼作为生活在万里之外的异域人，取名时剽用大苏、小苏的名字，表现了他对中国文学巨匠是何等思慕。（第50页）

金富轼（1075—1151）兄弟去苏轼（1036—1101）兄弟不远，远没有"数百年"的"时间差"，这也说明李德懋"数百年"之说太过笼统了。不过，一般的笔记和汉文学史，大都止步于取名之逸闻，而于金富轼兄弟及其同时代文人，对于以苏轼兄弟等为代表的宋文，到底是如何一个效仿法，则毕竟语焉不详。这也是留给后人的一个课题。

在有关另外一些文人的评论中，金台俊也经常会介绍其所受中国文学的影响，不过这种介绍比较随意而不系统。如关于李仁老，金台俊引其《破闲集》中自称"文章学韩退之，习诗"，以及"杜门读黄、苏，然后语遵然，韵锵然，得作诗三昧"诸语，评论说："看来，他平素学习皆唐宋诗文。他的长处在于诗而不在四六。"（第64页）——不知这里原文或翻译是否有误：李仁老文章既学韩退之，则不当再提"四六"。又如关于林椿，金台俊提到，"他在《与眉叟论东坡文书》一文中，甚为自己的文章句法逼近苏东坡而自喜"；又引李仁老语说，林椿文章深得"西昆体"和苏、黄文之妙处（第66页）。但具体如何一个像法，仍是未作具体说明，尚有待于后人的研究。

三、朝鲜时期。关于朝鲜时期的汉文学，也经历了几次变化，金台俊随处作了介绍，但大都点到为止，并无详细深入的分析。

朝鲜初期仍是苏、黄诗风的天下，"李朝初期仍保持着丽末遗风，学子专学苏东坡"（第115页）。当时有所谓的"海东江西派"（申纬称"海东亦有江西派"），其代表诗人有朴訚、李荇等人。朴訚人称"小东坡"，如其"春阴欲雨鸟相语，老树无情风自哀"，"是学黄、陈而又精于锤炼推敲之作"（第115页），十分有名。此后，成侃的诗风也直追苏、黄。

至朝鲜中期，"国初以来盛极一时的苏、黄诗风终焉，人们开始学习纯粹的'唐'风。以'三唐'为代表……当时正处于壬辰(1592)、丁酉(1597)倭乱前夕,而文界却出现空前的诸贤继出、人才济济局面,之所以出现这一奇特现象的原因是……(三)明朝万历文化东传发挥了间接作用。"(第101页)所谓"纯粹的'唐'风","以'三唐'为代表",实际上应该是受了明七子"诗必盛唐"主张的影响,重新以盛唐诗歌为学习的典范。而这,正是"明朝万历文化东传"的结果,后来明军的抗倭援朝则加速了这次东传。

但金台俊似未把"唐风"与七子联系起来,在"三唐的诗"一节中,他只是强调了三唐诗人的天才:"学唐之风强劲不可阻遏……他们三人不曾作文,传世的只有诗歌。这些诗同盛唐之诗一样纯熟,因此才有'三唐'之称誉……他们之所以续传唐人之遗响,完全是其才致天成。"(第124—125页)"三唐以前的诗学自宋诗……至三唐时始学唐诗,出现了诸如三唐这样的大诗人。但当时明朝王、李之诗作东传,人人希慕仿效,锻炼精工。三唐以后再也未能出现此等好诗,词坛寥寥,令人产生今昔之感慨。"(第128页)虽说三唐诗人的成就由其才能所致,但他们与那些受"明朝王、李之诗作东传"影响,从而"希慕仿效,锻炼精工"的诗人,应该是置身于同样的时代潮流中的。

> 在当时的时代潮流中,还有有幸直接接触七子的人,那就是崔岦。他曾借出使中国之机,会见了文坛领袖王世贞。可以想见,此事在当时的朝鲜半岛定会传为美谈,令人艳羡的。

壬辰战争结束后,17世纪上半叶,朝鲜半岛汉诗的学习对象仍不脱明七子,汉文则仍是唐宋八大家的天下。如月(月沙李廷龟)、象(象村申钦)、溪(溪谷张维)、泽(泽堂李植)四大家,"企望步中国唐宋八大家之后尘,因此其文力求醇正"(第142页)。李植作文仿韩愈,有时学李沧溟(第147页)。申钦之诗,"同尹汀、尹根寿诸公一样,应归于学明一派"(第145页)。"尹根寿、申钦等人开始学习明诗,虽然形成若干小的流派,但尚不足成气候。"(第102页)此后,"郑东溟不学晚唐、苏、黄,师法汉魏古诗乐府,歌行长篇步学李杜,律绝近体模拟盛唐"(第150页),看来还是明七子影响的天下。

这时距明朝灭亡已经一百多年了,但因为朝鲜不接受以"胡人"入主中原的清朝,所以在实学思潮中的"北学派"主张学习清朝之前,顽固地拒绝学习清朝文化,拒绝接受清朝文学的影响,这使得朝鲜中期的汉文学在相当一段时期里,未能得到来自中国文学的新鲜养料。

"进入英祖(1725—1776)、正祖(1777—1800)时代,唐、宋影响式微,诗道变迁。"(第102页)经常往来于中国的北学派四大家(李德懋、朴齐家、柳得恭、李书九),开始全面接受清朝文化和诗风的影响。"在当时,有许多朝鲜人切实感到朝鲜天地狭小,限制了自我完善。而清朝文化在康乾时代已达极盛,这引起这些朝鲜文人的极大关注。于是,他们力倡学习清朝,广泛介绍清朝文物制度于朝鲜,一时间出现许多这些比较研究的著作,其中最具代表性的就是《热河日记》和《北学议》。"(第163页)如李德懋,其文章颇有清人之风,朴趾源认为他更胜于王渔洋(第164页)。李书九的诗则有学王渔洋之痕迹(第166页)。四大家诗,后人辑为《四家诗集》,"将这部诗集放在诗史角度看,它扭转了传统的学唐学明的士习,转而开创学清之风气,创造出奇拔崭新的诗坛"(第166—167页)。比四大家稍后的申纬,"诗以盛唐和苏东坡为宗,因同翁覃溪等江南名士广泛交游,故又受到清朝清丽纤靡诗风之洗礼"(第168页)。姜玮的诗也被认为颇有王渔洋的风貌(第172页)。但与清朝文化关系最为密切的秋史金正喜,金台俊却没有提到,不能不说是一个遗憾①。

最后,在该书《后记》中,金台俊对近代以后中国文学影响的消歇不胜感慨嘘唏:"在过去数千年不断地为我们输送了汉唐宋明文化的中国,已被我们忘却了⋯⋯梁启超的《饮冰室文集》曾为士林耽读一时,但如今也已成为明日黄花⋯⋯如果今后我们需要输入中国文学,那必定是'白话文学'。"(第173—174页)他的预言既对也不对。对的是,现在韩国输入的中国文学的确是"白话文学";不对的是,现在韩国即使输入中国文学,也已经没有过去那种以中国文学为典范的意识了。这是因为,众所周知,无论中国还是韩

---

① 关于清朝文化的东传,以及金正喜与清朝文化的关系,可参看藤冢邻著、藤冢明直编《清朝文化东传の研究:嘉庆、道光の学坛と李朝金阮堂》,东京,国书刊行会,1975年。

国,现在的文学典范都是西洋文学。

韩国的汉文学研究传统,在日本殖民统治时期既有严重断裂,战后又受民族主义思潮的制约,一直到20世纪七八十年代才慢慢恢复元气。战后较早出现的是李家源的《韩国汉文学史》(首尔,民众书馆,1961年)①,后来文璇奎的《韩国汉文学史》(首尔,正音社,1972年)、崔海钟的《韩国汉文学史》(首尔,东西文化院,1989年)等陆续跟进。而近年来用力最著者,则为首尔大学教授闵丙秀,1996年他花甲那年,连续出版了四部汉文学论著:《韩国汉文学概论》、《韩国汉诗史》、《韩国汉诗汉文鉴赏》、《韩国汉诗作家研究》,成了当年韩国汉文学界的一大收获。不过那也已经是二十年前的事了。

在今天全球已进入"地球村"的时代,曾经存在过高度一体化世界的东亚地区,理应更自信公正地回顾共同的文化遗产,并由此出发共同打造更为辉煌的明天。东亚地区的"气运"复兴,此亦其时乎?此亦其时乎!

(本文原载《薪火学刊》第三卷,上海,复旦大学出版社,2016年)

---

① 国内有赵季等中译本,南京,凤凰出版社,2012年。

东亚古典学研究的杰构

——读孙猛《日本国见在书目录详考》

我的书案上并置着几种书:《影旧抄本日本国见在书目》(1884年黎庶昌校刊《古逸丛书》本)复印件,薄薄几十页一小叠;日本矢岛玄亮著《日本国见在书目录——集证と研究》(汲古书院,1984年),32开精装本一薄册,266页;孙猛著《日本国见在书目录详考》(上海古籍出版社,2015年,以下简称"《详考》"),16开精装本三巨册,2459页,三百四十余万字。我看着这几种规模相差悬殊的书,尤其是看着那小山般的《详考》,看到的不仅是千余年来中日文化的交织,百余年来中日学术的演进,看到的还是一个人的生命,因了目标明确,孜孜以求,可以结出怎样丰硕的果实来!

关于《详考》的学术价值,陈尚君序言之已详,本文不打算再说,而是想说些别的。

一

《日本国见在书目录》("见在"读为"现在")是日本现存最早的敕编汉籍目录,由藤原佐世(847—898)编撰,成书于891年(以前有各种说法,此据孙猛考证),也就是距今一千一百余年前。那是日本平安时期的前期,日本大规模输入中国文化告一段落,以此书对输入日本的汉籍作一总结,堪称中国文化影响日本的一大结晶。

此书的价值,主要体现在文献学与史学两方面。其一,它是一部现存著录唐代及唐代以前著述的最早的汉籍目录。其二,它著录图书数量多达一千五百七十九种(以前有各种统计,此据孙猛统计),接近《隋志》、《旧唐志》的一半,几乎是8世纪前中国图书的一半,也占了当时传入日本汉籍的九成；而且，其中三分之一弱图书不见于《隋志》、两《唐志》，其数量之多，同时代的目录、文献、史料无出其右者。其三，书名、卷数和撰者，都按实存图书或当时目录忠实著录，可信度很高。其四，它为中日文化交流史以及日本文化学术史，尤其是早期日本汉籍史的研究提供了可贵的史料学依据。所以在文献学上，此书价值不亚于《隋志》、两《唐志》；在东亚史学方面，其价值更是无可替代。

此书问世以后，在日本地位崇高，被日本宫廷奉为圭臬，成了宫廷议事的权威文献依据之一。从平安至镰仓时期，议定年号时都要查核所据汉籍是否见于这部目录；而直到室町时期，它既流传于宫廷之中，也流传于寺院、民间，被视作与内典相对应的外典文献的总汇，汉籍的权威目录著作；室町时期以后，一度销声匿迹；时隔二百五十余年，直到江户后期，方重现天壤，并传入中国。

这么重要的一部汉籍目录，本来似乎应该成为显学的，但实际情况却恰恰相反，几乎很少有人深入研究。直至孙猛《详考》出版为止，专著只有日人寥寥二三种，文章包括稍有所涉者在内，合计中日也仅二三十篇。显而易见，现有研究与此书价值不成比例。

究其原因，现代学术体制或难辞其咎。现代的学术是分门别类的，何况此书性质又极为"跨界"。对于中国的日文学者来说，此书的古典文献学内容，不在他们的关注范围之内。对于中国的古典学者来说，"日本国"限定了国界，此书被认为是外国学问。陈尚君曾质疑道：除了几位文献学名家曾发现此书价值并加以利用外，"稍感奇怪的是，至今大部分国内学者对此书似乎还视而不见，置若罔闻"（《详考》序）。他说的还仅仅是不利用此书的现象，至于深入研究则更是谈何容易。在孙猛之前，国内仅王利器、严绍璗等个别学者，有提要或章节介绍此书，虽然筚路蓝缕，足堪珍惜，但毕竟太过冷清了。

而对日本的"国文"学者来说，研究囿于"国文学"、也就是日语文学范围，汉文本不是他们之所长，加之此书又是汉籍书目，更不在他们的研究范围之内。对日本的中文学者来说，他们可以把中国的目录学著作研究得很透彻，甚至超越中国的同行，比如兴膳宏、川合康三的《隋书经籍志详考》

（汲古书院,1995年），却不会"越界"去碰这部日本的汉籍书目。相对说来，日本的汉学者最应该研究此书，但迄今为止，研究此书本身者却仅有四人。其中，江户时期的狩谷望之、森立之，仅限于使用《隋志》、两《唐志》等中国文献，对此书做一些基本的校订工作；近现代的小长谷惠吉、矢岛玄亮虽有专著，但研究对象既是一部汉籍目录，他们却竟没有利用跟这部目录关系最密切、最基本且最必需的中国文献目录及相关研究成果，也没有利用当时已经发表的敦煌、吐鲁番等文献及相关研究成果，也没有利用当时日本可以看到的中国学者有关唐代及唐代以前著述的相关研究成果。显然，对中国古代文献的缺乏了解，对中国学术研究的缺乏掌握，从根本上制约了其研究水准。

一部那么重要的古代典籍，居然因为现代学术的"分工"，而无法得到充分透彻的研究，甚至难以进入研究者的视野，这不是这部古代典籍出了问题，而是现代学术体制出了问题。

二

显而易见，只有打破现代学术"分工"的局限，才能深入研究这部重要的古代典籍。孙猛的《详考》当仁不让，应运而生，成为千余年来此书最大的功臣。

《详考》分为《本文篇》、《考证篇》、《研究篇》和《资料篇》等四部分，孙猛的研究主要集中在前三部分。《本文篇》精校厘定了此书原文，为读者提供了一个可信凭的文本。《考证篇》为此书所收一千五百七十九部汉籍一一撰写了其在中日两国流传研究的学术史，当时中国流传的图书的一半，早期传入日本的汉籍之九成，大致都已被梳理清楚了。在此过程中，尤其注重日本文献的运用，日本研究成果的介绍。"体例方面，在《考证篇》使用具平亲王《弘觉外典抄·外典目》、藤原通宪《通宪入道藏书目录》作为对照目录；特设'流布'一项，介绍著录书在日本的流传情况……在资料方面，多采用日本文献；介绍有关研究成果方面侧重于日本。在补辑佚文时，也注意多用日本文献。"（《详考》前言）《研究篇》调查、研读此书的各种传本以及相关的研究成果,对这部目录及其著者藤原佐世作了一次近乎终极性的研究,全面厘清了这部目录的主要问题(作者、书名、成书、性质、价值、流传、文本)。这项工作实际上属于日本古典文献学,在日本本来是属于"国文学"研究领域的。《详考》同时展开跨越中日古典文献学的研究,我以为,这样的研究只能用"东亚古典文献学"来命名,进而以"东亚古典学"概念来涵盖。

而孙猛之所以能完成《详考》这一巨著,乃是受惠于"天时"、"地利"、"人和"。

先说"天时"。"文革"结束,百废俱兴,中国学人出国访学容易,也就是始于1980年代,此前基本上不大可能。孙猛算是因缘际会,赶上了这个好时代。从1987年开始,到《详考》出版的2015年,孙猛客居日本整整二十八年,全部光阴都奉献给了此书。孙猛1987年东渡日本以后,决定不做《书目考》(这是他此前正在全力从事的项目,旨在把所有的古典书目考察一遍,他给我看过成抽屉的卡片)而改做此书,我以为是他平生最正确的决定。这是由于《详考》所涉及的主要文献,都得在日本查找、阅读和研究,所以要做此书,非得长期客居日本不可。

同时也是因为,《书目考》或许别人也能做,但此书则非孙猛不能做,这就是"人和"。此书的性质,决定了研究者首先得精通中国古典文献学,孙猛正是这样一个学者。他是道地的科班出身,一生在斯界兢兢业业,此前已完成了《郡斋读书志校证》(上海古籍出版社,1990年,以下简称"校证"),陈尚君誉为"当时确达到古籍整理的最高水平"(《详考》序)。与此同时,此书研究者也得熟悉日本古典文献学,孙猛也正是这样一个学者。他赴日前即已谙熟日语,翻译过日本汉学论著。赴日以后,面对奈良、平安时期以来跟此书有关的日本图书文献和后人的研究论著,他更是努力学习古代日语及日本古代史、法学史、文学史、史学史、科学史等方面的知识。即如他关于此书作者藤原佐世生平的考证,实际上是一篇日本历史人物传记,属于日本史、日本古典文献学范畴,他交出了铁板钉钉、精彩纷呈的答卷。

再说"地利"。在撰述《详考》的二十八年里,孙猛只发表过不多几篇论文,且都是《详考》的组成部分。他所供职的早稻田大学,是日本的顶尖大学之一,也是世界上知名的大学,却并没有年年考核他,要求他发表多少"权威"、"核心"、"C 刊"论文,获得什么级别的项目、课题、奖项。这样宽松的学术环境,我们哪里去找?而早大图书馆的优质服务,更是他完成《详考》的最佳保证。早大图书馆不仅藏书丰富,"更重要的是,在'读书'中,我享受到了早大图书馆以及全日本大学、研究机构的图书馆、资料室所提供的高品质服务。大致可以说,在早大就能读到全日本绝大多数大学、研究机构的藏书和资料;人在早大,坐拥'百城'……可以肯定,如果没有早大提供的优越的研究条件,没有日本图书馆完善的服务系统及其优质的服务,我的'读书之旅'一定是歧路多惑,这部《详考》中也会留下更多的遗憾。"(《详考》后记)这样优质的图书馆服务,我们又哪里去找?

三

百来年前,曾经有人说:敦煌在中国,但敦煌学在欧洲。当时的中国学者深受刺激,从而激发了国内的敦煌学热。三十年河东,三十年河西,学术风水轮流转,今天也许有人会说,《日本国见在书目录》在日本,但《日本国见在书目录》研究在中国。

之所以这么说,是因为 2016 年 1 月 23 日,日本名博"天汉日乘"发表博文[①],介绍了《详考》的情况后,不胜感慨嘘唏道:"今后大概无法离开本书谈《日本国见在书目录》了吧!但遗憾而可悲的是,堪称日本文化宝物的《日本国见在书目录》的研究书,却并非由日本的诸如岩波书店那样的出版社出版,而是由中国的出版社用中文(几乎就是'汉文')出版。""遗憾而可悲"之中,博文似乎蕴含、飘荡着一些说不出的情绪。但如果由此刺激,而促使日本学界重视此书的研究,倒也不失为一件有功学术的好事。近代以来,中国的学术研究长期受惠于日本汉学,《详考》也许可以回馈一下日本学界了。

在《详考》的后记中,孙猛也曾吐露心曲。关于《详考》的书名,他原是打算用"述考"的——自谦"述而不作"之意也。但在陈尚君的建议下,他还

---

① 全文链接:http://iori3.cocolog—nifty.com/tenkannichijo/2016/01/20159—2459—5351.html。"天汉日乘",日本名博,入选 FPN 主持的"Alpha Blogger Award",主要针对时事、媒体发表评论。

是决意用"详考"。"一来,至少《研究篇》不能不谓不详;二来,兴膳宏、川合康三两位日本学者'详考'了中国的一部汉籍目录,我'详考'一部日本人撰写的汉籍目录;两书同名'详考',也可以算是两国学人的一次有意义的学术互动吧?"孙猛话说得含蓄,但读到此处,我却怦然心动,回想起当年陈垣的抱负,不由得对孙猛肃然起敬[①]。

但本书的意义,又绝不限于学术。"对汉籍东传的意义还应该站在人类文明的高度来理解……长安往西,'沙漠丝路',一队队骆驼跋涉在滚滚黄沙之中,旅人为我们在通往西域的交通咽喉留下了许多珍本遗书。长安往东,'海上丝路',一艘艘舳舻颠簸在滔滔波涛之上,航行者为我们在大洋彼岸的东瀛岛国留下了不少佚存汉籍。对西域而言,长安是东;对东瀛而言,长安是西。今日,当我们研究汉籍东传之际,把'沙漠丝路'上的西传途中的敦煌遗书跟通过'海上丝路'东传日本的汉籍,西东贯通,时空超越,一幅地球格局的人类交流的历史图画呈现在我们面前,生动而壮观,纵横览之,不禁令人感动不已!"(《详考》第2164页)这段《详考》中罕见的饱含感情的叙述,我以为说出了孙猛研究的初衷和夙愿。因其宏观而又细微地展现了历史上的东亚"汉籍之路",《详考》足以为今天的"一带一路"建设提供历史借鉴。这是因为,历史上曾经有过的最辉煌的"一带一路",就在唐代,汉籍东传无疑是其最重要的内容,《日本国见在书目录》无疑是其代表性的成果,而《详考》则对究明这段历史做出了独特的贡献。

四

《详考》学术丰碑已就,后来人该干些什么?

首先,当然应该出版日文版。正如"天汉日乘"博文所说:"如果用日语出版本书,部头无疑会更大,但将有助于日本人理解平安时期的学术状况,

---

[①] 陈垣先生的高足刘迺龢先生曾回忆道:"我上大学时,不止一次地听他(陈垣先生)给我们班讲过:'每当我接到日本寄来的研究中国历史的论文时,我就感到像一颗炸弹扔到我的书桌上,激励着我一定要在历史研究上赶过他们。'"(《书屋而今号励耘》,收入《励耘书屋问学记》,北京,生活·读书·新知三联书店,1982年,第152页)从上述日本博文的角度和感受来看,孙猛《详考》用中文在中国出版,似乎也将"一颗炸弹"扔到日本学者的书桌上了吧?

尤其有助于研究平安时期的'国文'、'国史'领域中为数不少的不懂中文的学徒。"既然已经看到了此书对于日本"国文"、"国史"的研究价值，并且遗憾没能用日语出版，那么自然就该有日本学者来把它译成日文，由岩波书店、汲古书院这样的一流出版社出版吧。

其次，应该大家一起来修订充实《考证篇》。学术研究日新月异，新资料、新成果层出不穷，使人目不暇接。仅靠孙猛一人之力，很难再作全面修订，也很容易挂一漏万。梁启超有言，学术乃天下之公器。因此，各学科、各种书的研究者，都应该用最新研究成果，来充实修订《考证篇》。尤其是孙猛当年因故取消台湾访书之旅，难免给台湾文献这块留下遗憾，所以尤寄厚望于台湾学者，来增补台湾方面的研究成果。这方面的工作，将来以《详考》为中心和基础，可以形成一个系列，甚至形成专门学问。出版续补，建设网站，培养后进……都是可以做的工作。

再次，应建设"东亚古典学"。《日本国见在书目录》的遭际，说明现代学术体制有问题，为此有必要建设"东亚古典学"。所谓"东亚古典学"，就是说在古代的东亚，存在着像古代欧洲的希腊、罗马那样的"古典学"，它以汉字、汉文、汉籍为载体，超越（或大于）民族、国家、时代、学科而存在，所以也应超越民族、国家、时代、学科来研究它。而在"东亚古典学"研究方面，《详考》堪称先驱和典范。

在《详考》的后记中，孙猛自谦道："我生性愚拙，平生只有小著两部。一部是1990年出版的《郡斋读书志校证》，一部就是《详考》。"其实，前者也是一部百余万言的大书，其水准和价值诚如陈尚君所誉；后者则我敢斗胆预言，百年内将难有超越之者。两部皇皇巨著，学者有其一即可告慰平生，而孙猛乃有其二！当这时代的学术尘埃散尽，《校证》、《详考》仍会是鲁殿灵光罢！

2016年5月6日至16日完稿

（本文原载2016年6月12日《新民晚报》"国学论谭"版）

后　　记

本书收入了我近年来撰写的十三篇文章,内容大都有关古代东亚汉文化圈的文学,尤其是作为东亚世界共同文学的汉文学,同时旁涉东亚世界的文字、历法、纪年、历史、文献等,所以书名采用了更具包容性的"东亚古典学"的说法——这说法近年来好像也有人开始公开使用了[①],我自己则是五年前在《东亚古典学研究的杰构——读孙猛〈日本国见在书目录详考〉》(原载2016年6月12日《新民晚报》"国学论谭"版)一文中初次公开使用的。

我在该文中说:"所谓'东亚古典学',就是说在古代的东亚,存在着像古代欧洲的希腊、罗马那样的'古典学',它以汉字、汉文、汉籍为载体,超越(或大于)民族、国家、时代、学科而存在,所以也应超越民族、国家、时代、学科来研究它。"如果再多说几句,所谓"东亚古典学",顾名思义,与所谓"西方古典学"(或"欧洲古典学")东西相对,互文见义。其基本构想,就是参照西方古典学的概念,把古希腊文、拉丁文置换为汉文,一切以汉文来著述的文献,以及由此而衍生出的学问(如目录学、版本学、校勘学、文学、史学、哲学等),不分作者及读者的民族、国家和时代,均纳入其中,以重构古代曾高度统一而现代却分崩离析的东亚古典学问的世界。简言之,正如广义的西方古典学主要以古希腊文、拉丁文文献为研究对象,东亚古典学也主要以汉文文献为研究对象。这样的汉文文献在东亚各国汗牛充栋,本国人没兴趣也往往没能力去研究,中国人又视之为"域外"而另眼看待。

---

① 如自2007至2011年五年间,日本文部科学省研究补助计画"作为东亚古典学的上代文学的构建"资助了一系列以"东亚古典学"为主题的国际学术活动,包括在世界各地举办了十余次"为了东亚古典学"研讨会,以及各种名目的会议、讲座、特别讲义、集中讲义等,对以汉字汉文汉籍为中心的东亚古典世界进行了全方位探索。详见 http://fusehime.c.u-tokyo.ac.jp/eastasia/c/activity/index.html。

本来想专门写一篇文章,比如"东亚古典学刍议"之类的,来搞搞概念。但转念一想,概念是搞不清楚的,随你怎么说,总会有人那么说的。所以还不如不搞概念,而是直接使用该概念,让它在使用中自己明确起来。俗话说"捡到篮里都是菜",其实自不妨"有了菜就是篮子"。还记得有人在谈论日本的汉文作品时,用了一个非常奇怪的说法"日语汉文"。我似乎能隐约猜到他这么说的理由,虽然这个理由其实根本无法成立,但我只知道汉文就是汉文,如果不通,那就是不通,不存在什么"某语汉文",就像不存在什么"英语拉丁文"、"法语拉丁文"、"德语拉丁文"一样。硬说汉文的国别性超过其文体性,可能是当今东亚古典学界的最大媚俗之一。"东亚古典学"是一个文化史概念,一个文明史概念,可以有不同的国家、民族色彩,但不接受国家、民族之类界限的牢笼。

不过概念说得含糊,不等于文章就可以乱写;正如概念说得隆重,不等于实际就能相副。毋宁说,收入本书的这些文章,只是在这方面所作的一些初步尝试,真正想要展开这方面的研究,尚有待于东亚古典学界的共同努力。

各文在收入本书时,大致依内容性质排列,均重新作了修订,核对了引文,统一了格式,改正了讹误。但因各文写作时间不一,发表场所各异,所以也有难以统一处。需要特别说明的是,战后中日两国汉字简化分道扬镳,造成中日两国的简体字各自为政;日本出版物引用中文文献时,从来不会使用中国简体字,而是一律采用日本简体字;所以我一贯主张,为对等起见,中国出版物引用日文文献时,对于其中所夹用的汉字,也应一律采用中国简体字。同时,也是拙见以为,汉字就是汉字,绝对不是外文,不必迁就异邦。为此,本书日文文献里夹用的汉字都采用中国简体字(标点符号也作相应处理)。此外,本书基数词用汉字数字,序数词用阿拉伯数字;中历日期用汉字数字(包括东亚各国曾使用者),西历日期用阿拉伯数字,中西合璧日期混用两种数字。中国以外年号加注西历日期。日本文人喜用字号,本名反或不章(参见太宰春台《斥非》),本书或称名,或称字,或称号,视其通行程度而定,不一定照中国规矩。

各文在撰写、发表时,本书在出版过程中,都曾得到过诸多朋友的帮助,李岑、宋旭、姚成凤、闫晶诸君帮忙查核文献,宋文涛先生精心编辑本书。对于来自各方面的帮助,谨致以衷心的感谢!

邵毅平

2021 年 5 月 22 日识于沪上圆方阁

附录：邵毅平著译目录

一、著　　书

《中国诗歌：智慧的水珠》　杭州,浙江人民出版社,1991年初版;台北,国际村文库书店,1993年初版;上海,复旦大学出版社,2008年修订版(易名为《诗歌：智慧的水珠》)。

《洞达人性的智慧》　杭州,浙江人民出版社,1992年初版;台北,国际村文库书店,1993年初版;上海,复旦大学出版社,2008年修订版(易名为《小说：洞达人性的智慧》)。

《传统中国商人的文学呈现》　深圳,海天出版社,1993年初版;上海,上海古籍出版社,2010年修订版(易名为《文学与商人：传统中国商人的文学呈现》);上海,复旦大学出版社,2019年重修版(去除副标题)。

《论衡研究》　韩国蔚山,蔚山大学校出版部,1995年初版;上海,复旦大学出版社,2009年初版,2018年第二版。

《中国古典文学论集》　初集,韩国蔚山,蔚山大学校出版部,1996年初版;初集、二集合集版,上海,上海古籍出版社,2013年初版,2019年第二版。

《中日文学关系论集》　韩国河阳,大邱晓星CATHOLIC大学校出版部,1998年初版;上海,上海古籍出版社,2011年修订版;上海,中西书局,2018年重修版。

《韩国的智慧：地缘文化的命运与挑战》　台北,国际村文库书店,1996年初版;上海,上海古籍出版社,2005年修订版(易名为《朝鲜半岛：地缘环境的挑战与应战》);上海,中西书局,2017年重修版(易名为《半岛智慧：地缘环境的挑战与应战》)。

《无穷花盛开的江山：韩国纪游》 上海，复旦大学出版社，2001年初版；上海，中西书局，2017年修订版（易名为《韩国纪行：无穷花盛开的锦绣江山》）。

《黄海余晖：中华文化在朝鲜半岛及韩国》 昆明，云南人民出版社，2003年初版；上海，中西书局，2017年修订版（易名为《青丘汉潮：中华文化的遗存与影响》）。

《中国文学中的商人世界》 上海，复旦大学出版社，2005年初版，2007年第二版，2016年第三版；韩文版：朴京男等译，首尔，소명出版，2017年初版。

《胡言词典》（笔名"胡言"） 初集，上海，上海文化出版社，2006年初版；初集、续集合集版，上海，复旦大学出版社，2013年初版；上海，中西书局，2019年增订本。

《诗骚一百句》 上海，复旦大学出版社，2007年初版；南京，译林出版社，2018年修订版（易名为《诗骚百句》）。

《东洋的幻象：中日法文学中的中国与日本》 上海，上海锦绣文章出版社，2010年初版；北京，商务印书馆，2018年修订版（去除副标题）。

《马赛鱼汤》 上海，复旦大学出版社，2015年初版。

《今月集：国学与杂学随笔》 上海，上海文化出版社，2018年初版。

《远西草：我的法国文学旅情》 上海，上海文化出版社，2020年初版。

《西洋的幻象》 上海，上海文化出版社，2021年初版。

《东亚古典学论考》 上海，复旦大学出版社，2021年初版。

二、译　　书

吉川幸次郎《中国诗史》（合译） 合肥，安徽文艺出版社，1986年初版；上海，复旦大学出版社，2001年初版，2012年第二版。

吉川幸次郎《宋元明诗概说》（合译） 郑州，中州古籍出版社，1987年初版，1999年初印；上海，复旦大学出版社，2012年初版。

小尾郊一《中国文学中所表现的自然与自然观》 上海,上海古籍出版社,1989年初版,2014年第二版。

王水照等编选《日本学者中国词学论文集》(合译) 上海,上海古籍出版社,1991年初版。

小野四平《中国近代白话短篇小说研究》(合译) 上海,上海古籍出版社,1997年初版。

村上哲见《宋词研究(南宋篇)》(合译) 上海,上海古籍出版社,2012年初版。

图书在版编目(CIP)数据

东亚古典学论考/邵毅平著. —上海:复旦大学出版社,2021.9
(复旦中文学术丛刊)
ISBN 978-7-309-15777-2

Ⅰ.①东…　Ⅱ.①邵…　Ⅲ.①汉学-东亚-文集　Ⅳ.①K207.8-53

中国版本图书馆 CIP 数据核字(2021)第 124501 号

东亚古典学论考
邵毅平　著
责任编辑/宋文涛
装帧设计/杨倩倩
书名题签/邵　南

复旦大学出版社有限公司出版发行
上海市国权路 579 号　邮编:200433
网址:fupnet@fudanpress.com　http://www.fudanpress.com
门市零售:86-21-65102580　团体订购:86-21-65104505
出版部电话:86-21-65642845
江阴金马印刷有限公司

开本 787×960　1/16　印张 25.75　字数 382 千
2021 年 9 月第 1 版第 1 次印刷

ISBN 978-7-309-15777-2/K·762
定价:108.00 元

如有印装质量问题,请向复旦大学出版社有限公司出版部调换。
版权所有　侵权必究